郭预衡　主编

中國古代文学史简編

上海古籍出版社

图书在版编目(CIP)数据

中国古代文学史简编 / 郭预衡主编. —上海：上海古籍出版社，
2003. 12（2016. 12 重印）
高等院校文科教材
ISBN 978－7－5325－3571－2

Ⅰ..中... Ⅱ. 郭... Ⅲ. 文学史-中国-古代-高等学校-
教材 Ⅳ. I209.2

中国版本图书馆CIP数据核字(2003) 第 087627 号

高等院校文科教材
中国古代文学史简编
郭预衡 主编

上海世纪出版股份有限公司
上 海 古 籍 出 版 社 出版、发行
（上海瑞金二路 272 号）邮政编码 200020）
（1）网址：www.guji.com.cn
（2）E－mail:gujil@guji.com.cn
（3）易文网网址：www.ewen.co
新华书店上海发行所发行经销 常熟新骅印刷厂印刷
开本 850×1168 1/32 印张 18.75 字数 470,000
2003 年 12 月第 1 版 2016 年 12 月第 14 次印刷
印数：60,001-67,100
ISBN 978-7-5325-3571-2
K · 526(课)定价:36.00 元
如有质量问题，请与承印厂联系。

编 写 说 明

一、这本《中国古代文学史简编》是与《中国古代文学史》、《中国古代文学史长编》配套的教科书。为适应大专院校文学史教学之需,本书编写,力求简要。

二、自20世纪60年代以来,中国古代文学史已有全国统编教材,近年以来,又有地方院校合编的教材。本书力求吸收前此诸书之长,反映目前文学史研究的最新成果。

三、本书编写注意从实际出发,在论述各种文学现象以及文学发展规律时,力求符合中国文学发展的实际,并着重阐述中国文学的传统特征。

四、本书在论述作家作品时,着重从史的发展的角度,指出历代作家的新成就、作品的新特点,不写一般的作家评论和作品赏析。

五、本书对于各类文体的发展变化,设有总论加以概述。对于每一作家的各体作品,尽量做到综合论述,以见"全人",从而突出其总体成就。

六、作为"中国古代文学史",本书论述范围,始于先秦,止于清代中叶。但为了教学的实际需要,续写了晚清——近代文学,作为附篇。

七、本书由郭预衡主编。分编执笔者为熊宪光:先秦;万光治:秦汉魏晋南北朝;林邦钧:隋唐五代;赵仁珪:宋辽金;段启明:元明清。郭预衡分撰了明代文学概述、明清诗文及近代文学。

八、本书编写过程中曾经参考近时学者的有关论著,吸收了若干研究成果;作为教材,并未一一注出。特此声明,且致谢意。

九、本书编写之初,曾经力图吸取多年以来新的研究成果,并有所开创;但由于编者能力所限,未能达到预期目的。缺点错误,肯定不少。甚望读者同志批评指教。

编 者

1992 年 5 月初稿

2003 年 7 月修订

目　录

第一章 先秦文学

第一节 先秦文学概论

中国文学历史悠久,源远流长,先秦文学为其源头。所谓"先秦",有广、狭二义。广义的"先秦",指秦统一中国以前上溯至远古,包括原始社会(从远古到传说中的尧、舜、禹时代)、奴隶社会(夏、商、西周、春秋时代)和封建社会确立的战国时代。至于狭义的"先秦","犹言秦先,谓未焚书之前"(《汉书·河间献王传》颜师古注),即主要指秦统一天下前的春秋战国时期。春秋以前,文学作品遗留下来的不多,现存先秦文学作品主要产生于春秋战国时期。因此,"先秦文学",主要是指春秋战国特别是战国时期的文学。

一 先秦文学的发展轨迹

春秋以前,文学的发展尚处于萌芽阶段。诗歌是最早产生的文学样式。当人类有了语言之后,它便产生了。原始的诗歌,与人类的劳动生活紧密相连,并且与音乐,舞蹈结合在一起。《淮南子·道应训》说:"今夫举大木者,前呼'邪许',后亦应之,此举重劝力之歌也。"所谓"邪许",犹如"杭育杭育"。这样的劳动歌声的创作者,就是鲁迅在《门外文谈》中所称的"杭育杭育派"。它说明诗歌起源于人类的集体生产劳动。《吕氏春秋·古乐篇》说:"昔葛天氏之乐,三人操牛尾,投足以歌八阕。"由此可见原始歌谣是与音乐、舞蹈密不可分的。

原始诗歌是原始社会人类的集体口头创作,代代口耳相传。它们反映了原始社会人类的现实生活,也表现了他们的思想、感情、意志和愿望,在文学史上具有重要的价值。然而由于时代古远,又缺乏文字记录,现在已难看到它们的原貌。在一些古籍中,记载有所谓神农、黄帝、尧、舜时代的歌谣,如《康衢谣》、《击壤歌》、《尧戒》、《赓歌》、《卿云歌》、《南风歌》等等,实际上多系后人伪托之作,不足凭信。不过,在古籍记载中也有少数较为质朴的歌谣,比较接近原始的形态。如《吕氏春秋·音初篇》所载《候人歌》:"候人兮猗!"仅一句,可以称为极简单的诗歌创作。再如《吴越春秋》卷九所载《弹歌》:"断竹,续竹,飞土,逐宍(古'肉'字)。"以二字短句和简单的节奏,写出了砍伐竹子,制造弹弓,射出弹丸,射中鸟兽的狩猎过程。《弹歌》可能是原始人类从蒙昧时代过渡到野蛮时代的创作。另一首比较古老的歌谣是《礼记·郊特牲》所载伊耆氏(一说即神农,一说为帝尧)的《蜡辞》(12月蜡祭的祝辞):"土,反其宅! 水,归其壑! 昆虫,毋作! 草木,归其泽!"这样的作品,虽然也免不了后人的加工,但从内容到形式,可能依稀保留了原始歌谣的部分风貌。

远古口头文学除原始歌谣之外,还有神话传说。我国古代有着丰富多彩的神话,但因年代久远,散失甚多,未能系统、完整地保存下来。现在所看到的一些零星的片断,大都出于后世的传说和记载,已不完全是古代神话的本来面目,但它们总算基本上保留了古代神话的形态和特质。散见于《山海经》、《淮南子》等古籍中的神话故事,如《女娲补天》、《夸父逐日》、《精卫填海》、《鲧禹治水》和"羽民国"、"奇肱民"等等,包括了创世神话、自然神话、英雄神话和传奇神话等不同类型。这些神话故事在古代人民的口头广泛流传。它们具有不朽的认识价值和高度的审美价值,无愧为文学艺术的"武库"和"土壤"。

原始歌谣和神话传说的产生,虽然早在文字发明以前,但远古口头文学悠邈难见,后人的记载又难免失真,因而中国文学的"信史"时代,应起于文字发明之后。

现存最古可识并用于文献记录的文字是 3000 多年前殷商时期的甲骨文。自 1899 年起陆续发现于河南安阳西北小屯村的殷墟甲骨卜辞,证明我国至迟在殷商社会中期(约前 14 世纪)就有了初步定型的文字和用文字记载的历史文献。甲骨卜辞是刻在龟甲和兽骨上的占卜的记录,其中也间或有少量与占卜有关或其他偶然的记事文字。卜辞作者即殷商时身兼神、史之职的巫觋。殷人迷信鬼神,凡事必卜,此时记事文字,主要是记录卜辞。占卜内容颇广,有关于狩猎生活、农业生产、祭祀、战争者,有例行者,也有大事而占者。从现存文献材料看来,卜辞是中国最早的散文。其特点是内容简单,形式朴素,文字简略,不成篇章。如:

> 癸卯卜,今日雨。其自西来雨? 其自东来雨? 其自北来雨? 其自南来雨?

> (《卜辞通纂》375)

> 戊戌卜,贞:今日旦,王疾目,不丧明? 其丧明?

> (《殷虚文字乙编》64)

所记清楚、明确,事关雨水、农业、王之目疾,有疑问,有推测,有担忧。形式较为整齐,语句含有感情。严格说来,它们当然还算不上文学作品,但可以说含有一定文学因素,标志着我国书面文学的萌芽。

作为书面文学萌芽时期的作品,还有《易经》中的卦爻辞。《易经》即《周易》本经,原为卜筮之书,以卦爻辞指告人事的吉凶祸福,是供巫史算卦所用的专门著作。中国古代文化与巫卜关系甚大，散文即始于巫卜记事。在大量占卜基础上，产生了多样的占卜方式，也出现了专为巫卜所用的系统的卜筮著作，《周易》即为其中之一。《易经》中的卦爻辞记载了巫史们卜筮所积累的经验，反映了比甲骨卜辞更为丰富、宽广的社会内容，其文辞在甲骨卜辞基础上有所发展。在卦爻辞中，颇有一些富于文学意味的作品。如《屯》六二：

> 屯如，邅如，乘马班如，匪寇，婚媾。女子贞不字，十年乃字。

一般认为，这是写古代抢婚之事。意谓众多乘马而来者，忽又转行而回旋，并非劫财之寇贼，而是来抢女，婚媾。筮遇此爻，若占问女子不许嫁之事，则十年乃能许嫁。这一段爻辞以简洁的语言，形象的描写，勾勒了一幅古代抢婚图。

《易经》中的卦爻辞，或善于取象描写，或隐含某一故事，或形式略如诗歌。如《中孚》九二："鸣鹤在阴，其子和之。我有好爵，吾与尔靡之。"已近似四言诗了。这些都充分显示出，就文学意义而言，《易经》中的卦爻辞已较甲骨卜辞有所发展。

此外，在传世的数千件商代和周初的有铭彝器中，保留了较早的史家记事文字。这些商、周钟鼎彝器铭文，可说是史家散文的源头。

商代早期的彝器铭文，类同甲骨记卜文字，往往三言两语，非常简略。商代后期彝器铭文则有所发展。如《丁巳尊》：

> 丁巳，王省夔京。王易小臣俞夔贝，惟王来征夷方，惟王十祀有五，肜日。

（《殷文存》上）

文字虽简略，却能紧扣该彝器制作这一中心，清楚而明确地记述了时间、地点、人物和事件。

商代彝器传世者不多,今存者多属周代之物。西周彝器铭文,不仅文字有所增多,如《毛公鼎》铭文长达490余字;而且形式颇为讲究,有的还杂以韵语,甚至有几乎通篇用韵者。如清道光年间出土于陕西宝鸡虢川司的《虢季子白盘》,铭文长111字,记述了虢季子白奉周王命征伐猃狁于洛之阳,立下战功,受赏于周庙,故作宝盘以记之的事。除第一句外,一韵到底。较之商代彝器铭文,其记述由简而繁,用语更为修饰,显示了记事之文的发展。

殷商甲骨卜辞,《易经》中的卦爻辞和商、周彝器铭文,都是书面文学萌芽时期作品的代表。

先秦文学作品的主要样式是诗歌和散文。《诗经》是我国古代第一部诗歌总集。它收录诗作305篇,编定于春秋时代,迄今已有二三千年的历史。《诗经》中的作品广泛而深刻地反映了周代社会的历史和现实,内容丰富,形式新颖,感情真挚充沛,风格淳朴自然,手法多种多样,语言生动优美,不愧为我国古代诗歌辉煌的开端。《诗经》的产生,为我国文学——特别是诗歌的优秀传统奠定了坚实的基础。

"楚辞"的产生,开辟了中国诗歌史上继《诗经》之后的第二个重要时期。屈原是我国文学史上第一个伟大诗人。他继承、发扬了《诗经》的优秀传统,创作了以《离骚》为代表的光辉诗篇,开创了诗歌创作的新时代。以屈原作品为主要代表的"楚辞",是继《诗经》之后产生于战国后期我国南方楚国地区的一种新的诗体。它的出现,为中国诗歌的发展竖立了一座新的里程碑。《诗经》和"楚辞"是我国文学史上巍然屹立的两座高峰,代表着先秦诗歌的最高成就,并给后世文学以深远的影响。从《诗经》到"楚辞",清楚地显示了先秦诗歌前进的足迹。

《尚书》是我国最早的一部历史文献,也是我国古代第一部散文集。其语言古奥艰涩,体现了早期散文的风貌。

春秋时期,礼崩乐坏,王纲解纽,社会发生了从奴隶制向封建制过渡的历史演变。这时候,出现了私家讲学的崭新局面,推动了散文的发展。代表孔子之文的《春秋》和《论语》,是这一时期散文的主要作品。

战国时期,社会经济迅猛发展。人们的伦理道德观念也随之发生了广泛而深刻的变化。以三家分晋和田氏代齐为标志。晋、齐二国先后完成了地主阶级的政治革命。楚、秦、燕三国也先后进行社会改革。新兴的地主阶级终于登上政治舞台,取代了奴隶主贵族的统治地位。七雄争为霸主,竞相走上改革之路。变法之风,吹遍各国。特别是秦国的商鞅变法较为彻底,成效卓著,不仅在秦国建立了封建制,使秦国富兵强,而且为日后秦灭六国,统一天下,打下了坚实的基础。各国的变法革新虽不同步,改革的程度亦有差异,经济的发展也不平衡,但通过变法革新,毕竟推动了社会的进步,确立了封建制度,揭开了中国历史新的篇章。

随着氏族贵族礼制统治的崩溃,一个新的"士"阶层勃然崛起。他们打破了先前"学在官府"的垄断,私家聚徒讲学之风盛极一时。文化学术走向民间,诸子百家应运而生,争鸣之风大炽于天下。"诸侯异政,百家异说"《荀子·解蔽》,特别是儒、墨、道、法、名、阴阳、纵横等家最为活跃。他们代表不同的政治利益,放言争辩,无所忌惮,形成了空前未有的思想活跃的政治局面。"百家争鸣"推动了文化的发展,呈现出空前繁荣的景象。散文作为记事、论争的有效工具,适应了当时社会经济的发展和各国政治、外交、军事活动的需要,发生了质的飞跃,产生以《国语》、《左传》、《战国策》等为代表的史家之文,和以《庄子》、《孟子》、《荀子》、《韩非子》等为代表的诸子之文。先秦散文由简而繁,从片断的文辞到语录体、对话体、再到较为系统完整的长篇大论,其发展经历了一个漫长的历史时期,而战国时期则无疑是散文发展的一个黄金时代。

总之,春秋战国时期经济的发展和社会的变革为先秦文学提供了肥沃的土壤、适宜的气候和生长的条件;而士阶层的崛起及思想的解放,又在这样得天独厚的优越条件下,为先秦文学之空前繁荣,做出了卓越的贡献。

二 先秦文学的传统特征

中国文学,在先秦这个历史阶段,出现了一些传统特征。概括言之,主要有下列三点。

其一,发愤著书。《史记·太史公自序》云:"昔西伯拘羑里,演《周易》;孔子厄陈蔡,作《春秋》;屈原放逐,著《离骚》;左丘失明,厥有《国语》;孙子膑脚,而论兵法;不韦迁蜀,世传《吕览》;韩非囚秦,《说难》、《孤愤》;《诗三百篇》,大抵贤圣发愤之所为作也。此人皆意有所郁结、不得通其道也。"司马迁这一段话,概括得相当全面,指出了先秦这个历史时期各体诗文著作的一个总的特征,是作者都不得志,都"有所郁结",故发愤著书。

司马迁在这里不是专讲文学的,但包括了文学。"发愤著书"是先秦一切著作的传统特征,也是先秦文学的传统特征。

司马迁发现了这个传统,而且继承了这个传统。《史记》一书成为"史家之绝唱,无韵之《离骚》"(鲁迅语),就充分体现了这个传统特征。

后至唐宋,韩愈所谓"不平则鸣",欧阳修所谓"穷而后工",也都是对于这一传统的继承。

其二,放言无惮。鲁迅《摩罗诗力说》称屈原之著《离骚》、《天问》,能够"放言无惮,为前人所不敢言。"先秦作者大抵有此特点。不仅《离骚》、《天问》如此,《诗三百》也未尝不如此。顾炎武《日知录·直言》说:"《诗》之为教,虽主于温柔敦厚,然亦有直斥其人而不讳者。如曰:'赫赫师尹,不平谓何?'如曰:'赫赫宗周,褒姒灭之。'……如曰:'伊谁云从,维暴之云。'则皆直斥其官族名字,古人不以为嫌也。"

《诗》、《骚》放诞直言,尚且如此;诸子著书立说,又有甚于此者。孟子之斥暴君,庄子之讥"窃国",都是显例。连吕不韦集宾客所著的《吕氏春秋》,也曾直言不讳。方孝孺说:"世之谓严酷者,必曰秦法,而为相者,乃广致宾客以著书,书皆诋訾时君为俗主,至数秦先王之过无所惮。若是者皆后世之所甚讳,而秦不以罪。呜呼,然则秦法犹宽也。"(《逊志斋集·读吕氏春秋》)

在战国时代,由于言论比较自由,诗文也就写得自然、直率。这是先秦文学的一个重要的特征,也是中国文学的一个优良传统。但是,到了后代,当天下一统、文化专制的时期,这样的传统也就难乎为继。司马迁是曾继承这个传统的。但是,《史记》一书,曾被后代帝王指为"微文刺讥,贬损当世。"有人甚至指为"谤书"。由此看来,先秦文学这一优良传统,是形成于特定的历史时代的,不是任何时候都能继承的。

其三,深于比兴,深于取象。章学诚《文史通义·易教下》云:"战国之文,深于比兴,即其深于取象者也。《庄》、《列》之寓言也,则触蛮可以立国,蕉鹿可以听讼。《离骚》之抒愤也,则帝阍可上九天,鬼情可察九地。他若纵横驰说之士,飞钳捭阖之流,徙蛇引虎之营谋,桃梗土偶之问答,愈出愈奇,不可思议。"章氏这一段话,旨在说明"易象"通于六艺,与《诗》之比兴,互为表里。其举"战国之文"为例,恰又指出了先秦文学的另一传统特征,即深于比兴,深于取象。

从章氏所举实例来看,其所谓"深于比兴"、"深于取象",大抵即指善用比喻、多用寓言。这确是先秦文学的一个特征。

章氏所列举者有《诗》、《骚》、《庄》、《列》和《战国策》。在这以外,先秦之文,如儒、墨、名、法各家著作,无不具有这样的特征。

总之,先秦文学在其产生、发展而渐趋成熟的历史过程中,以生气勃勃的创新精神不断开拓、前进,取得了足以光耀千古的伟大成就,并对后世文学产生了极其深远的影响。它为我国文学的健康发展奠定了坚实的基础,不愧为光辉的起点;由它所开创的优良传统,沾溉千秋万代。这一时期出现了以屈原为代表的伟大作家,彪炳文学史册;产生了以《诗经》、《楚辞》和史家、诸子之文为代表的一系列辉煌著作,堪为后世典范。先秦文学以其不朽的成就为中国文学史写下了光辉灿烂的第一章。

第二节 神 话

神话是富于想象力的古代人民以不自觉的艺术方式口头创作的神异故事。它是古代人民通过幻想对自然现象及社会生活的曲折反映和超现实的形象描述,表现了古代人民对自然现象和社会生活的原始理解。它是古代人民运用想象和借助想象以征服自然力,支配自然力,把自然力加以形象化的艺术结晶。

一 神话的产生及其价值

神话产生于生产力极为低下的远古蒙昧时期。在那个时期,人类的意识开始发展,但思维能力极为简单。面对林林总总的天地万物和变化多端的自然现象,人们感到神奇莫测,不能理解。诸如天地开辟、人类起源、日月运行、风云雷电等等问题和现象,都使人们迷惑惊异。自然界的无穷威力甚至使人们恐惧不已。于是产生了对自然力量的崇拜,出现了冥冥之中有着支配自然力量的模糊观念。人们凭借自身狭隘的生活体验,通过想象和幻想,创造出人格化的神的形象;按照人们幼稚的思考,造作出神的故事,以解释自然现象,征服和支配自然力。这些故事在古代人民的口头代代流传,后世称之为神话。

神话不仅以特殊的方式在一定程度上反映了远古时代的人类生活及历史发展进程,而且展现了远古人民的心灵世界,为探索远古时代的历史奥秘透露了许多可贵的信息,也为了解远古人民的意识、情感、精神、意志和性格提供了不少形象的资料,具有不朽的认识价值。不仅如此,古代神话还以自身的瑰丽壮伟给人们以美妙的艺术享受,具有高度的审美价值。同时,古代神话还是文学史上浪漫主义的源头,为后世文学的发展提供了取之不竭的丰富营养,无愧为文学艺术的肥沃土壤。

二　中国古代主要神话

中国神话的产生固然很早,但用文字记录下来则较晚,而且没有系统地记载神话的专门典籍,只在《山海经》、《庄子》、《楚辞》、《淮南子》、《列子》等古籍中保存了一些神话片断,虽不够系统、完整,内容却很有特点。按其内容划分,现存中国古代神话主要包括创世神话、自然神话、英雄神话和传奇神话。

对于宇宙产生和人类起源的探索与解释,构成了创世神话的基本内容。天地是如何开辟的? 万物是怎样生成的? 人类是从哪里来的? 总之,宇宙是怎样产生的? 这个最原始、最基本也最重大的问题,是人类意识发展处于开始阶段的原始人类首先要思考的,难怪它要成为所有神话中最普遍的主题了。创世神话的创作者尽管对这些问题不可能作出科学的回答,但那些充满幻想的描述却极富魅力。例如《淮南子·精神训》所记天地鸿蒙、有二神混生、经天营地的神话,《艺文类聚》卷一引徐整《三五历记》所记天地混沌、盘古首生、宇宙开辟的神话,《风俗通》所记女娲造人的神话和《淮南子·览冥训》所记女娲炼石补天的神话等等,都在一定程度上反映了我们的祖先对宇宙开辟和人类起源这些重大问题的思考、探索和解释。虽然看似荒谬而无道理,却表现了我们的祖先认真探索、大胆想象的创造精神。

大自然森罗万象,千变万化,威力无穷,神秘莫测,使得原始人类由迷惑而生畏惧,由畏惧而生崇拜。在他们看来,大自然如此生机勃勃,富于活力,俨然是有人格、有意志的实体;而风云雷雨、山川鸟兽也往往被他们认作神灵。在这种"万物有灵"观念的启示下,他们通过想象和幻想,以有形的事物去表现无形的自然力,进而创造出自然神的形象和故事。这便是自然神话。在中国古代神话中,自然神话是颇为出色的一支。《山海经》中有较多自然神话的记载,其中不乏神奇怪异、令人惊叹的自然神形象。如"龙身而人头,鼓其腹"的"雷神","人面鸟身,珥两黄蛇,践两黄蛇"的"海神","身长千里",主宰昼夜明晦、冬夏寒暑的"钟山之神"烛阴,"十日所浴"之"汤谷上"的神树"扶桑",衔木石而填东海的神鸟"精卫"等等,都是自然神话中出色的自然神形象。更值得注意的是《夸父逐日》的神话:

> 夸父与日逐走,入日。渴,欲得饮,饮于河、渭;河、渭不足,北饮大泽。未至,道渴而死。弃其杖,化为邓林。
>
> (《山海经·海外北经》)

据《淮南子·地形训》高诱注:"夸父,神兽也。"《山海经·西山经》谓"其状如禺而文臂,豹虎(疑为"尾"之误)而善投"。可见"夸父"实为自然神的形象。自然神话多以山川风雷、鸟兽草木之类自然物为描述的对象和故事的主角,反映了原始人类对大自然的敬畏和崇拜,迷惑与解释,同时也表现了他们征服自然、支配自然的愿望。

英雄神话的出现意味着人类自我意识的觉醒,标志着神话进入了一个新的阶段。创世神话和自然神话反映了原始人类对自然界的探索、认识和借助想象对自然力的征服与支配,英雄神话则反映了原始人类对自我的认识与反思,意味着人类自身成了意识的对象、世界的中心、宇宙的主人,标志着神话进入了一个新的阶段。英雄神话中的主角,大多是半人半神或受到神力支持的"英雄";关于他们在征服自然或在社会斗争中创造英雄业绩的故事,便构成了英雄神话的主题。在中国古代神话中,英雄神话是数量较多且极富魅力的一支。如《鲧禹治水》(《山海经·海内经》)、《后羿射日》(《淮南子·本经训》)的神话故事,颂扬了与自然作斗争、为人民兴利除害的英雄。《黄帝杀蚩尤》(《山海经·大荒北经》)、《共工怒触不周山》(《淮南子·天文训》)的神话故事,则是社会斗争的反映,描述了氏族社会部落之战的英雄。《山海经·海外西经》所载《刑天与帝争神》的神话更为动人:

> 刑天与帝争神,帝断其首,葬之常羊之山。乃以乳为目,以脐为口,操干戚以舞。

故事中的"刑天",无疑是一位敢于斗争、不怕失败的英雄。

这一系列神奇灵异的英雄群像,在我国古代神话的宝库中熠熠闪光。

此外,在中国古代神话中还有不少关于异域奇国、怪人异物的传奇神话。它们大都记载于《山海经》中,出自所谓山、海、大荒之四裔。诸如"其民皆生毛羽"的"羽民之国","人面、鸟喙、有翼,食海中鱼"的"讙头","一臂三目"、"能为飞车"的"奇肱民"(此又见张华《博物志》),"其为人兽身、黑色,火出其口中"的"厌火国","捕鱼水中"的"长臂国","一身三首"的"三首国","食稻啖蛇"的"黑齿国"等等。一幅幅神妙怪异、趣味横生的画面,反映了古代人民企图突破种种自然条件的限制,以改造自身生活环境的愿望和理想,表现出惊人的超现实、超自然的想象力。其中显然也含有描述远古时代华夏四裔氏族社会野蛮生活的痕迹。传奇神话数量较多,涉及面广,形象奇特,别有意趣。它们是中国古代神话的一个重要组成部分。

三　中国古代神话的特色与演变

中国古代神话由于历史的、地理的、民族的原因,以致零星散乱,现存者既无宏篇巨制,也未形成完整的体系,只是一些篇章或片断。

但尽管有这样一些局限,其特色仍不可掩。无论是对宇宙产生、人类起源的"真"的探索,对勤劳、勇敢、正直、善良的"善"的礼赞,还是对崇高、粗犷、神奇、悲壮的"美"的讴歌,都在一定程度上反映了我们祖先的思想、情感和性格。

和全人类神话一样,中国古代神话也经历了自身发展演变的历史过程。从神话的发展历史看来,大致经历了从灵性神话到神性神话再到人性神话的不同阶段。由于中国古代神话在流传过程中曾被后人不断改造、加工,以致失去了它的本来面目,故以现存者而论,上述发展阶段便难以明确地分辨界定。特别是以人格化的动、植物神为标志的灵性神话,其原始面貌多已失去;而以兽形神或半人半兽形神为标志的神性神话,和以人形神为标志的人性神话,也往往混杂在一起。不过,倘细加分辨,却也大致可见其分属于不同的发展时期。

大体上看来,中国古代神话最显著的演变结果便是它的历史化、寓言化和宗教化。

历史化是中国古代神话演变的最突出表现。这不仅是由于历代统治者为了维护本阶级的利益,有意识地对神话妄加窜改;也不仅是由于中国古代史学发达较早的缘故;主要原因是由于以孔子为代表的儒家轻视、贬斥神话,并且着意加以改造的结果。"子不语怪、力、乱、神"(《论语·述而》)。因而鄙薄神话为荒唐怪诞的谬悠之说,把"神"人化,并对一些广为流传的神话故事作了一番看似合理的理性的诠释,使之化为历史,载入简册。如解释"黄帝三百年"为"生而民得其利百年,死而民畏其神百年,亡而民用其教百年"(《大戴礼记·五帝德篇》);解释"黄帝四面"为"取合己者四人,使治四方"(《太平御览》卷七九引《尸子》);把"夔一足"讲成"夔非一足也,一而足也"(《韩非子·外储说左下》)等等,都是对神话作历史化改造的典型实例。随着神话的精神内核被抽去,它就难免于消亡了。

神话本来就含有一定哲理,后世的某些思想家为了宣扬自己的学说,从神话的武库中选取自己需要的部分,自觉地进行艺术加工,便把它改造为寄托思想的寓言,在形象的故事中包寓某种哲理,于是神话被寓言化了。中国古代神话的寓言化,主要反映在先秦诸子之文中。特别是庄子堪称改造神话为寓言的高手。

神话与原始宗教都是原始思维的产物。神话中的"神",本来就是先民信仰与崇拜的对象,而神话借助想象以征服和支配自然力,也与原始宗教借助巫术控制自然同出一源。神话中含有宗教的因素,故易为宗教所利用。神话流为仙话,是神话宗教化的主要表现。在中国古代神话中,西王母神话和月亮神话逐渐演变为仙话,是最为典型的实例。其共同特点是:主角由女神化为仙女,形象由粗野变为美丽,情节由荒谬走向"合理"。总之是经过了有意识的修改和润饰,掺进了方术之士的仙道观念。这无疑是神话变质、趋于消亡的又一原因。

第三节 《诗经》

《诗经》是我国第一部诗歌总集。作为我国悠久诗歌传统的光辉起点和不尽源头,《诗经》以其伟大的文学成就光耀史册。

一 《诗经》概说

《诗经》原名《诗》,或称《诗三百》。战国时被儒家尊为"六经"之一,但并未视为经典。汉置"五经"博士,《诗》于是被官方推崇为儒家的经典之一,称为《诗经》。

《诗经》共收作品305篇(另有6篇有目而无辞的"笙诗"不算在内)。它是一部乐歌总集,其305篇作品均为配乐演唱的乐歌。

《诗经》作品主要来源于公卿列士所献之诗,也有一部分是由民间采集而来,但都经过周王朝各代王官、乐师加工修订。流传既久,经手亦多,因而具有集体创作的性质。大约在公元前6世纪中叶,《诗经》就已编订成书。旧时曾有所谓孔子"删诗"之说,虽不足凭信,但他曾经说过"吾自卫反鲁,然后乐正,《雅》、《颂》各得其所"(《论语·子罕篇》)的话。由此看来,孔子也许做过一番"正乐"之类的整理工作。

《诗经》按风、雅、颂分类编排。风即《国风》,包括15国风,即:周南、召南、邶风、鄘风、卫风、王风、郑风、齐风、魏风、唐风、秦风、陈风、桧风、曹风、豳风,共收诗160篇。雅分《小雅》、《大雅》。《小雅》74篇,《大雅》31篇,共为105篇。颂包括《周颂》31篇,《鲁颂》4篇,《商颂》5篇,共40篇。《诗经》何以如此分类编排呢?古今学者对此聚讼纷纭。现在比较趋于一致的意见,是从"《诗》皆入乐"的认识出发,认为主要是按照音乐的特点来划分的。

现在大都认为,"风"即音乐曲调之意。所谓《国风》,即指当时诸侯所辖各地域的乐曲,犹如今天的地方乐调。"雅"即"正",又与"夏"通。周王畿一带原为夏人旧地,故周人时亦自称夏人。王畿乃政治、文化中心,其言称"正声",亦称"雅言",意为标准音。当时宫廷和贵族所用乐歌即为正声、正乐。《诗经》中的《雅》便指王畿之乐,是相对于地方"土乐"而言的"正乐"。这一名称,无疑反映了当时的尊王观念。至于《小雅》、《大雅》之分,则是与它们音乐之不同和产生时代之远近有关的。《颂》是用于朝廷、宗庙的乐章,是祭神、祭祖时所用的歌舞曲。祭祀祖宗,祈祷神明,赞颂王侯功德,是其内容上的特点;诗、乐、舞的合一,则是其形式上的特点。《颂》诗大多简短,韵律缺乏规则,且不分章,不叠句。这都表明,它是音调缓慢、配合舞蹈的祭祀舞歌。作为庙堂乐章,表现了对上帝和祖先的崇拜,是奴隶社会神权至上的反映。《颂》在当时无疑是最受尊崇的,但今天从文学的角度看来,它的价值远不如《风》、《雅》。

关于《诗经》305篇产生的确切年代，现已很难——考定，但可大致论定其创作时期是从西周初年至春秋中叶，即从公元前11世纪至前6世纪，前后大约500年间。《诗经》具有鲜明的地域特征，这在名称上便有比较明确的标识。它产生的地域以北方的黄河流域为中心，向南扩展到了江汉流域。地域相当广阔。

秦皇焚书，《诗》赖口耳相传得以保全。汉兴，广开献书之路，先秦典籍陆续重现。当时传《诗》者有鲁、齐、韩、毛四家。《鲁诗》出于鲁人申培，《齐诗》出于齐人辕固，《韩诗》出于燕人韩婴，《毛诗》亦由其传授者毛公而得名。毛公分别指大毛公鲁人毛亨和小毛公赵人毛苌。鲁、齐、韩三家诗属今文经学派，兴盛于汉武帝以后百余年间。《毛诗》属古文经学派，较"三家诗"晚出。当"三家诗"兴盛时，《毛诗》处于被压抑的地位。东汉以后，《毛诗》盛行于世。"三家诗"先后失传，传下来的便只有《毛诗》，这也就是流传到今天的《诗经》。

二 《诗经》的主要内容和思想意义

《诗经》305篇作品，产生于漫长的时代和辽阔的地域，反映了宽广恢宏的社会生活面。就其思想内容看来，主要包括周民族的史诗、颂歌与怨刺诗、婚恋诗、农事诗及征役诗、爱国诗等等，可谓丰富多彩。

（一）**周民族的史诗** 在《诗经·大雅》里，集中保存了五首古老的民族史诗：《生民》、《公刘》、《绵》、《皇矣》、《大明》。《生民》生动地描述了周始祖后稷神奇非凡的诞生：后稷之母姜嫄踩了天帝的脚拇指印而怀孕，生下后稷，以为不祥，抛弃了他，但他得到牛羊的哺乳，伐木人相救，又受到鸟儿展翅遮护，因而不死："诞置之隘巷，牛羊腓字之；诞置之平林，会伐平林；诞置之寒冰，鸟覆翼之。鸟乃去矣，后稷呱矣，实覃实讦，厥声载路。"接着写他对农艺的天赋才能,颂扬他长于农事、勤奋创业的英雄业绩。此诗颇富神话色彩,无异于一篇糅合神话传说的《后稷传》。《公刘》描述了后稷之曾孙公刘自邰迁豳的史迹,歌颂了他率领周人营建都邑、拓垦土田的创业精神。《绵》描述了周文王之祖父太王(古公亶父)始迁岐周、以开王业的丰功伟绩,歌颂了周民族艰苦创业、由小而大、兴旺发达、绵延不绝的光荣历史。《皇矣》主要歌颂了周文王伐密伐崇的胜利,赞美了文王继承先祖遗业、发展壮大周民族的伟大功绩。《大明》则颂扬了文王、武王父子的非凡功德,着重赞颂了武王伐商的辉煌胜利。值得一提的是,《大明》描述历史上有名的牧野之战,写得绘声绘色,雄伟壮观:

> 殷商之旅,其会如林。矢于牧野:维予侯兴,上帝临汝,无贰尔心!
>
> 牧野洋洋,檀车煌煌,驷騵彭彭。维师尚父,时维鹰扬。凉彼武王,肆伐大商,会朝清明!

既有军阵、军容的描绘,又有战车、战马的形容;既有整体的鸟瞰,又有局部的特写。动静结合,虚实相生,写出了牧野之战的战斗场面和师尚父的鲜明形象。

从《生民》到《大明》五篇作品,合而观之,适成一组史诗。它们虽然简朴,却像是用粗线条较为完整地勾画出了周民族发祥、创业、建国、兴盛的光辉史迹,无愧为周民族的英雄史诗。我国古代留传下来的真正的史诗屈指可数,因而《诗经·大雅》中保存下来的这一组史诗就显得特别珍贵。

(二) **颂歌与怨刺诗** 中国古代诗歌有所谓"美刺"的传统,表现出鲜明的功利性和实用性,《诗经》可谓开其端者。在《诗经》中,歌功颂德的作品占有一定比例。它们多属庙堂乐歌或官方乐歌,出自公卿列士或乐官之手,在《颂》诗中保存最多。它们或颂帝王、歌天命,或颂战功、扬王威,或颂宴饮、赞嘉宾,其主要目的是为周王统治的合理性寻求神学的支持,并借助于上帝的权威以慑服臣民,以永保周王之天下。这些谀美的颂歌虽不能说一无可取,但从文学的角度看来,其思想意义及艺术价值实在无足称道。不过,应该指出,正是这一类为统治者歌功颂德的作品,成了后世那些讴歌承平、粉饰现实的谀美之作的榜样和典范。

值得注意的是,在二《雅》及《国风》中保存了不少与颂歌异调的怨刺诗。在儒者看来,怨刺诗即所谓"变风"、"变雅",是王道衰落、礼崩乐坏、政教不行、人伦废丧的产物。所谓"刺过讥失"、"匡救其恶"(郑玄《诗谱序》)不仅在一定程度上揭示了怨刺诗产生的政治、社会背景和道德、伦理因素,而且指明了怨刺诗的主旨所在。怨刺诗的确是乱世的产物,它们主要产生于西周末年厉、幽时期及其以后,无不带有鲜明的时代烙印。其中一些作品出自公卿列士之手,是贵族士大夫们的讽谕劝戒之作。它们或借史讽今:"殷鉴不远,在夏后之世。"(《大雅·荡》)"赫赫宗周,褒姒灭(灭)之。"(《小雅·正月》)或揭露现实:"乱生不夷,靡国不泯。民靡有黎,具祸以烬。於乎有哀,国步斯频。"(《小雅·正月》)或针砭昏君:"上帝板板,下民卒瘅!出话不然,为犹不远。靡圣管管,不实于亶。犹之未远,是用大谏!"(《大雅·板》)或斥责佞臣:"彼谮人者,谁适与谋?取彼谮人,投畀豺虎;豺虎不食,投畀有北;有北不受,投畀有昊!"(《小雅·巷伯》)总之,不外乎悯时伤乱、愤世哀民,表现出诗人系心国事,维护统治集团利益的忠心诚意。这在某种程度上,与歌功颂德之作有相通之处。但诗人们对社会矛盾的大胆揭露,客观上具有不容低估的认识价值;诗中所抒发的深沉怨愤,也表露了诗人们"忧心悄悄"的忧患意识。

二《雅》中的怨刺诗多出自贵族文人之手,《国风》中的怨刺诗则多出自民间,因而较为直接地反映了下层民众的思想、感情和愿望。其内容更深广,怨愤更强烈,讽刺更尖刻,具有较强的批判性和斗争性。如《魏风·硕鼠》愤怒地斥责剥削阶级是贪婪可憎的大老鼠。《魏风·伐檀》发出了奴隶不平的呐喊和反抗的呼声：“不稼不穑，胡取禾三百廛兮？不狩不猎，胡瞻尔庭有县貆兮？彼君子兮，不素餐兮！”对那些不劳而获的奴隶主贵族作了愤怒的揭露和理直气壮的责问，辛辣地讽刺了无偿占有劳动成果的剥削者。

《国风》中的怨刺诗更多的是对统治阶级种种无耻丑行的揭露和讥刺。如《邶风·新台》把卫宣公比做丑陋不堪的癞虾蟆，讽刺他夺占儿媳的丑恶行径。《鄘风·相鼠》道：“相鼠有齿，人而无止。人而无止，不死何俟？”以鼠之有齿反衬人之无耻，揭露了统治阶级无异于衣冠禽兽的实质，痛快淋漓地表达了蔑视和憎恶的感情。此外，《齐风·南山》、《陈风·株林》也有类似的讽刺。

《国风》中的怨刺诗无不在辛辣的讽刺中蕴含深沉的怨愤，反映了广大下层民众不平的心声。

（三）**婚恋诗**　《诗三百》精华在《国风》。《国风》中，又以婚恋诗最为精彩动人。所谓“婚恋诗”，包括以恋爱，婚姻为主题的诗篇，其突出特点是“各言其情”(朱熹《诗集传序》)。值得注意的是，《诗经》中的婚恋诗不仅数量较多，而且艺术质量甚高。无论是“男悦女之词”，还是“女惑男之语”(朱熹《诗集传》卷四)；也无论是表追求，抒思慕，叙幽会，寄怀念，还是描述爱情、婚姻的悲剧，抒发内心的哀痛，都莫不情真意挚，感人至深，具有不朽的价值。

《诗经》中的婚恋诗，内容丰富多彩，形式生动活泼。其中有些堪称热烈奔放的情歌。其中唱道：“风雨如晦，鸡鸣不已。既见君子，云胡不喜！”(《郑风·风雨》)“野有蔓草，零露漙兮。有美一人，清扬婉兮。邂逅相遇，适我愿兮！”(《郑风·野有蔓草》)类似的作品还有《周南·关雎》、《召南·野有死麕》、《邶风·静女》、《郑风·溱洧》等等。它们或表现对爱情的大胆追求和对情人的热切相思，或描述热恋的情景和讴歌爱情的甜蜜，洋溢着热烈欢快的情调。

《诗经》的婚恋诗中，还有一些可称作深沉执著的恋歌。如《王风·采葛》以“一日不见，如三秋兮”表达了对意中人的刻骨相思；

《卫风·木瓜》发出了"永以为好也"的誓词;《郑风·出其东门》中的主人公不为"有女如云"所动心,而对"缟衣綦巾"的爱人一往情深;《秦风·蒹葭》抒写了对"所谓伊人,在水一方"的缠绵悱恻而又空灵渺远的反复追寻。这些诗篇歌颂了对爱情的忠实、坚贞和专一,展现了主人公纯洁美丽的心灵。另有一些诗篇表现了对礼法压迫的反抗和对婚恋自由的执著追求,揭示了当时在礼法压迫下婚恋的不自由给青年男女造成的内心创伤,如《鄘风·柏舟》、《郑风·将仲子》等便是这样的代表作品。

热烈奔放的情歌令人愉悦,深沉执著的恋歌使人赞叹,痛苦哀伤的悲歌则引发同情、启发深思。以《邶风·谷风》和《卫风·氓》为代表的所谓"弃妇诗",以浓郁的哀伤情调,描述了沉痛的婚恋悲剧:

> 昔育恐育鞫,及尔颠覆。既生既育,比予于毒。
>
> （《谷风》）
>
> 三岁为妇,靡室劳矣;夙兴夜寐,靡有朝矣。言既遂矣,至于暴矣。兄弟不知,咥其笑矣。静言思之,躬自悼矣。
>
> （《氓》）

尽管这两首诗中的女主人公性格和经历有所不同,但命运却一样悲惨。它们都深刻地揭露了在私有制度下夫权制的不合理,揭示了被压在社会最底层的劳动妇女的悲惨命运,倾诉了女主人公内心的哀怨和痛苦。在《诗经》的婚恋诗中,它们是感人至深的爱的悲歌。

（四）**农事诗** 周代经济以农为主,因而反映农业生产和劳动生活的农事诗在《诗经》中为数不少。《雅》、《颂》里的农事诗,大多赞颂农业所取得的成就,夸耀田土广大,农夫众多,收获丰盛,表达了祈求丰年的愿望,在一定程度上反映了周代社会的经济生活。但其内容较为单调,文学价值不高。如《周颂》中的《噫嘻》、《载芟》、《良耜》,《小雅》中的《甫田》、《大田》、《楚茨》等,均为其例。

《国风》里的农事诗则内容丰富,清新生动,文学价值较高。如《周南·芣苢》:

> 采采芣苢,薄言采之;采采芣苢,薄言有之。采采芣苢,薄言掇之;采采芣苢,薄言捋之。采采芣苢,薄言袺之;采采芣苢,薄言襭之。

诗人以简洁的语言,明快的节奏,绘出了一幅动人的劳动生活风习画。

农事诗中的杰出作品,当首推历代传诵的《豳风·七月》——一首饱含血泪的奴隶之歌。它反映了奴隶社会中从事繁重劳动的男女奴隶一年到头除进行农业生产之外,还要为奴隶主贵族养蚕、制衣、打猎、盖房,然而他们却"七月食瓜,八月断壶,九月叔苴,采荼薪樗,食我农夫",并且"无衣无褐",过着饥寒交迫的悲惨生活。此诗客观上揭露了奴隶主贵族对奴隶们的残酷剥削和压榨,表现了辛苦从事农桑稼穑的奴隶们内心的悲苦和哀伤,真实而生动地展现了一幅古代奴隶生活的画图。

(五)**征役诗** 西周晚期,王室衰微,戎狄交侵,征战不休。平王东迁之后,诸侯兼并,战争频仍。征役繁重,民不聊生。苛酷的兵役、徭役给广大民众带来了深重的苦难:如《唐风·鸨羽》:"王事靡盬,不能艺稷黍,父母何怙?悠悠苍天,曷其有所?"又如《小雅·何草不黄》:"何草不玄?何人不矜?哀我征夫,独为匪民。匪兕匪虎,率彼旷野。哀我征夫,朝夕不暇。"真实地反映了当时被迫服役的征夫们内心的哀苦和悲愤。《王风·君子于役》则写一个山村劳动妇女怀念她久役不归的丈夫:"君子于役,不知其期。曷至哉?鸡栖于埘,日之夕矣,羊牛下来。君子于役,如之何勿思!"抒发了内心的惆怅和痛苦。又如《小雅》中的《大东》、《北山》、《渐渐之石》,《国风》中的《魏风·陟岵》、《邶风·式微》、《王风·伯兮》、《豳风·东山》等等,也都是征役诗中的出色之作。

(六) **爱国诗** 《诗经》一方面写出了人民从事征役之苦,另一方面也写出了他们的爱国感情和英雄气概。如《小雅·采薇》中的主人公,舍其室家,抵御外侮,"不遑启居"、"载饥载渴";但他明白,这一切都是因为猖狂的猃狁侵凌之故,为了保卫家园,不得不奋起战斗,作出牺牲。此诗的字里行间,洋溢着爱国热情。再如《秦风·无衣》,可说是一首气势磅礴的战歌:

> 岂曰无衣? 与子同袍。王于兴师,修我戈矛。与子同仇。岂曰无衣? 与子同泽。王于兴师,修我矛戟。与子偕作! 岂曰无衣,与子同裳。王于兴师,修我甲兵。与子偕行!

它表现了当时人民同仇敌忾、勇抗外侮的大无畏英雄气概,歌颂了奋起捍卫祖国、维护民族利益的爱国精神。这些爱国诗或沉郁悲慨,或细腻委婉,格调不同,但都充满了爱国激情。

三 《诗经》的艺术成就和影响

在中国文学史上,《诗经》占有极其重要的地位。它不但思想内容深广博大,而且艺术成就卓越非凡。对后代文学的发展产生了巨大而深远的影响。

《诗经》是一部汇编而成的乐歌总集。其作者不一,内容各异,艺术风格不尽一致,艺术成就也高下有别。如《颂》及《大雅》中那些歌功颂德的篇章,在艺术上并无多少值得称道之处。但《诗经》中的大部分作品,特别是《国风》和《小雅》中的那些优秀诗篇,具有鲜明的艺术特色和非凡的创造力,闪耀着迷人的艺术光彩。概括言之,其艺术成就主要体现在三方面:朴实自然的艺术风格,生动形象的赋、比、兴手法和优美和谐的语言艺术。

第一,朴实自然的艺术风格。《诗经》主要产生于两三千年前我国以黄河流域为中心的北方地区。北方人民，由于自然条件较差，生活勤苦，养成了朴实浑厚的性格，故重视实际而不耽幻想。他们的歌唱也就自然表现出重实际、重现实、重人事、重政治、重真情的思想特征。正是在这个意义上，可以说《诗经》是以艺术的形式体现了西周至春秋这一特定历史时期的时代精神。反映在艺术风格上，尽管《诗》三百呈现出一定程度的多样化，但就总体而论，不能不说朴实而自然的艺术风格为其基调。

这一艺术风格主要表现为真实地反映现实生活和真率地表达感情。无论是积极干预时政的怨刺诗，抒写民间疾苦的征役诗，还是直接来自生活的婚恋诗、农事诗和关心祖国命运的爱国诗，大都紧贴现实，直面人生，表达真情实感，不作无病呻吟。特别是那些"饥者歌其食，劳者歌其事"（《春秋公羊传》卷一六何休注）和"男女有不得其所者，因相与咏歌，各言其伤"（《汉书·食货志》）的诗篇，如《豳风·七月》、《魏风·伐檀》、《魏风·硕鼠》等，更是揭露阶级矛盾，吐露奴隶心声的杰出作品。朴素而自然，真实而生动，千载之下，依然感人。

《诗经》多抒情之作，其抒情的突出特点是真率自然，决不矫揉造作、忸怩作态。如《王风·黍离》表达家国沦亡所引起的哀思，三章反复叠唱"知我者谓我心忧，不知我者谓我何求。悠悠苍天，此何人哉！"直露而真率地抒发了沉重而深广的忧伤。《召南·摽有梅》写一位姑娘呼唤爱情：

> 摽有梅，其实七兮。求我庶士，迨其吉兮！摽有梅，其实三兮。求我庶士，迨其今兮！摽有梅，顷筐塈之。求我庶士，迨其谓之！

诗人以梅子黄落起兴，层层递进，奏出了渴求爱情的心声。虽从对方"求我"落笔，仍不掩其直率真诚。

《诗经》中不少诗篇出自民间，富有强烈的生活气息和浓郁的乡土情调。方玉润论及《周南·芣苢》说："读者试平心静气，涵咏此诗,恍听田家妇女,三三五五,于平原绣野、风和日丽中群歌互答,余音袅袅,若远若近,忽断忽续,不知其情之何以移而神之何以旷,则此诗不必细绎而自得其妙焉。"(《诗经原始》卷一)像这样不事雕琢,自然而然地从心田流出的诗歌,在《诗经》中不胜枚举。

《诗经》作品是来自现实生活的诗,是出自诗人心底的歌,真实地反映社会人生,真率地抒发内心情志,形成了朴实自然的艺术风格,闪耀着现实主义的光辉。《诗经》开创了现实主义的创作方法,成为我国古代诗歌创作的优良传统之一。

第二,生动形象的赋、比、兴手法。前人从《诗三百》中归纳出了所谓"赋、比、兴"的表现手法。这不仅是对《诗经》艺术技巧的概括和总结,而且准确地揭示了中国古代诗歌艺术表现手法的基本特点。中国古代文学特别是诗歌,具有以抒情为主的基本美学特征。如何使主观情志与特定的想象、理解融合而为客观化的艺术形象,便是一个非常重要的问题。可以说,从《诗经》的创作实践中提炼出所谓"赋、比、兴"的艺术规律和美学原则,正是解决这一重要问题的有效手段。

然而关于赋、比、兴特别是比、兴的解释,历来众说纷纭。朱熹认为:"赋者,敷陈其事而直言之者也。""比者,以彼物比此物也。""兴者,先言他物以引起所咏之词也。"(《诗集传》卷一)胡寅《斐然集》卷一八《致李叔易》引李仲蒙之说道,"叙物以言情,谓之赋,情物尽也;索物以托情,谓之比,情附物者也;触物以起情,谓之兴,物动情者也。"其他解释还有很多,但都大同小异。其实简而言之,比即比喻,乃咏彼而喻此;兴即起兴,乃咏彼而兴此;赋即铺陈直叙,乃不用比、兴而直写其事。

在《诗经》中,赋是最基本、最常用的表现手法,甚至有不少通篇用赋敷陈直言的诗作。其共同特点是:叙事、写景皆铺陈直叙,抒情则直抒胸臆,但在具体运用中,又各有特色。如《豳风·七月》基本上按时间先后叙事。它以月份为经,以农事、杂务为纬,纵横交错,叙、议结合,组织成速写连环画面,高度概括而又鲜明可感。

当然,在《诗经》中更为出色的还是比、兴手法的运用。比的运用极为普遍。刘勰《文心雕龙·比兴》指出:"何谓为比?盖写物以附意,飏言以切事者也。故金锡以喻明德,珪璋以譬秀民,螟蛉以类教诲,蜩螗以写号呼,浣衣以拟心忧,席卷以方志固:凡斯切象,皆比义也。至如'麻衣如雪','两骖如舞',若斯之类,皆比类者也。"其所举都是《诗经》作品中用"比"的实例。诗人用"比",得心应手,"或喻于声,或方于貌,或拟于心,或譬于事"(同上)。总之是用浅显常见而又特征鲜明的具体事物作为喻体来打比方,描绘或渲染与之有某种相似点的对象。如《卫风·硕人》描写卫庄公夫人庄姜之美:"手如柔荑,肤如凝脂,领如蝤蛴,齿如瓠犀,螓首蛾眉,巧笑倩兮,美目盼兮。"用了一连串的比喻,形容其美丽绝世。这种写法,为后世文人赞赏和仿效。《诗经》中用"比"的出色范例举不胜举,由此可见一斑。

"兴"在《诗经》中也是广泛运用的表现手法。它一般用于一首诗或一章诗的开头,"以引起所咏之词"。受其性质和作用所限定,故无通篇用"兴"之作。"兴"的作用固然在起头,但它往往含有联想、象征、寄寓、烘托、渲染等意味,艺术效果非止一端。如《周南·关雎》首章:"关关雎鸠,在河之洲。"以河中小洲上雌雄和鸣的雎鸠起兴,引发"窈窕淑女,君子好逑"的感兴,即含有联想和象征的意味。《周南·桃夭》是一首贺婚喜歌。它以"桃之夭夭,灼灼其华"起兴,引出"之子于归,宜其室家"的贺词,既有象征之意,又启人联想,并且还以艳丽照眼的满树桃花,渲染了婚礼的欢乐热闹气氛。《邶风·谷风》则以"习习谷风,以阴以雨"发端,用自然界风雨交加的天气烘托出家庭中夫妇绝情的阴森气氛,并借以隐喻丈夫的暴怒。诗人用"兴"仿佛在有意无意之间,但"触物以起情",看似随处着眼,顺手拈来,实则所触之"物"与所起之"情"往往有某种外在或内在的联系。

必须看到,赋、比、兴虽然各有特点,但又不可截然分割。三者往往交相为用,互相联系,互为补充,共同构成《诗经》表现手法的基本特征。

第三,优美和谐的语言艺术。《诗经》的语言艺术历来被奉为典范。它在词汇、句式、章法、修辞和韵律等方面的创造性成就,对促进民族语言的发展和文学的进步,做出了极其重要的贡献。

《诗经》词汇丰富,表现力强。早在孔子时代,它就被用作学习语言知识和政治伦理的教科书,对我国书面语言的统一和发展,起了重大作用。《诗经》中不仅准确、鲜明、生动地运用了丰富多彩的名词、动词和形容词,而且成功地运用了大量虚词。南宋洪迈指出:"《毛诗》所用语助之字以为句绝者,若之、乎、焉、也、者、云、矣、尔、兮、哉,至今作文者皆然。他如只、且、忌、止、思、而、何、斯、游、其之类,后所罕用。"(《容斋五笔》卷四《毛诗语助》)虚词的运用扩大了语言的表现功能,标志着语言艺术的新发展。特别是语气词的巧妙运用,使得音节铿锵和谐,有助于表达语气和情态,对后世文言文和诗、词、曲的语言艺术影响甚大。此外,"灼灼"、"依依"、"杲杲"、"濔濔"、"喈喈"、"喓喓"之类"重言"词,和"鬒发"、"栗烈"、"熠耀"、"参差"、"窈窕"、"辗转"、"崔嵬"、"玄黄"之类"双声叠韵"词的巧妙运用,也大大增强了诗歌的形象性和音韵美,成为《诗经》语言艺术的一大特色。

《诗经》句型以四言为主,节奏为每句二拍。这种四言二拍的形式,与当时的社会生活和语言发展状况是基本适应的。尽管如此,其句型却并非一律。诗人们为了更好地适应内容表达和感情抒发的需要,往往灵活地变换句型,使之错落有致、长短相宜。正如清沈德潜所说:"《三百篇》中,四言自是正体。然诗有一言,如《缁衣》篇'敝'字、'还'字,可顿住作句是也。有二言,如'鳣鲔'、'祈父'、'肇禋'是也。有三言,如'螽斯羽'、'振振鹭'是也。有五言,如'谁谓雀无角'、'胡为乎泥中'是也。有六言,如'我姑酌彼金罍'、'嘉宾式燕以敖'是也。至'父曰嗟予子行役'、'以燕乐嘉宾之心',则为七言。'我不敢效我友自逸',则为八言。短以取劲,长以取妍,疏密错综,最是文章妙境。"(《说诗晬语》卷上)这对后世各型诗体的产生,无疑提供了重要的借鉴。

不仅如此,诗人们还善于选用陈述、感叹、问答(包括设问、反问)、对话、肯定、否定等多种句式,借助句式的多样变化,以恰当而完美的形式表情达意,无形中扩大了四言句的容量,增强了诗歌语言的表达效果。

联章复沓、回环往复是《诗经》篇章结构的显著特点。《诗》皆入乐,复沓的章法正是围绕同一旋律反复咏唱的最佳形式。这种形式主要表现为一首诗往往分为若干章,各章字句大体一致,仅仅变换少数词语,以适应反复咏唱的需要。如《周南·芣苢》,三章如一,仅变换动词,分别用"采"、"掇"、"袺","有"、"捋"、"襭",既形象地描绘了采摘芣苢的劳动过程,又有一唱三叹、回旋跌宕之妙,并且有助于记忆和传诵。这种形式显然是来自民间的艺术创造,体现了民歌的艺术特征。在《诗经》中,这种形式层见叠出,尤以《国风》、《小雅》为多。

《诗经》的语言是经过提炼和加工的书面语。除了精于锤炼词语和善于选用多种句式而外,适当地运用比拟、夸张、对偶、排比、层递、拟声等多种修辞格,使作品摇曳生姿、文采斐然,也是《诗经》语言艺术的特点之一。

《诗经》作品节奏鲜明,声韵和谐,极富音乐美。但这并非人工雕琢,而是自然形成。正如明陈第所说:"《毛诗》之韵,动于天机,不费雕刻,难与后世同日论矣。"(《毛诗古音考》附《读诗拙言》)在自然而然形成的和谐音韵中,当然也是有一定规律可寻的,顾炎武在《日知录·古诗用韵之法》中概括《诗经》用韵之法大约有三。一是"首句次句连用韵,隔第三句而于第四句用韵";二是"一起即隔句用韵";三是"自首至末句句用韵"。《诗经》的韵律及其用韵技巧无疑是伟

大的艺术创造。它为中国古代诗歌韵律的形成和完善,提供了可
资取法的典范。

在漫长的封建社会里,《诗经》被罩上了神圣的光圈,以致掩盖
了它的本来面目;历代统治阶级又大都利用它,作为宣扬礼教的工
具;但这都无损它自身的光辉。它以丰富的思想内容和杰出的艺
术成就,屹立于2500年前那个特定时代所能达到的历史高度,理
所当然地成为后世崇奉、仰慕的典范。《诗经》奠定了我国诗歌的
优良传统,哺育了一代又一代进步的诗人、作家,启发和昭示他们
沿着它所开拓的道路前进。

第四节　史家之文

我国自古就有重史的传统。"惟殷先人,有册有典"《《尚书·多
士》)大概至迟在商代,就已设立了专司记事的史官。史家记事之文
绵绵不绝,日益发展,自殷商迄战国,从类同甲骨卜辞的钟鼎铭文
发展到洋洋大观的史家散文,由简而繁,由质而文,由片断的文辞
到较为详细生动的记言、记事、记人,其发展经历了一个漫长的历
史时期。

一　《尚书》

《尚书》是我国最早的一部历史文献,大体是春秋以前历代史
官所收藏的政府重要文件和政治论文的选编。《尚书》原称《书》,
后被列入儒家所谓"六经"之一,故又称《书经》。一般认为,"尚"与
"上"通,所谓《尚书》即"上古之书"。其所载不外乎政府的文告,君
主的誓言、命令和贵族的诫词。

《尚书》是汇编而成的典籍,至于由何人辑为定本,已难确考。
孔子也许是"编次其事"者之一,但未必是最后的编定者。此书在

先秦时以多种形式广为流传，非止一种，其文字也不尽一致。汉代以来，《尚书》有所谓今文、古文之分。今文《尚书》是秦始皇焚书之后由汉初经师故秦博士济南伏生所保存、传授，用当时通行的隶书写成，有28篇。古文《尚书》则是汉武帝时陆续发现，用先秦"古文"书写，故名。古文《尚书》较今文《尚书》多16篇，但后来亡逸了。今本《十三经注疏》中所载的58篇，乃东晋时豫章内史梅赜所献。此书将伏生本28篇分为33篇，并入其中。其所增25篇。经学者们考辨，全属伪作。因此，现在研讨《尚书》，只限于今文28篇。

今文《尚书》包括虞、夏书各2篇，商书5篇和周书19篇。一般认为，商书、周书虽也难免经过后人损益，但较为可靠；所谓虞、夏之书则颇可疑，恐系春秋战国时人所作。不过，那时去古未远，其记述必有所据，并非凭空杜撰，故也值得重视。《尚书》的记事涉及原始社会末期和奴隶社会夏、商、周三代的历史，时代跨度颇大，内容相当丰富。

《尚书》的思想核心是商、周时代的神权政治观念。从《尚书》的记载中，不难看出这一政治观念由强调"天命神授"到主张"敬天保民"的演变过程。在殷商时代，主要强调天命神授。《商书·汤誓》说："有夏多罪，天命殛之。"《商书·盘庚上》说："先王有服，恪谨天命。"《商书·盘庚下》说："肆上帝将复我高祖之德。"认为"天"和"上帝"是宇宙的最高主宰，天子是代天行令的人，因而极端崇尚天帝神权，维护其至高九上的地位。到了周代，由于殷王朝的被推翻，现实的斗争给周初统治者以深刻教训，使之逐步认识到人民的力量，因而对传统的宗教神学作了修正。其重要标志是提出了"德"，重视并强调"敬德保民"。认为"德"即上天意志的体现，"敬德"也就是"敬天"。《周书·梓材》说："肆王惟德用"；又说："欲至于万年，惟王子子孙孙永保民。"《周书·召诰》说："呜呼！天亦哀于四方民，其眷命用懋，王其疾敬德。"与此同时，周初统治者还提出了"罚",作为"敬天保民"的补充。《周书·康诰》明确提出了"明德慎罚"的原则,并强调"敬明乃罚"。从"天命神授"到"敬天保民",体现了神权政治观的发展和演变。

《尚书》的另一思想特点是重视总结和借鉴历史的经验教训。这在《周书》中反映最为突出。周代统治者从殷末周初的动乱中吸取了教训,增长了见识,并认真思考了前代盛衰兴亡的原因,自觉地借鉴其经验教训。《周书·酒诰》指出:"古人有言曰:'人,无于水监(通"鉴"),当于民监。'今惟殷坠厥命,我其可不大监,抚于时?"《周书·召诰》说:"我不可不监于有夏,亦不可不监于有殷。"借鉴前代经验教训,使周代统治者不仅产生了"敬德保民"、"明德慎罚"的新的政治观念,而且提出了用人、理政的原则、方法和勤勉治国、力戒安逸享乐的主张。这无疑是对历史经验的总结,具有一定进步意义,并对后代有较大影响。

《尚书》作为我国第一部兼有记叙和论说的散文集,体现了初步的艺术技巧,对后世文学的发展具有一定启发意义。它"虽非为作文设,而千万世文章,从是出焉"(李耆卿《文章精义》)。其文学价值是不容忽视的。

《尚书》文章已具有记叙、描写、议论等多样表达方式,虽为"记言"之作,却并不显得单调。它的记叙简明扼要,描写不多而颇为生动,议论不烦而剀切中肯。有的篇章还能适当地运用一些修辞手段,如:"若网在纲,有条而不紊;若农服田力穑,乃亦有秋。""若火之燎于原,不可向迩,其犹可扑灭?"(《商书·盘庚上》)"若有疾,惟民其毕弃咎;若保赤子,惟民其康乂。"(《周书·康诰》)等等。取譬设喻,通俗生动,富于生活气息。

《尚书》的文字古奥艰涩,语句拗口难读。韩愈所谓"周诰殷盘,佶屈聱牙"(《进学解》),指明了《尚书》在语言上的突出特点。词汇的古僻,语句的艰涩以及不用或少用虚词和关联词,是形成这一特点的主要标志。

《尚书》之文,风格质直古朴。"虞夏之书浑浑尔,商书灏灏尔,周书噩噩尔。"(扬雄《法言·问神》)其文多为"记言","若君臣相对,词旨可称,则一时之言,累篇咸载。"(刘知几《史通·六家》)所记大都直言不讳,不事雕琢,亦少藻饰。

《尚书》文体自成一家。"其所载,皆典、谟、训、诰、誓、命之文。"(《史通·六家》)实际上,这就是我国古代散文体式的早期形态。这种文体自春秋末年以后,虽已不在社会上流行,但它对汉代以后的官方文告撰制显然还有影响。刘勰说:"诏、策、章、奏,则《书》发其源。"(《文心雕龙·宗经》)柳宗元说:"著述者流,盖出于《书》之谟、训。"(《杨评事文集后序》)他们都肯定了《尚书》在我国古代散文发展史上的奠基意义。

二 《春秋》

《春秋》是现存的中国第一部编年体鲁国简史。它以年为经,以事为纬,记载了上起鲁隐公元年(前 722),下迄鲁哀公十四年(前481)共 242 年的史实。它是继《尚书》之后的一部以记事为主的史书。其体式、内容、叙事、语言自具特色。它不仅是后世编年体史书之祖,而且在散文发展史上也有重要地位。

《春秋》本是周代史书较为通用的名称。鲁国的史书即名《春秋》。今所见《春秋》即鲁之《春秋》,是鲁国不同历史阶段的史官集体所撰。孔子在此基础上作了较大的加工修订,使之成为授徒的教本,从而开创了私家著述的先例。因此应该说,《春秋》是孔子依据鲁史修订而成的史书。因其仍以《春秋》为名,于是《春秋》变为专名;又因属儒家所谓"六经"之一,故又称《春秋经》。

《春秋》开创了编年体的先例。它按鲁国国君"十二公"——隐、桓、庄、闵、僖、文、宣、成、襄、昭、定、哀的顺序,分年记事,"以事系日,以日系月,以月系时,以时系年"(《史通·六家》),严格而系统地展现出史实发展的时间关系。它以鲁国为主体,兼及他国,其记事不仅清晰地显现了时代背景,而且揭示了同一时代此一史实与彼一史实之间的相互关系。这一体例的产生,是一个重大的创造。

不仅如此,《春秋》还在内容、叙事、语言等方面较《尚书》有了一些新的特点。

孔子曾说:"知我者其惟《春秋》乎!罪我者其惟《春秋》乎!"(《孟子·滕文公下》)可见《春秋》融进了孔子的心血,体现了他的思想倾向。具体说来,就是遵循周制,维护周礼,明王道,重人事,褒善贬恶,反对"邪说暴行",志在"拨乱世反之正"。这就是所谓"文成数万,其指数千"的《春秋》的"礼义之大宗"(《史记·太史公自序》),也是后儒所称道的"大义"之所在。

"大义"是通过所谓"微言"体现的,因而《春秋》记述史实对于遣词极为讲究。例如同是记杀人,便有区别。杀无罪者称"杀",杀有罪者称"诛",下杀上则称为"弑"。如此等等,不一而足。又如吴、楚之君自称为"王",《春秋》不予理会,仍贬之曰"子";僖公二十八年(前632),晋侯实召周襄王会于践土,而《春秋》讳之曰:"天王狩于河阳"。在如此精细微妙的记述中,蕴含"明王道"、"褒周室"、"辨是非"、"别嫌疑"之深意,就是所谓"微言大义"。

《春秋》叙事既简明扼要,又谨严有方。欧阳修在《论尹师鲁墓志》中称其"简而有法",并说在"六经"之中,惟《春秋》如此。这一特点不仅是私家著述简练有序的体现,而且是史家之文在写作上已有了长足进步的明显标志。如《春秋·僖公十六年》记:"春,王正月,戊申,朔,陨石于宋五。是月,六鹢退飞过宋都。"《公羊传》解释道:"曷为先言陨而后言石?陨石记闻,闻其磌然,视之则石,察之则五……曷为先言六而后言鹢?六鹢退飞,记见也。视之则六,察之则鹢,徐而察之则退飞。"叙事简要合理,文约事丰,后世学者对此备极推崇。刘知几赞其"加以一字太详,减其一字太略。"(《史通·叙事》)足见其遣词命意极富匠心。《春秋》叙事的简严精确,是与孔子的笔削分不开的。

《春秋》不过 18000 余字,却记载了 242 年的史实,其语言之凝练含蓄,历来为人称道。所谓"春秋笔法",即"一字见义"、"一字褒贬",集中体现了《春秋》的语言特点。

然而《春秋》也有不少局限。其记事过于简略,有的条文仅一个字,如"螟"(隐公五年、八年)、"饥"(宣公十年、十五年,哀公十四年);最长的也不过 46 字(襄公十四年)。多为提纲挈领式的文句,看不出历史事件的来龙去脉和因果关系,好似有骨而无肉。特别是它刻意"为尊者讳"、"为贤者讳"、"为亲者讳"的倾向,有悖于"善恶必书"的"实录"精神,对后世史传文学有不良影响。

三 《国语》

《国语》是我国最早的一部国别史,也是《春秋》之后的一部重要历史著作。此书相传为春秋时左丘明所著,实际上是由各国史料汇编而成,并非出于一人、一时、一地。它主要来源于春秋时期各国史官的记述,后来经过熟悉历史掌故的人排比润色,大约在战国初年或稍后编纂成书。

《国语》分别记载周王朝及诸侯各国的史事,而以记言为主,故名为《国语》。它始创国别史之体。全书共 21 卷,分国记载周、鲁、齐、晋、郑、楚、吴、越八国的史事;上起周穆王,下迄鲁悼公,包括的时代大体为西周末年至春秋时期(约前 967 ~ 前 453)。

《尚书》多载训诫之文,《春秋》多寓褒贬之言,《国语》则多记教诲之语。其目的虽然都在善善恶恶,但《国语》显然按照某种明确的说教意图,对史实作过一番选择。其所记者,大都是从中能够引出某种教训的言和事。较之《尚书》和《春秋》,《国语》在记言记事方面显然有了新的发展。在思想内容方面也有了一些新的特点。"重民"、"尚礼"、"崇德",是其主要表现。

《国语》论及民、神关系，基本上是民神并重而先民后神。如《周语上》记内史过论神："神飨而民听，民神无怨。"《周语中》还借《太誓》之言道："民之所欲，天必从之。"《鲁语上》记曹刿问战，提出"惠本而后民归之志，民和而后神降之福"的见解，都反映了《国语》在讲民神关系时，虽然往往二者并重，但显然已是以民为先。

《国语》论及君民关系，也是以民为主，充分显示了"重民"的思想倾向。《周语中》记单襄公论郤至，明确指出："王天下者必先诸民，然后庇焉，则能长利。"《周语上》记邵公谏厉王弭谤，提出了"防民之口，甚于防川"的名言。《楚语上》记伍举提出"安民以为乐"的观点，并指出"民实瘠矣，君安得肥？"这些言论，反映了"重民"的思想特点，较之商、周时代的神权政治观念，无疑是一个大的进步。

"尚礼"也是《国语》思想特点的一个突出表现。所谓"礼"，即规定社会行为的法则，包括等级制度、道德规范和与此相关的礼节仪式等。《晋语四》载宁庄子之言曰："夫礼，国之纪也。"又载负羁之言曰："礼宾矜穷，礼之宗也。礼以纪政，国之常也。"《鲁语上》记曹刿谏庄公如齐观社说："夫礼，所以正民也。"此外，《国语》中关于所谓"知礼"、"有礼"、"忘礼"、"无礼"之类的言和事所在多有，其用意都在说明"礼"的重要性。

《国语》还有引人注目的"崇德"倾向。所谓"崇德"，即推崇高尚的伦理道德，重视道德品质的修养。而"德"的规范和核心，则如《周语上》所记内史兴之说："成礼义，德之则也。"《楚语上》记申叔时论教导太子之道，强调道："教之《语》使明其德，而知先王之务用明德于民也。"《晋语六》记范文子之言，明确提出"天道无亲，唯德是授"，认为国君能否"树德于民"，乃是决定国家兴衰、事业成败的一大关键，必须予以高度重视。此外，《国语》中还有不少关于忠、信、仁、义、智、勇、孝、惠之类较为系统的道德观念的论述。这不仅显示在道德伦理观念上已较商、周时代有了较大的发展和变化，而且折射出春秋至战国时期已然"礼崩乐坏"、"君德浅薄"的鲜明时代特征。

《国语》重在教诲。故其所记,多与国之兴衰或事之成败密切相关,富于政治色彩。这意味着自春秋以来,史家已能比较自觉地借鉴历史的经验,通过有选择的史事的记述,借以表达或寄托某种思想观点了。

应该指出,《国语》中也杂有不少关于天命神鬼的记述。作者对此津津乐道,反映了迷信、落后的思想观念。

从文学的角度看来,《国语》的价值不容低估。它在一定程度上形象地反映了春秋时代尖锐激烈的阶级矛盾和错综复杂的政治斗争,展现了那个时代政治变化的轮廓。不少篇章真实而深刻地揭露了当时统治者的凶狠残暴和穷奢极欲,揭示了广大人民群众处境的悲惨和生活的痛苦,为后代提供了一幅幅鲜明的历史画面,具有不朽的认识价值。它虽以记言为主,但也注意写人,不同程度地揭示了当时形形色色的政治人物的精神面貌。《国语》文章"深闳杰异"(柳宗元《非国语序》),富于文采,被称为"足以文藻群流,黼黻当代,信文章之巨丽也"(朱彝尊《经义考》卷二〇九引王世贞语)。这些特点,无疑体现了史家之文的新发展。虽然在总体上,《国语》的文学成就不及《左传》,但其少数篇章则有所过之。故"自张苍、贾生、马迁以来,千数百年,播诵于艺林不衰。"(同上,引黄省曾语)在中国文学史上产生了较大的影响。

《国语》重在记言,也长于记言。与同以记言为主的《尚书》相较,《国语》以能于记言中见人取胜。它不仅叙及 300 多个人物,远非《尚书》可比;而且在其所叙人物中,已有一些性格较为鲜明的形象。如《晋语》中的重耳、骊姬、子犯,《吴语》中的夫差,《越语》中的勾践,便颇富文学色彩。特别是晋文公重耳,是《国语》中着墨较多的一位重要人物。作者通过一连串若断若续的小故事,把人物置于矛盾斗争之中,揭示其性格特征和成长历程,出色地刻画了一位有血有肉的人物形象。围绕重耳这一中心人物,作者还描写了其妻姜氏、其舅子犯的形象,虽着墨不多,但颇为传神,能给人留下深刻印象。如《晋语四》记重耳避骊姬之难出奔,至齐,齐桓公以女妻之,待遇优厚。这时的重耳,目光短浅,耽于安乐,声称"吾不动矣,必死于此"。其妻姜氏晓以大义,劝其速行,但重耳执迷不悟。姜氏乃与子犯谋议,"醉而载之以行"。重耳醒后,已知中计,怒不可遏,无从发泄,竟"以戈逐子犯",并发狠道:"若无所济,吾食舅氏之肉,其知餍乎!"子犯一边逃避,一边回答道:"若无所济,余未知死所,谁能与豺狼争食?若克有成,公子无亦晋之柔嘉,是以甘食。偃之肉腥臊,将焉用之?"重耳怒气始消,"遂行"。甥舅二人的对话生动有趣,但在看似轻松的对答中含有严肃的内容,这一段记述比《左传·僖公二十三年》所记更为具体,更富情趣,人物的性格特征也更觉鲜明。

《国语》包括243则长长短短的故事,各含繁简不等的情节,其中尚有一些虚构和想象的成分。如《晋语五》记钮麑自杀前的一番慨叹,生无旁证,死无对证,记之凿凿,何从得知?再如《晋语一》详记骊姬夜半而泣谮申生,向晋献公"枕边告状"。如此"床笫之私,房中之事",又何从得知?其实,正是这些所谓"荒唐诬妄"的"不实"描写,闪耀着文学的光彩。《国语》于记言中展现故事情节,于情节中糅合虚构与想象,再加上一些幽默风趣、引人入胜的小故事的穿插记述,体现了它在情节构思上的艺术创新。这不仅是《尚书》与《春秋》所无,而且也是《左传》有所不及的。

《国语》旨在说教,其所记载,往往不忘从中引出某种教训,而教训要从史事中自然引出,故其记言叙事,无论文章长短,大都把时间、地点、人物、事件、情节、因果等交代得清楚明白、井然有序。一些篇章线索清晰,层次分明,首尾俱全,结构完整。这是散文艺术的一大进步,标志着史家之文的新发展。

《国语》的语言特点是平实自然,明白流畅,既与《尚书》语言的

"佶屈聱牙"大不相同,也有别于《春秋》语言的凝练含蓄。特别是虚词的大量出现,显得通俗自然,富于生活气息。

然而《国语》毕竟分记八国史事,非出一人之手,故其文章风格并不一律。《周语》、《鲁语》颇重文辞,较为典雅,略与《左传》风格近似。《晋语》多记谋略,事胜于辞,但不乏幽默风趣之笔。《楚语》则讲究修辞,文章较有气势。较为特别者为《吴语》、《越语》,文笔恣放,描写精彩动人。探究起来,《吴语》、《越语》之别具一格,也许还是南、北文风有所不同的一个佐证。

四　《左传》

《左传》是我国第一部记事详赡完整的编年史,也是优秀的散文典范。

《左传》原名《左氏春秋》。它之被称为《春秋左氏传》(简称《左传》),据《汉书》所记,始于汉哀帝时的刘歆。按儒家经学传统,先师所言为"经",后师所言为"传",以"传"解"经",为汉代官学通例。此书被认定为解《春秋》之"传",便与《公羊传》、《谷梁传》合称"春秋三传"。实际上,此书乃是一部自成一家的编年体史书,不能说它是"依经作传",但其记事之详赡多有助于说明《春秋》。因此,也不能说它与《春秋》毫无关系。

《左传》相传也是春秋时左丘明作,但历来对此多有异说。现在看来,《左传》作者实难确指。它与《国语》一样,并非成于一人之手。但它既以《左氏》为名,或与"左氏"有某种关系。说它的大部分史料可能出于左丘明的传诵,大概是比较可信的。

《左传》记事起自鲁隐公元年(前 722),终于鲁悼公十四年(前 453),比《春秋》增多 27 年。它大约成书于战国初,与《国语》之成书同时或稍后。二书在思想倾向上也基本一致。不过,《左传》比《国语》有新的发展。民本思想更加鲜明、突出。

首先,在《左传》的记事中,明确地表达了民重于天、神的观念,提出了民为神之主的见解,并以不少生动史实,表达了民重君轻、民为邦本的观点,体现了在《国语》基础上的进步。这样的观点,与孟子所谓"民为贵,社稷次之,君为轻"(《孟子·尽心下》)的思想,已经较为接近了。

春秋时期,神权政治日趋没落,人的作用日益受到重视。这在《左传》的记述中有充分反映。如季梁鲜明地提出:"夫民,神之主也。是以圣王先成民而后致力于神。"(桓公六年)闵子马作出了"祸福无门,唯人所召"的论断(襄公二十三年),子产更提出了"天道远,人道迩"的观点(昭公十八年)。这些见解无疑是对天命神权思想的背离,意味着无神论思想的发展,体现了《左传》的进步思想倾向。

在春秋时期严酷的现实斗争中,不仅神权衰落,君权也大受冲击。"民"的力量得到充分显示,地位大大提高。一些比较明智的政治家逐渐认识到了"民"在取得和维护政权中的举足轻重作用。在《左传》的记述中,对此有较为真实而深刻的反映。如邾文公就认为"利于民"比"利于君"更重要,并说:"苟利于民,孤之利也。天生民而树之君,以利之也。"(文公十三年)又如师旷论卫人出其君乃是君之过,他说:"夫君,神之主而民之望也。若困民之主,匮神乏祀,百姓绝望,社稷无主,将安用之?弗去何为?……天之爱民甚矣。岂其使一人肆于民上,以从其淫而弃天地之性?必不然矣!"(襄公十四年)这样的论述,分明是认真总结历史经验并吸取现实斗争深刻教训后的清醒认识。

其次,《左传》非常强调重视民心的向背。春秋时期激烈的斗争现实和无数血的教训,使当时一些具有明见达识的政治家、思想家悟出了得民则兴、失民则亡这一真理。《左传》通过大量史实的记叙,对此作出了明确的证明。据《左传》所记,民心的向背不仅是统治者个人成败的决定因素,而且直接关系着战争的胜负和国家的兴亡。《左传》作者以倾向鲜明的笔触揭示了这一点,正是民本思想的突出表现。

《左传》的民本思想还表现为对民意的尊重和对舆论的重视。《左传·襄公三十一年》记子产不毁乡校,认为"夫人朝夕退而游焉,以议执政之善否。其所善者,吾则行之。其所恶者,吾则改之。是吾师也。若之何毁之?"《左传·庄公三十二年》更借史嚚之口,明确提出了"国将兴,听于民;将亡,听于神"的观点,强调尊重民意、重视舆论的重大意义。此外,作者还在史实的记述中不时引用一些当时广为传诵的民谣、民谚,借以表达民情。这种做法,并非单为猎奇,而实由于民间谣谚在一定程度上确乎可以反映民意。

还有值得注意的是,《左传》又每每称引孔子之言以为褒贬,以孔子的是非为是非,打上了儒家的思想烙印。与此同时,对于时代变革,《左传》维护旧的礼制,宣扬血缘宗法,故对当时一些顺应历史潮流的革新措施不满。如鲁宣公十五年(前594)"初税亩"、鲁昭公四年(前538)"郑子产作丘赋"、鲁昭公六年(前536)"郑人铸刑书"、鲁昭公二十九年(前513)晋国"铸刑鼎"等,作者在记叙中或直接斥之为"非礼也",或引述他人之言予以抨击,露出了鲜明的保守立场。此外,作者一方面本于"实录"精神,无情揭露了暴君的丑行,另一方面却又反对"弑君"。这不仅是维护旧礼制的必然表现,而且也反映了进步倾向与保守思想的矛盾。

通观《左传》,又不难发现,此书对鬼神、占卜、报应之事屡屡称道,不厌其烦。这无疑是落后、迷信思想的反映。其所以如此,大概因为《左传》与《国语》一样,原来都出于宫廷史官的传诵。"文史、星历,近乎卜祝之间"(司马迁《报任安书》),这就难怪要对此类事津津乐道了。

《左传》之文,洋洋大观,历来备受推崇。就散文艺术而论,《左传》确已趋于成熟、完善,无论叙事、写人、记言,都有不少新的成就,达到了它那个时代的最高水平。刘勰称之为"实圣文之羽翮,记籍之冠冕"(《文心雕龙·史传》);刘知几赞之为"工侔造化,思涉鬼神,著述罕闻,古今卓绝"(《史通·杂说上》),是不无道理的。

《左传》散文艺术最突出的成就是长于叙事。《春秋》虽也记事,但文笔过于简略,往往三言两语,好似记录"流水帐",故后人有所谓"断烂朝报"之讥。《左传》则不同。其叙事虽也尚简,但"其言简而要,其事详而博"(《史通·六家》),文约而事丰,简明而生动。与《春秋》的记事相较,实不可同日而语。至于《国语》,虽与《左传》有相似之处,但它以记言为主,记事则颇零散,不如《左传》构思之工巧和结构之严谨。

《左传》叙事精妙优美,达到了微而显、婉而辩、精而腴、简而奥的辩证统一。诸如《郑伯克段于鄢》(隐公元年)、《宫之奇谏假道》(僖公五年)、《烛之武退秦师》(僖公三十年)、《晋灵公不君》(宣公二年),以及原来分散记叙,后世选家辑为一篇的《晋公子重耳之亡》(僖公四、五、二十三、二十四年)、《子产治郑》(襄公三十、三十一年)等等,都是历代传诵的散文名篇。它们在叙事艺术上,达到了前所未有的高度。

尤为出色的是,《左传》特别善于描写战争。这是它高超的叙事艺术的集中体现。春秋战国之际,兼并战争频繁。作者生当战乱之世,耳濡目染,习于战事,故善于描述战争。《左传》之写战争,不仅结构完整,情节精彩,而且运笔灵活,不板不滞。它并不拘泥于正面的战斗场面描写,而重在描述战争的来龙去脉和胜败的内外因素,揭示其前因后果、经验教训,因而显得波澜起伏、多彩多姿。这样的战争描写,前所未有。比较典型的实例如记齐、鲁长勺之战(庄公十年)。此文与《国语·鲁语上》所载"曹刿问战"一段文字内容大体相同,但两相比较,可见《左传》之文不仅记战时之情,而且记了战前之问和战后之论。《国语》则仅记战前之问,且较冗长、芜杂,不及《左传》所记之精练、扼要、细致、传神。《左传》描写战争的卓越艺术,由此可见一斑。

《左传》散文艺术的另一突出成就是善于写人。虽然《左传》是以年为经、以事为纬的编年史,并非自觉地以描写人物为中心,但它毕竟涉及了形形色色的历史人物。全书有姓名可稽者,几近3000之众。其中形象较为鲜明,具有一定个性的人物,为数不少。作者往往通过一系列政治、军事、外交活动的描述,刻画一个个各具性格特征的动人形象。如胸怀大志、坚定沉着、深谋远虑的晋文公重耳,志在"救世"、勇于革新的政治家子产,老谋深算、虚伪奸诈的郑庄公,野心勃勃、强横"汰侈"的楚灵王,学识超群、稳健保守的叔向,德高望重、明达机智的晏婴,勇于进取的吴王阖庐,忍辱负重的越王勾践等等,都是《左传》中颇有特色的人物形象。

《左传》散文艺术的又一突出成就是工于记言。春秋时期,列国之间斗争复杂,外交活动空前频繁,行人往来聘问,不能不特别讲究外交辞令。《左传》大量采录了这些精彩的外交辞令,再加润色,就更为丰富多采。《左传》之所以能够深受历代推崇,在很大程度上得力于言之有"文"。《左传·襄公二十五年》引孔子之言曰:"言之无文,行而不远"。此所谓"文",即指语言要有文采。而如刘知几所说,"大夫、行人,尤重词命。语微婉而多切,言流靡而不淫。"(《史通·言语》)"其文典而美,其语博而奥。"(《史通·申左》)《左传》所载外交辞令,确乎言简而意深,委婉而有力。这些外交辞令,在当时的现实政治生活中,都曾经实实在在地发挥过作用,无不是经受过实践检验的言辞。又经一番加工,于是千古传诵。

《左传》不仅是杰出的历史著作,被誉为"立言之高标,著作之良模"(刘知几《史通·烦省》),称为"史之极也"(朱彝尊《经义考》卷一六九引贺循语),为历代史家所景慕、崇奉;而且是光辉的散文典范,为后世文人所激赏、取法。陆游说:"前辈于《左氏传》、《太史公书》、韩文、杜诗,皆通读暗诵。"(《渭南文集》卷一五《杨梦锡集句杜诗序》)由此可见《左传》

在中国文学史上地位之高、影响之大。

五 《战国策》

《战国策》不仅是战国之史，而且是纵横家言。它既是一部杰出的历史著作，又是优秀的散文汇编。它的出现，标志着史家之文的发展攀上了一个新的阶段。

《战国策》在未经辑录以前，曾有《国策》、《国事》、《短长》、《事语》、《长书》、《修书》等不同名号。西汉成帝时，刘向受诏领校秘书，将所见各本加以整理、汇编，除去复重，集为一书，按东周、西周、秦、齐、楚、赵、魏、韩、燕、宋、卫、中山 12 国顺序，分为 33 篇。刘向认为，此书乃"战国时游士辅所用之国，为之策谋"（《战国策书录》），故定其名为《战国策》。后来此书散佚。北宋曾巩访求原书，重加校理，使之"复完"。这就是我们今天所见到的《战国策》。

《战国策》本是一部史料汇编，作者不可确指。但从它具有鲜明的"纵横"色彩看来，可能原本出于战国末年或秦汉之际的纵横家或习纵横者。

《战国策》的思想内容较为驳杂，儒、墨、道、法、兵各家的思想都有所反映，但其主要思想倾向却很鲜明。此书所记主要人物大多为战国时代活跃于各国政治舞台之上的谋臣策士、说客游士。作者对他们的言行、计谋大肆渲染，对他们的政治作用尽情鼓吹。纵横之势，长短之术，诡谲之计，诈伪之谋充溢全书。就总体而言，此书主要反映了纵横家的思想倾向。

在《战国策》作者的笔下，策士的计谋策略成了决定一切的因素，并被称颂为威力无穷的法宝《秦策一·苏秦始将连横》章中作者论断道："故苏秦相于赵而关不通。当此之时，天下之大，万民之众，王侯之威，谋臣之权，皆欲决苏秦之策。"《秦策二·楚绝齐齐举兵伐楚》章末，作者甚至断言："计听知覆逆者，唯王可也。计者，事之本也;听者,存亡之机。计失而听过,能有国者寡也。"表现出策谋至上的政治思想特征。

纵横家在政治上宣传策谋至上,在人生观方面则讲个人进取,谋取"势位富贵",例如《秦策一·苏秦始将连横》章记苏秦发自内心的感慨道:"嗟乎!贫穷则父母不子,富贵则亲戚畏惧。人生世上,势位富贵,盖可忽乎哉!"这样的思想在《国语》、《左传》诸书中都不曾有过。这在当时是观念的重大转变。

纵横家在宣扬策谋至上、个人进取的同时,还公然宣扬不讲信义,不讲传统的道德观念。例如:《燕策一》载苏代对燕昭王说:"臣以为廉不与身俱达,义不与生俱立,仁义者自完之道也,非进取之术也。"这是纵横家的新的思想,具有新的时代特征。

《战国策》是一部亦史亦文的杰作。它是战国时代最基本的史料,在史学上具有不容忽视的重要意义。但由于此书真伪杂糅,不可尽信。这就大大降低了它的史学价值。比较而言,它在文学上的成就更为突出。

《战国策》生动地反映了战国时期尖锐激烈的斗争形势,错综复杂的社会矛盾。与同属史家之文的《国语》、《左传》相较,《战国策》在人物描写、语言艺术等方面,显示出不少新的特点,取得了新的成就。

《战国策》以人物的游说活动为记叙的中心,描绘了形形色色的人物群像。它描写人物的面非常广泛,上自国君、太后,下至平民百姓;老者"年九十余",少者年方"十二";公子王孙、武将谋臣、说客策士、嬖臣宠姬,无所不有,而且各具风姿。其中"士"和"国君"、"太后"等三类人物的形象尤为突出。

苏秦、张仪、陈轸、公孙衍是《战国策》中刻意描绘的主要人物。他们都具有思想敏捷、巧于权变、明于权势、长于辩难等纵横家的共同特征。作者写出了他们的共性,同时也写出了他们的个性。如苏秦的坚韧倔强,张仪的奸险狡诈,陈轸的圆滑机智,公孙衍的老谋深算,个性都很鲜明,给人印象颇深。

《战国策》的语言精妙奇伟,历来备受推崇。宋代李文叔称它:"文辞骎骎乎上薄六经,而下绝来世。"(《书战国策后》)王觉称它为"文辞之最"(《题战国策》)。其突出特点是敷张扬厉、辩丽横肆。正如章学诚在《文史通义·诗教上》所指出:"其辞敷张而扬厉,变其本而加恢奇焉。"策士说辞,大都明快犀利。其论形势,析利害,破敌说,陈己见,无不气势恢宏,文雄词隽。如《齐策一·苏秦为赵合纵说齐宣王》形容齐国之强盛、临淄之富实道:

> 齐地方二千里,带甲数十万,粟如丘山。齐车之良,五家之兵,疾如锥矢,战如雷电,解如风雨。即有军役,未尝倍太山、绝清河、涉渤海也。临淄之中七万户……甚富而实,其民无不吹竽、鼓瑟、击筑、弹琴、斗鸡、走犬、六博、蹋踘者;临淄之途,车毂击,人肩摩,连衽成帷,举袂成幕,挥汗成雨;家敦而富,志高而扬。

作者在这里综合运用了比喻、夸张、排比、对偶等修辞手段,极尽铺陈夸饰之能事,文章也就显得气势非凡,辩丽横肆。

《战国策》辩丽横肆的语言艺术,较之《国语》语言的平实自然和《左传》语言的委婉含蓄,显然别是一家。

《战国策》记载策士之辞,于一般的比喻、夸张之外,还运用了大量的寓言故事。这些寓言虽大多没有独立成篇,只是各章的有机组成部分,但无不具有相对的独立性。寓言取材甚广,大都即事寓意,灵活多样,不愧为基本成熟的寓言文学。如《画蛇添足》、《狐假虎威》、《惊弓之鸟》、《骥服盐车》、《南辕北辙》、《鹬蚌相争》等等,千百年来为人们所喜闻乐见,无愧为我国古代散文艺术宝库中的珍品。

当然,《战国策》毕竟是一部汇编而成的作品,其思想内容和艺术形式并不完全统一,文学价值也参差不齐。其中也有一些思想性比较低劣,情调颇为庸俗,或形象贫乏或拉杂复沓的缺点。

但总的看来,《战国策》在文体、文风、文采等方面,都形成了别具一格的特色,成为战国时代的散文杰作。其纵横恣肆的文风,对贾谊、晁错、司马迁以及苏洵、苏轼父子等后世作家,产生了重大影响。

第五节　诸子之文

春秋之末,官学散入民间,私家著述出现。战国之时,百家争鸣,诸子横议,著书立说,蔚为风尚。《汉书·艺文志》所谓"九流十家",有儒、道、阴阳、法、名、墨、纵横、农、杂和小说家。其中影响最大者,当推儒、道、墨、法四家。各家多是发愤著述。刘勰说诸子为文,大抵都是"身与时舛,志共道申,标心于万古之上,而送怀于千载之下"(《文心雕龙·诸子》)。这是指出了他们著书立说的思想特点的。但各家各派,风格也非一律。确实呈现了百家争鸣、百花齐放的局面。以文章体制而言,前后也有变化。大体看来,是从语录体、对话体,到语录与对话的连缀成篇,再到较为系统完整的长篇大论,其发展进程历历可见。

一　《论语》、《墨子》

孔子、墨子分别为儒家、墨家的开山祖师。儒、墨二家,时称"显学"。这二家的代表著作便是《论语》、《墨子》。

《论语》　《论语》是一部记述孔子及其弟子言行的典籍,也是一部优秀的语录体散文集。《论语》之名,乃编纂者所定。"论"即论次编纂,"语"指孔子及其弟子的言语。今本《论语》共20篇。其记述非一人,编纂亦非一次。大约在战国初年,由孔子的弟子后学编纂成书。

《论语》主要记述孔子言行。孔子(前551~前479),名丘,字仲尼,鲁国陬邑(今山东曲阜)人。其先世为宋国贵族,后来没落,又因变乱迁鲁。孔子曾说："吾少也贱，故多能鄙事"。（《论语·子罕》）初曾从政，官至鲁之司寇，但未能得志；继而周游，仍不得志，终于返鲁，从事讲学和著述。相传《诗》、《书》、《春秋》等古代典籍都曾经过他的整理。他的一生主要业绩在于讲学。门徒甚多，"弟子盖三千焉，身通六艺者七十有二人"（《史记·孔子世家》）。

孔子的政治思想核心是"仁"与"礼"。他说："克己复礼为仁"（《颜渊》）。"仁"是目的，"礼"是手段。在孔子看来，通过"克己复礼"可使"天下归仁"，可见"仁"在孔子心目中是涵盖了主、客观世界的理想境界。以"仁"和"礼"为核心的政治思想，反映了孔子的政治倾向。

《论语》以言简意赅、含蓄隽永的语言，记述了孔子的言论。其议政论道之语有的不过三言两语，如："为政以德，譬如北辰，居其所而众星共之。"（《为政》）"周监于二代，郁郁乎文哉！吾从周。"（《八佾》）"朝闻道，夕死可也。"（《里仁》）等等。有的则如政治短评，如论季氏将伐颛臾（《季氏》）等。其特点是坐而论道，富于感情色彩。

孔子"学而不厌，诲人不倦"（《述而》），主张"有教无类"（《卫灵公》），并且实行因材施教。《论语》中所记孔子循循善诱的教诲之言，或简单应答，点到即止；或启发论辩，侃侃而谈；富于变化，娓娓动人。

《论语》中还记有孔子评文说艺的一些言论，反映了孔子的文艺观，虽不够系统，但颇为深刻。如"《诗》三百，一言以蔽之，曰：'思无邪'"（《为政》），"兴于《诗》，立于礼，成于乐"（《泰伯》），"诗，可以兴，可以观，可以群，可以怨"（《阳货》）等等，莫不语简意深。

《论语》又善于通过神情语态的描写，展示人物形象。"夫子风采，溢于格言。"（《文心雕龙·征圣》）围绕孔子这一中心，《论语》还成功地刻画了一些孔门弟子的形象。如《先进》篇记述子路、曾晳、冉有、公西华等四人各自申述人生理想以及孔子的分别评价，以传神的文笔和出色的细节描写刻画人物，使之各具性格特征，便是非常出色的一例。

《论语》首创了语录之体。语录作为散文的早期体式，它的不成熟、不规范、简单化和随意性显而易见。然而从《论语》看来，这种文件并非没有生命力，而且它对后代也产生了颇为深远的影响。

《墨子》　墨子名翟，鲁国(一说宋国)人。其生平事迹不详，大约生于孔子之后，活动于战国初期。墨子自称"上无君上之事，下无耕农之难"(《墨子·贵义》)。大概出身于手工业者，能制造机械。早先学儒，后来自创墨家学派。这一学派有严密的组织，其领袖称为"巨子"。其信徒不畏艰险，不辞劳苦，不尚空谈，积极从事社会实践活动，宗教色彩颇浓。战国时期，墨家影响甚大，但秦汉以后，墨学一直为统治者所不容，日渐衰微，终于后继无人。

《墨子》一书，非墨子自撰，亦非一人一时之作。它是一部包括墨子言论及墨家各派学说的著作，由墨子弟子及其后学记录、整理、汇编而成。《汉书·艺文志》著录《墨子》71篇，现存53篇。其内容驳杂，体例不尽一致。书中《尚贤》、《尚同》、《节用》、《节葬》、《非乐》、《非命》、《天志》、《明鬼》、《兼爱》、《非攻》等10篇是墨子的"十诫"，即十种主张，比较集中、完整地保存了墨子的主要思想。它们是全书的核心，也是墨学的纲要。这十大主张是互相联系的，也都是有针对性的。《鲁问篇》说："国家昏乱，则语之尚贤、尚同；国家贫，则语之节用、节葬；国家喜音湛湎，则语之非乐、非命；国家淫僻无礼，则语之尊天、事鬼；国家务夺侵凌，则语之兼爱、非攻。"这些主张，大抵都是从小生产者的利害出发，并非都是"蔽于用而不知文"(《荀子·解蔽》)。例如其所以"非乐"，就因为王公大人"撞巨钟、击鸣鼓、弹琴瑟"，"亏夺民衣食之财"(《非乐》)之故。这样的出发点，是无可厚非的。当然，在世界观上，墨子是有神论者，也有保守、落后的倾向。

在中国文学史上，《墨子》的影响不及《论语》，也不如其他先秦诸子。但在诸子之文中,《墨子》文章亦独具一格,应该占有一席地位。

《墨子》文章的一大特点是尚实尚质,讲究实用,不重文采。这是与墨家思想崇尚质实,富于现实性、针对性和功利性相适应的。墨家唯恐"以文害用",故其文反复论辩,喋喋不休;虽然质朴而充实,但"言之无文",也就"行而不远"。《墨子》对后代散文影响不大,这不能不说是原因之一。

《墨子》散文的另一大特点是讲究逻辑,明辨是非。在《非命上》篇,提出了著名的"有本之者,有原之者,有用之者"的"三表"说(在《非命》中、下篇亦称"三法")。主张论证问题应有三个方面的依据:一是本之于历史事实,二是原察百姓之见闻,三是观察政治实践的效验。这显然是对历史和现实经验的总结,标志着人类逻辑思维的发展。明确地提出这样的论证方法不仅前代所未有,而且同代也罕见,应该说是很有历史意义的。墨家讲究论辩的目的,在于明辨是非,针对性极强。如《非攻上》以"入人园圃,窃其桃李"、"攘人犬豕鸡豚"、"入人栏厩,取人马牛"以至于"杀不辜人"等"不义"之事为例,层层深入地论证"苟亏人愈多,其不仁兹甚矣,罪益厚"的道理,进而论断:"今至大为不义攻国"。有力地批驳了对此"弗知非,从而誉之谓之义"的谬误是混淆黑白、颠倒是非,突出了"非攻"的主旨。其观点十分明确,是非极为分明,是很有说服力的。

二 《老子》、《庄子》

老子、庄子是先秦道家代表人物,《老子》、《庄子》二书是道家者流的主要代表著作。《老》、《庄》之文,各具风采,特别是《庄子》之文,仪态万方,不仅在当时堪称翘楚,而且对后世文学的发展影响极为深远。

《老子》　《老子》又称《道德经》，传说为老子所著。据《史记》老子本传，老子即李耳，字聃，故又名老聃，春秋时楚国人，大约与孔子同时而长于孔子，曾为"周守藏室之史"。但据后世学者考证，《老子》一书并非老子自著，而是成于后学之手。有如《论语》是孔子语录，《老子》一书也大体荟萃了老子的语录并基本上反映了他的思想。其成书晚于《论语》，大约在战国前期由道家后学纂辑、整理、加工而成。今存《老子》共81章，分上、下篇。上篇37章，又称《道经》；下篇44章，又称《德经》。

《老子》五千言，文约而意丰。其文谈玄论道，义蕴深邃，具有较为完整的思想体系。

老子的哲学思想以"道"为核心。他反对上帝有知，天道有为，针锋相对地提出了天道自然无为的思想。这一思想的产生，意味着天上神权的动摇，而这正是地上王权衰落的反映。老子学说的精髓，是他的辩证法思想。所谓"有无相生，难易相成，长短相形，高下相倾，音声相和，前后相随。"(2章)所谓"祸兮，福之所倚；福兮，祸之所伏"(58章)等等，都有朴素的辩证法思想的闪光。但他过分强调矛盾对立面的统一性，忽视其斗争性，含有走向相对主义的可能性；并且脱离了条件讲变化，无异于宣扬循环论，存在着明显的局限。

老子的政治主张是"无为而治"，社会理想则是"小国寡民"。所谓"邻国相望，鸡犬之声相闻，民至老死不相往来"(80章)的社会理想，虽然在一定程度上含有对战乱现实的不满与批判，但它毕竟违背了社会历史的发展规律。

《老子》之文独标一格。它凝练明畅，琅琅可诵，言简意赅，启人深思，具有鲜明的艺术特色。其表现一是韵散结合的特殊文体。这种文体好似今之"散文诗"。后世骈文的形成和赋体的韵散结合，显然受其影响。二是寓理于形的表现手法。《老子》往往以人所共知的某些具体事物为喻。如第11章以车和制陶为喻："三十辐共一毂,当其无,有车之用。埏埴以为器,当其无,有器之用。"第5章以风箱为喻:"天地之间,其犹橐籥(古代风箱)乎? 虚而不屈,动而愈出。"第77章以射箭为喻:"天之道,其犹张弓欤?"其中都寓有深刻哲理。三是凝练精妙的口语格言。如"金玉满堂,莫之能守。富贵而骄,自遗其咎。"(9章)"六亲不和,有孝慈。国家昏乱,有忠臣。"(18章)"师之所处,荆棘生焉;大军之后,必有凶年。"(30章)等等。它们是人民群众智慧的结晶,无不闪耀着思想的光芒。《老子》被誉为"五千精妙"(《文心雕龙·情采》),在很大程度上即由于此。

还有,《老子》之文,谈玄论道,本来不甚动情;但综观全书,也常带情感。例如第74章说:"民不畏死,奈何以死惧之!"第75章说:"民之饥,以其上食税之多,是以饥。""民之轻死,以其上求生之厚,是以轻死。"鲁迅说"老子之言亦不纯一,戒多言而时有愤辞"(《汉文学史纲要》第三篇)者,可能即指这类文字。

《庄子》 《庄子》和《老子》同是先秦道家一派的代表著作,作者庄周,其学亦出于老子。

庄周(约前369~前286),战国中期宋国蒙(今河南商丘东北)人。据《史记》本传所记,庄子曾为蒙漆园吏,大约与梁惠王、齐宣王同时,但其生平事迹不详。从《庄子》书中的一些零星记载中,可略知其一生贫困,穷居陋巷,织屦为生,衣食粗劣,面黄肌瘦。但他鄙薄富贵,拒入仕途,安于贫困。

《汉书·艺文志》著录《庄子》52篇,今存仅33篇,包括内篇7,外篇15,杂篇11,已非完本。一般认为,内篇为庄子自著,外篇、杂篇则为其门人后学所著。其实,《庄子》一书并非出于一人,成于一时,究竟何篇为庄子自著,难以确指。不妨说,它是庄子一派文章的纂辑,大体上反映了庄子的思想。

就学术渊源而论,庄子的道家学说与老子一脉相承,但又有较大的发展变化。无论在哲学观、政治观、人生观方面,庄子思想都具有自己的特征。

庄子继承了老子"天道自然无为"的思想,但作了更大的发挥。庄子认为"道"是"先天地生"(《大宗师》),无始无终,实有而无形,自然而永恒,在他看来,"天地与我并生,而万物与我为一"(《齐物论》),世界只不过是人的主体观念的产物。他主张从事物的不同角度认识事物,但又主观地否认是非标准和客观真理。庄子的认识论是从相对主义走向了虚无主义。认为"以道观之,物无贵贱"(《秋水》);"是亦彼也,彼亦是也。彼亦一是非,此亦一是非"(《齐物论》);"自我观之,仁义之端,是非之涂,樊然殽乱,吾恶能知其辩!"(同上)

在政治上,孔子是"知其不可而为之",老子是以"无为"而达到"无不为",庄子则是"不为"。老子虽尚"无为",而仍欲治天下,其所谓"无为而治",实为"入世"之说。庄子则从"无为"而入于虚无,其所谓"无所用天下为"(《逍遥游》),显然是"出世"之说。但庄子也和老子一样,并未真正忘怀政治,而是心系天下。《庄子》书中也多愤激之言。例如"方今之时,仅免刑焉"(《人间世》);"今处昏上乱相之间,而欲无惫,奚可得邪?"(《山木》);"彼窃钩者诛,窃国者为诸侯;诸侯之门,而仁义存焉"(《胠箧》)之类的议论,对于黑暗现实的揭露和批判,较之《老子》,且有过之。庄子出于对现实政治的无比厌恨,选择了消极逃避的道路。他把老子所谓"绝圣弃智"、"小国寡民"的思想推向极端,鼓吹弃绝一切文明的蒙昧主义,并且着意勾画出一幅所谓"至德之世,同与禽兽居,族与万物并"(《马蹄》)的社会蓝图。这样的"至德之世",无异于回到洪荒时代。其说虽有对抗现实的意味,但毕竟是与社会发展规律背道而驰的。

庄子的人生态度是追求绝对的精神自由和对现实社会的彻底超脱。他从齐物我、齐生死的观念出发,追求一个不受任何条件限制而绝对自由的精神境界,"若夫乘天地之正,而御六气之辩,以游无穷者,彼且恶乎待哉!"(《逍遥游》)"至人无己,神人无功,圣人无名"是他崇尚的理想人格典型。他把无人无我、效法自然、毫无人间烟火气的所谓"真人"奉为堪称师表的"大宗师",借以表达自己的人生理想,沉浸在自己的精神世界里,自我体验超脱现实社会苦难的"逍遥"之乐。然而现实毕竟不能超脱,精神也无绝对自由,他一方面抨击黑暗的社会现实,同时也主张"安时而处顺"(《大宗师》);"不遣是非,以与世俗处。"(《天下》)反映出庄子对当时的社会有深刻的批判,又有保全性命颐养心性的顺世思想。当然,超尘入圣的人生理想只是表层,内里却是耻与统治者同流合污的心态。庄子的人生追求和处事方法,是他为解决客观现实与主观情志的矛盾而建立的。

对《庄子》散文的辉煌艺术成就,鲁迅曾说:"晚周诸子之作,莫能先也"(《汉文学史纲要》)。其实,即使在整部中国文学史上,也可说是罕有其匹。

为了表达追求绝对精神自由和彻底超脱现实的思想,《庄子》散文的构思"意出尘外"(刘熙载《艺概·文概》)。在庄子看来,天下黑暗而污浊,不能用实实在在、堂皇正大的言语与世人讲论,故倡言"以卮言为曼衍,以重言为真,以寓言为广"(《天下》),即采用异乎寻常的艺术形式,表现遗世绝尘的思想。因而在题材的选择上,《庄子》更多地注目于寓言和神话。其中既有对历史故事、神话传说的加工改造,也不乏自出机杼的即兴创作。《庄子》作者特别擅长形象思维,其文绝少空洞生硬的说教。他把深刻的哲理形象地寄寓于扑朔迷离、真伪莫辨的虚妄情节之中,在一种超现实的艺术氛围里巧妙地表现自己的真实思想。《庄子》中数以百计的寓言故事,既相对独立,又互相联系。就一篇文章而言,往往是一个个故事环环相套,连缀而成一个整体,共同表述一个中心。这就形成了一种独具特色的连环式的结构。据统计,仅《庄子》内篇7篇就这样连缀了近50则寓言故事。

《庄子》散文的不朽艺术魅力,在很大程度上来自其中恢诡憰怪的艺术形象。这些艺术形象在《庄子》中层现叠出,令人于惊奇骇怪中获得非凡的审美享受。其真实思想往往不露痕迹地寄寓于千奇百怪的形象之中。诸如：其大无比的鲲鹏，吸风饮露的神人，似有若无的罔两与景，形体残缺的支离疏，七窍皆无的浑沌，侃侃而谈的髑髅，望洋兴叹的河伯，其圆五尺的神龟……如此光怪陆离的形象纷至沓来，美不胜收。例如关于"触蛮之争"的一段描述：

> 有国于蜗之左角者，曰触氏；有国于蜗之右角者，曰蛮氏。时相与争地而战，伏尸数万；逐北，旬有五日而后反。
>
> （《则阳》）

在一对微不足道的小小蜗角上，居然幻化出宏阔悲壮的战争场面。这显然是讽刺当时诸侯力战争雄、兵革不休的现实。通过这样的形象描绘，把读者引入了一个超越时间、空间，不辨上下古今的艺术境界，这正是《庄子》特异的魅力之所在，也是它高于晚周诸子的一大艺术成就。

庄子是我国文学史上一位杰出的语言艺术大师。他极善"属书离辞，指事类情"。为文得心应手，意到笔随。"其言洸洋自恣以适己"（《史记·老庄申韩列传》），随处可见穷形尽相的描写和入木三分的刻画。不管是鸟、兽、虫、鱼、灵龟、大树，还是风、云、山、水、神怪、异人，都无不写得绘声绘色。如《齐物论》描写所谓"地籁"，先形容百围大树上形状各异的窍穴："似鼻、似口、似耳、似枅、似圈、似臼、似洼者、似污者。"后形容风吹入树窍穴发出的各种不同声音："激者、謞者、叱者、吸者、叫者、譹者、宎者、咬者。"都是体物入微、挥洒自如之笔。

《庄子》一书，对于后代文学影响极大。魏晋以来，如阮籍、嵇康等倜傥不羁的作者，为人为文，大抵都好老、庄。为文更多取法《庄子》。阮籍的《大人先生传》，李白的《大鹏赋》，其源于《庄子》，至为明显。苏轼为文之如"行云流水"，盖亦有得于《庄子》，他说过:"吾昔有见于中,口未能言,今见《庄子》,得吾心矣。"(苏辙《亡兄子瞻端明墓志铭》)近人郭沫若在《庄子与鲁迅》一文中甚至说:"秦汉以来的一部中国文学史差不多大半在他(庄子)的影响之下发展。"从中国文学的传统看,文人多半都不得志,其愤世嫉俗、"时有愤辞",是和庄子一致的。

三 《孟子》、《荀子》

孟子、荀子是孔子之后的儒家大师,《孟子》、《荀子》二书是《论语》之外的重要儒家著述。历来孟、荀并称,《史记》也合孟、荀为一传。宋代以后,《孟子》列为"经书",影响大过《荀子》。然而从文学的角度看来,《孟子》、《荀子》实在各具特色。

《孟子》 孟子(约前 372～前 289),名轲,邹(今山东邹县东南)人,鲁国贵族孟孙氏后裔。孟轲受业于孔子嫡孙子思(孔伋)之门人,而子思又是孔子门人曾子的弟子,故其学术思想与孔子一脉相承。他始而设教,继而游说诸侯。齐宣王时,曾一度仕齐为卿。但因他的主张不合时宜,故到处碰壁,于是"退而与万章之徒序《诗》、《书》,述仲尼之意,作《孟子》七篇"(《史记·孟子荀卿列传》)。《孟子》一书虽非尽出孟轲手笔,其中曾有公孙丑、万章之徒的记述,但全书主要是反映了孟子的思想和风格。

孟轲与孔子并称"孔孟",而《论语》、《孟子》也同被列入"四书"。比较《论》、《孟》二书,不难看出,孟子的思想显然是对孔子思想的继承和发展。孟子曾经声称:"乃所愿,则学孔子也"(《公孙丑上》),可见他是以孔子的继承人自居的。

孟子思想的基础是"性善"论。"孟子道性善,言必称尧舜。"(《滕文公上》)他认为"善"是人天生的本性,所谓"恻隐之心"、"羞恶之心"、"恭敬之心"、"是非之心"都是"人皆有之"(《告子上》)并且是仁、义、礼、智等道德的发端。孟子认为,只要人们努力,探求并无限扩充自己所固有的"善心",就能认识自己所固有的"善性",从而也就懂得了"天命"。他说:"尽其心者,知其性也;知其性则知天矣。"(《尽心上》)这种"尽心、知性、知天"的理论,构成了孟子唯心主义的哲学思想体系。

孟子政治思想的核心是所谓"仁政"和"王道"。他认为:"尧舜之道,不以仁政,不能平治天下。"(《离娄上》)宣扬"保民而王,莫之能御也"(《梁惠王上》)。孟子主张"发政施仁"而行"王道"的思想,虽与当时"天下方务于合从连衡,以攻伐为贤"(《史记·孟子荀卿列传》)的现实格格不入,但显然较孔子"仁者爱人"、"为政以德"的思想更为具体、系统。

从"保民而王"的思想出发,孟子明确提出"民为贵,社稷次之,君为轻"(《尽心下》)的观点,并把桀、纣那样"残贼"的君主斥之为"一夫"(《梁惠王下》)。尽管他的"民"、"君"概念与后世有所不同,但这毕竟是产生于社会发生新变革的战国时期的新观念。它不仅在当时堪称惊人之论,而且对后代一些进步思想家反对封建专制统治的思想,产生过可贵的积极影响。

不仅孟子的思想是对孔子思想的继承和发展,《孟子》一书的对话体形式也是对《论语》语录体的仿效。不过,《孟子》已把简明扼要的语录,发展成了长篇大论。它在文学上的成就和影响,也超过《论语》。

正如《论语》充溢着孔子之风采,《孟子》也显现着孟轲之神情。《孟子》以孟轲为中心,通过对他的言行举止、神情语态的生动描写,不仅充分表达了孟轲自成体系的思想,而且鲜明地展示了这位思想家的情感倾向和性格特征。他坚持理想,百折不挠,声称"富贵不能淫,贫贱不能移,威武不能屈"(《滕文公下》)。他具有强烈的自我意识,充满自信,胸怀"当今之世,舍我其谁"(《公孙丑下》)的气概。正气凛然,"说大人,则藐之,勿视其巍巍然"(《尽心下》)。坚持操守,"非其道,则一箪食不可受于人"(《滕文公下》)。这些特点,鲜明地展现了孟轲的个性。正是这样,《孟子》中的孟轲——一个有血有肉的思想家、雄辩家的形象便活生生地凸现在读者的眼前。

《孟子》散文的文学价值还体现在它的论辩艺术上。孟子曾自白道:"予岂好辩哉? 予不得已也。"(《滕文公下》)这就是说,客观情势逼使他不得不然。从主观方面看来,孟子具有丰厚的学养,刚健的气质,机智应变的能力;再加上崇尚游说的时代风气的熏陶,以及频繁辩论的实践锻炼,成就了他的辩才。反映在《孟子》中,便是他那令人赞叹的"析义至精"而"用法至密"的论辩艺术。他特别善于抓住所论问题的要害,重视把握论辩中的主动权,洞察矛盾变化情况,总是按照自己的意图,将对方引入"埋伏圈"内,使其"就范"。同时还适当地运用比喻手法或穿插寓言故事,增强论辩的感染力和说服力。著名的《齐桓晋文之事章》(《梁惠王上》),便是这样的实例。

在诸子之文中,《孟子》以气盛辞壮、明快畅达、雄辩犀利的风格著称。孟子颇有知人之明,也不乏自知之明。他曾自谓"知言",并称自己"善养吾浩然之气"(《公孙丑上》),故其发而为文,气势充沛,词锋逼人。《孟子》的语言明白晓畅,不事雕琢,很少有生僻的词汇和别扭的句法,称得上明朗而爽快,锋锐而壮美。赵岐说它"辞不迫切,而意以独至"(《孟子题辞》);苏洵称它"语约而意尽,不为巉刻斩绝之言,而其锋不可犯"(《上欧阳内翰第一书》)。《孟子》被后世崇奉为散文的典范,不是没有道理的。

还有值得一提的是,《孟子》中有一些关于文学理论和批评的论述,也不失为新颖独到的创见。除了著名的"知言养气"说而外,孟子还就如何理解、评论诗、书提出了"以意逆志"和"知人论世"的观点。他说:"故说诗者,不以文害辞,不以辞害志,以意逆志,是为得之。"(《万章上》)又说:"颂其诗,读其书,不知其人,可乎? 是以论其世也。"(《万章下》)这样的观点,既有对审美主体的强调,也有对审美客体和创作主体的重视,无疑是对儒家传统文论的丰富和发展,影响深远。

《荀子》 荀子名况,战国末期赵人,时人尊称荀卿,也称孙卿。其生卒之年,无从考定,大约活动于前298～前238年间。生于赵,游于齐、秦,仕楚为兰陵令。前238年,楚李园杀春申君而荀卿废,于是终老于兰陵。其一生行事也与孔、孟相类:始则讲学,继而周游、出仕,终则著书。荀子是先秦诸子中最后一位大师,也是学术上成就卓越的一位大家。其弟子甚众,著名者有韩非、李斯、浮丘伯等。

《荀子》一书,今传32篇。其中虽不免有"弟子杂录",但大部分为荀子自著,基本上保存了荀子的思想和风格。

荀况是继孟轲之后的一位儒家大师,《韩非子·显学》把他列为孔子之后儒家八派之一。他是先秦时期一位集大成的思想家,提出了若干值得注意的新观点。

首先,是"制天命而用之"的天道观。

《荀子·天论》反映了荀况对于天人关系的新见解。他认为"天行有常",主张"明于天人之分",提出了"从天而颂之,孰与制天命而用之"的观点。这一思想的产生,意味着上天权威的削弱和人王地位的下降。它是吸取了百家思想的精华之后产生的创造性的认识,无疑是对前辈儒家思想的一大突破。

其次,提出了著名的"性恶论"。

荀子在《性恶》篇中明确指出:"人之性恶,其善者伪也。"与孟子的"性善论"针锋相对。荀子否定了孟子的先天道德论,特别强调后天学习的作用,并重视教育与社会环境的影响,多少含有一些唯物的因素。不过,孟、荀各执一端,徒然辩论"性善"、"性恶"的抽象的人性,恰恰反映了他们认识论的局限性。

再次,主张"法后王"的政治观。

《非相》篇指出:"欲观圣王之迹,则于其粲然者矣,后王是也。

彼后王者，天下之君也。舍后王而道上古，譬之是犹舍己之君而事人之君也。"这似乎与孟子"言必称尧舜"的"尊先王"的思想恰相对立。历代学者对此聚讼纷纭。其实，正如清人钱大昕所指出："孟言'先王'，与荀所言'后王'，皆谓周王，与孔子'从周'之义不异也。"(《十驾斋养新录》卷一八)

又次，重视"人治"的思想。

《君道》篇提出："有乱君，无乱国；有治人，无治法。"《王制》及《致士》篇一再指出："有良法而乱者，有之矣；有君子而乱者，自古及今，未尝闻也。"这种强调"人治"的思想，是对前辈儒家传统观念的新发展。

《荀子》这些引人注目的新观点，在诸子之文中显得异彩焕发。

诸子之文发展到了《荀子》，已更趋成熟、完善。《荀子》文章已不再是像《论》、《孟》那样的语录或对话的连缀，而是体式严整的专题论文。无论内容、形式，都有新的特点。

荀子是站在时代前列的通才大儒。通才之文，博大精深。对于众多学术领域，如哲学、政治学、军事学、经济学、教育学、伦理学、人才学以及音乐艺术等等，《荀子》中都有专论。特别值得注意的是《成相》和《赋篇》，它们是《荀子》中很有价值的文学作品。《成相》是荀子学习民间文艺形式而新创制的一篇韵文，全篇以"请成相"之开头语为标志，分三大段，56 节，每节 5 句，杂言体形式。例如第一节："请成相，世之殃，愚闇愚闇堕贤良。人主无贤，如瞽无相何伥伥!"这种形式，有如后世大鼓、弹词。其文学意味虽不甚浓，而开创之功实不可没。至于《赋篇》，意义更大。因为在中国文学史上，荀子是以"赋"名篇的第一人，故历来被视为赋的始祖之一。《赋篇》今存《礼》、《知》、《云》、《蚕》、《箴(针)》5 篇(末附《佹诗》2 篇，《小歌》1 篇)，其形式颇为一律，如同制作谜语。大致是前段设谜，以四言韵语围绕谜底铺陈形容；后段点题，杂以散文句式，设为问答之辞；末以结语揭示谜底。荀赋 5 篇，以《箴》较为生动，其他则训诫之味颇浓,艺术价值不高。但它开创了一种新的文学样式,在"赋"的领域里俨然自成一家,对汉赋的形成和发展,影响甚大。

同时,荀子又是渊博的学者。学者之文,严谨周详。其文往往有总论,有分论,层层深入,节节变化,中心突出,条达细密,并且独立成篇,结构严整。荀文多系专题式学术论文,立意统一,体式宏伟,纲目昭然,条理明晰。标志着我国议论散文形式的成熟和完善,因而成为后世论说文体的典范。

荀子还是一位年高德劭的长者。为文老练淳厚,圆熟练达。不像《孟子》似的高谈阔论、滔滔雄辩,也不像《战国策》似的纵横捭阖、辩丽夸饰,确乎不失儒者之风、长者之度。与这一风格相适应,荀文多用比喻而少用寓言。《荀子》中仅有寓言《蒙鸠为巢》(《劝学》)、《涓蜀梁》(《解蔽》)等寥寥数则而已。但荀文用比喻极富特色,常用一连串的比喻,层见叠出。如《劝学》篇:"君子曰:学不可以已。青,取之于蓝而青于蓝;冰,水为之而寒于水。""故不登高山,不知天之高也;不临深渊,不知地之厚也;不闻先王之遗言,不知学问之大也。"类似的取譬设喻,几占全文之半。这样的特点,正是荀文典重淳厚、圆熟老练的体现。

四 《韩非子》、《吕氏春秋》

《韩非子》是先秦法家集大成的著作,《吕氏春秋》则历来被认为是杂家之书。二书同出于战国之末,思想、艺术各有特色和成就。

《韩非子》 韩非(约前280~前233),《史记》本传说:"韩非者,韩之诸公子也。喜刑名法术之学,而其归本于黄、老。非为人口吃,不能道说,而善著书。与李斯俱事荀卿,斯自以为不如非。"据此可知其出身、爱好、学问渊源、个性特点和才能。韩王安五年

（前234），韩非使秦，被李斯、姚贾潜害，次年下狱而死。

《韩非子》集中汇编了韩非的著作。今传55篇，基本上是韩非所著，但也杂有后学者之作。韩非继承、总结了前辈法家包括慎到、吴起、商鞅、申不害等的理论和实践，加上自己的创造和发展，形成了一套颇为完整的思想体系，为建立专制主义的封建政权提供了理论根据，并在实践上对我国第一个中央集权制封建王朝——秦王朝的建立起了重要作用。韩非的法家思想有两个主要特点。

一是以"法"为中心，结合"术"与"势"的政治观。

韩非认为，申不害言"术"，商鞅为"法"，慎到重"势"，各执一端，"皆未尽善"，故明确主张法、术、势并用。他说："君无术则弊于上，臣无法则乱于下，此不可一无，皆帝王之具也。"（《定法》）又说："抱法处势则治，背法去势则乱。"（《难势》）其所谓"法"，即指法令；"术"指国君驾驭群臣的手段；"势"即权势。他强调君主专制，中央集权。这种政治主张被秦王用于统一中国的实践，对我国封建社会有深远影响。

二是反对复古、主张革新的社会历史观。

先秦诸子大都贵古贱今、是古非今。以韩非为代表的法家则不同。韩非在《五蠹》中明确提出古今有异，"不期修古，不法常可，论世之事，因为之备。"他反对盲目崇古，指出"世异则事异"，"事异则备变"，并且"古今异俗，新故异备"，因而他反对因循旧制，主张因时而变。这样的社会历史观，体现了新兴地主阶级改革旧制度的进取精神。

韩非是重质轻文、崇实反虚的。他认为："礼为情貌者也，文为质饰者也。夫君子取情而去貌，好质而恶饰。"（《解老》）又说："不见其采，下故素正。"（《扬权》）因而他强调内容和功用，排斥形式和丽辞，甚至断定："喜淫辞而不周于法，好辩说而不求其用，滥于文丽而不顾其功者，可亡也。"（《亡征》）在他看来，"华而不实"

者必然"虚而无用"(《难言》)。因此,他的文章也就力排"虚辞"而崇"实事"。

由于排"虚辞"而崇"实事",《韩非子》文章的一个特点就是揭露实情,无所掩饰。例如《备内》篇无情地撕开覆盖在人际关系上的温情脉脉的面纱,指出人与人之间都是利害关系,即使是"骨肉之亲",也"无可信者"。《八奸》篇专论内奸篡权的危险和手段,写得淋漓尽致。《说难》篇论游说之难,历陈种种可致"身危"的情况,无微不至。韩非不善言辞而善著书,长于观察现实,总结历史经验,故能贯通古今,深谋远虑,具有高度的总结性、非凡的深刻性。既细致、周详,又透彻、锋利。韩非的文章和他的思想、气质、性格、为人融为一体,具有鲜明的个性特征。

韩非之文,多属政论,但体式多样,不一而足。既有长篇或短篇专论,又有驳论或辩难之文。众体之中,特擅驳论。如《难一》篇第二则先摆出所谓舜"躬藉处苦,而民从之"和"圣人之德化"的论点,接着即攻其矛盾:"舜之救败也,则是尧有失也。贤舜,则去尧之明察;圣尧,则去舜之德化,不可两得也。"然后立论:君主不必亲历劳苦去实施德化,而应以"处势而矫下"为要务。这样有力的驳论,不胜枚举。

《韩非子》中还有寓言故事300多则,居先秦各家著作之首。多载于《说林》及内、外《储说》。这些寓言是韩非用来宣扬其法家思想的锐利武器。著名者如《和氏献璧》(《和氏》)、《老马识途》、《远水不救近火》(《说林上》)、《滥竽充数》(《内储说上》)、《郢书燕说》(《外储说左上》)、《自相矛盾》(《难一》)、《守株待兔》(《五蠹》)等等,多已演为成语。行文多用寓言故事,也就形成了"著博喻之富"(《文心雕龙·诸子》)的艺术特点。

《吕氏春秋》《吕氏春秋》是在秦相吕不韦主持下,由其门客集体撰著而成。吕不韦只是名义上的编撰者。但此书既以"吕氏"为旗号,又在其主持下撰成,它们之间自然存在不可分割的关系。

吕不韦（？～前235），濮阳（今河南濮阳西南）人，原为阳翟（今河南禹县）大商人，后为秦相。《史记·吕不韦传》云："庄襄王元年，以吕不韦为丞相。""太子政立为王，尊吕不韦为相国，号称仲父。""当是时，魏有信陵君、楚有春申君、赵有平原君、齐有孟尝君，皆下士，喜宾客，以相倾。吕不韦以秦之强、羞不如，亦招致士，厚遇之，至食客三千人。是时诸侯多辩士，如荀卿之徒，著书布天下。吕不韦乃使其客人人著所闻，集论以为八览、六论、十二纪，二十余万言，以为备天地万物古今之事，号曰《吕氏春秋》。"

此书不仅自定书名，而且成书年代明确。其《序意》篇所谓"维秦八年，岁在涒滩，秋，甲子朔，朔之日，良人请问十二纪"，即秦始皇八年（前239）。此书体式严整，前所未有。"八览"为8组文章，各含8篇，共64篇；"六论"为6组文章，各含6篇，共36篇；"十二纪"则按春、夏、秋、冬四季编排，各含孟、仲、季3纪，每"纪"含5篇文章，共60篇。全书总为160篇文章，编排严整，自成系统。

《吕氏春秋》在《汉书·艺文志》列入杂家，以为"兼儒、墨，合名、法"。实取众家之长，"采精录异，成一家言"（《吕氏春秋附考》引高似孙语），"诸子之说兼有之"（汪中《吕氏春秋序》）。不过，这并不意味着无所侧重。此书的编撰目的，在于"纪治乱存亡"，"知寿夭吉凶"（《序意》），实质上是为秦王朝统一天下作理论准备。书中特别指出："乱莫大于无天子。"（《观世》）并强调所谓"一"，即"统一"的思想。《不二》篇说："一则治，异则乱；一则安，异则危。"《执一》篇说："王者执一而为万物正……天下必有天子，所以一之也……一则治，两则乱。"《大乐》篇也说："知一则明。"看来，《吕氏春秋》的思想倾向虽不一致，但这种强调"一"的观点，似是一根贯通全书的主线。

《吕氏春秋》是我国第一部有组织有计划地集体编撰而成的百科全书式的大著。刘勰称"吕氏鉴远而体周"（《文心雕龙·诸子》）章学诚说："吕氏之书,盖司马迁之所取法也。"(《校雠通义》卷三)肯定了《吕氏春秋》体式创新的价值及其对后世的影响。

《吕氏春秋》的文章,现实针对性强,敢于诋訾时君,指责时政。如《贵公》、《去私》、《圜道》等篇论尧、舜让贤而"不肯与其子孙",矛头显然直指当代。又如《节丧》篇揭露当时的厚葬之风,也是针对秦王之侈糜而发。如此放言无惮,仍是战国诸子著书的特点,并非"秦法犹宽"(《吕氏春秋附考》引方孝孺语)。

《吕氏春秋》虽然时有放言无惮之论,但其文风却比较平实,近似《荀子》。虽文出众手,不尽统一,但大都章法谨严,条理清晰。

《吕氏春秋》还保存了丰富多采的寓言和历史故事。此书共辑寓言故事 300 余则,其数量之多,可与《韩非子》寓言相颉颃。它们大多"杂取各家",说明事理。如《察今》篇用了《循表夜涉》、《刻舟求剑》、《引婴儿投江》三则寓言故事,分别说明治世应"因时制宜"、"因地制宜"、"因人制宜"的道理。说明"因时变法"的重要性。此外,如《荆人遗弓》(《贵公》)、《网开三面》(《异用》)、《腹䵍杀子》(《去私》)、《掩耳盗钟》(《自知》)、《齐人攫金》(《去宥》)等等,也都是历来脍炙人口的佳作。

第六节 楚辞与屈原

战国时期,在我国北方,文学发展的态势主要表现为诸子的活跃和散文的崛起。而在南方,则以楚辞的产生和我国第一位伟大诗人屈原的出现为标志,揭开了文学史上的新篇章。

一 楚文化与楚辞

早在春秋时代,楚国即兴盛于江汉流域。其后日益强大,地广兵强,雄踞南方。独放异彩的楚文化也就逐渐形成。楚文化与华夏文化有着千丝万缕的联系,但又独具特色。

楚有江汉川泽山林之饶,物产富足,较之中原,地理环境优越而独特。楚地风俗,民、神不分,特重淫祀,巫风独盛。楚人服饰也特别,所谓"南冠"、"楚服",独具一格。楚国的官制亦自成一体,如"令尹"、"莫敖"、"连尹"、"左徒"之类,均为楚国所特有。楚人操南音,歌南风,其语言、音乐极富地方特色。如果说,中原文化是以典重质实为基本精神,那么,楚文化则是以绚丽浪漫为主要特征。

楚辞是产生于战国后期楚国的一种新诗体。它"书楚语,作楚声,纪楚地,名楚物"(黄伯思《校定楚词序》),具有异常浓厚的地方色彩。"楚辞"之称,始见于西汉。成帝时,刘向在前人纂辑的基础上,集录屈原、宋玉诸作及后人模拟之作为一书,统题为《楚辞》;东汉王逸继作《楚辞章句》,于是《楚辞》又作为总集的书名流传于世。

《楚辞》是继《诗经》之后的又一座文学高峰。这一新的文学样式的产生,既有历史的、地理的渊源,更有民间的天才创造。作为源泉,风格独特的楚声、楚歌,为楚辞的产生提供了丰富的养料。楚声"音韵清切"(《隋书·经籍志》),楚歌渊源甚古。《论语·微子》所记《接舆歌》,《孟子·离娄上》所记《孺子歌》,刘向《说苑》所记《越人歌》等,句式参差,音韵清切,句尾多用兮字,已具有楚辞形式的一些基本特点。出自民间的楚声、楚歌,显然是楚辞的直接源头。还有,楚辞固然是南方文化的特产,然而南北文化的交流和融合也对它的产生有着重要作用。在精神、思想以及表现方法上,楚辞也接受了《诗经》的一些影响;而其辞繁句华、文采缤纷的特点,又有战国时代纵横游说的余波。

然而,"不有屈原,岂见《离骚》?"(《文心雕龙·辨骚》)光辉的"楚辞"又是伟大诗人屈原植根于楚文化的沃土、沐浴着中原文化的新风、吸取楚国民间文学的营养而"自铸伟辞"的天才创造。

二　屈原和《离骚》

在中国文学史上,屈原是第一个伟大的诗人。他的不朽杰作《离骚》,是现存第一篇宏伟壮丽的抒情长诗。屈原和《离骚》,无愧为巍然耸立在中国文学史上的巍峨丰碑。

屈原(前 340? ~前 278?),名平,字原,出身于楚国贵族,与楚王同姓。其祖先屈瑕,为楚武王熊通之子,受封于“屈”地,乃以“屈”为氏。关于屈原的生卒年问题,历来意见分歧,迄今尚无定论。由于学者们对屈原自叙“摄提贞于孟陬兮,惟庚寅吾以降”(《离骚》)的理解有别,推算方法各异,因而结论各不相同。据郭沫若考证,生年为前 340 年,卒年为前 278 年。关于屈原的生平事迹,主要见于《史记·屈原列传》。但其所记,颇为粗略,且有牴牾扞格之处,或系后人窜乱所致。据现有资料看来,屈原才高学博,明于治乱,善于应对,具有远大的政治抱负。他生当楚怀王、顷襄王时代,曾任“左徒”和“三闾大夫”之职。他初得怀王信任,在内政和外交方面都有显著成就。但“信而见疑,忠而被谤”,怀王听信谗言怒而疏之。他曾一度流于汉北。屈原既疏,群小得势,楚国政治日趋腐败。怀王昏庸贪婪,刚愎自用,因受张仪之欺,愤而两度伐秦,均遭惨败,后竟囚秦而死。顷襄王继位,诏谀用事,屈原竟被放逐于江南。这时候,楚国政治更加黑暗,“既无良臣,又无守备”(《战国策·中山策》),百姓心离,国运危殆。公元前 278 年,秦将白起攻拔郢都,烧毁楚先王墓,顷襄王逃往陈城。眼见祖国沦亡,人民遭难,屈原万分悲愤,极端绝望,于是怀石自沉汨罗而死,其时传说为 5 月 5 日。屈原的一生是悲剧的一生。但这不仅是他个人的悲剧,也是楚国的悲剧和时代的悲剧。

《汉书·艺文志》著录屈原作品 25 篇,但未列篇名。按王逸《楚辞章句》,标明“屈原之所作”者为《离骚》、《九歌》(11 篇)、《天问》、《九章》(9篇)、《远游》、《卜居》、《渔父》,合于25篇之数。这也许本于当初刘向的校定。但后世学者对此颇多异议。或谓《远游》、《卜居》、《渔父》,乃后人所作。目前比较一致的看法是:《离骚》、《天问》确为屈原之作无疑;《九章》中虽有后人拟作之可疑者,但基本上仍可认定为屈原作品;《九歌》则是屈原在楚国民间祭歌的基础上加工改造的再创作。另有《招魂》一篇,据司马迁之说,亦应认为屈原所作。

《离骚》 以《离骚》为代表的这些作品,奠定了屈原在文学史上的崇高地位。

关于《离骚》题义,自西汉以来,亦颇多异说。司马迁释为"离忧"(《史记·屈原列传》),班固释为"遭忧"(《离骚赞序》),王逸解为"别愁"(《楚辞章句·离骚经序》)。后人有从方言角度作解,以为"离骚"即"牢骚"者;也有从音韵着眼,认为《离骚》即《劳商》,为楚古曲之名者。此外说解还多,但都大同小异。现在看来,马、班之说最为近古,合乎诗人命题之旨,且于训诂有据,是较为可信的。

据两汉诸家旧说,《离骚》作于怀王时代屈原遭谗被疏之时。但从近古至现代,一些学者则认为《离骚》是屈原于襄王之世被放逐江南时所作。值得注意的是,《离骚》中有一些关于年岁的反复咏叹:"汨余若将不及兮,恐年岁之不吾与。""老冉冉其将至兮,恐修名之不立。""及年岁之未晏兮,时亦犹其未央。""及余饰之方壮兮,周流观乎上下。"此外,"岂余身之惮殃兮,恐皇舆之败绩"还表现了诗人对国将倾危的忧患之情。由此可见,《离骚》应作于诗人将老未老之际、楚国将败未败之时。这个时期,应属怀王在位的最后几年之内。

《离骚》是屈原心灵的歌唱。它展现了诗人"存君兴国"的"美政"理想,深沉执著的爱国感情,放言无惮的批判精神和独立不迁的峻洁人格。在全诗的字里行间,闪耀着诗人灿烂的思想光芒。

屈原"美政"理想的崇高目标是实现天下一统。他在《离骚》中称道"前王"、"前圣",但他所讴歌的典范并不囿于楚国的历史传统,如尧、舜、禹、汤、周文王等,都是属于华夏诸国所公认的楷模。而他所列举的破国亡身的历史人物,如启、羿、浞、浇、桀等,也都是天下所公认的昏君奸臣。诗人所描叙的上下求索、四方神游的所在,也突破了狭隘的楚国境域,诸如天津、西极、流沙、赤水、崦嵫、咸池等等,几乎包括了神话传说中整个中国的辽阔疆土和广大空间。这正是诗人热切向往天下一统的形象表现,同时也反映了诗人具有深沉厚重的历史意识。

主张以民为本是屈原"美政"理想的根基。他在《离骚》中反复吟诵道:"长太息以掩涕兮,哀民生之多艰。""皇天无私阿兮,览民德焉错辅。""瞻前而顾后兮,相观民之计极。"明确表现了关心民生、重视民心的思想和"有德在位"的主张。在屈原看来,举贤使能是其"美政"理想能否实现的关键。他旗帜鲜明地提出了"举贤而授能"的主张,并且对历史上不问出身贵贱、惟贤是举的圣王贤君大加颂扬。他主张修明法度,所谓"循绳墨而不颇","绳墨"即喻法度,认为这是实现"美政"理想的途径。因为现实是"背绳墨以追曲兮,竞周容以为度",所以不仅需要"乘骐骥以驰骋",而且必须"明法度之嫌疑"。(《九章·惜往日》)

屈原的参政实践以失败告终,但他的参政意识却在心底积淀、升华,最终化为"美政"理想,再现于《离骚》,"其存君兴国而欲反覆之,一篇之中三致意焉。"(《史记·屈原列传》)

屈原以一颗赤子之心,深情地眷恋着多难的祖国。他在《离骚》中倾诉衷情:"岂余身之惮殃兮,恐皇舆之败绩!"楚国不能容他,他却离不开楚国。以屈原之才干,当时不难另谋出路。他也确实考虑过"远逝以自疏"。然而当他神游四方之时,"忽临睨夫旧乡",那积淀于胸中的爱国情愫千丝万缕缚住了他,使他"蜷局顾而不行。"诗人宁肯以身殉国,也不愿离开父母之邦。这是何等坚贞、纯洁、崇高的爱国感情啊!然而应该指出,屈原的爱国思想与狭隘的忠君意识连在一起,其消极影响亦不容忽视。

屈原经受了战国时代精神的洗礼,故其《离骚》放言无惮,"为前人所不敢言"(鲁迅《摩罗诗力说》)。他责数楚王不察忠良、反信谗佞:"荃不察余之中情兮,反信谗而齌怒。"怨怪楚王言而无信、变化无常:"初既与余成言兮,后悔遁而有他。"他更义愤填膺地痛斥世俗和群小:"世溷浊而嫉贤兮,好蔽美而称恶。""众皆竞进以贪婪兮,凭不猒乎求索。"班固批评屈原"露才扬己"(《离骚序》),颜之推也斥责他"显暴君过"(《颜氏家训·文章》),他们的讥评,正好从反面印证了屈原批判精神的思想价值。

屈原志洁行廉,正道直行,既怀内美,又重修能。诗人在《离骚》中抒写了对真、善、美的执著追求和对假、恶、丑的无情挞伐。他说:"亦余心之所善兮,虽九死其犹未悔!""路曼曼其修远兮,吾将上下而求索!"诗人具有峻洁的人格,崇高的追求,坚贞不渝的操守和不屈不挠的意志。王逸赞之为"此诚绝世之行,俊彦之英也。"(《楚辞章句序》)然而"绝世之行"必有离群之忧,"俊彦之英"深陷落寞之境。屈原惟寄希望于楚王,就难免要产生"已矣哉!国无人莫我知兮"的孤独感、绝望感。这可说是酿成诗人悲剧的一大心理因素。

《离骚》全长 373 句,2490 字,是中国文学史上第一首由诗人自觉创作、独力完成的长篇抒情诗。诗人屈原的出现和《离骚》的产生,为文学自觉时代的来临开了先路。

《离骚》艺术造诣极高,无论在形象塑造、创作方法、表现手法和形式、语言诸方面,都有开拓、创新,取得了辉煌的成就。

诗人以第一人称的口吻,抒写了这位名曰"正则"、字曰"灵均"的主人公的世系、出身、品格、抱负,描叙了他的志趣、爱好、服饰、言行和境遇,展现了他的心灵世界。在"灵均"的身上,诗人熔铸了自己的意识、情感、理想和人格。

屈原继承、发展了《诗经》、神话的优良传统,他的《离骚》以现实主义为基调,以浪漫主义为特色。二者的完美结合,标志着创作方法的突破和发展,也证明了屈原无愧为一位伟大的艺术家。《离骚》的现实主义基调体现为诗人以极富个性化的笔触,真实而深刻地揭示了战国后期那一特定历史时期楚国政治的黑暗和社会的混浊,真率地抒发了诗人的理想和感情。然而《离骚》更为引人注目的成就则是富有浓厚的浪漫主义特色,其具体表现为:火样的激情,飞腾的想象,奇幻的意境和绚丽的文采。这在诗中上下求索、四方神游的描写里表现最为突出。《离骚》是一曲激越而壮丽的悲歌。它颂扬了崇高的理想、峻洁的人格,歌赞了坚贞不渝、宁死不屈的斗争精神,令人激昂、振奋,给人鼓舞。

《离骚》中比、兴手法的运用也有较大变化、发展。诗人寄情于物,托物寓情,创造出富于象征意味、具有审美价值的艺术形象。诸如善鸟香草、恶禽臭物、灵修美人、宓妃佚女、虬龙鸾凤、飘风云霓、高冠奇服、玉鸾琼佩等等,或配忠贞,或比谗佞,或媲君王,或譬贤臣,或托君子,或喻小人,都已不再是独立存在的客体,而是融合了主体情感、品格和理想的某种象征,或者说是蕴含艺术趣味的某种意象。这显然是对《诗经》比、兴手法的开拓,实开后世诗人“寄情于物”、“托物以讽”的先河,促进了中国古代诗歌艺术的发展。

《离骚》的艺术成就还表现在它对诗歌形式和语言的革新上。所谓“骚体”的新创,“固已轩翥诗人之后,奋飞辞家之前。”(《文心雕龙·辨骚》)应是屈原对诗歌发展的一大贡献。《离骚》在语言艺术上也有不少新的开拓。如双声、叠韵、重言的运用,都较《诗经》有新的发展。特别是大量吸收楚地方言口语入诗,显示了新的风采。宋人黄伯思指出:“若些、只、羌、谇、蹇、纷、侘傺者,楚语也。悲壮顿挫,或韵或否者,楚声也。”(《校定楚词序》)此外如扈、汨、搴、莽、诼、凭、婵、遭等等,也都是楚地的方言口语。

"兮"字的运用,更引人注目。这些特点,可说是"骚体"的主要标志。

三 屈原的其他作品

《九歌》 《九歌》是屈原在楚国民间祭神乐歌的基础上改写而成的一组体制独特的抒情诗。其中仍然保留了歌、舞、乐三者结合的特点。

《九歌》袭用古曲之名。所谓《九歌》,即指由多篇乐章组成的歌。故屈原《九歌》并非9篇,而是11篇。关于它的写作年代,历来有作于屈原早期或晚年两种说法。从《九歌》的内容看来,它的写作有一个搜集、整理的较长过程,不可能作于一时一地,但最后写定应在屈原晚年放逐江南流浪沅、湘之时。

《九歌》的写作与楚国巫风之盛行密切相关。它是楚国沅、湘之间原始宗教迷信的产物。《九歌》所祀诸神分别是:天神(《东皇太一》)、日神(《东君》)、云神(《云中君》)、湘水之神(《湘君》《湘夫人》)、司命之神(《大司命》《少司命》)、河神(《河伯》)、山神(《山鬼》)、为国阵亡者之神(《国殇》)。最后一篇《礼魂》,是祭祀结束时的送神曲。看来自成体系,大致再现了楚国民间祭歌的基本风貌。

《九歌》题材特殊,风格独异。它在精神实质上与《离骚》一脉相承,而在艺术上却自具特色。

与《离骚》的直抒胸臆不同,《九歌》以流传于楚国民间的神话故事为背景,主要通过神灵形象的塑造,借其口而抒情。《九歌》中所塑造的神灵形象,既闪烁着神的灵光,又具有人的性格;既神奇高远,又平凡亲切。经过诗人的艺术创造,神灵被人格化了。

《九歌》的基调是礼赞神明,但其内容颇多恋情的描写。无论是神与神或神与人之间的恋爱,都洋溢着人世间的生活气息。

诗人善于融情入景,突出环境的烘托和气氛的渲染。如"帝子降兮北渚,目眇眇兮愁予。嫋嫋兮秋风,洞庭波兮木叶下"(《湘夫人》),"雷填填兮雨冥冥,猨啾啾兮狖夜鸣。风飒飒兮木萧萧,思公子兮徒离忧"(《山鬼》)等等,大都把缠绵凄婉之情融入凄迷苍茫之景,形成了清丽的格调和优美的意境,代表着《九歌》的主要艺术倾向。较为特殊者是《国殇》。此篇礼赞为国捐躯者之神,描写了悲壮激烈的战斗场面,歌颂了楚国卫国将士们的英雄气概,刚健雄浑,深沉质朴,激昂扬厉,悲歌慷慨。其格调雄健而意境壮美。

《九歌》的语言清丽华美,令人赏心悦目;且音调铿锵,韵味悠长,启人无限情思。它虽以六言为主,但也有五、七言之句,长短适意,节奏鲜明,音韵谐美,宛转动听。特别是"兮"字用于句中,几乎代替了所有虚字的功能,不同于《离骚》的用于句末专为语助。这就扩大了它的意义和作用,体现了炼句技巧的进步。

《九章》 《九章》包括9篇作品。这些作品当初散篇单行,并无《九章》之名。其名始见于西汉末年刘向所作《九叹·忧苦》:"叹《离骚》以扬意兮,犹未殚于《九章》。"而刘向又是《楚辞》的最早编辑者,故一般认为,《九章》之名应即刘向所加。《九章》并非一时一地之作。其中,《橘颂》写作最早,可能作于屈原被疏之前。《惜诵》、《抽思》、《思美人》可能作于被疏之后。《哀郢》、《涉江》、《悲回风》、《惜往日》、《怀沙》等篇,则应作于屈原既放江南之后。

《九章》的思想内容与《离骚》大体相似。除《橘颂》外,各篇均为屈原某一生活片断的写照,表现了诗人在某一特定时期的思想感受。诗人的"美政"理想、爱国感情、批判精神和峻洁人格,在《九章》中也有不同程度的表现。在《九章》中还不难发现与《离骚》形神毕肖的众多诗句,有的甚至整段相似。这说明,在精神实质上,《九章》是与《离骚》基本一致的。

《九章》的艺术风貌也与《离骚》大体相似。不过，《离骚》富有浓厚的浪漫主义特色，《九章》虽也不乏浪漫主义的笔触，却主要显示了鲜明的现实主义特征。《九章》不以飞腾的想象和奇幻的意境取胜，而以具体的写实和直接的抒情见长。如《哀郢》写顷襄王二十一年(前278年)秦将白起攻克楚国郢都的历史悲剧，诗人开篇即描写了亲眼所见的一片国破家亡、人民离散奔逃的惨象："皇天之不纯命兮，何百姓之震愆？民离散而相失兮，方仲春而东迁。"接着描述自己身为难民中的一员，离乡去国的流亡经历和内心痛苦。其描述有如"实录"，而抒情则坦陈心怀。这样的特点，在《涉江》、《惜往日》等篇中，也有突出的表现。

《九章》写景寄情颇为独到。如："望北山而流涕兮，临流水而太息。望孟夏之短夜兮，何晦明之若岁！"(《抽思》)写山水，言节候，景语情语融为一体。又如《怀沙》："眴兮杳杳，孔静幽默。"蒋骥说："杳杳则无所见，静默则无所闻。盖岑僻之境，昏瞀之情，皆见于此矣。"(《山带阁注楚辞》卷四)像这样善于寓情于景的佳句，在《涉江》、《思美人》、《悲回风》中也有不少。

《橘颂》在《九章》中独具一格。它名为《橘颂》，实为诗人的自我人格写照。它写道："后皇嘉树，橘徕服兮。受命不迁，生南国兮。深固难徙，更壹志兮。"诗人以橘自比，借颂橘而言志。接着描绘橘树"姱而不丑"的外形之美，赞颂它"独立不迁"、"廓其无求"、"横而不流"、"秉德无私"的内在美质。这是一支高尚人格的颂歌。诗人"比物类志为之颂"(王夫之《楚辞通释》卷四)，不仅是对比兴手法的扩大和突破，而且开拓了后世咏物诗发展的道路。

《天问》 《天问》就是"问天"，亦即对天问难。"天"是诗人设疑问难的对象。《天问》的写作年代无从确考。但从篇中不无愤懑忧思之情以及篇末"伏匿穴处，爰何云？荆勋作师，夫何长？""吾告堵敖以不长"等句看来，它大约作于怀王末年，屈原遭谗被疏流于汉北之时。

　　《天问》是我国文学史上绝无仅有的一篇奇文。全文包括370多句,1500余言。作者一口气提出了170多个问题,举凡天地山川、神话故事、历史传说、天命人事、现实生活等等方面,均有所涉及。这不仅显示了屈原确实是"博闻强志",而且充分体现了他大胆怀疑,敢于向传统挑战,勇于探求真理的进取精神。这种精神乃是光辉的屈原精神的重要组成部分。

　　《天问》开篇写道:"曰:遂古之初,谁传道之? 上下未形,何由考之?"以一"曰"字领头,一开始就对天地开辟、宇宙生成这一最重大也最基本的问题发出疑问。接着便对山川地理、日月星辰等一系列未知的自然现象设疑问难,表现出不迷信、不盲从、勇于求索的可贵精神。

　　诗人由天地山川之问进而问及神话故事和历史传说,反映了屈原深沉厚重的历史意识。值得注意的是关于天命人事的问难。诗人问道:"舜服厥弟,终然之害。何肆犬体,而厥身不危败?""眩弟并淫,危害厥兄,何变化以作诈,后嗣而逢长?"诗人对所谓"福善祸淫"的诘难,实际上反映了对"天命"的怀疑和批判。

　　《天问》最后涉及现实生活和诗人自身:"薄暮雷电,归何忧? 厥严不奉,帝何求? 伏匿穴处,爰何云? 荆勋作师,夫何长? 悟过改更,我又何言?"字里行间透发出屈原关心现实政治的热情和饱含忧患的愤懑。

　　《天问》纯以问句构成,篇幅巨大,内容广博,思想奇特,富于哲理。它对哲学、史学、神话学、民俗学都有特殊的贡献。但对它的文学价值,却存在不同看法。实际上,《天问》构思新颖,形式独特,感情激越,格调高古。就文体而言,《天问》堪称近文之赋。它"苞括宇宙,总览人物",具有所谓"赋家之心"(《西京杂记》);并且主要以四言为句,四句为节,韵散相间,错落有致。它的产生,对赋体的形成和发展有着直接影响。屈原作品以写怀言情为主,而《天问》却有论事说理的倾向。汉初贾谊赋将言情与说理结合起来,正是对这一特点的继承和发展。应该说,《天问》的文学价值是不容否认的。

《招魂》 司马迁说:"余读《离骚》、《天问》、《招魂》、《哀郢》,悲其志。"(《史记·屈原列传》)他把《招魂》与《离骚》等篇相提并论,显然认为《招魂》也是屈原的作品。但王逸等认为《招魂》是宋玉所作。现在看来,司马迁之说较为近古,且必有所据,目前尚无确凿证据足以证明其误,故不宜轻易否定。从《招魂》所叙宫室之美,服食之奢,娱乐之盛,士女之乱等情景看来,其所招之人非君王莫属。因此,说屈原作《招魂》以招怀王之魂,是比较可信的。史载楚怀王三十年(前299),怀王入秦被扣;顷襄王三年(前296),怀王客死于秦。《招魂》之作,大约就在此后不久。

《招魂》是《天问》之外的又一篇奇文,其艺术形式、表现手法和语言艺术都有创造性的成就。

"招魂"是存在于科学文化比较落后的民族中的一种迷信风俗,古今中外都有。屈原《招魂》的产生便与当时楚国巫风之盛有密切关系。它是屈原改造民间流行的巫觋招魂辞的形式再创作而成。《招魂》前有序言,中为招魂辞,后有乱辞,以招魂辞为主干。这种结构形式和正反对照的写法以及招魂辞句尾通用极其特殊的"些"(应即"此此"的重文复举)字,显示了民间巫觋招魂辞的形式特征。《招魂》之作再次证明屈原是善于从现实生活和民间文艺中吸取营养的伟大诗人。

《招魂》不同于《离骚》、《九章》之以抒情见长,而是以善于描写著称。它无论"外陈四方之恶",还是"内崇楚国之美"(王逸《楚辞章句·招魂序》),都极尽铺陈夸张之能事。值得注意的是,诗人的铺陈夸张尽管出于幻想,但绝非凭空臆造。如写东方日出之所:"十日代出,流金铄石";写南方蛮荒之地:"雕题黑齿,得人肉以祀","蝮蛇蓁蓁,封狐千里";写西方之沙漠:"流沙千里","五谷不生","求水无所得";写北方之严寒:"增冰峨峨,飞雪千里。"由此可知,诗人见多识广，又善于观察生活，这样的夸张确实抓住了描写对象的某些特征。

诗人对天地四方的描写极富浪漫主义色彩，而对"楚国之美"的描写又无不是对现实世界中楚王奢靡生活的如实写照和细致刻画，显示出现实主义的特征。

《招魂》"铺采摛文"，其描写的铺张和文藻的富丽实开汉赋之先河。但后世赋家纷起效法，专务文辞之巧丽，则不免"繁华损枝，膏腴害骨"（《文心雕龙·诠赋》）了。

四　屈原的影响和楚辞的流变

屈原不仅开创了"楚辞"这一崭新的诗体，而且影响了历代的作家。《史记·屈原列传》说："屈原既死之后，楚有宋玉、唐勒、景差之徒者，皆好辞而以赋见称。"但他们的作品多未流传。唯一有作品流传且有一定影响的作家是宋玉。这以后，仿作"楚辞"者代不乏人，但大都缺乏创造精神，惟模拟是务。他们只是"掇其哀愁，猎其华艳"（鲁迅《汉文学史纲要》），亦步亦趋，专求形似，结果不免取貌而遗神，以致趋于僵化。

宋玉是屈原之后的一位杰出作家，与屈原并称"屈宋"。关于宋玉的生平事迹，难以详考。从一些古籍的零星记载中，可知他是战国晚期楚国人，后于屈原而与唐勒、景差同时。他出身寒微，曾事襄王为"小臣"，才高位低，颇不得志。王逸说他是"屈原弟子"（《楚辞章句·九辩序》），虽无确证，但他的作品确实是师法屈原的。《汉书·艺文志》著录宋玉赋 16 篇，篇目失考。载于《楚辞》、《文选》、《古文苑》中的宋玉作品有 13 篇，可信者惟《九辩》一篇。《九辩》亦如《九歌》，原为古曲之名，宋玉袭用古题自创新篇。"九"表多数，"辩"通"变"、"遍"，一遍即为一阕，"九辩"即为由多阕乐章组成的乐曲。

　　《九辩》是一首借悯惜屈原而自抒胸臆的长篇抒情诗。它有不少蹈袭屈作的痕迹,甚至有整段抄入者。但尽管如此,它在艺术上仍有自己的独创性。如开头一节"悲秋"的描写,就非常出色:"悲哉,秋之为气也! 萧瑟兮草木摇落而变衰。憭慄兮若在远行,登山临水兮送将归。泬寥兮天高而气清,寂寥兮收潦而水清。憯悽增欷兮薄寒之中人,怆怳懭悢兮去故而就新。坎廪兮贫士失职而志不平,廓落兮羁旅而无友生,惆怅兮而私自怜。燕翩翩其辞归兮,蝉寂漠而无声;雁廱廱而南游兮,鹍鸡啁哳而悲鸣。独申旦而不寐兮,哀蟋蟀之宵征。时亹亹而过中兮,蹇淹留而无成。"这一段寄情于景而情景交融的描写,深受后世文人推崇,并在一定条件下唤起他们的共鸣。"悲秋"从此成为诗、赋创作中常见的主题之一。此外,《九辩》以散文句式入诗,句法更趋灵活自由。"兮"字的运用变化多端,有抑扬顿挫之妙。双声、叠韵、重言词的运用也颇具匠心。这都说明,《九辩》的思想境界及艺术成就虽不及《离骚》,但其"凄怨之情,实为独绝"(鲁迅《汉文学史纲要》),在文学史上有其特殊的光彩。

　　《楚辞》中较为出色的篇章还有性质相类的《卜居》与《渔父》。它们都以既放后的屈原为描写对象,都从第三者的角度,分别通过屈原与太卜和渔父的对话叙写,表现了屈原"忠而被谤"的怨愤,不信天命、卜筮的思想,对黑暗现实的愤慨和坚贞不屈、特立独行、洁身自好、不与谗佞同流合污的精神。可见作者对屈原的生活和思想有较为深刻的了解。此外,它们都用先秦古韵,证明确系先秦之作。其作者虽难确考,但可认定是受屈原直接影响的作者。

　　这两篇作品在艺术上有引人注目的共同特点。首先是构思新巧,都是以第三人称记叙的"设为问难"之作。其次是表现手法相似,都善于从对比中突出作品主旨。此外,《卜居》、《渔父》都是韵散相杂,而以散体为主,句法灵活,用韵随意。这种形式,意味着楚骚向汉赋的过渡,在文学史上起着承先启后的桥梁作用,值得重视。

　　屈原作为中国第一位伟大诗人,在文学史上理所当然地占有极其崇高的地位。他的光辉精神和不朽杰作对后世产生了极为深远的影响。从汉代的贾谊、司马迁,到东晋的陶渊明,唐代的李白、杜甫、柳宗元,宋代的苏轼,直至现代的鲁迅、郭沫若,可以说我国历代有成就的进步作家,很少有不受屈原精神的激励和屈原作品的哺育的。"屈平词赋悬日月,楚王台榭空山丘"(李白《江上吟》);屈原的精神感召后人,屈原的作品沾溉后世,正如刘勰所指出:"其衣被词人,非一代也!"(《文心雕龙·辨骚》)

第二章 秦汉文学

第一节 秦汉文学概论

公元前 221 年,秦灭六国,建立了统一的中央集权国家。秦惩于春秋战国纷争不息的历史教训,废除分封制,实行郡县制,又筑长城、修驰道,颁令车同轨、书同文、划一度量衡。以上措施,对于加强政治的统一,无疑有积极的意义。但在思想文化方面,秦却结束了先秦的百家争鸣局面,扼杀了士阶层的文化创造精神。李斯曾上疏说:"古者天下散乱,莫之能一;是以诸侯并作,语皆道古以害今,饰虚言以乱实,人善其所私学,以非上之所建立。今皇帝并有天下,别黑白而定于一尊。私学而相与非法教,人闻令下,则各以其学议之,入则心非,出则巷议,夸主以为名,异取以为高,率群下造谤。如此弗禁,则主势降乎上,党与成乎下,禁之便。臣请史官非秦记皆烧之,非博士官所职、天下敢有藏诗书百家语者,悉诣守尉杂烧之。有敢偶语诗书者弃市;以古非今者族;吏见知不举者与同罪;令下三十日不烧,黥为城旦。所不去者,医药、卜筮、种树之书。若欲有学法令,以吏为师。"(《史记·秦始皇本纪》)这篇上疏导致了焚书坑儒。秦的学术与文学,几乎一片荒芜。"秦世不文",不独在于质文互变,更在于"燔灭文章,以愚黔首"的文化专制政策。在此形势下,秦所能留给后人的,只有为数不多的刻石之文和诏令奏议一类的应用文字。

公元前 209 年,陈涉起义,秦所梦想的"万世之业"亡于二世。经历长达 8 年的战乱,刘邦重新统一中国。其时,天下疲弊,"人相食,死者过半","于是约法省禁"(《汉书·食货志》),黄老之学遂成为当时的统治思想。黄老主张无为而治,汉初的文化学术因此有了相对的自由。这时的文章,议论时事,不独能保持战国畅所欲言的作风,也具有雄辩的逻辑力量和充沛的情感力量。兼之汉初文人刚从战乱中过来,对国家的统一,倍加珍惜,大都热衷于反思历史,指切时弊。贾山、贾谊、晁错等人政论而兼史论的文章,是这一时期散文的代表。

在这个时期,由于统治者实施休养生息的政策,对于学术文化不甚限制,所以,不仅百家之学得以复兴,各地的文化也得到滋长。楚文化在汉初一度繁荣,也和当时的兼容并蓄的政策颇有关系。

经过汉初到景帝数十年间的经营,"国家亡事,非遇水旱,则民人给家足,都鄙廪庾尽满,而府库充财"(《汉书·食货志》)。在此基础上,武帝改弦更张,消除边患,开拓疆土,翦除诸王,发展经济,汉帝国由此进入鼎盛时期。这时的统治者实行一种新的政策,文人学者为适应这种政治需要,也构筑了新的统治思想。董仲舒以"天人感应"为核心的儒学思想体系,就是这样建立起来的。

随着汉帝国进入兴盛时期,封建制度内部的矛盾和弊病逐渐暴露并开始恶性膨胀。《汉书·刑法志》说:"至孝武即位,外事四夷之功,内盛耳目之好,征发烦数,百姓贫耗,穷民犯法,酷吏击断……其后奸滑巧法,转相比况,禁罔寝密",多欲政治与酷吏政治随之而起。早在武帝即位之初,丞相卫绾即奏罢申、商、韩非、苏秦、张仪之言。元光年间,武帝相继下诏策问:"三代受命,其符安在? 灾异之变,何缘而起?""三王之教,所祖不同,而皆有失。或谓久而不易者道也。意岂异哉?"针对上述问题,董仲舒对策先讲"天人相与之际"，人君"受命之符"，以及"灾异"、"谴告"之事。然后便指出大汉王朝应用古之道，变秦之道；用孔子之术，以持一统。董仲舒说：

> 《春秋》大一统者，天地之常经，古今之通谊也。今师异道，人异论，百家殊方，指意不同，是以上无以持一统；法制数变，下不知所守。臣愚以为诸不在六艺之科、孔子之术者，皆绝其道，勿使并进。邪辟之说灭息，然后统纪可一，而法度可明，民知所从矣。

董仲舒的对策，既阐明了"天人相与，君权神授"的理论，又提出了"罢黜百家，独尊儒术"的主张。

汉代的集权政治与经学的独尊地位，对文人与文学，产生了决定性的影响。诞生于先秦动乱之世的文人学者，对现实人生始终具有强烈的干预意识；入仕以立事功，乃是士阶层实现人生价值最为重要的手段。兼之文章的商品化在中国发生得很晚，所以，在正常情况下，古代社会并无所谓专业的文学家与思想家。由于上述原因，先秦的士对现实政治与现实政权已有相当的依附性，只是因为有列国纷争的背景，当时的士对现实政治尚有选择的自由，思想文化领域也才可能出现百家争鸣的局面。但中国的士一当进入武帝的时代，面对完善的中央集权体制、"罢黜百家、独尊儒术"的思想统治和以"经明行修"为标准的选士制度，他们从先秦继承下来的干预意识便只能被具体化为从政意识和依附意识了。

这样一来，汉代便很少有表现属于个人生活的作品，以诗为代表的抒情文学就此落入低谷。曾经是生动活泼的"诗三百"，在汉儒手中蜕变为"诗经学"。"诗经学"旨在以伦理化、政治化了的"诗三百"陶铸文人的心性，规范文学的创作，并对历史与现实作出阐释、论证或批评，文学的意义则降到非常次要的地位。汉人在解经诠《诗》的同时,只能模拟"诗三百"中的庙堂诗歌,四言诗式也因此长期未能突破。汉初以来上层社会习用的楚歌诗,几乎是人们唯一的文学抒情形式。

在散文的领域,一种新的文风也随之产生。这时的文章无论是润色鸿业,还是指切时弊,大都以王权为旨归,文气皆典重而迟缓。但淮南王刘安及其宾客所著的《淮南子》和司马迁的《史记》则仍有先秦著作的遗风,代表了当时散文的最高成就。刘安是地方势力的代表,对中央集权持反对的态度。《淮南子》多道家之言,实则是抵制尊儒术、崇帝室的政策,其文也写得自由随便。后者是私家著史,继承了先秦诸子发愤著书的传统。《史记》因为批评武帝时代的多欲政治和酷吏政治,一度被视为"谤书",但它的会通精神、实录精神、批判精神及其文学成就却素为后人景仰,无愧为"史家之绝唱,无韵之《离骚》"(鲁迅《汉文学史纲要》)。

在这一时期,赋体文学却进入高峰。散体赋是随南北文化合流后,汉代赋家熔铸诗、骚、散文而成就的一种新体。作家的文学激情在散体赋中得到了充分抒发。然而由于汉代儒学的影响和统治者对辞赋润色鸿业的需求,散体赋无可避免地陷入了讽谕主题与题材表现的相互矛盾,并因此受到"劝百讽一"的批评。又因为汉代的赋家常被视为"倡优",赋因此始终无法在正统文学中摆脱它的尴尬处境。

西汉末年,政治危机加剧,新莽改朝换代。国家权柄易人,作为统治思想的今文经学的神圣地位发生了动摇,古文学派代之而兴。学风的转变,影响到文章的复古。刘歆《移书让太常博士》不傍经典,直抒己见,是第一篇批评今文学派的文章。扬雄早年曾好辞赋,晚年因仕途不利,从政意识淡化,不仅对辞赋持偏激的否定态度,而且追求作立德而兼立言的圣人。他仿《论语》、《周易》而作《法言》、《太玄》。文章虽不乏新颖的见解,但因为矫枉过正,失于古奥。

王莽的新朝,在农民起义中结束。公元 25 年,刘秀建立东汉政权,国家复归一统。刘秀为重建封建集权思想,大力提倡谶纬,东汉的经学进而走向神学。与此同时,经历了两汉易代之际的社会动乱,文人对正统思想不能不产生怀疑,学术思想界有了明显的分化。桓谭的《新论》、王充的《论衡》,显示了"非圣无法"、"离经叛道"的思想。他们的文章,也扬弃了扬雄的古奥,代表了由文转质的新趋势。而作为史家、赋家与经学家的班固,他的《汉书》在反映历史真实的同时,不能不屈从于神学与君权。班固的思想矛盾在东汉是很有代表性的。

东汉后期,文人的社会地位和心理状态发生了很大的变化。宦官与外戚交替专权,公开卖官鬻爵,不仅威胁着士人、尤其是中下层士人的政治命运,也冲击着"经明行修"的选士标准,从而导致了士人在思想行为方面的转变。一方面,他们竭力维护和宣扬两汉以来的选士标准,并进一步把它确立为人格品评标准,清议之风,由是形成。另一方面,他们又对传统的道德信念,产生了深刻的怀疑和极度的失望。由于上述原因,在汉一度居于次要地位的老庄之学开始抬头。

儒重群体规范,道重个人自由。汉末文人之调和儒道,其思想行为必然偏离正统。反映在文学方面,作家在注重外在事功的同时,又必然热衷于表现个人的生活与情感,抒情文学由此得到复苏。在这一阶段,仲长统、郦炎等人的四言诗摆脱了颂体的束缚,已开魏晋通脱清峻的风气。文人开始自觉地汲取乐府民歌的养料,开创了文人五言诗的新局面。《古诗十九首》作为文人情感的自然流露,代表了当时文人五言诗的最高成就,进一步丰富和成熟了古代文人抒情诗歌的优秀传统。《诗》、《骚》抒情精神的复苏,对辞赋的创作心态、创作方法与结构体制的转变,起了重要的作用。汉末赋之走向抒情化和小品化的实质,乃是赋家诗人化和赋的诗艺化、诗境化。张衡、蔡邕、赵壹等人的辞赋,或自明心性,自伤身世,抒发愤悱;或师法庄老,皈依自然;或抒写汉人罕言的性爱,大都情景交融,词句清丽。而一些揭露和批评时政的赋作,已全然没有"劝百讽一"的温柔敦厚的面目,而颇具"诗人的愤怒"。这时的文章,大都发愤而作,兼有"清议"的性质。

在这个时期里,民间的歌谣、尤其是汉代的乐府民歌,继承了先秦民歌的传统,对后代文学具有重要的影响,在文学史上也有重要的地位。

第二节 秦统一后的文学

秦在完成统一大业,加强中央集权的同时,从先秦承继了一笔可观的文化遗产:如风姿各异的南北文化;一个具有相当文化素质的士阶层;《诗》、《骚》的抒情传统及比兴艺术、象征艺术;先秦散文对社会、人生的深刻思索及其叙事艺术、论辩艺术。前代的文化成就和现实的统一局面,为秦继往开来,创造学术思想与文学艺术的繁荣,提供了现实的可能性。

然而,由于秦自战国以来,用商鞅、韩非之术,尚刑名,崇霸力、重实用、绌文采,形成了实用主义的政治传统;又由于秦惩予数百年的割据战乱,始终困扰于六国贵族势力死灰复燃的噩梦,激发出强烈的集权意识,更由于秦以武功进取天下,结束数百年之分裂局面,建立了大一统的中央帝国,其自大心理,不免畸形膨胀。上述因素,使秦在文化艺术方面,实行了极端专制的政策;秦始皇出于对士阶层和诸子百家之说的戒惧,竟然演出焚灭诗书,坑杀儒生的惨剧,秦的学术与文学,从此失去了生存的权利和土壤。

在此文化背景下,秦留给后世的文学遗产,便只有歌颂功德的刻石之文和诏令奏议等应用性文字了。

一 刻石之文

秦始皇从统一中国后的第三年(前 219)开始,连续近十年之间,或封禅,或巡狩,足迹遍及山东邹峄山(今山东邹县)、泰山、琅琊(今山东诸城)、之罘(今山东烟台)、河北碣石(今河北乐亭)、浙江会稽(今浙江绍兴),并刻石称颂功德。这些刻石文字,大多出自李斯之手。

李斯(?~前 208),战国末楚上蔡(今属河南)人。曾从荀卿学,入秦为吕不韦舍人。秦统一后,位丞相,定郡县制,统一文字。始皇死后,赵高矫诏杀太子扶苏,立胡亥,李斯被诬下狱而死。李斯相秦 30 余年,亲历秦的统一过程,故其文对制度的颂美,往往于史有征,不为虚美;其于统一事业的颂赞,亦言出由衷,绝少虚饰。如《邹峄山刻石文》:

> 追念乱世,分土建邦,以开争理。攻战日作,流血于野,自泰古始。世无万数,陀及五帝,莫能禁止。乃今皇帝,一家天下,兵不复起。灾害灭除,黔首康定,利泽长久……

其文抚今追昔,感慨尤深。又如《琅玡台刻石文》:

> ……东抚东土,以省士卒;事已大毕,乃临于海。皇帝之功,勤劳本事;上农除末,黔首是富。普天之下,抟心揖志;器械一量,同书文字……

其于制度的称颂,亦皆符合事实。

当然,勒石纪功,为的是流芳后世,刻石文字在由衷的自豪与赞美外,不免有曲意的阿谀与粉饰,如《琅玡台刻石文》:

> ……皇帝之明,临察四方;尊卑贵贱,不踰次行。奸邪不容,皆务贞良;细大尽力,莫敢怠荒。远迩僻隐,专务肃庄,端

直敦忠,事业有常。皇帝之德,存定四极;诛乱除害,兴利致
福。节事以时,诸产繁殖;黔首安宁,不用兵革。六亲相保,终
无寇贼,欢欣奉敬,尽知法式……功盖五帝,泽及牛马;莫不受
德,各安其宇。

这样的文字,美化了秦的暴政,成为历史的笑柄。但它产生在专制
一统的时代,又是十分自然的事情。

刻石之文,源自铭、颂。先秦以来,素有颂诗美德,勒铭计功的
传统。颂诗系庙堂乐歌,雍容典重;铭文因限于刻镂,辞句简古。
秦刻石兼有铭颂的特点,又有自己的时代特色。其文出自李斯之
手,故多制度语、法令语,浑朴古质与清峻峭悍,实兼而有之。此
外,秦代君臣,雄视天下;李斯顺谀主意,受命作颂,不免辞气奔放,
务多溢美,具有铺张壮大的特征。刘勰说:"秦皇岱铭,文自李斯。
法家辞气,体乏弘润。然要而能壮,亦彼时之绝唱也。"(《文心雕龙·封
禅》)谭献说"其词特铺张尽致"(《骈体文钞》评),都准确地概括了秦刻石
的风格。

二 诏令奏议之文

秦代君臣的诏令奏议,是至今仅见的秦代应用性文字。此类
文字,很能代表秦文的风格。

秦始皇的《令丞相御史议帝号》罗织六国罪名,出语专断,霸气
十足;又称自己"以眇眇之身,兴兵诛暴乱",既有战国之文的逞雄
作风,又有法家的峭刻峻直,大有不可一世之概。

李斯的《议废封建》、《议烧诗书百家语》、《议刻金石》、《上书言治
骊山陵》,行文简捷,不假文饰,是典型的刑名法术语。他的《上书言
赵高》揭露赵高之短,广引史鉴,犹逞辩辞。但当胡亥声称自己"贵有
天下",不必像尧、禹那样"苦形劳神,身处逆旅之宿,口食监门之养,
手持臣虏之作",而应"赐志广欲,长享天下"(《史记·秦始皇本纪》)时,李

斯之《上书对秦二世》便大讲人君督责之术。全文虽仍以法、术、势为立论基础,但已不再有战国文章的气势。李斯被赵高诬陷下狱,作《狱中上书》。其文虽不脱战国辩士本色,但曲折隐忍,语多反讽,与后世忠而被谤的牢骚之文大体相似,而与秦统一前所上《谏逐客书》大不相同。

秦因暴政,亡于二世。暴政的内容之一,便是灭绝文化思想。所以,秦留给后世的,虽无文学的瑰宝,却有传之久远的历史教训。

第三节 汉代的论说散文与史传散文

一 论说散文

汉代散文的发展,大致可分为下列几个阶段。

汉代初年,学尚黄老,文化思想相对自由。兼之汉初实行分封之制,策士余风犹存,作者为文,较能畅所欲言,文章具有铺陈壮大的风格。但这时的文章,也有不同于战国的特点。首先,文人从政机遇尚多,社会生活相对稳定,有条件对历史、现实、人事作深入具体的思考和研究。这时的文章,大抵论证充分、逻辑严密,少有策士之辞的浮靡与诡辩;文章的结构和语言,也趋于详密和严整。其次,汉初文人抚今追昔,对当代社会的统一与安定倍感珍惜。他们以强烈的历史感与现实感总结前朝的兴亡教训,为统治阶级提供经验与借鉴。史论而兼政论、冷静客观而兼热情洋溢,是这一时期文章的又一特点。贾山的《至言》,是汉初第一篇以秦为鉴、提出招贤纳谏、尊儒崇礼的文章。但最能代表汉初文章风格的,则是贾谊与晁错。

贾谊(前200～前168),洛阳(今河南洛阳)人。曾师事李斯学生吴公,21岁任太中大夫,于朝廷礼仪制度的改革多有建议。年少气盛,敢于直言,为权贵所嫉,贬为长沙王太傅,后转梁怀王太傅。在长沙期间,作《吊屈原文》与《鵩鸟赋》。梁怀王坠马死,自伤失职,郁郁而逝。《过秦论》与《陈政事疏》(又称《治安策》)是贾谊散文的代表之作。前者由秦之兴亡,论及治国之道,谋篇严密、辞采赡丽,兼采战国各家之长;后者指切时事,慷慨激昂,发言警醒,更有汉初文章的特点。

晁错(前200~前154),颍川(今河南禹县)人。少受申商刑名之学于张恢,文帝时拜太子家令,景帝时为御史大夫,时称"智囊"。他力主改革政治、削夺藩王封地。吴楚七国反,被腰斩于市。《论贵粟疏》、《守边劝农疏》、《言兵事疏》是其散文的代表之作。其文出语切实,无架空之论,而又通达流畅。鲁迅说贾、晁"为文皆疏直激切,尽所欲言","惟谊尤有文采,而沉实则稍逊",又说"以二人之论匈奴者相较",则"贾生之言,乃颇疏阔,不能与晁错之深识为伦比矣"(《汉文学史纲要》)其所以如此,或与贾谊年少气盛、英年早逝,其谙练世事不及晁错有关。

从武帝到宣、元时期,汉代文风,为之一变。其时,"罢黜百家,独尊儒术",为文之士,大都从先验的、唯心的"天人感应"说出发,杂引经典、灾异、史实,或论证君主政体与礼乐教化之合理,或对君王行事予以规诫。这类文章,思想趋于僵化,文气尤显得迟缓。董仲舒开了这类文章的风气之先。

董仲舒(前179~前104),西汉今文经学大师,广川(今河北枣强县东)人。少治《春秋》,尤精《公羊传》。武帝时曾任江都王相、胶西相,晚年居家著书,其《春秋繁露》、《天人三策》是汉代经学的奠基之作。他的文章除上述特点外,还十分注意逻辑的演绎与论说的从容,典雅博奥,雍容徐缓,故刘熙载说:"汉家文章,周、秦并法,惟董仲舒一路无秦气"(《艺概·文概》)。

这个时期的代表作者还有刘向。刘向(前77~前6),字子政,本名更生,沛(今江苏沛县东)人。经学家、目录学家。历仕宣、元、成帝,曾三度下狱,免死,官终中垒校尉。其《条灾异封事》以先秦与秦朝史实为借鉴,引《诗》、《易》、《论语》达 19 条,更引证《春秋》所言灾异,对现实问题反复论证。文章虽不免繁琐,所言却颇中肯綮,尚不同于此后皓首穷经的迂儒。

汉代散文发展的第三个阶段,是在成、哀之世到两汉易代之际。其时,政治危机日深,古文学派崛起。以古文反今文,不仅有恢复儒学典籍本来面目的意义,也包含有对"天人感应"思想体系的怀疑与否定。兼之王莽由擅权而称帝,思想、制度都标榜"托古改制",古文学派也因此受到官方的鼓励。学术的复古,必然导致文章的复古。不傍经典、畅所欲言、明白晓畅、少有文采,是这一时期论说文章的特点。

刘歆(约前 53～23),字子骏,刘向之子。历仕成、哀之世,王莽时为国师。他治学不囿于家法,能破除门户之见。成帝时,为争取立古文经传于学官,作《移让太常博士书》,批评今文学家"皓首穷经"、"因陋就寡"、"保残守缺"的学风,"随声是非"、"党同门、妒道真"的态度,措辞尖锐,刘勰称其"辞刚而义辨,文移之首也"(《文心雕龙·檄移》)。

扬雄(前 53～18),字子云,成都(今四川成都)人。好学深思,性格恬淡,兼擅经学、小学和辞赋,40 余岁始游于京师。历仕成、哀、平三朝。王莽时拜为大夫,因受诛连,投阁几死。他前期好辞赋,晚年视辞赋为童子"雕虫篆刻"(《法言·吾子》),更不屑作依经立义的文章,而要追踪"立德"兼"立言"的圣人。他仿《论语》作《法言》,仿《周易》作《太玄》,力求自成一家之言。但因当时儒学已定于一尊,其论很难再自成体系。《法言·君子》说"有生者必有死,有始者必有终,自然之道也",是对神学迷信的大胆否定。但他同时也反对老子的"捶提仁义,绝灭礼学"(《法言·问道》)。由于追求儒学复古,为文不免古奥难读。苏轼说他"好为艰深之辞,以文浅易之说"(《答谢民师书》);他刻意求古,把"动由规矩"翻成"蠢迪检柙",也曾受到鲁迅的批评(见《南腔北调集·作文秘诀》)。

经历了两汉之际的社会危机,东汉王朝复归一统,刘秀利用图谶以巩固政权,汉代经学由此进入神学的阶段。但与此同时,有的文人学者也对传统产生了怀疑。以桓谭、王充为代表的异端思想在这一时期最有时代特点。

桓谭(约前23~56),字君山,沛国相(今安徽宿县一带)人。遍习五经,尤好古学。成帝时为郎,王莽时为掌乐大夫。刘秀即位,因反对谶纬,几乎被杀,病死于贬官途中。他著有《新论》(已残缺不全),证实"虚妄之言,伪饰之辞"(《论衡·超奇》)。其中《形神篇》以烛火喻形神,言形死则神灭,是对神学进行哲学的批判。行文力求达意,不事雕饰,不求古奥,代表了当时文章由文转质的新趋势。

王充(27~约97),字仲任,会稽上虞(今浙江上虞)人。出身细族孤门,好博览而不守章句。作过下层官吏,晚年家居著书。现存《论衡》84篇。全书融贯百家之说,对汉代的天人感应、灾异祥瑞、谶纬迷信实行学术的理性批判,其中自然也包含着政治的批判。章太炎《检论·学变》说此书"正虚妄、审乡背、怀疑之论,分析百端,有所发摘,不避上圣"。王充文章的最大特点是深入浅出,反复论证;信笔所之,得心应手。但由于《论衡》之作,为了"言无不可晓,指无不可睹"(《论衡·自纪》),不免"反复诘难,颇伤辞费"(《四库全书总目提要》),亦因此有"文体散杂,非可讽诵"(章太炎《国故论衡·论式》)的缺点。

东汉后期,宦官与外戚交替专政,党祸频起,社会危机日益深重。这时的文人即使从政,无力回天;而社会理想与人格理想的崩溃,又使他们陷入极度的绝望和愤懑,于是出现了"清议"的文章。以文章清议时政,虽不能有效地改变现实,却可以减轻精神的重荷。兼之东汉以来,文章渐趋华丽。故这类指切时弊的清议之文不但富于激情,也很注意文章的修辞。

王符,生卒年不详,字节信,安定临泾(今甘肃镇原)人。出身寒微,性格耿介,与张衡友善。因不得仕进,愤而隐居著书,作有

《潜夫论》。其文"指讦时短,讨谪物情,足以观见当时风政"《后汉书》本传)。

崔寔(?～约170),字子真;一名台,字元始。涿郡安平(今属河北)人。曾任辽东太守,官至尚书。病卒,"家徒四壁立,无以殡敛"《后汉书》本传)。曾论当时事数十条,名曰《政论》(已残缺不全)。其书指责时弊,暴露现实矛盾,颇有不平之气。

仲长统(180～220),字公理,山阳高平(今山东邹县一带)人。性倜傥,敢直言,不拘小节,时人谓之"狂生"。州郡召用不就,献帝时参曹操军事。每论说古今及当时事,"恒发愤叹息,因著论名曰《昌言》(书已残缺)"《后汉书》本传)。其文骈散相间,挥斥自如,颇有气势。章太炎说王、崔、仲三人著作,皆因"东京之衰,刑赏无章也,而发愤者变之以法家","上视扬雄诸家牵制儒术,奢阔无施,而三子闳达矣"《訄书·学变》)。

作为主流的经世之文,在汉代的流变大抵如此。除此之外,还有一类文章,在汉代虽非正统,不在主流,却能见出文人精神生活的另一侧面。刘勰说汉人书信,"志气盘桓,各含殊采,并杼轴乎尺素,抑扬乎寸心"《文心雕龙·书记》)。其所以如此,乃因情志所在,不能自已,尤其亲朋之间,较少顾忌,故这类表达作者个人生活与情感的作品,大抵限于书信之文。司马迁《报任安书》,发泄怨愤,自述抱负,放言无惮。杨恽《报孙会宗书》不仅抒愤、放诞,还声称"夫人情所不能止者,圣人弗禁",在西汉更是一篇少见的怨愤之作。扬雄《答刘歆书》、贡禹《上书乞骸骨》、冯衍《与妇弟任武达书》、朱穆《与刘伯宗绝交书》、李固《遗黄琼书》、秦嘉《与妻徐淑书》,皆有上述文章的特点。

二 史传散文之一——司马迁的《史记》

代表汉代散文最高文学成就的,是司马迁的《史记》。

司马迁(约前145~约前87),字子长,夏阳龙门(今陕西韩城县北)人。其父司马谈在武帝建元年间掌太史令,曾作《论六家之要指》,其思想兼采各家,而偏重黄老。司马迁幼承父训,诵读古文经传,青壮年时期曾多次出游,对山川地理、人文风俗、民族状况、社会政治多有了解。他作太史令后,继父志而撰《史记》。数年后因李陵事件下狱,家贫无以自赎,蒙受腐刑。次年出狱任中书令。肉体与精神的摧残,使司马迁经历了一次人生的大转折,于《史记》的写作产生了重大的影响。司马迁的生平事迹,见《史记·太史公自序》《报任安书》与《汉书》本传。

司马迁著史,意在"究天人之际,通古今之变,成一家之言"(《报任安书》),表现了他对此前的历史,作整体把握的意向。但《史记》面对上自黄帝,下迄汉武帝天汉年间3000多年的史事,首先面临如何叙事这一巨大困难。这就要求史家在时间、空间两个方面视历史为一个有机的整体,对影响事件与人物的各种因素具有全面的洞悉能力、分析能力与综合能力。正是这些能力,决定了作者对叙事形式的选择。就先秦史书体例而言,已初具以事为纲和以人为中心两种叙事类型。司马迁集先秦史学之大成,建立起以纪传为主,兼具书、表形式的史学体例。全书分十二本纪、十表、八书、三十世家、七十列传,总计一百三十篇,五十二万余字。本纪以帝王世系纪年,叙历史大事;世家分述"辅拂股肱之臣"及重要历史人物事迹;列传不仅记"立功名于天下者",也记社会各阶层人物,更记与华夏族相依相存的兄弟民族。以上是以人物为中心的叙事体例。十表记录宗室、名臣的"废立分削",与本纪、世家互补,以救正"并时异世,年差不明"的缺憾;八书记载历代典章制度的沿革,以补纪传之阙,可看作政治、经济、军事、文化方面的专史。以上是以事为纲的叙事体例。《史记》五体的创立,实因所记史实"疆宇辽阔,年月遐长",不得不将横亘时间空间的制度、史事、人物"分以纪传,散在书表"(以上引文见刘知几《史通·六家篇》)。《史记》的体例,不仅显示了司马迁对历史材料的驾驭能力和叙述能力,更表现出他力求对历史作整体把握的会通精神。作为我国的第一部纪传体通史,《史记》代表了当时史学的最高成就,并为我国古代正史确立了基本范式。

《史记》的历史会通精神还表现在它的"原始察终,见盛观衰"(《太史公自序》)。司马迁十分注意从历史内部的因果联系入手,构建起一个富于历史整体感的史学体系。其中最突出的,是司马迁看到了经济、经济关系对社会发展所起的决定作用。他在《货殖列传》中指出,物质的生产与流通必然促使社会的分工,人们"待农而食之,虞而出之,工而成之,商而通之,此宁有政教发征期会哉?"他还说"富者,人之情性,所不学而俱欲也。"更指出人与人的社会等级关系,最终以经济关系为基础,所谓"富相什则卑下之,伯则畏惮之,千则役,万则仆,物之理也"。而且这经济关系还随时处于变动之中,即"富无经业,则货无常主。能者辐凑,不肖者瓦解"。这样的观点,对汉初以来的重农抑商政策,对无视人的基本权利的封建道德,以及富贵在于天命的封建等级观念,无疑是作出了学术的、理性的批判。在《平准书》与《酷吏列传》中,司马迁还详细叙述了汉代经济力量的膨胀,造成汉武帝的好大喜功、对外用兵,从而导致经济衰败,社会动荡不安,酷吏政治因此兴起的历史过程。经济与政治的关系,在《史记》中因此得到真实而明晰的揭示。

《史记》在记叙各地人文风俗时,也很注意挖掘其形成原因。司马迁说关中一带因受西周重农耕传统的影响,尚有先王淳朴的遗风;长安附近则因"四方辐凑","地小人众",其民"益玩巧而事末"(《货殖列传》)。齐鲁一带所以文质彬彬,有大国之风,不仅因为有齐桓公当年的善政,也因为有孔、孟留下的儒学传统(见《孔子世家》、《齐太公世家》);而山东薛地所以多暴桀子弟,则与战国孟尝君招致天下任侠、奸人入薛达六万余户有关(《孟尝君列传》)。以如此富于会通精神的眼光去观察和描述历史,在过去的史书当中,的确还未曾有过。

《史记》的又一特点,是它的实录精神和批判精神,即《汉书·司马迁传》所说的"其文直,其事核,不虚美,不隐恶。"作为史家,司马迁对无论是来自先代典籍、国家档案,或是来自游历见闻、调查采访的材料,均持审慎的态度。司马迁著史,其意又在"居今之世,志古之道,所以自镜也"(《高祖功臣侯者年表》),所以他在坚持实录原则的同时,始终本着以古鉴今的目的,在对历史材料的分析、处理中,随处寄寓着自己的社会理想和人格理想。正因如此,实录精神与批判精神在《史记》中并存,史家必备的史才、史识、史胆在司马迁身上达到了高度统一。

《史记》的实录精神和批判锋芒,还表现在尊重事实。例如《高祖本纪》既写刘邦统一天下的业绩,也写出他性格中好色贪酒、奸诈圆滑的一面,更写他背信弃义、冷酷自私的剥削阶级本质。又如《酷吏列传》在揭示了汉武帝的多欲政治与酷吏政治的因果关系后,还进一步说:"(张汤)所治即上意所欲罪,予监史深祸者;即上意所欲释,与监史轻平者。""于是汤益尊任,迁为御史大夫"。武帝与酷吏的互相利用,暴露无余。对武帝晚年的迷信神仙,至死不悟,《史记》不仅一一实录,还往往语含讥刺。例如《封禅书》云:

今天子初即位,尤敬鬼神之祀……

是时李少君亦以祠灶穀道却老方见上,上尊之……少君言上曰:"祠灶则致物,致物而丹砂可化为黄金,黄金成以为饮食器则益寿。益寿而海中蓬莱仙者乃可见,见之以封禅则不死,黄帝是也。臣尝游海上,见安期生,安期生食巨枣,大如瓜。安期生仙者,通蓬莱中,合则见人,不合则隐。"于是天子始亲祠灶,遣方士入海求蓬莱安期生之属、而事化丹砂诸药齐为黄金矣。居久之,李少君病死,天子以为化去不死。

武帝到了晚年，一切嗜欲都已满足，所不能必得者只有寿命。于是方士李少君之流便投其所好，授以却老益寿之方，以便长享声色口腹之乐。李少君一死，骗术本已揭穿，但武帝利令智昏，仍然甘心受骗，"冀遇其真"。

如此菲薄今上，仅有史识而无史胆，不能为之。无怪乎东汉明帝说司马迁"微文刺讥，贬损当世"(班固《典引序》)；汉末王允视《史记》为"谤书"(《后汉书·蔡邕传》)；魏明帝说《史记》"非毁孝武，令人切齿"(《三国志·王肃传》)。《史记》还以大量篇幅，揭露和鞭挞了上层人物之间以利相合的人际关系和丑恶表演。当窦婴贵盛时，"诸游士宾客争归魏其侯"，田蚡亦"往来侍酒魏其，跪起如子姓"。及窦婴失宠，田蚡得幸，"天下吏士趋利者皆去魏其归武安"，田蚡还步步为营，置窦婴于死地(见《魏其武安侯列传》)。其他世故圆滑、随声是非如韩安国之流，缘饰儒术，谋取私利如叔孙通、公孙弘之流，在司马迁笔下无不现其原形，露其本性。与之相反，凡推动历史进步的人物，《史记》均不没其功绩。例如对商鞅、李斯等人，虽不崇敬，而叙商鞅变法，却说"居五年，秦人富强"，"行之十年，秦民大悦，道不拾遗，山无盗贼，家给人足，民勇于公战，怯于私斗，乡邑大治"(《商君列传》)。对于李斯相秦，也说"以辅始皇，卒成帝业"，其功可与"周、召列矣"(《李斯列传》)。其他人物之有历史贡献者，更多肯定。如汉文帝之崇简易，轻赋税，"除诽谤，去肉刑，赏赐长老，收恤孤独，以育群生"(《孝文本纪》)。曹参"为汉相国，清静极言合道。然百姓离秦之酷后，参与休息无为，故天下俱称其美矣"(《曹相国世家》)。对于陈涉，司马迁不仅肯定他"天下之端，自涉发难"的历史地位，更把他的反抗暴政与汤武革命相提并论(《太史公自序》)。此外，对于忠而被谤、死而无悔的伍子胥、屈原，振人之急、已诺必诚的朱家、郭解(《游侠列传》)，重义轻生、慷慨赴死的聂政、荆轲(《刺客列传》)，乃至凡以其物质劳动或精神劳动贡献于社会人生者，凡由其立身行事而表现出高尚情操者，司马迁无不给予充分的肯定和由衷的赞扬。例如《游侠列传》：

今游侠,其行虽不轨于正义,然其言必信,其行必果,已诺
必诚,不爱其躯。既已存亡死生矣,而不矜其能,羞伐其德。
盖亦有足多者焉……鄙人有言曰:"何知仁义,已飨其利者为
有德。故伯夷丑周,饿死首阳山,而文武不以其故贬王。跖蹻
暴戾,其徒诵义无穷。"由此观之,"窃钩者诛,窃国者侯,侯之
门,仁义存",非虚言也……而布衣之徒,设取予然诺,千里诵
义,为死不顾世,此亦有所长,非苟而已也。故士穷窘而得委
命,此岂非人之所谓贤豪间者邪?

汉武帝对于游侠是严惩不贷的,而司马迁却对游侠如此称赞。这
是公然和汉朝的现行政策相对抗,为触犯法网的游侠鸣不平。司
马迁在这里还特别引用了庄子"窃钩者诛、窃国者侯"的一段话,说
明人世间的是非本来没有准则。有权有势,便有仁有义,历代皆
然。因此,游侠之行,虽说"不轨于正义",其实"有足多者"。可见
《史记》的实录,服从于作者的是非判断;《史记》的批判与肯定,也
贯穿着作者的是非标准。实录精神、批判精神与社会理想、人格理
想,在《史记》中始终是融为一体的。

《史记》既是史学的名著,又是文学的名著。

《史记》的纪传体例为成功地创造人物形象,提供了基本的保
证。首先,《史记》的纪传以人物为中心,展开历史的纵横面。这样
的体例,使它不仅要宏观地叙述历史大事的变迁,也要微观地描述
具体人物的历史活动和个人命运;不仅要注意从历史事件的内在
联系中显示出来的规律性,也要注意个人的经历、身份、气质、教
养、行为方式对历史事件乃至个人命运的影响。《史记》的叙事笔
触已深入到个人的思想行为、情感心理,《史记》描述的人物,因此
具有充分的个性。其次,《史记》又首创人物合传与类传。这类纪
传集中展现了某一阶段、某一阶层、某一行业,或思想性格、行为
方式、身世际遇相似的人物群像,更表明司马迁对历史人物的共性与
个性,已有充分的重视。

再次，由于平行的人物各传在记叙同一事件时，极易交叉重复，司马迁不得不在叙及某人某事时，常以"事在某传"避免行文的累赘，这就是人所称道的"互见法"。所谓互见法，是把历史事件或人物生平分散在数篇中，参差互见，详略不同，彼此补充。如"鸿门宴"一事，以《项羽本纪》记载最完整详尽，在高祖、张良、樊哙诸纪传中，仅予提及；诛诸吕一事，《吕后本纪》详述本末，而孝文本纪、陈平、周勃世家略有说明。互见法的运用，不仅使历史事件首尾完整，集中明确，互相呼应，减少重复，有助于维护人物形象的完整性，更有助于突出作者的倾向性。又由于司马迁对历史始终保持着清醒的理性批判和鲜明的情感倾向，他对于所记之人、所叙之事，很注重情节、细节乃至人物语言的精心裁剪和巧妙安排，因而《史记》的文章中心突出、法度井然，又得疏密、繁简、虚实、正侧、断续之妙，一些情节，甚至颇富于戏剧的冲突。

最后，司马迁在遵循求实原则的同时，又并不排斥对某些情节、细节及人物语言的补充。这些补充的成分对事件或人物来说，大都具有必然性与或然性，故无损于历史的真实。史学家的实录精神与文学家的艺术想象，史学的科学性与文学的艺术性，在《史记》之中，达到了相当程度的统一。如《高祖本纪》与《项羽本纪》都写了刘邦、项羽分别见到秦始皇出游时的反映，前者说"大丈夫当如是也"，后者却说"彼可取而代也"！这样的情节，因过于巧合，很可能得自传闻或虚构。但两人性格气质的差异，于此可见；两人在后来的历史活动中的不同风格，亦无不由此分野。又如《项羽本纪》写项羽兵败垓下，四面楚歌，乃设饮帐中，自作悲歌，与虞姬慷慨相和，左右皆泣，莫能仰视。之后，又写项羽不肯过江，对乌江亭长说："纵江东父兄怜而王我，我何面目见之！纵彼不言，藉独不愧于心乎！"上述情节，即有记载或传闻可稽，亦不免有司马迁的文学渲染。这不仅可与前面的"钜鹿之战"和"鸿门宴"相映照，为项羽的结局抹上浓厚的悲剧色彩，同时也能够传达出司马迁对这位末路英雄的惋惜与同情。《史记》中这类传神的细节描写,不胜枚举。如陈涉辍耕而叹,李斯见仓鼠而叹,张汤幼年审鼠,陈平均分社肉,张良为长者进履等等,对人物形象的塑造,都起了画龙点睛的作用。

　　强烈的抒情性,是《史记》成为文学名著的又一重要因素。出于对现实的自觉干预和对历史的深刻反思,司马迁以篇末的"太史公曰"首创了《史记》的论赞体,而且常于叙事之中,锲入自己的主观论断。此外,司马迁发愤著书,字里行间,更往往寄托有他个人遭遇在内的人生体验。因为上述两个方面的原因,《史记》的理性批判常带有强烈的感情色彩;叙事之时,亦不免移入作者的爱憎好恶。最典型的莫如《伯夷列传》。伯夷、叔齐不食周粟,"饿死于首阳山"。司马迁于篇末说:"或曰,天道无亲,常与善人。若伯夷叔齐,可谓善人者,非邪?"孔门弟子颜回好学,"糟糠不厌,而卒早夭"。司马迁又说:"天之报施善人,其何如哉?"与此相反,盗跖"日杀不辜","暴戾恣睢",而"竟以寿终"。近世不轨之徒,"专犯忌讳,而终身逸乐富厚,累世不绝"! 司马迁感叹道:"余甚惑焉! 傥所谓天道,是邪,非邪?"《伯夷列传》叙事少而慨叹多,其云"天道"可疑,实言"人道"不公;其为古人伤怀,实为今人抒愤。因而这样的文章,既是古人的纪传,又是咏史的小品。

　　《史记》的语言风格,寓多样于统一。它时而激壮顿挫,时而深婉曲折。尤其是某些篇章,因情志所在,或恨或爱,皆极尽描写之能事。当然,司马迁记叙不同时代的史事,也因所据史料不同而有不同的语言风格。如战国以前的历史,所据史料,言辞古朴,文辞简古,故《史记》行文,虽加敷衍,亦自保持这一特色。又如战国是文采焕发的时代,《战国策》尤多策士的纵横之辞,故《史记》行文亦"雄而肆"(王世贞《弇州山人四部稿》卷一四六)。楚汉以来的遗闻佚事,司马迁或得之传闻,或访诸故老,其熔铸群言,自成体制,谋篇用语,更多创造。茅坤说:"屈、宋以来,浑浑噩噩,如长川大谷,探之不穷,揽之不竭,蕴藉百家,包括万代者,司马子长之文也"(《茅鹿门集》卷三)。此言对《史记》语言的总体风格及其构成因素的概括,相当准确。

《史记》沾溉后人,其泽甚远。古代正史体例,由此确立;司马迁的史学精神,是后世史家效法的;唐宋以来的文章,无不奉《史记》为圭臬。魏晋志人小说、唐宋传奇小说的纪传式结构和文学技巧,宋元"讲史"一类的话本,无不导源于《史记》;古代戏曲中一些优秀之作,亦往往取材于《史记》。总之,司马迁的史学精神和文学成就对后世的影响,几乎是无往而不在的。

三 史传散文之二——班固的《汉书》

东汉明、章之世,班固的《汉书》是一部与《史记》差可媲美的体大思精的著作。

班固(32~92),字孟坚,扶风安陵(今陕西咸阳东北)人。班固的家世,素有边疆豪强、慷慨任侠的传统;及其祖父班穉、父亲班彪,又逐渐形成儒学正宗的家世传统。班固幼承家教,博学好文。以著作为郎,数上赋颂,实具有文学侍从的身份。建初四年,章帝诏诸儒讲论五经大义于白虎观,班固受命撰集其事,作《白虎通义》。和帝永元元年(89)秋,班固随窦宪出击匈奴。后窦宪为和帝逼命自杀,班固亦因此免官。永元四年,又因教诸子、家奴不严被逮,死于狱中。综观班固一生行事,实与豪强而兼儒学的家世传统有关。

修撰《汉书》,始于班彪。彪卒,班固继承父志,续撰《汉书》,未竟而卒,复由其妹班昭及马续奉诏相继完成。《汉书》记事,起于汉高祖,止于王莽末年,计十二纪、八表、十志、七十列传,是我国第一部纪传体断代史。

班固撰史,曾受官方干预。他的《典引序》曾记录如下事实:

永平十七年,臣与贾逵……等召诣云龙门,小黄门赵宣持

《秦始皇本纪》问臣等,曰:"太史迁下赞语中宁有非耶?"臣对:"此赞贾谊《过秦论》云:'向使子婴有庸主之才,仅得中佐,秦之社稷,未宜绝也。'此言非是。"即召臣入,问:"本闻此论非耶?将见问意开寤耶?"臣具对素闻知状。诏因曰:"司马迁著书,成一家之言,扬名后世。至以身陷刑之故,反微文刺讥,贬损当世,非谊士也。司马相如污行无节,但有浮华之词,不周于用。至于疾病而遗忠主上,求取其书,竟得称述功德,言封禅事,忠臣效也。至是贤迁远矣。"臣固常伏刻圣论,昭明好恶,不遗微细;缘事断谊,动有规矩。

因为有了章帝的"圣谕",《汉书》才有对司马迁的如下议论:"司马迁……是非颇缪于圣人,论大道则先黄老而后六经,序游侠则退处士而进奸雄,述货殖则崇势利而羞贱贫,此其所蔽也……乌呼!以迁之博物洽闻,而不能以知自全,既陷极刑,幽而发愤,书亦信矣。迹其所以自伤悼,《小雅·巷伯》之伦。夫唯《大雅》'既明且哲,能保其身',难矣哉!"(《司马迁传》)班固既对司马迁的史学观点有明白的批评,也流露出对他身世际遇的同情,更隐然透露出自己奉旨修史时如履薄冰的忧惧。《汉书》由私史而变为官史,是它不同于《史记》的一个很重要的原因。

《汉书》以史家之笔,记录西汉一代的历史,对汉朝统治集团的昏庸残暴,对上层社会的炎凉冷暖,对社会危机和民生疾苦,对有功于社会的仁人志士,都有较客观真实的反映,其中也寄寓有作者的爱憎与批评。这是《汉书》与《史记》的相同之处。但因为班固生在专制压迫和经学统治严重的时代,经学家与史学家的二重人格,使《汉书》的史学见解和史学精神,又往往不如《史记》。如同是《高帝纪》,司马迁说:"三王之道若循环,终而复始。周秦之间可谓文敝矣,秦政不改,反酷刑法,岂不谬乎?故汉兴承敝易变,使人不倦,得天统矣。"班固却说:"汉承尧运,德祚已盛,断蛇著符,旗帜上赤,协于火德,自然之应,得天统矣。"对于刘邦所以能够建国,司马迁认为既在人事,也在历史循环,而班固则完全归于天运。可见两人所说的"天统",有所不同。最能体现《史记》、《汉书》思想分歧的,还在《货殖列传》、《游侠列传》。如司马迁说"仓廪实而知礼节,衣食足而知荣辱,礼生于有而废于无,人富而仁义附焉",班固却说:"四民不得杂处,欲寡而事节,财足而不争,在民上者道之以德,齐之以礼,故民有耻而且敬,贵谊而贱利。"司马迁说:"凡编户之民,富相什则卑下之,佰则畏惮之,千则役,万则仆,物之理也",班固却说:"昔先王之制,自天子、公侯、卿大夫、士,至于皂隶,抱关击柝者,其爵禄、奉养、宫室、车服、棺椁、祭祀、死生之制,各有差别。小不得僭大,贱不得逾贵,夫然故上下序而民志定"(以上分别见《史记》、《汉书》)。相比之下,对于礼义道德、社会等级与经济基础的关系,两人的见解是很不相同的。又如《游侠列传》,司马迁说郭解"廉洁退让,有足称者,名不虚立,士不虚附……"班固却换书为"以匹夫之细,窃杀生之权,其罪不容于诛矣。观其温良泛爱,振穷周急,谦退不伐,亦皆有绝异之姿;惜乎不入于道德,苟放纵于末流,杀身亡宗,非不幸也。"可见班固对游侠的评价不同于司马迁,却与汉代统治思想相一致。

《汉书》中最有生气的文章是《李陵传》(附《李广苏建传》)、《司马迁传》,最有代表性的文章是《苏武传》(附《李广苏建传》),《霍光传》、《王莽传》等。其中最为世人传诵者是《苏武传》,例如其中写李陵劝降而苏武坚决不降的一段:

> 初,武与李陵俱为侍中。武使匈奴明年陵降,不敢求武。久之,单于使陵至海上,为武置酒设乐,因谓武曰:"单于闻陵与子卿素厚,故使陵来说足下,虚心欲相待。终不得归汉,空自苦亡人之地,信义安所见乎?……人生如朝露,何久自苦如此! 陵始降时,忽忽如狂,自痛负汉,加以老母系保官。子卿不欲降,何以过陵? 且陛下春秋高,法令无常,大臣无罪夷灭者数十家。安危不可知,子卿尚复谁为乎? 愿听陵计,勿复有

> 云。"武曰:"武父子无功德,皆为陛下所成就,位列将,爵通侯,兄弟亲近,常愿肝脑涂地。今得杀身自效,虽蒙斧钺汤镬,诚甘乐之。臣事君,犹子事父也。子为父死无所恨。愿勿复再言。"

这样的文章,不仅表现了苏武的思想和性格,也流露了班固的观点和感情。班固对武帝很不满,对李陵很同情,而对苏武又极赞佩,于是在这段文章里,既有对苏武由衷的歌颂,又有对武帝冷峻的批评。

一般说来,司马迁著史,寄慨遥深,而班固的《汉书》则近乎"纯史",不甚动情,如《苏武传》这样"叙次精彩,千载下犹有生气,合之《李陵传》,慷慨悲凉"(赵翼《廿二史札记》卷二)的文章,在《汉书》中并不多见。

此外,《汉书》沿袭《史记》体例而又有所改易,多用《史记》文字而又有所删省。其体例之改易,得失互见;其文字之删省,则往往失却司马迁的微旨与叙事的生动。程颐说"子长著作,微情妙旨,寄之文字蹊径以外;孟坚之文,情旨尽露于文字蹊径之中。读子长文,必越浮言者始得其意,超文字者乃解其宗。班氏文章亦称博雅,但一览之余,情词俱尽,此班、马之分也"(焦竑《焦氏笔乘》卷二引)。发愤而作的私史与奉诏修撰的官史,区别盖在于此。

但《汉书》的文章,也有自己的特点。从内容上看,《汉书》的纪传,写了忠奸两种人物类型,如苏武的矢志不渝,霍光的忠心耿耿,王莽的大奸巨滑。《汉书》对忠奸观念的强调,是两汉维护君主集权制度的正统思想在史学上的反映。但《汉书》也写有特立独行之士,如杨王孙之求裸葬。班固甚至评价说:"昔仲尼称不得中行,则思狂狷。观杨王孙之志,贤于秦始皇远矣!"(《杨王孙传》)经历了两汉之际的战乱,异端思想随之而起。班固此语已非纯儒之言,这正反映了当时思想界的特点。此外,《汉书》从学术与文献的角度,不独在《史记》原有纪传中增加了学术与经世的文章,更增设学术事迹纪传,特设《艺文志》讲论学术源流。把文化学术纳入史的视野,是《汉书》的一大贡献。从语言上看,《汉书》叙一代之史,取材虽较《史记》为便利,文风却不能不受当时的影响。东汉辞赋发达,文风渐趋整丽,故《汉书》为文虽不如《史记》文气疏宕,富于神韵,但其叙事的详密谨严,语言的整饬赡丽,亦自有特点。刘熙载说:"苏子由称太史公'疏荡有奇气',刘彦和称班孟坚'裁密而思靡'。'疏'、'密'二字,其用不可胜穷"(《艺概·文概》)。《汉书》的文章成就与对后世文章的影响,也是十分深远的。

第四节 赋体文学的产生与演变

以赋名篇,始于荀子。其《赋篇》分别咏礼、智、云、蚕、针,是后来咏物赋的开端。又《战国策·楚策》载,荀子作书谢绝春申君的邀请,"因为赋曰:宝珍隋珠,不知佩兮;杂布与锦,不知异兮……"《战国策》所记的"赋",与世传荀子《佹诗》的后半部分,仅有个别字句不同。可见在荀子的时代,已用"赋"作为这类文体的名称。

到了汉代,赋体之文又有大发展,一为骚体,一为散体。

一 骚体之赋

汉初以来,因刘邦及其大多数功臣起于楚地,宫廷上下,崇尚楚文化蔚为风气。上有所好,下必效之,故文人作赋,大抵祖述楚辞,骚体赋几乎是当时文人最主要的文学抒情形式。

贾谊的《吊屈原赋》(《史记》作《吊屈原文》)是现存的汉代第一篇骚体赋作品。贾谊远谪长沙,为赋以吊屈原,其实是抒发自己的不平之气。其中写道:

鸾鸟伏窜兮,鸱枭翱翔。阘茸尊显兮,谗谀得志。贤圣逆曳兮,方正倒植。世谓随夷为溷兮,谓跖蹻为廉;莫邪为钝兮,

> 铅刀为铦。于嗟默默,生之亡故兮!幹弃周鼎,宝康瓠兮。腾
> 驾罢牛,骖蹇驴兮;骥垂两耳,服盐车兮。章甫荐屦,渐不可久
> 兮;嗟苦先生,独离此咎兮!

但贾谊的处境和屈原不同。在战国时代,君可择臣,臣亦可择君,屈原曾有"历九州而相其君"的机会,而贾谊生当天下一统的时代,便只能"汧渊潜以自珍","远浊世而自藏",在污浊世道中洁身自好。

贾谊在长沙又作有《鹏鸟赋》,其中写道:

> 至人遗物兮,独与道俱。众人惑惑兮,好恶积亿。真人恬
> 漠兮,独与道息。释智遗形兮,超然自丧。寥廓忽荒兮,与道
> 翱翔。……其生兮若浮,其死兮若休。澹乎若深渊之静,泛乎
> 不系之舟。

这样的感慨,颇杂儒道。贤人失志,大抵如此。这样的作品虽不免"率直而少致"(王世贞《艺苑卮言》卷二)却形成了骚体汉世之赋的传统。

贾谊之后,贤人失志之赋还有严忌的《哀时命》,它的格调更为伤感。作者慨叹自己"哀时命之不及古人兮,夫何予生之不遇时?"这样的思想情绪在汉代也是很有代表性的。

以贤人失志为主题的骚体赋在西汉中叶以后,无论内容和形式都出现了规范化、类型化的趋势。但淮南王刘安的门客淮南小山曾作讨一篇《招隐士》,试图在句型、用语以至意境的创造方面有所突破,从而形成一种骚赋变体:

> 王孙游兮不归,青草生兮萋萋。岁暮兮不自聊,蟪蛄鸣兮
> 啾啾。块兮轧,山曲岪,心淹留兮恫慌忽,罔兮沕,憭兮栗,虎
> 豹穴,丛薄深林兮人上栗……王孙兮归来,山中兮不可久留。

这样的作品,体式上虽源于楚辞,但"音节局度,浏漓激昂"(王夫之《楚辞通释》),很有个性色彩,在汉人骚体赋中,别具一格。

二 散体之赋

到了武帝时期,散体赋是赋体文学的代表性文体。散体赋是一种含有诗、骚、散文等文体因素的综合性文体。标志着散体赋成型的第一篇作品,当推枚乘的《七发》。

枚乘(?~约前140),字叔,淮阴(今江苏淮阴)人。他生活在文、景时代,做过景帝的弘农都尉,吴王刘濞的郎中、梁孝王的宾客,曾作《谏吴王书》,谏阻吴王谋反。可见他虽然出入诸侯之门,却不同意诸侯王与中央分庭抗礼的行为。武帝初即位,"乃以安车蒲轮征乘"(《汉书·枚乘传》),死于道中。《七发》虚拟楚太子有疾,吴客往问病因,告诫居于高位者不要迷醉声色、饮食、车服。之后,以田猎、观涛逐层启发太子,最终归结到要太子听取圣人辩士的"要言妙道","论天下之精微,理万物之是非"。其说虽然"腴辞云构、夸丽风骇"(《文心雕龙·诠赋》),却透露出诸侯王自恃政治和经济上的力量,僭越制度、奢侈荒淫的事实,也表现了枚乘希望诸侯王要汲取历史教训,弃奢侈,绝野心,务明君臣之义。此外,《七发》描写楚太子宫廷的衣食住行、音乐歌舞、车驾行猎,可见汉帝国的经济、文化已达到相当繁荣的程度。尤其是写登景夷之台,"南望荆山,北望汝海,左江右湖",与偕诸侯、兄弟、朋友"往观乎广陵之曲江"两段,物象纷呈,气势恢宏。如果没有汉帝国的统一和强盛,作家是不可能有这样博大的气魄和视野来摄取并处理这样的题材内容的。

散体赋最有代表性的作家是司马相如。司马相如(?~前118),字长卿,蜀郡成都(今四川成都)人。景帝时"以赀为郎",为武骑常侍。后免官游梁,与枚乘等为梁孝王宾客,著《子虚赋》。后归蜀,临邛富人卓王孙寡女夜奔相如,二人卖酒为生。武帝即位后,读《子虚赋》,"恨不能与此人同时"(《史记·司马相如列传》)。经狗监杨得意推荐,相如赴长安,见武帝,作《上林赋》。武帝大喜,任为郎。曾奉命出使"通西南夷",著《喻巴蜀檄》、《难蜀父老》。后任孝文园令,因病免官。临终前作《封禅文》称颂功德。

《子虚赋》借楚国使者子虚先生之口,盛称楚国云梦之大、山川之美、物产之富、畋猎歌舞之乐,以傲于齐国。齐国乌有先生则批评子虚"不称楚王之德厚,而盛推云梦以为高;奢言淫乐,而显侈靡",是"彰君恶,伤私义",未为可取。然后,乌有先生亦极力夸饰齐地的山川方物,说它可以"吞云梦者八九于其胸中,曾不蒂芥!"这种诸侯间的争强斗富,恰好是西汉前期各封国彼此纷争不息,以及他们自恃势大,无视中央的缩影。《上林赋》可以看作《子虚赋》的续篇。它借亡是公之口,以更加铺排的形式,华丽的词藻,丰富的想象,由上林苑的规模,写到山水林木、奇禽异兽、离宫别馆、良石美玉,更写天子校猎、游乐之事。这类描写,客观上反映了汉帝国经济繁荣,政治统一的时代特征。就作者的创作主旨而言,除对天子寄有"此大奢侈"的微讽外,还包括对诸侯王佚乐过分、妄自尊大的批评:"夫以诸侯之细,而乐万乘之侈,仆恐百姓被其尤也!"从司马相如作《上林赋》告诫诸侯要尊崇天子,不可逾越礼制,可以看出他对维护国家的统一已有了相当自觉的意识。

司马相如又有《哀秦二世赋》、《大人赋》。前者以胡亥"持身不谨","信谗不寤"而终全"亡国失势","宗庙灭绝",实吊古以讽今;后者讽谏汉武帝晚年之好神仙方术,但因过于铺陈其辞,武帝读后,反倒"飘飘有陵云气、游天地间意"(《汉书·司马相如传》)。

在武帝时代的赋家中,东方朔最富于个性色彩。《汉书·东方朔传》说他"指意放荡,颇复诙谐","言不纯师,行不纯德"。他的《七谏》、《答客难》和《非有先生论》大抵抒发牢骚,别有寄托。《答客难》借宾客之口,称自己"修先王之术,慕圣人之义,讽诵诗书百家之言,不可胜数",却"官不过侍郎,位不过执戟","同胞之徒,无所容居"。其下,则以俳谐的笔调,诉说在当世的用人政策下,文人绝无独立价值可言:"圣帝流德,天下震慑……尊之则为将,卑之则为虏;抗之则在青云之上,抑之则在深泉之下;用之则为虎,不用则为鼠。虽欲尽节效情,安知前后?"在天下一统的专制时代,作者的冷嘲与热讽,是借助于俳谐滑稽的形式表现出来的。在东方朔的《答客难》之后,效之者有扬雄《解嘲》、班固《答宾戏》、崔骃《达旨》、张衡《应间》、崔寔《客讥》、蔡邕《释诲》、《客傲》等。但东方朔的《答客难》乃是"文中杰出",扬雄的《解嘲》"尚有驰骋自得之妙",后来的模仿者则不免"屋下架屋,章摹句写"(见洪迈《容斋随笔》卷七)了。

扬雄是成、哀之世的又一著名赋家,他年轻时甚推崇司马相如之赋,"每作赋,常拟之以为式"(《汉书·扬雄传》)。他的《甘泉赋》、《羽猎赋》、《长杨赋》、《河东赋》皆因事而作,旨在规劝帝王戒佚猎、绝奢侈、惜民力、崇国本,讽谏的意义较司马相如更进一层。扬雄后期认为辞赋并非文人的安身立命之本,乃立意追踪圣人,仿《论语》作《法言》,仿《周易》作《太玄》,并提出"诗人之赋丽以则,辞人之赋丽以淫"(《法言·吾子》)的批评标准,而他自己则不再作赋。

东汉前期的班固是散体赋由全盛而走向没落的最后一个有代表性的作家。他在《两都赋序》中曾称赞司马相如等人的赋"或以抒下情而通讽谕,或以宣上德而尽忠孝,著于后嗣,抑《雅》、《颂》之亚也"。在《汉志·诗赋略》中,他又批评宋玉、司马相如、扬雄等人"竞为侈丽宏衍之辞,没其风谕之义"。班固于赋的批评所以有如此的矛盾,实与其经学家而兼文学家的双重身份有关。班固为东汉建都洛阳造舆论而作的《两都赋》(《西都赋》、《东都赋》)便历数汉皇功德,专替朝廷说教,是一篇典型的"汉颂"。但《两都赋》在叙写苑囿、畋猎、祀仪而外,描绘长安、洛阳的城市布局、建筑风貌,运用了征实与夸张相结合的笔法,却具有开创的意义。东汉末年张衡之作《二京赋》,实以此为发端。

描绘性是散体赋最重要的艺术特征。从描绘内容和手法看，散体赋在时空两个方面都倾向于深宏博大，力求构建起一个极富于空间感和时间感的对象整体。如《子虚赋》写云梦之山：其山则盘纡岪郁；其土则丹青赭垩；其石则赤玉玫瑰；其东则有蕙圃衡兰；其南则有平原广泽；其高躁则生葴菥苞荔；其卑湿则生芷葭蒹葭；其西则有涌泉清池；其中则有神龟蛟鼍；其北则有阴林巨树；其上则有鹓雏孔鸾；其下则有白虎玄豹等等。这是对空间完整的追求。而《子虚赋》写楚王游猎的程序，首先写楚王出猎的服饰、仪仗，其次写楚王射猎的英武、技术，然后顺次写楚王观壮士猎兽；楚王于射猎中小憩、观女乐；楚王夜猎飞禽、泛舟清波；楚王夜猎结束、悠然养息；最后以乌有先生教训子虚先生作结，归于讽谏。这是司马相如在文章中对时间叙述完整性的刻意尝试。在此基础上，散体赋家更发挥想象与夸张的才能，借助丰富的知识和词采的铺陈，对时空两个方面的各个环节作细密的描绘铺衍。从而使它与讲求对称、节奏、变化、夸张、繁富以及追求时空完整的图案有了相似的特征。司马相如说“合綦组以成文，列锦绣而为质，一经一纬，一宫一商，此赋之迹也”(《西京杂记》卷一)，刘勰说赋“铺采摛文，体物写志”，“丽辞雅义，符采相胜。如组织之品朱紫，画绘之著玄黄”，故“写物图貌，蔚以雕画”(《文心雕龙·诠赋》)，都是对散体赋的图案化表现手法和图案化艺术特征所作的高度概括。

用字造语的怪异、重沓和同偏旁字的联绵堆砌，也是散体赋的一大特征，后人因此有“字林”之讥。如张衡《南都赋》之“其竹则筱、箛、篁、篾、筱、簳、箛、箠……”，类似的具体名词的排列，在汉赋中所在多有。此外，描状事物，抒发情感，又多用联绵字，它们或双声，或叠韵，或重言，以增强语言的韵律感，加深听觉的印象。汉赋所以有上述两个语言特征，与其在汉世仍具有半口头、半书面的传播形式有关。故其书面形式虽不免于“字体瑰怪”、“半字同文”(《文心雕龙·炼字》)，但诉诸唇吻，却很能给人以形象的艺术感受。

三 抒情写志之赋

东汉中叶以后，汉王朝急剧走向衰落，以颂扬帝国的富强、声威为主的散体大赋失去其存在的现实基础。这时的文人，目睹社会黑暗，传统的道德信念开始动摇，又因为随时可能遭到迫害，他们内心的忧惧、愤懑与日俱增，辞赋乃成为他们抒情写志的工具，从而走上了抒情化、小品化的道路。

汉末抒情赋的代表作家是张衡、蔡邕和赵壹等人。

张衡(78～139)，字平子，南阳西鄂(今河南南阳)人。年轻时博通五经六艺，才能出众，为人却从容恬淡，不慕名利。安帝时曾任太史令，后出为河间相，三年后征拜为尚书，不久因病而卒。张衡是汉代著名的科学家与文学家。他的《同声歌》、《四愁诗》在中国五、七言诗发展史上有重要的地位，他的《二京赋》是汉代散体大赋的绝响，其《归田赋》又是汉赋抒情化与小品化的开风气之作。该赋前半部分以情写景，词句清丽，作者的志趣，尽在其间。后半部分写人物活动，笔调超迈，作者从容、淡泊的神态和对人生的领悟，亦在不言之中。这样的文字，与传统的体物写志之赋迥然不同，而更接近于诗。张衡又有《思玄赋》、《髑髅赋》，前者言世事溷浊，黑白莫辨；天不可攀，神仙虚妄；远游劬劳，莫如自守。后者以寓言形式，设主客问答，代庄子立言，又有所发挥。两赋貌似达观，实有哀痛。

在汉末文人中，对现实的批判更为峻直激烈的是赵壹。赵壹，字元叔，汉阳西县(今甘肃天水西南)人。桓、灵间名士，生卒年不详。其人"恃才倨傲，为乡党所摈"。后虽"名动京师，士大夫想望其风采"，以至"州郡争致礼命，十辟公府"，终因其不愿同流合污，一生"仕不过郡吏"(《后汉书·文苑列传》)。又屡触禁网，几乎被杀，幸为友人所救。曾作《穷鸟赋》，以陷罗网、机阱的穷鸟自比，悲愤之情，溢于言表。赵壹脱祸之后,又作《刺世疾邪赋》抒其急愤。赋中对历代统治者作了愤怒的控诉:"……春秋时祸败之始,战国益复增其荼毒。秦汉无以相逾越,乃更加其怨酷。宁计民生之命,唯利己而足。"之后,对于是非混淆的现实,又作了辛辣的嘲讽:

> 于兹迄今,情伪万方。佞谄日炽,刚克消亡。砥痔结驷,正色徒行。妪媮名势,抚拍豪强。偃蹇反俗,立致咎殃……邪夫显进,直士幽藏。

推究造成这一情势的原因,赵壹认为在于"实执政之匪贤","女谒掩其视听","近习秉其威权",以至"法禁屈挠于势族,恩泽不逮于单门",令有志于"竭诚而尽忠者"无由上达。为此,作者更愤然表示,"宁饥寒于尧舜之荒岁兮,不饱暖于今之丰年;乘理虽死而非亡,违义虽生而匪存"。最后,赋用秦客与鲁生的五言诗唱和结束全篇。秦客说:"文籍虽满腹,不如一囊钱,伊优北堂上,抗脏倚门边。"鲁生则说:"贤者虽独语,所困在群愚,且各守尔分,勿复空驰驱。"全赋对封建集权社会弊端的揭露、批判大胆而深刻,无论其思想性和艺术性都已超过了"怨刺文学"的界限,而接近于"诗人的愤怒"了,这在整个汉赋中都是极为罕见的。

第五节　汉代的乐府民歌与文人诗歌

一　乐府民歌

汉代诗歌,最有思想、艺术价值的,一是乐府民歌民谣,一是文人五言诗。

乐府的原义,是指国家设立的诗、乐、舞相结合的音乐机构。六朝时候,人们把这个机构制作、采集的乐歌也叫作乐府,乐府便由机构名称变为一种带音乐性的诗体的名称。1977年陕西临潼县秦始皇墓附近出土的秦代编钟上,刻有秦篆"乐府"二字,则知乐府之制,始于秦时。但"秦阙采诗之官,歌咏多因前式"(《宋书·乐志》),乐府民歌的采集,是从汉代开始的。

汉初设乐府令,掌宗庙祭祀之乐。武帝时,乐府造作雅乐而外,兼采各方乐歌,以观政教,娱声色。自此,八方诗乐荟萃,雅乐俗乐并存,形成"内有掖廷人才,外有上林乐府,皆以郑声施于朝廷"(《汉书·礼乐志》)的局面。宋郭茂倩总括历代乐府歌诗,编纂《乐府诗集》,又将汉以来的乐府诗分为 12 类。汉乐府歌诗主要保存在郊庙歌辞、相和歌辞、杂曲歌辞和鼓吹曲辞之中。

郊庙歌辞由贵族和文人所作,是专供朝廷祭祀燕享用的乐歌,如唐山夫人《安世房中歌》17 章、司马相如等人奉诏而作的《郊祀歌》19 章。这类作品又分两种体式。一是模仿《雅》《颂》的四言之作,"词旨古奥,绝类周人"(乔亿《剑谿说诗》),一是析骚体句式为三言而去掉"兮"字,"辞极古奥,意至幽深,错以流丽,大率祖述《九歌》"(胡应麟《诗薮》内篇卷一)。相和歌辞含有"丝竹更相和"(《宋书·乐志》)的意思,是流行于南方的俗乐,歌辞多出于楚地民间。鼓吹曲辞是武帝时北方民族的歌辞,主要用于军乐。杂曲歌辞指声调已经失传而无所归属的一些歌辞。采入乐府的汉代民歌主要保存在相和歌辞、鼓吹曲辞和杂曲歌辞之中。

"感于哀乐,缘事而发"(《汉书·艺文志》)是民歌的创作特点。汉乐府民歌与《诗经》民歌的现实主义传统一脉相承,反映了广阔的社会生活和下层人民的真情实感。据《汉书·艺文志》载,仅西汉乐府民歌就有 138 首,而今存者不过三四十首,远非汉代民歌的全貌。但仅就流存者看,其反映社会生活的深度广度已相当可观;同先秦民歌相比,更有新的特点。其内容主要有如下几个方面:

其一,控诉战争罪恶,抒写行役之苦。先秦的民歌,已有这样的内容。"王事靡盬,不能艺稷黍"(《唐风·鸨羽》);"君子于役,不知其期"(《王风·君子于役》),反映的是广大人民的抱怨情绪。汉乐府继承这一传统,又具有了新的时代特点。汉代前期经过文帝、景帝两代的休养生息,到了武帝时期,国家财富日增,于是统治者也就趾高气扬,忘乎所以。不仅招致方士,幻想长生久视;而且穷兵黩武,奴役平民百姓。《汉书·贡禹传》说:"武帝征伐四夷,重敛于民。民产子三岁,则出口钱。故民困重,至于生子辄杀,甚可悲痛"。平民百姓所受的祸害既是如此深重,有些民歌也就表达了强烈的反战情绪。例如《战城南》,描写激战后凄凉恐怖的战场和人鸟间一场惊心动魄的对话,构思奇特,前所未有。《十五从军征》写一老兵,十五从戎,八十得归,家乡一片荒凉惨象,是汉代战争给社会造成灾难性后果的真实写照,其影响及于汉末曹操的《蒿里行》、王粲的《七哀诗》和蔡琰的《悲愤诗》。无止境地征发徭役兵役,给农村生产造成巨大破坏,致使人民漂泊流离。"兄弟两三人,流宕在他县。故衣谁当补?新衣谁当绽?"(《艳歌行》)"男儿在他乡,焉得不憔悴?"(《高田种小麦》)"欲归家无人,欲渡河无船。"(《悲歌》)"离家日趋远,衣带日趋缓。"(《古歌》)这类作品,抒写了漂泊者的愁肠和千百万个家庭的痛苦。

　　汉代乐府民歌另一个重要内容,是反映了人民的悲苦和反抗。两汉统治的几百年间,社会矛盾日趋尖锐,豪族日富,黎庶日贫。"豪人之室,连栋数百,膏田满野,奴婢千群,徒附万计。""妖童美妾,填乎绮室;倡讴妓乐,列乎深堂。""三牲之肉,臭而不可食;清醇之酎,败而不可饮。"(《后汉书·仲长统传》)"贫民衣牛马之衣,食犬彘之食",以致"卖田宅,鬻子孙以偿债"(《汉书·食货志》)。在这样的社会里,平民百姓自然极端愁苦,无限怨愤。这类现象在汉乐府中有真实的反映。《妇病行》就是一篇典型的作品:

　　　妇病连年累岁,传呼丈人前一言。当言未及得言,不知泪下一何翩翩。"属累君两三孤子,莫我儿饥且寒!有过慎莫笪笞,行当折摇,思复念之!"乱曰:抱时无衣,襦复无里,闭门塞牖,舍孤儿到市……

这是一个贫苦家庭的悲剧,也是下层社会的缩影。

社会如此不平,生活如此困苦,平民百姓,忍无可忍,起而抗争。《东门行》就描述了一个贫家男子因不堪穷困、拔剑而起的事迹:

> 出东门,不顾归。来入门,怅欲悲。盘中无斗米储,还视架上无悬衣。拔剑出门去,舍中儿母牵衣啼:"他家但愿富贵,贱妾与君共餔糜。上用沧浪天故,下当用此黄口儿。今非!""咄,行,吾去为迟,白发时下难久居!"

这个"拔剑出门"的男子,显然是不顾妻子的劝告,铤而走险。这种对于剥削压迫的自发反抗,也是汉代"群盗并起"(《汉书·萧望之传》)的开始。这样的民歌作品,远远超过了先秦诗歌"怨刺"的界限,反映了新的时代特点。

其二,爱情、婚姻与家庭问题是乐府民歌的又一个重要内容。和《诗经》比较,汉代乐府民歌中反映男欢女爱的作品虽不很多,但情感相当热烈。例如《有所思》:

> 有所思,乃在大海南。何用问遗君,双珠玳瑁簪。用玉绍缭之。闻君有他心,拉杂摧烧之。摧烧之,当风扬其灰。从今以往,勿复相思。相思与君绝。鸡鸣狗吠,兄嫂当知之。妃呼狶,秋风肃肃晨风飔,东方须臾高知之。

这是写一个女子思念远方情人的诗。情人远在他乡,本想赠以最珍贵的礼品,却听到情人另有所欢的消息。一气之下,她要烧掉礼品,而且当风扬灰,烧个干净,从此以后,再不想他。但是,这样真挚的感情并不是容易断绝的。单看其深怕兄嫂知道自己的一举一动,她的内心显然是很矛盾的。

在汉代,尤其在汉末,男子游荡在外,女子独守在家,这是当时一种较为普遍的社会现象。这类诗歌所反映的正是这样的现实生活。和《有所思》相类的一篇是《上邪》:

上邪！我欲与君相知，长命无绝衰。山为陵，江水为竭，
冬雷震震，夏雨雪，天地合，乃敢与君绝。

庄述祖《汉铙歌句解》说："《上邪》与《有所思》当为一篇。"从两篇的感情之强烈看，有相似之处。但此篇实为女子笃于爱情的誓辞，与《有所思》的情事不合。

诗中女子，指天发誓，说：我要和你永远相亲相爱。除非是山也平了，江也干了，冬天打雷、夏天下雪、天地合一，才敢和你断绝。王先谦《汉铙歌释文笺证》说："五者皆必无之事，则我之不能绝君明矣。"

汉代礼教之严，超过周朝，而此诗中女子情感之热烈、性格之坚强，不亚于《诗经》里面所写的女性。

其三，在乐府民歌中，有的诗篇表达了女子对于爱情、婚姻的美好愿望。诗中的女主人公渴望的是"愿得一心人，白头不相离。"（《白头吟》）最担心的是"恩情中道绝。"（《怨歌行》）但在实际生活中，"白头不相离"是难得的，而"恩情中道绝"则是常见的。因此，乐府民歌中就有了弃妇诗。而《上山采蘼芜》就描写了这样一个典型的事例：

上山采蘼芜，下山逢故夫。长跪问故夫："新人复何如？"
"新人虽言好，未若故人姝。颜色类相似，手爪不相如。""新人
从门入，故人从阁去。""新人工织缣，故人工织素。织缣日一
匹，织素五丈余。将缣来比素，新人不如故。"

诗中未写二人如何结婚，也未写女子为何被弃。只在一问一答中说出"新人虽言好，未若故人姝。"又在"新人工织缣，故人工织素"的对比中，说出"新人不如故。"可见这个故夫，看重的只在"手爪"的工拙，而不在故人的情谊。即使没有封建家长的逼迫，他也是不可能成为"一心人"的。与之相反，这个弃妇虽然伶仃孤苦，采蘼芜为生，而一见故夫，却仍然如此温顺，很有情谊，和《诗经》里的同类

作品相比,可以看出汉代妇女在新的儒学影响下所形成的新的性格,也反映出汉代妇女所受礼教压抑之深,是更甚于先秦的。

反映爱情、婚姻以及妇女遭遇更为深刻的作品是《孔雀东南飞》。此诗在《玉台新咏》题为《古诗无名人为焦仲卿妻作》,《乐府诗集》收入《杂曲歌辞》,题为《焦仲卿妻》。

此诗更全面地写出了一幕爱情、婚姻的悲剧,而且是一首前所未有的长篇叙事诗。其叙事之完整、情节之曲折,性格之突出,语言之个性化,也是前所未有的。

诗前有小序云:

> 汉末建安中,庐江府小吏焦仲卿妻刘氏,为仲卿母所遣,自誓不嫁。其家逼之,乃投水而死。仲卿闻之,亦自缢于庭树。时人伤之,为诗云尔。

小序概括了诗的主要内容。所谓"时人伤之,为诗云尔",盖不知作者为谁,可能是个民间传唱已久的故事。

这首诗的叙事是空前完整的。通过兰芝的自叙和编唱者的插叙,叙述了兰芝与仲卿二人从结婚到分手以及死后合葬的全过程。

这首诗的情节也是非常曲折的。兰芝自愿遣归,而仲卿又向母亲求情。兰芝已经上路,而仲卿又誓不相负。兰芝虽守誓约,而又有县令、太守的相继提亲和兄长的逼婚。最后两人誓同生死,遂以悲剧告终。《诗经》三百篇不曾有这样的悲剧,也不曾有这样曲折的情节。作为叙事诗,戏剧性是很强的。

这首诗更加突出的新的特点,是人物性格更为典型。其中兰芝的性格尤为鲜明。

首先,她有坚强的性格。例如当她感到自己辛辛苦苦而不免被遣时,便向仲卿申诉,自愿遣归:

> 十七为君妇,心中常苦悲……鸡鸣入机织,夜夜不得息。三日断五匹,大人故嫌迟。非为织作迟,君家妇难为。妾不堪

驱使,徒留无所施。便可白公姥,及时相遣归。

嫁后而被遣归,是妇女最大的不幸。而兰芝竟在这样的遭遇面前,如此从容,如此坚决,表现了极其坚强的性格。

有此坚强的性格,人才能在大悲苦中保持清醒的头脑。在被遣归家的路上,仲卿安慰兰芝说:"卿但暂还家","还必相迎娶"。兰芝回答说:

> 昼夜勤作息,伶俜萦苦辛,谓言无罪过,供养卒大恩。仍更被驱遣,何言复来还!

仲卿虽有深情厚意,但兰芝见事甚明,她对婆母的凶残,深有感受,不相信事态可以扭转。

但兰芝对仲卿的感情又是很深的。当仲卿再一次"下马入车"、"低头耳语",发誓"不相负"时,兰芝又说了下面的话:

> 感君区区怀,君既若见录,不久望君来。君当作磐石,妾当作蒲苇,蒲苇纫如丝,磐石无转移。

看到了仲卿的真情实意,兰芝也就发出了这样的誓言。

但与此同时,兰芝对于封建家长的淫威,又有更为充分的估计,她比仲卿的头脑更为清醒。在如此发誓的同时,也想到未必真能如愿。她又说:

> 我有亲父兄,性行暴如雷。恐不任我意,逆以煎我怀。

兰芝身为女子,备受封建家庭的重重压迫,对于困难也就有更多的估计。

回家以后,县令遣媒来,兰芝坚守誓约,立即拒绝。她对母亲说:

> 兰芝初还时,府吏见丁宁,结誓不别离……自可断来信,徐徐更谓之。

兰芝的誓约，是得到了母亲的支持的。

但当媒人再来，其兄逼嫁，声言"不嫁义郎体，其往欲何云"时，兰芝感到已无容身之地，于是愤然说：

> 理实如兄言……处分适兄意，那得自任专？……登即相许和，便可作婚姻。

兰芝这番话说得如此爽快，是因为她下定了必死的决心。

当仲卿闻变而来、两人最后会面时。仲卿痛苦地说出"贺卿得高迁……吾独向黄泉"，而兰芝的回答是冷静而坚定的：

> 同是被逼迫，君尔妾亦然。黄泉下相见，勿违今日言！

兰芝与仲卿诀别之后，投水自尽。这个结局，决非偶然。兰芝对于自身的处境早有清醒的认识；其从容赴死，亦早有准备。

在当时的历史条件下，兰芝的反抗，只有一死。其性格之坚强，头脑之清醒，行为之果决，可以说是中国古代汉族女子宁死不屈的典型。

兰芝的性格如此坚强，而待人又十分良善。婆母对她那样残忍，而她告别之时，却说出这样的话：

> 受母钱帛多，不堪母驱使。今日还家去，念母劳家里。

这是何等温顺，又何等淳厚！中国古代青年女子虽然备受摧残虐待，而存心之善良有如此者！

兰芝的感情既是丰富的，又是含蓄的。她对仲卿的难分难舍之情，藏在心底，很少流露。只是在她向小姑告别之时，却万感交集，一泻而不可收拾：

> 却与小姑别，泪落连珠子："新妇初来时，小姑始扶床。今日被驱遣，小姑如我长。勤心事公姥，好自相扶将。初七及下九，嬉戏莫相忘。"出门登车去，涕落百余行。

这是何等深情，何等真挚！对小姑尚如此，对仲卿不言可知。

如此真、善而美的女子被迫而死,不能不说是人间的头等悲剧。鲁迅说:"悲剧将人生的有价值的东西毁灭给人看。"(《再论雷峰塔的倒掉》)兰芝之死,是十分令人惋惜的。

仲卿为人,也是不可多得的。"女行无偏斜,何意致不厚?""今若遣妇归,终老不复取!"作为一个受封建教育的青年,在当时的环境里,能够说出这样的话,很不容易,最后殉情而死,亦不偶然。乐府民歌中女子反复咏叹的"愿得一心人",如仲卿者,可以当之。

全诗的人物描绘都是生动的。这和诗的语言个性化很有关系。不仅兰芝、仲卿二人的语言都有个性特点,连这两家"阿母"的三言两语,一举一动,也都有个性特性。如写仲卿之母:

> 阿母得闻之,槌床便大怒。"小子无所畏,何敢助妇语!"

又如写兰芝之母:

> 阿母大拊掌,"不图子自归!……汝今无罪过,不迎而自归?"

像这样的语言,也都表现了特定环境中的人物的心理状态和感情色彩。

这篇作品在艺术上还有一个突出的特点,是颇具民间说唱的形式特点。在出土的汉代文物中,有件"说书俑",其举止神情,似在说唱。《孔雀东南飞》这类作品可能就是在人们说唱过程中逐渐完成的。

作为说唱的民间故事,既有现实的依据,又有幻想的因素,语言亦多夸张的成分。"十五弹箜篌,十六诵诗书","箱帘六七十,绿碧青丝绳",作为小家女子,具有这样的教养和陪嫁,似乎有所虚构。兰芝被遣回家之后,县令府君的一再遣媒,以及"赍钱三百万","杂彩三百匹","从人四五百"等等,都无非是虚饰和夸张,借以衬托兰芝的"威武不能屈,富贵不能淫"。最后,两人死而化为鸳鸯,当然更属美好的幻想。

作为民间说唱的叙事诗,自非一人一时所作。在传唱过程中,增损字句,敷衍情节,也是常有的事,不仅是文人最后的修饰加工而已。

乐府民歌的一篇喜剧性作品是《陌上桑》,又名《艳歌罗敷行》、《日出东南隅行》。这也是一篇民间故事诗。

诗中叙述一个采桑女子罗敷拒绝使君调戏的故事。此诗也是说唱的形式。

罗敷一名,在民歌中不止一见。应是说唱故事中女子的共名。

作为民间叙事诗,全篇充满着夸张的描写。

首先,写罗敷的妆饰之美:

> 罗敷喜蚕桑,采桑城南隅。青丝为笼系,桂枝为笼钩。头上倭堕髻,耳中明月珠,缃绮为下裙,紫绮为上襦。

作为采桑女子而有这样的妆饰,显然是夸张的。

其次,写罗敷的魅力:

> 行者见罗敷,下担捋髭须;少年见罗敷,脱帽著帩头;耕者忘其犁,锄者忘其锄。来归相怒怨,但坐观罗敷。

这样的夸张,也是民歌的特点。

最后罗敷对使君夸夫的一段,尤属虚构。

> 东方千余骑,夫婿居上头。何用识夫婿?白马从骊驹,青丝系马尾,黄金络马头,腰中鹿卢剑,可值千万余。十五府小吏,二十朝大夫,三十侍郎中,四十专城居。为人洁白皙,鬑鬑颇有须,盈盈公府步,冉冉府中趋。坐中数千人,皆言夫婿殊。

对于这样的虚构之辞,历代解说者或以为"诙谐",或以为"机智",罗敷夸称自己的夫婿,是对使君的极度蔑视。

诗歌以罗敷的胜利而结束,更充分表现了民间故事诗的幻想、虚构的特点。事实上,在当时的社会里,一个只身采桑的女子,遇到有权有势的使君,是不可能凭着口舌之功取得胜利的。

人民对于权豪势要的讽刺,更多见于民间谣谚。

例如《更始时长安中语》:

> 灶下养,中郎将;烂羊胃,骑都尉;烂羊头,关内侯。

据《后汉书·刘玄传》载,当时李轶、朱鲔擅命山东,王匡、张卬横暴三辅,其所受官爵者,皆群小贾竖,或有膳夫庖人,所以长安有这样的谣谚。由此可见,城市平民对于官场的腐败是看得清楚的,其讽刺挖苦也是无情的。

又如《桓灵时人为选举语》:

> 举秀才,不知书;察孝廉,父别居;寒素清白浊如泥;高第良将怯如鸡。

此谚载《乐府诗集》,或以为《后汉书》逸文。据《抱朴子·审举篇》载,灵、献之世,阉官用事,群奸秉权,危害忠良。台阁失选用于上,州郡轻贡举于下。牧守非其人,秀孝不得贤。因此时人有此谚语。

名为"秀才"而"不知书",名为"孝廉"而"父别居","清白"而"浊","良将"而"怯",这是对于当代选拔人才的绝大的讽刺。

又如《顺帝末京都童谣》:

> 直如弦,死道边;曲如钩,反封侯。

这首童谣见于《后汉书·五行志》。史称顺帝之末,大将军梁冀专权,太尉李固敢于直言,被幽毙于狱,暴尸道路。而胡广等人阿附梁冀,都得封侯。因此民间有这样的谣谚。

正直之士死不得葬,邪曲之人加官进爵,这是历朝历代的普遍现象。这样的民谣,虽为一时一事而发,其讽刺意义则是十分深远的。

汉代的乐府民歌、民谣的最大特点,是"缘事而发",写得真实。作品存者虽然不多,却相当广阔地反映了一个特定的历史时期的社会现实和人民的思想情绪。

乐府民歌对于汉末文人五言诗的创作有直接的影响。此后魏晋的文人乐府以及唐人的"新乐府"等等，都与汉代乐府民歌一脉相承。

二 文人诗歌

继《诗经》、《楚辞》之后，汉初文人因热衷于阐释和模仿《诗经》，诗歌创作跌入低谷。所以，钟嵘说："自王、扬、枚、马之徒，词赋竞爽，而吟咏靡闻"（《诗品序》）。

汉初风气，宫庭内外，以诗抒情，多为楚声。这类作品，或写帝王四方之志，百年之思，如刘邦《大风歌》、汉武帝《瓠子歌》；或抒发宫庭斗争失意的悲愤，如《赵王刘友幽歌》、《燕王刘旦歌》、《华容夫人歌》；或发泄士人失志不遇的感慨，如东方朔《嗟伯夷》等。这些作品，篇制不大，皆有情致。此后文人所作，则多四言。一为体近雅颂的庙堂诗歌，如司马相如等人《郊祀歌十九章》、班固《两都赋》后附《明堂》、《辟雍》等诗；一为讽谏时事，或自伤自责，体近《小雅》之诗。如韦孟《讽谏诗》、《在邹诗》、韦玄成《自劾诗》、《戒子孙诗》、傅毅《迪志诗》等。东汉末年，文人四言诗脱卸雅颂风格，而有了新的面目。张衡《怨诗》与《思玄赋》所录诗歌、朱穆《与刘伯宗绝交诗》、仲长统《见志诗》二首，已开"旷达之智，玄虚之风"（吴师道《吴礼部诗话》）；秦嘉四言《赠妇诗》、《述婚诗》则抒写相思之苦、伉俪之情。它们或冷峻峭直，或渐藻玄思，或情思婉转，实已得魏晋诗歌先声。

《文心雕龙·明诗》说："汉初四言，韦孟首唱，匡谏之义，继轨周人……而辞人遗翰，莫见五言。"五言诗的产生，当在东汉。东汉文人五言诗的产生与成熟，与作家学习乐府民歌、谣谚分不开。相传西汉枚乘、李陵、苏武、班婕妤等人的五言诗乃后人伪托,都不可信。最早的一首文人五言诗当推班固的《咏史》。这首诗咏叹缇萦救父、汉文帝废除肉刑的故事,可能是班固陷于洛阳狱时所作。钟嵘《诗品序》说:"东京二百载中,惟有班固《咏史》,质木无文。"但从其开创文人五言诗而言,其功亦不可没。而且诗中"上书诣阙下,思古歌鸡鸣。忧心摧折裂,晨风扬激声"诸语,苍凉古直,亦有乐府民歌影响的痕迹。自此以后,文人学习民歌,渐趋自觉。辛延年拟《陌上桑》而作《羽林郎》,手法已较圆熟。宋子侯《董娇娆》设桃李与采桑女问答,从炼字造语,到抒发感情,更是典型的文人之诗。费锡璜《汉诗总论》说它们"情词并丽,意旨殊工,皆诗家之正则",可见在文人五言诗的发展历史中,它们自有其重要的地位。

东汉后期,文人思想偏离正统,反映在文学上,热衷于表达个人的内心体验。这时的五言诗对个人情感抒写的真实与强烈程度,均超过以往,从而出现了张衡《同声歌》、秦嘉《留郡赠妇诗》、徐淑《答秦嘉诗》、蔡邕《翠鸟诗》、郦炎《见志诗》、赵壹《疾邪诗》等作品。

代表汉末文人五言诗最高成就的是《古诗十九首》。

《古诗十九首》最初载于《文选》,因作者佚名,时代莫辨,萧统泛题为《古诗》。关于作者,历代说法不一。钟嵘《诗品序》说:"古诗眇邈,人世难详。"胡应麟《诗薮》说:"古诗十九首,并逸姓名,独《玉台新咏》取'西北有高楼'八首题枚乘,差可据……然钟嵘《诗品》已谓'王、扬、枚、马,吟咏靡闻。'《文选》、《文心》亦无明指。不知《玉台》何从得之。"近代学者一般认为非一人一时一地所作,作者佚名。就其内容、风格,联系到文人五言诗的发展历史、汉末文人的心态的转变以及有关史实,作综合考察,可以判断它们产生的时代,大致在东汉顺帝末到献帝之间,作者是中下层失意的知识分子。

沈德潜说:"十九首大率逐臣、弃妻、朋友阔绝、死生新故之感。"(《古诗源》卷四)这样的内容正是乐府古诗文人化的显著标志。它深刻地再现了文人在这一历史的转变时期,追求的幻灭与沉沦,心灵的觉醒与痛苦。

其中一类作品是下层文人背井离乡,宦游都市,求官不得,仕途失意之作,例如《青青陵上柏》:

> 驱车策驽马,游戏宛与洛。洛中何郁郁,冠带白相索。长衢罗夹巷,王侯多第宅。两宫遥相望,双阙百余尺。极宴娱心意,戚戚何所迫。

作者游戏宛洛,意在仕进。然而他发现这个宫殿巍峨、甲第连云、权贵们朋比为奸、苟且度日的都城,并非属于他的世界。在诗人貌似冷峻的态度之中,蕴含有失去人生归宿感的迷惘,有从政理想破灭的愤懑。

由于仕途失意,投靠无门,瞻望前途,不见出路,于是又产生了生命短暂、无可奈何的悲哀。例如《驱车上东门》:

> 驱车上东门,遥望郭北墓。白杨何萧萧,松柏夹广路。下有陈死人,杳杳即长暮。潜寐黄泉下,千载永不悟。浩浩阴阳移,年命如朝露。人生忽如寄,寿无金石固。万岁更相送,圣贤莫能度。

当诗人"驱车策驽马,游戏宛与洛"时,所见者是"洛中何郁郁,冠带自相索,长衢罗夹巷,王侯多第宅"。而当诗人"驱车上东门,遥望郭北墓"时,所见者又是"白杨何萧萧,松柏夹广路,下有陈死人,杳杳即长暮。"对比之下,诗人似有所悟:"人生忽如寄,寿无金石固,万岁更相送,圣贤莫能度。"既然如此,人生一世,又何所追求呢?诗人至此,不能不作出新的人生选择。"人生寄一世,奄忽若飙尘。何不策高足,先据要路津?无为守贫贱,轗轲长苦辛?"(《今日良宴会》)"服食求神仙,多为药所误。不如饮美酒,被服纨与素。"(《驱车上东门》)"生年不满百,常怀千岁忧。昼短夜苦长,何不秉烛游? 为乐当及时,何能待来兹!"(《生年不满百》)无论是露骨宣称为摆脱贫贱而猎取功名,还是公开声明要把握短暂时光而及时行乐,显然是在旧的理性规范解除之后,暴露出来的无所顾忌的思想。但值得注意的是,作者在感叹短暂的人生之时,虽出愤激之言,却也并非真是甘心颓废,有人仍在洁身自好,寻觅精神上的自我安慰:"盛衰各有时,立身苦不早。人生非金石,岂能长寿考? 奄忽随物化,荣名以为宝"(《回车驾言迈》)这里所说的"荣名",显然超越了以爵禄为标志的事功,而是精神的不朽。尽管这种不朽在当时尚无具体的内涵,它却预示了诗人们追求功业不朽,文章不朽的建安时代即将到来。

《古诗十九首》中还有一类作品更深刻地反映了游子思妇的现实生活与精神生活的巨大痛苦。徐干《中论·谴交》说,当时的一些文人"离其父兄,去其邑里","饥不暇餐,倦不获已","或身殁于他邦,或长幼而不归。父母怀茕独之思,室人抱《东山》之哀。亲戚隔绝,闺门分离。无罪无辜,而亡命有效。"这些文人身在异乡,更渴求有爱情、家庭的温暖,以慰藉孤独而屈辱的心灵。于是极写羁旅行役、相思怀人之苦,便成了《古诗十九首》的一大主题。

《涉江采芙蓉》就是写失意的游子怀念妻子的愁苦之情的:

> 涉江采芙蓉,兰泽多芳草。采之欲遗谁,所思在远道。还顾望旧乡,长路漫浩浩。同心而离居,忧伤以终老。

古代诗歌中"寄内"、"怀内"诗不可胜数,而写得这样缠绵悱恻,情感真挚的,却并不多见。

《古诗十九首》的相思怀人之作,多从女性角度着笔,如《迢迢牵牛星》:

> 迢迢牵牛星,皎皎河汉女。纤纤擢素手,札札弄机杼。终日不成章,泣涕零如雨。河汉清且浅,相去复几许? 盈盈一水间,脉脉不得语。

以织女、牛郎的传说，形象表现夫妻之间不可逾越的空间距离，并非新意。但机声札札，不成纹理，却写尽思妇借助单调往复的劳作排遣百无聊赖的愁苦。后代的闺情诗多以机杼、杵臼、刀尺、捣衣的声音描摹思妇的情感心理活动，对此诗当是有所借鉴的。

《行行重行行》也是从思妇角度写游子、思妇两地相思的：

> 行行重行行，与君生别离。相去万余里，各在天一涯。道路阻且长，会面安可知。胡马依北风，越鸟巢南枝。相去日已远，衣带日已缓。浮云蔽白日，游子不顾反。思君令人老，岁月忽已晚。弃捐勿复道，努力加餐饭！

长期漂泊在外，不胜生离之苦，游子深有感受，却托为思妇之词。"道阻且长"之悲，美人迟暮之感，《诗经》、《离骚》都有类似的咏叹。但"相去万余里，各在天一涯"；"弃捐勿复道，努力加餐饭"，则又有新的时代气息。汉末文人流离漂泊的生活感受，妻子恐遭遗弃的隐忧及其对丈夫的一往情深，在这里是表现得十分深切的。

《古诗十九首》的作者都是文化修养较高的文人，他们在长期困顿、漂泊的生活中，对民间文学有所接触和了解，并能与其中的某些思想情绪产生共鸣，这就使他们比较容易从乐府民歌中汲取养料，滋养自己的创作。又由于汉代诗歌尚未进入文学的自觉阶段，文人无意作诗，其于诗歌创作，大抵有感而发，决无虚情与矫饰，更无着意的雕琢，《古诗十九首》因此具有天然浑成的艺术风格。前人所谓"情真、景真、事真、意真，澄至清，发至情"(陈绎曾《诗谱》)，"随语成韵，随韵成趣，辞藻骨气，略无可寻"，"结构天然，绝无痕迹"(《诗薮》内编卷一)，都说出了《古诗十九首》艺术风格的一些重要特点。

汉代以来，辞赋尚铺陈雕绘，文人乐府追求古奥，民间诗歌则出语奇警，而稍嫌浅露。唯《古诗十九首》用字造语虽不刻意求工求深，而自然"格古调高，句平意远"(谢榛《四溟诗话》卷四)，这正是文人五言诗在语言方面成熟的标志。与后来的诗歌相比，"《古诗十九首》平平道出，且无用工字面，若秀才对朋友说家常话，略不作意。"而后之文人，倘一有意为诗，便如"及登甲科，学说官话，便作腔子，昂然非复在家之时。""魏、晋诗家常话与官话相伴；迨齐、梁开口俱是官话。官话使力，家常话省力；官话勉强，家常话自然"（同上，卷三）。如此浅近的比喻，的确道出了五言诗在文人化初期特有的创作心态和语言风貌。

　　《古诗十九首》的出现，在中国诗歌史上有相当重要的意义。它的题材内容与表现手法，为后人师法，几至形成模式。它的艺术风格，也成为后人诗歌创作与诗歌批评的一种艺术理想。就古代诗歌发展的实际情况而言，把《古诗十九首》称作"五言之冠冕"（《文心雕龙·明诗》）、"千古五言之祖"（王世贞《艺苑卮言》卷二）、"五言之《诗经》"（王世懋《艺圃撷余》）、"风余"和"诗母"（陆时雍《古诗镜总论》），是并不过分的。

第三章　魏晋南北朝文学

第一节　魏晋南北朝文学概论

　　魏晋南北朝是中国历史上大动荡、极混乱的时期；但这个时期的文化思想与文学艺术，却是中国历史上甚活跃、且富于创造精神的时期。

　　公元184年，黄巾起义爆发。189年，董卓胁持汉献帝迁都长安，揭开军阀混战的序幕。196年，曹操勤王，定都许昌，改年号为建安(196~220)，成为北方的实际统治者。社会的急剧变化，结束了汉代的政治大一统和思想大一统，经明行修的选士标准失去了存在的价值。文人从凝固僵化的社会秩序中解放出来，开始以进取、务实的姿态，追求建立功业，拯济天下。在此过程中，文人有感于社会的动乱，民生的凋敝，生命的短暂，兴衰荣辱的难以把握，思想更脱出汉儒"天人合一"理论的规范，奋进乐观的同时，不免对人生悲剧有了更深刻的思索，老庄思想由此抬头。其时，文人感慨良多，诗歌抒情言志的功能得以充分发挥。兼之汉末以来，文章渐趋华丽；建安作家于事功不朽和文章不朽，并不偏废，文学的美学特征开始受到自觉的重视，文学也因此获得独立于经学的地位。建安作家以三曹为核心，"七子"为羽翼，"观其时文，雅好慷慨，良由世积乱离,风衰俗怨,并志深而笔长,故梗概而多气也"(《文心雕龙·时序》)。对建安文学的上述特征,后人称作"建安风力"或"汉魏风骨",刘师培则把建安文风具体概括为清峻、通侻、骋词、华靡(见《中国中古文学史·论汉魏之际文学变迁》)。

公元220年,曹丕以魏代汉。227年,曹丕死,曹睿继位。240年,曹睿死,齐王曹芳立。自此,曹魏与司马氏两大集团之间,展开了一场血腥的权力之争。这场斗争的最大特点是:持续的时间长,从正始八年(247)到甘露五年(260),两大集团进行了六次生死搏斗,每次都以曹魏人士被大量杀戮而告终;它主要发生在上层集团内部,依附于各个集团的文人在不同程度上又都有所介入;斗争的双方都高扬名教的旗帜,司马氏集团更以不孝的罪名翦除异己,手段异常残酷,名教的虚伪性因此暴露无遗。这场斗争带来的结果是:它不独销磨了建安时期人们的奋进精神,影响了文人立身行事的态度,更彻底地改变了两汉以来的学术思想面貌,在名教与自然的关系问题上引发了一场激烈的论争,从而导致玄学的兴起。玄学的兴起,又与汉末清议之风颇有关系。汉末文人的清议,乃"激扬名声","各树朋徒"(《后汉书·党锢列传序》),意在打击宦官,维护士人权益。发展到魏晋之际,因为政治上的高压,清议脱离时政,演变为清谈;清谈与玄学相结合,又进一步推动了玄学的发展。

玄学的背景与内容相当复杂。一方面,玄学调和名教与自然,既以封建伦理秩序为自然秩序的显现,又以顺应自然为纵欲任情的口实,实则为士族特权与士族的生活方式制造理论,所以曹魏与司马氏都热衷于玄学。另一方面,因为司马氏借名教杀人,依附于曹魏集团的人士往往以自然对抗名教,玄学因此成为政治斗争的思想武器。此外,高压之下,文人朝不虑夕,纵酒谈玄,又成为他们寄托愤懑、逃避祸端、保全性命的方法。但无论出于何种动机,玄学的兴起,使老庄哲学第一次全面而深刻地完成了它对古代文人的思想启蒙,对魏晋文人的价值观念、思想作风、人生态度、审美意趣和文学的风格,产生了决定性的影响。正始名士如何晏、王弼,"竹林七贤"如阮籍、嵇康、山涛、向秀、刘伶、阮咸、王戎,尽皆卷入玄学讨论,他们之中于文学贡献最大者,则推阮籍和嵇康。

　　正始以后,中国文学逐渐向士族化阶段过渡。公元265年,晋武帝以晋代魏;太康年间(280~289),又进一步统一中国,西晋社会一度出现稳定繁荣的气象。这一时期,门阀士族制度正式确立。士族作为地主阶级中一个特殊的阶层,享有政治与经济的特权。门阀的利益、世俗的享乐,自然远在王室兴衰、国家命运之上,因而不再有建安文人在社会离乱中的慷慨进取,正始文人在政治恐怖中忧愤两集。又因为王室与士族的相互利用,缘儒术而美化王权,饰文采以润色鸿业,博奥典雅的文风渐起,颂扬与应酬的文学也再度复兴。但帝室与士族之间,士族与士族之间,毕竟又矛盾重重。负责诠选的中正官为阿附望族强党,论人"高下逐强弱,是非随爱憎,凭术附党,毁平从亲,随世兴衰"(刘毅《上疏请罢中正除九品》)。文人对正始悲剧记忆犹新,沉浮于宦海,不免心怀犹豫,举止畏怯。即纵谈玄理,也不再干犯名教,大抵"捐本循末","舍实逐声"(戴逵《放达非道论》)。不问政事,明哲保身;祖尚浮虚,向往声色,也就成为这一时期文人与文学的又一特征。此外,在士族享有的诸种特权中,也包括文化的特权,因为他们有条件对文学的形式从容把玩,刻意求精。当时的作家,追求对偶工致,用词绮密,立言警策,并大量习作拟古诗。拟古风气的出现,虽然根源于文学题材的贫乏,但也显示了作家向以往的文学吸取养料,并以自己的美学趣味,对前代文学成品再作加工的热情。"晋世群才,稍入轻绮","采缛于正始,力柔于建安。或析文以为妙,或流靡以自妍"(《文心雕龙·明诗》),是西晋文学的又一特点。

　　士族社会的"上品无寒门,下品无士族"(《上疏请罢中正除九品》),必然造成士庶的矛盾。在逐渐形成的士族文化环境中,庶族的文学虽不在主流,但它们以激越悲怆的笔调,表达了近乎绝望的挣扎与控诉,实则兼具了建安与正始文学的精神。西晋的左思和此后东晋的郭璞、刘宋的鲍照,是魏晋南北朝时期庶族文学的卓越代表。

西晋统一不过10年,先后发生了贾后之乱和八王之乱。北方少数民族乘机进入中原,北方中国再度沦为战场。公元317年,晋王室仓皇南迁,史称东晋,中国进入南北朝时期。因为两晋播迁的悲剧,士族中出现了刘琨这样一位"气猛神王,意概不凡"(《多岁堂古诗存》)的爱国诗人。但南渡以后,晋室君臣逐渐破灭了中兴的梦幻,士族的精神状态每况愈下,自此不再有刘琨这样的人物出现。这时,权力的角逐转移到一个更为狭小的舞台,传统的政治斗争而外,又多出一个南北士族的矛盾。统治阶层穷于应付权力的再分配,勇于内讧而怯于北伐。政治上、军事上满足于偏安、思想上更倾向于谈玄。兼之玄学与禅学合流,便出现了垄断东晋诗坛的玄言诗派。玄言诗的产生,显示了玄学通过文人的思想行为影响文学,进而直接向文学渗透,从而取代了文学的一些基本特质。其实以玄学入诗,本来就是意落言筌,有悖于玄学对物道关系、言意关系的根本认识。所以,玄言诗既是对建安以来文学自觉的反动,也是对老庄与玄学本质的反动。

公元420年,北府军将领刘裕废晋自立,史称刘宋。刘裕出身布衣,他有意提拔庶族,裁抑士族,但无力从根本上动摇士族的地位。相反地,为抬高自己的身份,刘宋帝王对士族的文化表现出由衷的热情。宋文帝时,国家设儒、玄、史、文四馆。由于帝王的倡导,"缙绅之林,霞蔚而飙起"(《文心雕龙·时序》)。西晋以来文学的士族化不仅得到进一步发展,而且还逐步走向宫廷。

在士族文学渐为晋宋文坛主流的同时,田园山水文学继玄言诗而兴起,显示了古典诗歌从题材到风格都有了重大的突破,是中国文学史上划时代的大事。陶渊明与谢灵运以其各具特色的题材和风格,对中国田园山水文学的产生和发展,做出了不可磨灭的贡献。

公元479元,中领军萧道成废宋建齐,史称南齐。502年,雍州刺史萧衍代齐建梁,史称萧梁。556年,陈霸先废梁自立,国号陈。直至589年,隋军南下灭陈,南北始复归一统。在这样一个篡乱相替的时代,南朝君主不再奢望永保社稷而唯以苟且度日为务,南朝士族更彻底抛弃传统道德而唯以保族全身为念。他们从广阔的社会生活退缩回贵族的、宫廷的狭小圈子,在周旋于儒、释、道而实则一无信念的同时,又陶醉于家族门第的光环,自傲于脱略事务的清高,迷恋于个人情感的玩味,放纵感官于世俗的享乐,沉溺于贵族文化的雕琢,其气质变得愈益敏感、细腻、纤弱,终于造就出兼具士族型与宫廷型的病态文化人格。在这样的文化背景下,齐梁陈文学有了不同于晋宋文学的特点。李谔上书隋文帝说:"江左齐梁,其弊弥甚,贵贱贤愚,唯务吟咏。遂复遗理存异,寻虚逐微。竞一韵之巧,争一字之奇。连篇累牍,不出月露之形;积案盈箱,唯是风云之状。世俗以此相高,朝廷据兹擢士。禄利之路既开,爱尚之情愈笃"(《隋书》本传)。士族与宫廷的文化趣味涵盖了当时文学的各个方面,产生了宫体诗、声律理论、号称永明体的新体诗、骈文和俳赋。南朝文学至此,进入刻意求工的境界。成熟的文学,带来了成熟的文学批评和文学理论,钟嵘的《诗品》、刘勰的《文心雕龙》这样的巨著也应时而生。

在南朝文学急剧走向贵族化与宫廷化的时候,北朝文学由沉寂而渐次复苏,并显示出南北合流的趋势。

从公元304年匈奴族刘渊建立北汉,到439年北魏太武帝统一北方,北方中国进入五胡十六国时期。其时,文人与典籍随晋室南下,中原地区笼罩在残杀与恐怖之中。北人"潜思于战争之间,挥翰于锋镝之下","章奏符檄,则粲然可观;体物缘情;则寂寥于世"(《北宋·文苑列传》)。兼之北朝贵族对中原文化深为忌刻,任意猜疑和杀戮文人,北方文坛,几乎一片凋零。公元494年,魏孝文帝由平城迁都洛阳,实行政治、经济改革,确立汉族士族的社会地位,又推行汉化政策,令鲜卑贵族改汉姓、说汉话、与汉族通婚。魏孝文帝更仿汉代制度而设立乐府,"命四使观察风谣","仗节挥金,宣恩东夏,周历于齐鲁之间,遍驰于梁宋之域,询采诗颂,研检狱情。所采之诗,并始申目"(《魏书·张彝传》)。这一制度沿及魏宣武帝,采诗范围及于"江左所传中原旧曲"、"江南吴歌、荆楚四声"(《魏书·乐志》)。在学术思想方面,北魏则崇儒学、尊经师,拘守汉儒注训,不敢有所发挥。可见自北魏孝文帝以来,北方贵族已逐渐认识到要巩固政权,必须接受汉族文化,继承汉代的政治、文化制度。

从北魏孝文帝的改革,到550年北齐建国,北方经济恢复,各民族文化开始互相融合,北方文学才逐渐有了生机。这一时期,文人诗歌既葆有北方民族尚质朴、重实用的作风,同时也师法汉晋,兼受南朝文学的影响,从而形成有别于南朝文学的风格特征:"暨永明(南齐武帝年号)天监(梁武帝年号)之际,太和(魏孝武帝年号)天保(北齐文宣帝年号)之间,洛阳江左,文雅尤盛。彼此好尚,雅有异同。江左宫商发越,贵于清绮;河朔词义贞刚,重乎气质。气质则理胜其词,清绮则文过其意。理深者便于时用,文华者宜于咏歌,此其南北词人得失之大较也"(《北史·文苑传序》)。南北朝诗风的真正开始融合,是在王褒、庾信入北以后。他们以其成熟的文学素养、全新的人生感受进行创作,不仅洗去往日的浮艳,开创了清新雄健的诗风,而且影响和带动了北朝作家。自此,南北诗风的融合,初步告成。唐代作家在此基础上起步,才得以赢得文学的全面繁荣。

综观魏晋南北朝近400年的历史,历时虽较两汉为短,但剧烈的社会动荡,频繁的朝代更替,则非两汉可以相比。这样的现实,对形成于两汉的忠于一国一君的传统,无疑是巨大的冲击,并由此波及与之相关的许多道德伦理观念。除此之外,影响这一时期文学的其他因素,也较两汉远为复杂。诸如士族制度的确立,以及随之而来的士庶矛盾、士族与王室的矛盾;士族的政治、经济特权以及随之而来的道德观念、人生态度和美学趣味的变化;士族的文化领袖地位以及随之而来的音乐、书法、绘画的发展和士族文化素质的全面提高;文化重心的南移、庄园经济的兴起、江南经济的开发以及随之而来的文人生活环境、审美情趣的改变;儒学独尊地位的消失以及随之而来的思想解放、玄学论争与儒、释、道的合流;北方少数民族南下以及随之而来的中原文化由衰落而走向民族融合的复兴过程,凡此种种,无不使魏晋南北朝的文学思潮与文学流派此起彼伏,远较两汉更有特色。建安文学、正始文学、太康文学、玄言文学、田园山水文学、永明文学、宫体文学、北朝文学,以及独立于文人文学之外的南北朝乐府民歌,它们异象纷呈,各具风姿,更非门类与风格都较为单一的两汉文学可以相比。就文学的主题而言,魏晋南北朝脱出了两汉美刺教化的文学功利原则和"天人合一"的经学思想桎梏,把目光更深刻地投向广阔的现实人生和个人的精神世界,从而使人成为文学的真正主题。就题材而言,它不仅抒写传统的忧国忧民、建功立业、个人际遇,也面向丰富多彩的现实生活与精神生活,面向与人的形神息息相通的自然山水。就技法而言,它确立了声律的理论规范,形成了典故的运用传统,丰富了文学的修辞技巧。就文体而言,它既是五言诗的繁荣期、七言诗的产生期、抒情赋的高峰期、骈文俳赋与赋的成熟期、小说与格律诗的草创期,也是理论散文进入更加思辨化的时期。就文学批评和文学理论而言,它不仅涌现出一大批专门的文章和著作,而且还对文学的创作和文学的审美,提出了诸如文气、风骨、意象、形神等一系列重要的范畴和概念。魏晋南北朝时代的动荡与政治的混乱,对文化思想与文学艺术的发展,提供的竟然是相对自由的环境;魏晋南北朝文人逐渐走向意气消沉和玩物丧志,创造出的却是愈来愈精致的成果。唐代文学的全面繁荣,以及后代文学的持续发展,魏晋南北朝文学都有着不可磨灭的贡献。因而后世文人在批评六朝文学消极因素的同时,又不能不正视历史,正视那些宝贵的文学遗产。

第二节　建安文学

一　汉末的时代特点

汉末的社会大动乱,冲击了两汉以来凝固的社会秩序和价值观念,改变了文人的生活方式和人生追求,文学观念和文学创作随之发生变化,中国文学就此进入建安时期。刘师培把建安文学的风格特征概括为清峻、通侻、骋词、华靡。所谓清峻,即"简略严明"(鲁迅《魏晋风度及文章与药及酒之关系》)。汉末政治、军事的割据和异端思想的崛起,扫荡了经学牵强附会、繁琐求证的作风。其时,曹操以刑名法术为治,于鞍马间为文,用语简捷,词气峭厉。文人所作,指事写意,亦皆不傍经典,直达所怀。文风清峻,乃成为建安文学的一大特点。所谓"通侻",即"随便之意"(同上)。所以如此,实因为汉代的政治权威与思想权威已不复存在,文人脱卸了道德信条和礼教规范的重压,发现与表现自我,往往能率心任性,直抒真实情感。兼之沉浮于变幻的风云,目睹人间悲剧,人们深感事功难以尽凭,命运不可逆料,转而注重内心体验和生命价值的思索。这一时期的文学,既有直面现实的乐观精神,又有产生于人世无常、自然永恒的人生苦闷。但总的来说,建安文人对生命短暂的感慨,最终导向及时建功立业,拯济天下,追求人生的不朽,并未流于消极。慷慨悲壮,乃成为建安文学的又一风格特征。骋词,即鲁迅所说的"壮大"(同上)。汉末群雄割据,诸侯并起,战国之世,仿佛再现。这样的时代,打破了汉世守成的局面,当权人物接纳人才,不拘一格,为文人的实现抱负,提供了更多的实践机遇和选择余地。因而文人议论时事、抒写情志,都力求充分地展示自我,并十分注重文章的思想逻辑与艺术表达的力量。气盛词壮,乃取代了东汉以来的拘谨典重。华靡,即鲁迅所说的"华丽"(同上)。东汉之文,"往往以单行之语,运排偶之词";"即研炼之词,亦以四字成一语"(刘师培《论文杂记》)。两汉文章的由质转文,已是文学发展的必然趋势。建安时期,曹操虽质朴为文,但因文学已摆脱经学附庸地位,其独特的个性开始受到文人自觉的重视,文学之渐趋华丽,乃成为时代的风气。

建安文学的上述特征,被后人标举为"建安风力"(《诗品》)或"汉魏风骨"(陈子昂《修竹篇序》)。刘勰对于"风骨",有较为全面的论述:

> 《诗》总六义,风冠其首,斯乃化感之本源,志气之符契也。是以怊怅述情,必始于风,沉吟铺辞,莫先于骨。故辞之待骨,如体之树骸;情之含风,犹形之包气。结言端直,则文骨成焉;意气骏爽,则文风清焉⋯⋯故练于骨者,析辞必精;深于风者,述情必显;捶字坚而难移,结响凝而不滞,此风骨之力也。
>
> (《文心雕龙·风骨》)

刘勰所论,乃文学的美学理想,并非专指建安文学,但他推崇建安文学的"慷慨以任气,磊落以使才;造怀指事,不求纤密之巧;驱辞逐貌,唯务昭晰之能"(《文心雕龙·明诗》)。可见时代特色鲜明,情感真挚强烈,格调慷慨悲壮,文笔健美有力的建安文学,是符合刘勰关于"风骨"的美学理想的。

三曹(曹操、曹丕、曹植)、"七子"(孔融、陈琳、王粲、徐幹、阮瑀、应玚、刘桢)和蔡琰等人,是建安文学的代表。

二 过渡期的作家曹操和孔融

在建安作家之中,曹操和孔融年龄较大,是由汉到魏的过渡型人物。

孔融(153～208),字文举,孔子 20 世孙,鲁国(今山东曲阜)人。孔融的思想言行,最具有鲜明的二重性。他 13 岁丧父,"哀悴过毁","州里归其孝"。他曾为北海相,立学校,表显儒术,荐举贤良。董卓擅权,他多有匡正之言;袁绍、曹操威逼汉室,他持坚决的不合作态度。可见孔融为人,是崇儒学、讲忠孝的。但孔融又生在篡乱相替、儒学受到亵渎的时代,内心颇有失望与忧愤,"故发辞偏宕,多致乖忤",实已开魏晋通侻的风气。他位为九卿,却"不遵朝仪、秃巾微行,唐突宫掖",更声言"父之于子,当有何亲? 论其本意,实为情欲发耳;子之于母,亦复奚为? 譬如寄物瓶中,出则离矣"。他曾作《圣人优劣论》,称圣人犹如骐骥之于马,不过是人中的能人,并无神秘之处。他因此公然与祢衡戏以仲尼、颜回相称。(以上见《后汉书》本传及李贤注)可见孔融的思想言行,又往往是偏离正统的。孔融曾作《上书请准古王畿制》,针对军阀割据的现实,反对分封诸侯,主张立王畿,崇帝室。又作《难曹公表制酒禁书》,驳斥曹操的禁酒理由,揭露其伪言矫行。曹操破袁绍而纳甄妃,孔融作书称"武王伐纣,以妲己赐周公"。操问出何经典,答曰:"以今度之,想当然耳"。可见孔融在政治上是维护道统、忠于汉室的,又敢于直言批评曹操。孔融还是一位富于理想气质的文人,既不会趋炎附势,又少于审时度势,故最终被曹操所杀。他曾作《肉刑议》、《肉刑论》、《崇国防疏》,前者反对以严刑挽救末世颓风,主张政简刑轻;后者反对讨伐南方军阀刘表,声称应隐其恶而俟其自毙。易代之际,孔融所论,实迂阔而不切于事情。范晔说他"才疏意广"(《后汉书》本传),鲁迅说他"志大才疏"(《致陈浚》),当是至论。

孔融所作如《肉刑议》、《肉刑论》等文章,胆大气盛,无所忌惮,而且情采兼长。《与曹公论盛孝章书》虽无意于文饰,却情辞宛转,颇能动人。《难曹公表制酒禁书》、《荐祢衡疏》则写得辩驳有力,文采四溢;辞赋句型与散文句型的融于一炉,更显得文章别有一种韵律之美。如前者论"酒之为德者大矣",则曰:"尧非千钟,无以建太平;孔非百觚,无以堪上圣;樊哙解厄鸿门,非龁肩厄酒,无以奋其怒;赵之厮养,东迎其王,非引厄酒,无以激其气。高祖非醉斩白蛇,无以畅其灵;景帝非醉幸唐姬,无以开中兴;袁盎非醇醪之力,无以脱其命,定国非酣饮一斛,无以决其法。故郦生以高阳酒徒,著功于汉;屈原不铺糟歠醨,取困于楚。由此观之,酒何负于治者哉!"这是篇故意与曹操作对的文章,不妨夸大其辞,勿须严密求证,而务在排比偶句,造成先声夺人的气势。又如后者说祢衡倘为当世所用,则"如得龙跃天衢,振翼云汉,扬声紫薇,垂光虹霓。近足以昭近署之多士,增四门之穆穆。钧天广乐,必有奇丽之观;帝室皇居,必蓄非常之宝"。"激楚扬阿,至妙之容,台牧者之所贪;飞兔騕褭,绝足奔放,良乐之所急"。这样的文章,"气扬采飞"(《文心雕龙·章表》),体近骈文,又兼有纵横家的作风。

孔融诗今存完整者仅有《离合作郡姓名字诗》、《临终诗》。曹丕曾以"体气高妙"(《典论·论文》)论其诗文;贺贻孙《诗筏》说孔融之诗"绰有风骨,王粲诸人,皆所不及",又引孔融诗"幸托不肖躯,且当猛虎步",以为颇有浩然之气,但其《临终诗》既言"言多令事败,器漏苦不密","谗邪害公正,浮云翳白日";又言"靡辞无忠诚,华繁竟不实","生存多所虑,长寝万事毕",可见孔融对自己的性格悲剧、命运悲剧,已有较为深刻的认识。因而这位理想主义者在清醒后、临终前的绝唱,也就不免于"意气恹恹欲尽"(陆时雍《诗镜总论》)了。

曹操(155～220),字孟德,沛国谯(今安徽亳县)人。其祖曹腾身为宦官,桓帝时任中常侍大长秋,封费亭侯。其父曹嵩本姓夏侯,后为曹腾养子。曹操少机警,任侠放荡。黄巾起义,他散财起兵,为一方豪强。建安元年,长安大乱,乃自称大将军,迎天子于许昌,自此挟天子以令诸侯。建安二十一年,进爵为魏王。二十五年卒于洛阳。曹操出身于清流不齿的宦官家庭,曾为当时士人讥为"赘阉遗丑"(陈琳《移豫州檄》),他也"自以本非岩穴知名之士,恐为海内之人所见凡愚"(《让县自明本志令》)。内心深处的自卑,使他对两汉素重家世、经术的传统自然而然地持反抗态度。曹操又是出身于地方豪强的政治家和军事家,他深知儒只可与守成,不可以进取,因而政教军事,颇杂刑名;取用人才,不拘一格。但曹操毕竟生在汉世,其所受教育与面对的舆论,使他不愿以汉相之尊,蒙受篡逆罪名。兼之诸侯的互相牵制,本集团内部等级关系亦有赖礼教的维系,又使他无法断然否定儒的伦理纲常与道德规范。所以他曾说:"若天命在吾,吾为周文王矣。"(《三国志》本传注引《魏氏春秋》)显然,曹操是宁愿由儿子来改朝换代的。此外,以曹操的地位与实力,他对夺取天下是充满自信的。但目睹汉室的倾颓、生民的不幸、命运的无常、人生的短暂,曹操又不免心怀惆怅。他疑惑于"德行不亏缺,变故自难常"(《董逃歌辞》),悲慨于"天地何长久,人道居之短"(《秋胡行》),既以"造化之陶物,莫不有终期","圣贤不能免,何为怀此忧"(《精列》)自解,又以"驾虹霓,乘赤云","绝人事,游浑元"(《陌上桑》)宽怀,更以"不戚年往,世忧不治。存亡有命,虑之为蚩"(《秋胡行》)自勉。

因为上述原因,也因为曹操在北方政治舞台上的领袖地位,他的诗、文都能突破前代的思想传统,放言而无所顾忌,形式亦自由随便,具有清峻通侻的作风。作为实践家,曹操的文章注重实用功利;如建安十五年《求贤令》、建安十九年《敕有司取士勿废偏短令》。前者说:"自古受命及中兴之君,曷尝不得贤人君子之共治天下者乎?""今天下未定,此特求贤之急时也。""今天下得无有被褐怀玉而钓于渭滨者乎? 又得无有盗嫂受金而未遇无知者乎? 二三子其佐我明扬仄陋,唯才是举,吾得而用之。"后者说:"夫有行之士,未必能进取;进取之士,未必能有行也。陈平岂独行? 苏秦岂守信邪? 而陈平定汉业,苏秦济弱燕。由此言之,士有偏短,庸可废乎?"曹操的主张与实践,对两汉的选士标准和道德观念,无疑是彻底的否定。而这样的文章,"指事造实,不求靡丽"(《文心雕龙·章表》),既无两汉文章的反复说教,也无孔融文章的着意于铺排华丽。

作为诗人,曹操的诗歌则更多地表现出他深刻的思想矛盾。他的诗兼有四言、五言和杂言,全用乐府古题,抒写全新的时代感受。其四言苍劲有力,慷慨苍凉,已完全脱出"三百篇"境界,更非汉人四言可比。如《观沧海》:

> 东临碣石,以观沧海。水何澹澹,山岛竦峙。树木丛生,百草丰茂。秋风萧瑟,洪波涌起。日月之行,若出其中,星汉灿烂,若出其里。幸甚至哉,歌以咏志。

沧海洪波,不独包容山岛树木,亦吞吐日月星汉,诗人的心胸气魄,悠思遐想,尽在不言之中。以如此豪壮的笔调,写如此苍莽的大海,画如此宏大的气象,在中国诗史上,当推第一篇。《龟虽寿》则以生物寿命的有限,念及人生应以不懈的追求,获得生命的永恒,颇有哲学的意味。《短歌行》则整篇以比兴手法,反复申说自己时不我待的焦虑、求贤若渴的心情和建功立业的决心,全诗曲折抑扬,感人至深。

曹操的五言诗大都有感于时事而作,故这类诗篇,又大都具有"诗史"的性质。《薤露行》从汉室的昏庸腐朽,何进的谋诛宦官失败,写到董卓威逼献帝西迁长安,一段惊心动魄的历史,尽在笔底。《蒿里行》则写以袁绍为盟主的"勤王"联军各怀异心的丑行:"军合力不齐,踌躇而雁行。势利使人争,嗣还自相戕。"其后,更画出中原劫后的惨象:"铠甲生虮虱,万姓以死亡。白骨露于野,千里无鸡鸣。生民百遗一,念之断人肠。"史家实录与诗人性情萃于一篇,故被钟惺誉为"诗史"(《古诗归》)。《苦寒行》作于建安十一年正月曹操东征高幹之役:

> 北上太行山,艰哉何巍巍。羊肠坂诘屈,车轮为之摧。树木何萧瑟,北风声正悲。熊罴对我蹲,虎豹夹路啼。溪谷少人

民,雪落何霏霏。延颈长叹息。远行多所怀。我心何怫郁,思
欲一东归。水深桥梁绝,中路正徘徊。迷惑失故路,薄暮无宿
栖。行行日已远,人马同时饥。担囊行取薪,斧冰持作糜。悲
彼《东山》诗,悠悠使我悲。

曹操既自比周公东征,以示志在必胜,同时又极写征途的艰危苦
寒、内心的进退犹豫,并不故作豪语惊人。《却东西门行》通篇写行
役之苦,且反复浩叹"冉冉老将至,何时反故乡","狐死归首丘,故
乡安可忘。"可见曹操因乱世而进取天下,固不乏一往无前的气概,
但身历忧患,亦不免渴想过太平的生活。这类诗篇的情感与形式,
皆质朴如民歌。它们真实地反映了诗人的内心矛盾,兼有慷慨与
悲凉的风格特征。

三　建安作家和曹氏兄弟

在曹操问鼎中原的时代,形成了邺下文人集团。邺下文人集
团的形成,虽然与曹氏父子的雅好词章有关,但对活跃于乱世的各
种人才加以笼络和利用,却也是曹操的重要目的。曹植《辩道论》
说当时的方术之士甘始、左慈、郄俭,"所以集之魏国者,诚恐欺人
之徒,接奸诡以欺世,行妖慝以惑人,故聚而禁之。"与此同理,邺下
文人虽非谋臣策士,有损益于曹操,但笼络他们,既有助于招贤纳
士,又可以避免其任意褒贬,鼓动舆论。所以,邺下文人虽获得曹
氏父子的庇护,有条件从事文学创作,但应命之作,亦与日俱增。
如曹氏兄弟与邺下文人相与赋斗鸡,赋棋弈,赋杨柳、东渠碗、玛瑙
勒、迷迭香,等等,这样的作品,虽有意为文,词采华茂,思想的价
值,却非常有限。而一当他们的言行触犯了曹氏集团的利益,行乖
言忤的孔融与依附曹植的杨修、丁氏兄弟便相继被害。可见邺下
文人的地位,对他们的人生与创作,实有幸与不幸。

邺下文人以"建安七子"最为有名。"七子"之称,最初见于曹

丕《典论·论文》："今之文人,鲁国孔融文举、山阳王粲仲宣、北海徐幹伟长、陈留阮瑀元瑜、汝南应玚德琏、东平刘桢公幹,于学无所遗,于辞无所假,咸以自骋骥于千里,仰齐足而并驰。"七子"之中,以王粲成就为最高,被刘勰誉为"七子之冠冕"(《文心雕龙·明诗》)。他的《七哀诗》、《登楼赋》作于流离之中,与曹操的五言诗一样,都是历史的真实缩影。他的《从军行五首》写自己随曹军西征张鲁,南伐孙权,报国之志、行役之苦以及生民之弊,尽在其中,亦兼有对曹操的颂美之词。总的来说,他在南依刘表时"天姿既否戾,受性又不闲。邂逅见逼迫,俯仰不得言"(见《艺文类聚》卷九十二)的悲愤,到了邺下,除了化作"日暮游西园,冀写忧思情"(《杂诗》),便只有和其他诗人一样,"怜风月,狎池苑,述恩荣,叙酣宴"(《文心雕龙·明诗》)了。"七子"之中,徐幹、刘桢长于诗,陈琳、阮瑀长于章表书记,成就各有可观。

"七子"之外,蔡琰是这一时期著名的女诗人。蔡琰(生卒年不详),蔡邕女。夫亡无子,归母家。长安乱后,为董卓部将所虏,辗转流离,陷于南匈奴12年,与左贤王生二子。后为曹操赎回,再嫁同郡董祀。其五言《悲愤诗》倾诉自己"流离成鄙贱"的种种屈辱,别子返乡时矛盾痛苦的心情,更流露出她婚后"常恐复捐废"的隐忧。可见在战乱之中,妇女不仅承担了最大的牺牲,而且始终无法摆脱封建道德笼罩在她们头上的阴影。像这样的"感伤离乱,追怀悲愤"(《后汉书》本传)之作,可看作封建社会中广大妇女的一页痛史。所传骚体《悲愤诗》与《胡笳十八拍》是否为蔡琰所作,迄今未有确论。

在理论上和创作上都卓有成就的,是曹氏兄弟。

曹丕(187~226),字子桓,曹操次子。建安二十五年继曹操为魏王,随即废汉自立,世称魏文帝。曹植(192~232),字子建,曹丕弟。曹丕称帝后,曹植屡改封地,备受猜忌迫害。魏明帝太和六年封陈王,同年病卒,谥曰"思",世称陈思王。

曹丕"少诵诗论,及长而备历五经四部,《史》、《汉》、诸子百家之言,靡不备览"。他盛推"文章乃经国之大业,不朽之盛事",声名可著于千秋(《典论·论文》)。曹植则说自己意在"戮力上国,流惠下民,建永世之业,流金石之功,岂徒以翰墨为勋绩,辞赋为君子哉"?(《与杨德祖书》)曹丕讲文章可以经国,是从"文武之道,备随时而用"(同上)出发;曹植不屑作辞赋君子,是因为他有志建功立业,无力实现理想。曹丕强调的是文章的作用,曹植强调的是人生最高追求,两人侧重不同,意思却并不相悖。

曹氏兄弟还以贵公子之尊,对当世文人论其短长。曹丕《典论·论文》、《又与吴质书》及曹植《与杨德祖书》不仅开了文学批评的风气,前者更就作家的人格与风格,提出"文以气为主"的纲领性见解。关于文学的美学特征,《论文》说"诗赋欲丽";曹植《前录序》说:"君子之作也,俨乎若高山,勃乎若浮云,质素也为秋蓬,摛藻也如春葩。汎乎洋洋,光乎暤暤,与雅颂争流可也。"可见从文学的功能,文学的批评,到诗赋的美学特征,曹氏兄弟都有较为自觉的认识,他们也因此成为最初的有意为诗的作家。文学由汉而魏的渐尚华丽,建安文学之进入"文学的自觉时代"(鲁迅《魏晋风度及文章与药及酒之关系》),曹氏兄弟起了很重要的作用。

曹丕、曹植均善作辞赋与文章。曹丕《典论·自叙》述写生平,通侻而生动;《又与吴质书》叙朋友间离合生死之情,兼有随感式的文学评论,是过去的书札之文所没有的。曹植《求自试表》恳请"捐躯济难",为国效力,笔墨酣畅淋漓,大有汉初政论文章的气势。曹氏兄弟在文学上的最大贡献是诗歌。一方面,他们生乎乱世,亲历征战,感受到时代苍凉悲慨的气氛;同时,他们又是有政治依托的贵公子,良好的文化教育和围绕他们的文人,构成了贵族式的文化环境。所以,曹氏兄弟虽无曹操幽燕老将式的豪壮,却既能以少年将军的气概,写出时代的风云,又能以文人深婉细腻的笔触,展现乱世中人丰富而深刻的内心世界。曹丕存诗约近40首,大都作于邺下时期。其《燕歌行》抒写思妇之情，音节和婉，修辞精美，"开千古妙境"(《诗薮》)，是我国诗史第一首成熟的七言古诗。《清河作诗》、《见挽船士兄弟辞别诗》、《代刘勋妻王氏杂诗二首》虽属代言之作，但其抒写的离别之苦，凄婉动人。说明诗人生逢乱世，对这样的情感，实有切身的体验。曹丕称帝后，因地位变化，诗作的政治性加强，抒情性减少，数量亦少于从前。

与曹丕相比，曹植更富于诗人的气质。他才思敏捷，"任情而行，不自凋励，饮酒不节，"更无曹丕的善弄权术，"矫情自饰"(见《三国志》本传)。他的《杂诗》写自己登高远眺，"烈士多悲心，小人偷自闲。国雠亮不塞，甘心思丧元。抚剑西南望，思欲赴太山。弦急悲声发，聆我慷慨言"，表现了他青年时代忧心时事，慷慨报国的精神。作于太和年间的《白马篇》塑造了一个"捐躯赴国难，视死忽如归"的"幽并游侠儿"形象，则是诗人对自己早年飒爽英姿的回忆。然而强烈的诗人气质，使他失去了继嗣的资格。黄初以后，曹植成为权力斗争中被猜忌与迫害的对象，"建永世之业，流金石之功"的愿望就此破灭。"闲居非吾志，甘心赴国忧"(《杂诗》)，无可奈何的闲愁而外，更加上一份恐惧，这就构成了他在这一阶段诗作的基调。《赠白马王彪》叙诗人的离别之悲、忧生之嗟、悼亡之恨，末尾虽以互勉和自慰之词作结，依然无法冲淡诗人对未来的忧惧。其后曹睿登极，曹植因"皇叔"身份，一度焕发信心。他连续上表请求自试，曹睿却"优渥报答"而已。美人迟暮的感慨，乃成为曹植后期诗歌的重要主题："佳人慕高义，求贤良独难。""盛年处房室，中夜起长叹"(《美女篇》)，"南国有佳人，容华若桃李"，"时俗薄朱颜，谁为发皓齿？俯仰岁将暮，荣曜难久恃"(《杂诗》)。与此同时，《赠白马王彪》批评过的"虚无求列仙，松子久吾欺"，复成为曹植的精神寄托："金石固易弊，日月同光华。齐年与天地，万乘安足多"(《远游篇》)。这类游仙诗较之曹操，更多了一份沉重的人生内容。

曹植是第一个大力写作五言诗的作家。他的热情、才华和不幸,使他有条件倾注大量精力于诗歌,从而获得了"建安之杰"(钟嵘《诗品》)的文学史地位。曹植通音律,据传又曾诵读佛经,"梵呗之起,肇自陈思"(释慧皎《高僧传·十三经师论》)。他的诗歌注意音律和谐之美,如"始出严霜结,今来白露晞"(《杂诗》);"孤魂翔故域,灵柩寄京师"(《赠白马王彪》),皆平仄调协,音节铿锵,可以见出从五古到五律的音律逐渐规范的变化轨迹。此外,曹植已不同于《古诗十九首》诗人的无意为诗,而开始着意于炼字造句。"抚剑而雷音,猛气纵横浮"(《鰕䱇篇》);"寄松为女萝,依水如浮萍"(《闺情》);"秋兰被长坂,朱华冒绿池"(《公宴》),这类诗句或悲壮宏阔,或凄恻委婉,或清丽工致,都充分显示了诗人把观察事物、体验情感与选择词藻、锻炼字句相结合的用心。曹植诗的又一个特点是,无论是运用比兴,还是直寻其事,诗人的充沛情感,都一以贯之。驰骋于《白马篇》中豪侠少年的马上英姿,笼罩在《赠白马王彪》中兄弟诀别时的怆凉气氛,或可喜,或可悲,无不气韵流注,意象相生。"情兼雅怨,体被文质"(钟嵘《诗品》),"意厚词赡,气格浑雄"(方东树《昭昧詹言》卷二),大致可以概括曹植诗歌风格的总体特征。此外,曹植之赋,亦极工巧,其《洛神》一赋,写物图貌,尤有新的特征。

第三节 正始文学

随着曹丕以魏代汉,建安文学"慷慨以任气","志深而笔长"的作风消歇于诗坛。直到正始时期,司马氏重演曹氏威逼汉室的故伎,魏国内部爆发了血腥残酷的权力斗争。在政治的黑暗与恐怖之中,文人少有全其身者。幸存者或放浪形骸,借以逃避祸端;或曲折为文,借以发泄不满。又因司马氏以"不孝"的罪名杀人,当时的思想学术界,更由此引发了名教与自然等等问题的论争。玄学的兴起,对文人与文学的影响,较当时的政治压迫更为深远。

一 阮籍、嵇康之论

正始文学最有代表性的作家是"竹林七贤",这一名称最初见于《世说新语·任诞》。任情放达,发言玄远,饮酒服药,是"七贤"的共同之点。但随着司马氏的政治恐怖愈益严重,七贤的政治态度和处事风格逐渐有所分化。七贤之中,以阮籍、嵇康的人品最高,文学成就也最高,对后世文学的影响也最大。

阮籍(210~263),字嗣宗,陈留尉氏(今河南尉氏县)人,阮瑀之子。曹爽辅政,召为参军,不久托病辞归,后相继为司马懿从事中郎、司马师从事中郎。高贵乡公即位,封关内侯,任散骑常侍。司马昭当政时,因"闻步兵厨营人善酿,有贮酒二百斛",乃自求为步兵校尉,世称阮步兵。他对司马氏的拉拢利用,虽持敷衍的态度,内心却极度痛苦,终于忧愤而卒。嵇康(223~262),字叔夜,谯国铚县(今安徽宿县西南)人。与曹魏宗室沛穆王林之女长乐亭主联姻,官拜中散大夫,世称嵇中散。后因刚肠疾恶,为钟会所谮,被司马昭杀害。

嵇、阮的文学风格,"师心遣论"与"使气命诗"是其所同,"嵇志清峻,阮旨遥深"(《文心雕龙·明诗》)是其所异。文学风格的异同,实与二人的思想和处世方略有关。阮籍长嵇康13岁,他虽然少有济世之志,但目睹过汉魏易代之际曹魏集团的巧取豪夺,对司马氏以同样方式谋取曹魏政权,也就见惯不惊。兼之他与两派政治势力,均无太深的瓜葛,其敷衍世事,较能做到"应变顺和"(《大人先生传》),立身为文,也自然趋于含蓄。他曾以大醉抵制司马炎为其子求婚,以大醉作《劝晋王笺》敷衍郑冲。但唯其如此,阮籍内心,才深藏更多的矛盾,压抑着更深的痛苦。与之相反,嵇康与曹魏集团关系较深,性又"刚肠疾恶,轻肆直言,遇事便发"(《与山巨源绝交书》),无论立身行事或感而为文,都峻切激烈。他曾说"阮嗣宗口不论人过,吾每师之,而未能及"(同上)。可见他与阮籍在处境和性格方面的差异,是造成嵇、阮文学风格同中有异的原因。

嵇、阮均长于著论。阮籍的文章较嵇康富于文采,其"《通易论》综贯全经之义,以推论世变之由;其文体奇偶相成,间用韵语。《达庄论》亦多用韵语,然词必对偶,以意骋词。《乐论》文尤繁富,辅以壮丽之词"(刘师培《中国中古文学史·魏晋文学之变迁》)。他的《大人先生传》则是一篇自明心性、发泄愤懑的寓言式作品。大人先生"应变顺和,天地为家,运去势隤,魁然独存,自以为能足与造化推移,故默探道德,不与时同",实为阮籍的自况之辞。他又说:"近者夏丧于周,周播之刘,耿薄为墟,半镐成丘。""君立而虐兴,臣设而贼生。坐制礼法,束缚下民。"联系到阮籍亲历的篡乱相替,名教堕落为杀人工具的社会现实,这段话确是借古讽今,指桑骂槐。但总体而言,阮籍的文章在批判现实、介入政治斗争方面"隐而不显"(《魏晋风度及文章与药及酒之关系》),不如嵇康的文章更切近现实。

嵇康著有《养生论》、《答向子期难养生论》、《释私论》、《难张辽叔自然好学论》、《声无哀乐论》等。这些文章并非只谈玄理,而是往往涉及政治。但针对性最强,还数他的《太师箴》、《管蔡论》和《与山巨源绝交书》。如《太师箴》:

> 季世陵替,继体承资。凭尊恃势,不友不师。宰割天下,以奉其私。故君位日侈,臣路生心。竭智谋国,不吝灰沈。赏罚虽存,莫劝莫禁。若乃骄盈肆志,阻兵擅权。矜威纵虐,祸崇丘山。刑本惩暴,今以胁贤。昔为天下,今为一身。上疾其下,君猜其臣。丧乱弘多,国乃陨颠。

这样的文章,与其说是一般性的历史批判,不如说是声讨司马氏的檄文。《管蔡论》则从历史旧案谈起:管叔、蔡叔与周公同为周文王之子。武王死,成王立,周公辅政。管、蔡怀疑周公将篡位,合同武

庚叛乱。周公乃杀武庚、管叔,流放蔡叔。管、蔡之为"顽恶""凶愚",遂成历史定论。但嵇康却说:

> 夫管蔡皆服教殉义,忠诚自然,是以文王列而显之,发、旦二圣举而任之,非以情亲而相私也……功业有绩,故旷世不废,名冠当时,列为藩位。逮至武卒,嗣诵幼冲,周公践权,率朝诸侯……而管蔡服教,不达圣权,卒遇之变,不能自通。忠于乃心,思在王室。遂乃抗言率众,欲除国患……管蔡虽怀抱忠诚,要为罪诛。罪诛已显,不得复理……然论者承名信行,便以管蔡为恶。不知管蔡之恶,乃所以令三圣不明也……且周公居摄,邵公不悦。推此言之,则管蔡怀疑,未为不贤。而忠贤可不达权,三圣未为用恶,而周公不得不诛。若此,三圣所用信良,周公之诛得宜,管蔡之心见理,尔乃大义得通,外内兼叙,无相伐负者,则时论亦得释然而大解也。

乍一看来,嵇康的论说,不独合理,也面面俱到。但联系到毌丘俭、诸葛诞相继起兵讨伐司马氏,兵败被诛,以及齐王曹芳被废的背景,嵇康之所以为管蔡叫屈,是怀有深意的。嵇康又有《与山巨源绝交书》,文中不仅以"必不堪者七,甚不可者二",拒绝为司马氏作官,更公然说自己"非汤武而薄周孔"。如此"与旧说相反对"的言论在当时已属惊世骇俗,更何况"汤武是以武定天下的;周公是辅成王的;孔子是祖述尧舜,而尧舜是禅位天下的。嵇康都说不好,那末叫司马懿篡位的时候,怎么办才好叫? 没有办法。在这一点上,嵇康于司马氏的办事上有了直接的影响,因此就非死不可了"(同上)。由于名教与学术已成为血腥政治的工具,嵇康对于名教的思想基础——六经持更加激烈的否定态度。他在《难张辽叔自然好学论》中说,六经不过是人们追求利禄的手段,"故六经纷错,百家繁炽,开荣利之途,故奔骛而不觉。"不仅六经未必如太阳;不学六经,"天下未必如长夜",如果人们有其他利禄可得,"则何求于六经,更何欲于仁义哉!"以如此透辟的言辞揭露帝王以六经为饵,士人以六经为学的利己本质,在此以前,是未曾有过的。嵇康的文章,立论鲜明,析理绵密,无不尽之意,虽无阮籍文章的清丽,但因气势所在,亦颇有壮采。

二　阮籍、嵇康之诗

阮籍、嵇康也都工于作诗。相比之下,阮籍的五言写得更好。《咏怀》82 首非作于一时一地,或"总集平生所为诗,题为咏怀"(吴汝纶《古诗钞》卷二)。其中有言少年心性者,如"壮士何慷慨,志欲威八方","垂声谢后世,气节固有常"(其十二);有以史事讽谕曹魏集团荒淫失政,难免有亡国之祸者,如"战士食糟糠,贤者处蒿莱。歌舞曲未终,秦兵已复来"(其三十一);有忧惧于司马氏之恐怖政治者,如"秋风吹飞藿,零落从此始","一身不自保,何况恋妻子"(其三);有追求隐逸而逃避世事者,如"道真信可娱,清洁存精神。巢由抗高节,从此适河滨"(其七十四);有抒写内心无告之焦虑痛苦者,如"胸中怀汤火,变化故相招","终身履薄冰,谁知我心焦"(其三十三);有怒斥虚伪卑劣的礼法之士者,如"洪生资制度,被服正有常","外厉贞素谈,户内灭芬芳"(其六十七)。综观全诗,实为阮籍一生思想情感的总汇。《咏怀》远绍《国风》、《楚辞》的比兴、象征,《庄子》的寓理于象,寓实于玄,近取《古诗十九首》的附物切情,多忧生之嗟,形成"厥旨渊放,归趣难求"(钟嵘《诗品》)的含蓄而近乎隐晦的风格。其所以如此,实因易代之际,高压之下,诗人抒其怨愤,不得不"取神似于离合之间","或以自安,或以自悼,或标物外之旨,或寄疾邪之思",其文欲露故藏,欲言又止,"不但当时雄猜之渠长,无可施其怨忌,且使千秋以还,了无觅脚根处"(王夫之《古诗评选》卷四)。《咏怀》首创了我国五古抒情组诗的体例,自此之后,继作者不绝,如郭璞《游仙》,陈子昂、张九龄《感遇》,李白《古风》。

这类作品虽有不同的时代内容,但其精神实质和艺术表现,与《咏怀》大抵是一脉相承的。

嵇康长于四言。钟嵘说四言"文约意广",最忌"文繁而意少"(《诗品序》)。"诗三百"后,唯曹操、嵇康和此后的陶渊明,开拓了四言诗的新境界。曹操诗以气胜,嵇康诗以意象胜,《赠兄秀才入军十八首》是嵇康四言的代表之作。

> 良马既闲,丽服有晖。左揽繁弱,右接忘归。风驰电逝,蹑景追风。凌厉中原,顾盼生姿。

(第八)

> 息徒兰圃,秣马华山。流磻平原,垂纶长川。目送归鸿,手挥五弦。俯仰自得,游心太玄。嘉彼钓叟,得鱼忘筌。郢人逝矣,谁与尽言。

(第十三)

对于其兄嵇喜的入司马氏军幕,嵇康视为"弃此荪芷,袭彼萧艾"(第五),是深表遗憾的。以上两组形象,写嵇喜志在必得的雄姿与诗人宅心玄远的神情,其取舍不言自明。尤其是后一首,诗人追求的心灵世界,全寄托于清空高远的意境,即用《庄子》作典故,亦浑然无所隔膜。顾恺之说:"画'手挥五弦'易,画'目送归鸿'难。"(《世说新语·巧艺》)其所以如此,实因"妙在象外"(王士禛《古夫于亭杂录》),有不尽之意。嵇康的《幽愤诗》作于狱中,其诗自述生平,又明心志,更怨愤于凭空陷罪,故全篇词气峻切,言必尽意,与《赠兄秀才入军》的风格,迥然不同。

嵇、阮均有游仙诗。阮籍的游仙诗多写自己在艰难时世中对神仙境界的企羡、求索,尤其写自己求之不得时的苦闷和悲哀,以及因仙境虚妄而产生的怀疑与失望,其感情复杂而浓烈。嵇康的游仙诗则冲淡、超脱,显示出诗人在大悲哀中的极度冷静。显然,这是因为阮籍的心灵的负荷较嵇康沉重得多。嵇、阮的游仙诗对东晋玄言诗的兴起,是有直接影响的。

第四节 晋宋文学

一 太康作者

公元265年,司马炎以晋代魏。太康年间(280~289),社会出现短暂的稳定和繁荣,史称"太康之治"。在这一时期,门阀士族制度正式确立,中国文学开始向士族化阶段过渡。

太康时期的作家,傅玄而外,有"三张(张华、张载、张协)二陆(陆机、陆云)两潘(潘岳、潘尼)一左(左思)"(钟嵘《诗品序》)。但出身寒门的左思,在太康文人中其实是独标一格的。

傅玄(217~278),字休奕,北地泥阳(今陕西耀县东南)人。张华(232~300),字茂先,范阳方城(今河北固安)人。二人俱是晋室重臣。傅玄"言富经济,经纶教体,存重儒教"(王沈《与傅玄书》),又刚直敢谏。其诗多模仿汉魏乐府,表现出文人学民歌而趋于雅化的倾向。《苦相篇·豫章行》写色衰见逐的弃妇,颇善描摹神情。《秦女休行》写烈女复仇,生动而有气势,唯主题流于封建说教。张华于"八王之乱"中,因不肯附逆,为赵王伦所害。其诗多模仿建安诗人,词采有余,而气力不足。他的《情诗》五首,学步《古诗十九首》与阮籍《咏怀》,语浅情长,耐人寻味。钟嵘说张华的诗"儿女情多,风云气少"(《诗品》),在西晋文坛是很有代表性的。

陆机(261~303),字士衡,吴郡(今江苏苏州)人,江南士族。吴灭后,苦读十年。太康十年(289),偕弟陆云入洛。因其父、祖在东吴三世为将,颇受北方士族歧视、猜忌。陆机自负文才,热心功名,趋附权贵贾谧,与陆云、潘岳、左思等结为"文章二十四友"，"八王"乱中，为成都王颖所害。陆机的诗赋在当时颇负盛名。张溥说："士衡才冠当世"，"然冤结乱朝，文悬万载，《吊魏武》而老奸掩袂，赋《豪士》而骄王丧魄，《辩亡》怀崇国之忧，《五等》述诸侯之利。北海之后，一人而已"（《汉魏六朝百三家集题辞》）。从这类文章与赋之中，可以看出陆机是有亡国之痛、社稷之忧的，所以章炳麟说："撮其文章行迹，犹不失为南国仁贤。"（《文录初稿·陆机赞》）在诗歌方面，陆机好模仿乐府、古诗，"情繁而词隐"（《文心雕龙·体性》），内容少有创新。他的《君子行》很真实地表现了自己既热衷仕进，又惧怕政局翻覆的心境："天道夷且简，人道险而难。休咎相乘摄，翻覆若波澜。""近火固宜热，履冰岂恶寒。""朗鉴岂远假，取之在倾冠。近情苦自情，君子防未然。"《驾言出北阙行》更感叹："人生何期促，忽如朝霞凝。辛苦百年间，戚戚如履冰。""良会罄美服，对酒宴同声。"这样的思想感情，在当时的士族文人中，是十分普遍的。对自然景物的描写，在陆机诗中，已占有较重要的地位。如《赴洛道中作》写自己由吴入洛时眷怀南国、忧惧未来的凄切心情："行行遂已远，野途旷无人。山泽纷纡余，林薄杳阡眠。虎啸深谷底，鸡鸣高树巅。哀风中夜流，孤兽更我前。悲情触物感，沉思郁缠绵。伫立望故乡，顾影凄自怜。"其以情写景，颇似曹植的《赠白马王彪》。他的《招隐诗》写景则自出杼轴，更有特色："朝采南涧藻，夕息西山足。轻条像云构，密叶成翠幄。激楚伫兰林，回芳薄秀木。山溜何泠泠，飞泉漱鸣玉。"把景物写得如此地有画意和诗意，这在过去的诗歌中，是很少见的。陆机又有以赋体论文的《文赋》，对艺术灵感、艺术构思、文质关系、文体分类、文体特征乃至具体的文学技法，均有论述，是我国第一篇系统的文学创作论。章学诚说："古人论文，惟论文辞而已矣，刘勰氏出，本陆机氏说而昌论'文心'。"（《文史通义·文德》）对"文心"的研究，是从陆机《文赋》开始的。

潘岳(247～300)，字安仁，荥阳中牟（今河南中牟县东）人。

与其侄潘尼因以文学著名,世称"两潘"。"性轻躁,趋世利"(《晋书》本传),后为赵王伦亲信所害。其诗文大都绮密肤浅,"如剪彩灯花,绝少生韵"(《古诗源》)。但五言《悼亡诗》三首纪念亡妻逝世周年,感时节之变易,哀泉壤之永隔,瞻亡人之遗迹,恍伊人之尚存。全诗明净疏畅,深婉动人。后人《悼亡》诸作,实由此而兴。

在"稍入轻绮"的太康文学中,唯"左思风力",独标一格。

左思(250?~305?),字太冲,临淄(今山东淄博)人。出身寒门。泰始年间,其妹左菜以才名被选入宫,乃移家洛阳,为秘书郎。作《三都赋》,十年而成,洛阳为之纸贵。为贾谧座上客。贾谧被诛,乃急流勇退,隐居著书。张方作乱,病卒于冀州。

左思感于汉人都城赋"于辞则易为藻饰,于义则虚而无征"。(《三都赋序》)乃稽考地图方志,采访人物,以十年心力,作成《三都赋》。《三都赋》仿《子虚》、《上林》,虚设西蜀公子、吴王孙、魏国公子为蜀、吴、魏三国代言人,各言其都城之富有。赋末有赞语云:"日不双丽,世不两帝。天经地纬,理有大归。"西汉一统之世,大赋多颂扬汉德。汉末至魏,天下离析,便不再有这样的大赋出现。及三家归晋,国家复归统一。但晋实行分封之制,分裂危机,又隐然可见。左思之赋三都,表明他对西晋的中兴既有充沛的热情,也有深刻的隐忧。其后天下再度分裂,《三都赋》在南北朝遂成为都城大赋的绝响。《三都赋》的结构模式并无创新,但因作者务求"美事者贵依其本,赞事者宜本其实"(《三都赋序》),内容亦自有特色。如写蜀中风物:"火井沈荧于幽泉,高焰飞煽于天垂。""邑居隐赈,夹江傍山,栋宇相望,桑梓接连。家有盐泉之井,户有橘柚之园。"征实与夸张,并行不悖。然行文之时,辞繁典富,失于剪裁,以至同时代的人如皇甫谧、张载、刘逵、卫权等不得不为之作注。左思的代表诗作是《咏史》八首。班固之后,建安诗人开始借史咏怀;但把历史的现象、经验与个人的现实遭遇、情感体验如此成功地结合在诗歌中,却自左思始。咏史诗的出现,不独是文人在专制时代讽谕现实的一种可行的手段,更表明作者已自觉地把个人命运作为普遍的历史现象来加以认识。《咏史》第一首实为咏怀,是诗人胸襟抱负的真实写照。第二首以"涧底松"与"山上苗"作鲜明的形象对比,揭露"世胄蹑高位,英俊沉下僚"的现实。尤可贵者,诗人说这个荒谬现象的产生,乃在"地势使之然,由来非一朝",不仅直接揭露了西晋士族的垄断仕路,也针对了以血缘为权益分配依据的宗法制度。其认识是有相当的历史深度的。《咏史》其四写扬雄生前的寂寥与身后的"英名擅八区";其五写诗人失望之极的"被褐出阊阖,高步追许由。振衣千仞冈,濯足万里流";其六写诗人愤激之余,宣称"贵者虽自贵,视之若尘埃。贱者虽自贱,重之若千钧";其八以古人的"饮河期满腹,贵足不愿余。巢林栖一枝,可为达士模",写自己的大释大悟。全诗无论抒写志向抱负、失望愤懑、高蹈遗世、安贫乐道,无不气势雄健,慷慨淋漓。诗人创造的自我形象或历史人物形象,诸如谋臣策士、游侠刺客、文人学者、高人隐士、失路英雄,无不有睥睨四海的傲岸之气。这样的诗作,除用典精切,可见时风的熏陶外,其豪壮的风格,却是独立于士族文化氛围之外的。左思又有《招隐诗》,其中"非必丝与竹,山水有清音",实已开晋宋山水诗门户。他的《娇女诗》写幼女的稚态可掬,童心跃然纸上。四言《悼离赠妹》二首直抒胸臆,不加掩饰,亦颇得建安诗人的风致。

左棻(?~300),字兰芝,左思妹。以才入宫,为晋惠帝贵嫔。姿陋无宠,长期幽居深宫,作《离思赋》、《浮沤赋》。后者借雨地水泡的变幻,说明"其成不欲难,其败亦以易"的道理。以浮沤这样的题材入诗,本身即说明诗人生活环境的封闭狭窄,心情的压抑苦闷。但从浮沤的生灭悟出哲理,又可见诗人的心灵并未枯寂死灭。左思与左棻还有《悼离赠妹二首》与《感离诗》互赠,述兄妹乖隔之情,在太康时期,也是很感人的诗篇。

二 南渡诸家

永康元年(300),"八王之乱"爆发。306年,匈奴贵族刘渊作乱,317年晋元帝仓皇南渡,建立东晋。在此期间,出现了刘琨这样一位"善为凄戾之词,自有清拔之气"(钟嵘《诗品》)的诗人。

刘琨(271～318),字越石,中山魏昌(今河北无极县东北)人。年轻时好老庄,尚清谈,以文章事贾谧。中原大乱,与祖逖尝中夜闻鸡起舞,以豪杰相推许。永嘉元年(307),拜并州刺史,作《为并州刺史到壶关上表》《与丞相笺》。前后痛陈沿途所见百姓"鬻妻卖子,生相捐弃,死亡委危,白骨横野,哀呼之声,感伤和气"的惨状,历数自己"以少击众,冒险而进,顿伏艰危,辛苦备尝"的艰难。这样的文章,不仅写得悲伤慷慨,而且指事造实,不尚骈俪,"劲气直辞,迥薄霄汉"(《汉魏六朝百三家集题辞》)。不久,刘琨由并州转战晋阳,作《扶风歌》。诗人写自己戎装北上的雄姿,诀别亲友的悲壮,避寇穷林、采食薇蕨的苦辛,忠信获罪、君子道微的悲愤,"苍苍莽莽,一气直达"(《多岁堂古诗存》)。然而刘琨为人,贵公子习气太深,终因纵情声色,驭军无方,又不善听纳意见。不久晋阳失陷,祸及父母,乃作四言《答卢谌》,沉痛自责:"咨余软弱,弗克重荷","威之不建,祸延凶播。忠陨于国,孝愆于家。""长惭细孤,永负冤魂。"后刘琨与幽州刺史、鲜卑族段匹磾歃血盟誓,共击石勒,不久又为段匹磾所疑,缢杀于狱中。《答卢谌书》与五言诗《重赠卢谌》,是刘琨的狱中绝笔。《答卢谌书》是诗人忏悔录式的自白,其文意到笔随,骈散相间,真实自然:

> 昔在少壮,未尝检括。远慕老庄之齐物,近嘉阮生之旷放,怪厚薄何从而生,哀乐何由而至。自顷辀张,困于逆乱,国破家亡,亲友凋残。负杖行吟,则百忧俱至;块然独坐,则哀愤两集……然后知聃周之为虚诞,嗣宗之为妄作也。

像这样坦诚地剖析自己,"觉今是而昨非"的文字,在古代概不多
见。尤可贵者,刘琨还说:"才生于世,世实须才。和氏之璧,焉得
独曜于郹握;夜光之珠,何得专玩于随掌。天下之宝,当与天下共
之。"把个人的生命与才能,视作天下共有的财富,并且无私地贡献
于天下,这在西晋士族崇尚浮虚而逃避社会责任的风习中,是出类
拔萃的。《重赠卢谌》表达的几乎是同样的思想感情。唯最后一
段,乃是末路英雄的悲歌:"功业未及建,夕阳忽西流。时哉不我
予,去乎若云浮。朱颜陨西风,繁英落素秋。狭路倾华盖,骇驷摧
双辀。何意百炼刚,化为绕指柔!"全诗用典故六,用比喻三,而不
觉其繁复迟滞。刘熙载说刘桢、左思诗"壮而不悲",王粲、潘岳诗
"悲而不壮","兼悲壮者,其惟刘越石乎"《艺概·诗概》。其所以如
此,"亦遇之于时势也"《文心雕龙·才略》。正是两晋播迁的悲剧,才
造就了这样一位悲剧性的爱国诗人!

　　自东晋偏安,文人意气,更加消沉。其时,魏晋清谈之风,不仅
相沿不改,又兼受佛理的影响,更朝着"精名理、善论难"《中国中古文
学史》的方向发展。在这样的风气之下,产生了"世极迍邅,而辞意
夷泰,诗必柱下之旨归,赋乃漆园之义疏"《文心雕龙·时序》的玄言诗
赋。

　　玄言诗的作者有孙绰、许询等,其诗大抵空言玄理。"皆平典
似道德论"《钟嵘《诗品》》。郭璞的诗虽亦有玄言,但"词多慷慨"(同
上)。

　　郭璞(276~324),字景纯,河东闻喜(今山西闻喜)人。博学
多才,尝为《尔雅》、《山海经》、《楚辞》等书作注。他早年颇有诗
赋,南渡后深感世路坎坷而祸福难测,又目睹晋室豪族争权夺
利,不思北伐,乃作《游仙》以明志。《游仙》的形式远绍《离骚》,
风格却接近阮籍《咏怀》,隐而不显。《游仙》诗有"临川哀年迈,
抚心独悲吒"(其四);"悲来恻丹心,零泪缘缨流"(其五);"遐邈冥茫
中,俯视令人哀"(其九),可见郭璞一直关注着现实人生。郭璞后

因反对王敦谋反被害,便是明证。《游仙》写仙境意象鲜明,幻而
似真;笔势跌宕,造语新奇。后之玄言诗人取其谈玄而遗其取
象,是对《游仙》的消极发展,而得其真精神者,则是唐代李白的
《古风》与李贺的《梦天》等诗。郭璞还有《幽思篇》今存"林无静
树,川无停流"两句,颇得玄对山水,澄怀观道的理趣,实已预示
晋宋山水田园诗的即将兴起。

公元420年,刘裕以宋代晋,史称刘宋。刘勰说:"宋初文咏,
体有因革。庄老告退,而山水方滋。"(《文心雕龙·明诗》)但严格地说
来,自陶渊明于晋末归耕,便已把田园山水纳入了审美与文学的视
野。

在晋宋时代,标志着文学完成了题材与风格转变的,是田园诗
人陶渊明和山水诗人谢灵运。

三　晋宋之际的陶渊明

陶渊明(365~427),字元亮,一说名潜,字渊明,世称靖节先
生,浔阳柴桑(今江西九江西南)人。其曾祖陶侃出身寒门,虽以军
功官至大司马,仍为士族不齿,讥为"溪狗""小人"。他的祖父、父
亲均作过太守一类官职,但到了陶渊明,家境早已破败。他笔下五
柳先生的"环堵萧然,不蔽风雨;短褐穿结,箪瓢屡空"(《五柳先生传》),
正是诗人自己生活的写照,故萧统谓之"实录"(《陶渊明传》)。因为有
这样的家世背景,陶渊明少年时代既游好六经,有大济苍生的宏
愿,又厌恶世俗,热爱纯静的自然。他自29岁入仕,做过州祭酒、
参军一类小官。后因仕途坎坷,又不耐烦"为五斗米折腰向乡里小
人"(《宋书·隐逸传》),更愤慨于南北士族的兼并不厌,王恭、司马道
子、桓温、刘裕等人的篡乱相替,陶渊明于41岁毅然辞去在任仅80
余日的彭泽县令,回柴桑归隐。此后直至他逝世的23年间,以耕
读自娱,未再入仕。

从陶渊明的行迹和诗文,可以见出他的归隐,是不同于其他许多诗人的。陶渊明不独由仕而隐,而且对自己"觉今是而昨非"的认识过程,有十分真诚的坦露。他羞愧于过去"心为形役"(《归去来兮辞》),"误落尘网"(《归园田居》其一),"望云惭高鸟,临水愧游鱼"(《始作镇军参军经曲阿作》),欣喜于自己的"实迷途其未远,觉今是而昨非。"在《归去来兮辞》中,他历数自己辞别官场后的归途之乐、安居之乐、天伦之乐、田园之乐、山林之乐、悟道之乐,出语真诚,绝无丝毫的矫情。陶渊明归隐之后,亲事耕作,也是有别于封建时代的其他诗人的。"农人告余以春及,将有事于西畴"(《归去来兮辞》);"种豆南山下,草盛豆苗稀。晨兴理荒秽,带月荷锄归"(《归园田居》其三);"晨出肆微勤,日入负未还。此中饶霜露,风气已先寒"(《庚戌岁九月中于西田获早稻》);"桑麻日已长,我土日已广。常恐霜霰至,零落同草莽"(《归园田居》其二),"平畴交远风,良苗亦怀新。虽未量岁功,即事多所欣"(《癸卯岁始春怀古田舍》其二)。可见陶渊明不独能体察劳动的艰辛,而且在农事过程中,还获得了不计收获的快乐。南北朝时期,士大夫"耻涉务农"(《颜氏家训》)。到溉的先祖曾为人担粪,后来到溉官至国子祭酒,依然有人骂他"尚有余臭"(《南史·到溉传》)。在这样腐败的社会风习中,陶渊明的归耕更显得难能可贵。不仅如此。在日常生活中,陶渊明几乎以平等的地位与农民亲切交往,这又是徒然以归耕标榜清高的士人所不曾有过的:"日入相与归,壶浆劳近邻"(《癸卯岁始春怀古田舍》);"时复墟曲中,披草共来往。相见无杂言,但道桑麻长"(《归园田居》其二);"农务各自归,闲暇辄相思。相思则披衣,言笑无厌时"(《移居》其二);"落地为兄弟,何必骨肉亲! 得欢当作乐,斗酒聚彼邻"(《杂诗》其一)。因为诗人已把自己看作农民的一员,他悲叹的"夏日抱长饥,寒夜无被眠"(《怨诗楚调示庞主簿邓治中》),"躬亲未曾替,寒馁常糟糠"(《杂诗》其八),也就不仅仅是为着个人的愁苦。他在《桃花源诗并记》中描绘了一个无君权、无王税,"不知有汉,无论魏晋","俎豆犹古法,衣裳无新制",人人自耕而食,怡然自乐的理想世界,这样的世界虽然根源于老子的小国寡民,却包含了诗人对农民的深切同情,对无压迫、无剥削社会的热切向往。综上所述,自文人以入仕为唯一出路以来,无论遇与不遇,都不免心存魏阙,意在事功。而像陶渊明那样彻底摈弃官场,亲涉农事,与农村种种物事皆能息息相通,从而为自己的隐逸生活确立坚实基础的人,是十分罕见的。仅此而言,说陶渊明是"古今隐逸诗人之宗"(钟嵘《诗品》),并不过分。

陶渊明的田园诗主要见于他的组诗《饮酒》、《归园田居》、《拟古》、《和郭主簿》等。如《饮酒》其五:

> 结庐在人境,而无车马喧。问君何能尔,心远地自偏。采菊东篱下,悠然见南山。山气日夕佳,飞鸟相与还。此中有真意,欲辨已忘言。

诗的前四句,写诗人身居人世,并无俗事烦扰。所以如此,在于诗人心境远迈,超脱凡俗。其下四句,写出两种境界。一是诗人采菊东篱,不经意间抬头见到南山;一是诗人所见的日近黄昏,云入山岫,飞鸟结伴入林。如此白描式的写法,似无深意。但诗人紧承上文,以"此中有真意,欲辨已忘言"稍加点化,意境全出。庄子认为"可以言论者,物之粗也;可以意致者,物之精也。言之所不能论,意之所不能察致者,不期精粗焉"(《庄子·秋水》)。但这并不意味着人与道不能相通。庄子说道无所不在,在于万物。人只要消除自己与外物的界限,物我合一,便能悟道,进而与道相沉浮。陶渊明采菊时的悠然,即是南山的悠然;鸟的倦而知还,也即是他的倦而知还。这就是王国维所说的"以物观物,不知何者为我,何者为物"的"无我之境"(《人间词话》),也是陶渊明观照万物时悟到的"真意"。只是这"真意"在于人的心领神会。"言者所以在意也,得意而忘言"(《庄子·外物》),倘一说出,便是意落言筌,所以陶渊明终于不再说下去。又如《归园田居》其一:

> 少无适俗韵,性本爱丘山。误落尘网中,一去三十年。羁鸟恋旧林,池鱼归故渊。开荒南野际,守拙归园田。方宅十余亩,草屋八九间。榆柳荫后檐,桃李罗堂前。暧暧远人村,依依墟里烟。狗吠深巷中,鸡鸣桑树巅。户庭无尘杂,虚室有余闲。久在樊笼里,复归得自然。

这首诗的平淡醇美,全表现在诗人不动声色的白描之中。田亩茅屋、榆柳桃李,诗人只是径直说出,全不费力。但细细体味,种种物事,无不透露出陶渊明对它们的深切依恋。似乎诗人正扳着手指,如数家珍;他之所好,不在尘世的喧嚣,而在乡居的纯静,也就全在意想之中了。"暧暧远人村"四句,作者似乎以纯客观的态度写眼中所见,耳中所闻,其间全无情绪化的渲染。但这白描中的景物,却又映衬出诗人晶莹剔透的心灵。只有人的心纯静如止水,如明镜,自然的影像、声音,才能不被扭曲地为感官所把握,自然的妙谛也才能为人的心神所领会。远处村落的狗吠于深巷与吠于旷野,声音自是不同,透过薄雾,传来栖于树巅的鸡鸣,这些细微处作者不仅能够感受,而且能够辨别,其心境的宁静,自不待言。由此看来,陶渊明诗歌的意境和风格的获得,又并不仅在白描的手法,而在诗人已悟得了田园山水的真正品格,更找到了自己精神的真正归宿。"云无心以出岫,鸟倦飞而知还";"木欣欣以向荣,泉涓涓而始流";"山气日夕佳,飞鸟相与还";"归鸟恋故林,池鱼思故渊",与诗人的"怀良辰以孤往,或植杖而耘耔,或登东皋而舒啸,临清流而赋诗";"采菊东篱下,悠然见南山";"相思则披衣,言笑无厌时",已全无物我的差别,可一概归结到委运乘化,与道沉浮。自然的万物、诗人的形神、道的虚静无为,三者融为一体,陶诗的平淡由此而来,陶诗平淡中蕴含有深刻的哲理亦由此而来。这种情、景、物、理交融的艺术境界与东晋玄言诗诗风大相异趣,哲学与诗的结合,亦即诗的哲理化,在陶诗之中,才算得到了真正的实现。正因如此,陶诗在"平淡"之中,才能更见"真淳"。

但诗文"平淡",只是陶渊明的一个方面,另一方面,他还有并不"平淡"的作品。鲁迅说:"陶集里有《述酒》一篇,是说当时政治的。这样看来,可见他于世事也并没有遗忘和冷淡。"(《魏晋风度及文章与药及酒之关系》)又说:"就是诗,除论客所佩服的'悠然见南山'之外,也还有'精卫衔微木,将以填沧海,刑天舞干戚,猛志固常在'之类的'金刚怒目'式,在证明着他并非整天整夜的飘飘然。这'猛志固常在'和'悠然见南山'的是一个人。倘有取舍,即非全人,再加抑扬,更离真实。"(《"题未定"草六~九》)此外,陶渊明还有一篇《感士不遇赋》,也是有所不平的作品。由此看来,陶渊明诗文之归于"平淡",且发为悟道之言,其内心深处,是并不平静的。

四　谢灵运和鲍照

谢灵运(385~433),陈郡阳夏(今河南太康)人,世居会稽。谢玄之孙,袭封康乐公,世称谢康乐。东晋末,先后任刘毅记室参军、卫军从事中郎。刘裕以宋代晋,降爵为县侯。少帝时,卷入上层斗争,出为永嘉太守。文帝时为秘书监,因不受重用,常称病不朝。元嘉五年(428)被免官还乡,纵游无度,又强索公湖,以广田宅。后为官吏弹劾,流放广州。元嘉十年(433)被杀,终年49岁。谢氏家族为东晋功臣,改朝换代后,为刘宋王室所压抑。谢灵运热心功名而不得逞其志,又痛感士族利益受到伤害,更畏惧冷酷无情的上层权力斗争,因而徘徊于朝廷和山林之间,自称"庐园当栖岩,卑位代躬耕"(《初去郡》)。他任永嘉太守时,流连山水,排遣苦闷,"民间讼听,不复关怀。所至辄为诗咏,以致其意焉"(《宋书·谢灵运传》)。他归居会稽始宁老宅后,经营别墅,扩建庄园,"左湖右江,往渚还汀,面山背阜,东阻西倾。抱含吸吐,款跨纡萦。绵联邪亘,侧直齐平"(《山居赋》)。又常率僮仆数百,造游山林,经旬不归。可见谢灵运的愤世,不同于阮籍;他的寄情山水,也不同于陶渊明。然而谢氏家族的文化传统,谢灵运个人的文化素养,以及他悠游山水的物质条件和鉴赏山水的士族品味,又使他的山水诗,有了与陶诗迥不相同的风格。

谢灵运山水诗的最大特点,是善于营造画境。这是因为他领略山水不是陶渊明式的静观,而是移步换景式的游赏。静观须心境纯静,方能物我亲切交流,落笔成诗,便生意境。游赏则寻幽揽胜,山水异态,纷至沓来,耳目为声色所感,摘藻绘象,乃成画境。如《从斤竹涧越岭溪行》:

> 猿鸣诚知曙,谷幽光未显,岩下云方合,花上露犹泫。逶迤傍隈隩,迢递陟陉岘。过涧既厉急,登栈亦陵缅,川渚屡径复,乘流玩回转。蘋萍泛沉深,菰蒲冒清浅。企石挹飞泉,攀林摘叶卷。想见山阿人,薜萝若在眼。

诗人于黎明登舟,沿溪而行。山涧或湍急,或回环,或沉静,皆有可观。其间又或登临栈道,或仰观飞泉,或攀摘卷叶,终于渐至佳境。这种依时间顺序和场景转换的写法,略有叙事的意味。这种叙写式的写景,正是陶诗所无,而为谢诗所特有的。

因为登山临水,视野开阔;又因为景有远近,色有浓淡,诗人依其感官印象纳入画面,其山水林木,乃粗具透视的关系,如"时夕竟澄霁,云归日西驰。密林含余清,远峰隐半规"(《游南亭》);"拂衣遵沙垣,缓步入蓬屋。近涧涓密石,远山映疏木"(《过白岸亭》);"林壑敛暝色,云霞收夕霏。芰荷迭映蔚,蒲稗相因依"(《石壁精舍还湖中作》)。以远近、大小、疏密、浓淡、虚实表现景物在不同的距离中造成视觉上不同的印象,从而使诗歌获得一种疏宕清丽之美,与汉赋对山川万物的全景式、图案式描写相比,无疑是一次质的飞跃。叶燮《原诗》说汉魏诗"远近浓淡,层次脱卸,俱未分明",而六朝诗"始知烘染设色,微分浓淡",虽不如盛唐诗的层次分明,但其透视关系已在"形似意想间"。对于促进这一转变,谢灵运的诗与晋宋人的山水画无疑是有贡献的。

炼句用字,较陶渊明有更为刻意的追求,这是谢灵运山水诗的又一特点。因为如此,谢诗"经纬绵密"、"体尽俳偶"(许学夷《诗源辨体》),往往有佳句而无佳篇。如"野旷沙岸净,天高秋月明"(《初去郡》);"池塘生春草,园柳变鸣禽"(《登池上楼》),这样得之自然的神会之笔,在谢诗中并不多见。此外,谢灵运又通玄、禅二理,兼之受东晋玄言诗的影响,其借山水化心中郁结,往往哲理游离于景物之外,形成叙事——写景——说理的模式。但更重要的原因,还在与陶渊明相比,谢灵运距澄怀观道,尚有一定距离。许学夷说:"晋宋间谢灵运辈,纵情丘壑,动逾旬期,人相尚以为高,乃其心则未尝无累者。唯陶渊明超然物表,遇境成趣,不必泉石是娱、烟霞是托耳。其诗……皆遇境成趣,趣境两忘,岂尝有所择哉!"(《诗源辨体》)陶、谢其人其诗的根本区别,大抵在此。

因有胸襟志趣、生活环境的相异,陶、谢诗乃有田园与山水、意境与画境的不同。但在把自然景物纳入审美视野与文学创作方面,他们的贡献却是巨大的。

刘宋时期的著名诗人还有颜延之和鲍照,他们与谢灵运合称"元嘉三大家"。颜延之多应诏之作,"铺锦列绣,雕缋满眼"(《南史》本传)。其抒情诗亦大抵艰涩深晦,体尽俳偶。唯奉使北上所作的《北使洛》写中原残破,较有特色。《秋胡行》以细赋之笔写游子思妇之情,是他的上乘之作。

在刘宋时代,能继承建安诗歌传统,发扬"左思风力"者,唯鲍照一人。鲍照(414?～466),字明远,东海(今江苏涟水县北)人。出身寒族,少有才名,一生备受压抑。曾为国侍郎、太学博士、中书舍人、永嘉令。后为临海王刘子顼前军参军。泰始元年(465),晋安王反叛,临海王起兵响应。翌年兵败,鲍照死于乱兵中。

鲍照是继左思之后,对士族社会进行激烈批判的又一位诗人。他的组诗《拟行路难》18首非一时之作,其中除抒写少年的壮志、弃妇的愁苦、游子思妇的相思、人生短暂的悲凉外，更控诉门阀士族制度对人才的摧残。如"泻水置平地，各自东西南北流。人生亦有命，安能行叹复坐愁"(其四)，"对案不能食，拔剑击柱长叹息；丈夫生世能几时，安能蹀躞垂羽翼"(其六)"诸君莫叹贫，富贵不由人"，"对酒叙长篇，穷途运命委皇天"(其十八)，这类诗篇的感慨内容，即诗人所说的"才之多少，不如势之多少远矣"(《瓜步山楬文》)。在这以下诗人又说："酌酒以自宽，举杯断绝歌路难。心非木石岂无感，吞声踯躅不敢言"(其四)；"弃檄罢官去，还家自休息"，"弄儿床前戏，看妇机中织"(其六)；"但愿樽中九坛满，莫惜床头百个钱"(其十八)。其态度或愤懑，或通达，表述的都是无可奈何的感情。左思《咏史》全用典故、比兴而偏重于议论，鲍照《拟行路难》则以慷慨之笔，直抒胸臆，声情气势，贯注全篇，这在南朝文学体气渐弱的时代，无疑非常可贵。

鲍照还有以边塞征戍为题材的《代出自蓟北门行》、《拟古》、《代东门吟》等。自《诗经》、汉乐府以来，虽有征人行役之诗，但像鲍照这样集中抒发报国之志，表现边塞风光、沙场激战、征人边愁的作品，的确还不曾有过。自此以后，古代诗歌中边塞的题材范畴基本确立，这是鲍照开拓古代诗歌题材的一大贡献。

在诗体方面，鲍照又是七言歌行的创制者。在此之前，诗赋中虽偶有七言，但体制未能定型，作者偶一为之。鲍照学习汉魏乐府，于杂言体中条理出规律，又变曹丕《燕歌行》逐句用韵为隔句用韵，终于创制了以七言为主的歌行体。这类诗篇"寓廉悍于藻丽"(《剑黔说诗》)，"虽借古题，而实自成体"(《诗源辨体》)，不同于晋宋人的拟古之作，对唐人影响甚大。此外，鲍照还工于五言诗，其五言短制已开南朝风气，对后来五言绝句的形成是有贡献的。

鲍照也擅长作辞赋和文章。他的《芜城赋》是继曹植《洛阳赋》之后，又一篇抒发乱世之恨的作品。其中写都市昔日的繁华与今日的残破，触目惊心，可谓"发唱惊挺，持调险急，雕藻浮艳，倾炫心魄"(《南齐书·文学传》)。他的《登大雷岸与妹书》不仅叙事抒情,更以赋体手法,对自然景物作大量描绘,这又是前所未有。可见山水之进入文学题材,不独在诗,也见于文章。此外,这篇文章句法骈整,在骈文的形成和发展史上,也是很有地位的。

第五节 齐梁陈文学

一 南朝文学概述

南北朝文学,可说是士族的文学。但刘宋上接魏晋,下启齐梁,具有过渡期的特点。真正能代表南朝士族文学特征的,是齐梁文学。齐梁文学特征的形成,与文学士族化与宫廷化的合流很有关系。

刘宋之后,百年之间,齐梁陈隋,兴亡相替,对文人与文学,烙下了深刻的印记。宋、齐皇帝出身布衣,尽管曾力图提拔低级士族与寒门庶族,以贬抑豪族势力,但收效甚微,梁武帝不得不重新重用大士族。皇室与士族的互相猜忌和互相利用,使士族的追求功名利禄,只为此生的享乐,而不念身后的声名。沈约劝梁武帝受禅,就公然说:"今与古异,不可以淳风期俗。士大夫攀龙附凤,皆望有尺寸之功。"(《资治通鉴》卷一四五)他自己做官即"昧于荣利,乘时藉势","政之得失,唯唯而已"(《梁书·沈约传》)。尤其入齐以后,朝代更迭频繁,无论士族与新贵,皆以保身全家为念,传统道德与国家观念愈益淡薄。《南齐书·王俭传论》说当时之奔竞于仕途者"殉国之感无因,保家之念宜切。市朝亟革,宠贵方来;陵阙虽殊,顾眄如一"。时至陈朝,文人"自取身荣,不存国计"(《陈书·后主纪》),其寡廉鲜耻,远甚于前。士族如此,君主亦然。齐、梁开国君主吸取前代教训,虽有过励精图治的姿态,但未能有补于世。其所以如此,也因为篡乱相替,滋长了王室苟且度日的心理。在这样一个绝望的时代,南朝君臣的精神生活与现实生活急剧堕落。兼之南北对峙相对稳定,南方经济繁荣,贵族与商人互相援引,商人们把世俗享乐带入上层社会。帝王后妃,嬖臣娈童,相与淫乐,亦无复廉耻。

在思想文化方面,南朝君主一则为巩固政权,隆推儒术,制礼作乐;另外,又纵谈玄理,尊崇佛教。如梁武帝既设五经博士,又著《老子讲疏》,更倡言三教同源说与"真神佛胜"说。但就事实而言,他们于儒家的思想、行为规范已不再遵守;老庄的脱略礼法,又为肆心纵欲提供了口实;佛教以淫为万恶之首,在当时却更助长了社会的淫恶风气。刘宋时佛徒"靡散锦帛,侈饰车从","延姝满室,置酒浃堂"(《宋书·周朗传》);齐梁时僧尼出入后宫,乃至"堕胎杀子,昏淫无道"(荀济《上梁武帝书》),佛教终究未把南朝君臣带往净土。赵翼说:"梁时五经之外,仍不废老庄,且又增佛义。晋人虚伪之习,依然未改,且又甚焉"(《廿二史札记·六朝清谈之习》)。可见三教并重,实则一无执著,所以南朝对儒、释、道的理论,并无多少建树。尤其是齐梁陈三代,君臣完全放弃了像魏晋人对声名不朽,精神自由的追求,而一味沉溺于感官的享乐中。

但在南朝的士族,郡望家世而外,文化素养是其特有的标志。政治与经济的特权,又使他们有条件把自己的文化研磨得更加精致。士族以其全部的特权自傲于庶族,也自傲于出身布衣的王室。因而在政治上必须拉拢士族并努力获得士族尊重的君主,也必须在文化上占据一席之地。南朝君主莫不能文;宋文帝设儒、玄、文、史四馆并由此成为南朝的基本制度,都有助于确立君主对文化的领导地位。宫廷内外、朝野上下在文化上的竞争,使热衷于知识的积累和炫耀,成为一时的风气。当时,分别事物,排比典故,谓之"隶事";"隶事"的多寡,表示知识的高下。王俭在齐官尚书令,常令才学之士"隶事",多者赏之。又与被戏称"书厨"的陆澄比赛"隶事","数百千条皆所未睹,俭乃叹服之"(《南齐书·王俭传》)。沈约与梁武帝较量"隶事多少",因出言不逊,几乎获罪(见《梁书·沈约传》)。炫博知识的结果,便是类书的大量出现。曹丕曾令王象等人辑《皇览》,意在便于披览。到了南朝,萧子良《四部要略》、刘孝标《类苑》、何思澄《华林遍略》相继而出,则与时人以言谈著述炫博知识有关。除此之外,南朝君臣于诗乐书画,亦大抵兼善。艺术修养的全面提高,使南朝君臣无论说话作文,都很注重词藻和声音的华美。魏晋谈玄,已重"韶音令辞"(《世说新语·品藻》);佛教的讲经、唱导,更尚"协谐钟律,符靡宫商"(《高僧传》卷十三),此于南朝君臣的文化好尚,更起了推波助澜的作用。周颙"宫商朱紫,发言成句","辞韵如流,听者忘倦"(《南齐书》本传),便已为当时人所推许。

齐梁君臣把自己的生活局限于贵族的、宫廷的狭小圈子,放纵感官的享乐,沉溺于个人情感的玩味,热衷对文学形式作精雕细琢,在此背景下,便产生出号称"宫体"的轻艳诗。宫体之称,始于梁简文帝萧纲。《梁书·简文帝纪》说他"雅好题诗,其序云:'余七岁有诗癖,长而不倦。然伤于轻靡,时号宫体。'"宫体诗人的代表,除萧氏父子,尚有徐摛、徐陵父子,庾肩吾、庾信父子。到了陈朝,后主荒淫于酒色,不恤政事,常与江总、孔范等十人与贵妃八人夹坐,互相唱和,号曰"狎客"(见《南史·陈后主纪》)。可见宫体诗的读者和作者,已扩大到宫闱妇女。

但齐梁文学,不仅仅有受后人非议的宫体诗,也有《诗品》、《文心雕龙》这样的理论巨著。钟嵘(468?～518?)的《诗品》以五言诗为对象,探讨其发展源流,批评作家的得失,阐述诗歌的创作规律。刘勰(465?～520?)的《文心雕龙》全书构思缜密,体大思精,系统地总结了古往今来文学创作的经验教训,并在此基础上,建立起了作者自己文学批评和文学理论的体系。没有齐梁时代热衷于文学创作和研究的文化环境,如《诗品》、《文心雕龙》这样的著作是不可能产生的。

除此之外,声律理论以及由此而兴的永明新体诗、骈文和俳赋,也是齐梁文学的重要成就。

二 永明体诗的出现

齐永明时代,周颙借鉴转读佛经之声,对汉语语音的天然声调进行规范,创为四声,著《四声切韵》。对于四声之用于诗歌、韵文,沈约更规范为"欲使宫羽相变,低昂互节,若前有浮声,则后须切响;一简之内,音韵尽殊,两句之中,轻重悉异。妙达此旨,始可言文"(《宋书·谢灵运传论》)。声律的运用,赋予可供吟诵的文学以声韵节律的美感,在文学史上有划时代的意义。但沈约又进一步提出声律的"八病",以致"文多拘忌,伤其真美"(钟嵘《诗品序》)。声律说的确立,是文学发展的必然结果;"八病说"的提出及推衍,又是士族文化为它烙上的印记。但沈约同时又主张"天机启则律吕自调,六情滞则音律顿舛"(《答陆厥书》)和"文章三易——易见事、易识字、易诵读"(见《颜氏家训·文章》),可见沈约在理论上又是不排除悟性、情感、平易等因素的。

受声律学的影响,齐永明中诗坛上出现了号称"永明体"的新体诗。代表作者是谢朓、王融等,谢朓最为著名。谢朓(464～499),字玄晖,东晋谢氏家族后裔,与谢灵运并以山水诗见长,世称"小谢"。曾任宣城太守,又称谢宣城。与王融、任昉、沈约、萧衍等附于竟陵王萧子良门下,时称"八友"。后为始安王萧遥光诬陷致死。谢朓诗多抒写自己在仕途上的犹豫疑惧,思想贫弱,无甚可取。但他的山水诗"清机自引,天怀独流,状景必幽,吐情能尽"(《采菽堂古诗选》),较谢灵运已进了一大步。谢灵运以游赏的方式,移步换景,模山范水,谢朓则通过深入地体察,捕捉山水最富于情趣的部分,经过精心剪裁和安排,构成清丽的水墨山水。如"余霞散成绮,澄江静如练。喧鸟覆春洲,杂英满芳甸"(《晚登三山还望京邑》);"朔风吹飞雨,萧条江上来。既洒百常观,复集九成台。空濛如薄雾,

散漫似轻埃"(《观朝雨》);"远树暧阡阡,生烟纷漠漠。鱼戏新荷动,鸟
散余花落"(《游东田》),实已由画境而复入于意境。谢灵运大抵遵循
以景入理的模式,谢朓则往往以情观景,由景入情,景物乃至成为
诗人生活的一个部分。如《之宣城出新林浦向板桥》:"江路西南
永,归流东北骛。天际识归舟,云中辨江树。旅思倦摇摇,孤游昔
已屡。既欢怀禄情,复协沧洲趣。"王夫之说"天际识归舟"二句,
"隐然一含情凝眺之人,呼之欲出,从此写景,乃为活景"(《古诗评
选》),这样的活景,在谢朓诗中是常能见到的。

　　谢朓还有一些清新的新体小诗,可以见出他学习南朝乐府民
歌颇有一番用心,如《玉阶怨》、《王孙游》、《和王主簿有所思》。谢
朓以前,已有宫怨、闺情诗,但在"笔墨之外,别有一段深情妙理"
(《古诗源》),实属首见。这类诗歌渐启唐风,在诗歌史上是有承先启
后的地位的。

　　谢朓之后,梁代的吴均、何逊、阴铿亦大抵步其后尘,他们的一
些新体小诗构思隽永,格调清丽,也是讲求声韵对偶的工丽的范
本。

三　骈体文的盛行

　　齐梁时期,骈文是文章的代表。骈偶严整,声韵谐美,用典繁
富,四六句型,是骈文最基本的文体因素。因为骈文最能集中体现
文人引为自豪的文化素养和美学趣味,齐梁作家几乎都写骈文。
其时,抒情写景自不待言,即书启铭诔一类应用文字,也都使用这
种文体。孔稚珪的《北山移文》是齐代骈文的代表之作。孔稚珪
(447～501)亦作孔珪,字德璋,会稽山阴(今浙江绍兴)人。由宋入
齐,官至尚书右丞、太子詹事。其文讽刺先隐后仕的人物,虽属调
笑之作,但揭露世态,颇为辛辣,嬉笑怒骂,亦有气势,尤其写山林
怒逐"周子"一段,最为精彩。由齐入梁的刘孝标曾作《广绝交论》,

作者在讲论"五交"、"三衅"之后,说任昉在世之日,因有抑扬人才的威望,故"冠盖辐辏,衣裳云合,辎轺击轖,坐客恒满。""及瞑目东粤,归骸洛浦,德帐犹悬,门罕渍酒之彦,坟未宿草,野绝动轮之宾。藐尔诸孤,朝不谋夕,流离大海之南,寄命瘴疠之地。自昔把臂之英,金兰之友,曾无羊舌下泣之仁,宁慕郈成分宅之德!"这样的讽刺文章,实寄托有作者"世路险巇,一至于此"的感慨。到梁朝,骈文的运用,更见圆熟。于是有了何逊《为衡山侯与妇书》、吴均《与顾章书》、《与宋元思书》、陶宏景《答谢中书书》一类的骈文小品。这类文章,无论抒情与写景,皆简洁省净,清新明快,篇无余句,句无余字,虽属骈文体式,实有散文诗的风格。

在骈文的影响之下,这时的辞赋,也发展成为俳赋。俳赋与骈文的区别,仅在有韵与无韵。但因声律为南朝文人所重,一些骈文,往往有韵,俳赋与骈文,有时很难区分。刘宋以来,俳赋已渐流行,但句型尚不稳定。谢庄《月赋》则大抵以四六为限,而篇末缀以楚歌。齐梁俳赋则体近骈文,如沈约《丽人赋》、江淹《恨赋》、《别赋》。尤其是江淹赋在句法裁对、征引故实、渲染色彩、谐调声调方面,更趋严格。俳赋在南北朝的集大成之作,是庾信的《哀江南赋》。

第六节　北朝文学

一　北地才人温子昇

从北魏孝文帝实行汉化政策,到北齐后主立文林馆以招纳诗赋之士,北朝文坛经百余年的沉寂而渐次活跃起来。这时的文人,作诗大都师法汉晋,也兼受南朝民歌与南朝文人文学的影响,或为汉晋四、五言的刻板典重,或效南朝永明体的声情之美,总之不离模仿。其出类拔萃者,是被称作"北地三才"的温子昇、邢邵、魏收。

温子昇(495～546),字鹏举,自言太原人,晋温峤之后。历仕北魏孝明、孝庄等帝。荀济等作乱,被疑,死于狱中。济阳王(元)晖业曾自豪地说:"我子昇足以陵颜(延之)轹谢(灵运),含任(昉)吐沈(约)。"(《北史·文苑传》)其《寒陵山寺碑》偶对工切,行文亦有气势,介乎骈文与赋体之间,但说陵轹南人,则未免言过其实。他的诗风格清宛,大抵模仿南朝,但《敦煌乐》、《凉州乐歌》显然受北朝民歌影响,葆有民歌本色。

北齐后主时,南北通好。齐后主仰慕南朝文化,立文林馆,北齐诗风乃弃北魏之典重,而趋尚华艳。邢邵、魏收虽为北人所重,但作诗不过仿效南朝轻艳之体,两人曾互相攻击剽窃任昉,其作可想而知。

二　由南入北的庾信和王褒

自庾信、王褒由南入北,南北诗风始初步融合,北朝文学就此进入新的阶段。

庾信(513～581),字子山,南阳新野(今河南新野)人。与其父并仕于梁,又与徐摛、徐陵父子并为"宫体"的倡导者,时称"徐庾体"。在这一时期,庾信多奉和陪驾之作,风格伤于轻艳。承圣三年(554),庾信奉使西魏,时魏军南侵,江陵失陷,其父死于乱中,又丢失二子一女,乃屈仕西魏。公元557年,陈朝代梁,北周灭魏,庾信无家可归,又改仕北周。南朝士族,本无所谓易代之耻,但庾信以汉族士人仕于北方少数民族政权,传统的华夷之辨,使他无法坦然地承受这一事实。他在拒绝魏人诱留时说:"风俗既殊阻,山河不复论。"(《将命至邺》)河山的归属可暂不置论,华夷之别,却至关重要。可见庾信羁留北方后自称有"寄根江南,传节大夏"(《邛竹杖赋》)的信念,并不专为梁帝的"畴昔国士遇,生平知己恩"(《拟咏怀》其六)。

庾信入北后的代表诗作是《拟咏怀》20余首,如:

榆关断音信，汉使绝经过。胡笳落泪曲，羌笛断肠歌。纤腰减束素，别泪损横波。恨心终不歇，红颜无复多。枯木期填海，青山望断河。

(其七)

摇落秋为气，凄凉多怨情。啼枯湘水竹，哭坏杞梁城。天亡遭愤战，日蹙值愁兵。直虹朝映垒，长星夜落营。楚歌饶恨曲，南风多死声。眼前一杯酒，谁论身后名。

(其十一)

惨厉肃杀的战争气氛，迥异于江南的北地风光，凄壮悲凉的胡笳羌笛，梁朝君臣的衰败之象，无不激起诗人的乡关之思，家国之恨和无可奈何的哀叹。庾信运用成熟于南朝的文学技巧，把自己及南朝诗人从未有过的经历、情感写入诗中，形成了一种全新的风格。杜甫《咏怀古迹》说："庾信平生最萧瑟，暮年诗赋动江关。"《戏为六绝句》说："庾信文章老更成，凌云健笔意纵横。"杨慎说庾信的诗"绮而有质，艳而有骨，清而不薄，新而不尖，所以为老成也"（《升庵诗话》）。正是北朝的背景、南朝的技法、全新的人生体验，庾信才得以开创了绮艳、清新、老成的诗风，南北文学也才真正进入了融通的阶段。

庾信的《哀江南赋》叙家风世德、个人际遇，又叙梁室的盛极而衰，羁臣的家国之恨，既是抒情的长篇，又是咏史的巨制，很能见出士族子弟在国破家亡后的特殊心态。其体为俳赋，通篇排比故实，征引典故。仅以其序而论，从"日暮途远，人间何世"到"华亭鹤唳，岂河桥之可闻"，计 103 字，用典竟达 11 个。身为羁臣，其怀忧舒愤，虽然仍受士族文化趣味的支配，但总的说来，《哀江南赋》因为运以真情，合以事实，密集的典故排列，尚能铺衍出悲凉萧瑟的时代气氛，故"华实相扶，情文兼重"，不同于一味追求形式的作品。《哀江南赋》"集六朝文学之大成，而导四杰之先路，自古迄今，屹然为四六宗匠"（《四库全书总目提要》），在文学史上是很有地位和影响的。

对南北朝诗风的融合做出过贡献的,还有王褒。王褒(513?~576),字子渊,琅琊临沂(今山东临沂)人。原为梁朝重臣,随元帝降于北魏,与庾信并受重用。《渡河北》写他初入北方的感受:面对黄河,恍然间"秋风吹木叶,还似洞庭波",因生存环境的急剧转换而造成的心理不适,表现得真实而深刻。王褒后期流连佛道,乡关之思不如庾信浓烈。但他的《关山篇》、《从军行》、《出塞》等一类的边塞诗与其在梁时向壁而作的《燕歌行》相比,更能反映边塞的风貌和征战生涯。尤其《送别裴仪同诗》"边衣苦霜雪,愁貌损风尘。行路皆兄弟,千里念相亲";《垂居寺高顶诗》"中峰云已合,绝顶日犹晴。邑居随望近,风烟对眼生",皆能脱卸六朝脂粉,开启唐音。

三　北朝三部名著

在骈文风靡的时代,《颜氏家训》、《水经注》、《洛阳伽蓝记》是北朝别开生面的散文著作。

颜之推(531~591),字介,琅琊临沂(今山东临沂)人。为人不尚虚谈,习《礼传》,博览群书,文辞典丽。仕于梁,宇文泰破江陵,被掳入关中,奔北齐。齐亡,仕于北周;北周亡,仕于隋,以疾终。颜之推在北周尝自谓"三为亡国之人"(《观我生赋》自注),备尝人间辛苦,为子孙计,也因"北朝政教严切,全无隐退者"(《颜氏家训·终制》),乃蒙羞而仕。所以,他虽然一再标榜"生不可惜"(同上《养生》),"见危授命"(同上《勉学》),但又据自己经历乱世,亲见士族生存能力衰退,认识到"父兄不可常依,乡国不可常保,一旦流离,无人庇荫,当自求诸身耳"(同上),希冀子孙学以自立,不致"沈沦厮役"(同上《终制》),这就是他著《颜氏家训》的直接目的。然而其书虽名为家训,实则兼涉政治、道德、风俗、文化。可见颜之推作家训,隐然也有仿效圣人,借以"立身扬名"(同上《序致》)的意思。颜之推不满于南北朝"趋末背本,率多浮艳,辞与理竞,辞胜而理伏;事与才争,事繁而才损"的文风,而主张"文章当以理致为心肾,气调为筋骨,事义为皮肤,华丽为冠冕"。他曾自豪于"吾家世文章,甚为典正,不从流俗"(同上《文章》),故其文都用散体,间用骈句。

自士族政治兴起,以保家全族为目的的家诫、家训一类文章渐兴。但像颜之推这样对士族的命运心存忧虑,并力图加以挽救的,并不多见。所以本书的意义,并不限于家诫。此外,《颜氏家训》内容涉及甚广,对当时社会的各个方面,都有研究的价值。

郦道元(?~527),字善长,范阳涿鹿(今河北涿鹿)人。历仕北魏孝文帝、宣武帝、孝明帝朝。出为关右大使,为雍州刺史萧宝寅所害。《水经》是记载全国水道的地理著作,作者或为三国时人。郦道元经实地考察,又参阅袁山崧《宜都记》、盛弘之《荆州记》等400余种著作,为《水经》作注。因注文对原著作了大量的阐述和补充,又依水道流程,详细记叙沿途地貌、风俗、传说、谣谚,其间更往往以赞叹之情,精美之笔,描写山水,已有独立的学术价值和文学价值。其中一些段落,清丽疏朗,饶有画意,如《湘水注》写衡山:"山上有飞泉下注,下映青林,直注山下,望之若幅练在山矣。"《洧水注》之写"平潭清洁澄清,俯视游鱼,类若乘空矣,所谓渊无潜鳞也。"《江水注》描写三峡景色,朝暮四时,各有风姿,更是其中的名篇。从唐宋以来的山水游记文,可明显看出《水经注》的影响。

杨衒之,生卒年不详,北平(今河北遵化)人。北魏末为秘书监。魏孝文帝迁洛,大修寺院。40年后,被逼迁都于邺,洛阳毁于兵火。作者自序于武定五年(547)行役至洛,见"城郭崩毁,宫室倾覆,寺观灰烬,庙塔丘墟","农夫耕者,艺黍于双阙",作《洛阳伽蓝记》。伽蓝即寺庙,乃梵语的音译。又《弘明集》卷六说,杨衒之见"寺庙壮丽,捐费金碧,王公相竞,侵渔百姓,乃撰《洛阳伽蓝记》,言不恤众庶也"。就本书内容而言,作者的两种感慨,实兼而有之。因为如此,作者在描写寺庙时,往往涉及人物与史事,批判与揭露,都很深刻。如《开善寺》描叙河间王琛与诸王竞争豪富,已近乎史家之笔;《景明寺》写邢邵的政绩与文章,则又是典型的纪传之文。当然,本书的重点,还在叙写寺庙。自汉赋以来,建筑描绘大抵采用类型化的方法,铺彩设色,不遗巨细,少有建筑物的个性。《洛阳伽蓝记》则不同。如写永宁寺的宝塔,由塔顶宝瓶,写及窗棂门扉,无不紧扣特征,物象具体而清晰。其后又说"至于高风永夜,宝铎和鸣,铿锵之声,闻及十余里",这就不仅具体,而且很有韵味。就语言来说,《洛阳伽蓝记》多用单行散文,间以骈偶句式,风格平实流畅,很能见出史家之笔的影响。

《颜氏家训》、《水经注》、《洛阳伽蓝记》以散文独标当世,可见北朝文学在学习南朝的同时,依然葆有历史悠久的中原文化的特点。

第七节 魏晋南北朝的民歌和小说

一 南北朝的乐府民歌

这个时期的民歌,一为南朝乐府,一为北朝乐府。南朝乐府民歌多辑入《乐府诗集·清商曲辞》,其余则在《杂曲歌辞》中。南朝民歌可分为吴歌与西曲。吴歌曲目少而歌辞集中,今存326首,出于以建业为中心的江南地区;西曲曲目多而歌辞少,今存142首,出于荆、郢、樊、邓一带。江南好淫祀,巫觋作乐歌舞以娱神,故又有《神弦歌》。其诗大抵写人神相恋,形似《九歌》。

南朝乐府民歌的内容与风格迥异于汉乐府的民歌。原因在于:第一,东晋长江中下游一带农业发达,城市经济繁荣,并逐渐形成市民的文化。当刘宋之时,"凡百户之乡,有市之邑,歌谣舞蹈,触处成群"(《南史·循吏列传》)。由于生活较为安定,礼教日益松弛,民间情歌,纯真而大胆;商人、官吏与歌儿舞女杂处,以乐歌相娱,亦多言男女之情。到齐永明年间,"都邑之盛,仕女昌逸,歌声舞节,袨服华妆,桃花绿水之间,秋月春风之下,无往非适"(同上),故南方情歌,情景相谐,婉媚而清新。另外,南朝君臣苟安度日,纵情于感官享乐。采诗目的乃弃两汉的观风察俗,而唯以娱乐声色为务,爱情因此成为今存乐府民歌的唯一主题,少有汉代乐府民歌的悲苦之音。南朝君臣又多蓄养歌儿舞女,他们不但有可能对民间乐歌进行修改,而且还大力仿作。如《南史·羊侃传》云:"侃性豪侈,善音律,自造《棹歌》两曲,甚有新致。姬妾列侍,穷极奢靡。"又《徐勉传》云:"普通末,武帝自算择后宫《吴声》、《西曲》女妓各一部。"梁武帝也自作乐府。今存乐府民歌中不乏露骨的色情描写,与此有很大的关系。

南朝民歌,长于以委婉细腻的笔法,描写所爱者的心理活动,写作技法也不同于汉代乐府。如《子夜歌》:"夜长不得眠,明月何灼灼。想闻欢唤声,虚应空中诺。"更长于情景交融,写出悠悠情思,如《子夜四时歌·秋歌》:"秋风入窗里,罗帐起飘扬。仰头看明月,寄情千里光。"南朝民歌在语言上的最大特点,是利用汉语谐音的特点,以双关隐语取喻起兴,如《子夜歌》:"始欲识郎时,两心望如一。理丝入残机,何悟不成匹?"同音异字如以"丝"双关"思";同字异义如以布"匹"双关"匹"配,皆委婉含蓄,曲尽其妙。

《西洲曲》是南朝乐府民歌中一首最长的五言抒情诗,在《乐府诗集》中属《杂曲歌辞》。全诗32句,四句一解,用顶针句式勾联全篇:

> 忆梅下西洲,折梅寄江北,单衫杏子红,双鬓鸦雏色。西洲在何处?两桨桥头渡。日暮伯劳飞,风吹乌桕树。树下即门前,门中落翠钿。开门郎不至,出门采红莲。采莲南塘秋,莲花过人头。低头弄莲子,莲子清如水。置莲怀袖中,莲心彻底红。忆郎郎不至,仰首望飞鸿……

诗歌描写一位少女在四季景物的迁移中,对远方情人的苦苦思念,几乎集中了南朝民歌所有的艺术特点,代表了南朝民歌最高的艺术成就。但总的说来,南朝乐府民歌的体制短小,情韵悠远,既是齐梁新体小诗的范本,又是唐人绝句的滥觞。

北朝乐府民歌多半辑入《乐府诗集》的"梁鼓角横吹曲"中,今存约 70 首。这些民歌多数产生于五胡十六国至北魏时期,作者为鲜卑、匈奴、羌、氐、汉等各族人民。其内容与风格,与南朝民歌迥然不同。"我是虏家儿,不解汉儿歌"(《折杨柳歌》),可见这样的民歌曾用各族语言创作,后来才由通晓双方语言者译成汉语。齐梁时期,南北互通使者,交流文化,北歌为梁乐府所保存,因此被《古今乐录》称为《梁鼓角横吹曲》。横吹曲是军中马上所奏之乐,刚劲质朴,颇不同于南歌的清新婉媚。

北朝乐府民歌的内容较南朝丰富。北魏乐府沿袭汉代制度,采诗以观政教得失,所采乐歌,有写社会离乱、战争惨烈、家庭离析的,如《企喻歌》("男儿可怜虫")、《隔谷歌》;有写社会贫富的对立的,如《幽州马客吟别》。北歌还表现了少数民族尚武强悍的精神,如《企喻歌》("男儿欲作健")、《折杨柳歌》("健儿须快马")、《李波小妹歌》等。

由于北方少数民族的社会组织、人文风俗原始朴野,不受礼教束缚,其爱情诗歌亦热情奔放,绝无矫饰。如《地驱乐歌》:"驱羊入谷,自羊在前。老女不嫁,塌地呼天!"《折杨柳歌》:"门前一株枣,岁岁不知老。阿婆不嫁女,那得孙儿抱!"把少女渴望出嫁的心情表达得如此直露,这在礼教的社会,是不可想象的。《地驱乐歌》("侧侧力力")、《折杨仰歌》("腹中愁不乐"),则写热恋中的少女胸襟开朗,热烈主动,洋溢着生命的活力,这又是被礼教扭曲的女子所不可比拟的。北朝乐府民歌在艺术上的最大特点是直抒胸臆,气盛词质,快人快语。其于四、五、七言和杂言的灵活运用,也很能见出北方民族不受形式约束的自由创造精神。像《敕勒歌》那样气象苍莽的草原牧歌,虽已译为汉语,但其视野之开阔,吐辞之刚健,仍然不失北方民族之特色;其生活情调也是和南方民歌大不相同的。

《木兰诗》是北朝唯一的长篇叙事诗。由于代父从军的主人公是一位闺中少女,"事奇语奇"(《古诗源》),很有传奇的色彩:

> 万里赴戎机,关山度若飞。朔气传金柝,寒光照铁衣。将军百战死,壮士十年归。归来见天子,天子坐明堂。策勋十二转,赏赐百千强。可汗问所欲,木兰不用尚书郎;愿借明驼千里足,送儿还故乡。

> 爷娘闻女来,出郭相扶将。阿姊闻妹来,当户理红妆。小弟闻姊来,磨刀霍霍向猪羊。开我东阁门,坐我西阁床,脱我战时袍,着我旧时裳。当窗理云鬓,对镜贴花黄。出门看伙伴,伙伴皆惊惶,同行十二年,不知木兰是女郎。

这是一篇叙事作品,反映了北方民族间战争的现实生活。这里摘录的是诗的后半段。作者以乐观的态度和赞叹的笔调写出木兰的慷慨从戎,为国效力以及功成不受封的事迹与精神,且以活泼、幽默的语言写出木兰为父亲分忧,重著女装的喜悦以及面对战友时的调皮,从而创造出一位天真妩媚、勇敢高尚的丰满的女性形象。这在古代的民歌中,是不可多得的。

二 南北朝的小说

南北朝文学的又一个突出成就,是出现了志怪小说和志人小说。

小说一词,出于《庄子·外物》:"饰小说以干县令。"这里的小说,指的是既无关大道之宏旨,亦不可以经世的"琐屑之言"。到了汉代,班固《汉书·艺文志》列九流十家,小说家附于诸子之末,地位有所上升。原因在于，"小说家合丛残小语，近取譬论，以作短书，治身理家，有可观之辞"（李善注《文选》卷三十一引桓谭《新论》）。班固也认为"街谈巷语，道听涂说者"所造的小说，或有"一言可采"（《汉书·艺文志》）。可见汉代人是从有益于教化的角度，来认识和肯定小说的价值的。魏晋南北朝人的小说观念，大致同于汉代。如曹植说："街谈巷语，必有可采。"（《与杨德祖书》）刘勰说九流之有小说，犹文辞之有谐隐，"盖稗官所采，以广视听"（《文心雕龙·谐隐》）。正因如此，在史传叙事文已相当发达的时代，汉魏六朝人视小说为史家的附属。并以史家的实录原则和文学家的教化原则来规范小说，大大局限了小说的虚构性、艺术性的发展，从而使小说迟迟未获独立的文学地位。

然而汉魏六朝人的小说观念，并不能涵盖小说全部的来源和内容。神话传说、诸子设譬取喻的寓言故事、先秦两汉史书中记人叙事的精彩片段，无不是小说的源头。小说的内容和形式，也因此往往能逸出传统功利原则的束缚，而表现出独特的审美价值。

魏晋南北朝时期，产生了以干宝《搜神记》为代表的志怪小说。干宝搜求异闻，虽然未能摆脱汉人的小说观念，自称未敢"失实"。但因当时佛道流行，直指世道人心的教化内容便不限于儒家。教化内容的扩大，使小说的采摭范围相应放宽，凡"足以发明神道之不诬"者《搜神记序》，并皆收入。在这一时期，类似《搜神记》者，至今尚存王嘉《拾遗记》、张华《博物志》等30余种。

干宝（？～336），字令升，新蔡（今河南新蔡）人，东晋史学家。著有《晋记》，时称良史。《搜神记》录自传闻，非作者臆造。所录不专言神道，亦有古今"非常之事"（《进搜神记表》）。《搜神记》中，有不少优美的神话故事、民间传说，如《韩凭夫妇》、《董永》、《嫦娥奔月》；也有揭露吏治黑暗的故事，如《范寻》、《东海孝妇》、《淳于伯》；也有歌颂或为父报仇，或为民除害英雄故事，如《干将莫邪》、《李寄》。通过这类故事，可见作者所言神道怪异，终究不离人间现实。《搜神记》大抵以人物为中心,故事完整,语言疏宕,是典型的史家之笔。一些篇章情节曲折,描写细致,已是较成熟的小说短篇。对唐传奇、元戏曲和宋以后的志怪小说,《搜神记》是发挥过影响的。

这一时期志人小说的代表,是刘义庆的《世说新语》。刘义庆(403~444),彭城(今江苏徐州)人。刘宋长沙王刘道邻之子,袭封临川王。《世说新语》原名《世说新书》,简称《世说》,是刘义庆与其门下文士博采众书编纂而成。梁时刘孝标为之作注,引书达400余种,甚为学者所重。汉末以来,清议品评人物,流为士人风习。魏晋玄学兴起,更注重人物风神。其时,以形见神,遗形取神的美学观念兴起,臧否人物,不必全貌,而只在片言只语,一节一行。《世说新语》尤其偏重隽言逸行,以为当时文人谈资,并供文人学习,故鲁迅说它是"一部名士的教科书"(《中国小说的历史的变迁》)。由于它的作者和对象是当时的知识分子,很能表现出这类人物的人生态度和文化趣味。如王子猷雪夜访友,兴尽而返,并不执著于目的,是当时文人脱略行迹,注重内心体验的典型反映。《世说新语》对于帝王,也只写其文人特性,并不看重帝王之资。如《言语》:"简文帝入华林园,顾谓左右曰:'会心处不必在远,翳然林水,便自有濠濮间想也,觉鸟兽禽鱼自来亲人'";"简文帝崩,孝武十余岁立,至暝不临。左右曰:'依常应临'。帝曰:'哀至则哭,何常之有?'"这里写晋简文帝对自然美的领悟能力和孝武帝的哀乐任情,都是当时文人普遍的特征,帝王概不例外。《世说新语》在写汉晋以来士人、贵族乃至君王的言行的同时,客观上也能揭示出一些政治的黑暗和病态的人生,如《尤悔》记曹丕毒杀任城王,《任诞》写刘伶的纵酒放达、脱衣裸形,《汰侈》叙石崇穷奢极欲、嗜杀成性。这类描写对当时的政治、文化、风俗等各个方面,也都很有认识的意义。

《世说新语》的记言记行,大抵如史传文的片段,尚未完全脱离史的地位。但其中一些片断语少意丰,隽永传神,有的如散文小品,有的如微型小说,对后世的小说和散文,都有很大的影响。

第四章 隋唐五代文学(上)

第一节 概 论

一 隋朝文学概况

隋朝(581～618)结束了东晋以来长达270余年的南北分裂、对峙的局面,实现了全国统一。然而它又是短暂的,前后不到40年。这样的历史特征决定了隋代文学的特点。由于短暂,它只能承袭当时占统治地位的南朝文风;由于统一,为南北文风的融合创造了条件,出现了文风改革的一些征兆,如隋文帝下令、李谔上书,要求变革文风;出现了一些刚健劲拔的诗歌;在诗歌形式上,产生了一些近于初唐歌行、七律、七绝的作品。这表明,诗文改革,势在必行,而方向,则是融合南北文风:

> 江左宫商发越,贵于清绮;河朔词义贞刚,重乎气质。气质则理胜其词,清绮则文过其意。理深者便于时用,文华者宜于咏歌。此其南北词人得失之大较也。若能掇彼清音,简兹累句,各去所短,合其两长,则文质斌斌,尽善尽美矣。
>
> (《隋书·文学传序》)

这一任务,历史地落在唐朝文人身上。

二 唐朝文学概况

　　唐朝(618～907)是我国封建社会的鼎盛时期,也是由盛而衰的转变时期。唐朝建立后,经百余年的休养生息,发展经济,在开元、天宝之间,国力强盛、政治清明、经济繁荣、文化发达,成为强大的封建帝国,当时世界经济贸易、文化交流的中心之一。与此同时,各种内外矛盾,也在潜滋暗长。而唐玄宗却宠幸杨贵妃、高力士,日事宴乐游幸,将朝政交与李林甫、杨国忠两人处理,并骄纵野心勃勃的安禄山,养痈遗患,终于在天宝十四载(755)爆发了安史之乱,成为唐朝乃至整个中国封建社会由盛而衰的转折点。此后,虽出现过"永贞改革"、"元和中兴"、"会昌中兴",但不过昙花一现,作为中晚唐政治痼疾的藩镇割据、宦官擅权、朋党相争(后演变为宦官、朝官之争,宦官、藩镇之争)却愈演愈烈,民不聊生,终于导致懿宗乾符年间的黄巢起义。起义虽然被镇压了,唐王朝不久也就灭亡了。

　　魏晋南北朝是"文学的自觉时代",唐朝则是我国古典文学的成熟、繁荣的时代。唐诗代表着唐代文学和中国古典诗歌的最高成就;古文是继先秦两汉之后,散文创作的又一高峰;唐传奇脱胎于六朝志怪,而演变为真正成型的文言小说;词和变文,则是唐代两种新兴的文体。

　　(一)唐朝的作家和作品

　　作家的特点、思想状况、文化素养,取决于当时的社会经济、政治、文化等等诸方面的发展状况和水平,又在很大程度上决定了文学的风貌特征。

　　作家的特点。唐代新兴的庶族地主出身的文人,取代了六朝士族豪门成为作家的主体,使文学从宫廷和贵族的垄断中解放出来,走向社会,走向市井,这是唐代文学的一个重大变化,也是唐代文学繁荣发展的重要原因。

唐朝在经济上实行均田制、租庸调制,建中元年(780)以后,又推行两税法。六朝盛行的庄园制经济在唐朝相对衰弱,寄生于庄园制经济的士族地主的势力受到削弱,而庶族地主的势力迅速崛起。

在政治上,唐太宗、高宗为抑制士族豪门并抬高自己的地位,几次下令依现今官爵高低定等级,重修氏族谱牒。又以科举制取士,明经之外,进士试诗赋。"士益竞趋名场,殚工韵律。诗之日盛,尤其一大关键。"(胡震亨《唐音癸签》卷二十七)这就为庶族地主跻身政治舞台,为中下层文人踏上仕途创造了条件。

与六朝的宫廷文人相比,唐朝的中下层文人生活天地广阔得多,阅历丰富得多,对社会现实和民间疾苦的了解也深刻得多。国家的强盛统一,中外交流的频繁,大大拓展了他们的视野。许多人或应举或漫游,足迹遍于大江南北,名山大川。不少人数赴边塞,几参戎幕。他们在政治上富于积极进取的精神,有的还参与改革,自觉地用诗文揭露时弊,干预朝政。这就使唐代文学在反映现实的深度广度上,大大超越前人。在文学艺术上,唐代文人互相酬赠唱和,切磋琢磨,取长补短,蔚然成风。如初唐的王勃、杨炯、卢照邻、骆宾王;陈子昂、沈佺期、宋之问;盛唐的王维、孟浩然、李白、杜甫;李华、萧颖士、独孤及;中唐的刘长卿、韦应物;元稹、白居易;韩愈、柳宗元;温庭筠、李商隐等,他们之间都有创作上的交流启发,对形成流派,繁荣唐代文学起了推动作用。

作家的思想状况。唐朝政治比较开明,一些君主能任贤纳谏,广开言路。所以各种社会思潮活跃,文人思想开放,禁忌较少。他们敢于嘲讽皇帝,揭露时弊,而统治者一般也不以文字治罪:

> 唐人歌诗,其于先世及当时事,直辞咏寄,略无避隐。至宫禁嬖昵,非外间所应知者,皆反复极言,而上之人亦不以为

罪……今之诗人不敢尔也。

（洪迈《容斋续笔》卷二）

他们敢于蔑视封建礼教,在诗词、传奇中大胆表现男女爱情。

唐朝历代皇帝,或出于政治需要,或由于个人嗜好,曾左佛右道或左道右佛,但统观有唐一代,大体是儒道佛三教并举的。中唐以后,皇帝常亲自主持三教辩论,互相诘难,促进三教的合流与发展。受其影响,唐朝文人的思想信仰,虽各有所宗,却多带有出入三教的特点。

儒学在唐朝没有汉代、宋代那样尊显的地位,但仍是官学。唐太宗命孔颖达撰五经正义,作为学校教材和考试的内容,"文物多师古,朝廷半老儒。"(杜甫《行次昭陵》)儒学是文人入仕的必修课。唐朝文人既不像汉儒那样皓首穷经,拘泥章句,也不像宋儒那样侈谈性理,而是专注事功,关心济世拯物。当然由于时迁世变,它们的表现内涵不尽相同。初盛唐文人有强烈的用世干世、建功立业的抱负,在诗文中抒发宏大的胸襟,表现激昂奋发的感情,如陈子昂、李白的诗文;中唐文人力图重振王室,表现出深沉的忧世济世意向,诗文中的现实主义倾向明显加强,可以新乐府运动和古文运动的兴起为证;晚唐文人则在诗文中宣泄他们济世不能,而产生的愤世、遁世之情,皮日休、陆龟蒙的诗文既有愤世疾俗的批判,又有闲适自放的隐逸,具有相当的代表性。儒家注重事功的文学批评理论:兴寄美刺说和明道辅时说,是唐代诗文革新的指导理论。

道教攀附李耳为始祖,李唐为抬高身世,也尊老子为先祖。有这一层政治关系,道教在唐朝被奉为国教。道家是哲学学派,道教是宗教教派,两者既有联系,更有区别,它们分别对唐朝文人的思想、生活和创作产生过巨大影响。隋唐文人,得志则尊孔孟,失意则祖庄骚。他们有的归隐躬耕,习周易老庄以自遣,如王绩;有的受庄子愤世疾俗的影响,蔑视礼教、粪土王侯、讥嘲孔丘,与现实相抗争,如李白;有的浪迹山林、修炼学仙,如顾况。道教大量的神仙故事传说,成为诗文、传奇的题材典故。道教的修炼斋醮,引发了诗文中许多亦真亦幻、迷离恍惚的仙界幻境的想象与描述,如李贺、李商隐的诗。道家老庄崇尚自然淳朴,反对雕琢华艳的美学思想,庄子恣肆浪漫的风格,都深深地影响着唐代文学。

佛教在唐朝流布甚广,宗派林立,而对唐代文人的思想、生活和创作影响最大的,则莫过于禅宗。为僧寺写碑作铭,与僧徒交往酬唱成为时尚,排佛最甚的韩愈,也未能免俗,遑论其他。不少文人失意之后或在晚年,奉佛自释,所谓"一生几许伤心事,不向空门何处销?"(王维《叹白发》)"不堪匡圣主,只合事空王"(白居易《郡斋暇日忆庐山草堂》)。王维、白居易这种受佛教影响,随缘任运,与现实妥协的态度,在中晚唐失意文人中具有相当的代表性,许多文人甚至逃避现实,遁入空门。所以唐朝的诗僧和僧诗,均称空前。佛教对唐代文人生活的影响主要是消极的,而与诗文创作的关系则要复杂得多。如韩愈的《送高闲上人序》,借论张旭草书,驳斥浮屠淡泊清心之学,说明他洞悉佛理。刘禹锡是中唐著名的唯物主义思想家,却能由"明心见性"的禅悟之理,申述诗歌创作的意境说:"梵言沙门,犹华言去欲也。能离欲,则方寸地虚,虚而万象入……因定而得境,故翛然以清;由惠而遣词,故粹然以丽。"(《秋日过鸿举法师院》)禅宗关于渐悟、顿悟的理论,启发诗人净心观照自然,以心会景,领略事物的诗情禅趣,创造情景交融,物我两忘的意境。

作家的文化修养。唐朝历代皇帝雅好文艺者不少。太宗能诗善书,先后并设文学馆、弘义馆,招延文人学士,留意儒学,酬唱诗歌。高宗武后,常制新词以入乐。玄宗更是精通音律,善制新曲。文宗曾特设诗学士72人。统治者的爱好、创作和奖励,对文人创作自然是提倡、诱导,而更重要的是他们重视文治,发展教育,提倡中外交流,对唐朝文人的影响。唐朝在全国普遍设立各级学校,教授经律书算诗等课程。唐朝与西域、印度、东亚、东南亚各国的交往规模和频繁程度大大超过以往。在发扬民族传统的基础上,广泛吸取外来影响,使唐朝的音乐、舞蹈、书法、绘画、建筑、雕塑等等出现了全面繁荣的景象。教育、文化、艺术水平的提高,决定了唐代文人的文化艺术素养的总体水平大大高于前人。

唐朝不少文人诗文、书画、音乐兼长,善于在不同的文学艺术门类之间,互相渗透借鉴,因而题画评诗,鉴赏书法,描绘音乐的佳作层出不穷。如杜甫有很高的艺术鉴赏力,张旭的草书、曹霸的画马、公孙大娘的剑舞,都曾给予他的诗歌创作以灵感和启发,因而他的诗题画、论书,也能深中肯綮。王维兼工诗书画乐,他的山水诗在绘景状物、意境创造、布局谋篇等方面从绘画中多有借鉴,达到"诗中有画"的艺术境界。李颀的《听董大弹胡笳弄》、白居易的《琵琶行》、李贺的《李凭箜篌引》、韩愈的《听颖师弹琴》等都是描绘音乐演奏的名作,它们是高超的演奏技艺和精湛的艺术鉴赏力相结合的产物。唐朝的文学与艺术互相影响,使诗歌与书画的题材和审美情趣在一定程度上呈现出同步变化的趋势:初唐多宫廷和宗教的题材,崇尚精工典丽的风格;盛唐多社会、自然的题材,追求雄壮浑厚的风格;中晚唐的诗画,从题材到风格,都有世俗化、通俗化的趋势。这同样也与作家、艺术家有兼长并擅的文学艺术素养有关。

唐朝文人文学艺术素养水平的高深,还表现在他们善于继承,勇于创新。继承创新需要识、胆、才,唐朝文人有兼容包举的魄力和勇气,善于"别裁伪体",能够"转益多师"。(杜甫《戏为六绝句》)他们对诸如《诗经》的现实主义精神,楚骚的浪漫主义风格,诸子的哲理思辨,汉魏风骨,齐梁声律,史汉的传记叙事,六朝的志怪神异,辞赋的铺张扬厉,乐府的质朴白描,南朝民歌的清丽婉约,骈文的精工俪对,均能广采博取。他们反对"荣古虐今","渔猎前作,戕贼文史",(柳宗元《与友人论为文书》)敢于突破传统,推陈出新。如柳宗元作《非国语》,对《国语》中的天人感应,阴阳灾异等迷信邪说进行批驳,但正如胡应麟所说:"柳宗元爱《国语》,爱其文也;非《国语》,非

其义也。义诡僻则非，文杰异则爱，弗相掩也。好而知恶，宗元于《国语》有焉。"（《少室山房笔丛》卷一三）

"没有拿来的，文艺不能自成为新文艺。"（鲁迅《拿来主义》）正是由于唐朝文人敢于和善于"拿来"，才能创造出灿烂辉煌的唐代文学。

唐代文学有"文质半取，风骚两挟"的特点和世俗化，通俗化的倾向。

唐朝文学是在南北朝文学的基础上发展起来的。南朝文学长期占统治地位，它在艺术上精美华艳，但内容贫乏空虚。北朝文学，尤其是北朝民歌，内容较充实，风格刚劲粗犷，而艺术上却较质木朴拙。唐朝文人"各去所短，合其两长"，创造出唐朝文学"文质彬彬"的一代新风。

唐代因处于封建社会鼎盛时期，文学作品的文质彬彬，有气势恢宏，风骨刚劲的特点。就诗而言，从唐太宗的"崤函称地险，襟带壮两京"（《入潼关》），到王之涣的"白日依山尽，黄河入海流。欲穷千里目，更上一层楼。"（《登鹳雀楼》）到杜甫的"会当凌绝顶，一览众山小。"（《望岳》）从四杰的"气凌云汉，字挟风霜"（王勃《平台秘略赞·艺文》）到李白的"黄河落天走东海，万里写入胸怀间。"（《赠裴十四》）唐诗的恢宏气势，刚健风骨，表现得十分充分。唐诗经过百余年的改革发展，到开元、天宝年间，"既闲新声，复晓古体，文质半取，风骚两挟。言气骨，则建安为传；论宫商，则太康不逮。"（殷璠《河岳英灵集》）表现出文质彬彬的特点。就散文言"唐之文章，无虑三变。武德以来，沿江左余风，则以绮章绘句为尚。开元好经术，则以崇雅黜浮为工。至于法度森严，抵轹晋、魏，上轧周、汉，浑然为一王法者，独推大历，贞元间。"（严有翼《柳文序》引徐志钟语）唐代散文经过三百年的革新努力，至韩、柳而臻于极盛，其间陈子昂的文章"逸足骙骙，方将抟摇而凌太清，猎遗风而薄嵩岱。"（卢藏用《陈子昂别传》）韩愈的文章"如长江大河，浑浩流转，鱼鼋蛟龙，万怪惶惑。"（苏洵《上欧阳内翰第一书》）柳宗元的文章也有"漱涤万物、牢笼百态"的气魄和技巧，同样反映出唐代文学气势恢宏、风骨刚劲的特点。

唐朝文学从六朝狭小的宫廷天地和少数君臣的垄断中解放出来,而更多地被中下层文人掌握,这是决定了唐代文学内容世俗化、形式风格通俗化的变化趋向。但其间历时290年,世俗化、通俗化的内涵也有所变化。

就诗歌而言,初、盛唐诗歌在内容上,诸如从军生活、离别情怀、现实弊病、个人志向都成为吟咏的题材,而且大多表现出奋发进取的精神。慷慨高亢的情调,这是宫廷化、贵族化的齐梁文学所不可能具备的;在诗歌形式上,也进行了改造(歌行)、变革(乐府)、创新(律诗);在审美理想上,也从以华丽雕琢为美,转变为以雄浑壮丽自然为美。中唐诗歌在反映现实、伤病民瘼、讽谏朝政、针砭时弊的深度广度方面,超过初盛唐,而且大量增加了表现男女爱情、商妇贾客生活和民风民俗的题材,出现了"诗到元和体变新"(白居易《余思来尽加为六韵重寄微之》)的现象,以俗为美的元白诗派、以律调入七古的长庆体风靡朝野。晚唐诗歌在题材和审美情趣方面,似乎是六朝文学某种程度上的回归,但仍有所不同。晚唐文人绝望于国事时局,或隐逸山林,或纵情声色,生活圈子变得狭小,社会心态转向内省、感伤。"唐至大中间,国体伤变,气候改色。人多商声,亦愁思之感。"(余成教《石园诗话》卷二引徐献忠语)从杜牧的"刻意伤春又伤别"(李商隐《杜司勋》)到韦庄的"伤时伤事更伤心"(《长安旧里》),晚唐诗人可谓"眼前何事不伤神"(杜荀鹤《登城有作》)。他们在诗词中大量表现男女之情,描写官能感受,有类六朝宫体,但其中往往融入了他们对现实人生的追求和失望以及由此产生的苦痛和感伤,审美情趣也变成以朦胧幽细婉约为美,与六朝宫体的狎昵猥亵、轻浮淫艳也不尽相同。

就散文而言,从讲究对仗用典、崇尚声律藻饰的骈文,变为单行散句,接近口语的"古文",就是唐代散文文体通俗化的革新。而其表达的内容也远较骈文深广得多,世俗化得多。出现了《毛颖传》、《石鼎联句诗序》之类俳谐刺时之文,还出现了一些虽旨在寄意喻理,却为城市贫民立传的人物传记,如柳宗元的梓人、宋清、郭橐驼,韩愈的王承福诸传,这在六朝骈文中是不可能出现的。

就传奇而言,小说一向被拒斥于文学殿堂之外,而到唐朝却风行一时。不少尊显知名的文人如元稹、牛僧孺等竞相创作。在内容上,唐传奇多表现市民阶层和中下层文人所喜闻乐见的男女爱情、侠义、历史传说等题材;在形式上,受民间说唱文学的影响,或诗文相辅(如《长恨歌与传》),或诗文相间(如许尧佐《柳氏传》);叙事写人,以散文为主,可以说是一种十分世俗化、通俗化的文学形式,在中唐臻于极盛。

与中唐相比,晚唐文学除文人词方兴未艾之外,其余诗文传奇世俗化、通俗化的势头减弱,唐代文学也随之衰微。

(二)唐朝文学的分体分期概况

唐代诗歌　唐代诗歌大体可分初、盛、中、晚四期。

初唐(618~713)

初唐诗人的主要贡献在于:开拓了题材,使之面向社会,贴近现实;逐步用刚健清新的文风取代六朝文风;确立律体。

初唐前50年,诗坛主盟者多为陈隋旧臣,主流仍是齐梁诗风。唐太宗本人虽反对"释实求华"(《帝京篇》序),提倡"词理切直"(《贞观政要·文史》),也写过一些颇有气势的诗篇,但出于"润色鸿业"的需要,他与群臣游宴唱和,开初唐诗歌应制奉和、歌功颂德之风。真正能在这一时期脱俗的是王绩,他的诗歌在思想内容和风格上接近阮籍、陶潜,对五言律诗的形成有所贡献。

初唐后50年,诗坛有两大潮流,一股以上官仪和杜审言、沈佺期、宋之问等宫廷文人为代表。他们总结了齐梁以来在诗歌声调、韵律、对仗方面积累的经验,明确了古近体的界限,对律诗的定型及繁荣发展做出贡献。

另一股以"四杰"(王勃、杨炯、卢照邻、骆宾王)、陈子昂为代表,他们的入主诗坛,标志着中下层文人打破了宫廷文人的一统天下。他们自觉地批判六朝文风,有意识地在拓展诗歌内容、开创新的风格上进行尝试。"四杰"批判风靡当时的以"绮错婉媚为本"(《旧唐书·上官仪传》)的上官体"骨气都尽,刚健不闻",并"思革其弊"(杨炯《王勃集序》),他们把诗歌的题材从宫廷楼榭移向市井边塞,从歌功颂德变为言志抒怀,咏叹人生。他们的诗风,绮丽婉转,不脱六朝;刚健清新,启迪盛唐。在律诗、歌行等体裁的创新上,也有所贡献。

陈子昂不仅批判了当时"采丽竞繁"的文风,而且标举"风骨"、"兴寄",并在创作实践上垂范。他的代表作《感遇》38 首和《蓟丘览古》7 首等,反映现实,抨击时弊,思索人生,较之四杰,深广有加,风格雄浑高古,寄托遥深,洗尽六朝铅华,在理论和实践上廓清六朝文风,为盛唐诗歌繁荣奠定基础。但陈子昂的诗歌"复多变少"(皎然《诗式》),质朴有余,文采不足。开创有唐一代新文风的任务有待盛唐诗人来完成。

盛唐(713～765)

盛唐诗人继初唐诗歌革新之后,将建安风骨融入六朝绮丽之中,开创出一代新风:雄健刚劲的风骨、高远浑成的意境、天然去雕琢的自然美,这是盛唐诗歌的主要成就之一。

盛唐诗歌,具有雄健刚劲的时代特征,已不同于慷慨悲凉的建安风骨,李白的浪漫主义诗歌和边塞诗派尤为典型。盛唐的边塞诗派以高适、岑参、李顾、王昌龄为代表。他们多有边塞从戎的生活经历,他们的诗描绘边塞苍茫壮阔、奇异瑰丽的景色,抒发他们立功疆场、报效祖国的豪情壮志,洋溢着激扬高亢的时代精神,风格慷慨雄壮。在七言歌行和绝句的运用上有所创新。

盛唐诗歌不仅有六朝的婉丽,而且情景交融,意象浑成,境界壮阔。王、孟山水诗派尤为典型。与六朝的模山范水不同,他们以清丽疏淡的笔墨,描绘题咏山水田园,重在领悟其中的诗情画意,创造意境，并借以抒情寄趣。形式上，他们多采用五言古体和律体。

盛唐诗人抒发感情，既不掩饰，也不节制，似行云流水，任其自然；创造意境，浑然一体，无迹可求；运用语言，质朴无华，情韵深长，因而盛唐诗歌具有"清水出芙蓉，天然去雕琢"的自然美，不同于六朝的镂金错采之美。

盛唐诗人在上述总体特征之外，还各有风格。风格的多样，流派的形成是盛唐诗歌成就斐然的又一重要标志。"李翰林之飘逸，杜工部之沉郁，孟襄阳之清雅，王右丞之精致，储光羲之真率，王昌龄之声俊，高适、岑参之悲壮，李颀、常建之超凡，此盛唐之盛也。"（高棅《唐诗品汇总序》）

盛唐诗歌成就的另一标志是在诗歌形式方面，"三四五言，六七杂言，乐府歌行，近体绝句，靡弗备矣。"（胡应麟《诗薮》外编卷三）不仅如此，几乎在各种体裁方面，他们都能变化创新。在乐府方面，或用古题写新意（如李白），或咏时事创新题（如杜甫）。在歌行体方面，破偶为奇，以参差的句式，恣肆的笔调，抒发慷慨跌宕的感情。（如李白、岑参），在律诗，特别是七律方面，以精严的格律或峭拗的变律，议论朝政，叙述战事，反映民生，抒发襟怀，大大丰富了律诗的表现力（如杜甫）。在绝句方面，用玲珑的意象、浑成含蓄的寓意，表达悠远的情韵（如王维、李白、王昌龄）。

代表唐朝，乃至我国古典诗歌最高成就的是盛唐的两位伟大诗人李白、杜甫。李白的诗歌以澎湃雄放的气势、奇特瑰丽的想象、清新自然的语言、飘逸不群的风格，抒写拯物济世的怀抱，揭露社会政治的黑暗，反映民生的苦难，蔑视权贵，反抗礼教，成为反映盛唐时代精神风貌的一面镜子。而杜甫的诗歌则是"安史之乱"前后的一部诗史。他忧国伤时，谴责战乱，哀恤民瘼，善于把时代的灾难、民生的涂炭和个人的不幸给合起来，用典型事例反映现实，因而他的诗感情深沉，蕴涵深广，语言遒劲，笔法曲折，形成"沉郁顿挫"的风格。又由于他善于涵古茹今，转益多师，所以能"尽得古今之体势，而兼人人之所专。"(元稹《杜君墓系铭序》)成为一位既集前人大成，又开后人无数法门的诗人。

中唐(766～859)

这是继盛唐之后，诗歌的又一繁荣时期。不仅诗人和诗作的数量大大超过盛唐，而且流派繁多，也不逊盛唐。

中唐前期自大历至贞元中，唐诗处于两个高潮之间的低谷。代表人物是韦应物、刘长卿、李益及"大历十才子"。他们大多经历了安史之乱，所以他们的诗对社会的疮痍，民生的凋弊有所反映，但多客观冷静的描写、低沉感伤的哀叹，缺乏盛唐诗歌那种强烈浓厚的感情和震撼人心的艺术感染力。李益、卢纶的边塞诗能嗣响盛唐。韦应物、刘长卿的山水诗，高雅闲淡，于王维、孟浩然之外，自成一家。"大历十才子"多为权门清客，诗多流连光景、酬和投献之作。正如皎然所述："大历中，词人……窃占青山白云，春风芳草以为己有"，而"诗道初丧，正在于此。"(《诗式》卷四)他们多工五律，意境淡泊，情致闲适，描写细腻精工，但雕琢过甚，有句无篇。另外还有元结、顾况等，用风格古朴的乐府古体，揭露时弊，反映百姓疾苦，成为介于杜甫与元稹白居易之间的一个现实主义流派。

中唐中期从贞元后期至长庆年间，是唐代诗歌发展的又一高潮。与盛唐相比，中唐诗歌有所变化：其一，内容上现实主义倾向有所加强，题材有所拓宽，如揭露商贾渔利，反映南国风情，描写男女爱情，总结历史教训的题材增多。其二，形式上流派众多，风格各异。白居易、元稹、张籍、王建、李绅等人倡导、参与新乐府运动。他们有一套较系统明确的理论，主张发挥诗歌的美刺作用，干预现实，对杜甫的现实主义有所继承和发展。艺术方面，他们的乐府歌行，发展了杜甫的叙事技巧。特别是元白的一些乐府融入了传奇小说的手法，首尾完整，情节曲折，描写细腻，风格平易纡徐。张籍王建乐府在精警凝练上有别于元稹、白居易的委曲详尽。但他们都务求晓畅坦易,以俗为美,反映了市民阶层的审美心理,成为当时影响最大的流派。另一派以韩愈、孟郊为代表,有李贺、贾岛、姚合等人。他们的风格不尽相同,但都以奇崛险怪为美。韩(愈)孟(郊)继承了杜甫"语不惊人死不休"的精神,以怪奇怒张为美,追求惊世骇俗的审美情趣,形成奇崛险峭的风格。韩愈才雄,孟郊思深,都长于古体,有"以文为诗"的特点。李贺的乐府,作意奇险,幽深秾丽。贾岛、姚合取法十才子,工于五律,冥思苦吟,抒寒苦之情,状幽僻之景,形成清苦奇僻的诗风。柳宗元的诗"发纤秾于简古,寄至味于淡泊"(苏轼《书黄子思集后》),风格近于陶渊明,与韦应物并称韦柳。他的诗抒发幽愤哀怨,深得楚骚精髓,则与韦应物不同。刘禹锡的诗长于咏史吊古,工于七言律绝,雄健苍劲,被誉为"诗豪"。柳(宗元)刘(禹锡)不入流派,而能标新立异。其三,表现手法更加丰富,如以文为诗,以议论为传,以律调入歌行,用传奇的手法叙事写人等。

中唐后期,自宝历至大中年间,是唐代诗歌由盛而衰的转变时期。出现题材自社稷江山移向歌台舞榭,审美情趣转向深细幽曲朦胧的趋势。代表人物杜牧、李商隐、温庭筠。他们都有过报国济世之志,才俊志高,却不获伸展。他们的诗歌或隐或显地陈世事、刺时弊,表达忧国伤时之情。在对时局失望和仕途失意后,他们都不同程度地追求声色感官的刺激,诗中写男女之情的题材增多。其中杜牧的古体诗,感怀时事,抒发襟抱,慷慨激昂。他的律诗,尤其是七律,俊爽不羁,时寓拗峭,以矫圆熟。咏史绝句,精警、婉曲、隽永。李商隐与杜牧并称"小李杜"。李商隐的诗感时伤事,沉郁顿挫,但气魄笔力,略逊杜甫一筹,而寓意的深曲,思绪的绵密、用典的精工,则又过之,亦身危情苦所致。温庭筠诗成就逊于李商隐。温长于乐府,李深于七律,两人以诗风秾丽并称,他们的部分诗歌从题材到表现手法都对词的发展有所影响。

晚唐(860~907)

这是唐代诗歌衰微的时期。晚唐诗人客观上面临时代衰败，社会心理感伤、颓废和诗歌在盛唐、中唐一盛再盛之后难乎为继的局面；而主观上他们的才力心志俱不足以开宗立派，他们的共同点是：无论出处穷达，对时局已不抱幻想，最后大多归隐田园，寄迹山林或放情声色；他们的诗无沦何种题材，都充满感伤、悲愤的情调；无论风格有多大区别，都步人后尘，没有创新。晚唐诗人大致可分为三类：一类多为中下层文人，他们继承新乐府运动的传统，以古诗乐府(皮日休、聂夷中)或律诗(杜荀鹤)反映民生的疾苦，讽刺政治的黑暗(罗隐)，幽愤怨恨之情多于谏诤规劝之意。另一类则是仕途通达，遭遇世乱时变，绝望于政事，退而隐居的文人，如韩偓、吴融、司空图等。他们的诗歌表现朝政紊乱、战乱频仍的史实，抒发忧伤哀痛，思归慕隐的心情。韩偓、吴融的诗风受李商隐影响。其余的诗人或学张籍，或学贾岛、姚合，总之是"依人作计终后人"。

唐代散文 唐代散文主要有骈文、古文两大类，两者互为消长，又互相交融，而古文则代表唐代散文的主要成就。

唐代骈文在唐朝作为官方诏制表状书判的应用文字，一直沿用，在晚唐古文衰微之时，又有复炽的趋势。与六朝相比，唐朝的骈文已有变化。一是务实切用，改变了六朝骈文末流"连篇累牍，不出月露之形；积案盈箱，唯是风云之状。"(李谔《上隋高祖革文华书》)的积弊。这一变化表现在魏徵、陆贽等人的章奏疏议中。他们讥陈时病，谏诤朝政。"虽多出于一时匡救规切之语，而于古今来政治得失之故，无不深切著明。"(《四库全书总目》卷一五〇)另一是在对偶用典、声律词藻上，不像六朝骈文那样逞才尚华，而能在明白晓畅(陆贽)、气宏辞丽(四杰)和精致华赡(李商隐)上自成特色。唐代骈文总的变化趋势是散化，这未尝不是受古文影响所致。

唐代古文，与骈文相对而言，是一种奇句单行，不讲声律对偶的散体文。它既继承了先秦两汉散文内容充实、行文自由、朴实流畅的特点，又提炼于当时的口语，因而其表现力远较骈文丰富灵活。唐代散文的发展大致可分四个时期：

第一时期(618～741)是古文运动的发轫期。武德、贞观间是骈文的一统天下，高祖、太宗出于政治需要，提倡公文奏疏，实录切用。在一些史书和魏徵、马周、傅奕等人的奏疏谏议中，已有以散间骈，化骈为散的变化。

高宗武后之世，四杰的骈文表现他们对时事朝政的褒贬批评，对功名事业的渴望，抒发怀才不遇的苦闷，内容较充实，风格气势宏大，有汉代辞赋的影响。词藻华丽，则仍是六朝积习。适应武周改制称帝的需要，一些阿世取容的御用文人如李峤、宋之问等人的文章，从内容到形式都近于南朝文学侍从所作，而陈子昂的直言极谏则显得不合时宜。他为人任侠使气，又曾习纵横之术，所以他的论议奏疏，陈王霸之术，揭时政之弊，谠言直论，凌厉风发，行文也多采用散体，"以风雅革浮侈"(梁肃《补阙李君前集序》)。他被尊为古文运动的先导，尽管他的道与后世古文家的道内涵不同，文风也有别，而且他的表、序、颂、祭之类仍沿俳俪旧习。

第二时期(742～805)就政治而言，这是唐朝盛极而衰的转变时期，就散文而言，是古文运动高潮的酝酿时期。涌现了一批散文改革的倡导者。前有李华、萧颖士、元结、独孤及，后有梁肃和柳冕，其中元结的创作成就最高。他们在理论上主张明道宗经，强调文章济世劝俗的社会作用，不满于骈文的浮靡华艳，推崇陈子昂的斫雕返朴。他们的主张是"安史之乱"后欲以儒道重振王纲朝政的社会思潮的反映。但他们的儒道不纯，理论片面，强调文学的教化作用而忽视美感作用，忽视辞章文采对表达内容的作用，对古文的形式几无论及。而且，除元结外，其余几人创作成就平平，且未曾摆脱骈俪习气，所以未能开创散文创作的新局面。元结的散文，多忧世、愤世的内容，风格危苦激切，在一些散文体裁上有所创新，如山水游记，寓言杂文。尽管由于文学创作理论的偏颇，而使他的文章有艰涩古奥、文彩韵味不足的缺陷，但还是有"上接陈拾遗，下开韩退之"(全祖望《元次山阳华三体石铭跋》)的历史地位。

第三时期(805~859),其中永贞至长庆年间,是古文运动的极盛时期,宝历至大中年间,则是古文运动由盛而衰的时期。永贞改革、元和中兴,一批文人抱着行道济世,兴利除弊之心积极参与,古文运动的高潮的形成,正适应了当时的政治需要。古文运动,人才辈出,既有韩愈、柳宗元作领袖,又有李翱、皇甫湜、刘禹锡、吕温、白居易、元稹等一批参与者。他们互相切磋推挹,造成声势。在理论建树方面,韩愈、柳宗元对古文运动的指导思想、创作宗旨,有较明确系统的论述,提出"文以明道"的主张,阐发了文道相辅而行的关系,克服了前辈重道轻文的偏颇。韩愈的"不平则鸣"说和柳宗元的"辅时及物"说,提倡创作面向人生,干预现实,言志抒愤,大大丰富了古文的创作内容。他们还对古文的艺术形式提出了一系列要求,如"陈言务去"、"气盛言宜"、"文从字顺"、"意尽便止"等,对规范古文创作起了重要作用。另外,他们还有斐然的创作成就。在各种体裁的创作中几乎都有突破或创新,并形成了各自的鲜明风格,韩文雄浑奇崛,柳文精深峻洁,被奉为后世古文的楷模。李翱、皇甫湜分别发展了韩愈"文从字顺"和"怪异奇崛"的特点。

宝历至大中年间,古文的作者人数和成就均不如前。这一时期古文作者的代表人物孙樵、刘悦,生活经历既不如韩愈、柳宗元那样丰富,才力更相去甚远,只能在怪奇险峭上着力,虽然也有些刺世疾邪的好文章,但与皇甫湜相比,也已等而下之了。同时另有杜牧的散文,论列大事,指陈病利,剀切排奡,成就杰出。

第四时期(860~907)这是唐朝季世,出现了罗隐、皮日休、陆龟蒙等一批穷愁之士,他们的小品文集《谗书》、《鹿门隐书》、《笠泽丛书》等远绍元结,近承韩柳,寓言杂文,短篇零章,愤世疾俗,幽默讽刺,深刻犀利。被誉为是"一塌糊涂的泥塘里的光彩和锋芒。"(鲁迅《小品文的危机》)

　　唐代传奇。唐代传奇的出现,是我国小说发展史上的里程碑。唐人开始有意识地创作小说,他们的小说取材现实,艺术上追求"著文章之美,传要妙之情"(沈既济《任氏传》),运用想象和虚构,曲折情节,塑造人物形象。已全然不同于旨在证明神怪不诬、粗陈梗概的六朝志怪。其中的优秀作品如《霍小玉传》、《柳毅传》、《李娃传》、《莺莺传》等,对后世的白话、文言小说及戏剧产生深远的影响。

　　唐五代词　词是隋唐之间新兴的一种合乐歌唱的诗体。所配的燕乐,杂"胡夷、里巷之曲",而以北朝隋唐传入的大量西域音乐为主。它起源于民间。20世纪初出土的敦煌曲子词,题材广泛、形式多样,表现手法灵活多变。中唐以后文人仿作渐多,题材手法,多有模拟痕迹。在晚唐和偏安的西蜀,社会风气衰败,士大夫苟安于声色犬马、酣歌醉舞之中,产生了以温庭筠、韦庄为代表的"花间词派"。它们的题材,不出花前月下、闺怨绮思,定下了"词为艳科"的藩篱;手法上多客观描写,风格上尽管各有特点,但大致以刻红剪翠、香软浓艳为共同点。稍后的南唐词,产生的土壤与花间词略同,也是南唐君臣娱宾遣兴之作。而在艺术上多主观抒情,风格也较疏淡。花间集中的韦庄和南唐冯延巳为其间的过渡人物。南唐词的真正显著变化产生于南唐亡国之后,李后主过着"以泪洗面"的阶下囚生活,词的内容表现亡国之痛、故国之思,极深痛沉挚,在表现手法上也以白描口语见长。至此,词从宫廷佐酒助乐的工具,变成抒情适意的文艺形式,词的境界为之扩大,为宋词的繁荣,开辟了道路。

第二节　隋朝文学和初唐文学

　　隋朝和初唐是唐朝文学繁荣昌盛的准备时期。在这时期,转变了齐梁绮靡浮艳的诗风,完成了永明体向五七言律绝的过渡,开始了改革骈文的尝试。

一 隋朝文学

隋朝作家多为南北朝旧臣,所以诗文沿袭南朝文风。隋文帝为巩固其统治,曾诏令"公私文翰,并宜实录"。并将文辞华艳的泗州刺史治罪。李谔《上隋高祖革文华书》痛斥南朝文风华而不实,危害政教:"江左齐梁,其弊弥甚,贵贱贤愚,唯务吟咏。遂复遗理存异,寻虚逐微,竞一韵之奇,争一字之巧。连篇累牍,不出月露之形;积案盈箱,唯是风云之状。世俗以此相高,朝廷据兹擢士。"文帝将此书颁示天下。但积重难返,仅靠行政命令,收效甚微。隋炀帝即位后,君臣沉溺歌舞酒色,南朝文风有变本加厉之势。

由于统一,也为南北文风的融合创造了条件。一些著名诗人薛道衡、杨素、卢思道等都有从军出征的经历,所作《出塞》、《从军行》等有雄健悲凉之气,如"荒塞空千里,孤城绝四邻","薄暮边声起,空飞胡骑尘",(杨素《出塞》)开唐朝边塞诗之先声。其中薛道衡的成就最高。

薛道衡(540~609),历仕北齐北周,入隋,官至内史侍郎,加开府仪同三司。炀帝时出为番州刺史,后被缢杀。代表作《昔昔盐》有"暗牖悬蛛网,空梁落燕泥"两句,以齐梁骈俪精工的句式表现闺思幽怨。《人日思归》诗:"入春才七日,离家已二年。人归落雁后,思发在花前。"抒发游子思归之情深婉自然,已无六朝脂粉气。

在诗歌体裁方面,薛道衡的《豫章行》、卢思道的《从军行》直接影响初唐歌行,杨广的《江都宴乐歌》近似七律,无名氏的《送别》诗:"杨柳青青着地垂,杨柳漫漫搅天飞,柳条折尽花飞尽,借问行人归不归。"不仅近似七绝,而且风格清新。

二　初唐文学

初唐文学经过近百年的演变,充实了诗歌内容,转变了诗风,完善了律体,开始了骈文切实尚用、骈散相间的变化。

(一) 魏徵和王绩

贞观年间,文坛主盟,是唐太宗君臣。为巩固草创的基业,唐太宗既反对浮艳文风,主张文质并重,对唐代文学发展有一定影响;又提倡润色鸿业,点缀升平,使初唐有大量应制唱和之作。他本人的咏怀述志之作,如《入潼关》、《帝京篇》,巡幸畋猎之篇如《经破薛举战地》等,气势不凡,风骨雄健,有"首辟吟源"的开创作用,但也有不少内容平庸、风格华艳的君臣唱和之作。在贞观群臣中,诗文成就最大的,应数魏徵。

魏徵(580~643),少有大志,习纵横之术。隋末参加李密起义,随后归唐。官至光禄大夫,封郑国公。所撰《隋书·文学传序》,崇尚质朴纯正的文风,反对纤巧绮靡。任谏议大夫期间,直谏谠论,知无不言。所上《十思疏》、《十渐不克终疏》,以隋为鉴,有的放矢。虽仍用骈偶,但理直言宜,议论剀切,"其匡过弼违,能近取譬,博约连类,皆前代诤臣之不至者。"(《旧唐书·魏徵传》)无六朝骈文华艳堆砌等弊病,对后世陆贽、欧阳修、苏轼的疏奏均有影响。他的《述怀诗》,表述他追随太宗纵横逐鹿的情怀,"气骨高古,变从前纤靡之习,盛唐风格,发源于此。"(沈德潜《唐诗别裁》卷一)隋末唐初的另一个诗人王绩,身份既不同于魏徵,诗文的风格也迥拔于流俗。

王绩(590~644),字无功,绛州龙门(今山西河津)人。隋大业间,授秘书省正字,出为六合县丞。唐初,任太乐丞。不久弃官隐居东皋,号东皋子。他早年有济世志,见世乱,遂思归隐。潜心老庄,仰慕阮籍、陶潜,以琴酒自娱,躬耕自足。有《东皋子》集。王绩诗有抨击现实、谴责战乱的,如《薛记室收过庄见寻》、《过汉故城》

等,更多的则是吟咏闲适之情,寄寓愤激之意,如《田家》、《过酒家》等,间有颓放消极的思想。其《野望》诗是典型的五律,为世传诵:

> 东皋薄暮望,徙倚欲何依。树树皆秋色,山山唯落晖。牧人驱犊返,猎马带禽归。相顾无相识,长歌怀采薇。

王绩诗风格疏淡自然,不同时尚。"意境高古","气格遒健,皆能涤初唐俳偶板滞之习。"(《四库全书总目》卷一四九)"盖王杨卢骆之滥觞,陈杜沈宋之先鞭也。"(杨慎《升菴诗话》卷二)王绩的散文,如《醉乡记》、《五斗先生传》、《自撰墓志铭》等,实是不甘隐逸,怀才不遇的愤激之词。行文骈散相间,风格疏淡朴野,有类其诗。但其诗文,对当时文坛影响不大。

(二) 四杰

唐高宗、武后期间,文学的作家、作品,内容、风格,较之贞观年间,有了深刻的变化。其首要标志,则是四杰的入主文坛。

王勃、杨炯、卢照邻、骆宾王,史称四杰。才高志壮,却仕途淹蹇,是他们身世的共同特点。

王勃(650~676),字子安,王绩侄孙。才华出众,恃才傲物。先后任沛王李贤府修撰和虢州参军,都因事被废。后往省为交趾令的父亲,溺水而卒(一说随父赴任交趾令,返回时溺死)享年27岁,有《王子安集》。

杨炯(650~693?),华阴(今属陕西)人。曾任盈川令,有《杨盈川集》。

卢照邻(634~686?),字升之,幽州范阳(今北京)人。号幽忧子。自称"先朝好吏,予方学孔墨;今上好法,予晚爱老庄。"(《释疾文》)所以,官不过邓王府典签、新都尉等吏职。因风疾去官,羸卧服饵。著《五悲文》、《释疾文》。终因不堪贫病,自沉颍水。有《幽忧子集》。

骆宾王,婺州义乌(今属浙江)人。曾任武功、长安主簿,历参西北、西南戎幕,因上书言事,被贬临海丞。徐敬业起兵讨武后,骆宾王为其府属,事败,不知所终。有《骆宾王文集》。

四杰批判以"绮错婉媚为本"的上官体"骨气都尽,刚健不闻",在诗文中抒发志向、宣泄不平、揭露现实、咏叹人生,拓展了诗文的题材。他们的诗歌题材,大致可分四类:

边塞诗　他们的边塞诗,无论描写战地艰苦,还是描写战争激烈,都是为了抒发建功立业的豪情壮志,表现激扬奋进的情调。如:

> 烽火照西京,心中自不平。牙璋辞凤阙,铁骑绕龙城。雪暗凋旗画,风多杂鼓声。宁为百夫长,胜作一书生。
>
> (杨炯《从军行》)

> 平生一顾重,意气溢三军。野日分戈影,天星合剑文。弓弦抱汉月,马足践胡尘。不求生入塞,唯当死报君。
>
> (骆宾王《从军行》)

这类作品可谓盛唐边塞诗的先驱。四杰中有戎幕生涯的骆宾王,边塞诗的数量尤多,成就亦高。

送别诗　四杰的送别诗多抒发心志,感慨身世,赞美友谊。如:

> 城阙辅三秦,风烟望五津。与君离别意,同是宦游人。海内存知己,天涯若比邻。无为在歧路,儿女共沾巾。
>
> (王勃《送杜少府之任蜀川》)

> 此地别燕丹,壮士发冲冠,昔时人已没,今日水犹寒。
>
> (骆宾王《于易水送人》)

前诗开朗,后诗慷慨,一扫六朝的雕琢纤弱。王勃的这类诗写得最好。

讽刺诗　这类题材以卢照邻的《长安古意》、《行路难》和骆宾王的《帝京篇》为代表:

> 长安大道连狭斜,青牛白马七香车。玉辇纵横过主第,金鞭络绎向侯家……娼家日暮紫罗裙,清歌一啭口氛氲。北堂夜夜人如月,南陌朝朝骑似云……自言歌舞长千载,自谓骄奢凌五公。节物风光不相待,桑田碧海须臾改。昔时金阶白玉堂,即今唯见青松在。寂寂寥寥扬子居,年年岁岁一床书。独有南山桂花发,飞来飞去袭人裾。

(卢照邻《长安古意》)

这首《古意》以讽吟京都的传统题材写时事,借汉赋的手法铺陈长安的繁华,用宫体的艳词丽句揭露贵族的奢侈,讽刺他们妄想长享富贵而祸不旋踵,发泄寒士不遇的牢骚,托"古意"抒今情,突破了宫体的题材,具有一定的现实意义。

咏物诗 王勃的《滕王阁诗》及骆宾王的《在狱咏蝉》为这类题材的代表作:

> 滕王高阁临江渚,佩玉鸣鸾罢歌舞。画栋朝飞南浦云,珠帘暮卷西山雨。闲云潭影日悠悠,物换星移几度秋。阁中帝子今安在,槛外长江空自流。

(王勃《滕王阁诗》)

> 西陆蝉声唱,南冠客思深。那堪玄鬓影,来对白头吟。露重飞难进,风多响易沉。无人信高洁,谁为表予心。

(骆宾王《在狱咏蝉》)

前诗感慨物是人非,荣华富贵,难以长久,宇宙万物,运行不息。情深意永,词藻华丽,但气势雄放,没有六朝的绮靡。后诗作于骆宾王任侍御史被诬入狱之后,将蝉自比,悲愤满怀。

在诗歌形式方面,王杨是五律的奠基人,把五律的内容从台阁移至江山塞垣;而卢骆长于歌行,是宫体诗的改造者。他们的歌行,使宫体诗的内容由宫廷走向市井。

在诗歌的风格方面,四杰各有特色:"王勃高华,杨炯雄厚,照邻清藻,宾王坦易,子安其最杰乎?"（陆时雍《诗镜总论》）综观四杰的诗歌,绮丽婉转,不脱六朝;刚健清新,启迪盛唐:"卢骆王杨,号称四杰,词旨华靡,固沿陈隋之遗;意象翩翩,老境超然胜之。五言遂为律家正始。"（王世贞《艺苑卮言》卷四）

四杰的骈文,与六朝相比,增加了抒发理想,宣泄幽愤,揭露时弊等内容,风格上境界壮阔,气势充沛,属对自然,词采丰赡。代表作有王勃的《秋日登洪府滕王阁饯别序》和骆宾王的《代李敬业讨武氏檄》等。

（三）陈子昂

继四杰之后,在理论和实践中,对六朝诗风摧陷廓清的是陈子昂。

陈子昂（659～700?）,字伯玉,梓州射洪（今属四川）人。出身豪富,早年"驰侠使气",后览经史百家。24岁中进士,曾任麟台正字和右拾遗。先后两次从军西域幽燕,屡次上书揭露时弊,陈述民疾,议论军务,都因"言多切直"（卢藏用《陈子昂别传》）,未被采纳,还受到主将武攸宜的打击,故38岁即辞官还乡。后被县令段简害死狱中,年仅42岁。有《陈伯玉文集》。

陈子昂不仅像四杰一样批判六朝文风,而且对诗文革新提出具体要求,代表作是《与东方左史虬修竹篇序》:

> 文章道弊五百年矣。汉魏风骨,晋宋莫传,然而文献有可征者。仆尝暇时观齐梁间诗,采丽竞繁,而兴寄都绝,每以永叹。思古人,常恐逶迤颓靡,风雅不作,以耿耿也。

他标举"风骨"、"兴寄",从内容上,要继承发展汉魏诗歌面向现实,关心民生的"风骨";在表现手法上,要因物喻志,寄托理想,抒发感情,创作出"骨气端翔,音情顿挫,光英朗练"（同上）的诗歌。其实质是在复古的名义下革新。

陈子昂的诗歌创作实践了他的理论主张。代表作《感遇诗》38

首,不是一时一地之作,内容比较复杂。其中有的诗篇揭露了武后穷兵黩武,计划攻打吐蕃,给边疆人民和将士带来巨大灾难。如:

> 丁亥岁云暮,西山事甲兵。赢粮匝邛道,荷戟争羌城。严冬阴风劲,穷岫泄云生,昏曀无昼夜,羽檄复相惊。奔蹄竞万仞,崩危走九冥。籍籍峰壑里,哀哀冰雪行。圣人御宇宙,闻道泰阶平。肉食谋何失,藜藿缅纵横。

还有的诗揭露"塞垣无名将",致使"边人涂草莱",同情无辜死难的边地将士和人民:"但见沙场死,谁怜塞上孤"。在"圣人不利己"一诗中,他批判了武后佞佛,不惜浪费大量人力财力雕塑佛像,营造寺庙,讽刺她的昏愚:"圣人不利己,忧济在元元。黄屋非尧意,瑶台安可论!……奈何穷金玉,雕刻以为尊?……夸愚适增累,矜智道逾昏。"其揭露之深刻,讽刺之尖锐,已非四杰所能企及。

在他的《感遇诗》和《蓟丘览古》七首中,还有大量抒发他报国立功的志向和怀才不遇的愤慨的诗歌,如"感时思报国,拔剑起蒿莱","每愤胡兵入,常为汉国羞。何知七十战,白首未封侯。"而这类题材中最负盛名的则是《登幽州台歌》:

> 前不见古人,后不见来者。念天地之悠悠,独怆然而涕下。

在短短四句 22 字中,他的思想驰骋天地古今,感悟宇宙人生,抒发壮志未酬的孤独和悲愤,词浅意深。

他的赠别、行旅、怀古诗中也不乏佳作,如《春夜别友人》、《晚次乐乡县》等。

陈子昂受佛老思想影响也不小,部分感遇诗中夹杂一些感叹人生福祸无常,思慕神仙隐逸的内容,且有玄言诗枯燥说理的消极影响。

陈子昂诗以五古成就最高。他的《感遇》从思想内容到表现手法形式都深受阮籍咏怀的影响,善用比兴,词旨幽远,如:

> 兰若生春夏,芊蔚何青青。幽独空林色,朱蕤冒紫茎。迟
> 迟白日晚,嫋嫋秋风生。岁华尽摇落,芳意竟何成。

用芳草美人的比兴,寄寓理想落空的悲哀。他的《感遇诗》直接影响了张九龄的《感遇》和李白的《古风》。他的诗风格慷慨雄浑古朴,洗尽六朝铅华。但在诗歌形式上复古有余,创新不足。今所传其诗歌中,没有七古和七律,对民歌和六朝文学的精华汲取得不够,故部分诗略嫌枯涩。

在散文创作方面,陈子昂也做了革新的尝试。他的疏奏书议,批评朝政,揭露时弊,如:

> 蜀中诸州百姓所以逃亡者,实缘官人贪暴,不奉国法。典
> 史游容,因此侵渔。剥夺既深,人不堪命。百姓失业,因即逃
> 亡;凶险之徒,聚为劫贼。今国家若不清官人,虽杀获贼终无
> 益。

(《上蜀川安危事》)

所论直言无忌,深中肯綮。形式上也突破骈文程式,以质朴晓畅的散文写作。受纵横家文和汉赋影响,他的政论踔厉风发,"雅有相如、子云之风骨。"(卢藏用《陈子昂别传》)成就最高。其它表序启祭等犹沿袭骈俪旧习。

卢藏用谓陈子昂"卓立千古,横制颓波,天下翕然,质文一变。"(《陈伯玉文集序》)他的诗歌扫荡了六朝余风,"始变雅正"(《新唐书》本传)。他的散文被视为古文运动的发轫。总之,他的"诗文在唐初,实是首起八代之衰者。韩退之《荐士》诗言'国朝盛文章,子昂始高蹈',非虚语也。"(陈振孙《直斋书录解题》卷六)

(四)杜审言 沈佺期 宋之问

初唐文坛先后有一批宫廷文人,如杜审言、沈佺期、宋之问等,他们人品不高,都曾因阿附权贵获罪。诗文多应制颂圣之作,贬逐以后的作品较有真情实感,但他们都精于声律对仗,对格律诗的定

型完善做出了贡献。

杜审言(646～708),字必简,祖籍湖北襄阳,迁居河南巩县。咸亨进士。历任洛阳丞、著作佐郎、膳部员外郎等职。因交通张易之,流岭外,官至修文馆直学士。与李峤、崔融、苏味道合称"文章四友"。

沈佺期(约656～714),字云卿,相州内黄(今属河南)人。官至太子詹事。曾因受贿及谄附张易之,流放驩州。

宋之问(约656～712),字延清,汾州(今山西汾阳)人。官考功员外郎。曾先后谄事张易之和太平、安乐两公主,两度被贬,后赐死。

作为宫廷文人,他们都有不少应制颂圣之作,如沈佺期的《龙池篇》、宋之问的《龙门应制》,虽精工流转,但词气卑弱。倒是他们贬谪后,生活思想都有一定变化,才写出些好诗,如:

> 迟日园林悲昔游,今春花鸟作边愁。独怜京国人南窜,不似湘江水北流。
>
> (杜审言《渡湘江》)
>
> 度岭方辞国,停轺一望家。魂随南翥鸟,泪尽北枝花。山雨初含霁,江云欲变霞。但令归有日,不敢恨长沙。
>
> (宋之问《度大庾岭》)
>
> 岭外音书断,经冬复历春。近乡情更怯,不敢问来人。
>
> (宋之问《渡汉江》)

这些诗以精炼的语言、流畅的气势,抒发了真情实感,也已跳出齐梁文学的束缚。

沈佺期的《杂诗》三首之三和《古意》是写闺妇、征人相忆的名作。《古意》是首七律:

> 卢家少妇郁金堂,海燕双栖玳瑁梁。九月寒砧催木叶,十年征戍忆辽阳。白狼河北音书断,丹凤城南秋夜长。谁为含

愁独不见,更教明月照流黄。

通过思妇的哀怨,暗寓谴责连年用兵之意。沈德潜誉之为"骨高气高,色泽情韵俱高"。(《说诗晬语》上)

杜审言诗状物工细,风格严整沉挚,杜甫得其家传。宋之问工五律、排律,沈佺期精七律,而他们的主要贡献还在于律诗的定型:

> 魏建安后迄江左,诗律屡变。至沈约、庾信,以音韵相婉附,属对精密。及(宋)之问、沈佺期又加靡丽,回忌声病,约句准篇,如锦绣成文。学者宗之,号为"沈宋"。
>
> (《新唐书·宋之问传》)

"五言至沈宋,始可称律。律为音律、法律,天下无严于是者。知虚实平仄不得任情,而度明矣。二君正是敌手。"(王世贞《艺苑卮言》卷四)此后,中国古典诗歌(除词曲外)的体裁齐备定型了。

第三节　盛唐的两大诗派

唐开元、天宝年间,诗坛有李白、杜甫双星并曜,还出现了山水诗派、边塞诗派。这标志着唐诗的成熟繁荣。

一　孟浩然、王维和山水田园诗派

盛唐山水田园诗人有储光羲、祖咏、常建、裴迪等,而代表人物则为孟浩然、王维。盛唐经济的繁荣、社会的安定,隐逸之风的盛行,为山水诗派的产生提供了物质基础和社会环境;六朝陶渊明、谢灵运的田园山水诗为他们积累了经验。他们隐逸的原因和方式不尽相同:或是入仕前养望待时,或是失意后不满现实,或是厌倦政治,潜心佛老;有的隐居山林田园,有的是亦官亦隐,但他们都热爱自然,讴歌山水田园,并互相酬唱,形成流派。

孟浩然(689~740),襄阳(今湖北襄樊)人。长期隐居鹿门山。首次入京,应举不第,与王维、王昌龄等交往,曾游历江湘吴越。第二次随襄州刺史韩朝宗入京,韩朝宗欲荐之于朝,他因与朋友剧饮而未如期赴约,后被张九龄辟为荆州府从事。病卒。有《孟浩然集》。

孟浩然的田园诗不多,《过故人庄》为代表作:

> 故人具鸡黍,邀我至田家。绿树村边合,青山郭外斜。开轩面场圃,把酒话桑麻。待到重阳日,还来就菊花。

全诗自然真率,语淡情浓。他的山水行旅诗多佳作。善于以淡雅之笔,描绘古木、白云、寒江、疏雨、淡月、幽钟等景物,组合成幽静、凄清的意境,表达闲适之情和羁旅之思。如:

> 山暝听猿愁,沧江急夜流。风鸣两岸叶,月照一孤舟。建德非吾土,维扬忆旧游。还将两行泪,遥寄海西头。

(《宿桐庐江寄广陵旧游》)

这首诗很能代表他的山水行旅诗的主要风格:清幽疏淡。沈德潜称"孟诗胜人处,每无意求工而清超越俗,正复出人意表。清浅语诵之,自有泉流石上,风来松下之音。"(《唐诗别裁》卷九)道出了孟诗的好处。孟诗之所以能淡而实腴,由于他善于发现由静观妙悟而领会的乐趣和境界,如"野旷天低树,江清月近人"(《宿建德江》)"垂钓坐盘石,水清心益闲。鱼游潭树下,猿挂岛藤间。"(《万山潭作》)

但孟浩然并不甘心隐逸,他的诗也并非一味冲淡清幽,如:

> 八月湖水平,涵虚混太清。气蒸云梦泽,波撼岳阳城。欲渡无舟楫,端居耻圣明。坐观垂钓者,徒有羡鱼情。

(《望洞庭湖赠张丞相》)

诗中表现了他求张九龄荐举的心情,而不遇的牢骚与"不才明主弃,多病故人疏"(《岁暮归终南山》)相比则较为隐晦。诗中所描绘的洞庭岳阳景色,气势雄浑,境界壮阔。类似风格的诗如:"照日秋云迥,浮天渤澥宽。惊涛来似雪,一坐凛生寒。"(《与颜钱塘登障楼望潮作》)"中流见匡阜,势压九江雄。……香炉初上日,瀑布喷成虹。"(《彭蠡湖中望庐山》)这些诗"冲淡中有壮逸之气"(胡震亨《唐音癸签》卷五引《吟谱》)。

孟浩然继陶渊明、谢灵运之后大力创作山水田园诗,在意境和风格创造方面,有所贡献。对此,李白、杜甫、皮日休等都有赞誉。孟诗的主要缺憾在于反映生活面窄,内容单薄;下半篇多颓,所以苏轼说"浩然诗韵高而才短"(胡仔《苕溪渔隐丛话》前集卷十五引)此评价得到陆游、王世贞的附和。

在山水田园诗的创作方面,晚于孟浩然而成就高于他的是王维。

王维(701~761),字摩诘,太原祁(今山西祁县)人。21岁进士擢第,授太乐丞。因伶人舞黄狮子受牵连,被贬济州司仓参军。开元22年(734)被擢为右拾遗。曾赴河西节度使幕;任监察御史兼节度判官。开元末为殿中侍御史。天宝初曾在终南山和蓝田辋川别墅过着亦官亦隐的生活。"安史之乱"爆发,安禄山宴于凝碧池,被拘执在洛阳菩提寺的王维赋诗痛悼。后被迫授给事中。乱平,因有凝碧池诗和其弟王缙疏救,责授太子中允。后官至尚书右丞。有《王右丞集》。

以开元25年(737)张九龄罢相,李林甫执政为界,王维的思想和创作大致可分为前后两期。前期他有济世之志:"济人然后拂衣去,肯作徒尔一男儿。"(《不遇咏》)希望在政治上有所作为:"所不卖公器,动为苍生谋。"(《献始兴公》)他的一些思想积极、情调激昂的政治诗、边塞诗都作于这一时期。后期的王维,在"安史之乱"前先后隐居终南山和辋川别墅,写了大量山水田园诗。"安史之乱"后,他"退朝之后,焚香独坐,以禅诵为事。"(《旧唐书·本传》)所谓"晚年惟好静,万事不关心。"(《酬张少府》)

但是,与孟浩然相比,王维前期的生活经历还是较为丰富的,

因而今存他的 400 余首诗,题材也较孟诗广泛。主要有下列几个方面:

幽愤诗　王维早年曾遭贬,所以也写过一些揭露贵族骄奢淫逸,抗议贤才备受摧残压抑的诗,如:《寓言》二首、《西施咏》、《偶然作》六首之五等。揭示了开元盛世外衣下政治腐败、社会黑暗的一面,同时也寄寓他被贬谪、不得志的幽愤。

边塞诗　王维的边塞诗在描写征战畋猎中抒怀寓志:"忘身辞凤阙,报国取龙庭。岂学书生辈,窗间老一经。"(《送赵都督赴代州得青字》)"孰知不向边庭苦,纵死犹闻侠骨香。"(《少年行》)充满豪迈进取的精神。《老将行》在老将功高不赏的遭遇中,寄寓了寒士不遇的愤慨和不平,在他"莫嫌旧日云中守,犹堪一战取功勋"的自荐中,可以感受到爱国激情和英雄气概。王维的边塞诗境界阔大,气势雄放,如:"画戟雕戈白日寒,连旗大旆黄尘没。叠鼓遥翻瀚海波,鸣笳乱动天山月。"(《燕支行》)"大漠孤烟直,长河落日圆"。(《使至塞上》)表现出他善于描绘战斗场面和边塞景色的才能。

送别诗　王维的这类诗颇多佳作,如:

> 渭城朝雨浥轻尘,客舍青青柳色新。劝君更尽一杯酒,西出阳关无故人。

> （《送元二使安西》）

通过布景设色,在问答劝慰中,抒发离情别意,真挚动人。其他如《送别》、《相思》、《九月九日忆山东兄弟》等也都以情真意切而脍炙人口。

田园山水诗　使王维在文学史上卓然名家的,是他的田园山水诗。他的田园诗虽不脱隐士气息和闲适情调,却反映了诗人在厌恶官场龌龊的同时,对农村充满生机和宁静和谐生活的向往和赞美,如:

> 新晴原野旷,极目无氛垢。郭门临渡头,村树连溪口。白

水明田外,碧峰出山后。农月无闲人,倾家事南亩。

(《新晴野望》)

诗中表现出浓郁春意,勃勃生机。这类题材的代表作还有《渭川田家》、《春中田园作》、《积雨辋川庄作》等。

王维的山水诗有的生趣盎然,如:

空山新雨后,天气晚来秋。明月松间照,清泉石上流。竹喧归浣女,莲动下渔舟。随意春芳歇,王孙自可留。

(《山居秋暝》)

诗中丝毫没有萧瑟凄凉的秋意,却有着清新的空气、入画的景色和如诗的生活情趣,难怪诗人会情不自禁地表达"王孙自可留"的心愿。然而王维的山水诗更多的是刻画幽寂静谧的意境,如:

人闲桂花落,夜静春山空。月出惊山鸟,时鸣春涧中。

(《鸟鸣涧》)

刻画出"鸟鸣山更幽"的境界。诗人正是沉醉在这样的境界中,去领悟大自然的妙趣,体验物我两忘的愉悦,如"兴来每独往,胜事空自知。行到水穷处,坐看云起时。"(《终南别业》)

王维另有一些山水诗意境开阔,气势宏大,如"太乙近天都,连山到海隅","分野中峰变,阴晴众壑殊。"(《终南山》)"江流天地外,山色有无中。郡邑浮前浦,波澜动远空"(《汉江临眺》),"万壑树参天,千山响杜鹃"(《送梓州李使君》)等,宛如气势磅礴、笔墨酣畅的长卷泼墨山水。

王维诗书乐画兼擅,艺术造诣精湛,品位极高。他能以诗人的敏感,摄取契合主观感情和意趣的景物;以画家的眼光,运用虚实相间的笔法、明暗浓淡互衬的色彩,经营构图;以音乐家的听觉,捕捉大自然的声响,将它们有机地组合成如诗入画的意境,使他的山水田园诗成为情景交融的有声画。"诗中有画"(苏轼《东坡题跋》卷五)便成为王维山水田园诗的主要艺术特点。

王维诗歌"诗中有画"的艺术特色，与他的语言工力也是分不开的。他的语言精炼贴切，如"草枯鹰眼疾，雪尽马蹄轻"(《观猎》)，"大漠孤烟直，长河落日圆"；富有鲜明的色彩和远近层次感："白水明田外，碧峰出山后"，"白云回望合，青霭入看无"(《终南山》)；还善用白描，浑如天籁："明月松间照，清泉石上流"，"山路元无雨，空翠湿人衣"(《山中》)，所以能收到"词秀调雅，意新理惬，在泉为珠，着壁成绘，一句一字，皆出常境"(殷璠《河岳英灵集》卷上)的艺术效果。

盛唐的山水田园诗人在开拓山水田园诗的题材，发掘大自然的多种美，融合诗画的艺术手法，创造情景交融的意境等方面，多有贡献。

二 高适、岑参和边塞诗派

唐初边事连年，文人除应举入仕外，多从军入幕，谋取功名。虞世南、崔湜、四杰(王勃、杨炯、卢照邻、骆宾王)、陈子昂等都曾写过一些边塞诗，虽然在他们的作品中边塞诗并不占主要地位，也未形成风格流派，但在题材和表现手法方面为边塞诗的形成准备了条件。开、天期间，高适、岑参、王昌龄，李颀等人大多有较长的戎幕经历，擅长用七言歌行和绝句，表现边塞生活和战争，风格雄浑豪放，史称"边塞诗派"。

高适(702?~765)，字达夫，渤海蓨(今河北景县)人。性落拓，不拘小节。曾游蓟门欲从军，两入京城求仕，均失意而归。其间还在梁宋一带漫游长达十余年，与李白、杜甫游宴酬唱。天宝八载(749年)，举有道科，任封丘尉，后弃官。十二载，任河西节度哥舒翰的记室参军，"安史之乱"中奔赴行在，擢为谏议大夫。负气敢言，权近为之侧目。因平永王璘有功，迁淮南、剑南节度使。转左散骑常侍，封渤海县侯，是唐朝"诗人之达者"。有《高常侍集》。

高适存诗200余首。他的边塞诗反映他以功名自许、报国杀敌的志向："万里不惜死，一朝得成功。画图麒麟阁，入朝明光宫。大笑向丈士，一经何足穷。"（《塞下曲》）与其他边塞诗人相比，他的边塞诗以尖锐揭露边将骄奢邀功，安边无策，赏罚不公，不恤士卒等为特点，如《蓟中作》、《蓟门行》等，而《燕歌行》尤为深刻：

> 战士军前半死生，美人帐下犹歌舞。大漠穷秋塞草衰，孤城落日斗兵稀。身当恩遇恒轻敌，力尽关山未解围。铁衣远戍辛勤久，玉箸应啼别离后，少妇城南欲断肠，征人蓟北空回首。边庭飘摇那可度，绝域苍茫更何有？杀气三时作阵云，寒声一夜传刁斗。相看白刃血纷纷，死节从来岂顾勋。君不见沙场征战苦，至今犹忆李将军。

这首诗内容丰富，思想深刻，反映了边塞战争的复杂情况；歌颂士兵的爱国抗敌，同情他们的牺牲和悲愤；讽刺将帅贪功，揭露他们腐败无能，表达人们对胜利和平的期望。因而这首诗不仅是高适的代表作，也是盛唐边塞诗中最优秀的篇章之一。

高适的边塞诗还反映了向往民族和睦、息战务农的愿望，如"庶物随交泰，苍生解倒悬。四郊增气象，万里绝风烟。"（《信安王幕府诗》）"青海只今将饮马，黄河不用更防秋。"（《九曲词三首》之三）但他也有少数诗歌颂了不义之战，如《李云南征蛮诗》。

高适长期落魄不遇，对下层民众的疾苦和黑暗的现实有较深的了解，所以他是较早地揭露盛唐繁荣升平景象中，农村凋蔽，农民生活艰难的诗人。他抗议封建社会耕者不得食的不平等现实；"惆怅悯田农，徘徊伤里闾。曾是力耕税，曷为无斗储？"（《苦雨寄房四昆季》）同情遭受天灾人祸的农民："试共野人言，深觉农夫苦。去秋虽薄熟，今夏犹未雨。耕耘日勤劳，租税兼乌卤。园蔬空寥落，产业不足数。"（《自淇涉黄河途中作》之九）他不愿为虎作伥："拜迎官长心欲碎，鞭挞黎庶令人悲。"（《封丘县》）所以毅然辞去了封丘尉的职务。

高适还有不少幽愤诗,如《行路难》二首、《效古赠崔二》等,述志言怀,抒发赍志难酬的悲愤"白璧皆言赐近臣,布衣不得干明主"(《别韦参军》)。他的这些诗能与揭露权贵骄奢、世道不公相结合,所以具有一定的现实意义。另外他的送别诗颇有佳作。

高适诗"多胸臆语,兼有气骨"(殷璠《河岳英灵集》卷中)"尚质主理"(胡震亨《唐音癸签》卷五),他的诗多陈述议论,较少比兴寄托。徐献忠在《唐诗品》中道出了高诗风格沉雄、气骨凛然与其性格遭际的关系:"左散骑常侍高适,朔气纵横,壮心落落,抱瑜握瑾,浮沉闾巷之间,殆侠徒也。故其为诗,直举胸臆,摹画景象,气骨琅然,而词峰华润,感赏之情,殆出常表。"高诗的上述特点与他长于运用七古这种舒卷自如的形式也有关。他的七古改变了初唐七古纤细婉丽的风格和四句一韵、蝉联双承的格局,而多错落变化。

岑参(717?~769?),南阳(今属河南)人。为初唐宰相岑文本之后,年幼丧父,家道中落。天宝三载(744)进士登第。十载,与杜甫、高适在长安交游。他"累佐戎幕,往来鞍马烽尘间十余载。"(《唐才子传》卷三)分别于天宝八载充安西节度高仙芝府掌书记;天宝十三载入安西四镇节度封常清幕;宝应元年(762),以太子中允、殿中侍御史充关西节度判官;同年,雍王李适会师陕州,讨史朝义,岑参为掌书记;大历元年(766),入杜鸿渐剑南西川节度幕。后任嘉州刺史,罢官后客死成都。有《岑嘉州集》。

岑参"累参戎幕"的时间之长、地域之广,在唐代诗人罕有其比,他的边塞诗的鲜明特点在边塞诗人中也是独一无二的。这就是以浓烈的感情、浓重的色彩,大量而集中地描绘西北边疆的奇异景色。如火山云的瑰丽:"火云满山凝未开,飞鸟千里不敢来"(《火山云歌》);热海水的炙热:"蒸沙烁石燃房云,沸浪炎波煎汉月"(《热海行》);天山雪的奇寒:"天山有雪常不开,千峰万岭雪崔嵬……晻霭寒氛万里凝,阑干阴崖千丈冰"(《天山雪歌》);西北风的强劲:"轮台九月风夜吼,一川碎石大如斗,随风满地石乱走。"(《走马川行》)无不富于浪漫主义的色彩。

诗人还善于以上述地理环境、气候条件为烘托,突出将士们征服自然环境,不畏艰苦,杀敌报国,一往无前的气魄。如:

> 匈奴草黄马正肥,金山西见烟尘飞,汉家大将西出师。将军金甲夜不脱,半夜行军戈相拨,风头如刀面如割……虏骑闻之应胆慑,料知短兵不敢接,车师西门伫献捷。
>
> (《走马川行》)
>
> 上将拥旄西出征,平明吹笛大行军。四边伐鼓雪海涌,三军大呼阴山动。
>
> (《轮台歌》)

写得豪迈悲壮。他的一些送别诗也具有这样的特色,豪迈如"功名只向马上取,真是英雄一丈夫。"(《送李副使赴碛西官军》)悲壮如"故园东望路漫漫,双袖龙钟泪不干。马上相逢无纸笔,凭君传语报平安。"(《逢入京使》)

岑参笔下的西域风情习俗,既有浓郁的民族色彩,又反映出民族交流融合的现实:"凉州七城十万家,胡人半解弹琵琶。"(《凉州馆中与诸判官夜集》)"琵琶长笛曲相和,羌儿胡雏齐唱歌。浑炙犁牛烹野驼,交河美酒归叵罗。"(《酒泉太守席上醉后作》)

岑参也有少数诗揭露军中矛盾:"不知何代策,空使蜀人弊……战士常苦饥,糇粮不相继。"(《送狄员外巡按西山军》)反映战乱的灾难:"胡兵夺长安,宫殿生野草……昨闻咸阳败,杀戮净如扫。积尸若丘山,流血涨丰镐。"(《行军诗》之一)但无论数量还是深度,都不如高适。

"岑参兄弟皆好奇"(杜甫《渼陂行》),"语奇体峭,意亦造奇。"(殷璠《河岳英灵集》中)这些岑参同时代人的评论,点明了岑参边塞诗的主要艺术特色:奇峭瑰丽。好奇的个性,传奇的经历,奇特的西域风光,是形成这一艺术特色的主客观原因,而他又善于用大胆的想象夸张,使立意、题材、造语都呈新奇。由于有丰厚的生活积累作基础,所以他的想象和夸张,"奇而入理","奇而实确"(洪亮吉《北江诗话》卷五)如:"马毛带雪汗气蒸,五花连钱旋作冰,幕中草檄砚水凝。"(《走马川行》)"将军角弓不得控,都护铁衣冷犹着。"(《白雪歌》)都是"奇而实确"的生活体验。以此为基础,"一川碎石大如斗,随风满地石乱走。""风头如刀面如割"和"瀚海阑干百丈冰,愁云惨淡万里凝"(《白雪歌》)的想象夸张才显得合情合理。岑参诗不仅奇得入理,而且奇得瑰丽。"北风卷地百草折,胡天八月即飞雪。忽如一夜春风来,千树万树梨花开"(《白雪歌》)这样景色固然瑰丽,就是那莽莽的平沙、如煮的热海、炙人的火山也都奇得壮美。

岑参长于七言歌行,善于借用声韵音节的变化,传情达意。如《盖将军歌》句句用韵,《轮台歌》两句换韵。《走马川行》则三句一韵,用急促的音调、多变的声韵,成功地表现了狂风乱刮,飞沙走石的景象和军情的紧急。是歌行体的创新。

与高适,岑参的边塞诗多用七古不同,王昌龄的边塞诗多用七绝,且有"七绝圣手"之誉。

王昌龄(?~756?),字少伯,京兆(今陕西西安)人。开元十五年(727)进士,授校书郎,二十二年中宏辞科,迁汜水尉,贬岭南。开元二十八年(740)任江宁丞。天宝间再贬龙标尉。后为刺史阊丘晓所杀。

王昌龄的边塞诗"多能传出义勇"(沈德潜《唐诗别裁》卷一),如:

> 青海长云暗雪山,孤城遥望玉门关。黄沙百战穿金甲,不破楼兰终不还。

(《从军行》)

诗以雪山孤城为背景,表现将士誓破楼兰的豪情壮志。即使是表现边愁,也绝不凄恻纤弱,如:

琵琶起舞换新声,总是关山离别情。撩乱边愁听不尽,高高秋月照长城。

（同上）

全诗意境开阔,声情激越,富有盛唐边塞诗的特色。

王昌龄的宫怨闺思诗、送别诗也多七绝,如《闺怨》、《长信秋词五首》、《芙蓉楼送辛渐》等都是千古传诵的名篇。

王昌龄的七绝被称为"唐人骚语",思清绪密,意幽情深,"使人测之无端,玩之无尽。"（陆时雍《诗镜总论》）如"但使龙城飞将在,不教胡马度阴山"（《出塞》）深怨将非其人,至使士卒伤亡,边患未弭,表达战士们早日和平的愿望,耐人反复吟味。

第四节　李　白

李白是继屈原之后,我国古代文学史上又一位伟大的浪漫主义诗人。他的诗是浪漫主义精神和浪漫主义艺术创作手法高度统一的产物,是开元、天宝之际,唐朝盛极一时,又矛盾重重、危机四伏的社会现实的写照。

一　生平和思想

李白（701～762）,字太白,祖籍陇西成纪（今甘肃天水）。先世罪迁中亚碎叶（唐条支都督府,今吉尔吉斯斯坦托克马克附近）,五岁随父迁居四川隆昌县（今四川江油）青莲乡,因号青莲居士。

25岁前,他一直在蜀中读书习剑、隐居学道,曾漫游成都、峨嵋。他"五岁诵六甲,十岁观百家……常横经籍书,制作不倦。"（《上安州裴长史书》）"十五观奇书,作赋凌相如。"（《赠张相镐》）还向赵蕤学习纵横术。广泛的学习和多种思想影响,为他的创作奠定了基础。

李白25岁时,"仗剑去国,辞亲远游"（《上安州裴长史书》）,经巴渝,出三峡,游洞庭、江浙一带,后定居湖北安陆,开始"酒隐安陆,蹉跎十年"(《送姪嵩游庐山序》)的生活。开元十八、九年,他因得罪安州长史而入长安,求荐不成,又出游荆湘、太原、南阳等地。开元二十八年(740)移居东鲁(今山东济宁),与孔巢父、韩准等隐居徂徕,游泰山,号竹溪六逸。在这十余年中,他游名山,访道士,与孟浩然、王昌龄等结识交往。他"遍干诸侯","历抵卿相"(《与韩荆州书》)虽无所获,诗名却倾动朝野。

天宝元年(742),李白奉诏入京,他一心以为壮志将酬:"遭逢圣明主,敢进兴亡言"(《书情赠蔡舍人雄》)。但玄宗命他供奉翰林,不过要他歌功颂德,侍宴助兴罢了。失望之余,他傲睨权贵,放浪形骸。于是诋毁交至,不得不于天宝三载(744)自请放还。这是李白一生的重要转折时期,政治上的失意,使他对腐朽的上层统治集团和黑暗的现实有了清醒而深刻的认识,创作了大量针砭时弊、抨击权贵、抒发愤懑的诗作。

在出京后到"安史之乱"爆发的10年期间,是李白以东鲁、梁园为中心的漫游时期。他先后在洛阳、梁园、兖州等地与杜甫交游,时间虽不过两年,两人却真诚无间,成为文坛佳话。在齐州紫极宫,他曾请北海高天师授箓。还漫游了吴越、幽燕。天宝十一载(752)的幽燕之行,他洞察到安禄山的野心,忧心如焚。这一时期的诗歌创作在揭露批判的深度、广度上都更进了一步。

天宝十四载(755),"安史之乱"爆发。李白虽避地剡中,隐居庐山,却时刻关心着社稷民生的安危。至德元年(756),永王李璘以抗敌平叛为号召,邀请李白入幕。次年,永王璘以谋反罪受讨伐,被部下所杀。李白也以附逆罪入狱,流放夜郎。乾元二年(759),途中遇赦。经江夏、岳阳、浔阳至金陵。往来金陵、宣城间,还念念不忘靖乱恢复的大业。上元三年(762),病逝于当涂。有《李太白集》行世。

李白性格豪放不羁,从小未接受严格正统的儒家教育,又有习剑任侠、学道求仙的经历,所以他的思想驳杂而矛盾:"儒、仙、侠实三,不可以合,合之以为气,又自白始也。"(龚自珍《最录李白集》)

在儒家"达则兼济"的思想影响下,李白有强烈的建功立业的抱负:"申管晏之谈,谋帝王之术,奋其智能,愿为辅弼,使寰区大定,海县清一。"(《代寿山答孟少府移文书》)他在诗中常以吕尚、管仲、乐毅、张良、诸葛亮、谢安等自比,希望能像他们一样安社稷、济苍生。

李白受道教影响极深,服食炼丹、学道求仙,几乎贯穿其一生。他的隐居学道,在奉诏入京前,是他养望待时,建功立业的手段;放还归隐后,是他傲世自高、鄙薄官场,排遣愤懑的方式。道家思想对李白的影响也不小。他蔑视权贵,追求个性自由、愤世疾俗的叛逆精神以及一生死、齐万物,遁世颓放的消极思想,都有道家尤其是庄子思想的鲜明印记。

李白学过纵横之术,又有仗义疏财、行侠杀人的经历。他豪放不羁、叛逆抗争的性格是对战国侠义精神的深化;他的自信自负,喜谈王霸之道,也染有纵横家的色彩。他的诗中不少历史人物,如吕尚、张良、孔明、谢安等都被他赋予了纵横家和侠义之士的气质。

入世和出世、积极和消极的矛盾和上述复杂的思想,都统一在李白"功成身退"的思想之中,他希望像范蠡、鲁仲连、张良那样,辅时济世,建功立业,然后啸傲山林,浪迹五湖,全身远祸。

二　李白诗歌的思想内容

李白诗歌今存近千首,内容相当广泛。

讴歌理想,抒发悲愤,是李白诗歌的浪漫主义精神的重要内容。李白以不世之才自居,以"奋其智能,愿为辅弼,使寰区大定,海县清一"的功业自许,一生始终不渝地追求实现济苍生、安社稷的理想。他以大鹏、天马、雄剑自比:"大鹏一日同风起,抟摇直上九万里。假令风歇时下来,犹能簸却沧溟水。"(《上李邕》)

"天马来出月支窟……神行电迈蹑恍惚。"(《天马歌》)"抚剑夜吟啸，雄心日千里。誓欲斩鲸鲵，澄清洛阳水。"(《赠张相镐》其二)渴望建立惊世骇俗的功业。他要仿效谢安"暂因苍生起，谈笑安黎元"(《书情赠蔡舍人雄》)，希望像"鱼水三顾合，风云四海生"(《读诸葛武侯传书怀》)的诸葛亮那样，得遇明主，驰骋才能，然后追踪鲁仲连"功成拂衣去，摇曳沧洲旁。"(《赠张卫尉卿》)但那时的唐玄宗，已不再励精图治。李白报国无门，理想破灭。他强烈抗议社会的不公："我本不弃世，世人自弃我。"(《送蔡山人》)"大道如青天，我独不得出"(《行路难》其二)；尖锐地揭露统治者"珠玉买歌笑，糟糠养贤才"(《古风》其十五)；愤怒地控诉奸邪当道："群沙秽明珠，众草凌孤芳"(《古风》其三十七)。《行路难》其一集中地表现了他的理想与现实的矛盾：

> 金樽清酒斗十千，玉盘珍馐直万钱。停杯投箸不能食，拔剑四顾心茫然。欲渡黄河冰塞川，将登太行雪满山。闲来垂钓碧溪上，忽复乘舟梦日边。行路难！行路难！多歧路。今安在？长风破浪会有时，直挂云帆济沧海。

诗中交织着失望和自信，既有愤怒的抗争，又有执著的追求，是他的崇高理想与黑暗现实相撞击后发出的电闪雷鸣，具有惊心动魄的力量。

蔑视权贵，追求自由是李白诗歌浪漫主义精神的重要特色。他觉得凭借自己的才能，可以"出则以平交王侯，遁则以俯视巢许"(《送烟子元演隐仙城山序》)，对于那些靠着门第荫封而享高官厚禄的权豪势要，他投以强烈的卑视，表现出傲岸不屈的性格："安能摧眉折腰事权贵，使我不得开心颜"(《梦游天姥吟留别》)。他蔑视封建等级制度："揄扬九重万乘主，谑浪赤墀青琐贤"(《玉壶吟》)，"黄金白璧买歌笑，一醉累月轻王侯。"(《忆旧游寄谯郡元参军》)他不愿阿谀奉迎，也不屑于与俗沉浮："宁向草中耿介死，不求黄金笼下生"(《设辟邪伎鼓吹雉子斑曲辞》)"松柏本孤直，难为桃李颜。"(《古风》其十二)现实的黑暗使他理想幻灭，封建礼教等级制度的束缚使他窒息，他渴望个性的自由和解放，于是采取狂放不羁的生活态度来挣脱桎梏、争取自由。其表现方式或纵酒狂歌："将进酒，杯莫停。与君歌一曲，请君为我倾耳听。钟鼓馔玉不足贵，但愿长醉不愿醒"(《将进酒》)；或学道求仙："世道日交丧，浇风散淳源。不采芳桂枝，反栖恶木根……归来广成子，去入无穷门。"(《古风》其二十五)他"饮酒非嗜其酣乐，取其昏以自富……好神仙非慕其轻举，将不可求之事求之。"(范传正《翰林学士李公新墓碑》)然而，酒既无法销愁，神仙更虚无飘渺，于是他"一生好入名山游"(《庐山谣》)，把美好的大自然作为理想的寄托、自由的化身来歌颂："黄河落天走东海，万里写入胸怀间。"(《赠裴十四》)他笔下的峨嵋、华山、庐山、泰山、黄山等，巍峨雄奇，吐纳风云，汇泻川流："峨嵋高出西极天，罗浮直与南溟连。"(《赵少府粉图山水歌》)"西岳峥嵘何壮哉……洪波喷流射东海。"(《西岳云台歌》)"庐山秀出南斗旁，屏风九叠云锦张。"(《庐山谣》)那是诗人凌云壮志的象征；他笔下的奔腾黄河、滔滔长江，荡涤万物，席卷一切；"黄河西来决昆仑，咆哮万里触龙门。"(《公无渡河》)"登高壮观天地间，大江茫茫去不还。"(《庐山谣》)表现了诗人桀傲不驯的性格和冲决羁绊的强烈愿望。

揭露现实，抨击时政，是李白对社会的愤怒抗争，是他叛逆精神的重要体现。李白把批判的矛头直指玄宗："殷后乱天纪，楚怀亦已昏。夷羊满中野，菉葹盈高门。比干谏而死，屈平窜湘源。"(《古风》其五十一)他反对玄宗好大喜功，穷兵黩武："赫怒我圣皇，劳师事鼙鼓。阳和变杀气，发卒骚中土。三十六万人，哀哀泪如雨。且悲就行役，安得营农圃。"(《古风》其十四)揭露将非其人，致使百姓士卒白白送死："李牧今不在，边人饲豺虎。"(同上)由于玄宗的骄纵，宦官权势炙手可热：

　　大车扬飞尘，亭午暗阡陌。中贵多黄金，连云开甲宅。路

> 逢斗鸡者,冠盖何辉赫。鼻息干虹蜺,行人皆怵惕。世无洗耳
> 翁,谁知尧与跖。

(《古风》其二十四)

虽然宦官擅权迟至中唐才成为严重的政治问题,而其祸根则是玄宗天宝年间种下的,李白则是最早予以揭露、讽刺的。玄宗晚年服食求仙,废弛政务。李白在《古风》其三、四十三、四十八及《登高丘而望远海》中,以周穆王、秦始皇、汉武帝为例,借古讽今,予以针砭规谏。

通过对政事朝纲的分析,并到幽燕的实地观察,李白以诗人的敏感,洞幽烛微,在当时诗人中他和杜甫最早揭示祸乱将作,如在《远别离》中,他提出"君失臣兮龙为鱼,权归臣兮鼠变虎"的警告。在《古风》其五十三中,用"奸臣欲窃位,树党自相群。果然田成子,一旦杀齐君。"这一史实,隐喻现实。"安史之乱"爆发,他的爱国热情因此升华,摆脱了用藏出处的矛盾:

> 西上莲花山,迢迢见明星。素手把芙蓉,虚步蹑太清。霓
> 裳曳广带,飘拂升天行。邀我登云台,高揖卫云卿。恍恍与之
> 去,驾鸿凌紫冥。俯视洛阳川,茫茫走胡兵。流血涂草莱,豺
> 狼尽冠缨。

(《古风》其十九)

他愤怒谴责战乱造成的浩劫:"天津流水波赤血,白骨相撑乱如麻"。(《扶风豪士歌》)"白骨成丘山,苍生竟何罪!"(《书怀赠江夏韦太守》)表达了他报国杀敌的志向:"但用东山谢安石,为君谈笑静胡沙。"(《永王东巡歌》其二)"浮云在一决,誓欲清幽燕。"(《在水军宴》)这使他的反抗性格和叛逆精神具有深刻的爱国内涵,并富于社会意义和时代特征。

李白对王侯权贵傲岸不屈,对他们的骄奢淫逸,予以揭露抨击,而他对劳动人民的悲惨境遇,则深表关心同情。"吴牛喘月

时,拖船一何苦。水浊不可饮,壶浆半成土。一唱《都护歌》,心摧泪如雨。"(《丁都护歌》)"田家秋作苦,邻女夜舂寒。"(《宿五松山下荀媪家》)他用诗歌表现他们的劳动生活:"炉火照天地,红星乱紫烟。赧郎明月夜,歌曲动寒川"(《秋浦歌》其十四)。歌颂他们深明大义,勇赴国难:"岂惜战斗死,为君扫凶顽。精诚石没羽,岂云惮险艰。"(《豫章行》)在饱尝了官场的世态炎凉之后,他深为劳动人民粗茶淡饭相待所表现的真挚淳朴所感动:"令人惭漂母,三谢不能餐。"(《宿五松山下荀媪家》)对于广大妇女的命运李白寄予极大关注和同情。他在诗中成功塑造了许多身份、性格各异的妇女,有宫女、使女、织衣女、采莲女、当垆女、商妇、思妇、怨妇、女冠、村姑等。诗人描绘她们的天真:"郎骑竹马来,绕床弄青梅,同居长干里,两小无嫌猜。"(《长干行》)赞美她们的纯情:"秋风吹不尽,总是玉关情。"(《子夜吴歌》其三)歌颂她们的刚勇:"捐躯报夫仇,万死不顾生。"(《东海有勇妇》)同情她们的悲苦:"寒苦不忍言,为君奏丝桐。肠断弦亦绝,悲心夜忡忡。"(《怨歌行》)揭露和谴责统治者对她们的玩弄和摧残:"昔日芙蓉花,今成断根草。以色事他人,能得几时好。"(《妾薄命》)对朋友,李白情纯意真,《沙丘城下寄杜甫》、《送孟浩然之广陵》、《赠汪伦》、《闻王昌龄左迁》等诗,都写得情真意挚,深切感人。

李白的思想极为复杂,情绪起伏宕荡。他的诗歌也充满着矛盾,他既有清高傲岸的一面,又有庸俗卑恭的一面(当然这不是主要方面):"一忤容色,终身厚颜,敢昧负荆,请罪门下"(《上安州李长史书》)。"幸陪鸾辇出鸿都,身骑飞龙天马驹。王公大人借颜色,金章紫绶来相趋。"(《驾去温泉宫后赠杨山人》)他的理想和自由,只能到山林、仙境、醉乡中去寻求,所以在《将进酒》、《江上吟》、《襄阳歌》等诗中流露出人生如梦、及时行乐、齐一万物、逃避现实等消极颓废思想,这在封建社会正直孤傲的文人中也具有一定的代表性。

三 李白诗歌的艺术成就

李白的诗歌不仅具有典型的浪漫主义精神,而且从形象塑造、素材摄取、到体裁选择和各种艺术手法的运用,无不具有典型的浪漫主义艺术特征。

李白成功地在诗歌中塑造自我,强烈地表现自我,突出抒情主人公的独特个性,因而他的诗歌具有鲜明的浪漫主义特色。他喜欢采用雄奇的形象表现自我,他诗中那摩天的蜀道、咆哮的黄河、云海苍茫的天山、壮观天地的匡庐、搏击风云的大鹏、嘶枥的紫燕、鸣匣的青萍、八十垂钓的吕尚、曾为帝师的张良,无不寄托着他的胸怀抱负。他在诗中毫不掩饰、也不加节制地抒发感情,表现他的喜怒哀乐。得意时,"仰天大笑出门去",高唱"我辈岂是蓬蒿人"(《南陵别儿童入京》)失意时,抽刀断水,拔剑四顾,抗议"大道如青天,我独不得出"。对权豪势要,他"手持一枝菊,调笑二千石"(《醉后寄崔侍御》二首之一);看到劳动人民艰辛劳作时,他"心摧泪如雨。"当社稷倾覆、民生涂炭时,他"过江誓流水,志在清中原。拔剑击前柱,悲歌难重论"(《南奔书怀》),那样慷慨激昂;与朋友开怀畅饮时,"两人对酌山花开,一杯一杯复一杯。我醉欲眠卿且去,明朝有意抱琴来"(《山中与幽人对酌》),又是那样天真直率。总之,他的诗活脱脱地表现了他豪放不羁的性格和傲倪不群的形象。

"兴酣落笔摇五岳,诗成笑傲凌沧州。"(《江上吟》)豪放飘逸是李白诗歌浪漫主义风格的主要特征。除了思想性格才情遭际诸因素外,李白诗歌采用的艺术表现手法和体裁结构也是形成他豪放飘逸风格的重要原因。善于凭借想象,以主观再现客观是李白诗歌浪漫主义艺术手法的重要特征。他的想象,极其丰富,几乎篇篇有想象,有的甚至通篇运用多种多样的想象。现实事物、自然景观、神话传说、历史典故、梦中幻境,无不成为他想象的媒介。如

《梦游天姥吟留别》，诗人描绘梦中的洞天仙境："日月照耀金银台"，神仙们"霓为衣兮风为马"、"虎鼓瑟兮鸾回车"，与现实的黑暗、丑恶形成鲜明对比。他的想象奇特新异："言出天地外，思出鬼神表，读之则神驰八极，测之则心怀四溟"（皮日休《刘枣强碑文》）他常常借助想象，超越时空，将现实与梦境、仙境，把自然界与人类社会交织一起，再现客观现实。他笔下的形象不是客观现实的直接反映，而是其内心主观世界的外化，艺术的真实。

李白诗歌的浪漫主义艺术手法之一是把拟人与比喻巧妙地结合起来。移情于物，将物比人，如"闻道春还未相识，走傍寒梅访消息"（《早春寄王汉阳》）；"春风知别苦，不遣柳条青"（《劳劳亭》）。以水喻情，如"请君试问东流水，别意与之谁短长"（《金陵酒肆留别》）；"桃花潭水深千尺，不及汪伦送我情"（《赠汪伦》）。这样的拟人和比喻使抽象的感情具体化、形象化为可见、可感、可闻的事物。李白诗歌的另一个浪漫主义艺术手法是抓住事情的某一特点，在生活真实的基础上，加以大胆的想象夸张，如"白发三千丈，缘愁似个长"（《秋浦歌》其十五）；"飞流直下三千尺，疑是银河落九天"（《望庐山瀑布》）；"醉来卧空山，天地即衾枕"（《友人会宿》）；"举手弄清浅，误攀织女机"（《游泰山》其六）。他的夸张不仅想象奇特，而且总是与具体事物相结合，夸张得那么自然，不露痕迹；那么大胆，又真实可信，起到突出形象、强化感情的作用。有时他还把大胆的夸张与鲜明的对比结合起来，如"三杯吐然诺，五岳轻为倒"（《侠客行》）；"吟诗作赋北窗里，万言不值一杯水"（《答王十二寒夜独酌有怀》），通过加大艺术反差，加强艺术效果。

李白"不屑束缚于格律对偶，与雕绘者争长。"（赵翼《瓯北诗话》卷一）所以诗集中五律才70余首，七律仅十余首。他最擅长的体裁是七言歌行和绝句。七言歌行篇幅长、容量大，形式自由，宜于表达诗人矛盾复杂的思想，抒发奔放恣肆的才情，而李白的七言歌行又采用了大开大合、跳跃跌宕的结构。诗的开头常突兀如飙骤起，如

《蜀道难》:"噫吁嚱,危乎高哉! 蜀道之难难于上青天。"而诗的中间形象转换倏忽,往往省略过渡照应,似无迹可循。如《梦游天姥吟留别》中的一段,极尽离奇恍惚之能事。诗的结尾多在感情高潮处戛然而止,如《梁园吟》的"东山高卧时起来,欲济苍生未应晚",《梦游天姥吟留别》的"安能摧眉折腰事权贵,使我不得开心颜"。李白的七言歌行,最能代表他诗歌豪放飘逸的风格:"白诗天才纵逸,至于七言长古,往往风雨争飞,鱼龙万变;又如大江无风,波浪自涌,白云从空,随风幻灭。诚可谓怪伟奇绝者矣。"(《唐宋诗醇》卷六)

李白的五七言绝句,为有唐绝唱。更多地代表了他的诗歌清新明丽的风格。如《早发白帝城》、《送孟浩然之广陵》、《望天门山》、《玉阶怨》、《静夜思》等,妙在"只眼前景、口头语、而有弦外音、味外味,使人神远"(说诗晬语)上)。

李白诗歌的语言,有的清新如同口语,如"举头望明月,低头思故乡"(《静夜思》),"一回一叫肠一断,三春三月忆三巴"(《宣城见杜鹃花》)。有的豪放,不拘声律,近于散文,如"弃我去者,昨日之日不可留! 乱我心者,今日之日多烦忧!"(《陪侍御叔华登楼歌》)但都统一在"清水出芙蓉,天然去雕饰"(《赠江夏韦太守》)的自然美之中。这和他自觉的追求自然美有关,他继承陈子昂的文学主张,以恢复诗骚传统为己任,曾说"梁陈以来,艳薄斯极,沈休文又尚以声律,将复古道,非我而谁欤?"(孟棨《本事诗·高逸》)他崇尚"清真",讽刺"雕虫丧天真"(《古风》其三十五)的丑女效颦,邯郸学步。他的诗歌语言的自然美又是他认真学习民歌明白通俗的特点的结果,如"人道横江好,侬道横江恶"(《横江词》)等,都明白如话,通俗生动。

四 李白的散文和词

李白的散文,成就不如诗,但亦颇有可观。《大鹏赋》为其赋的代表作,风行一时,但有模仿《庄子》、汉赋的痕迹,倒不如他的抒情小赋如《剑阁赋》、《悲清秋赋》能陶铸古今,自出机杼。

李白的散文,是诗人之文,"开口成文,挥翰雾散"(《送从弟令问之淮南觐省序》),如《春夜宴从弟桃花园序》。受庄子和纵横家文的影响,李白散文又有"清雄奔放"(《上安州裴长史书》)的特点,如《与韩荆州书》:

> 幸愿开张心颜,不以长揖见拒。必若接之以高宴,纵之以清谈,请日试万言,倚马可待。今天下以君侯为文章之司命,人物之权衡,一经品题,便作佳士。而君侯何惜阶前盈尺之地,不使白扬眉吐气、激昂青云邪?

在干谒求荐之中抵掌而谈,俯仰如意,颇有雄放之气。

今传李白的词,《清平调词》三首系奉诏之作,而《菩萨蛮》、《忆秦娥》被宋黄升奉为"百代词曲之祖"(《花庵词选》卷一),但其真伪,千年聚讼不已。

五　李白诗歌的渊源和影响

像历史上所有的伟大作家一样,李白从前辈作家的优秀遗产及民间文学的精华中汲取营养。

庄子愤世疾俗的批判精神、屈原矢志不渝的爱国理想以及他们丰富的想象比兴等艺术手法,都给李白以巨大的影响。"曹植为建安之雄才"(《上安州李长史书》)李白向曹植学习"蓬莱文章建安骨"(《陪侍御叔华登楼歌》)。阮籍的《咏怀》与李白的《古风》从内容到形式,都存在着传承关系。鲍照诗歌抒发怀才不遇的悲愤,抨击封建等级制度的不公等内容,乃至他的乐府风格,都给李白以启示,所以杜甫用"俊逸鲍参军"(《春日忆李白》)赞誉李白。谢灵运、谢朓的山水诗深受李白喜爱,类似"解道'澄江静如练',使人长忆谢玄晖"(《金陵城西楼月下吟》)这样仰慕谢朓的诗句,在李白诗中不胜枚举,以至王士禛《论诗绝句》称其"一生低首谢宣城"。

汉乐府"感于哀乐,缘事而发"的传统,晋乐府对理想世界的向往,北朝乐府的豪放质朴,南朝乐府的清丽婉约,经李白熔炼,和谐地统一在他的乐府中。李白乐府有"借旧题以写己怀、述时事者"(赵翼《瓯北诗话》卷一)也有"翻案另出新意"者(胡震亨《唐音癸签》卷九),总之,能"曲尽拟古之妙"。(同上)

李白的诗歌丰富了浪漫主义精神的内涵,并赋予了它时代的内容和特征,发展了传统的浪漫主义的艺术表现手法,从而达到我国古典诗歌浪漫主义的高峰,成为盛唐诗歌的杰出代表。

李白的诗歌,在当时就受到苏颋、贺知章、杜甫等人的高度赞扬,而且广为流传;"新诗传在宫人口,佳句不离明主心"(任华《杂言寄李白》),他的诗集"家家有之"(刘全白《李君碣记》)。他追求理想、争取个性自由、蔑视权贵与黑暗社会的抗争精神,鼓舞了无数后人。多少人被他的诗歌豪放飘逸的风格、"惊风雨"、"泣鬼神"的艺术魅力所倾倒。他的诗歌滋养和哺育了一代又一代诗人和作家,其中韩愈、李贺、杜牧、苏轼、陆游、辛弃疾、高启、龚自珍等人所受的影响尤为深刻。李白传奇色彩的经历被改编成小说戏曲,在民间广为演唱。

第五节 杜 甫

杜甫是中国古代文学史上最伟大的现实主义诗人。他的诗歌在反映天宝末年到大历年间的重大社会政治事件、时代的动乱、民生的苦难等方面,都达到了前所未有的深度和广度,因而被誉为"诗史"。在艺术创作方法上,他集前人之大成,开后人无数法门,史称"浑涵汪茫,千汇万状,兼古今而有之。"(《新唐书·文艺传》)

一 生平和思想

杜甫(712～770),字子美,祖籍湖北襄阳,生于河南巩县,其郡望为京兆杜陵,又曾寓居长安少陵,故称杜少陵。他家世代"奉儒守官",祖父即杜审言。他有家学渊源,又能刻苦自砺,"读书破万卷"(《奉赠韦左丞丈》),所以诗名早著。年轻时便树立了济时用世、辅弼君王的宏大理想:"致君尧舜上,再使风俗淳"(同上)。

开元十九年(731),为了解社会,结识名流,他几次漫游,历时十余年,足迹南至吴越,北至齐、赵、梁、宋,过着"裘马颇清狂"的生活。天宝三载(744)前后,他与李白、高适客游齐、鲁、梁、宋,并结下了深厚的友谊。此后,他曾先后写了11首诗思念和酬赠李白。这一时期的杜甫入世未深,受时代精神的感染和李白的影响,诗风较豪放,代表作有《望岳》、《画鹰》等。

天宝六载,玄宗诏求天下通一艺者诣京应试。杜甫为实现政治抱负,前去应试。李林甫为证明"野无遗贤",让所有应试者落第。杜甫自此困守长安达10年之久,过着"朝扣富儿门,暮随肥马尘。残杯与冷炙,到处潜悲辛"(《奉赠韦左丞丈》)的辛酸生活。天宝十载(751),献三大礼赋,受玄宗赏识,命待制集贤院。直至天宝十四载才得到右卫率府胄曹参军的小官职,大失所望。生活的贫困,仕途的蹭蹬,使他对腐朽的朝廷、痛苦的民生有了较深入的了解,写出了《兵车行》、《丽人行》、《出塞》、《秋雨叹》等现实性很强的诗篇。天宝十四载十一月,他在去奉先县探亲时写的长诗《咏怀五百字》,标志了他的现实主义创作达到了一个新的高度。

从天宝十五载(756)至乾元二年(757),是安史为祸最烈的时期,也是杜甫生活的转折时期。天宝十四载,"安史之乱"爆发后,杜甫携全家颠沛流离,冻馁逃亡。当他听说肃宗在灵武即位后,把家室安顿在鄜州,即奔赴行在。途中被叛军掳至长安,目睹了叛军在京城的烧杀掳掠,听说了官军的败绩,他血泪相和,写下《悲陈陶》、《哀王孙》、《悲青坂》等诗篇。至德二载(757),他逃出长安,投奔凤翔,"麻鞋见天子,衣袖露两肘"(《述怀》),被任命为左拾遗。因疏救房琯,几受刑戮。长安收复后,肃宗贬房琯同党,杜甫于次年(758)六月被贬为华州司功参军。乾元二年(759)春,在洛阳返华州途中,写成不朽的诗篇《三吏》、《三别》。同年七月,关中饥荒,他弃官奔秦州。十月,迁居同谷,十二月,去成都,"奈何迫物累,一岁四行役"(《发同谷县》)。有《秦州杂诗》20首、《同谷七歌》备述艰辛危苦之状。这是杜甫现实主义创作的高潮时期。

从乾元三年(760)至大历五年(770),是杜甫飘泊西南的时期。杜甫卜居成都西南浣花溪,在亲友帮助下营建了草堂。宝应元年(762),徐知道叛乱,杜甫避乱梓州、阆州等地。广德二年(764)严武再镇川蜀,他重返成都草堂,由严武荐为检校工部员外郎,故人称"杜工部"。次年,严武卒,杜甫经渝州至夔州,住了三年左右,于大历三年(768)出川,漂泊于湖北江陵、公安及湖南岳州、潭州、衡州一带,大历五年,病死于舟中。这是他创作丰收的时期。今存《杜工部集》有诗1450余首,其中千余首作于此时。尽管生活相对安定一些了,但他仍萦怀国事,系心苍生:"不眠忧战伐,无力正乾坤"(《宿江边阁》),忧国忧民的思想更深邃,诗风更苍老沉郁了。他的乐府古体诗少了,创作了一些自传体的回忆诗,如《壮游》、《昔游》等。七律却大量增加了,在用七律表现社会政治内容方面有很大收获,格律更精美,技巧也更纯熟了。代表作有《秋兴》八首、《蜀相》、《诸将》、《登高》、《闻官军收河南河北》等。

由于家庭影响,杜甫的儒家思想根深蒂固。青年时代的杜甫即"许身一何愚,窃比稷与契"(《咏怀五百字》),树立了匡时济世的抱负,"安史之乱"更强化了他拯溺济危的忧患意识。尽管他有时悲愤失望,嗟贫叹老,有时也受佛道思想的影响,安于恬静闲适,但他还是"穷年忧黎元,叹息肠内热","葵藿倾太阳,物性固难夺"(同上),爱国忧民之心始终不渝。"少陵有句皆忧国"(周紫芝《乱后并得陶杜二集》),这正是杜诗的精髓之所在。当然,他不可能突破封建伦理纲常的藩篱,他的政治理想和爱国精神都不能不和忠君相联系,因而对封建君王也难免有愚忠和美化之处。

二　杜诗的思想内容

杜诗内容博大精深,"安史之乱"前后各种各样的社会矛盾和社会生活都在他的诗中得到广泛而深刻的反映,他的诗歌确实称得上是唐朝由盛而衰的诗史。

"安史之乱"爆发,唐朝由盛而衰,从根本上说,是由封建社会的基本矛盾决定的。作为一代诗史,杜诗的现实主义深度在于它不仅揭示了农民和地主的贫富阶级对立:"朱门酒肉臭,路有冻死骨"(《咏怀五百字》),"高马达官厌酒肉,此辈杼柚茅茨空"(《岁晏行》)这一封建社会的基本矛盾,而且还揭示了造成广大百姓贫穷的根源,即阶级压迫和剥削:"彤庭所分帛,本自寒女出。鞭挞其夫家,聚敛贡城阙"(《咏怀五百字》),"无贵贱不悲,无富贫亦足"(《写怀》)。统治阶级的穷兵黩武、无休止的征戍徭役更增加了人民的苦难:"边庭流血成海水,武皇开边意未已。君不闻,汉家山东二百州,千村万落生荆杞。纵有健妇把锄犁,禾生陇亩无东西。"(《兵车行》)而安史之乱的爆发更使人民处于水深之热之中,庞大的军费开支加上兵匪的劫掠,使许许多多百姓家破人亡,卖儿鬻女:"乱世诛求急,黎民糠籺窄。饱食亦何心? 荒哉膏粱客。富家厨肉臭,战地骸骨白。"(《驱竖子摘苍耳》)"去年米贵缺军食,今年米贱大伤农……况闻处处鬻男女,割慈忍爱还租庸"。(《岁晏行》)"万国尽征戍,烽火被冈峦,积尸草木腥,流血川原丹。何乡为乐土,安敢尚盘桓。"(《垂老别》)不仅"儿童尽东征"(《羌村三首》之三)而且"垂老不得安",(《垂老别》)于是力衰的老妪、无家的翁叟也被征去从军服役。《三吏》、《三别》不仅写出"安史之乱"中,阶级矛盾加剧,战争频仍,而且深怀同情地写出人民被迫征战的悽恻心情:"老妪力虽衰,请从吏夜归。急应河阳役,犹得备晨炊。"(《石壕吏》)"子孙阵亡尽,焉用身独完。投杖出门去,同行为辛酸。"(《垂老别》)在颠沛流离的逃难生活中,杜甫与许多劳动人民建立了深厚的感情:"入门闻号咷,幼子饥已卒……生常免租税,名不隶征伐。抚迹犹酸辛,平人固骚屑。默思失业徒,因念远戍卒。"(《咏怀五百字》)在《茅屋为秋风所破歌》、《又呈吴郎》中,诗人表现出推己及人的崇高情怀。他不仅在诗中塑造了无家可别的壮丁、晨婚暮别的新妇、采蕨负薪的寒女、被抓服役的翁媪、贫苦无告的贫妇等大量贫苦百姓的形象,而且反映了他们的思想感情,表达了他们的愿望:"谁能扣君门,下令减征赋"(《宿花石戍》),"安得务农息战斗,普天无吏横索钱"(《昼梦》),"都人回面向北啼,日夜更望官军至"(《悲陈陶》),"安得壮士挽天河,净洗甲兵长不用"(《洗兵马》)。在诗中表现如此众多下层百姓的形象,这样真实广泛地反映他们的思想感情,是其他诗人无法相比的。

统治阶级的腐朽及其内部矛盾,正是安史之乱爆发的重要原因,对这一社会现实,杜诗作为一代诗史,予以深刻尖锐的揭露:

> 凌晨过骊山,御榻在嵽嵲。蚩尤塞寒空,蹴踏崖谷滑。瑶池气郁律,羽林相摩戛。君臣留欢娱,乐动殷胶葛。赐浴皆长缨,与宴非短褐。

(《咏怀五百字》)

君臣荒娱如此,朝政的腐败,可想而知。杨国忠兄妹一人得道,鸡犬升天。《丽人行》铺陈了诸杨游宴曲江时侍从之盛,饮食之精,衣著之丽,揭露了他们的奢侈腐化、骄横跋扈:"炙手可热势绝伦,慎莫近前丞相嗔。"统治阶级为了满足他们穷奢极欲的生活,不惜竭泽而渔,敲骨吸髓地盘剥百姓:"庶官务割剥","诛求何多门?"(《送韦讽上阆州录事参军》)"刻剥及锥刀","渔夺成逋逃"(《遣遇》)。唐玄宗对外穷兵黩武:"君已富土境,开边一何多"(《前出塞》其一);骄纵安禄山:"主将位益崇,气骄凌上都。边人不敢议,议者死路衢"(《后出塞》其四)。杜诗深刻揭示出正是这些内外矛盾的激化,导致了安史之乱的爆发。此外,在《洗兵马》、《忆昔》中,杜甫指斥李辅国等宦官弄权,危害国家。在《诸将》、《三绝句》中,他抨击官吏贪婪,将帅无能,军阀暴虐:"殿前军马虽骁雄,纵暴略与羌浑同。闻道杀人汉水上,妇女多在官军中。"(《三绝句》之二)如此官军,与盗匪何异。

关心社稷,忧念时局,是杜甫爱国主义思想的体现,是杜诗内容的一大特色。也是它成为"诗史"的重要原因。杜甫的许多诗所反映的玄宗、肃宗、代宗三朝 20 余年间发生的军政大事,不仅可证诸史籍而且可以补充史料。其特点在于这些诗歌不是客观地叙述,而是把它们与诗人的经历、感受紧密结合起来,所以浦起龙称:"少陵之诗,一人之性情,而三朝之事会寄焉者也。"(《读杜心解·少陵编年诗目谱附记》)早在天宝后期,杜甫就借登临远眺之际,表达了他对君臣荒亡、祸乱将作的忧虑:"秦山忽破碎,泾渭不可求。俯视但一气,焉能辨皇州。回首叫虞舜,苍梧云正愁。惜哉瑶池饮,日晏昆仑丘……君看随阳雁,各有稻粱谋。"(《同诸公登慈恩寺塔》)这种忧虑在《咏怀五百字》中更急迫深重了:"群水从西下,极目高崒兀。疑是崆峒来,恐触天柱折。""忧端齐终南,澒洞不可掇。""安史之乱"爆发后,社稷的安危、民生的苦难更令他忧心如焚:"乾坤含疮痍,忧虞何时毕。"(《北征》)以至见花溅泪,闻鸟惊心。由于官军轻敌,在陈陶、青坂接连惨败:"孟冬十郡良家子,血作陈陶泽中水。野旷天清无战声,四万义军同日死。"(《悲陈陶》)杜甫与广大沦陷区人民一起在悲痛之余,还谋划建议:"焉得附书与我军,忍待明年莫仓卒。"(《悲青坂》)即使在偏僻的西南蜀川,他也无时无刻不在关心时局的安危,战事的胜败。当他避难梓州时,听到官军收复两河的捷报,欣喜若狂,"初闻涕泪满衣裳",写下了悲喜交集,充满激情的《闻官军收河南河北》。"犬戎直来坐御床,百官跣足随天王"(《忆昔》二首之一),他对"安史之乱"刚平,吐蕃又占长安,代宗出奔陕州,深表关切;并已洞察到藩镇割据,祸不旋踵:"胡灭人还乱,兵残将自疑。登坛名绝假,报主尔何迟?"(《有感》五首之五)直到暮年,他还在希望报效国家:"尚想趋朝廷,毫发裨社稷。"(《客堂》)的确像叶燮所说:"杜甫之诗,随举其一篇与其一句,无处不可见其忧国爱君,悯时伤乱。"(《原诗》外篇上)

　　杜甫也写了许多描绘山水、题画咏物的诗,它们不仅体物写貌,而且寄情寓志。在这些别人多用来抒发闲情逸致的题材中,杜甫却倾注了忧国忧民之情,融入了身世飘零之感。他的山水诗如:

　　　　玉露凋伤枫树林,巫山巫峡气萧森。江间波浪兼天涌,塞上风云接地阴。丛菊两开他日泪,孤舟一系故园心。寒衣处处催刀尺,白帝城高急暮砧。

(《秋兴八首》之一)

　　诗由萧索秋色,而引起对国家盛衰和个人身世的感叹。后人评曰:"子美《秋兴》八篇,可抵庾子山一篇《哀江南赋》。"(杨伦《杜诗镜铨》卷一三引王梦楼语)类似的山水诗还有《登高》、《旅夜书怀》、《登岳阳楼》等。他的题画诗如《观曹将军画马图歌》,"因画马想及真马……马之盛衰,国之盛衰也,公阅此图,有不胜其痛者矣。"(王嗣奭《杜臆》卷六)如"粉墨形似间,识者一惆怅。干戈少暇日,真骨老崖嶂。为君除狡兔,会是翻鞴上。"(《杨监又出画鹰十二扇》)仇兆鳌评曰:"写一画鹰,而世之治乱,身之用舍,俱在其中。"(《杜诗评注》卷一五)他的咏物诗在传统的托物言志的基础上加以拓展,可以讽谕时事,如《杜鹃行》感玄宗失位而作:"虽同君臣有旧礼,骨肉满眼身羁孤";可以揭露时弊,如《枯棕》:"交横集斧斤,凋丧先蒲柳。伤时苦军乏,一物官尽取",伤民困于重敛之意十分明显。

杜甫深于亲情,笃于友谊。潦倒困苦的生活,使他对风雨同舟的妻儿怀有深深的歉意和负疚感:"何日干戈尽,飘飘愧老妻。"(《自阆州赴蜀山行三首》之二)而个人和家庭的不幸,更深化了他对社稷苍生的关切:"亲朋无一字,老病有孤舟。戎马关山北,凭轩涕泗流。"(《登岳阳楼》)他亲切怀念因战乱而生死不明的弟妹友朋:"露从今夜白,月是故乡明。有弟皆分散,无家问死生。寄书长不达,况乃未休兵。"(《月夜忆舍弟》)"死别已吞声,生别常恻恻","三夜频梦君,情亲见君意。"(《梦李白》二首)这些诗都写得情深意挚。

综上所述,杜诗忠实地记录了他饱经丧乱、忧国忧民的一生,可作少陵年谱看;真实地反映了"安史之乱"前后的社会现实、时局变化,不愧为一代诗史。

三 杜诗的艺术成就

杜甫是一位集大成的诗人,他的诗风格多种多样,诸如清新、秀丽、明快、俊逸等,无不兼备,而主要风格则无疑是其夫子自道的"沉郁顿挫"。(《进〈雕赋〉表》)

杜诗的沉郁顿挫,形成的原因很多。首先,诗人性格深沉,思想深邃,感情深挚,又有饱经忧患、有志难酬的坎坷遭遇,经眼风云与胸中潮汐交汇融合,蕴涵既深,郁结复厚,诉之于诗,形成深沉、深厚的风格。

其次,杜甫提倡"咫尺应须论万里"(《戏题画山水图歌》)的审美原则,所以他的诗取材典型,如著名的《三吏》、《三别》,通过个别的典型事例,反映战乱带给民生的普遍灾难:"今新安无丁,石壕遗妪,新婚有怨旷之夫妇,垂老痛阵亡之子孙,至战败逃归者,又复不免。河北生灵,几于靡有孑遗矣。"(仇兆鳌《杜少陵集详注》卷七引卢元昌语)这种以少总多,就小见大的典型化手法,使杜诗积郁深厚。此外,杜甫追求宏观的惊世骇俗与微观的毫发无爽相统一的艺术效果:"笔落惊风雨,诗成泣鬼神"(《寄李十二白》);"思飘云物外,律中鬼神惊。毫发无遗憾,波澜独老成"(《敬赠郑谏议十韵》)。这种艺术追求,体现在他的诗中,即是雄浑壮阔的境界与精细入微的表现手法的统一:"五更鼓角声悲壮,三峡星河影动摇"(《阁夜》);"锦江春色来天地,玉垒浮云变古今"(《登楼》),被誉为"气象雄盖宇宙,法律细入毫茫"(《诗薮·内编》卷五)。《春望》诗中,"国破山河在,城春草木深",大处着眼,概括了战乱劫难,何等悲壮;"感时花溅泪,恨别鸟惊心",小处落笔,表达了多少人国破家亡的悲痛,手法何等深细。"织女机丝虚夜月,石鲸鳞甲动秋风,波漂菰米沉云黑,露冷莲房坠粉红"(《秋兴八首》之七),细致入微地描绘了长安深秋时昆明池中的景物,极写其苍凉破败,寄托诗人深沉的故国之思和世事之悲。可见杜甫善于通过身边琐事、眼前景物、一时感触,描绘天下大事,推出壮阔境界,表达博大情怀,因而形成了杜诗深沉浑厚的特色。

杜诗的沉郁顿挫,还与含蓄深远的寓意,一波三折的表达形式有关。杜甫善于把丰富的感情、众多的内容,浓缩后,用最精炼的笔墨表现出来。如他的《秋兴八首》,"凡怀乡恋阙之情、慨往伤今之意,与夫外夷乱华、小人病国、风俗之非旧、盛衰之相寻,所谓不胜其悲者,固已不出乎意言之表矣"(仇兆鳌《杜少陵集详注》卷一七引张綖语)。杜甫善以乐景写哀情,如《春望》。又惯用层层转折、以退为进、抑扬顿挫的表现手法使要表达的内容委曲深沉。如《无家别》写战士兵败后死里逃生,返乡后却发现已无家可归,其凄凉之状、悲痛之情,淋漓尽致。不料他却反说出旷达语来应从县吏的再度征召:"家乡既荡尽,远近理亦齐"。诗人用递进一层法,把无家可别的哀痛表达得更深沉含蓄。又如《述怀》写诗人"自寄一封书,今已十月后"。其日夜盼望收到家信的心情,自不待言。谁料诗人却说"反畏消息来,寸心亦何有。"这种反接法把战乱中"书断则疑,书来则畏,正恐家室尽亡,将来欢会之处,反成穷独之人"(仇兆鳌《杜少陵诗详注》卷五)这种矛盾复杂的心情,表达得曲折而有层次。"童稚情亲四十年,中间消息两茫然。更为后会知何地,忽漫相逢是别筵"(《送路六侍御入朝》),诗人以跌宕的笔法,写出战乱中"朋友从始而相亲,继而相隔,忽而相逢,俄而相别"(仇兆鳌《杜少陵诗详注》卷一二引朱瀚语)的遭遇和心情。

　　杜诗的沉郁顿挫,当然还与他"为人性僻耽佳句,语不惊人死不休"(《江上值水如海势聊短述》)的创作态度和语言工力有关。杜甫是语言的巨匠,他的诗无论是抒情还是状物,都能曲尽其妙。杜诗的语言特点首先在于精炼准确,这取决于他深邃的思想、深入的洞察力和高度的概括力。"朱门酒肉臭,路有冻死骨"是杜甫对封建社会阶级对立的高度概括,遂成千古警句;"三年笛里关山月,万国兵前草木风"(《洗兵马》),是他对"安史之乱"前后形势的形象描绘,"上感九庙焚,下悯万民疮"(《壮游》),是他忧国忧民的内心自述;"细雨鱼儿出,微风燕子斜"(《水槛遣心》),是细雨微风中鱼游燕翔的传神之笔。其次,杜甫的语言丰富多彩。"岱宗夫如何,齐鲁青未了"(《望岳》),"吴楚东南坼,乾坤日夜浮"(《登岳阳楼》),有气吞八荒之势;"随风潜入夜,润物细无声"(《春夜喜雨》)"细草微风岸,危樯独夜舟"(《旅夜书怀》)有精细入微之处。"出师未捷身先死,长使英雄泪满襟"(《蜀相》)何等悲壮,"天子呼来不上船,自称臣是酒中仙"(《饮中八仙歌》)又是何等傲岸豪放。"星垂平野阔,月涌大江流"(《旅夜书怀》),提炼的是动词;"露从今夜白,月是故乡明"(月夜忆舍弟》),汰选的是形容词。"穿花蛱蝶深深见,点水蜻蜓款款飞"(《曲江》二首之二)运用叠词,突出花蝶水蜓的自在生趣;"岐王宅里寻常见,崔九堂前几度闻。正是江南好风景,落花时节又逢君。"(《江南逢李龟年》)通过虚词的组合,表达出诗人今昔盛衰的无限感慨。杜诗的语言,自然而通俗:"四更山吐月,残夜水明楼"(《月》),状景精切,用语自然。"射人先射马,擒贼先擒王"(《前出塞》之六),"爷娘妻子走相送,尘埃不见咸阳桥"(《兵车行》),通俗如口语,又极富表现力。

杜诗众体皆备,并都有所发展创新。他的乐府摆脱了六朝以来模拟剽窃,陈陈相因的俗套。如《兵车行》、《丽人行》、《三吏》、《三别》都是根据内容需要,自拟新题,为乐府诗的发展,拓开新路。他的五七言古体,"千变万化,尽有汉魏以来之长,而改其面目。叙述身世,眷念友朋,议论古今,刻画山水,深心寄托,真气坌涌。"(施补华《岘傭说诗》)杜甫一生创作了近900首律诗。律诗,尤其是七律,在杜甫笔下,各种题材,细大不捐,均可题咏;各种手法,叙事议论,写景抒情,运用自如。所以清朝管世铭评曰:"七言律诗,至杜工部而曲尽其变。盖昔人多以自在流行出之,作者独加以沉郁顿挫。其气盛,其气昌,格法、句法、字法、章法,无美不备,无奇不臻,横绝古今,莫能两大。"(《读雪山房唐诗序例》)

四 杜诗的渊源和影响

杜诗之所以能集古今之大成,与他的用宏取精分不开。他主张"别裁伪体亲风雅,转益多师是吾师"(《戏为六绝句》之六)。他不仅广泛继承了诗经,汉魏乐府的现实主义传统,而且对抒情言志的楚骚、藻饰华丽的六朝文学也注意学习。对于前辈同辈乃至晚辈诗人,他都能博采众长,如陈子昂的风骨比兴、四杰的繁富、沈宋的精工、高岑的浑厚、王李的风华、元结的古奥,无不兼容并包,所以他能"上薄风骚,下该沈宋,言夺苏李,气吞曹刘,掩颜谢之孤高,杂徐庾之流丽,尽得古今之体势,而兼文人之所独专矣"
(《元稹《唐故工部员外郎杜君墓系铭序》》)。

　　杜甫每念社稷,动忧苍生的爱国主义精神和人道主义精神,以
及他自觉地用诗歌反映社会、讴歌人生的现实主义创作精神,影响
后世一代又一代的诗人和作家。如元白的新乐府,李商隐的忧世伤
时之作,皮日休、杜荀鹤等人针砭时弊的篇什,都是杜诗的嗣响。宋
代陈与义、陆游、文天祥志在兴国,生死以赴,他们的慷慨悲歌,得杜
精髓。元遗山历经国事身世之沧桑,他的七律感慨深沉,踵武杜甫。
明末清初的顾炎武、屈大均等人,也都能发扬杜甫的爱国精神。

　　杜诗的艺术成就也为后人开启无数法门。他们从各自的性
格爱好、学力才分出发,学习杜诗的风格技巧,各有所得。如韩
愈的古体发展了杜甫以议论为诗、以文为诗的一面和"语不惊人
死不休"的艺术追求,形成奇崛的风格。李商隐的七律,风格沉
郁,使事灵活,是学杜而登堂入室者。"少陵七律无才不有,无法
不备。义山学之,得其浓厚;东坡学之,得其流传;山谷学之,得
其奥峭;遗山学之,得其苍郁;明七子学之,佳者得其高亮雄奇,
劣者得其空廓。"(《岘傭说诗》)可见后人学杜之勤。总之,就对后世
的影响而言,在我国古代文学史上,杜甫独一无二。

第五章 隋唐五代文学(下)

第六节 新乐府运动和白居易

一 新乐府运动

新乐府,是相对汉魏旧体乐府而言的"即事名篇"的新题乐府。所谓"新乐府运动",是贞元、元和年间,由白居易、元稹倡导的,以创作新题乐府反映现实为中心的诗歌革新运动。

"安史之乱"后,唐朝中央集权削弱,藩镇作乱,宦官弄权,赋税繁重,各种社会矛盾渐趋尖锐,于是出现了王叔文集团的永贞改革。改革虽然由于旧势力的反对很快失败,但其部分内容却在元和年间得到不同程度的实施。在这种人心思治,力图改革振兴的氛围下,文坛上也出现了诗文革新运动:即"新乐府运动"和"古文运动"。

新乐府运动的文学渊源,可以远溯到诗经和汉魏乐府的现实主义传统,但真正开其先声的,则是杜甫和元结"即事名篇,无复依榜"的新题乐府。

白居易和元稹针对大历至贞元前期诗坛出现的以大历十才子

为代表的远离现实、放情山水的倾向,明确提出"文章合为时而著,歌诗合为事而作"(白居易《与元九书》)的创作宗旨。他们强调诗歌的社会功能和讽谏作用:"上以补察时政,下以泄导人情"(同上),主张用诗歌反映民生疾苦,讽刺社会弊病:"救济人病,裨补时阙"(同上),"惟歌生民病"(白居易《寄唐生》),反对"嘲风雪","弄花草"。要求形式与内容的统一:"诗者,根情、苗言、华声、实义"(白居易《与元九书》),以通俗易懂的形式为表达内容服务。"首句标其目,卒章显其志","其辞质而径,欲见之者易谕也;其言直而切,欲闻之者深诫也;其事核而实,使采之者传信也;其体顺而肆,可以播于乐章歌曲也。"(白居易《新乐府序》)这些理论对新乐府运动面向社会,反映现实起了积极的导向作用。但是他们对此强调过甚,而且忽视了诗歌的审美功能,把诗歌变成强聒不止的奏章,不仅没有区分生活真实与艺术真实,而且对艺术形式重视不够,造成文学批评上的某些偏颇和创作实践上的某些缺憾。

　　"新乐府运动"还有可观的创作成就。元和四年(829),李绅写了《新题乐府》20首(今佚)赠元稹,元稹酬和了12首新题乐府。其后,白居易创作新乐府50首,正式标举"新乐府"的名称。接着又写了《秦中吟》10首。其他如张籍、王建、刘猛、李余等人,也是这一运动的参与者。他们所写的无论是新题还是旧题乐府,都遵循了"新乐府运动"的创作宗旨。而且他们之间互相切磋唱和,形成通俗坦易的艺术风格,成为中唐诗坛的一大流派。

二　元结和顾况

　　元结是盛唐与中唐之间文坛的一个重要过渡人物,他的诗和文,分别开创了中唐新乐府运动和古文运动的先声。

　　元结(719~772),字次山,河南洛阳人。"安史之乱"中,因平叛有功,任道州刺史,官至容管经略使。他关心民生疾苦,在地方官任内,招抚流亡,减轻税赋,与民生息。有《元次山集》。

他继承陈子昂的文学主张,强调诗文的美刺作用和救世劝俗的功能,崇尚古朴,反对华艳。他的文学主张见于《文编序》、《系乐府序》及《箧中集序》中。

他的诗歌深刻地反映了战乱给人民带来的灾难和农村的凋蔽:

> 城小贼不屠,人贫伤可怜……使臣将王命,岂不如贼焉。今彼征敛者,迫之如火煎。谁能绝人命,以作时世贤。
>
> （《贼退示官吏》）

> 州小经乱亡,遗人实困疲。大乡无十家,大族命单赢。朝餐是草根,暮食仍木皮。出言气欲绝,意速行步迟。追呼尚不忍,况乃鞭扑之。
>
> （《舂陵行》）

诗中谴责了官吏对挣扎在死亡线上的农民还横征暴敛,其残酷,有过于山贼。杜甫对这两首诗给予了高度的评价:"不意复见比兴体制,微婉顿挫之词","两章对秋月,一字偕华星"（《同元使君〈舂陵行〉并序》）。

元结的诗歌质直古朴,但对新兴的律体重视不够,对藻饰声律拒斥过甚,部分作品枯涩聱牙。

元结的散文内容丰富,体裁多样。他的寓言体讽世刺时的小品,如《丐论》、《恶圆》、《恶曲》等,表现他愤世疾俗的情感和狂狷的性格,对柳宗元的寓言和骚体文以及晚唐小品都有影响。他的《右溪记》在借物写心、言情寓道方面,为柳宗元的《永州八记》所继承发展。他的散文虽然也有古奥艰涩之处,但言之有物,颇多新意,而且风格"危苦激切"（李商隐《元结文集后序》）,从内容到形式、风格都已与骈文大异其趣。所以全祖望认为"次山文章,上接陈拾遗,下开韩退之"（《唐元次山阳华三体石铭跋》）。

顾况是盛唐、中唐之间,诗坛的另一位过渡人物。

顾况(727? ~ 820?),字逋翁,祖籍润州丹阳,迁居海盐(今属浙江),号华阳山人。德宗时官著作佐郎,因作《海鸥咏》嘲诮权贵,被贬饶州司户,后隐居茅山。他的文学主张与元结相近,但不拘泥于言志美刺之说,在为储光羲、刘太真、朱放等人的诗集作的序中,还论及了诗歌的抒情作用。他的诗歌《上古》13 章以悯农始,以怨奢终,旨意明显。《囝》诗揭露了胥吏买卖幼童为奴的罪行。其他如《采蜡》、《弃妇词》等都反映了民生疾苦,有较强的现实性。他的诗歌风骨类似元结,而词采过之。他的歌行体自有特色:有的学吴地民歌,以俗为奇,启迪元白;有的奇崛险峭,影响韩孟。

三 白居易

(一) 生平和思想

白居易(772 ~ 846),字乐天,晚号香山居士。祖籍太原,祖父徙居新郑。以元和十年(815)被贬江州(今江西九江)为界,白居易一生可分前后两期。

青少年时期,为避战乱求生计,白居易曾有五六年颠沛流离的生活经历,这对他的思想和创作都有一定影响。贞元十六年(800),进士及第,十八年,拔萃登科,次年授校书郎。元和元年(806),应"才识兼茂明于体用科"及第,任盩厔尉,后迁翰林学士、左拾遗等官。这期间,他仕途顺利,自称"十年之间,三登科第,名入众耳,迹升清贵"(《与元九书》)。在儒家兼济思想主导下,他与元稹一起,闭户累月,揣摩时事,写成《策林》75 篇,内容有关请降系囚、蠲租税、放宫人、绝进奉、谏宦官不当为制统将领等方面,谏议改革弊政,裨补时阙。并写了《新乐府》50 首、《秦中吟》10 首,作为书启《策林》的补充。不料却遭致权豪势要的"扼腕"、"切齿"。元和十年,藩镇李师道派人刺杀力主削藩的宰相武元衡,已改任左赞善大夫的白居易首先上疏,亟请究捕,以雪国耻。却被冠以宫官越职、先谏官而言事的罪名,贬江州司马。

这次贬谪成为白居易一生的重大转折点,他的主导思想由"兼济"转为"独善"。尽管后期他也曾多次上书言事,也还关心民生疾苦,在地方官任内,有修水利、灌农田等德政,但奉行的却是"宦途自此心长别,世事从今口不言"(《重题》),"面上灭除忧喜色,胸中消尽是非心"(《咏怀》)的处世哲学。见到朝中朋党倾轧,他便请放外任,先后出守杭州、苏州。晚年定居洛阳,历任太子宾客、河南尹、太子少傅等职,世称白傅。会昌二年(842)以刑部尚书致仕。卒于会昌六年(846)。这一期间,他以诗书琴酒自娱,栖心佛老,过着亦官亦隐、知足保和的"吏隐"生活,作了大量的感伤、闲适诗。有《白氏长庆集》。

(二) 诗歌的思想内容

白居易诗今存近3000首,他曾亲自整理编集,并分为讽谕、感伤、闲适、杂律四类。

所谓讽谕诗是他"自拾遗来,凡所适、所感、关于美刺兴比者,又自武德迄元和,因事立题,题为新乐府者"(《与元九书》),最为他自己所爱重。代表作即《新乐府》50首、《秦中吟》10首。这些诗篇揭露了社会的黑暗和人民生活的痛苦,反映了中唐社会中许多重大的问题,如宦官的专横跋扈,宫市制度的掠夺实质、两税法的诛求、藩镇的拥兵自重、养寇谋身等,都是针砭时弊,并非泛泛批评。如《海漫漫》、《梦仙》等,讽刺统治者迷信神仙,妄求长生的虚妄愚昧。《伤宅》、《歌舞》等揭露达官豪贵穷奢极欲、醉生梦死:"所营唯第宅,所务在追游。朱轮车马客,红烛歌舞楼……日中为一乐,夜半不能休。"(《歌舞》)《缚戎人》、《西凉使》《新丰折臂翁》等谴责统治阶级穷兵黩武,边将冒功邀赏,全不以边疆安危、军民生死为念:"相看养寇为身谋,各握强兵固恩泽。"(《城盐州》)"没蕃被囚思汉土,归汉被劫为蕃虏。"(《缚戎人》)《卖炭翁》、《轻肥》、《宿紫阁山北村》揭露宦官中尉的骄横跋扈,巧取豪夺:"意气骄满路,鞍马光照尘。借问何为者?人称是内臣。朱绂皆大夫,紫绶或将军。夸赴军中宴,走马去如云。罇罍溢九酝,水陆罗八珍。果擘洞庭橘,脍切天池鳞。食饱心自若,酒酣气益振。是岁江南旱,衢州人食人。"(《轻肥》)《红线毯》、《缭绫》揭露地方官借进奉制度,盘剥百姓,邀宠求赏:"红线毯,择茧缲丝清水煮,拣丝练线红蓝染。染为红线红于蓝,织作披香殿上毯……宣城太守加样织,自谓为臣能竭力。百夫同担进宫中,线厚丝多卷不得。宣城太守知不知,一丈毯,千两丝!地不知寒人要暖,少夺人衣作地衣!?"(《红线毯》)在《重赋》、《采地黄者》、《杜陵叟》等诗中,他愤怒抨击贪官污吏横征暴敛,残民以逞:

> 杜陵叟、杜陵居,岁种薄田一顷余。三月无雨旱风起,麦苗不秀多黄死……长吏明知不申破,急敛暴征求考课。典桑卖地纳官租,明年衣食将何如?剥我身上帛,夺我口中粟。虐人害物即豺狼,何必钩爪锯牙食人肉。不知何人奏皇帝……京畿尽放今年税。昨日里胥方到门,手持敕牒榜乡村。十家租税九家毕,虚受吾君蠲免恩。

> （《杜陵叟》）

诗中把贪官比作食人肉的豺狼,揭露了"皇恩浩荡",蠲免租税的虚伪性。《上阳白发人》、《陵园妾》、《母别子》等控诉了在宫女制度和封建礼教束缚中的妇女的悲惨命运。可见白居易的讽谕诗继承并发展了杜诗的现实主义传统。

　　所谓"感伤诗",是"有事物牵于外,情理动于内,随感遇而形于叹咏者"(《与元九书》),其中最享盛誉的是《长恨歌》、《琵琶行》。《长恨歌》作于盩厔县尉任上,根据史传和民间传说的唐玄宗、杨贵妃的故事铺写而成。诗的前半部分讽刺玄宗耽于酒色,急弛政事:"回眸一笑百媚生,六宫粉黛无颜色……春宵苦短日高起,从此君王不早期。承欢侍宴无闲暇,春从春游夜专夜。后宫佳丽三千人,三千宠爱在一身……姊妹弟兄皆列土,可怜光彩生门户。遂令天下父母心,不重生男重生女。""缓歌慢舞凝丝竹,尽日君王看不足。渔阳鼙鼓动地来,惊破霓裳羽衣曲。"揭示了由于玄宗的腐败、荒淫,导致了"安史之乱"。诗的后半部分把史实、传说与想象交织一起,吟咏李杨的爱情和"长恨":"蜀江水碧蜀山青,圣主朝朝暮暮情。行宫见月伤心色,夜雨闻铃肠断声。""归来池苑皆依旧,太液芙蓉未央柳。芙蓉如面柳如眉,对此如何不泪垂?"极力渲染唐玄宗对杨贵妃的悼念,触目伤心,刻骨萦怀,又用有如招魂的大段铺叙描绘,表现他们生死不渝的爱情和绵绵无绝的遗恨:"在天愿作比翼鸟,在地愿为连理枝。天长地久有时尽,此恨绵绵无绝期。"这早已超出了帝妃爱情的范围,成为对人间生死不渝的真挚爱情的讴歌,所以能久诵不衰。《琵琶行》写于贬谪江州的第二年。全诗通过一个曾在京城名噪一时的艺伎年老色衰,沦落江湖,被夫冷落的不幸遭遇,表现了他对歌妓悲惨命运的同情,抒发了诗人蒙冤遭贬的苦闷和悲愤。"同是天涯沦落人,相逢何必曾相识。"诗中不仅同情琵琶女的凄凉遭遇,而且也有诗人自己的身世之感。

白居易的闲适、杂律诗,多表现闲情逸致,抒发归隐田园、洁身自好的志向,虽也流露出对官场的不满,但不少篇什宣扬安天乐命,省分自足的消极思想。其中也有些写景抒情的佳作,如:

> 离离原上草,一岁一枯荣。野火烧不尽,春风吹又生。远芳侵古道,晴翠接荒城。又送王孙去,萋萋满别情。

（《赋得古原草送别》）

寓意隽永,耐人寻味,其他如《暮江吟》、《钱塘湖春行》等,也都清新可诵。

（三）诗歌的艺术成就

平易、通俗、浅近是白居易各类诗歌共同的风格特征。他的诗多触景生情,因事起意,眼前景、口头语,娓娓道来,沁人心脾。他的不少佳作"言浅而思深,意微而词显"(薛雪《一瓢诗话》)。用浅显、通俗的语言表现精警的思想,这种"用常得奇"(刘熙载《艺概·诗概》)的艺术境界"良非易到"(同上),他虽然"非求宫律高,不务文字奇"(《寄唐生》),"工夫"却"锻炼至洁"(赵翼《瓯北诗话》卷四),而且重视向民歌的形式和口语学习,因而达到了意到笔随,物无遁情的境地。但"过犹不及",过分追求浅近,也就产生了部分作品言太详、意太尽、情太露,略无余蕴的缺点。

由于内容不同,他的诗表现手法有所不同。

白居易的讽谕诗"质直急切",其主要特点:其一,主题专一,人物事件典型化。他的乐府诗采取每首集中一个题材,突出一个主题的方法,即便题材相同,各首的侧重也有所不同。又多采用"首句标其目,卒章显其志"的方法。其二,善于用细节和心理描写塑造形象。杜甫的乐府如"三吏"、"三别",往往侧重叙述和概括类型化的人物事件,而白居易的乐府,则汲取了唐传奇的一些表现手法,如外貌服饰、心理活动和动作等细节描写,成功地塑造了一些下层劳动人民的形象,如卖炭翁、新丰折臂翁、上阳白发人、缚戎人等等。其三,他灵活采用叙事为主,并与议论、抒情相结合的表现手法,且善于变化:有的诗用第一人称以叙事,有的用"卒章显其志"以议论,有的则寓议论、抒情于叙事之中。其四,诗人为突出矛盾,深化主题,常采用贫富、苦乐、轻重、大小的对比手法。这些都是他对叙事诗艺术的继承和发展。但是由于文学创作理论的偏颇,也导致他的部分讽谏诗理念先行,枯燥说教,或用形象印证某种政见,而使议论与形象的结合过于浅显,稚拙。

白居易的感伤诗,代表作是七言歌行体的《长恨歌》、《琵琶行》。它们在初唐四杰七古的基础上,创七古新调:全篇都用平仄协调的律句,间用对偶;押韵数句一换;较多地运用小说环境描写、气氛渲染、心理刻画等手法;较少用典,语言流利自然。《长恨歌》前半写实,后半虚构,抒情气息浓郁。《琵琶行》在描写琵琶女出神入化的演奏技巧和美妙多变的琴声时,除用大量生动形象的比喻外,更融入了弹者和听者的心情和感受:"转轴拨弦三两声,未成曲调先有情。弦弦掩抑声声思,似诉平生不得志。低眉信手续续弹,说尽心中无限事……别有幽愁暗恨生,此时无声胜有声。"用琴声沟通了弹者和听者、作者和读者的感情,融合了弹者和听者过去和现时的身世遭遇和感触,大大增强了作品的感染力,丰富了"同是天涯沦落人,相逢何必曾相识"的意蕴。

白居易的闲适诗和杂律诗,多流连光景之作,恬淡闲适之趣,风格平淡自然,深受陶渊明、韦应物的影响,但意蕴单薄浅近,这在联韵、和韵的排律中尤为突出。

诗歌之外,白居易的散文也很有特色。他的《策林》75篇,追踪贾谊、晁错,纵论政事,发言谠直,析理深透,不乏政论的杰作。《与元九书》,边叙边论,洋洋洒洒,是唐代重要的文论。《庐山草堂记》、《冷泉亭记》、《三游洞序》、《荔枝图序》等杂记,写景清新,状物简洁,抒情隽永,是小品文的上乘之作。白居易虽不是韩柳古文运动的成员,但他的散文创作,推动了中唐的散文革新。

白居易还向民间曲子词学习,创作了《忆江南》、《浪淘沙》、《花非花》等小令,为文人词的发展开拓了道路。

四 元稹和新乐府运动的其他参与者

元稹(779~831),字微之,河南洛阳人。少贫贱,在左拾遗、监察御史任上,直言谠论,无所顾忌。遭打击后,锋芒锐减。一度官至宰相,后出为同州、越州、鄂州刺史,卒于武昌节度任。

元稹与白居易交谊甚深。他的《乐府古题序》、《进诗状》、《故唐工部员外郎杜君墓系铭并序》所持文学观点与白居易同,而系统全面有所不及。两人多有唱和酬赠,世称"元白"。

元稹和白居易一样,大力创作新乐府。他的乐府诗如《田家词》、《织妇词》、《采珠行》、《估客乐》等,同情劳动人民的悲惨生活,抨击社会的不公平。但他的乐府诗在主题集中、形象鲜明方面不如白诗。他的长篇七古《连昌宫词》,借宫边老翁之口,追叙连昌宫的盛衰,对比"安史之乱"前后社会的荣衰变迁。全诗"铺写详密,宛如画出"(何良俊《四友斋丛说》),讽谕之旨,较《长恨歌》更为显豁。艳情诗和悼亡诗是他的诗中最有特色的。他擅长写男女爱情,如《莺莺诗》、《会真诗三十韵》、《梦游春七十韵》都有描述生动细腻的特点。他的《遣悲怀》三首为悼念亡妻而作,家常事、眼前景,娓娓道来,一往情深,为同类题材中的佳作。

李绅是"新乐府运动"中最早创作"新题乐府"的,但他创作的20首新乐府均佚,只能从现存的《悯农》诗二首及与元稹和作中,得其诗歌风貌之大概。

王建、张籍二人早年同窗,都出身贫寒,官职卑微,所以能体恤民间疾苦,并在新旧诗歌乐府诗中加以反映,如王建的《水夫谣》、《田家行》,张籍的《野老歌》、《筑城词》等反映了不同职业的劳动人民的悲惨生活。艺术上,他们都长于短篇七古,善用比兴和白描,语言通俗凝炼,世称"张王乐府"。

第七节　古文运动和韩愈、柳宗元

在中唐文坛,与新乐府运动几乎同时出现的,是以韩愈、柳宗元为领袖的古文运动。

一　古文运动

古文运动的社会政治背景与新乐府运动大致相同,而文学渊源却各有所自。古文运动发轫于陈子昂,经李华、萧颖士、独孤及、元结等人的酝酿,于元和年间达到高潮。

　　古文运动的理论主要由韩愈、柳宗元阐述,李翱、皇甫湜也有论及,大致有关内容和形式两个方面。

　　第一,主张文道合一。道是内容,文是形式;道是目的,文是手段。文道合一,则是要求内容与形式的统一,文为道服务。韩愈称"学古道则欲兼通其辞。通其辞者,本志乎古道者也"(《题欧阳生哀辞后》),柳宗元主张"文者以明道"(《答韦中立论师道书》),但两人所谓的道,内涵不尽相同。韩愈以儒家道统自居,强调的是正统的儒家孔孟之道:"博爱之谓仁,行而宜之之谓义,由是而之焉之谓道"(《原道》);柳宗元是政治改革家,他更强调"辅时及物之道"(《答吴武陵论〈非国语〉书》)。韩愈同时又提倡"不得其平则鸣"(《送孟东野序》),是对司马迁发愤著书精神的继承,对儒家传统理论的突破。这样,韩愈的"不平则鸣"说和柳宗元的"辅时及物"说,赋予了古文运动的"道"以社会政治内容和现实的意义。

　　第二,主张文体革新。这其中有四个层次。其一是反对骈文"眩耀为文,琐碎排偶。抽黄对白,啴哸飞走。骈四俪六,锦心绣口"(柳宗元《乞巧文》)。其二是提倡先秦两汉的古文,韩愈"非三代秦、两汉之书不敢观"(《答李翊书》),"愈之志在古道,又甚好其言辞"(《答陈生书》)。柳宗元认为"文之近古而尤壮丽,莫若汉之西京"(《柳宗直西汉文类序》)。但他们学古却不泥古,韩愈提倡"含英咀华"(《进学解》),"师其意不师其辞"(《答刘正夫书》)。柳宗元反对"荣古虐今","渔猎前作,戕贼文史"(《与友人论为文书》),因为他们提倡复古的目的在于创新。其三,他们都重视"文"的作用:"言而不文则泥,然则文者固不可少耶。"(柳宗元《答吴武陵论非国语书》)并对"文"提出具体要求:"唯陈言之务去"(韩愈《答李翊书》),"惟古于词必己出"(韩愈《樊绍述墓志铭》),"文从字顺各识职"(同上)。语言独创,文从字顺,使韩柳所倡导的"古文",既继承又区别于先秦两汉的古文。其四,对作家的创作要求。一是要有认真严肃的创作态度。韩愈为文,"惧其杂也,迎而距之,平心而察之,皆其醇也,然后肆焉"(《答李翊书》)。柳宗元为避免文章"剽"、

"弛"、"杂"、"骄"等弊病,慎防"轻心"、"怠心"、"昏气"、"矜气"(《答韦中立论师道书》)。二是要提高作家修养,包括道德行为的修养和文艺修养。韩愈主张"养其根而俟其实,加其膏而希其光"(《答李翊书》),提倡气盛言宜:"气,水也;言,浮物也……气盛则言之短长与声之高下者皆宜。"(同上)柳宗元要求作家"文以行为本,在先诚其中"(《报袁君陈秀才避师名书》)。他还强调作家深入社会,了解现实:"吾观古豪贤士,能知生人艰饥羸寒。"(《送表弟吕让将仕进序》)

为开展古文运动,韩愈抗颜为师,著《师说》,倡师道,大力提携后进。柳宗元虽避师名,但也热情培养人才。并以他们斐然的创作成就垂范于世,在他们的影响下,出现了一批古文运动的参与者,如李观、李汉、欧阳詹、李翱、皇甫湜、吕温、刘禹锡等。

二 韩 愈

(一) 生平和思想

韩愈(768~824),字退之,河南河阳(今孟县)人。三岁而孤,自幼好学。曾师从独孤及、梁肃,自称"前古之兴亡,未尝不经于心也;当世之得失,未尝不留于意也"(《与凤翔邢尚书书》)。25岁中进士,曾入汴州董晋、徐州张建封节度幕,后任四门博士、监察御史等职。贞元十九年(803)上书论关中旱饥,请减免赋税徭役,指斥朝政,由监察御史贬阳山令。元和十二年(817),随斐度平淮西吴元济有功,迁刑部侍郎。韩愈一生排佛不遗余力,元和十四年,他奋不顾身,上表谏迎佛骨,触怒宪宗,几遭极刑。幸得裴度等疏救,贬潮州刺史。穆宗即位,奉召回京,为国子祭酒,官至吏部侍郎。卒年57岁,谥文公。著有《昌黎先生集》。

韩愈崇尚儒家,以孔孟道统的继承者自居,而实际上他并非"醇儒",思想和政见都非常矛盾复杂:他合儒墨、兼名法,赞颂管仲、商鞅的事功,杂取先秦诸子的思想;他斥佛老不遗余力,却信天命鬼神;他诋毁王叔文、王伾的"永贞改革",但反对藩镇割据、宦官擅权,与二王并无二致;他提倡仁政,揭露批判横征暴敛,却又主张"民不出粟米麻丝,作器皿,通财货以事其上,则诛"(《原道》)。这些矛盾在他的散文创作中都有所反映。

(二) 散文成就

韩愈的散文创作实践了他的文学理论,几乎在各种体裁上都有创新突破,而书序、碑志、传记的成就尤大。

韩愈的论说文内容和形式多样,大致分三类。一类是"明道"之作,如《原道》、《原性》、《论佛骨表》、《师说》等。为了"传道、授业、解惑",也为了扭转耻于从师的陋习,他"不顾流俗,犯笑侮"(柳宗元《答韦中立论师道书》),奋笔写了《师说》一文。不仅说明了为师的职责,而且提出"无贵无贱,无长无少,道之所存,师之所存也","弟子不必不如师,师不必贤于弟子,闻道有先后,术业有专攻"等进步的师道观,至今仍有借鉴意义。另一类是不平而鸣,嘲讽社会现状的杂文。如《原毁》,通过古今君子责己待人不同态度的对比,揭示了"今之君子"挑剔、诋毁后进的卑劣做法和心理。《杂说》四首及《获麟解》,借龙、马、麒麟的遭遇,抒发下层文士被压抑歧视,无所用其才的悲愤。《送穷文》、《进学解》采用东方朔《答客难》、扬雄《解嘲》的问答和幽默笔法,表现作者怀才不遇的遭际,嘲讽社会陋习。还有一类是论文之作,如《答李翊书》、《送孟东野序》、《送高闲上人序》等。韩愈的论说文观点鲜明,说理透辟,格局严谨,笔法灵活,体裁多样,对后世议论文影响颇深。

韩愈的记叙文,继承和发展了《史记》、《汉书》记事写人的传统,有不少名篇。《张中丞传后叙》写张巡、许远、南霁云等困守睢阳,与城共存亡的壮烈事迹。如:

南霁云之乞救于贺兰也,贺兰嫉巡、远之声威功绩出己上,不肯出师救。爱霁云之勇且壮,不听其语,强留之。具食与乐,延霁云坐。霁云慷慨语曰:"云来时,睢阳之人不食月余日矣。云虽欲独食,义不忍,虽食,且不下咽。"因拔所佩刀断一指,血淋漓,以示贺兰。一座大惊,皆感激为云泣下。云知贺兰终无为云出师意,即驰去。将出城,抽矢射佛寺浮图,矢著其上砖半箭,曰:"吾归破贼,必灭贺兰,此矢所以志也。"

这一段成功地运用了细节描写,寥寥数笔,形神毕肖,南霁云的忠烈形象,呼之欲出。《试大理评事王君墓志铭》用自以为奇男子的王适诳言娶妇一段,表现他的落拓不羁,有声有色。《柳子厚墓志铭》、《贞曜先生墓志铭》、《南阳樊绍述墓志铭》,都是韩愈为志同道合的友人而作的。墓志选取典型事例,概括他们的不幸遭遇,评述他们诗文的特色,表现作者与他们的友谊和感情。一人一样,绝无陈套,"志樊绍述,其文似樊绍述,志子厚,其文似子厚"(李涂《文章精义》)。可以说,历来以"铺排郡望、藻饰官阶"(章学诚《文史通义·外篇二》)为能事的墓志铭,在韩愈笔下成为富有文学性的记叙文。但他的墓志铭中也有一些未能脱俗的谀墓之作。

韩愈的抒情文,常见于祭文、书信、赠序中。《祭十二郎文》突破了祭奠之辞,例用四言韵文的陈规,用如泣如诉感人至深的散文忆身世、叙家常,委婉深挚地表达出他对有抚育之恩的兄嫂和十二郎的悲痛悼念之情。影响及于清朝袁枚的《祭妹文》。《送李愿归盘谷序》借隐士李愿之口,对当权者的骄奢和官场丑恶,作了入木三分的刻画:

其在外,则树旗旄,罗弓矢,武夫前呵,从者塞途,供给之人各执其物,夹道而疾驰。喜有赏,怒有刑。才畯满前,道古今而誉盛德,入耳而不烦。曲眉丰颊,清声而便体,秀外而惠中,飘轻裾,翳长袖,粉白黛绿者,列屋而闲居,妒宠而负恃,争妍而取怜⋯⋯伺候于公卿之门,奔走于形势之途。足将进而趑趄,口将言而嗫嚅,处秽污而不羞,触刑辟而诛戮,侥幸于万一,老死而后止者,其于为人贤不肖何如也。

作者极尽嬉笑怒骂、揶揄嘲讽之能事,痛快淋漓地抒发了他强烈的愤世疾俗之情。

韩愈还有一种类于传奇小说的文章,如《毛颖传》、《石鼎联句诗序》等,用虚构、拟人和“以文为戏”的手法,寄寓身世之慨,讽刺世俗。但不像传奇小说那样有丰富的情节、精细的刻画,不过也可看出古文与传奇之间的相互影响。

韩愈各种体裁的散文均有杰作,并各具特色,而恣纵壮浪是其各体文章共同的风格特征,也是他“气盛言宜”的论文主张的实践。柳宗元称他“猖狂恣睢,肆意有所作”(《答韦珩示韩愈相推以文墨事书》),皇甫湜形容他的文章,“如长江大注,千里一道,冲飙激浪,瀚流不滞”(《谕业》)。苏洵也说:“韩子之文,如长江大河,浑浩流转。”(《上欧阳内翰第一书》)这些论述道出了韩文的风格特征。

韩愈散文的构思章法,奇诡多变,文无定式,篇无定局,句无定法,完全依据叙事、说理、抒情的需要而“戛戛独造”。如赠序,前人虽也穿插叙事议论,抒发感慨,但多用以刻画山川,流连光景,往往肤浅。而韩愈的赠序,或议政,如《送董邵南序》;或论文,如《送孟东野序》;或揭露官场,如《送李愿归盘谷序》;或论学,如《送高闲上人序》、《送王秀才序》不仅内容丰富,而且写法也灵活多变。

韩愈散文的语言,实践了他的理论,将“陈言务去”与“文从字顺”统一起来。他能从前人语言中推陈出新,又能从民间口语中提炼加工,创造出生动鲜活的语言,如“佶屈聱牙”、“动辄得咎”、“同工异曲”、“俱收并蓄”(《进学解》),“俯首帖耳”、“摇尾乞怜”(《应科目时与人书》),“蝇营狗苟”(《送穷文》)等,都极形象而富有表现力,沿用至今。

韩愈又有尚奇矜能的文学主张:“不专一能,怪怪奇奇。”(《送穷文》)他的少数文章求古奥、新奇过甚,而显生僻艰涩,这对皇甫湜、孙樵、刘蜕等有一定影响。

韩愈从文学理论和创作实践两个方面,扫荡骈文的绮靡之风,“摧陷廓清之功,比于武事,可谓雄伟不赏者矣。”(李汉《韩愈文集序》)苏轼称他"文起八代之衰"(《韩文公庙碑》)刘熙载谓其"实集八代之成"(《艺概·文概》)。对当时和后世的散文家都产生过深远的影响。

（三）诗歌成就

韩愈的诗歌成就虽不如散文,但在唐代诗坛上也是开宗立派的。

韩愈关心社会民生,他的诗歌对中唐社会的一些重大政治问题有所反映。《汴州乱》二首、《元和圣德诗》、《送侯参谋赴河中幕》等声讨藩镇作乱,歌颂平叛。《龊龊》、《归彭城》、《宿曾江口示侄孙湘二首》等揭露了藩镇叛乱、官吏征敛、以及水旱之灾导致百姓死亡相继的悲惨现实:

> 是岁京师旱,田亩少所收。上怜民无食,征赋已半休。有司恤经费,未免烦征求……传闻闾里间,赤子弃渠沟。持男易斗粟,掉臂莫肯酬……拜疏移阁门,为忠宁自谋。上陈人疾苦,无令绝其喉。下陈畿甸内,根本理宜优……天子恻然感,司空叹绸缪。谓言即设施,乃反迁炎州。

> （《赴江陵途中寄赠三学士》）

诗中虽有美化天子的地方,但对水深火热中的百姓寄予了深切的同情,对自己直言上疏,反遭贬逐,表示了愤慨。

韩愈一生,屡遭贬谪,所以他有不少"不平则鸣"的诗歌,代表作如:

> 一封朝奏九重天,夕贬潮州路八千。欲为圣明除弊事,肯将衰朽惜残年。云横秦岭家何在,雪拥蓝关马不前。知汝远来应有意,好收吾骨瘴江边。

> （《左迁至蓝关示侄孙湘》）

全诗叙事、议论、写景、抒情结合,而悽怆悲愤之情充满字里行间。

韩愈的许多写景诗,吟咏奇崛壮观的山岳河川,铺叙游程见闻。如《岳阳楼别窦司直》描绘千里洞庭的洪涛景观。《南山诗》用奇谲之笔描绘终南山的灵异缥缈。《山石》写到寺、宿寺、出寺过程中的见闻感受，引人入胜，是韩愈的代表作之一。韩愈也有少数清秀工巧的风景诗，如《早春呈水部张十八员外》二首之一。

韩愈的诗歌继承了李白的雄奇豪放、杜甫的沉郁奇险，又力矫大历纤弱的诗风，开创奇崛奥衍一派。"以文为诗"是韩愈诗歌的主要艺术特色，主要表现为：其一，韩愈长于古体，把一般常用于散文中的铺陈议论等表现手法，与想象夸张相结合，运用于诗中。如"我愿生两翅，捕逐出八荒。精神忽交通，百怪入我肠。刺手拔鲸牙，举瓢酌天浆。腾身跨汗漫，不著织女襄"。在这首《调张籍》中，韩愈用议论与想象相结合的手法。高度评价了李杜的成就，表明了他的审美理想和艺术追求，也很能代表韩诗雄奇伟岸的风格。其二，用词造句，力求新奇，把散文的章法、句式、虚词大量引入诗中，如《南山诗》大量运用"或如"、"或若"等虚词，《汴州乱》中有"母从子走者为谁"等句式。其三，押险韵，避熟就生，因难见巧，如《病中赠张十八》。

韩愈的以文为诗，丰富了诗歌的表现手法和风格流派，扩大了诗歌的表现功能，是大胆的创新之举，所以叶燮称"韩愈为唐诗之一大变，其力大，其思雄，崛起特为鼻祖。宋之苏、梅、欧、苏、王、黄，皆愈为之发其端"。(《原诗》内篇上)但他求新逞奇过甚，部分诗歌犹如押韵散文，生搬硬套散文笔法，出现大段缺乏形象性的议论，堆砌生僻艰涩的字词，对当时和后世也产生了一些不良影响。

三　柳宗元

(一) 生平和思想

柳宗元(773～819)，字子厚，河东解县(今山西永济)人，故有柳河东之称。21岁中进士，授校书郎，调蓝田尉。31岁任监察御史里行。顺宗永贞元年(805)，参加王叔文集团的改革，任礼部员外郎。改革失败,贬永州(今湖南零陵)司马,长达10年。元和十年(815)奉诏回京,以为能获起用,却又远出为柳州刺史,直至病卒,年仅47岁。故世称"柳柳州"。有《柳河东集》。

柳宗元是唐朝杰出的政治家、思想家。他反对天命论;反对世袭分封制;有"兴尧舜、孔子之道,利安元元"(《寄许京兆孟容书》),"辅时及物"的政治理想。他崇尚儒学,但反对死守章句,认为"杨墨、申商、刑名、纵横之说","皆有以佐世"(《送元十八山人南游序》),并主张融合儒释。

(二) 散文成就

柳宗元是唐代杰出的文学家,散文成就与韩愈齐名。他的散文大致可分为论说、寓言、游记、传记、骚赋五类。

柳宗元的论说文,多用于阐述他的哲学观点和政见。《封建论》是他政论文的代表作。文章论述了帝王受命于人,不于天,"郡县制"取代"封建制"乃"势"之必然,批判了封建世袭制。苏轼认为"宗元之论出,而诸子(其他论封建者)之论废矣"(《论封建》)。他的《辨侵伐论》和《晋文公问守原议》分别针对藩镇割据、宦官统军而发。有的放矢,笔锋犀利,论证严密是他论说文的主要特点。

柳宗元的寓言,继承了先秦诸子的寓言短小精悍,寓哲理于形象的传统,并有所发展。他的寓言善用各种动物拟人,抓住其某一特性予以夸张,以寄寓哲理,讽刺政敌,抨击社会丑恶现实,造意新奇,讽喻生动,幽默犀利。代表作《三戒》借麋、驴、鼠嘲讽"乘物以逞,或依势以干非其类"的人物。《蝜蝂传》讽刺贪财亡命之徒,有深刻的社会意义。由于柳宗元的大量创作,寓言才得以成为一种独立的文学体裁。

柳宗元的山水游记,是他散文中最见精彩的部分。代表作《永州八记》,借名不见经传,遗弃于荒僻之地的美好山水景物,寄寓他的不幸遭遇,倾注他的抑郁悲愤的心情,是游记中的骚体之文。如:

噫，以兹丘之胜，致之沣镐鄠杜，则贵游之士，争买者日增千金而愈不可得。今弃是州也，农夫渔父，过而陋之，贾四百，连岁不能售。

(《钴鉧潭西小丘记》)

这段议论融合了作者的身世感慨和对社会不公，美好事物被遗弃的不平之愤，蕴含着深刻的哲理。作者不像清客雅士，只流连山水，而像寻找知音那样去发现和开拓大自然的美好境界，如：

即更取器用，铲刈秽草，伐去恶木，烈火而焚之。嘉木立，美竹露，奇石显。由其中以望，则山之高，云之浮，溪之流，鸟兽之遨游，举熙熙然回巧献技，以效兹丘之下。枕席而卧，则清泠之状与目谋，瀯瀯之声与耳谋，悠然而虚者与神谋，渊然而静者与心谋。

(同上)

这段描写表现了作者对"秽草"、"恶木"的憎恨，对美的向往与追求。《小石潭记》出神入化地描绘了潭水、游鱼的景色、情状，并与周围的树丛、岩石和谐地构成一种静幽凄清的意境，是脍炙人口的佳作。与六朝小品客观地、粗略地模山范水相比，柳宗元的山水游记借大自然以写心言志，抒情寓意，并细致描绘景物、刻画渲染意境，因而在历代山水游记中有开创的意义，在散文史上也占有重要的一席。

柳宗元的传记散文，有很强的社会现实意义。《段太尉逸事状》具体描写段秀实的沉着机智，不畏强暴，爱护人民等优秀品质，遣责了骄兵悍吏残民以逞的罪行。《梓人传》、《种树郭橐驼传》、《童区寄传》、《宋清传》都是为下层人物立传的，歌颂了他们的崇高品质，揭露黑暗的现实，讽刺社会丑恶现象。《捕蛇者说》，通过对比捕蛇抵税者与种地赋税者的悲惨遭遇，揭露官府的横征暴敛，为祸烈于毒蛇，对广大百姓寄予深切的同情。这些传记在真人真事的基础上,有夸张有虚构,类寓言又似小说。

柳宗元的骚体辞赋,一类是赋体之文,一类是文体之赋,实则都是讽时刺世或抒发哀怨悲愤的杂文杂感,赋体之文的代表作是《牛赋》,题似咏物之赋,实为讽谕杂文。写牛的一生,不利己专利人,却有功无赏,而赢驴则不劳而获。作者归之于命,实则鸣其不平。文体之赋的代表作如《乞巧文》,自称"臣有大拙,智所不化,医所不攻,威不能迁,宽不能容",表面上"乞巧",实则表示自己"抱拙终身",不改初衷的人生态度。由于他的志向人品和思想遭际都与屈原有相通之处,所以深得楚骚精髓,写来没有丝毫模拟和造作。

总之,柳宗元的散文立意新,蕴涵深,牢骚盛,嬉笑怒骂皆成文章。状物写景,能"漱涤万物,牢笼百态"(《愚溪诗序》),行文简明峻洁,风格雄深雅健。他的部分文章流露出消沉的情绪,也有好用生僻古奥字词的缺点。

(三) 诗歌成就

与韩愈一样,柳宗元的诗歌从思想内容到艺术特色与他的散文都有相通之处。他的一些感时伤世之作与现实紧密相联,表达他"利安元元"、"济生人之患"的情怀,如《田家》三首揭露赋税的苛重,胥吏的凶狠,与《捕蛇者说》主题相同。他的寓言诗表现手法与寓言文同,而寓意题旨不同。他的寓言文多讽刺丑陋的世风俗相,而他的寓言诗多抒情言志:"炎风溽暑忽然至,羽翼脱落自摧藏。草中狸鼠足为患,一夕十顾惊且伤。但愿清商复为假,拔去万累云间翔。"(《笼鹰词》)他的山水诗和他的山水游记一样,用凄清幽峭的意境,表达他孤高悲愤的心情:

> 千山鸟飞绝,万径人踪灭,孤舟蓑笠翁,独钓寒江雪。

> (《江雪》)

诗中的蓑笠翁无疑是诗人的自我写照。柳宗元诗歌中成就最高,最能代表他诗歌风格、特点的是抒情诗,如:

城上高楼接大荒,海天愁思正茫茫。惊风乱飐芙蓉水,密雨斜侵薜荔墙。岭树重遮千里目,江流曲似九回肠。共来百越文身地,犹自音书滞一乡。

(《登柳州城楼寄漳汀连封四州刺史》)

诗中抒写了政治气候、环境的险恶和厕身其间的悲愤心情,表达了诗人对一起被贬的同志友人的关心和怀念。其中"惊风"、"密雨"一联,以风雨侵袭中的景物,暗喻险恶的处境,全诗情景交融,委婉深曲,是他抒情诗的代表作。

柳宗元的诗歌简淡幽峭、工致深婉。对此,苏轼有"外枯而中膏,似淡而实美","发纤秾于简古,寄至味于淡泊"(《评韩柳诗》)的评论。柳宗元长期处于远大的理想在现实中不能实现,浓烈的激情在孤寂的生活中无以宣泄的痛苦之中;他又有"激而发之欲其清,固而存之欲其重"(《答韦中立论师道书》)的审美追求,诉之于诗,便有表现形式的简淡峻洁与内在感情的深沉强烈的特点。他常借闲适表现幽愤,所谓"嬉笑之怒,甚乎裂眦,长歌之哀,过乎恸哭,庸讵知吾之浩浩,非戚戚之尤者乎!"(《对贺者》)如:

宦情羁思共凄凄,春半如秋意转迷。山城过雨百花尽,榕叶满庭莺乱啼。

(《柳州榕叶落尽偶题》)

写他身为逐客,远在异乡,独立庭院,见春半如秋,雨摧花尽,落叶满阶,百感交集。他的诗歌简淡清新有类陶渊明、韦应物,而"长于哀怨,得骚之余意"(《唐诗别裁》卷四)又有别于陶韦。

四 古文运动的其他参与者

古文运动的参与者很多,影响较大的是韩愈的弟子李翱和皇甫湜。

李翱(772～836),字习之,陇西成纪(今甘肃天水)人。唐代散文家、哲学家。曾任史馆修撰,官至山南东道节度使。

皇甫湜(776～830),字持正。睦州新安(今浙江建德)人。仕至工部郎中、东都判官。

李翱论文的代表作为《答朱载言书》、《寄从弟正辞书》,阐述韩愈关于道的观念,强调文以明道。《答朱载言书》提出“创意造言,皆不相师”的主张,与韩愈“陈言务去”的主张相通。他的散文创作,如《杨烈妇传》、《高愍女碑》,表彰藩镇叛乱中的刚烈妇女,《韩吏郎行状》记述韩愈一生行事,文笔平实流畅,而富于感情色彩。他的散文发展了韩文“文从字顺”的特色。

皇甫湜论文的代表作是《答李生书》三篇。其主张及创作实践都发展了韩文的奇崛。在《答李生书》中他崇尚怪奇:“夫意新则异于常,异于常则怪矣;词高则出于众,出于众则奇矣。”虽然也强调意新词高,实际却偏重于韩文的“豪曲快字,凌纸怪发,鲸铿春丽,惊耀天下”(《韩文公墓志铭》)的特点。在创作实践中,他创意求新少,遣词务奇多,导致了重形式轻内容的结果。到皇甫湜的再传弟子孙樵,论文与创作更是“趋怪入奇”,有失自然。

第八节　中晚唐文学

从大历至唐亡(766～907)历时150年左右,其间,诗歌、散文也经历了盛衰的变化。

一　中唐前期的诗文

(一) 刘长卿

刘长卿,字文房,宣州(安徽宣城)人。曾因刚而犯上,两度被贬,后任随州刺史,约卒于789～791年间。有《刘随州集》。

刘长卿的诗从内容到风格开始了唐诗由盛唐向中唐的转变。

经历过盛唐的繁华,也遭受过"安史之乱"的战乱之苦,刘长卿的诗中有感时伤事之作,如:

> 逢君穆陵路,匹马向桑乾。楚国苍山古,幽州白日寒。城池百战后,耆旧几家残。处处蓬蒿遍,归人掩泪看。
>
> （《穆陵关北逢人归渔阳》）

反映战后幽州民生凋敝、城池破败的景色,抒发他忧乱伤时的情怀。刘长卿的这类诗并不多见,调子哀伤低沉,是盛唐的余音。

作为中唐诗歌的首唱者,刘长卿的诗多抒发贬官的哀愁、漂泊的孤独,并在诗中描绘山川的景色,如:

> 春风倚棹阖闾城,水国春寒阴复晴。细雨湿衣看不见,闲花落地听无声。日斜江上孤帆影,草绿湖南万里情。东道若逢相识问,青袍今日误儒生。
>
> （《送严士元》）

> 日暮苍山远,天寒白屋贫。柴门闻犬吠,风雪夜归人。
>
> （《逢雪宿芙蓉山主人》）

在幽冷凄清的景色描写中,融入了身世之感,离别之愁。他以"五言长城"自许,工五言律绝,描绘精致,声律工稳,字斟句酌。这些题材风格的特点都开中唐诗风之先,甚至他的诗境、用事多雷同的瑕疵,也是中唐部分诗歌的通病。

（二）韦应物

韦应物（737～792?）,京兆长安（今西安）人。早年事玄宗任三卫郎,生活放浪不羁。后潜心读书,先后任滁州、江州刺史,左司郎中,苏州刺史,为官有政声。

韦应物是一名清廉宽简的地方官,写了一些关心民生疾苦的好诗。如:

> 斯民本乐生,逃逝竟何为?早岁属荒歉,旧逋积如坻。到

郡方逾月,终朝理乱丝。宾朋未及宴,简牍已云疲。昔贤播高风,得守愧无施。岂待干戈戢,且愿抚惸婺。

(《始至郡》)

他宁愿辞官,也不忍残害百姓:"兵凶久相残,徭役岂得闲。促戚下可哀,宽政身致患。"(《高陵书情》)这种情操与高适的《封丘作》、元结的《春陵行》一脉相承;他对所食俸禄,深自愧疚:"仓廪无宿储,徭役犹未已。方惭不耕者,禄食出闾里。"(《观田家》)这种心理影响及于白居易。就是在这种矛盾痛苦的心情下,他"日夕思自退"(《高陵书情》),并写下大量表现归隐之思和山水之趣的作品。

韦应物的山水田园诗,有白居易所言"高雅闲淡"(《与元九书》)者,如"微雨夜来过,不知春草生。青山忽已曙,鸟雀绕舍鸣"(《幽居》)。也有清幽凄冷者,如:

独怜幽草涧边生,上有黄鹂深树鸣。春潮带雨晚来急,野渡无人舟自横。

(《滁州西涧》)

诗有景中情,画外意:思归欲隐,而独怜幽草;弃置无用,犹潮涨舟横,体现出韦诗"发纤秾于简古,寄至味于淡泊"(苏轼《书黄子思诗集后》)的主要艺术特色。又如:

今朝郡斋冷,忽念山中客。涧底束荆薪,归来煮白石。欲持一瓢酒,远慰风雨夕。落叶满空山,何处寻行迹?

(《寄全椒山中道士》)

全诗在表面的闲适洒脱中,蕴含着深深的失落感。韦诗这种似淡实浓,语浅意深的特点,与他"心同野鹤与尘远,诗似冰壶彻底清"(《赠李侍卿》)的人品诗品有关,也与他远绍陶谢,近学王孟的师承有关。他的诗工于五古,对白居易、柳宗元有很大影响,人称"韦柳"。

(三) 大历十才子

关于大历十才子,史书所载,略有出入,一般多以《新唐书·卢纶传》所载十人为准。他们是卢纶、吉中孚、韩翃、钱起、司空曙、苗发、崔峒、耿𬀩、夏侯审、李端。十才子多为小官吏或幕僚清客,互相唱酬,诗歌内容风格相近。他们有反映时事民生的作品,如"百战无军食.孤城陷虏尘。为伤多易子,翻吊浅为臣"(耿𬀩《宋中》)。但他们的这类作品不仅数量少,而且多流于客观描写,缺乏振撼人心的艺术力量。他们也有边塞诗作,其中成就最高的是卢纶,如:

> 月黑雁飞高,单于夜遁逃。欲将轻骑逐,大雪满弓刀。
>
> （《和张仆射塞下曲》五首之三）

寥寥数字,却苍劲有力。十才子的上述两类诗犹有盛唐余音。

十才子写得最多的是赠别酬唱、羁旅乡愁和吟咏山水的作品,如:

> 故人江海别,几度隔山川。乍见翻疑梦,相悲各问年。孤灯寒照雨,湿竹暗浮烟。更有明朝恨,离杯惜共传。
>
> （司空曙《云阳馆与韩绅宿别》）

全诗意境幽冷、情调哀伤、刻画精细,表达委婉,很能代表十才子的诗风。声律精工圆熟,刻画细致委婉,是他们对律诗发展做出的贡献,而反映现实不够深刻,笔力纤弱,有句无篇则是他们诗歌的通病。

（四）李益

李益,字君虞,他自言"从事十八载,五在兵间,故为文多军旅之思"(计有功《唐诗纪事》卷三〇)。他的边塞诗在中唐成就是最高的。其中有表现杀敌报国的志向,如:

> 伏波惟愿裹尸还,定远何须生入关。莫遣只轮归海窟,仍留一箭射天山。
>
> （《塞下曲》）

全诗壮怀激烈,不减盛唐。还有反映军中矛盾、边将无能、戍边无

策等内容的,但写得最多最好的,还是表现将士久戍望归,思念故乡和亲人的作品,如:

> 回乐峰前沙似雪,受降城下月如霜。不知何处吹芦管,一夜征人尽望乡。

(《夜上受降城闻笛》)

全诗思致悱恻,声调凄惋,表现出不同于盛唐边塞诗的情调。也有描写边塞风光和生活的,如:

> 胡风冻合鸊鹈泉,牧马千群逐暖川。塞外征行无尽日,年年移帐雪中天。

(《征人歌》)

写出边塞游牧迁徙生活的特点,意境壮阔。李益其他题材的诗歌也多佳作。

李益是七绝高手,胡应麟认为"七言绝,开元以下,便当以李益为第一。如《夜上西城》、《从军北征》、《受降》、《春夜闻笛》诸篇,皆可与太白、龙标竞爽。"(《诗薮》内编卷六)

二　中唐中期的诗文

(一)孟郊

孟郊(751～814),字东野,湖州武康(今浙江德清)人。性狷介,少谐合。屡试不第,46岁中进士,50岁任溧阳尉,一生贫寒。有《孟东野诗集》。

反映时代动乱,谴责藩镇作乱,同情人民疾苦,是孟郊诗歌的重要内容,如《感怀》诗指斥李希烈叛乱,《乱离》、《汴州离乱后》等反映汴州兵变,这些战乱使百姓家破人亡:"两河春草海水清,十年征战城郭腥。乱兵杀儿将女去,二月三月花冥冥。千里无人旋风起,莺啼燕语荒城里。"(《伤春》)《织女词》、《塞地百姓吟》所反映的百姓食不果腹、衣不遮体的痛苦生活与《长安早春》中权贵豪门的奢侈荒淫生活形成鲜明对比。

孟郊一生穷困潦倒，因此他的那些啼饥号寒，倾诉自己贫病交加、窘迫困境的诗歌写得最具特色，如："秋至老更贫，破屋无门扉。一片月落床，四壁风入衣。"（《秋怀》其四）"食荠肠亦苦，强歌声无欢。出门即有碍，谁谓天地宽。"（《赠别崔纯亮》）"借车载家具，家具少于车"（《借车》），都是他贫困生活的真实写照，"非其身备尝之，不能道"（欧阳修《六一诗话》），在封建社会正道直行的下层文人中有一定典型意义。这些作品和他写仕途失意，抨击世道险恶、社会风气污浊，表明自己绝不媚时随俗的诗歌都是他对黑暗社会的抗争。

孟郊自称"我有古心意"（《峡哀》其一），他不写律体，专工五古，并以"入深"、"升险"、"搜胜"、"逃俗"（《石淙》其二）为审美追求。他力学苦吟："夜学晓未休，苦吟神鬼愁。如何不自闲，心与身为仇。"（《夜感自遣》）这种作风上承杜甫，下启中晚唐苦吟诗派，加之他孤高绝俗的思想和"雄鸷"的才力，形成他诗歌思深意奇、造语新、冷、硬、险的特色。他独特的艺术风格，深得韩愈称赏："横空盘硬语，妥帖力排奡。"（《荐士》）"刿目鉥心，刃迎镂解，钩章棘句，掐擢胃肾，神施鬼设，间见层出。"（《贞曜先生墓志铭》）他扫除了大历的纤弱诗风，成为中唐奇崛诗派的重要开创者之一。

（二）贾岛

贾岛（779～843），字浪（一作阆）仙，范阳（今河北涿州）人。早年为僧，名无本，后还俗。曾官遂州长江（今四川蓬溪）主簿，后迁普州司仓参军。有《贾长江集》。

贾岛历经八朝，而其间的重大政治事件和社会现实，在他今存的近400首诗中，几无涉及。可见他对社会现实冷漠回避的态度，与孟郊的关心社会、反映民生不同，而在一部分中晚唐诗人中具有代表性。时代的衰败、宦途的坎壈、个人生活的孤寂贫窭，使他长期心情抑郁，于是诉说屡试不第的幽愁暗恨和穷愁潦倒的境况便

成了他诗歌的主要题材,如:

> 市中有樵山,此舍朝无烟。井底有甘泉,釜中乃空然。我
> 要见白日,雪来塞青天。坐闻西床琴,冻折两三弦。饥莫诣他
> 门,古人有拙言。

> (《朝饥》)

尽管饥寒交加,他却苦吟成癖,自谓"两句三年得,一吟双泪流"(《题诗后》)。"一日不作诗,心源如废井"(《戏赠友人》),视诗歌如生命。他又善以冷落荒僻之景,抒发愁苦幽独之情,如"怪禽啼旷野,落日恐行人"(《暮过山村》),"独行潭底影,数息树边身"(《送无可上人》)等,风格清奇幽僻。他长于五律,工于炼句,但有句无篇,"诚有警句,视其全篇,意思殊馁"(司空图《与李生论诗书》)。

贾岛对现实的冷漠,对困境的哀鸣,及其清苦奇僻的诗风,对后世,如宋末的四灵、江湖诗派也颇有影响。

(三) 李贺

李贺(790~816),字长吉,河南福昌(今河南宜阳)昌谷人。是没落的宗室后裔(郑王后)。父李晋肃曾为小吏,早亡,家境贫困。忌恨者因言李贺须避父讳(晋进同音)而不能应进士试。韩愈为作《讳辨》,而他却终未登第。只做过三年奉礼郎,贫病郁愤,27岁即英年早逝。有《李长吉歌诗》传世,杜牧为之序。

李贺是继李白之后,唐代又一个典型的浪漫主义诗人,是孟郊之后的又一苦吟诗人,中唐到晚唐诗风的转变者。

倾诉怀才不遇的悲愤是李贺诗的重要内容之一。他有用世济时之志:"男儿何不带吴钩,收取关山五十州。"(《南园》其五)渴望建功立业:"报君黄金台上意,提携玉龙为君死。"(《雁门太守行》)但是"天荒地老无人识"(《致酒行》),不仅如此,还被断送了仕途。所以他的诗愤怒控诉了封建社会对人才的压抑和摧残:"我有迷魂招不得,雄鸡一声天下白。少年心事当拿云,谁念幽寒坐呜呃。"(同上)"我当二十

不得意,一生愁谢如枯兰。衣如飞鹑马如狗,临岐击剑生铜吼"。(《开愁歌》)《马诗》23 首以马为喻,表达了他申展才志的希冀。李贺这类诗所表达的用世之志、不平之气和凄苦之情,在中晚唐中下层文人中有一定代表性。

讽时刺世也是李贺诗歌的重要内容之一。如《猛虎行》、《吕将军歌》、《荣华乐》、《苦昼短》等篇,对统治阶级穷奢极欲,都有所讽刺。还有《金铜仙人辞汉歌》对于统治阶级妄求长生,亦颇致微辞。但李贺的讽时刺世之作多借古讽今,寓意相当曲折隐晦。

李贺还有少数反映民生疾苦的诗歌,如著名的《老夫采玉歌》:

> 采玉采玉须水碧,琢作步摇徒好色。老夫饥寒龙为愁,蓝溪水气无清白。夜雨冈头食蓁子,杜鹃口血老夫泪。蓝溪之水厌生人,身死千年恨溪水。斜山柏风雨如啸,泉脚挂绳青袅袅。村寒白屋念娇婴,古台石磴悬肠草。

写采玉民工冒死采玉的艰险和内心的痛苦,比韦应物的《采玉行》立意更深,刻画更细。他的《感讽》其一揭露贪官污吏为虐:"越妇拜县官:'桑牙今尚小,会待春日晏,丝车方掷掉。'越妇通言语,小姑具黄粱。县官踏飧去,簿吏复登堂。"与杜甫的《石壕吏》,白居易的《宿紫阁山北村》同一机杼。

大量描写神仙幻境和鬼魅世界,是李贺诗歌内容的一大特色。他既已绝望于现实世界,便寄希望于瑰丽缥缈的神仙世界:"天河夜转漂回星,银浦流云学水声。玉宫桂树花未落,仙妾采香垂珮缨。"(《天上谣》)用仙界幻境,表达他对美好理想的追求和对黑暗现实的否定。他诗中描写的许多阴森凄寒的鬼魅世界,正是黑暗现实社会在他心中的投影:"百年老鸮成木魅,笑声碧火巢中起。"(《神弦曲》)"思牵今夜肠应直,雨冷香魂吊书客。秋坟鬼唱鲍家诗,恨血千年土中碧"(《秋来》)。

李贺长于乐府,以冷艳凄丽、奇僻幽险的风格,在中国文学史上独树一帜,被称为"长吉体"。这种风格的形成,与他奇僻的性格、杰出的才气、落漠的遭遇和呕心沥血的苦吟有关,此外,还由于他的诗歌具有想象荒诞虚幻,结构开阖跳跃,几无线索可寻,语言修辞新奇突兀等鲜明的艺术个性。例如在《李凭箜篌引》中,他用昆仑玉碎、凤鸣九天、荷花泣露、香兰含笑、石破天惊分别形容箜篌声音的清脆、嘹亮、凄切、欢快和高亢等急剧变化,其中的碎、叫、泣、笑等都是人们的听觉感受。用江娥啼、素女愁、老鱼跳、瘦蛟舞、吴质不眠来表达演奏的艺术魅力:"天地神人,山川灵物,无不感动鼓舞。"(姚文燮《昌谷集注》卷一)在结构方面,全诗除"吴丝蜀桐张高秋"、"李凭中国弹箜篌"外,几无叙述说明,连正面描绘演奏动作技巧的词语都没有。全诗由一幅幅迭出傍生的意象组合而成,它们所表现的内涵意蕴及其相互关系,全凭读者的联想去思索演绎。在语言和修辞方面,他力避平俗,刻求奇险,喜用鬼、泣、冷、血、死等凄冷的字词,又喜欢用秾丽的色彩加以渲染,如《雁门太守行》中,用黑云、金鳞、燕脂、夜紫、红旗、玉龙等浓重艳丽的色彩表现秋天的萧杀,战事的悲壮。一般比喻不足以表达他的奇思冥想,就大量运用移情、通感等修辞手法,沟通各种感官感受,如"衰兰送客咸阳道,天若有情天亦老"(《金铜仙人辞汉歌》),"无情有恨何人见? 露压烟啼千万枝"(《昌谷北园新笋》其二),"银浦流云学水声"、"冷红泣露娇啼色"(《南山田中行》),"羲和敲日玻璃声"(《秦王饮酒》)等都具有上述特点。从中也可以看出他在炼词用字上力求"石破天惊"的艺术效果。

"斫取春光写楚辞"(《昌谷北园新笋》),"咽咽学楚吟"(《伤心行》),李贺的诗继承了屈原、李白的浪漫主义精神以及浪漫主义的想象构思等表现手法,又熔铸了六朝宫体的浓艳、细腻和韩愈的奇险,形成他独特的艺术风格。他的诗歌对李商隐、温庭筠以及晚唐诗风、词风的浓丽、深细、幽曲影响甚大,不少词家从他的移情、通感和造词用字中学习修辞方法。元代杨维桢、明代徐渭、清代龚自珍也都程度不同地受过他的影响。

李贺诗歌的缺陷也十分明显,他不仅有艳情宫体之作,也有虚幻悲观的思想。在艺术方面,"牛鬼蛇神太甚"(张表臣《珊瑚钩诗话》卷一)而晦涩难懂,有奇句而缺少完整的构思。

(四) 刘禹锡

刘禹锡(772～842),字梦得,河南洛阳人,祖籍中山(今河北定县)。他与柳宗元志同道合,同是王叔文集团的重要成员。元和元年(806),与柳宗元一起被贬,先后谪迁朗州、夔州、和州长达22年之久。这一时期他了解社会民生,学习民歌,穷愁著书,写了不少优秀的诗文。大和元年(827)至会昌二年(842),历任主客郎中、太子宾客、检校礼部尚书等职,病故于洛阳。有《刘宾客集》。

刘禹锡的诗歌在异彩纷呈的中唐诗坛上不入流派而自立门户。

刘禹锡存诗800余首,内容较为丰富。他自觉地学习和创作民歌,用《竹枝词》、《浪淘沙》、《堤上行》、《踏歌词》、《畲田行》等民歌形式表现湘鄂巴蜀及江南的风土人情,是刘诗的一大特点,如:

> 杨柳青青江水平,闻郎江上唱歌声。东边日出西边雨,道是无晴还有晴。

> (《竹枝词二首》之一)

> 山上层层桃李花,云间烟火是人家。银钏金钗来负水,长刀短笠去烧畲。

> (《竹枝词九首》之九)

诗歌富有生活情趣,而且语言清新朴素,格调自然优美。

刘禹锡的咏怀古迹颇多杰作,《西塞山怀古》、《金陵怀古》、《蜀先主庙》、《乌衣巷》、《金陵五题》等历来传诵。如:

> 王濬楼船下益州,金陵王气黯然收。千寻铁锁沉江底,一片降幡出石头。人世几回伤往事,山形依旧枕寒流。今逢四海为家日,故垒萧萧芦荻秋。

> (《西塞山怀古》)

前四句洗练地概括了西晋灭吴一事,后四句不是一般地感慨物是人非,而是用六朝覆灭后遗迹的荒凉破败,讽刺割据分裂的下场,有着"兴废由人事,山川空地形"(《金陵怀古》)的深刻精警的寓意。

刘禹锡的抒情言志诗,在抒发怨悱悲愤之中,还表达他不屈不挠,奋发自励的情怀,如"马思边草拳毛动,雕眄青云睡眼开。天地肃清堪四望,为君扶病上高台"(《始闻秋风》);有的还富有辩证的思维,给人启迪,催人进取,如"芳林新叶催陈叶,流水前波让后波"(《乐天见示伤三君子因成是诗以寄》),"沉舟侧畔千帆过,病树前头万木春"(《酬乐天扬州初逢席上见赠》)。这正是他的诗歌苍劲雄豪特色的思想内核。

刘禹锡的政治讽刺诗,发挥了诗歌的美刺功能。如《平蔡州》、《平齐行》等歌颂了平淮西、淄青战争的胜利,反映他维护统一的政治立场。他有不少托物寓言的诗,类似柳宗元的寓言诗,如《聚蚊谣》,把镇压"永贞改革"的宦官权贵比作"利嘴迎人著不得"的蚊虫,《百舌鸟》把进谗的奸佞比作"笙簧百啭音韵多"的百舌鸟。

白居易称刘禹锡为诗豪,他的诗确有雄豪苍劲的风骨,而无哀苦凄恻的情调。这种风骨来自他傲岸不屈的精神和乐观奋发的精神:"玄都观里桃千树,尽是刘郎去后栽。"(《戏赠观花诸君子》)他以桃花为喻,轻蔑地讥嘲新贵,也没放过那些趋炎附势、奔走权门的看花人:"紫陌红尘拂面来,无人不道看花回。"诗作于他长贬十年,初回京城之际,可见他锋芒棱角不减当年。更为可贵的是,他在因写此诗而被再贬十余年后,依然那样傲岸不屈:"桃花净尽菜花开","前度刘郎今又来"(《再游玄都观》)。即使在逆境、老境中他也不沉沦、颓伤:"莫道桑榆晚,为霞尚满天。"(《酬乐天咏老见示》)他的《秋词》两首一反文人悲秋的传统,唱出一曲高亢的"秋日胜春朝"的赞歌:"晴空一鹤排云上,便引诗情到碧霄。"

刘禹锡有深刻的思想、卓越的识见,有"片言可以明百意,坐驰可以役万景","境生于象外"(《董氏武陵集纪》)的审美理想,所以他的诗歌议论与形象有机地结合,精炼隽永,如《乌衣巷》中前两句意境宛然,"野草花"、"夕阳斜"所描绘的败落荒凉的景色,为下面的讥嘲张本。后两句又以飞燕为见证,在今昔盛衰的对比中,讥嘲权贵好景不长。全诗出语冷隽,寓议论于形象。刘禹锡的七律在杜甫、李商隐之间独擅胜场,他的七绝上接李益,下启杜牧。

刘禹锡还是古文运动的重要参与者。他的《天论》三篇批驳了"天命论",论述了天人的物质性和相互关系,论理缜密,形象生动,富有文采,可以看出他的文章长于"论"的特点。他的杂文如《因论》七篇,一事一议,有感而发。其中《讯氓》揭露藩镇的残暴,有一定的现实意义。写法上以小见大,深入浅出,与柳宗元《三戒》、韩愈《杂说》异曲同工。他的散文与诗歌一样,都有柳宗元所说的"文隽而膏,味无穷而炙愈出"(刘禹锡《犹子蔚适越戒》引)的特点,为世传诵的《陋室铭》,可为例证。

三 中唐后期的诗文

(一) 杜牧

杜牧(803~852),字牧之,京兆万年(今陕西西安)人。祖父杜佑系中唐名相。他曾先后任监察御史、膳部及比部员外郎,黄州、池州、睦州及湖州刺史,后拜中书舍人。卒年51岁,有《樊川集》。

杜牧属意经济,有中兴唐室的志向,自称:"平生五色线,愿补舜衣裳。"(《郡斋独酌》)喜论政谈兵,时有远见卓识。他认为振兴国家,当务之急在于收复失地,削藩统一:"弦歌教燕赵,兰芷浴河湟。腥膻一扫洒,凶狠皆披攘。生人但眠食,寿域富农桑。"(同上)他在诗中反映中晚唐之际藩镇割据,边患频仍,民不聊生的现实:"夷狄日开张,黎民愈憔悴"(《感怀》),"太守政如水,长官贪似狼。征输一云毕,任尔自存亡"(《郡斋独酌》)。《早雁》诗托物比兴:

金河秋半虏弦开,云外惊飞四散哀。仙掌月明孤影过,长门灯暗数声来。须知胡骑纷纷在，岂逐春风一一回。莫厌潇湘少人处，水多菰米岸莓苔。

忧念因回鹘入侵而仓惶南逃的人民。

杜牧才兼文武，官不过州牧，志不获申展，因此有不少诗歌书怀言志，发泄牢骚："关西贱男子，誓肉房杯羹。请数系房事，谁其为我听……韬舌辱壮心，叫阍无助声。聊书感怀韵，焚之遗贾生。"（《感怀》）也有一些失意后沉溺声色之作。杜牧曾任史职，又关注历代兴亡的教训，所以有不少评论史事，针砭时政的怀古咏史诗。如：

> 长安回望绣成堆，山顶千门次第开。一骑红尘妃子笑，无人知是荔枝来。
>
> 　　　　　　　　　　　　　　　　　　　　（《过华清宫》）
>
> 烟笼寒水月笼沙，夜泊秦淮近酒家。商女不知亡国恨，隔江犹唱后庭花。
>
> 　　　　　　　　　　　　　　　　　　　　（《泊秦淮》）

都是借古喻今，讽刺荒亡的。

杜牧论文主张"以意为主，以气为辅，以辞采章句为之兵卫"（《答庄充书》），他的诗歌能融合前人所长，将忧国忧民的怀抱和伤春伤别的情思交织一起，形成"雄姿英发"的特色，在俊爽峭健中有风华绮靡之致。中唐以后，古体衰微，而他的古体受杜甫、韩愈的影响，题材广阔，议论纵横，笔力劲峭。他的七律成就较高，善以拗峭之笔见俊爽之致。他的七言绝句成就最高，题材风格多样，且多名篇。如《赤壁》议论精警，自出手眼；《泊秦淮》案而不断，含蓄隽永；也有的白描口语，而富有诗情画意，如《山行》、《寄扬州韩绰判官》等。但是，杜牧个别诗歌亦有粗疏、生拗之处。

杜牧的散文在中晚唐也卓然名家。就内容而言，"多切经世之务"（《四库全书总目》卷一五一），有不少文章论述削藩固边的韬略，透辟剀切。他的《阿房宫赋》为"宝历大起宫室，广声色"（《上知己文章启》）而作,总结秦祚短促的教训,用以讽喻现实。他的古文"纵横奥衍"(《四库全书总目》一五一),笔力劲健。

(二)李商隐

李商隐是中晚唐之际成就最高的诗人。他的抒情诗特别是爱情诗,独具风格。

李商隐(约813~858),字义山,号玉溪生、樊南生,怀州河内(今河南沁阳)人,迁居郑州荥阳(今属河南)。自称宗室,但出身寒微。早从堂叔学古文,后入令狐楚幕学骈文。开成二年(837),得力于牛党而进士登第,又作了李党王茂元之婿,便在不自觉中卷入了牛李党争并成了牺牲品。所任不过秘书省校书郎、弘农尉、秘书省正字等卑微官职,游幕桂州、徐州、梓州等地。大中十年(856)任盐铁推官,十二年罢职后病卒。有《李义山诗集》、《李义山文集》。

李商隐诗今存600余首,大致内容为:

政治诗。对于中晚唐之际的重大政治事件和社会问题,李诗多有深刻的反映。太和年间发生了震惊朝野的"甘露事变",李商隐在《有感》二首和《重有感》中,对宦官幽禁文宗、滥杀无辜表示了极大的义愤。《哭刘蕡》、《哭刘司户蕡》对被宦官迫害而死的刘蕡深致哀悼。中晚唐之际,藩镇割据愈演愈烈。李商隐歌颂平叛:"将军大旆扫狂童,诏选名贤赞武功。"(《送户部李郎中充昭义攻讨》)警戒枭雄:"堪叹杜宇成故君,可能先主是真龙?将来为报奸雄辈,莫向金牛访旧踪。"(《井络》)他还有不少咏史怀古诗借古讽今,如《贾生》讽刺统治者"不问苍生问鬼神",如《北齐》二首之一嘲讽统治者荒淫好色,致使国破身亡:"一笑相倾国便亡,何劳荆棘始堪伤。"都有立意警策,讥嘲辛辣,用笔深婉的特色。长诗《行次西郊作一百韵》,通过京郊农民的口述,回顾了大唐帝国200年来由盛变衰的历史过程,反映了"安史之乱"至"甘露事变"近百年间的历史变乱及社会危机,如帝王荒淫昏聩、宦官专横跋扈、藩镇割据叛乱、财政拮据支绌、农村破败凋敝、百姓流离失所等社会现象。诗人对比今昔,推原祸始,得出"又闻理与乱,系人不系天","例以贤牧伯,征入司陶钧"的结论。这是继杜甫《咏怀五百字》、《北征》之后又一篇难得的史诗,虽波澜曲折不及杜诗,但涵盖面更广。

述怀诗。崔珏在《哭李商隐》诗中写道:"虚负凌云万丈才,一生襟抱未曾开。"概括了李商隐悲剧的一生。青年时代的李商隐即有"欲回天地"的抱负:

> 迢递高城百尺楼,绿杨枝外尽汀洲。贾生年少虚垂涕,王粲春来更远游。永忆江湖归白发,欲回天地入扁舟。不知腐鼠成滋味,猜意鹓雏竟未休。

> 　　　　　　　　　　　　　　　　　　　(《安定城楼》)

这种希望重振乾坤,然后功成身退的理想,贯穿他的一生,直到晚年,他还"且吟王粲从军乐,不赋渊明归去来"(《偶成转韵七十二句》)。思从军入幕,愿为国出力。由于他不自觉地被卷入党争的旋涡,于是备受猜忌,横遭忌恨,有志难酬。因此他的申志述怀诗,多伤感身世之作。而这种不平之鸣,又多借伤悼历史人物(如贾谊、王粲、孔明、庾信等)和咏物写景来抒发:

> 猿鸟犹疑畏简书,风云长为护储胥。徒令上将挥神笔,终见降王走传车。管乐有才真不忝,关张无命欲何如? 他年锦里经祠庙,梁父吟成恨有余。

这一曲《筹笔驿》,便是李商隐的"梁父吟"。"高松出众木,伴我向天涯"(《高松》),这是他借高直出众的松树寄托抱负。"本以高难饱,徒劳恨费声。五更疏欲断,一树碧无情!"(《蝉》)则是借蝉鸣以传恨。李商隐的这类诗伤时哀己,既有时代衰败的印记又有个人身世的感怀,成就很高。

爱情诗。李商隐的爱情诗是我国古典诗歌中最具特色的。其

中一部分表现他与王氏伉俪情深,代表作为《夜雨寄北》:

> 君问归期未有期,巴山夜雨涨秋池。何当共剪西窗烛,却话巴山夜雨时。

把离别相思之苦写得"语浅情深"。他的悼亡追忆之作,如《正月崇让宅》、《悼伤后赴东蜀辟至散关遇雪》,无家而作有家之想,血泪写成,令人不忍卒读。

另一部分是表现他与其他女子失败的恋爱经历的,多用"无题"作诗名,带有浓重的悲剧色彩。诗中交织着焦灼的期待与伤心的失望,热烈的追求与痛苦的徘徊,如:

> 相见时难别亦难,东风无力百花残。春蚕到死丝方尽,蜡炬成灰泪始干。晓镜但愁云鬓改,夜吟应觉月光寒。蓬山此去无多路,青鸟殷勤为探看。

这首诗和其他无题诗中的名句,如"身无彩凤双飞翼,心有灵犀一点通"、"春心莫共花争发,一寸相思一寸灰"、"刘郎已恨蓬山远,更隔蓬山一万重"等,都表现了一种锲而不舍的追求和刻骨铭心的感情,其内涵意蕴已逸出爱情的范围,给人以思想启迪和美的熏陶。无题诗是李商隐的独创,代表了他诗歌的风格。

李商隐多情善感,生于衰危之世,处于动辄得咎的党争之中,爱情诸多失意,仕途屡遭挫折。这些坎坷的经历,形成了他的诗歌鲜明的艺术个性:"深情绵邈"(刘熙载《艺概》)的内涵和婉曲见意的表现手法。其具体特点有:

其一,深于寄托,巧于比兴。所谓"为芳草以怨王孙,借美人以喻君子"(《谢河东公和诗启》),是李诗最显著的特色。他的诗小至一句一联,如"江风扬浪动云根,重碇危樯白日昏"(《赠刘司户蕡》)比喻皇权旁落,宦官专恣的危难局势;大至全篇如《锦瑟》诗所抒发的"美人迟暮"之感,都有寄意幽微深远的特点。

其二,用典精工、巧妙。他是唐代诗人中用典最多的一个。

他用典出入经史,博取神话传说,手法灵活多变,不仅能正用,而且能活用、反用,翻出新意,还能用关联词将两个典故巧妙地织入一联中,表现复杂的现实生活和个人情感。如"此日六军同驻马,当时七夕笑牵牛"(《马嵬》)在对比中讽刺玄宗;"已断燕鸿初起势,更惊骚客后归魂"(《赠刘司户蕡》),用递进关系为刘蕡先被黜下第,后遭贬逐的遭遇鸣不平;"只有安仁能作诔,何曾宋玉解招魂"(《哭刘蕡》)兼用条件、反问句表达自己只能为刘蕡作诔,而无法使其还生的悲愤。李诗用典多,增加了他的诗"句蕴密致"(葛立方《韵语阳秋》卷二)的特色,但求之过深,用之过多,也导致他的部分诗浓而不化,晦涩难懂。

其三,李诗语言凝炼,注意锤炼实词、选择虚词、运用叠词。成语典故、民谚俗语,经他加工润色后,往往蕴涵丰富,造境新颖。

李诗诸体皆工,咸有佳作,而成就最高的当推七言律绝。

李商隐的诗歌有广泛的师承。他悲怆哀怨的情思和香草美人的寄托手法源自屈原,他诗旨遥深、归趣难求的风格与阮籍也有相通之处。杜诗忧国伤时的精神、沉郁顿挫的风格、齐梁诗的精工秾丽、李贺诗幽约奇丽的象征手法和风格都影响了李商隐。他的一些长篇古体,雄放奇崛又近于韩愈,他还有少数诗歌清新流丽、纯用白描,脱胎于六朝民歌。他善融百家,故能自成一体。他的诗歌对晚唐韩偓、唐彦谦、北宋西昆派、王安石、黄庭坚,直至清代的钱谦益、吴伟业、龚自珍等都有过一定的影响。

四　晚唐诗人

(一)　皮日休

皮日休(840?~883?)字逸少,后改袭美,自号鹿门子、醉吟先生,襄阳人。咸通八年(867)进士,及第。曾任著作郎、太常博士等官。后参加黄巢起义,为翰林学士,死因众说纷纭。

皮日休推崇李杜,论诗主张近于白居易:"乐府尽古圣王采天下之诗,欲以知国之利病、民之休戚者也……诗之美也,闻之足以观乎功;诗之刺也,闻之足以戒乎政。"(《正乐府序》)

皮日休存诗近400首,没有参加起义后的作品。以咸通8年为界,前期所作《正乐府》10篇及《三羞诗》等现实性很强。如《橡媪叹》揭露"狡吏不畏刑,贪官不避赃","如何一石余,只作五斗量",以致广大百姓"农时作私债,农毕归官仓。自冬及于春,橡实诳饥肠"。《卒妻怨》反映"河湟戍卒去,一半多不回……处处鲁人髽,家家杞妇哀……其夫死锋刃,其室委尘埃"。这些诗叙议结合,质朴坦易,也近似白诗。他后期多闲适酬唱之作,现实性减弱。部分诗学韩诗的奇崛。

皮日休还创作了不少犀利尖锐的小品文,批判锋芒直指暴君:"古之取天下也,以民心;今之取天下也,以民命。"(《读司马法》)"古之杀人也怒,今之杀人也笑。"(《鹿门隐书》)揭露贪官污吏巧取豪夺,行同盗贼:"古之置吏也,将以逐盗;今之置吏也,将以为盗。"(同上)他的小品文忧愤深切,议论精警,讽刺尖锐。

陆龟蒙与皮日休交往甚深,诗文内容风格相近,史称"皮陆"。

(二) 罗隐

罗隐(833～909),字昭谏,余杭(今属浙江)人。累举不第,传食于藩镇,后投钱镠任钱塘令、谏议大夫等职,有《罗昭谏集》。

罗隐狂狷简傲,恢谐善讽。累举不第后自编所作,名为《谗书》,都是他"愤懑不平之言"(方回《谗书》跋)意在"警当世而戒将来"(罗隐《谗书》重序),如《英雄之言》借刘邦、项羽的所谓"英雄之言"进行揭露:

> 视国家而取者,则曰救彼涂炭……则宜以百姓心为心,而西刘则曰:居宜如是,楚籍则曰:可取而代。

盗窃国家而美其名曰:"救彼涂炭",锋芒所向,不止是唐末割据攘夺者。《伊尹有言》、《三叔碑》也是借古讽今,抨击晚唐宦官擅权、藩镇割据的。他的小品文涉笔成趣,幽默诙谐,讽刺挖苦,入木三分。

罗隐的诗歌成就虽不如散文,但内容风格却颇为相似。"其诗自光启以后,广明以前,海内乱离,乘舆播迁,艰难险阻之事,多见之赋咏"(王士禛《五代诗话》卷五)。他的诗歌讽刺径直尖刻,而不求含蓄委婉,在咏史叙事、状物写景中寓幽默讥嘲。如:"十二三年就试期,五湖烟月奈相违。何如买取胡孙弄,一笑君王便著绯。"(《感弄猴人赐朱绂》)就昭宗播迁时赐弄猴人朱绂,号孙供奉一事,讽刺他只重猴戏不重贤才。他长于咏史,"时来天地皆同力,运去英雄不自由"(《筹笔驿》)是末世的慨叹,深含哲理。他的诗长于七律,虽有粗率之处,但"气雄调响"(钱良择《唐音审体》),是"晚唐中之铮铮者"(李慈铭《越缦堂读书记·文学》)。

(三)杜荀鹤

杜荀鹤(846～904),字彦之,池州石埭(今属安徽)人,自号九华山人。46岁中进士。由朱温荐任翰林学士。有《唐风集》。

杜荀鹤出身寒微,生逢乱世,又长期失意,所以"诗旨未能忘救物"(《自叙》),用诗歌揭露黄巢起义前后的社会黑暗,反映民不聊生的状况,如:"桑柘废来犹纳税,田园荒后尚征苗……任是深山更深处,也应无计避征徭。"(《山中寡妇》)"去岁曾经此县城,县民无口不冤声。今来县宰加朱绂,便是生灵血染成。"(《再经胡城县》)揭露封建官吏以民血染朱绂,一针见血。他长于七律,善用俗词口语,平易流畅,又出自苦吟,故有深度。

(四)韩偓

韩偓(842～914?),字致尧,京兆万年(今陕西西安)人,号玉樵山人。曾任翰林学士、中书舍人、兵部侍郎等职。历经乾宁、光化间宦官藩镇之乱,对转变早年诗风关系甚大。因不附朱温被贬。唐亡后,诗只记干支,不记年号,以示不臣。有《香夜集》。

韩偓早年所作的诗多写男女恋情,对花间词有一定影响,被目为香奁诗人。其实他的后期诗歌中,多有忧国伤时、国亡追忆之作,极其沉痛悲怆。他长于七律、七绝,从风格到表现手法,受其姨父李商隐的影响。如:

> 晚凉闲步向江亭,默默看书旋旋行。风转滞帆狂得势,潮来诸水寂无声,谁将覆辙询长策,愿把燊丝属老成。安石本怀经济意,何妨一起为苍生。
>
> (《有瞩》)

> 水自潺湲日自斜,尽无鸡犬有鸣鸦。千树万落如寒食,不见人烟空见花。
>
> (《自沙县抵龙溪县值泉州军过后村落皆空因有一绝》)

这些诗善将时代的动乱、处境的危难、情怀的凄苦融入写景状物中,沉郁凄怆。他的后期诗作"性情既挚,风骨自遒,慷慨激昂,迥异当时靡靡之响"(《四库全书总目》卷一五一)。

第九节　唐代传奇

一　唐传奇的兴起与分期

唐传奇是一种文言短篇小说。元稹《莺莺传》曾题名《传奇》,晚唐裴铏名其所撰小说集为《传奇》,后人遂把传述奇事、奇遇的唐代小说及明清南戏均称为传奇。

唐传奇是在六朝志怪基础上发展起来的,但两者有很大的区别,对此鲁迅曾有论述:

> 小说亦如诗,至唐代而一变,虽尚不离于搜奇记逸,然叙述宛转、文辞华艳,与六朝之粗陈梗概者较,演进之迹甚明,而

尤显者乃在是时则始有意为小说。胡应麟（《笔丛》三十六）云，"变异之谈，盛于六朝，然多是传录舛讹，未必尽幻设语，至唐人乃作意好奇，假小说以寄笔端"。其云"作意"、云"幻设"者，则即意识之创造矣。

（《中国小说史略》第八篇）

唐传奇虽传述奇闻轶事，但多取材现实，而且是有意识地进行创作，自觉追求艺术美："著文章之美，传要妙之情。"（沈既济《任氏传》）即用虚构想象，曲折情节，讲究词采藻饰，已近似现代定义的小说了。

唐传奇除传承于六朝志怪外，还受唐代史传文学、古文、诗歌及民间说唱文学的影响：唐传奇脱胎于史之列传，一些作者曾任史职，传奇中借用了传、论、赞的体例；唐传奇实为古文的一支，作者多是古文运动的参与者，韩柳力倡的古文，为传奇的叙事写人提供了富于表现力的形式；得益于说话人和俗讲僧的表演艺术，形成了唐传奇铺叙委婉，描写细腻，情节曲折的特点，白行简的《李娃传》就是依据说话《一枝花》改编而成的；《游仙窟》、《柳氏传》诗文相间的体例，陈鸿的《长恨歌传》与白居易的《长恨歌》相辅而行的形式，都受唐代诗歌、变文的影响。

唐代政治经济文化的发展为唐传奇的繁荣也提供了良好的条件。城市经济的发达，商贾市民的生活、文人官吏的会考游宴，乐工歌伎的演唱，为唐传奇提供大量生动的素材，而传奇所记的奇闻轶事，也投合他们嗜奇猎艳的心理和遣兴娱乐的需要。唐传奇作者多为应试求仕的中下层文人，科举中的行卷、温卷风气也助长了传奇的繁荣：

唐世举人，先借当时显人以姓名达主司，然后投献所业。逾数日又投，谓之温卷，如《幽怪录》、《传奇》等皆是也。盖此等文备众体，可见史才、诗笔、议论。

（赵彦卫《云麓漫钞》）

这些中下层文人对社会现实、百姓生活较为熟悉，又有较高的文艺修养，这对唐传奇的现实性和艺术性有直接影响。

唐传奇的发展大致可分以下四个阶段：

第一，唐初至大历（618～779）为六朝志怪向唐传奇的过渡时期。这一时期传奇题材仍以志怪为主，但创作意图由证明神怪不诬变为俳偕逞才。艺术上追求情节离奇、手法铺陈夸张，不重人物形象的完整。代表作为王度的《古镜记》、无名氏的《补江总白猿记》、张鷟的《游仙窟》，而陈玄祐《离魂记》的出现标志爱情题材的创作高潮即将到来。

第二，贞元至元和（780～820）是唐传奇发展全盛期。标志是作家辈出、名作荟萃，出现诗歌传奇相辅而行的局面。题材由志怪转向写实，男女爱情故事激增。创作目的由俳偕逞才转为抒情达意。艺术上注重人物形象和性格的塑造，情节曲折，细节描写生动，文笔优美，具有"传"的特点。代表作有沈既济的《任氏传》、《枕中记》，李公佐的《南柯太守传》，蒋防的《霍小玉传》、李朝威的《柳毅传》、元稹的《莺莺传》，白行简的《李娃传》。

第三，长庆至咸通（821～874）是唐传奇发展的中期。这一时期侠义和历史题材增多而爱情题材减少。这与藩镇、权贵蓄士养刺客的风气和人们由唐朝的衰落反思历史，思索兴亡教训有关。神仙鬼怪题材复炽，也与时局动乱，士大夫思隐慕仙有关。艺术上受古文运动衰落的影响，骈词俪句增多。出现了大量传奇集及杂俎，如牛僧孺的《玄怪录》、裴铏的《传奇》、袁郊的《甘泽谣》等。

第四，乾符至唐末（874～907）是唐传奇衰落时期。作品数量减少，艺术水平下降，宣扬封建伦理纲常和宣泄愤世疾俗情感的倾向加强。成就最高的是皇甫枚的传奇集《三水小牍》。

现存的唐传奇多收录在《太平广记》中，《太平御览》、《文苑英华》中也载录了一些。鲁迅的《唐宋传奇集》"斥伪返本",是较好的选本。

二　唐传奇的思想内容

变志怪为反映社会人生,是唐传奇对六朝小说的重大发展,增强了小说的社会现实意义。

唐传奇的题材大致分为爱情婚姻、文人仕途、豪侠行义、历史故事、神仙怪异等,而神仙怪异又往往穿插各类题材中,这是六朝小说的胎记。

爱情婚姻题材在唐传奇中占较大比重,且多具有思想深度和艺术魅力的佳作。不少作品歌颂男女青年挣脱"父母之命、媒妁之言"的枷锁,争取自主幸福的爱情和婚姻。他们不畏强暴、不计贫富、不惜以身殉情,如《任氏传》中的狐女任氏爱恋家境贫寒的郑六,严斥企图恃富施暴的韦崟道:"郑生,穷贱耳。所称惬者,唯某而已。忍以有余之心,而夺人之不足乎?哀其穷馁,不能自立,衣公之衣,食公之食,故为公系耳。若糠糗可给,不当至是。"体现了妇女要求主宰自身命运的愿望和敢于反抗强暴的斗争精神。《柳毅传》中的龙女是包办婚姻的受害者,备受丈夫虐待,但她并不屈服,请柳毅捎信向父亲洞庭君诉苦,历经周折,终于按照自己的意愿,与见义勇为的柳毅结成美满婚姻。她是个敢于反抗夫权压迫,大胆追求幸福爱情的妇女形象。《三水小牍》中的飞烟"为媒妁所欺,逐匹合于琐类"。他与赵象相恋,被丈夫发现,"缚之大柱,鞭楚血流",仍不屈服,声称:"生得相亲,死亦何恨!"终于以身殉情。她是一个敢于冲破封建礼教束缚,不惜以死抗争的叛逆女性形象。唐传奇中还有的爱情故事控诉门阀等级制度对爱情的摧残破坏,揭露封建统治阶级的贪婪自私。如《霍小玉传》写妓女霍小玉与士大夫李益相爱,她"本倡家,自知非匹",只求有8年相爱之期约。在得知李益得官负约后,她怒斥道:"我为女子,薄命如斯,君是丈夫,负心若此。韶颜稚齿,饮恨而终。慈母在堂,不能供养……李君、李君,今当永诀!我死之后,必为厉鬼使君妻亲,终日不安。"她的血泪控诉,不仅针对李益,更是针对封建等级制度和封建礼教。《李娃传》写郑生因与妓女李娃来往而沦为乞丐,李娃决心与他结合,而他的父亲荥阳公却认为他"污辱吾门",令人"去其衣服,以马鞭鞭之数百"。当他在李娃帮助下应试"策名第一,授成都府参军"后,父亲却要和他"父子如初"。李娃不计贫富的善良品质与荥阳公的残暴自私、唯金钱权势是认,形成鲜明对比。

唐传奇的爱情题材也有明显的思想局限:多以郎才女貌、一见钟情为基础,以夫贵妻荣为结局,在人物对话和论赞中流露出封建的伦理说教和道德规范。

唐传奇中关于仕途坎坷、官场黑暗的题材,具有较强的讽刺性,如《枕中记》和《南柯太守传》。《枕中记》写自叹贫贱的卢生梦中联姻望族,考中进士,建功边陲,虽遭贬谪,还是官至宰相,享尽荣华富贵,醒来方知是黄粱一梦。《南柯太守传》中的淳于棼梦游槐安国,当了驸马,"赐食邑,赐爵位,居台辅",显赫荣耀一时,不料公主一死,遭诬被贬放归,梦方惊醒。它们都揭露了封建社会官场争权夺利、互相倾轧的丑恶,讽刺了封建文人对功名利禄的热衷,具有很强的现实意义。但也流露出人生如梦的虚无思想,与当时佛道思想的风行有关。

唐传奇中的历史题材,对统治阶级有不同程度的揭露批判。如陈鸿的《长恨歌传》,通过唐玄宗与杨贵妃的爱情故事,对封建帝王的荒淫误国,权豪势要的"愚弄国柄"作了深刻揭露,但也表现了"女人是祸水"的封建观念。他的《东城老父传》以贾昌驯鸡、斗鸡得宠的史实,揭露天宝后期君臣上下骄奢淫逸的生活,点明国家丧乱的原因。《三水小牍》中的《王好古》揭露独霸一方的藩镇张直方飞扬跋扈,无恶不作,皇帝对他束手无策,反映中晚唐藩镇横行霸道的现实。

唐传奇中的豪侠行义题材,在晚唐剧增,反映人们幻想豪侠义士的抗暴除奸,能挽救唐朝的衰败这种社会心理。《无双传》中的古生、《昆仑奴》中的昆仑奴为人排忧纾难,成全美满婚姻,是理想的化身。而《虬髯客传》、《聂隐娘》、《红线》的思想倾向则较复杂,如《虬髯客传》在反对藩镇割据的同时,宣扬天命论,维护李唐王朝的统治。

三　唐传奇的艺术成就及地位

唐传奇突破了六朝志怪粗陈梗概的水平,在人物形象塑造、情节结构安排和语言运用方面都取得可喜的成就。

唐传奇中出现了社会各阶层的人物,从帝王后妃、文武大臣到文人商贾、侠客僧道、乐工艺伎、姬妾丫环各色人等。其中不少人物个性鲜明,有血有肉,如豪爽鲁莽、疾恶如仇的钱塘君,敢爱敢怒的霍小玉,以身殉情的步飞烟,见义勇为、不图酬报的柳毅,虚伪负心的张生等,都写得栩栩如生。一些成功的人物形象性格还有所发展,如霍小玉对李益由爱到恨,李益在门阀制家长制威逼下,由山誓海盟到负心悔约、羞愧有加的过程,写得入情入理。作者力图写出人物个性形成发展的环境条件,因而富有真实感。唐传奇还善于运用心理刻画、对比手法及细节描写等使人物形象更丰满、更传神。如《李娃传》中荥阳公先夸耀郑生:"此吾家之千里驹也";而后不认落魄的郑生,斥其"志行若此,污辱吾门,何施面目,复相见也";最后郑生中试得官后,又表示"吾与尔父子如初",前后的变化对比,活画出他残忍势利的嘴脸。又如郑生与西肆长髯者斗唱挽歌一段的对比描写极富神采:"有长髯者拥铎而进,翊卫数人。于是奋髯扬眉,扼腕顿颡而登,乃歌《白马》之词。恃其凫胜,顾眄左右,旁若无人。齐声赞扬之;自以为独步一时,不可得而屈也"。而郑生唱时"整衣服,俯仰甚徐。申喉发调,容若不胜。乃歌《薤露》之章,举声清越,响振林木,曲度未终,闻者歔欷掩泣"。刻画之细腻传神,远非六朝小说可比。

唐传奇构思精巧,情节曲折,结构完整。如《柳毅传》写柳毅为龙女完成传书使命,钱塘君杀了泾河小龙,救回龙女后,又陡生波折,平添钱塘君逼婚,柳毅严词拒绝一节。柳毅回家后连娶两妻皆亡,似与龙女无缘,不料三娶的卢氏竟是龙女的化身。作者围绕龙女争取婚姻自主这一主线安排情节,展开矛盾,波澜迭起,出乎意料,入乎情理,构思极巧妙,体现了"作意好奇"的特点。

唐传奇的语言生动流畅,简洁而富于表现力。这与作者不少是诗文高手,讲究修辞造句,注意汲取骈文和口语之长有关。如钱塘君救回龙女后:"洞庭君曰:'所杀几何?'曰:'六十万。''伤稼乎?'曰:'八百里。''无情郎安在?'曰:'食之矣。'"寥寥数语,钱塘君的性格、说话时的神情口气跃然纸上。

唐传奇在我国小说史上起着重要的承前启后作用。在思想内容的现实性及艺术手法、语言技巧等方面为小说的发展做出了重大贡献。宋代以后文言小说的发展一直沿袭唐传奇开辟的方向,如《聊斋志异》所写人神狐鬼的爱情故事,与《任氏传》、《柳毅传》一脉相承。而白话小说也受其影响,如《初刻拍案惊奇》中的《李公佐巧解梦中言》一回,取材于《谢小娥传》,在《三言》中的杜十娘、花魁娘子身上,可以看到霍小玉、李娃的影子。

唐传奇也影响了其他文体。倩女离魂、柳毅传书、黄粱一梦、章台柳已成诗文常用的典故。以传奇为题材的戏曲更不胜枚举。白朴《梧桐雨》、洪升《长生殿》衍自《长恨歌传》;尚仲贤《柳毅传书》、黄帷楫《龙绡记》取材《柳毅传》;董解元《西厢记诸宫调》、王实甫《西厢记》据《莺莺传》加工而成。

第十节 唐五代词

一 词的起源及民间词

(一)词的起源

词是按一定乐谱填写、演唱的歌词,与多为先作辞、后配乐的古乐府相比,在制辞程序和所配音乐上均有不同,是隋唐之际新兴的诗体。词有许多调子,如蝶恋花、菩萨蛮等。每调句数、每句字数、用韵位置、用字的平仄都有一定格式。除小令外,一般分上下阕。当时称曲、曲子、曲子词,后来才称词,别称乐府、诗余、长短句。它是隋唐诗歌和音乐发展相结合的产物,是对近体诗的革新。

隋唐之际,西域少数民族乐曲及外国音乐大量传入,以致"自开元以来,歌者杂用胡夷里巷之曲"(《旧唐书·音乐志》),形成了以西域胡乐为主,集南北、雅俗、胡汉、宗教与世俗音乐之大成的隋唐"燕乐"。开、天之际的崔令钦所撰《教坊记》所录大曲、杂曲多达320余种,并记述当时内外教坊的盛况,燕乐之繁盛,可见一斑。这些乐曲需要长短错落、抑扬宛转的歌词相配,倚声填词的曲子词便应运而生。

(二)民间词

像许多新的文学形式一样,词也起源于民间。光绪年间发现的敦煌写本曲子词绝大多数为民间作品,作于唐开元至五代十国之间。

敦煌曲子词内容十分广泛:"有边客游子之呻吟,忠臣义士之壮语,隐君子之怡情悦志;少年学子之失望,以及佛子之赞颂,医生之歌诀,莫不入调。"(王重民《敦煌曲子词叙》)如:

> 敦煌古往出神将,感得诸蕃遥钦仰。效节望龙庭,麟台早

有名。只恨隔蕃部,情悫难申诉。早晚灭狼蕃,一齐拜圣颜。

(《菩萨蛮》)

表达边地军民为国戍边、收复失土的爱国情思。"六戎尽来作百姓,压坛河陇定羌浑"(《望江南》)则表现国家统一、民族和睦的愿望。敦煌曲子词中反映妇女生活和思想的题材最多,成就最高,如:

> 莫攀我,攀我太心偏。我是曲江临池柳,者(这)人折了那人攀,恩爱一时间。

(《望江南》)

真实地刻画出妓女悲惨的命运和内心的痛苦。又如:

> 枕前发尽千般愿,要休且待青山烂,水面上秤锤浮,直待黄河彻底枯。白日参辰现,北斗回南面。休即未能休,且待三更见日头。

(《菩萨蛮》)

无论从思想内容与表现手法上都与汉乐府《上邪》一脉相承,表现男女青年追求自主真诚爱情的决心,具有震撼人心的力量。

敦煌曲子词风格豪壮婉曲兼备,调式小令慢词俱有,都以明快质朴、刚健清新为基调。而文人词中的长调和豪壮的风格,迟至宋代才风行。敦煌曲子词富有生活情趣,比喻生动丰富,语言爽直俚白,如:

> 叵耐灵鹊多瞒语,送喜何曾有凭据。几度飞来活捉取,锁上金笼休共语。比拟好心来送喜,谁知锁我在金笼里。愿他征夫早归来,腾身却放我向青云里。

(《鹊踏枝》)

其生动活泼,有文人词难以企及者。当然,作为民间作品,敦煌曲子词难免有稚拙粗俗处。

二 中唐文人词

民间曲子词的生动活泼,引起文人好奇,中唐以后,韦应物、戴叔伦、张志和、王建、白居易、刘禹锡等竞相试作,风气渐开。他们所用词牌不多,全是小令。如:

> 胡马,胡马,远放燕支山下,跑沙跑雪独嘶,东望西望路迷。迷路,迷路,边草无穷日暮。
>
> (韦应物《调笑令》)
>
> 边草,边草,边草尽来兵老。山南山北雪晴,千里万里月明。明月,明月,胡笳一声愁绝。
>
> (戴叔伦《调笑令》)

两首词写久戍边塞的士兵思乡念亲的惆怅心情,较之已落俗套的近体,给人新奇生动感。白居易、刘禹锡自觉学习民歌曲调,表现男女爱情:

> 汴水流,泗水流,流到瓜洲古渡头。吴山点点愁。思悠悠,情悠悠,恨到归时方始休。月明人倚楼。
>
> (白居易《长相思》)

全词既有民间曲子词的真挚生动,又避其粗疏俚直。总之,中唐文人词从思想内容到风格都受民间词的影响,不过艺术上更精致细腻,格律上更讲究,为晚唐词的成熟做出了贡献。

三 温庭筠

温庭筠是文学史上第一个以词名家的词人,被奉为花间词派的鼻祖。

温庭筠(813? ~ 866),本名歧,字飞卿,太原祁(今属山西)人,乡贡进士,数试京兆不第。傲睨讥刺权贵,被贬隋县、方城县尉,卒于国子助教任。

温词今存 70 余首,多以宫女、艺伎、卒妻、商妇、女冠、采莲女等不同身份的妇女花前月下的闺思宫怨为题材。其中《女冠子》写女道士艳情。《河渎神》写河边丛祠铜鼓赛神的盛会。《定西蕃》、《蕃女怨》写戍妇念征夫。《荷叶杯》写采莲女的采莲生活和相思。温词内容多与本调题意相合,这是文人填词初始阶段的特点。代表作为《菩萨蛮》14 首,则有不少写青楼女子的生活和情思,如:

小山重叠金明灭,鬓云欲度香腮雪。懒起画蛾眉,弄妆梳洗迟。 照花前后镜,花面交相映。新贴绣罗襦,双双金鹧鸪。

(《菩萨蛮》)

全词镂金错采,形象迭出,似嫌堆砌,但仔细体味,幽思苦情,寄寓其中。首二句形容残妆,三四句写梳妆,"懒"、"弄"、"迟"等慵懒动作中微露孤独之情,五六句妆成照镜,顾影自怜,七八句以金鹧鸪之成双,反衬女主人公的寂寞孤独。这首词很能代表温词浓丽绵密的风格:多景语和客观描写,用众多若断似续的意象象征暗示和烘托情思,着色秾艳华丽,组织绵密,刻画精细,遣词造句,绮靡精工。温词也有疏淡之作,如"梧桐树,三更雨,不道离情正苦。一叶叶,一声声,空阶滴到明。"(《更漏子》)可谓语淡情苦。也有清新自然之作,如:

梳洗罢,独倚望江楼,过尽千帆皆不是,斜晖脉脉水悠悠,肠断白蘋洲。

(《梦江南》)

手里金鹦鹉,胸前绣凤凰,偷眼暗形相,不如从嫁与,作鸳鸯。

(《南歌子》)

这两首词的抒情有婉曲直率之分,但都用白描而无藻饰,明显受民间曲子词影响。但并不能代表温词的主要风格。

温词以妇女花前月下的情思为主要内容,树起了词是"艳科"的樊篱;他刻红剪翠的香软风格也定下了婉约为宗的基调,被奉为花间词宗。

四　花间词派

所谓花间词派,因后蜀赵崇祚所选编的词集《花间集》得名。所选的 18 个作者中温庭筠、皇甫松为晚唐人,其余多数为五代西蜀文人包括流寓、游宦者。

花间词派的形成,自有温庭筠的开山作用,但衍为流派,风行一时,则还有它更深刻的社会政治和文学原因。晚唐时局动荡,五代西蜀苟安,君臣醉生梦死,狎妓宴饮,耽于声色犬马。正如欧阳炯《花间集序》中所述:"家家之香径,春风宁寻越艳;处处之红楼,夜月自锁嫦娥。"花间词正是这种颓靡世风的产物。晚唐五代诗人的心态,已由拯世济时转为绮思艳情,而他们的才力在中唐诗歌的繁荣发展之后,也不足以标新立异,于是把审美情趣由社会人生转向歌舞宴乐,专以深细婉曲的笔调,浓重艳丽的色彩写官能感受、内心体验。而李贺、李商隐、温庭筠、韩偓等人的部分诗歌,又在题材和表现手法上为花间词的创作提供了借鉴。词在晚唐五代便成了文人填写的、供君臣宴乐之间歌伎乐工演唱的曲子:"绮宴公子,绣幌佳人,递叶叶之花戋,文抽丽锦;举纤纤之玉指,拍按香檀。不无清绝之辞,用助娇娆之态。"(同上)这就决定了花间词的题材和风格,以"绮罗香泽"为主。

当然,《花间集》中也有少数表现边塞生活和异域风情的词,如牛希济的《定西番》,表现塞外荒寒,征人梦苦,风格苍凉悲壮;李珣的《南乡子》、孙光宪的《风流子》,表现南国渔村的风俗人情,也较清疏质朴,如"渔市散,渡船稀,越南云树望中微。行客待潮天欲暮,送春浦,愁听猩猩啼瘴雨"(李珣《南乡子》之九)。但这不能代表花间词的总体特征。在《花间集》中成就能与温庭筠比肩、而风格有所不同的是韦庄。

五 韦 庄

韦庄(836?~910)字端己,京兆杜陵(今陕西西安)人,韦应物四世孙。家境贫寒,屡试不第。45岁时黄巢攻下长安,他与弟、妹失散,身罹重病。后逃至洛阳,写了《秦妇吟》诗。以后又曾南北奔走达10年之久,其中有3年在江南幕府。59岁进士及第,官至补阙。66岁入蜀为王建幕僚。唐亡,王建称前蜀,韦庄官至吏部侍郎平章事。有《浣花集》。

韦庄大半生漂泊,且经丧乱,故词中有回忆中原、留恋江南生活的内容,如:

> 人人尽说江南好,游人只合江南老。春水碧于天,画船听雨眠。 垆边人似月,皓腕凝霜雪。未老莫还乡,还乡须断肠。

(《菩萨蛮》)

> 洛阳城里春光好,洛阳才子他乡老。柳暗魏王堤,此时心转迷。 桃花春水渌,水上鸳鸯浴。凝恨对残晖,忆君君不知。

(《菩萨蛮》)

词中将漂泊之感、亡国之痛、思乡之情交融浓缩,以浅淡之语,表达深沉之情。当然,他的词主要内容也不外乎男欢女爱,离愁别恨。但由于也掺入了家国之痛、身世之悲,所以写得深沉悲痛,如:

> 记得那年花下,深夜,初识谢娘时。水堂西面画帘垂,携

手暗相期。

　　惆怅晓莺残月，相别，从此隔音尘。如今俱是异乡人，相
见更无因。

（《荷叶杯》）

从中可以看出韦词注重个人感情的抒发，不同于温词之多客观描写，主要供歌伎演唱。在使词从"娱宾遣兴"的工具变为抒情达意的手段上，韦庄做出了重要贡献。

　　韦词清丽疏淡，情深语秀，善用白描，与温词的镂金雕玉、秾丽精工有所区别。如：

　　春日游，杏花吹满头。陌上谁家年少，足风流。　　妾拟
将身嫁与，一生休。　　纵被无情弃，不能羞。

（《思帝乡》）

用质朴直率的决绝语，直诉一往情深的爱慕之情，显然受民间曲子词的影响。又如"别君时，忍泪佯低面，含羞半敛眉"（《女冠子》），刻画动作，描摹心理，生动传神。他的这些词都有寓浓于淡，运密入疏，"似直而纡，似达而郁"（陈廷焯《白雨斋词话》卷一）的特点。

六　南唐词和李煜

　　五代词除西蜀之外，南唐是另一中心。南唐远离战乱的中原，君臣偏安，酣歌醉舞之时，竞相以词曲唱和：

　　金陵盛时，内外无事，朋侪亲旧，或当宴集，多运藻思为乐
府新词，俾歌者倚丝竹歌之，所以娱宾而遣兴也。

（陈世修《阳春集》序）

可见南唐词的生成氛围，与西蜀并无二致。

　　（一）冯延巳

　　冯延巳（904～960），字正中，广陵（今江苏扬州）人。南唐中主

朝官至宰相。

冯延巳词今存百余首,内容与花间词大致相同,所不同者,在于较少对妇女容颜服饰的精雕细刻,而更多地通过景物环境的描写,抒发国运可危、人生易逝、好景不长的忧伤。如:

> 谁道闲情抛掷久?每到春来,惆怅还依旧。旧日花前常病酒,敢辞镜里朱颜瘦。　　河畔青芜堤上柳,为问新愁,何事年年有?独立小楼风满袖,平林新月人归后。

> (《鹊踏枝》)

> 马嘶人语春风岸,芒草绵绵,杨柳桥边,落日高楼酒旆悬。　　旧愁新恨知多少,目断遥天。独立花前,更听笙歌满画船。

> (《采桑子》之二)

当时周师南侵,南唐国势岌岌可危,而冯延巳又处于党争漩涡之中,当宰相而四次沉浮,所以他在描写寻欢作乐、登临赏景中隐含忧愁和哀伤。在他的词中频繁地出现愁、恨、伤、泪、惆怅、悲哀、寂寞、断肠等字词,这是社会环境和他的处境所决定的。冯延巳善于在景物意象的描写中抒发情思,意蕴深厚,内涵丰富,所以王国维认为冯词"虽不失五代风格,而堂庑特大,开北宋一代风气"(《人间词话》)。冯词清丽秀雅、委婉含蓄,"晏同叔得其俊,欧阳永叔得其深"(刘熙载《艺概·词概》)。

(二)李璟

李璟(916～961),字伯玉,南唐中主。早年尚思振作,后来则唯有称臣于后周,以求苟安。词仅存四首,《摊破浣溪纱》是其代表作:

> 菡萏香销翠叶残,西风愁起绿波间。还与韶光共憔悴,不堪看。　　细雨梦回鸡塞远,小楼吹彻玉笙寒,多少泪珠无限恨,倚栏杆。

全词情景交融,在"众芳芜秽,美人迟暮"的描写中,寓国运身世之慨,沉郁凄绝。

(三) 李煜

李煜是南唐成就最高的词人。他在国亡后所写的词,内容和风格都已与花间词相去甚远。

李煜(937~978),字重光,他工书画,精通音律,有很高的文学艺术修养。961年继李璟为南唐后主,当时赵匡胤已取代后周而建宋,李煜称臣纳贡,以求苟安。976年,南唐被灭,李煜在汴京被囚禁了二年多,过着以泪洗面的生活,词的内容风格都为之一变,978年被赐药毒死。

李煜早期作品的内容多游宴声色,与花间词的不同,在于作者任真率情,写艳情不避俚直,如"奴为出来难,教郎恣意怜"(《菩萨蛮》),"绣床斜凭娇无那,烂嚼红茸,笑向檀郎唾"(《一斛珠》)。他的词在声色宴乐之中,也时时流露阴郁感伤之情,如:

> 遥夜亭皋信闲步,乍过清明,早觉伤春暮。数点雨声风约住,朦胧淡月云来去。   桃李依依春暗度,谁在秋千,笑里低低语?一片芳心千万绪,人间没个安排处。
>
> (《蝶恋花》)

这种亡国的隐忧,"拂了一身还满"(《清平乐》),不是暂时的醉生梦死所能排遣的。

亡国后,他从一国之君沦为阶下之囚。亡国之恨、故国之思,通过今昔盛衰的对比及伤春悲秋来倾诉,一景一物,"触目柔肠断"(同上),字血声泪,悲不自胜。如:

> 帘外雨潺潺,春意阑珊。罗衾不耐五更寒。梦里不知身是客,一晌贪欢。   独自莫凭栏,无限江山,别时容易见时难。流水落花春去也,天上人间。
>
> (《浪淘沙》之二)

春花秋月何时了,往事知多少?小楼昨夜又东风,故国不堪回首月明中。　　雕栏玉砌应犹在,只是朱颜改。问君能有几多愁,恰似一江春水向东流。

(《虞美人》之一)

词中追念的是偏安的小朝廷,留恋的是晏安的生活,其人其情似不足怜,但"无限江山,别时容易见时难"的深沉感叹,"春花秋月何时了,往事知多少"的回忆思索,"问君能有几多愁,恰似一江春水向东流"的形象抒情,则不能不引起古往今来众多读者的叹惋和共鸣。

李煜词最大的特点是白描。无论是描写男女之情,还是抒发亡国之痛,都坦露襟怀,直言不讳,因此他的词有真意,去粉饰,不做作。如:

林花谢了春红,太匆匆。无奈朝来寒雨,晚来风。　　燕脂泪,留人醉,几时重。自是人生长恨,水长东。

(《乌夜啼》)

感情的抒发,如行云流水,任其自然。

李煜的白描,绝不粗浅,而有情深意浓的特点,这与他善将抽象的情思具象化有关。他极多愁善感,常常捕捉住稍纵即逝的感受和细微的心理变化,通过人物的语言动作加以传达,并用疏淡的景物点染烘托,使这些情思可感可触、可见可闻。如:

无言独上西楼,月如钩。寂寞梧桐深院锁深秋。　　剪不断,理还乱,是离愁。别是一般滋味在心头。

(《乌夜啼》)

李煜的白描,还与他通俗而精炼的语言有关。他的语言通俗生动,接近口语,如"梦里不知身是客,一晌贪欢"、"春花秋月何时了,往事知多少"等等。

"词至李后主而眼界始大,感慨遂深,变伶工之词而为士大夫之词"(王国维《人间词话》)。李煜的词由花前月下到江山家国，由狎妓宴饮到故国之思、亡国之痛："四十年来家国，三千里地山河。"(《破阵子》)扩大了词的题材，开拓了词的意境，丰富了词的表现技巧和手法。在词调的运用上也有创新，出现了不少九字句。在风格方面，于花间词的香软浓艳之外，别开清疏流丽的生面，完成了唐五代词向宋词的转变。

第六章　宋辽金文学(上)

第一节　宋代文学总论

一　宋代的世风、士风及文风

宋代社会的经济、政治、思想、文化都有新的特点,因而形成了新的世风。宋代文人的生活、思想、作风、情趣也有新的特点,从而形成了新的士风。新的世风与新的士风都对文风有重大影响。这表现在政治、思想、精神、文化等各个方面。

其一,宋代政治状况与宋人积极的参政意识对文学的影响。

宋代政治有四大特点:

一是宋代中央集权虽高度发达,但始终无法解决冗官、冗兵、冗费的弊端。官僚和军队的数目虽不断成倍增长,但其职能却十分衰弱。冗官耗于上,冗兵耗于下,加之不断对外赔款,造成无法控制的冗费,阶级矛盾亦随之加剧。

二是宋代的外患最多、最长、也最严重,而且宋代在对外战争中始终处于劣势。这不仅表现在战争的屡败上,更表现在政策的屈辱上,最后北宋亡于金,南宋亡于元。

　　三是激烈尖锐的党争与派系倾轧始终不断。北宋的党争主要表现在革新与保守之争上,先是庆历年间以范仲淹和吕夷简为首的新旧党争,后是熙丰年间以王安石和司马光为首的新旧党争,其后更演变成无原则的派系倾轧。南宋的党争主要围绕着和战之争展开,在绍兴和议(1141)、隆兴和议(1164)、嘉定和议(1208)前后都有激烈的表现。

　　四是宋代高度重视文治,高度重用文人。这是为巩固政权服务的。宋太祖曾云,文人"纵皆贪浊",其危害"亦未及武臣十之一也"(《宋史纪事本末》卷二),为此宋王朝采取了扩大科举取士的范围及职能,提高文人的政治、生活待遇等办法。取士的名额较唐扩大了数十倍,且"布衣草泽,皆得充举"(同上,卷七),为平民入仕铺平道路,入仕后的俸禄也远远高出唐人。从此科举考试几乎成了通向权力与财富的惟一途径。

　　社会的政治风气的变化引起了士人的政治态度的变化。文人们对政治具有了更强烈的参与意识和更深刻的忧患意识,这是因为他们往往身兼官僚和政治家,在政治上直接参与的机会与直接承担的责任比前代更多更重了。范仲淹的名句"进亦忧,退亦忧","先天下之忧而忧",可以代表这种思潮的形成。他们可以从官场和政治的内部来关心政治,因而体会得格外深切。

　　宋人对现实的关心有两个特点。一是在广泛关切政治的基础上尤其关切朝政、吏事和兵机。二是宋人喜谈政事与汉、唐人不同。他们受国力逐渐衰弱及对外战争屡败的影响,心理上产生很大压力,不像汉唐人畅议时政时那样气魄恢宏、充满自信,而变得收敛、保守,即使最出类拔萃的人物,如范仲淹、王安石、苏轼、陆游、辛弃疾也莫不如此。苏轼所说的"尽人事而后知天命"(《墨妙亭记》),很能概括他们的深层心态。

　　宋代的政治特点和宋人的政治态度,对文学产生了深刻的影响。直接导致了宋代文学的内容具有高度的现实性。宋代文学能及时而广泛地反映政治斗争与政治事件,文学创作的高潮往往随着政治斗争高潮的出现而出现。宋代文学还能及时而深刻地表现爱国斗争和爱国思想,形成了文学史上爱国文学的高潮。宋代文学还能广泛而全面地反映社会生活、民间疾苦及民风民情,直接导致"宋调"的风格及表现手法的形成。"宋调"多深沉悲慨之气,即以最应充满慷慨激情的爱国之作而言,宋代作品也缺少壮浪恣肆的气势与风格。无论范仲淹的"将军白发征夫泪",还是陆游的"但悲不见九州同",都多深沉悲慨的情调。"宋调"又多议论之风。一方面要反映复杂的政治斗争,另一方面要体现舍我其谁的责任感,所以"开口揽时事,论议争煌煌"(欧阳修《镇阳读书》),就成为宋代各体文学的普遍特征。再者文风多朴实平易。因为要想为政治服务,就必须从"易道易晓"的功利观出发,重视表达及接受的实际效果。

其二,宋代思想状况与宋人思想修养、精神风貌对文学的影响。

宋代思想界最可称述者有三。

一是新儒学和理学的兴起和繁荣。宋儒在儒学体系上对汉学做出了根本性的突破,重义理的研究,逐渐发展为理学。其代表人物有周敦颐、张载、程颢、程颐、邵雍、朱熹、陆九渊等人。他们都有较强的哲学体系,在文道观上一律重道轻文,甚至弃文、废文,扼杀对真情美感的追求与表达,虽然遭到很多人的反对,但对文学还是起到了很大的压制作用。

二是佛教思想,特别是禅宗广为流传。禅宗讲顿悟成佛,在生活态度上提倡随缘任运,这就和中国传统的老庄思想一拍即合,成为中国士大夫化了的佛学思想,它从中唐后开始兴盛,至宋进入了全盛期。

三是传统的老庄思想仍很流行。

总之,儒释道三家在宋代都很发达,且比唐代更呈现出合流的趋势。"以佛修身,以道养生,以儒治世"(宋孝宗《三教论》)等三教合一的思潮在文人中广为流传,并构成他们的思想基础。

宋代的这些思想状况对宋人的思想修养、精神风貌都有深刻的影响。

在新经学建立过程中,宋人的思想更为活跃,见解更为深刻,他们敢于突破古人的成见,建立自己的学说。如欧阳修著《毛诗本义》,批驳传统诗学,此风一开,不但诗学为之一变。整个思想界的风气也为之一变。其后刘敞、王安石、胡安国、王柏等人又有新发展。

在禅宗盛行时,出现了士大夫禅化,禅士大夫化的合流倾向,谈禅已成为士大夫普遍而时髦的风气,王安石、苏轼、黄庭坚,以及江西诗派、江湖诗人中的很多人都雅好此道。他们谈禅已不是附庸风雅,而是将其变成一种生活和情感的体验,形成人生观的一部分。

随着老庄淡泊无为思想的复归和禅宗任运随缘思想的流行,宋人对人生采取了更超脱、更达观、更冷静的态度。他们对世态炎凉及人情冷暖一般都看得很透、很淡,特别是在官场失意时多能以乐观、爽朗、超脱的态度对待。这种风气的形成还有时代嬗变的因素。盛唐时,人们的情感多奔放、外露,"安史之乱"后,人们开始对国家的命运有了更多的忧虑。入宋后,宋人在新的历史条件下进行了全面反思,重新构建自己的精神世界、人生态度,从情感深处变得更为成熟、超脱、冷静、沉稳、内向了。这正像辛弃疾词中所说:"少年不识愁滋味,爱上层楼,爱上层楼,为赋新词强说愁。而今识尽愁滋味,欲说还休,欲说还休,却道天凉好个秋!"(《丑奴儿》)

但宋人的超脱与达观有时又变得太重功利,这就在宋人的生活态度中形成另一个特点——享乐之风盛行。宋太祖曾以享乐为条件,杯酒释兵权,解除了重臣的兵权,从此享乐之风盛行。

宋代这些表现在思想界的世风与士风对文风的影响是相当深刻的。

首先,理学与禅学的流行加重了议论之风。议论得当,能加强作品的哲理性、逻辑性、趣味性,使文章逻辑思维更缜密,内容更深刻。议论过滥,便使作品充满书卷气、陈腐气、僧道气,甚至使诗变成语录讲义之韵语。而禅宗的盛行又使以禅论诗、以禅入诗成为一种普遍风尚。

其次,宋人超脱的人生态度又使很多作品呈现出一种旷达爽朗的格调,如王禹偁、欧阳修、苏轼、陆游、辛弃疾在被贬后都有很多这类作品。至于享乐之风带来作品中多歌咏升平、酬宾赠妓的描写,多不可取。

其三,宋代经济文化发展与宋人文化艺术修养对文学的影响。

宋代经济一直是繁荣的。经济的发展直接促进了教育、科技、文化的发展。宋代的官学和私学都很发达,印刷术的提高更使官方、民间的藏书大量增加。宋代的城市经济尤为繁荣,城市中还出现了专供贸易和娱乐消遣的"瓦肆"和供表演用的"勾栏"、"棚",如汴京仅街南就有勾栏50余座。宋代的白话小说"话本",就是文人为艺人们在勾栏中表演"讲史"、"小说"而整理的脚本。而那些"脆管清吭,新声交奏"(周密《武林旧事》)的演唱文艺,又直接促进了具有演唱功能的词的繁荣。

宋代文化的发达还体现在学术上,包括哲学、史学、文艺学、考据学的全面发达,产生了像《资治通鉴》、《沧浪诗话》、《梦溪笔谈》等一大批著名的史学、诗话及笔记著作。

宋代文化的发达还体现在除文学之外,其他艺术的全面繁荣,如书法、绘画、音乐等。而且艺术家的品味大都很高,作品讲究意境、神韵之美。

宋代文化的发达及宋人的文化修养对文学的发展也起到一定作用。学术的繁荣使文人更崇尚学问,"以学问为诗"的文学特点应运而生。艺术修养的提高不但陶冶了作家本身的美学情趣，而且使文学作品融合了其他艺术的审美意象和价值，"诗中有画，画中有诗"成为众多文人追求的创作方向，从而丰富了文学作品的表现形式。

二　分体分期概说

宋代文学可分为六期，即北宋初期、中期、末期，南宋初期、中期、末期，其中以北宋中期和南宋中期成就最高。

词　宋代文学中以词的成就最高，宋词被后人尊奉为与楚之骚、汉之赋、六朝之骈文、唐之诗、元之曲相媲美的文学瑰宝。

宋词发达的原因是多方面的。从历史上讲，唐五代文坛以诗歌最为发达，而词远逊于诗，这就给宋人留下了广阔的余地。而且词改进了诗的句式过于严格以至死板、节奏过于整齐以至单调的不足，用各种长短句来表达深长、细腻、丰富的情感，因而"要眇宜修，能言诗之所不能言"(王国维《人间词话》)。从题材上讲，词在初起时多被当作言情的诗体加以应用，这逐渐成为一种传统。而且城市经济的发展也促进了词的繁荣。

宋词的繁荣和成就有多方面的表现。其一，是在全社会的普及，上至皇帝填词谱曲，下到"凡有井水处，即能歌柳词"(叶梦得《避暑录话》)。其二是新创词调大量出现，多达千余种，且形式非常多，令、慢、近、犯、歌头、摊破、增减、偷声，无不齐备。而随着长调慢曲的增加与普及，词的表现容量亦随之加大，为词体的解放与革新打下了必要的基础。其三是较之唐五代，词的思想内容也有了根本性突破，填写技巧也有了很大提高。特别是像苏轼、辛弃疾这样的大作家更是"无意不可入、无事不可言"(刘熙载《艺概·词曲概》)，彻底突破了狭义的言情范围。为了与长调相适应，宋词还特别讲究技巧方法，把诗、文、论、赋中的种种手法都移植到词中。以至出现了以诗为词,以论为词等现象。其四是流派的众多。以作者创作而论有"柳永体"、"东坡体"、"易安体"、"稼轩体"、"白石体"等;以总体风格而论有婉约、豪放、旷达、骚雅等。

宋词的分期从宏观上讲可分为北宋与南宋两大期。北宋词,特别是初、中期词基本沿袭着唐五代的创作道路,而南宋词则已纯乎是宋调了。其具体表现为:北宋词令、慢并重,南宋词多重慢曲;北宋词仍较清新质朴、蕴藉天成,南宋词多雕琢藻绘、更重人工安排;北宋词多应歌唱,故声调婉转,南宋词多应酬谢,故体制雅正;北宋词多就景抒情,南宋词多即事叙景。现按六期说再加以补充说明。

北宋初期可称为过渡期。主要作家有晏殊、张先、柳永等人。所谓过渡,是指一方面继承了唐五代的传统,内容上多写樽前花下,风格上多"香而弱",形式上除柳永外多写小令;而另一方面对唐五代词又有发展,如词的风格逐渐向深俊拓展,使词体进一步诗化,在体制上柳永的慢词更是一大开创。

北宋中期可称为突破期。最主要的作家是苏轼。他开拓了词的思想内容;冲破了婉约的一统天下,开旷达与豪放之风,"倾荡磊落,如诗如文,如天地奇观"(刘辰翁《辛稼轩词序》)。

北宋后期可称为徘徊期。主要作家有秦观、黄庭坚、周邦彦等。他们之中只有少数作家的一些作品继承了苏轼之风,大多又回到传统的言情和婉约中去,但写作手法更为精美,文学形式上有所提高和发展。

南宋初期可称为变化期。主要作家有张元干、张孝祥、朱敦儒、李清照等。他们大多由北方迁居南方,词作也由此分成前后两期。前期多是传统之作,后期多写亡国之苦、乡关之思,"凄然有'黍离'之感"(黄升《花庵词选》),为中期爱国词高潮的出现奠定了基础。

南宋中期可称为繁盛期。爱国词派和豪放词派在此时得到了空前的发展,产生了伟大的词人辛弃疾。另有陆游与其相媲美,加之陈亮、刘过等词人,词在此时真正上升到可与诗并驾齐驱的地位。

南宋后期可称为繁衍期。姜夔在南宋中期已别开生面,此时以他为开创者的骚雅词派显得更为突出,并且出现了吴文英、王沂孙、张炎等一大批作家。同时继承辛派风格的刘克庄、刘辰翁、文天祥等人也相当活跃。但总的说来,此时的词作缺少新鲜的活力,已渐渐进入衰落期。

诗　宋诗在唐诗的影响与制约下,只有另辟蹊径、努力创新,才有出路。

前人论唐宋诗之比较多从"优劣"的角度入手。多数人认为宋诗劣于唐诗,甚至认为宋"一代无诗"(王夫之《薑斋诗话》)。他们认为宋诗的毛病在过于追求理致,驰骋辨博,不如唐诗真率多情、生动活泼。宋人严羽及刘克庄的批评最有代表性。严羽说:"近代诸公作奇特解会,遂以文字为诗,以议论为诗,以才学为诗。以是为诗,夫岂不工? 终非古人之诗也,盖于一唱三叹之音有所欠焉。且其作多务使事,不问兴致,用字必有来历,押韵必有出处,读之终篇,不知着到何在。"(《沧浪诗话·诗辨》)刘克庄说:"(本朝之诗)或尚理致,或负材力,或逞辨博。少者千篇,多至万首,要皆经义策论之有韵者尔,非诗也。"(《竹溪诗序》)其实,唐宋诗各有其时代背景和特色。

从思想内容上看,宋诗所反映的社会生活面比历代诗歌,包括唐诗都要宽广。其具体表现有:

一是直接以诗歌议政。很多宋诗都是针对某一政治事件而发的,堪称是政治诗、时事诗,所以伴随着政治斗争高潮的出现,也常常出现诗歌创作的高潮。如庆历新政期间石介有《庆历圣德诗》、蔡襄有《四贤一不肖诗》、范仲淹、梅尧臣、欧阳修、苏舜钦有很多唱和诗。熙丰变法时期,王安石和苏轼更是以诗歌为武器,直接表达政见。又如绍兴间,围绕胡铨上书乞斩秦桧而被谪新州的事件,王庭珪有诗云：

> 囊封初上九重天，是日清都虎豹闲。百辟动容观奏牍，几
> 人回首愧朝班。名高北斗星辰上，身堕南州瘴海间。不待他
> 年公议出，汉庭行召贾生还。

（《送胡邦衡赴新州贬所》）

二是广泛而深入地描写民生。不但写一般的农民，而且写到
纤夫、渔民、城市贫民、手工业者、小商贩、艺人等。对一些本质性
的问题，如土地兼并、屯积居奇等都有更深刻的揭露，如李泰伯《哀
老妇》写到嫁母以避徭役租税，深刻揭露了社会的病态，实为历代
所无："子岂不欲养？母岂不怀居？徭役及下户，财尽无所输。异
籍幸可免，嫁母乃良图。"

三是一贯地表现爱国思想。这是宋诗最富有时代特色的内
容。特别是南宋，这类作品已成为诗歌的主调。

四是广泛地描写经济生活、民风民俗等社会生活画面，如盐酒
专卖、漕运、矿业、农具、医药、风俗、占卜、卖艺等。如仅就"水轮"
这种新式农具，北宋就有梅尧臣、王令、苏轼等加以歌咏。

五是品评艺术，凡较著名的作家，几乎都有评诗、评书、评画、
评乐之作，如黄庭坚《题郑防画夹五首》之一写绘画之美：

> 惠崇烟雨归雁，坐我潇湘洞庭。欲唤扁舟归去，故人言是
> 丹青。

宋诗在思想内容上也有缺欠，如缺少爱情诗、边塞诗，而太多
咏物诗、酬唱诗。

在艺术特色及表现手法上值得注意的首先是议论化，即严羽
所说的"以议论为诗"，刘克庄所说的"尚理致"。"但议论须带情韵
以行，勿近伧父面目耳"（沈德潜《说诗晬语》卷下）。这种倾向在唐代杜
甫、韩愈时已露端倪。至宋，随着社会矛盾的加剧和人们参政意识
的加强，更成为一种普遍倾向。有的议论较为生硬，有的议论却相

当深刻生动,"有理趣而无理障"(刘熙载《艺概·诗概》)。

其次是才学化,即严羽所说的"以才学为诗",刘克庄所说的"逞辨博"、"负材力"。这主要表现在人们因文化修养、学术水平提高而在诗中广征博引、多用故实。有些诗能"善用事,既显而易读,又切当"(《苕溪渔隐丛话》前集卷三八),但有些诗"除却书本子,则便无诗"(王夫之《薑斋诗话》卷下)。

再次是散文化。"以文为诗,自昌黎始,至东坡益大放厥词,别开生面,成一代之大观。"(赵翼《瓯北诗话》卷五)一般说来这种倾向容易破坏诗歌语言的优美生动,弊大于利。

最后是某些具体写作手法的翻新与改进。唐诗在各种方法技巧方面都臻于完备,宋诗却"浅意深一层说,直意曲一层说,正意反一层,侧一层说"(陈衍《石遗室诗话》卷十六)。

宋诗的发展亦可以按六期说为线索。

北宋初期主要有诗务浅切,效白乐天体的"白体",以及效法李商隐的"西昆体",和效法晚唐贾岛、姚合的"晚唐体"三派。但总体成就都不甚高。

北宋中期随着欧阳修等人发起的诗文革新运动的到来,宋诗进入了成熟、繁荣期。先是欧阳修、梅尧臣、苏舜钦发轫于前,奠定了宋诗的主要风格,如言之有物,以议论、才学、散文入诗等。继之是王安石、苏轼集大成于后,不但使宋诗更趋于成熟,而且还增加了鲜明的个性。

北宋后期活跃在文坛上的主要代表是黄庭坚、陈师道等苏门或与苏门关系很密切的人物。但他们过分强调以议论、才学、思力入诗,过多地从书本里讨出路,忽略了社会生活这个创作本源,因而诗歌创作成就不高。

南宋初期以继承黄、陈风格为主的江西诗派正式出现,主要作家有吕本中、曾几、陈与义等。他们一方面像黄、陈一样重视诗法本身,一方面受"靖康之难"影响,也写了些忧时伤世的作品,为下一期做了必要的准备,因而可称这一期为过渡期。

南宋中期,随着陆游、范成大、杨万里等中兴诗人的出现,宋代诗歌进入中兴期。这些诗人大多从江西派入而不从江西派出,思想内容又趋于广阔,特别是爱国诗达到了空前的繁荣。就艺术风格而言,范成大温润精工,杨万里生动活泼,陆游豪健俊逸,也都各具特色。

南宋后期,随着北伐理想的破灭,南宋最有生命力的爱国诗作也逐渐衰弱,代之而起的是一批江湖诗人及其作品,宋诗进入了衰落期,只是在亡国之日,才又出现了文天祥、汪元量等一批爱国诗人,"亦一时之异也"(胡应麟《诗薮·杂编》卷五)。

文 宋文的成就和唐文相比有过之而无不及,被后人公认的唐宋八大家,宋占其六。

宋代散文从样式上看以古文为主。特别是欧阳修等人发起诗文革新运动以后,古文创作更蓬勃发展。

宋代古文从内容上看,以论道与论政最为突出,其中论道又往往涉及到论文,论政又往往涉及到论兵。此外,以记录见闻为目的的笔记之文亦很发达。言道之文具有很强的哲学性,论政之文具有很强的时代性,笔记之文具有很强的趣味性和学术性。

从艺术特色上看,宋代古文一是长于议论,二是平易自然。宋文不仅在论政、论道、论史时议论,而且在记游、赠序之文中亦大发议论。宋文的平易有的是出于实用的功利目的,有的还能上升为美学的追求,说明宋文更趋于成熟。

兹按六期说分述如下。

北宋初期古文运动再次兴起。一些有识之士如柳开、王禹偁、穆修、石介、范仲淹等人,鉴于晚唐五代文统与道统齐衰的局面,在提倡古文时也特别强调重道,因而论道与论文相结合逐渐成为这一时期古文内容上的一大特色。从创作实践而言,这一期多数作家的文章辞涩言苦,成就不很高。所以这一期只能称为古文运动的发起、准备期。

北宋中期欧阳修主盟于前，曾巩、王安石、三苏父子并驰于后，掀起了一场大规模的诗文革新运动，使古文创作进入了全盛繁荣期。从内容上看，随着古文家与理学家从文道合一的体系中逐渐分化成两个壁垒，论道与论文、论道与论政亦逐渐分开。理学家提倡文以载道，言道遂成为理学家的专门；古文家文道并重，创作古文遂成为古文家的目的。就道本身而论，古文家推崇其政治功效，与理学家抽象的道德伦理体系亦不相同。因而这时的论政之文与论道之文也进一步分化。这时的散文不但把平易自然的风格成功地付诸实践，而且还发展了古文的韵味，使之更具有文学性。

北宋后期著名文人多以诗词名，散文的成就不高，只能称为延续期。

南宋初期散文又兴盛起来。由于当时的形势，论政之文成为主要内容。许多政治上的风云人物如宗泽、李纲、陈东、胡铨等都有许多陈议国事的文章，具有很强的谏诤性和战斗性。由于每每涉及北伐，所以此时的论政又往往与论兵相结合，文风也变得慷慨激昂、气盛势足。因此这一期可称为变化期。

南宋中期的散文又趋向繁荣，各种文章都很发达。陈亮、陆游、杨万里、范成大都有不少论政、论兵之作，辛弃疾的《美芹十论》、《九议》，更是"笔势浩荡，智略辐凑"（刘克庄《辛稼轩集序》）。理学家朱熹、陆九渊等人的论道之文也空前繁荣，与之分庭抗礼的叶适、陈亮等"事功派"的文章也很有特色。洪迈《容斋随笔》等笔记之文亦有较高的成就。因此这一期可称为全面发展期。

南宋末期的散文，在亡国之际才显出其光辉，出现了文天祥、谢翱、邓牧等人的一批悲歌慷慨之作。此时的文章已不复有论政、论道、论兵之别，而是纯以亡国之人写亡国之恨，具有很强的纪实性和抒情性。这一期可称为结束期。

此外，有关话本等其他文学样式的概述，参见以后有关章节。

第二节　北宋初期文学

北宋初期文学是指自宋王朝建国后到欧阳修主盟文坛以前时期。这一期的文学成就虽不甚高,但较好地解决了继承与开创的矛盾,既对晚唐五代文学进行了改造,又为宋代文学的创立打下了基础。其中,散文的成就较高;诗次之,已略具宋调的雏形,词又次之,基本上还处于沿袭状态。这一期大约经历了三个阶段,一是以柳开、王禹偁为代表的古文家对五代文弊的斗争与改革;二是以杨亿为首的西昆体的盛行;三是以穆修、范仲淹、石介等人为代表的古文派对西昆体的批判。一、三两个时期的作家都特别重道,亦即注重文学的思想内容,同时提倡易道易晓的文风,但除王禹偁创作成就较高外,其余则较差。而西昆体比较注重华美的表现形式。

一　柳开、王禹偁

柳开(947～1000),字仲涂,大名(今河北省大名县)人,又名肩愈,字绍先,这是因为他"慕韩愈、柳宗元为文,因名肩愈,字绍先。既而改名字,以为能开圣道之途也"(《宋史》本传)。

柳开的主要成绩在于他对古文创作的倡导。他将恢复古文与恢复古道相提并论,如云:

> 古文者非在辞涩言苦,使人难读诵之。在于古其理,高其意,随言短长,应变作制同古人之行事,是谓古文也。……欲行古人之道,反类今人之文,譬乎游于海者,乘之以骥,可乎哉? 苟不可,则吾从于古文。

> 　　　　　　　　　　　　　　　　　(《应责》)

但柳开的文学创作大多缺乏文采,"能言之而不能行也"(王士禛《池北偶谈》)。

王禹偁(954~1001),字元之,济州钜野(今山东省钜野县)人,出身农家,他曾作《三黜赋》以感慨自己的一生。初,曾任右拾遗、知制诰等职,因在判大理寺时替徐铉辩诬而第一次被黜,贬为商州团练副使。后又任翰林学士,因谤讪朝政第二次被贬,知滁州、扬州。真宗即位后又重回中央,因与宰相不合,第三次被黜,外贬为知黄州,后死于蕲州。有《小畜集》传世,是北宋初期最伟大的作家。

王禹偁为人刚直不阿,"遇事敢言,喜臧否人物,以直躬行道为己任",因此"其为文著书,多涉规讽"(《宋史》本传)。他在《三黜赋》中亦宣称自己"屈于身兮不屈其道,任百谪而何亏!"他在政治上很有作为,曾上御戎十策,又上疏言五事,提出减冗兵、并冗吏等措施,敏锐地看到了宋代主要的社会问题,并揭开了宋初政治改革的序幕。

王禹偁论文强调道的作用,明确提出"文以传道"的主张。为此他特别反对"语艰而义奥"(《再答张扶书》)的倾向,提倡"易道易晓"的文风,他说:"夫文,传道而明心也。古圣人不得已而为之也……既不得已而为之,又欲乎句之难道邪?又欲乎义之难晓邪?"(《答张扶书》)他认为文学创作的最高楷模是"韩柳文章李杜诗"(《赠朱严》),并抱着"本与乐天为后进,敢期子美是前身"(《前赋春居杂兴诗二首……》)的态度进行创作。

王禹偁诗文创作的第一个特点是内容丰富深刻,感情纯朴真切。他的散文除多反映民生外,最喜论政,且精当切实,有贾谊、晁错之风。诗也"多涉规讽","未尝空言"(《小畜外集序》),多写民生疾苦,军国大事,并常明确表示要以诗干政,"传于执政者"(《橄榄》)。在这些诗文中他还能把反映现实与剖析自己结合起来,因而感情亦很朴实感人。如在写到大雪后自己仍能"薪刍未缺供,酒肴亦能备"后，又写到如何"因思河朔民"，"又思边塞兵"，极言他们的艰辛勤苦，之后再联系自己道："自念亦何人，偷安得如是？深为苍生蠹，仍尸谏官位。謇谔无一言，岂得为直士？褒贬无一词，岂得为良史？"(《对雪》)感情饱满真诚。

王禹偁诗文创作的第二个特点是文风简雅古淡，文笔流畅自然，既不同于五代的雕绘之习，又不同于柳开的奇僻之陋。散文如《黄州新建小竹楼记》之写景：

> 远吞山光，平挹江濑，幽阒辽夐，不可具状。夏宜急雨，有瀑布声；冬宜密雪，有碎玉声；宜鼓琴，琴调虚畅；宜咏诗，诗韵清绝；宜围棋，子声丁丁然；宜投壶，矢声铮铮然，皆竹楼之所助也。

又如著名的《待漏院记》，先以极工整的排偶将奸相与贤相作了对比的描写，随后又信手几笔点染，将庸相的形象刻画得活灵活现。王禹偁的诗属宋初的白体，风格以浅切明畅著称，如律诗《村行》：

> 马穿山径菊初黄，信马悠悠野兴长。万壑有声含晚籁，数峰无语立斜阳。　棠梨叶落胭脂色，荞麦花开白雪香。何事吟余忽惆怅，村桥原树似吾乡。

意象之清丽，语言之明畅，皆类白居易诗。王禹偁的诗已有些议论化的倾向，这对以后的宋诗有深远的影响。

二　西昆派与反西昆派

北宋初很多白体诗流于平庸浅陋，大部分晚唐体诗又流于破碎小巧，所以一些诗人就想以富贵华靡的风格来与之对抗。当时又恰逢升平时期，统治阶级正大力提倡优游享乐的生活方式，于是以馆阁酬唱形式出现的，以雍容典雅为主要风格的西昆派诗人便应运而生。

西昆派是根据《西昆酬唱集》而得名的。景德年间(1004~1007),杨亿、刘筠、钱惟演等人同在秘阁编修《册府元龟》一书。秘阁是帝王藏书之府,有似传说中的西北昆仑之玉山策府为古帝王藏书之府一样,故杨亿将他们此时的酬唱诗集命名为《西昆酬唱集》。共收17人、250首诗。

作为封建官僚点缀升平的产物,《西昆酬唱集》的致命缺点必然是内容贫乏,脱离现实。但其中有些诗尚能借古讽今,借助《汉武》、《明皇》、《南朝》等咏史题目,对宋真宗求仙祀神、大搞封禅、大兴土木的做法进行委婉的批评,如杨亿的《汉武》诗曰:

> 蓬莱银阙浪漫漫,弱水回风欲至难。光照竹宫劳夜拜,露溥金掌费朝餐。　力通青海求龙种,死讳文成食马肝。待诏先生齿编贝,那教索米向长安。

还有的诗揭露了最高统治者的寡恩和英雄的不遇,如杨亿的《旧将》描写了一个"平生苦战"的老将,最后只落个"髀肉渐生衣带缓,早朝空听汝南鸡"的下场,如果结合宋初宋太祖"杯酒释兵权"的史实来看,此诗恐怕也不是泛无所指。但即使这些较有内容的诗,也多是隐微曲折的旁敲侧击。至于那些大量的颂圣之作、咏物之作、酬献之作、贵游之作,更是贫乏空虚,无足可取,而将《初秋属疾》这样的诗题拿来唱和,更属无病呻吟。

从艺术风格上看,西昆派主要师法李商隐,但失之偏颇,多在词藻华美、对偶精工、用典繁缛、音节铿锵上下功夫,以至当时就有优人以李商隐服蓝缕之衣而出,问之以故,答曰:"为馆中诸学士挦将去矣"的笑谈。如上面所举的《汉武》诗,几乎句句用典,对偶及语言都很精工,这虽然对革除晚唐以来以及宋初晚唐体、白体的"风花雪夜,小巧呻吟之病"、"芜鄙之病"(方回《瀛奎律髓》卷三、田况《儒林公议》)有一定的补救作用,但在很大程度上又走向雕琢过甚的另一极端,成为轻内容、重形式的不良文风在新形势下的新表现,遭到了穆修、范仲淹、尹洙、石介等人的反对与批判。这种批判和柳开、王禹偁等人对晚唐五代不良文风的批判一脉相承,对掀起古文运动及后来的诗文革新运动都起到了重要作用。

范仲淹(989～1052),字希文,苏州吴县人,出身清贫,入仕后仍能保持艰苦的生活作风。1036年因不满宰相吕夷简,上书讥切时政,得到尹洙、欧阳修的支持,被目为朋党,从此北宋朋党之争兴起。庆历三年(1043),仁宗采纳他所上明黜陟,抑侥幸,精贡举,择长官,均公田,厚农桑,修武备,推恩信,重命令,减徭役等十事,推行了北宋第一次大规模的政治革新——庆历新政,但终因保守势力太大,改革措施也不得要领而很快失败。范仲淹还颇具将才,曾多次到西北前线一带任职,很受士卒的爱戴和西夏的敬畏。有《范文正公集》传世。

范仲淹以大政治家的身份涉足文学,因而他论文切实,对晚唐五代的"薄弱"文风和西昆及其追随者"刻辞镂意"、"专事藻绘"的浮艳文风多有批判。

范仲淹的文学创作虽不甚丰,但文、诗、词皆有佳作,内容切于实际,立意主乎规谏,感情激昂真切,风格清雄悲壮。

散文如《岳阳楼记》,只将登楼览物之情归出悲喜二意,并由此翻出"先天下之忧而忧,后天下之乐而乐"的绝大议论,抒发了他一贯的忧国忧民、感时伤世之情,因为据欧阳修为他所撰的神道碑载,他自少年时就常自诵这两句名言。诗如前人所评:"范希文诗,不徒然而作也。有《赠钓者诗》云:'江上往来人,尽爱鲈鱼美。君看一叶舟,出没风涛里。'又《观渡诗》:'一棹轻如叶,旁观亦损神。他时在平地,无忽险中人。'率以教化为主,非独风骚之将,抑又文之豪杰欤?"(《宋朝事实类苑》卷三四)

这一特点在词中表现尤为突出。他的某些作品思想深邃,感情沉挚,风格悲壮,与众不同,在宋初词坛上可谓异军突起,并开后来苏辛豪放派之先河。如《渔家傲》：

> 塞下秋来风景异，衡阳雁去无留意。四面边声连角起。千嶂里，长烟落日孤城闭。　浊酒一杯家万里，燕然未勒归无计。羌管悠悠霜满地。人不寐，将军白发征夫泪。

这首词被欧阳修"呼为穷塞主之词"（魏泰《东轩笔录》），沉郁苍凉，思想感情亦与其忧乐观相通。又如《剔银灯》一词，在内容上写怀古，在格调及表现手法上又开旷达及议论、散化之风，亦是宋初特别值得注意的作品。

石介(1005～1045)，字守道，兖州奉符(今山东省泰安市)人，曾在徂徕山下耕种，又曾聚徒讲学，与胡瑗、孙复称宋初三先生，故又号"徂徕先生"。他不但从文学上指斥西昆派的文风，更把它上升到政治上，攻伐其害道之罪。为此，他总把文与道相提并论，认为"文之本日坏，枝叶竞出"，才导致"道之源盖分，波派弥多"（《与裴员外书》）。他又说：

> 昔杨翰林欲以文章为宗于天下，忧天下未尽信已之道，于是盲天下人目，聋天下人耳，使天下人目盲，不见有周公、孔子、孟轲、扬雄、文中子、吏部之道；使天下人耳聋，不闻有周公、孔子、孟轲、扬雄、文中子、吏部之道……今杨亿穷妍极态，缀风月，弄花草，淫巧侈丽，浮华纂组，刓镂圣人之经，破碎圣人之言，离析圣人之意，蠹伤圣人之道……其为怪大矣。
>
> （《怪说》）

从这段文章中，不但能看出石介之文具有"极陈古今治乱成败，以指切当世"（欧阳修《徂徕先生墓志铭》），喜好"发为偏当太过之辞"（叶适《习学记言序目》卷四九）等内容和感情上的特色，而且能看出他欲学韩愈之文的排奡，但显得过于板滞拙朴，甚至流于质木简陋。

三 晏殊和北宋前期词

北宋初期的词,除柳永外,缺少创新,无论在内容题材,还是在表现形式上均无根本性的突破。他们所叙写的情事大多仍不离伤春怨别、花间樽下;所使用的词牌大多仍是传统的小令;风格上也仍是婉约流丽,所谓"宋初诸家,靡不祖述二主,宪章正中(冯延巳)"(冯煦《蒿庵词话》);对词的认识仍停留在诗余小道的水平上,常自称"谑浪游戏而已"(胡寅《酒边词序》)。但此时的作品抒情性更强,风格更雍容秀雅,文人化、诗人化的倾向更为明显,因而很多作品逐渐由娱宾遣兴、无深意可言的应歌之作,转向言情写志,抒发作者主观情怀之作。其代表作家应推晏殊。

晏殊(991~1055),字同叔,抚州临川(今江西抚州)人。官至仁宗朝宰相。

晏殊作为一个太平宰相,大部分时间用在宴宾待客、饮酒赋诗之中,加之把填词仅当作资助谈笑的"呈艺",因而其词的思想内容必然狭窄贫弱,多写些流连光景,歌咏闲适的作品。但在这些作品中晏殊仍有一些创新,如在词中融入了更多的主观情感和个性色彩,更注重描写心绪,更多地把自己的身世、学养、情感、襟怀写入这些传统题材中,因而士大夫气、文人气显得更浓了。

晏殊词在艺术风格上受冯延巳影响最大,深得冯词"俊"的特点,并将其发展得更为含蓄典雅、圆融温润。

晏殊词擅长脱于鄙俗而写出气象,特别是善于以淡雅之笔写富贵之态,以清新之笔写男女之情,显得神清气远、蕴藉雅健。他曾自诩道:"余每吟富贵,不言金玉锦绣,而惟说其气象……如'梨花院落溶溶月,柳絮池塘淡淡风'之类是也。"(吴处厚《青箱杂记》)

晏词还善于捕捉对自然景物敏锐而纤细的感受,并善于抒发由此而产生的深蕴凄婉的心绪,其高妙者还能在其中暗示出对人

生的理性把握,因而显得意境格外高远。如:

> 一曲新词酒一杯,去年天气旧亭台,夕阳西下几时回?
> 无可奈何花落去,似曾相识燕归来,小园香径独徘徊。
>
> (《浣溪沙》)

通过对自然景物变与不变的描写,表达了自己由此而产生的对宇宙人生"无可奈何"、难以名状的惆怅之情与若即若离的理性感悟。又如《蝶恋花》"昨夜西风凋碧树,独上高楼,望尽天涯路。欲寄彩笺兼尺素,山长水阔知何处"被王国维借以形容"成大事业、大学问,必经过三种之境界"(《人间词话》)中的一种,也是因为它有这种特点。

四 柳 永

柳永(约 987~约 1053),字耆卿,原名三变,福建崇安人。年轻时多次科考失败,曾作词自嘲云:"才子词人,自是白衣卿相。""忍把浮名,换了浅斟低唱"(《鹤冲天》),恼得仁宗皇帝取消其以后的考试成绩,且曰:"且去浅斟低唱,何要浮名!"(《能改斋漫录》卷十六)于是柳永变得更放荡不羁,"日与狷子纵游娼馆酒楼间,无复检约,自称云'奉圣旨填词柳三变'"(《苕溪渔隐丛话后集》卷三九),而"教坊乐工,每得新腔,必求永为辞"(《避暑录话》)。后来他更名柳永,通过科考,官至屯田员外郎。有《乐章集》。

柳永对词的贡献有三方面。

第一表现在师法渊源、创作态度和社会影响上。词本有民间和文人两大传统。北宋初期词人几乎无一例外地只继承文人词的传统,只有柳永因和教坊歌女来往密切,保持了一些民间的特色,大力采纳市井新声,受到了市民阶层的欢迎,并赢得了"凡有井水饮处,即能歌柳词"(叶梦得《避暑录话》卷三)的声誉。以文人的身份而多吸取民间的特色，必然使词产生雅俗相兼的特色。俗的一面如："早知怎么，悔当初，不把雕鞍锁。向鸡窗，只与蛮笺象管，拘束教吟课。镇相随，莫抛躲、针线闲拈伴伊坐。和我，免使年少光阴虚过。"(《定风波》)不但多用当时的俗语、俚语，而且完全模仿歌女的口吻来写，趣味上也颇俚俗，所以以高雅自称的词人就讥其"浅近卑俗"。"骫骳从俗"，"词语尘下"。但不能不承认这里面恰有很多民间生动的东西。雅的一面表现在：有些词文人式的抒情色彩很浓，尤其是善于抒发他们在失意、痛苦时的细腻情感与情趣，语言也"不减唐人高处"(赵令畤《侯鲭录》引苏轼语)。

第二表现在内容题材的开拓上。柳永虽多写享乐与风情，但他把视线转向市井青楼中的现实生活与实在人物，给予他们浓郁的生活气息和人情味。柳永词还"尤工于羁旅行役"(《直斋书录解题》卷二一)，善于借助写景，描写漂泊生活，抒发怨艾心情。他在词中还增加了对繁华的都市风光的描写，如描写杭州风光的《望海潮》，当时即远播辽金，产生了很大影响。

第三表现在艺术手法上。这是柳永对词的重大贡献，也是使他成为词史上里程碑式人物的重要原因。大力并成功地发展调长拍缓的慢词，增加词的容量，是这方面最突出的成就。在柳永的作品中，慢词能占到十之七、八，之后"东坡、少游辈继起，慢词遂兴"(《宋翔凤《乐府余论》)。比起宋初其他词人仍多作小令，这显然是一大进步。为了填写慢词，柳永还发展了一系列的表现手法。如不再像小令那样只写一刹那间的感觉和一景一物，而是开合起伏，铺叙漫衍，使词从单纯的感受发展为复杂的过程，体现了层次结构上的多重性。又如善于将叙事、抒情、写景融合在一起，综合表达，尤善于借景抒情——在表现羁旅行役题材时，又尤善于借秋天凄风苦雨之景来抒发失意幽怨之情，使外在画面与内在感情极为谐调。再如善于对景物、心理、动作作具体细腻的描述，善于描写典型的场景和具有戏剧性的瞬间来加强铺叙的效果。如其

名作《雨霖铃》云:

> 寒蝉凄切,对长亭晚,骤雨初歇。都门帐饮无绪,留恋处,
> 兰舟催发。执手相看泪眼,竟无语凝咽。念去去千里烟波,暮
> 霭沉沉楚天阔。　　多情自古伤离别,更那堪,冷落清秋节。
> 今宵酒醒何处?杨柳岸,晓风残月。此去经年,应是良辰好景
> 虚设。便纵有千种风情,更与何人说?

既写出了离别的背景、过程、场面,又写出离别时与离别后的凄切、
怀念、苦闷,层次繁复而分明;又时而由景生情,时而化情为景,达
到了情景的高度结合;还能刻画出"执手相看泪眼"等一系列细节,
点染烘托。

　　柳永的词对后代产生了深远影响。他的慢词被后人普遍接
受;很多人在批评他"俚俗"的同时,也暗受其影响,如苏轼、李清
照、辛弃疾等也都经常以俗入雅。而像周邦彦一类的作家更"多从
耆卿处夺胎"(周济《宋四家词选》)。

第三节　北宋中期文学(上)
——欧阳修等人的诗文革新运动

　　经过北宋初期的探索,北宋中期的文学进一步找到了发展方
向:其一,散文要走古文的道路,而这时发展古文又可以借鉴唐及
宋初古文运动成功与失败的经验教训,因此,发展言之有物、长于
议论、易道易晓而又不失文采的古文就成为必然趋势。其二,诗歌
要建立自己的风格,完全因袭唐风是没有出路的,它应在内容上更
紧密地反映现实,在表达上更力求显豁、自由,在技巧上更深曲细
密,于是一代新诗——宋诗逐渐走向完备。诗与文的巨大变化掀
起北宋文学最辉煌的一页——诗文革新运动。其三,词也逐渐走
向变革道路。虽然这一期的最初,词仍沿袭原有的传统缓慢发展,

但在改革意识感很强的作家手中,迟早会把它引向新生。果然,至苏轼词发生了根本性变革,逐渐追赶上诗文革新的步伐。

一 欧阳修其人及文学主张

欧阳修(1007～1072),字永叔,号醉翁、六一居士,庐陵(今江西吉安)人。仁宗天圣八年(1030)举进士,不久就因诗文而名噪天下,成为文坛领袖。欧阳修仕宦生活中最有意义的经历有三方面:一是积极参与范仲淹的庆历新政。如1036年移书高若讷痛斥其对范仲淹的迫害,1043年庆历新政失败后《朋党论》,痛斥旧党对新党的诬陷。他也因此而先后被贬至夷陵和滁州。二是积极参与文化建设,如主修过《新唐书》、《新五代史》,又在1057年知贡举时,用行政手段打击险怪奇涩的"太学体",使"场屋之习,从是遂变"(《宋史》本传)。同时选拔出苏轼、苏辙、曾巩等一大批人材。三是晚年时进取心逐渐淡泊,对王安石变法多持怀疑与抵制态度,因而遭到王的疑忌。政敌又以帷薄不修之事对其肆意诬蔑,欧阳修对官场是非感到厌恶,连乞谢事。总之,欧阳修的一生是和当时的政治斗争紧密相连的。

欧阳修出身贫寒,对下层社会有较深的了解,被贬夷陵时"因取架阁陈年公案,反复观之,见其枉直乖错,不可胜数……当时仰天誓心曰:'自尔遇事,不敢忽也。'"(《容斋随笔》卷四)为此,他常教导他人文学创作应先从周达民事、兼知宦情入手。

欧阳修的性格耿直而豁达。一方面能"见义勇为,虽机阱在前,触发之不顾,放逐流离,至于再三,志气自若也"(《宋史》本传);一方面又能在被贬的逆境中处之泰然。他说:"是以君子轻去就,随卷舒,富贵不可诱,故其气浩然;勇过于贲育,毁誉不以屑,其量恬然,不见于喜愠,能及是者,达人之节而大方之家乎?"(《送方希则序》)

欧阳修还是一个大学者,著有考古学著作《集古录》、史学著作

《新唐书》、《新五代史》、文艺批评著作《六一诗话》等。因有以上种种特点,其诗文才有较强的政治性、议论性、学问性,且有关心民生、格调高朗等特色。

欧阳修在文道观上继承了"先道德而后文章"的传统,提出了"我所谓文,必与道俱"(苏轼《祭欧阳文忠公文》)的口号。但他不过多地宣扬"道"的伦理道德等形而上的一面,而强调它"切于事实"的一面,使它物化成和社会政治、日常生活都极为密切的"百事"。他认为学者"未始不为道,而至者鲜焉"的原因,即在于"弃百事不关于心"(《答吴充秀才书》)。而这"王道之本"的"百事","不过教人树桑麻,畜鸡豚……养生送死"而已(《与张秀才第二书》)。他在重道的同时也很重文,他说:"君子所学也,言以载事而文以饰言,事信言文,乃能表现于后世。"(《代人上枢密院求先集序》)这样就在他的文学观中构成了"道"——"事"——"文"的模式。因此凡可以加强文采的风格他都加以称赞,尤其推崇平淡自然、简而有法的风格,并说:"子言古淡有真味,大羹岂须调以齑。"(《再和圣俞见答》)可见他推崇平淡还增加了一层审美的因素。

欧阳修还特别提倡感情因素,在总结前人发愤说、不平则鸣说的基础上,他又提出"穷而后工"说。他认为政治上的穷愁之人"内有忧思感愤之郁积,其兴于怨刺以道羁臣寡妇之所叹,而写人情之难言,盖愈穷则愈工"(《梅尧臣诗集序》)。

二　欧阳修的散文

欧阳修的散文在内容上以论道、论政、抒情类成就最高,在文体上以记、书、序、论成就最高。

欧阳修的论道文章不尚空谈而注重实际,尤反对宣扬性命之说与佛老之说。欧阳修不但像王安石、范仲淹等人写了很多论政的疏状,而且能结合自己的政治生活写下很多专论朝政与社会现象的议论文章,如著名的《朋党论》,开宗明义即旗帜鲜明、毫不隐晦地说:"大凡君子与君子以同道为朋,小人与小人以同利为朋,此自然之理也。"然后分析君子之朋与小人之朋的本质区别,最后得出结论曰:"故为人君者,但当退小人之伪朋,用君子之真朋,则天下治矣。"这篇文章不但直接为范、吕党争而发,且敢于直接与"朕闻至治之世,元凯共朝,不为朋党"的庆历诏书相对抗,直言谠论,气势充沛,洞达世情。

北宋初很少有抒情文章,欧阳修则写了诸如《醉翁亭记》、《丰乐亭记》、《秋声赋》、《泷冈阡表》等大量抒情散文,为散文开拓了更为广泛、更富有文学价值的领域,对后来王安石、苏轼,以至明清散文的发展都有很深的影响。

欧阳修散文的艺术特色以苏洵的评论最为中肯:

> 执事之文,纡余委备,往复百折而条达疏畅,无所间断;气尽语极,急言竭论,而容与闲易,无艰难劳苦之态。
>
> (《上欧阳内翰第一书》)

要言之,欧阳修散文的总特色是既平易自然,又委婉曲折,即使在强烈抒情时亦如此。平易自然是宋文的共性,而委婉曲折则是欧文的个性。

最能体现这一特色的是书信序跋类文章。如《读李翱文》本是感叹晚唐人只知叹老嗟卑,不以天下为忧的,但开头先以读李翱三篇文章的不同感受为线索,作三层转折入手:

> 予始读翱《复性书》三篇,曰:此中庸之义疏尔,智者识其性,当复中庸;愚者虽读此不晓也,不作可焉。又读《与韩侍郎荐贤书》,以谓翱特穷时愤世无荐己者,故丁宁如此,使其得志,亦未必然。以韩为秦汉间好侠行义之一豪隽,亦善喻人者也。最后读《幽怀赋》,然后置书而叹,叹已复读不自休,恨翱不生于今,不得与之交,又恨余不得生翱时,与翱上下其论也。

这三层转折,渐渐把自己悻悻的愤世之情和对李翱的推重之情积蓄足,然后转入正面论述,就显得极为生动委婉而有说服力了。

政论文也有此特色,既有韩愈式的充沛气势,逻辑力量,又有一种曲折动人、富于文采、婉转多致的韵味。即使是"急言竭论"也显得从容不迫,不疾不徐。如《与高司谏书》,形式上虽为书信,内容上虽只谴责高若讷对范仲淹的个人迫害,实际上却是一封对旧党迫害新政行为的"发于极愤而切责之"(《与尹师鲁书》)的政治宣言书。信中既斥其为"君子之贼",复骂其为"不复知人间有羞耻事",但文章先从与高若讷交往的三个过程谈起,欲擒故纵,蓄足语势,再转入正面谴责。在正面谴责中仍一波三折,委婉深曲。

在记叙人物时,欧文也不乏娓娓生动、细腻曲折的描写。如《陇冈阡表》,全用母亲亲切而委婉的叙述来记录父亲的为人和对自己的教诲,对后代抒情性人物记叙,如苏轼的《文与可画筼筜谷偃竹记》、归有光《项脊轩志》等,有明显的影响。

欧阳修的写景抒情文更具有一唱三叹、摇曳多姿的特点,如《丰乐亭记》、《醉翁亭记》、《秋声赋》等。《醉翁亭记》是表现自己在被贬滁州的逆境中仍能"处穷达,临祸福,无愧于古君子"(《尹师鲁墓志铭》)的达观胸襟的。首段写醉翁亭的位置,采取了逐层紧缩的手法,给人一种"千呼万唤始出来"的趣味。最后一段总结乐趣,亦层层铺垫,先写禽鸟的"山林之乐",进而写人的游玩之乐,最后才点出最引为自得的著文之乐,十分委婉生动。

平易自然、委婉曲折的总特点还表现在语言上。一是多用平易寻常、清虚流畅的字句,"却自有美丽,有好处,有不可及处"(《朱子语类》卷一三九)。二是善用虚字穿插呼应,如《醉翁亭记》中的 21 个"也"字句,不但使人不觉其繁,而且给人一种舒缓深长,富有音乐韵味的感觉。三是句式既整饬而又富于变化,常常是似散非散,似俳非俳,抑扬相间,错落有致。

三 欧阳修的诗词

欧阳修诗的成就虽比不上文,但"始矫昆体"(叶梦得《石林诗话》),初成宋调,功不可没。

欧阳修的诗很注意反映人民生活、国家大事,且常能将二者结合起来,如《食糟民》,既批判了将损烂的酒糟强行俵配给百姓的政策,又揭露了它给人民带来的苦难。

欧诗还善于表现自我,特别是表现自己坦荡的胸怀和旷达的精神。尤其是在被贬夷陵时,屡有佳作,如《戏答元珍》、《春日西湖寄谢法曹歌》等。又如《黄溪夜泊》云:"行见江山且吟咏,不因迁谪岂能来。"这种调子对苏轼影响至深。

欧阳修还写了很多反映经济生活、民风民俗和咏物之作,如《送王学士赴两浙转运》写漕运之便,《初至夷陵答苏子美见寄》写夷陵风俗,《日本刀》写文物等。这对拓宽宋诗的内容有深远的影响。

欧阳修诗的艺术特色有如苏轼所云"似李白"的一面,也有似唐人平淡清新而又情韵深长的一面,还有似韩愈处,讲究议论、散化,铺排博辩的一面,后者如《重读徂徕集》:

> 我欲哭石子,夜开徂徕编。开编未及读,涕泗已涟涟……人生一世中,长短无百年……惟彼不可朽,名声文行然。谗诬不须辨,亦止百年间。百年后来者,憎爱不相缘。公议然后出,自然见媸妍……我欲犯众怒,为子记此冤。下纾冥冥怨,仰叫昭昭天。书于苍翠石,立彼崔嵬巅。

出于对石介受诬被谤,险遭斫棺的同情,诗人将饱含血泪的议论与抒情交织在一起,感人至深。但有些议论显得过于生硬,如《奉答子华学士》以病喻国,其立意与语言简直就是他的政论文《本论》的韵语化翻版。这种优劣相兼的议论倾向对宋诗产生深远而广泛的影响,成为"宋调"特征之一。

欧诗虽广泛师法前人,但终能自成一家,如《春日西湖寄谢法曹歌》云:

> 西湖春色归,春水绿于染。群芳烂不收,东风落如糁。参军春思乱如云,白发题诗愁送春。遥知湖上一樽酒,能忆天涯万里人。万里春思尚有情,忽逢春至客心惊。雪消门外千山绿,花发江边二月晴。少年把酒逢春色,今日逢春头已白。异乡物态与人殊,惟有东风旧相识。

既有李白的豪情,又有唐人的平淡清新,也不失韩愈的锤炼,但思想情调又是欧阳修自己的。

欧阳修对词的认识不高,像晚唐五代宋初很多人那样,仍把词视为"聊佐清欢"的"薄技"(《西湖念语》)。因而其词作基本上和晏殊处于同一水平上,只是在深隽方面有所独诣,正如刘熙载《艺概·词概》所评:"冯延巳词,晏同叔得其俊,欧阳永叔得其深。"如:

> 候馆梅残,溪桥柳细,草薰风暖摇征辔。离愁渐远渐无穷,迢迢不断如春水。　　寸寸柔肠,盈盈粉泪。楼高莫近危阑倚。平芜尽处是春山。行人更在春山外。

> (《踏莎行》)

虽然"寸寸柔肠"云云仍是香而弱的伤别老调,但前有无穷春水的深沉比喻,后有青山之外的遥深寄托,全词格调顿显高远。

有些词的内容较有新意,如《采桑子·轻舟短棹西湖好》写自然风光,《渔家傲·十二月严凝天地闭》写壮观场面,《朝中措·平山阑槛倚晴空》写豪迈性格,都是前人少有的。因而欧词的风格也随之增加了一些深挚、自然、爽朗、豪放的情调,虽然尚未形成明显的风格,但对新风格、新流派的产生都起到促进与过渡作用。

四 梅尧臣和苏舜钦

梅尧臣和苏舜钦是辅佐欧阳修领导诗文革新运动最重要的两位人物。

梅尧臣(1002～1060),字圣俞,宣州宣城(今属安徽)人。以荫补入仕,和欧阳修为诗友,欧自认为不及。他曾协助欧阳修知贡举,奖拔苏轼。有《宛陵集》。

苏舜钦(1008～1048),字子美。年轻时与穆修一起倡导古文,入仕后与范仲淹新党过往较密,被旧党诬告而落职,放废吴中。有《苏学士文集》。

梅、苏二人的文学主张和欧阳修极为相似。如梅尧臣《答韩三子华、韩五持国、韩六玉汝见赠述诗》云:

> 圣人于诗言,曾不专其中。因事有所激,因物兴以通。自下而磨上,是之谓国风。雅章及颂篇,刺美亦道同。不独识鸟兽,而为文字工。屈原作离骚,自哀其志穷。愤世嫉邪意,寄在草木虫。迩来道颇丧,有作皆言空。

他所说的"因事"、"因物"、"刺美"、"愤世嫉邪",和苏舜钦所说的"言也者,必归于道义,道与义泽于物而后已"(《上三司副使段公书》),都和欧阳修一样非常重视文学的现实性和感情色彩。

梅、苏诗的内容具有高度的现实性。首先,他们都注重表现民生,在这方面梅尧臣成就更高。他的姐妹篇《田家语》及《汝坟贫女》,都是为各级官吏因奉庚辰诏书之命,滥抓弓箭手,造成百姓大量流离失所,死于道路而发的,堪称杜甫、白居易之后现实性最强的作品,从这一意义上说,时人评梅诗为"二百年无此作"(欧阳修《梅圣俞墓志铭》),并不为过。梅尧臣反映民生的面还相当广泛,如《宣州杂诗二十首》、《岸贫》、《杂诗绝句十七首》、《淘渠》、《陶者》等反映了漆民、渔民、纤夫、城市贫民、手工业者等社会各阶层。而苏舜钦的《城南感怀呈永叔》等,也是表现民生的力作。

梅、苏的诗还密切反映国事。在表现对外斗争方面,苏舜钦尤为突出。他的《吾闻》、《庆州败》、《己卯冬大寒有感》,或表现自己的爱国激情,或感慨将帅的腐败无能,或揭露军政双方的不和,思想内容都很深刻。

梅、苏还写了不少反映当时社会经济生活、民风民俗的作品。另外,梅尧臣的悼亡之作,苏舜钦的放废吴中之作,都有很好的抒情作品。

但梅、苏二人的艺术风格却截然相反。梅以古淡著称,其诗有句曰"野凫眠岸有闲意,老树着花无丑枝"(《东溪》),可视为其风格的自我写照;苏舜钦以豪放见长,其诗有句曰:"铁面苍髯目有棱,世间儿女见须惊"(《览照》),可视为其风格的自我写照。欧阳修在《六一诗话》中引自己所作的《水谷夜行》诗,将二人的风格区别做了最生动的描写:

> 圣俞、子美齐名于一时,而二家诗体特异;子美笔力豪隽,以超迈横绝为奇;圣俞覃思精微,以深远闲淡为意,各极其长,虽善论者不能优劣也。余尝于《水谷夜行》诗略道其一二云:"子美气尤雄,万窍号一噫,有时肆颠狂,醉墨洒滂霈。譬如千里马,已发不可杀。盈前尽珠玑,一一难拣汰。梅翁事清切,石齿漱寒濑。作诗三十年,视我犹后辈。文词愈清切,心意难老大。有如妖韶女,老自有余态。近诗犹古硬,咀嚼苦难嚖;又如食橄榄,真味久愈在。苏豪以气轹,举世徒惊骇;梅穷独我知,古货今难卖。"语虽非工,谓粗得其仿佛,然不能优劣之也。

其诗如:

> 适与野情惬,千山高复低。好峰随处改,幽径独行迷。霜

落熊开树,林空鹿饮溪。人家在何处?云外一声鸡。

(梅尧臣《鲁山山行》)

春阴垂野草青青,时有幽花一树明。晚泊孤舟古祠下,满川风雨看潮生。

(苏舜钦《淮中晚泊犊头》)

梅、苏二人的诗都有议论化、散文化的倾向,这些特点都对宋调的形成产生了深远的影响。

苏舜钦的散文和词作虽不多,但像《沧浪亭记》、《水调歌头·沧浪亭》都是传世佳作。梅尧臣的一些文赋写得也很生动。

五 王安石

王安石(1021~1086),字介甫,抚州临川(今属江西临川县)人。年轻时就"慨然有矫世变俗之志"(《宋史》本传)。1069年被神宗任命为参知政事,开始推行新法,掀起了中国古代历史上最有生气的变法运动,但遭到以司马光为首的旧党的激烈反对,于1074、1076年两次被罢相。罢相后,眼看新法逐项被旧党罢废,他心情充满矛盾和痛苦,只好靠谈佛论道、著文作诗排遣内心苦闷。1086年新法最后几项也被废止,王安石在忧郁中去世。留有《王荆公诗文集》。

王安石的思想可用"天变不足畏"——具有朴素的唯物思想、"祖宗不足法"——具有勇于变革的精神、"人言不足恤"——具有坚定的自信力这三点来概括。他说:"时然而然,众人也;已然而然,君子也。"(《送孙正之序》)"如惑于众人,亦众人耳。"(《答段缝书》)这种思想不但使他在政治上卓然特立,也使他在文学见解和文学创作上能超凡脱俗。

王安石的文道观有两个显著特点。一是将其政治化:"尝谓文者,礼教治政云尔。"(《上人书》)一切要"以适用为本"(同上)。二是把文与道人格化。他强调文与道皆来自作家人品的修养,来自作家正义感情在穷愁磨难后的升华。

王安石的散文以议论著称。其中又以指论国事,特别是以表现自己对变法的见解,如《上仁宗皇帝书》、《答司马谏议书》,以及表现自己远见卓识的杂议,如《读孟尝君传》等为主。

王安石散文的最突出特色是文如其人,处处显示出不惑于众人的气度。

他见地深刻,立论警绝,超凡拔俗。如《上仁宗皇帝书》、《乞制置三司条例》等纯政论文,直言不讳地言财言术。

他的文章布局谨严,思路犀利,逻辑性强,善于以深刻而清晰的思维高屋建瓴、条分缕析地统率材料,"以一线贯千条","议论愈多,头绪愈整"(储欣《唐宋八大家类选》卷二)。如《上仁宗皇帝书》,洋洋万言而结构整饬,"行文部勒有方,如大将将数十万兵而不乱"(沈德潜《唐宋八大家文读本》卷二九),实为前人之所少见。

他议论口吻坚定,语气斩绝,文势充沛,明显地带有其傲岸倔强、睥睨凡众的个性。如《答司马谏议书》,仅用四句话就很坚决地将司马光的四项指责予以回绝,然后直接批驳其所以有此四项指责的思想根源——"当一切不事事"的保守世界观,立论十分深刻。

王安石还善于在短制中发惊人之语,从而取得咫尺千里的艺术效果,如《读孟尝君传》,全文共四句九十字,但句句转折,文短气长,可谓短篇之极致。王安石又善于从一般现象中领悟出非一般的境界,生发出令人深省的议论,如《游褒禅山记》,最后的议论与其说是论游山,不如说是论治学、人生和事业。

王安石的诗也多打有政治生涯的烙印,有很强的现实性、政治性。他常以一个大政治家的眼光来探索政治问题的社会根源,寻求其根本出路。有些诗更直接宣传变法,歌颂变法,充分体现了以"适用为本"的文学观。

他的咏古诗往往借思古之情来表现自己卓然特立的见识,因

此常在古人未到处立论,如《明妃曲》二首其一曰:

> 明妃初出汉宫时,泪湿春风鬓脚垂。低徊顾影无颜色,尚得君王不自持。归来却怪丹青手,入眼平生几曾有?意态由来画不成,当时枉杀毛延寿。一去心知更不归,可怜著尽汉宫衣。寄声欲问塞南事,只有年年鸿雁飞。家人万里传消息,好在毡城莫相忆。君不见、咫尺长门闭阿娇,人生失意无南北。

表面看来实属咏古,但暗含着对君王不察、衷心难达的寄托,被人誉为"荆公自己写照之最显者"(《宋诗精华录》)。

他的咏怀诗大多写其胸襟抱负及出处进退之间的矛盾心情,感情深挚,格韵高远。如《示长安君》、《思王逢原》、《君难托》等,又如:

> 缺月昏昏夜未央,一灯明灭照秋床。病身最觉风霜早,归梦不知山水长。坐感岁时歌慷慨,起看天地色凄凉。鸣蝉更乱行人耳,正抱疏桐叶半黄。

> (《葛溪驿》)

此诗似已预感到变法前途的暗淡,因而产生浓重的悲凉之慨,但又未忘情世事,因而仍有慷慨激昂的一面,感情复杂而深挚。

他的写景诗以晚年所作的律、绝体最为精工。这些诗一方面深得唐人风味,一方面又有自己瘦硬精严的特色,被后人称为"半山体"。如《北山》云:

> 北山输绿涨横陂,直堑回塘滟滟时。细数落花因坐久,缓寻芳草得归迟。

"细数"云云本于王维诗意,但全诗更显得典重精严。

王安石的各类诗在艺术表现上有共同之处。如以工取胜,造语用字极尽锤炼之工,如:

> 京口瓜州一水间,钟山只隔数重山。春风又绿江南岸,明

月何时照我还。

（《泊船瓜州》）

其中的"绿"字，经过十几次改动才确定下来，生动异常。

又如以才学取胜，用起典来"经对经，史对史，释氏事对释氏事，道家事对道家事"_(曾季貍《艇斋诗话》)。如《书湖阴先生壁》有句云："一水护田将绿绕，两山排闼送青来。""护田"一词出于《汉书·西域传》，"排闼"一词出于《汉书·樊哙传》，故尔王安石尝自诩道："用汉人语止可以汉人语对，若参以异代语，便不相类。如'一水'云云，皆汉人语也。"_(《石林诗话》引)

又如以议论入诗，且把此特点大量发展到绝句等短制中，如《贾生》、《登飞来峰》等，使以见解警策及形象生动见长的议论诗、哲理诗得到进一步的定型和发展。

王安石虽不以词名，但像《桂枝香·登临送目》这样大气盘旋之作，足以"一洗五代旧习"_(《艺概·词概》)，对词风的开拓亦有不可忽视的作用。

六　曾巩、苏洵、苏辙

曾巩(1019～1083)，字子固，建昌南丰(今属江西南丰县)人，年轻时曾是欧阳修的得意门生，并和王安石友善，后王安石得志，遂与之异。及第后曾任过福州、明州、亳州知州及中书舍人，著有《元丰类稿》。

曾巩的散文成就很高，尤善于杂记、序文、书启等体裁，特别是他为《战国策》、《列女传》等书写的目录序文，更受到人们的推重。

曾巩的散文风格受欧阳修影响最大，深得其委婉舒和的一面，行文纡徐不烦，简奥不晦，风格古雅平正、雍容冲和，但缺少欧阳修疏宕俊逸，情长韵远的另一面。

曾巩的散文善于叙事，亦长于说理。叙事时能根据内容的需要,或详赡周密,或简洁凝炼,颇存古义。说理时能做到论点简明而持平,论证条达而委婉。叙事之文如《送李材叔知柳州序》,劝导李不必以柳州偏远为怀曰:

> 其风气吾所谙之,与中州亦不甚异。起居不违其节,未尝有疾,苟违节,虽中州宁能不生疾邪?其物产之美,果有荔子、龙眼、蕉、柑、橄榄,花有素馨、山丹、含笑之属,食有海之百物,累岁之酒醋,皆绝于天下。人少斗讼;喜娱乐,吏者惟其无久居之心,故谓之不可;如有其久居之心,奚不可邪?

曲折委婉,循循善诱,边叙述、边析理,语调平缓而亲切,如听长者之言。议论之文如《战国策目录序》,既把战国游士的某些言论视为"邪说",但又反对将此书销毁,态度较为持平:"君子之禁邪说也,固将明其说于天下,使当世之人皆知其说之不可从,然后以禁,则齐;使后世之人,皆知其说之不可为,然后以戒,则明。岂必灭其籍哉?"

但总体上曾文平正有余而生动不足,这是他不及欧、苏之文的主要原因。

苏洵(1009～1066),字明允,眉州眉山(今属四川)人。27岁始发愤读书,研读六经及百家之说,考证古今治乱之迹,经过长期努力终成大材。1056年带领苏轼兄弟入京考试,拜谒欧阳修,献所著文章22篇,从此名噪文坛,声闻海内。有《嘉祐集》传世。

苏洵在思想上能突破儒家独尊的正统,博取诸子百家之长,且不讳言权利法术,具有较强的纵横家、法家色彩。在文学主张上他特别提倡"有为而作"的务实精神,反对"慕远而忽近,贵华而贱实"(苏轼《凫绎先生文集序》)的不良文风,尤其推重像"风行水上"、"而文生焉"的那种平淡自然之美。

苏洵的创作以散文著称,以议论见长。代表作有《权书》、《衡论》、《几策》等。欧阳修称这些文章"辞辨宏伟","议论精于物理,而善识权变;文章不为空言,而期于有用"(《荐布衣苏洵状》)。

这些文章内容上"大抵兵谋、权利、机变之言也"(邵博《闻见后录》引王安石语)。苏洵亦曾自诩道:"洵著书无他长,及言兵事,论古今形势,至自比贾谊。所献《权书》,虽古人以往成败之迹,苟深晓其义,施之于今,无所不可。"(《上韩枢密书》)如《六国论》:

> 六国破灭,非兵不利,战不善,弊在赂秦。赂秦而力亏,破灭之道也……夫六国与秦皆诸侯,其势弱于秦,而犹有可以不赂而胜之之势;苟以天下之大,下而从六国破亡之故事,是又在六国下矣。

这显然是借六国故事以讽宋,很有针对性。

所谓"博辨宏伟"主要体现在带有明显的纵横家色彩上。他的文章,常立论精辟,发语惊人,翻前人之陈言,道常人所未道。如史家皆公认齐国之治,功在管仲;齐国之败,罪在竖刁等人,而苏洵在《管仲论》中却提出这样一个有力的论点:"夫功之成,非成于成之日,盖必有所起;祸之作,不作于作之日,亦必有所兆。"于是又推出这样一个全新的结论:"故齐之治也,吾不曰管仲,而曰鲍叔;及其乱也,吾不曰竖刁、易牙、开方,而曰管仲。"语虽惊人,但又言之有据,使人耳目一新。苏洵的文章还善于"指事析理,引物托喻"——用事例或比喻来讲道理,如《心术》,先提出"善用兵者,使之无所顾,有所恃"这样一个论点,然后即以"尺棰当猛虎,奋呼而操击;徒手遇晰蜴,变色而却步","祖褐而按剑,则乌获而不敢逼;冠胄衣甲,据兵而寝,则童子弯弓杀之矣"等一系列比喻作论证,使文章极为生动形象。

苏辙(1039~1112),字子由,十九岁时即与其兄苏轼同登进士科。在熙丰变法及元祐更化期间也同其兄一样,被卷入到政治斗争中,几起几落。但他的性格与苏轼不同,为人极沉静谨重、温厚谦和。苏辙论文主"养气"说,认为"文者,气之所形。然文不可以学而能,气可以养而致"(《上枢密韩太尉书》)。

苏辙的散文可和其父兄媲美,但风格却不同,苏洵以博辨宏伟见长,苏轼以行云流水著称,苏辙则以汪洋淡泊、深醇温粹为主。正像苏轼形容的那样:"其文如其为人,故汪洋淡泊,有一唱三叹之声,而其秀杰之气,终不可没。"(《答张文潜》)这种风格在写景叙事中表现为善于传神写意,疏宕有致,如《武昌九曲亭记》将景物布置得井井有条而又错落有致,在平稳中显出秀气。在议论文章中则表现为能反复曲折,穷尽事理,如《黄州快哉亭记》:

> 士生于世,使其中不自得,将何往而非病?使其中坦然,不以物伤性,将何适而非快?今张君不以谪为患,窃会计之馀功,而自放山水之间,此其中宜有以过人者,将蓬户瓮牖,无所不快;而况乎濯长江之清流,揖西山之白云,穷耳目之胜以自适也哉?不然,连山绝壑,长林古木,振之以清风,照之以明月,此皆骚人思士之所以悲伤憔悴而不能胜者,乌睹其为快也哉!

虽比不上苏洵之奇峭,苏轼之雄快,但疏宕秀杰之处亦自有一片烟波。

第四节 北宋中期文学(下)
——苏轼

一 苏轼其人

苏轼(1037～1101),字子瞻,眉州眉山(今属四川)人。他的生平可分四期。

第一期为1037～1069年,亦即在王安石全面变法以前。在这一期内,苏轼主要经历了读书、科考、入仕等几个阶段。苏轼在读书时就表现出"奋励有当世志"(苏辙《东坡先生墓志铭》)的精神。1056年、1061年先后通过了进士及制科考试,并受到了主考官欧阳修、梅尧臣的激赏,从此进入仕途。1069年神宗任命王安石为相,正式实行变法。苏轼在制科考试时作过25篇《进策》,早和王安石的政见有分歧,此时分歧更为严重,于是又写了《上神宗皇帝书》、《再上皇帝书》,批评神宗"求治太急",再次强调"渐变","人治"。

第二期为1069～1085年,亦即熙丰变法时期。1071年,苏轼因政见关系,不安于朝,出任杭州通判,诗歌创作进入繁盛时期,然后又改知密州,词的创作也渐趋繁盛。1079年政敌对他的诗文进行诬陷,苏轼被捕入狱受审,史称"乌台诗案",最后被安置到黄州,形同流放。此时苏轼的文学创作进入全盛期,诗、词、文都有许多佳作,个性也更加鲜明。

第三期为1085～1093年,亦即元祐(哲宗年号)更化时期。此时哲宗年幼,由高太后听政,政治上偏于保守,苏轼得以启用,很快就官至翰林学士、中书舍人。但他又与"专欲变熙宁之法"(苏轼《辨试馆职札子》)的旧党领袖司马光政见不合,于是又被旧党目为异己,再次离朝,连知杭、颍、扬数州。这一期的文学成就相对较平淡。

第四期为1093～1101年,亦即哲宗亲政时期。哲宗政治上倾向新党,于是苏轼又连连被贬,直至被贬为宁远军节度副使惠州、儋州(今海南省)安置。这一期的文学成就相对高于上一期。

总之苏轼的一生始终处于党争的夹缝之中,被新党视为旧党,被旧党视为异己,政治上并无太大作为,正像他自我解嘲的那样:"问汝平生功业——黄州、惠州、儋州。"(《自题金山画像》)

苏轼思想中较有特色的是"渐变"的思想,从这一观点出发,他既反对因循守旧,主张变革,又对变革持渐进的态度。他一方面认为"方今之世,苟不能涤荡振刷,而卓然有所立,未见其可也"(《策略》一),表现出一定的革新精神;一方面又说:"法相因则事易成,事有渐而民不惊"(《上神宗皇帝书》),在王安石变法中表现出一定的保守性。

在政治活动中,苏轼是一个关心人民的能臣和反对苟和的爱国者。他在各地方任上都有许多造福人民的政绩,在25篇《进策》和许多诗文中有许多专论抵御外侮的著述和表现爱国思想的作品。

在哲学思想上,苏轼兼取儒、释、道各家。苏辙的一段话大致道出了这一特点:

> 初好贾谊、陆贽书,论古今治乱,不为空言。既而读《庄子》,喟然叹曰:"吾昔有见于中,口未能言,今见《庄子》,得吾心矣。后读释氏书,深悟实象,参之孔墨,博辨无碍,浩然不见其涯矣。"

(《东坡先生墓志铭》)

要而言之,在政治思想上,苏轼仍以儒家思想为主,年轻时热情尤高。在中晚年连遭打击后,也并未放弃拯世济民的责任感,在人生修养、生活态度上,释道思想又占据了主流,特别是在中晚年处于逆境时,释道思想更成了他的精神支柱。但他谈禅而不佞佛,好道而不逃避人生,他只是吸取释道思想中"静而达"的因素以及思辨方式,来适应复杂的人生和政治。

苏轼的性格亦十分复杂,且在作品中有鲜明的体现。一方面,他是一个正直坚定,有原则,有节操且能"发于心而冲于口"(《思堂记》)的人,"用此数困于世,然终不以为恨"(苏辙《东坡先生墓志铭》)。另一方面,他又是一个随缘自适,安和处世,放达乐观的人,而且善戏谑,喜幽默,这都构成了他的坡仙性格。

二 苏轼的文艺观

苏轼的文艺观,具有划时代的意义。

对于古文家重道的观点,苏轼仍予以继承,但他能更自觉地强调文学艺术自身的美学价值。他说:"有道有艺,有道而不艺,则物虽形于心不形于手。"(《书李伯时山庄图后》)为此,他建立了一套以"和谐"为纲的美学体系。

苏轼对文艺的见解主要在于求新求变。他认为只有"出新意于法度之中,寄妙理于豪放之外"(《书吴道子画后》),才能成为真正的艺术;但他又反对一味只以标新立异为能事,对宋代诗文革新运动中过分的"好奇务新"的"新弊",不断提出批评。

苏轼对文艺最完备、最丰富的见解在于求真求理。他所说的"真",有似"神似",他所说的"理",或曰"常理",类似艺术规律。他说:"常形之失,止于所失,而不能病其全;常理之不当,则举废之矣。"(《净因院记》)为此,他提出了一系列的表现方法。

他非常注重"意思"——事物的本质特征及细节特征,他曾以绘画举例说在人物的"颊上加三毛"或"眉后加三纹",就很可能使人在气质上"大似"。

他非常注重灵感,同时又强调苦心"经营",他说"经营初有适,挥洒不应难"(《宋复古画潇湘晚景图》),只要有"成竹于胸"的构思,就能爆发出"振笔直遂"的灵感。

他还非常强调"得之象外"、"咀嚼有味"的含蓄之美,认为"萧散简远"、"天成自得"是艺术的最高境界,但要达到这一境界又不能靠朦胧与晦涩,而要靠"词达"。所谓词达是指作者不但要"使是物了然于心",而且要"了然于口与手"(《答谢民师书》)。

他还十分强调艺术应多着有艺术家的自我感情色彩,"文以达吾心,画以适吾意"(《书朱象先画后》)。同时又强调身与物化,将作者的主观情感融化到所要表现的客观对象中,以达到主客观的和谐统一。

苏轼最深刻、最富有哲学性的见解,在于求空求静。他说:"欲令诗语妙,无厌空且静。静故了群动,空故纳万境。阅世走人间,观身卧云岭。咸酸杂众好,中有至味永。诗法不相妨,此语当更请。"(《送参寥诗》)他认为只要将佛法的"空静"观改造成观照世界的方法论和认识论,以便艺术家能在静中观照万物之动,从空中摄取万境之象,将万物从纷杂无常的偶然性中抽离出来,就能达到艺术神妙天成的最高境界。

三 苏轼的散文

就文体看,苏轼散文中成就最高的集中在赋、论、策、序、记、书、史评、题跋、杂记中,可谓广备众体。而他们所体现出的共同特点是长于议论与抒情。

苏轼散文的成就在于能集前人之大成并加以发展,如庄子之幻、司马迁之核、陶渊明之逸、白居易之超、魏晋之自由通脱、唐宋之明白简练,无不被其继承。特别是能集韩愈、欧阳修之大成而又有独特的发展:既保有欧阳修的纡余委备,又增加了更多的变化流转;既继承了韩愈的气盛言宜,又避免了其深奥艰险,文风正处于他反对的"浮巧轻媚"与"求深务奇"之间。

苏轼的散文能在平淡自然的通达和雄深磅礴的气势中带有一种超凡入化的情韵和真率深挚的感情。后人常以行云流水、天马行空来形容这种风格,他自己亦常以此自诩,他说:

> 吾文如万斛泉源,不择地皆可出。在平地滔滔汩汩,虽一日千里无难,及其与山石曲折,随物赋形,而不可知也。所可知者,常行于所当行,常止于不可不止,如是而已矣。其他虽吾亦不能知也。

(《文说》)

如《文与可画筼筜谷偃竹记》,有深刻的议论,如论"画竹必先得成竹于胸中";有亲切的叙事,如叙述作者与文与可的几次书信来往;

还有深婉的抒情,如引"曹孟德祭桥公文,有车过腹痛之语",以抒发"与可于予亲厚无间如此"之情;有文;有诗,如书信往来中所引的数首题竹诗;有笑,如写文与可收到作者戏谑的题竹诗而"失笑喷饭满案";有哭,如写睹物怀人,"见此竹,废卷而哭失声"等等,既是文艺书札,又是悲痛挽歌,确实将一片真情化作了行云流水的文字。

苏轼的散文还能于纡余委备、圆活流转之中带有一种创新出奇的锐气和错综变化的美感。纡余委备是欧文的特色,但为了避免由此而可能导致的平缓,苏轼又在此基础上增加了一些变化:"《庄子》之文,以无为有,《战国策》之文,以曲为直,东坡平生熟此二书,故其为文,横说竖说,惟意所到。"(罗大经《鹤林玉露》卷九)这样就使文章增加了有无相生,奇正互倚,显隐交呈,虚实代替,疾徐错行,若无意而意合,若无法而法随的各种变化,从而获得更大的表现自由。如《留侯论》,全篇将无作有,专在一"忍"字上立论,并以此将张良博浪沙击秦与圯桥进履两件绝不相干之事连在一起,使全文若断若续,变幻不羁,曲尽文章操纵之妙。又如《日喻》,纯以论道为目的,但又决不笨拙地空论,而是死题活作,借日作喻,以喻代论,强调从感性上直接悟道,深得《庄子》与禅宗之妙。

因其文富于变化,所以很多文体在苏轼笔下都有所发展,叙事、议论、抒情结合得更为紧密。如记中多带议论。《石钟山记》可算这类作品的代表作,在生动的记游基础上提出了"事不目见耳闻而臆断其有无,可乎"的论点。又如论中多带形象描绘和生动比喻。《教战守策》可算这类作品的代表作,全文很少正面论述,而是以养生喻治国,以引喻为正论,将安不忘危,劳成奢败的道理论证得十分生动。再如使赋进一步散体化。其代表作是前后《赤壁赋》,他们以文为赋,骈散结合,既有传统赋的铺排格套,又有散文的灵活自然,更具有诗的情韵意境,登上了散文诗的高峰。

苏轼的散文还具有气势雄深和善于雅谑的特点,这既继承了韩愈的风格，又不失苏轼的本色。前人评苏文，多喜用长江大河一泻千里作比，形容其文排宕宏伟，格高力雄。如《潮州韩文公庙碑》，不独在内容上歌颂韩愈，而且在笔法上也力学韩愈。苏文的谐谑多见于笔记杂文一类的小品之中。

四 苏轼的诗

苏轼诗内容博大，言之有物，"天地万物，嬉笑怒骂，无不鼓舞于笔端，而适如其意之所出"(叶燮《原诗》)。尤以下列几方面最为突出：

一是表现自我，尤其是塑造了自己的"坡仙"形象，如被贬惠州时的《纵笔》诗："白头萧散满霜风，小阁藤床寄病容。报道先生春睡美，道人轻打五更钟。"以近似玩世的态度来对待政敌的迫害，极具坡仙个性。

二是反映现实，尤其是把诗当作直接干政，"讥讽朝廷政事阙失"(《乌台诗案》)的工具，如《吴中田妇叹》、《山村五绝》等针对性、攻击性极强，以致很多人批评他好骂、多怨刺，而苏轼也因此而获罪，导致了著名的文字狱"乌台诗案"。

三是歌咏自然，数量既多，风格亦多种多样。如在通判杭州时所写的《游金山寺》、《饮湖上初晴后雨》、《六月二十七日望湖楼醉书五绝》等都是传世名作。

四是品评艺术，包括论诗、论画、论书法、论音乐等。论诗如《送参寥师》，论画如《王维吴道子画》，这些诗充分体现了苏轼的艺术修养，达到了有史以来同类作品的最高峰。

五是描写民风民俗，苏轼不但继承了梅欧等人的传统，而且视角更为扩大，笔触更为敏感，节候物态、世欲众生、风土人情，无不入诗。

苏轼诗的艺术成就也是多方面的，并且很能代表"宋调"的典型特征。

首先是讲究才学。才学包括才气与学问两方面,苏诗尤重才气,正如沈德潜所评:"才思横溢,触处生春。胸中书卷繁富,又足以供其左抽右旋,无不如意。其尤不可及者,天生健笔一枝,爽如哀梨,快如并剪,有必达之隐,无难显之情。"(《说诗晬语》)

苏诗的才气首先表现在生动活泼、丰富出奇的想象上。如被贬黄州后所写的《寓居定惠院之东……》,前半写海棠,风姿高秀,兴象微深,后半部分却突发奇想:"忽逢绝艳照衰朽,叹息无言揩病目。陋邦何处得此花? 无乃好事移西蜀? 寸根千里不易致,衔子飞来定鸿鹄。天涯流落俱可念,为饮一樽歌此曲。明朝酒醒还独来,雪落纷纷那忍触!"语语双关,既把海棠当作"相逢何必曾相识"的知己,又用它来自比,寄托更加遥深。

苏诗的才气还表现在细致的观察力与细腻的表现力上。许多看似平淡的题材,都能在他笔下变得情趣盎然。如《汲江煎茶》:"活水还须活火烹,自临钓石取深清。大瓢贮月归春瓮,小杓分江入夜瓶。"第二句七字,字字都有深情,而三四两句又将"汲江"的洒脱行动和水之清美一笔写尽,其潇洒细腻,即使唐诗也绝少如此佳境。

苏诗的才气还表现在布局的波澜起伏。它绝少"以题还题"地直说、正说、浅说,如《荔枝叹》:

> 十里一置飞尘灰,五里一堠兵火催。颠阮仆谷相枕藉,知是荔枝龙眼来。飞车跨山鹘横海,风枝露叶如新采。宫中美人一破颜,惊尘溅血流千载。永元荔枝来交州,天宝岁贡取之涪。至今欲食林甫肉,无人举筋酹伯游。我愿天公怜赤子,莫生尤物为疮痏。雨顺风调百谷登,民不饥寒为上瑞。君不见武夷溪边粟粒芽,前丁后蔡相笼加。争新买宠各出意,今年斗品充官茶。吾君所乏岂此物? 致养口体何陋耶? 洛阳相君忠孝家,可怜亦进姚黄花。

本为荔枝发叹,忽说到茶,又说到牡丹,中用议论连结,出没开合,波澜变化,确比白居易"就题还题"的讽谕诗多一些才情。

苏诗在讲究才气的同时,也讲究学问,这主要表现在善于使事用典上,上至经传子史、历代诗赋,下至小说杂记、佛经道术,莫不毕用,且用法灵活多变,虽不免有过于逞才斗胜之处,但总的说来还切当妥帖,增加了诗歌的表现力。

其次是善于议论。这是继梅、欧之后对宋诗的又一重大发展与贡献。

苏诗绝少笨拙地空发议论,它或者借助于形象的描绘,使其议论增加一种才情横溢的韵味,或者能和叙事咏古紧密结合起来,边叙边议,寓议于叙。如《王维吴道子画》,实为一篇画论,不但阐发了很多重要艺术规律,而且对画工之画与文人之画的两大传统进行了总结,而这一切都是借助于对王、吴二人之画的描绘完成的,读起来不但毫不滞重,反而生动异常。又如《荔枝叹》,"我愿"四句虽是明显的议论,但它是在总结荔枝进贡史后所发,并不生硬,且由此而转入对现实的批判。"吾君"二句又是明显的议论,但它又是在叙述当代进贡茶叶的基础上所发,并由此转入结尾二句,边叙边议,将全诗的主题揭示得十分深刻。

苏诗议论的本身也新奇警策,深刻精采,并写出了诸多哲理诗。如《题西林壁》:

> 横看成岭侧成峰,远近高低各不同。不识庐山真面目,只缘身在此山中。

表面上写游山,实际上揭示了认识世界、认识事物的重要规律。

再次,是善于雅谑。苏诗时杂滑稽之语,颇具幽默感,而这种诗又常常是自我解嘲之作,故尔在幽默中浸透着一种深沉的苦涩。如《戏子曲》不仅用典巧妙,而且对新法以及新法实行以来自己所遭受的不幸充满了讥讽与怨艾,写得诙诡而有奇趣,是他人笔墨很难道出的。

最后是善于修辞，尤善于比喻。不但比喻得妥帖生动，形象新奇，而且形式多样。如"人生到处如何似，应似飞鸿踏雪泥。泥上偶然留指爪，鸿飞那复计东西"(《和子由渑池怀旧》)。用奇喻、长喻来形容人生的短暂渺小，且又用于律诗之中，显得极为生动。又如："寄卧虚寂堂，月明浸疏竹。泠然洗我心，欲饮不可掬。"(《和李太白》)先将"月明"暗喻为"如水"，然后生出"浸"之比喻，又由此生出"泠然"两句更深一层的比喻，十分巧妙。又如《百步洪》，用博喻形容顺流而下的轻舟，一连八比，更是古所罕有。

五　苏轼的词

由于苏轼以前其他词人的词成就尚不高，又由于苏轼能将诗文革新运动的成果推广到梅、欧尚未到达的词的领域，所以苏轼的词在文学史上尤有特殊的意义。正如胡寅《酒边词序》所评："及眉山苏氏一洗绮罗香泽之态，摆脱绸缪宛转之度，使人登高望远，举首高歌，而逸怀浩气，超然乎尘垢之外，于是《花间》为皂隶，而柳氏为舆台矣。"

苏轼对词的贡献首先在于提高了对词的认识与评价。苏轼以前的文人无不把填词看成是"谑浪游戏"的诗馀小道，如晏殊称之为"呈艺"，欧阳修称之为"聊陈薄技"，但苏轼却把它看成是"长短句诗"(《与蔡景繁书》)，所以后人常用"以诗为词"之类的话来评价苏词，尽管各有褒贬，但说明苏轼确实冲破了词的封闭传统，使其与诗进一步靠拢，并成为广义的诗之一体。

苏轼对词的最大贡献在于对词的内容和风格都进行了全面的开拓与创新。

在内容上，苏轼把人们的视野从传统的"花间"、"樽前"引向了人间社会，以至赢得了"无意不可入，无事不可言"(刘熙载《艺概·词概》)

的评价。在众多的题材中,尤以下列三方面成就最高。

抒情词。苏轼不但写传统的情词,更进而直接抒发自己的从政之情、爱国之情、怀古之情及广泛的人伦之情。在《沁园春·赴密州早行》中,他抒发了自己"致君尧舜"的远大抱负和失意后"袖手何妨闲处看"的旷达态度。在《江城子·密州出猎》中,他以汉之魏尚自比,希望朝廷能不计小过,给他到西北前线建功立业的机会,强烈表达了自己抗敌御侮的爱国赤诚和豪迈精神:

> 酒酣胸胆尚开张,鬓微霜,又何妨?持节云中,何日遣冯唐?会挽雕弓如满月,西北望,射天狼!

而在《念奴娇·赤壁怀古》和《永遇乐·彭城夜宿燕子楼,梦盼盼,因作此词》中又抒发了自己深远的怀古之情。在《水调歌头·明月几时有》,《木兰花令·次欧公西湖韵》等词中,又广泛地抒发了朋友、兄弟、师生之间的人伦之情。特别是《江城子》所抒发的夫妻之情,不但历代词人绝无此类作品,即使历代诗人也少有如此感人的真情:

> 十年生死两茫茫,不思量,自难忘。千里孤坟,无处话凄凉。纵使相逢应不识,尘满面,鬓如霜。　　夜来幽梦忽还乡。小轩窗,正梳妆。相顾无言,惟有泪千行。料得年年肠断处,明月夜,短松冈。

咏物词。苏轼的咏物词不但数量达30余首,而且水平之高超过同代词人,不但重形似描写,而且尤重神似描写;不但能写出物象,而且能写出寄托。如在黄州所写的《卜算子》:

> 缺月挂疏桐,漏断人初静。谁见幽人独往来?缥缈孤鸿影。　　惊起却回头,有恨无人省。拣尽寒枝不肯栖,寂寞沙洲冷。

正像《蓼园词选》所评:"此东坡自写在黄州之寂寞耳。初从人说起,言如孤鸿之冷落;第二阕专就鸿谈,语语双关。"艺术地再现了在乌台诗案之后"惊魂未定,梦游缧绁之中;只影自怜,命寄江湖之上"(《谢量移汝州表》)的心情。又如《水龙吟·咏杨花》,通过精神上的相通之处,把杨花、思妇、我,这三种原不相干的形象,融合成一个有神无迹的艺术整体,深得神似之美。

农村词。宋代文人极少有真实地描写农村生活与农民形象的词,苏轼突破了这一局限。他在徐州所作的组词《浣溪沙》五首,是这一题材的代表作。它写到了农民形象,劳动生活,农村风俗,农村风光,以及自己对农村生活的真心向往。

在风格上苏轼也对词进行了全面的开拓,打破了以前"婉约"的一统天下。

苏轼开创了豪放词。用"豪放"这一概念评词之风格,自明清以后,主要指那些恢宏刚健、豪迈磅礴的作品。这样的作品在苏词中虽不很多,却是一种很有影响的新风格。这些作品能将充沛激昂、悲壮苍凉的感情融入词中;善于在写人、咏景、状物时以慷慨豪迈的形象、飞动峥嵘的气势、阔大雄壮的场面取胜,音调也由"十七、八女孩儿执红牙板"的缓拍慢节变成了"须关西大汉,执铁板"(俞文豹《吹剑录》)的强音促节。如著名的《念奴娇》:

> 大江东去,浪淘尽,千古风流人物。故垒西边,人道是,三国周郎赤壁。乱石崩云,惊涛裂岸,卷起千堆雪。江山如画,一时多少豪杰。　遥想公瑾当年,小乔初嫁了,雄姿英发。羽扇纶巾,谈笑间,强虏灰飞烟灭。故国神游,多情应笑我,早生华发。人间如梦,一樽还酹江月。

全词"自有横槊气概,固是英雄本色"(徐釚《词苑丛谈》),将无限的时、空任意驱使笔下,将赞美古之英雄与抒发自己之怀才不遇结合起来,感情豪迈而又沉郁,景色画面,豪放雄伟。

苏轼还开创了旷达词。所谓旷达词主要指表现自己疏狂不羁、超尘拔俗、通脱豁达、潇洒飘逸、乐观开朗、高洁特立等性格及胸怀的作品。这类作品最具苏轼的性格特征，数量又很多，因而可以称为苏词的主要风格。

苏词的旷达，有时是通过置自我于度外，使自我与自然得到精神上的沟通来实现的。如《水调歌头·明月几时有》，把人生现象与自然现象，人生哲理与自然规律等量齐观。上阕才以不能"乘风归去"为憾，马上又以"何似在人间"自解；下阕才以"人有悲欢离合"为憾，马上又以"月有阴晴圆缺"自解，从而从大自然中得到慰藉，摆脱了人生苦恼，实现了旷达。

苏词的旷达，有时又是通过充实自我，从而抵御外界的一切困忧实现的。如《定风波》：

> 莫听穿林打叶声，何妨吟啸且徐行。竹杖芒鞋轻胜马，谁怕？一蓑烟雨任平生。　　料峭春风吹酒醒，微冷，山头斜照却相迎。回首向来萧瑟处，归去，也无风雨也无晴。

既不以风雨为忧，也不以晚晴为慰，一切变化对他说来都是"也无风雨也无晴"的无差别境界。这是典型的禅宗悟道后的境界，有了这种心灵的感悟与充实，他就可以超脱得"一蓑烟雨任平生"了。

苏词的旷达，有时还通过归隐、纵欢等各种手段加以表现。也有一定的消极因素。

在艺术手法上，苏词的旷达常通过清空的境界加以表现。所谓清空即不染凡俗，不着色相，遗貌取神，虚实结合。这和苏轼"静故了群动，空故纳万境"的艺术原则，及"行云流水"，"天马行空"的散文与诗歌风格都是相通的，前人评苏词常称其"无一点尘俗气"（《苕溪渔隐丛话》引黄庭坚语），"具有神仙出世之姿"（刘熙载《艺概》卷四），也都是围绕"清空"这一特点而发的。

从具体手法来看，苏轼常以清空之笔刻画一些"须信吾侪天放"（《鹊桥仙》）的旷达人物形象；也常以清空之笔描写一些溪流风月、薄云疏雨,以及清辉万里的月夜、雨后初晴的湖山等清幽之景;还常以清空之笔咏叹一些具有高远寓意的物象,如象征着高旷的鸿,象征着雅洁的梅。这些都加强了苏词清空旷达的特征。

苏词也有很多婉约之作。这些作品发扬了韦庄、李煜、欧阳修等人词中清丽的一面,使婉约之中更多一些清新疏朗。如《蝶恋花·花褪残红青杏小》,感情之缠绵决不下以后周、秦诸子,但笔调却十分清丽明快。

苏轼对词的贡献还表现在音律上,他精通音律,但又不受其所限,正像陆游所评:"公非不能歌,但豪放不喜剪裁以就声律耳。试取东坡诸词歌之,曲终,觉天风海雨逼人。"(《老学庵笔记》)

第五节　北宋后期文学

北宋后期,社会经济停滞不前,政治腐败,享乐成风,新旧党争变成了无原则的派系倾轧。文学创作自然随之受到很大影响。北宋中期那种直言谠议的创作气氛,文人的社会责任感及文学创作注重现实的精神都受到相当的摧残,文学的成就远逊于中期。在这一期内诗词的成就稍高于散文,但也不可避免地产生两个特点:一是内容上不如北宋中期充实丰富,二是转而在艺术上刻意追求,以致使创作带有更多的雕琢。但这时人才和风格还颇为繁盛,苏门的影响仍很深远,黄庭坚、晁补之、张耒、秦观号称苏门四学士,张耒诗中所说的:"长公(苏轼)波涛万顷海,少公(苏辙)峭拔千寻麓。黄郎萧萧日下鹤,陈子峭峭霜中竹。秦文倩丽若桃李,晁论峥嵘走珠玉"(王应麟《困学记闻》卷一八引),即道出了这种情况。

一　黄庭坚、陈师道、张耒、晁补之

黄庭坚(1045～1105),字鲁直,号山谷,洪州分宁(今江西省修水县)人。他政治派系观念虽不强,但在派系倾轧中仍不免受牵连,所以在1093年哲宗亲政前仕途较顺,而在以后新党执政时却连连遭败,最后被羁管于宜州,并死于此。有《山谷集》。

黄庭坚在宋诗中占有很高的地位,被后来的江西诗派推为一祖(杜甫)三宗中的三宗之首。

黄庭坚的文学主张呈矛盾状态。他有时过于强调继承,尤其强调从前人现成的学问和诗句中"点铁成金"、"换骨夺胎",强调"诗词高胜要从学问中来"(《苕溪渔隐丛话》前集卷四七)。有时他又很强调创新和自成一家,说"文章最忌随人后"(《赠谢敞王博喻》),"随人作计终后人,自成一家始逼真"(《以右军书数种赠丘十四》)。其所以产生这种状况是因为他面临李杜欧苏的巨大成就不能不为之叹服,但又不甘心总落在他们后面,"如虬髯客耻自从龙,亦要倔强海外耳"(贺裳《载酒园诗话》)。但不管继承还是创新,黄庭坚多把注意力放在外在的表现形式上,忽视了社会生活这个创作的根本源泉,造成了"重流轻源"的根本缺欠。加之他明确反对以诗干政,反对以诗"强谏净于庭,怨愤诟于道",认为这样作是"怒邻骂座之为也"(《书王知载朐山杂咏后》),这使他的诗忽视了社会生活又减少了感情色彩,流入表现"不怨之怨"的温柔敦厚的诗风之中。

黄诗写得最多最好的当是那些表现自我形象的作品,其次是品评艺术及咏物之作。也有少数作品接触到了北宋中晚期的社会生活。

黄诗在艺术成就上虽称不上"本朝诗家宗祖"(《后村大全集》卷九五),但他确实是一个极富"宋调"的作家。

他的诗求深务奇,追求一种戛戛独造、生新瘦硬的意境和情韵。尚奇,成了后人对他的一致评价。他的尚奇虽也多表现在布局谋篇、使事炼调、修辞选韵等文学形式上,但终产生了一些格高意远、神兀气傲之作,如《登快阁》:

　　　　痴儿了却公家事,快阁东西倚晚晴。落木千山天远大,澄江一道月分明。朱弦已为佳人绝,青眼聊因美酒横。万里归船弄长笛,此心吾与白鸥盟。

既有杜甫的骨力,李白的豪劲,又有宋人特有的健朗,而造句炼意,尤其是第二、三联瘦硬奇崛,独具黄诗的本色。

黄诗还善于将"点铁成金"、"换骨夺胎"等理论运用于创作中,善于使事用典,广征博引,堪称以学问为诗的典型,其佳者也确实能"以故为新",化腐朽为神奇,如《寄黄几复》:

> 我居北海君南海,寄雁传书谢不能。桃李春风一杯酒,江湖夜雨十年灯。持家但有四立壁,治病不蕲三折肱。想得读书头已白,隔溪猿哭瘴烟藤。

全诗多处使用了《左传》及《史记》中的典故,但安排得非常自然,再加上"桃李"一联造语工新奇巧,确属佳作。但黄诗也有弄巧成拙,点金成铁者,甚至是改头换面,殆同抄袭。

黄诗还善于以诙谐口吻入诗,他曾说:"作诗正如作杂剧,初时布置,临了须打诨,方是出场。"(《孔氏谈苑》引)如《子瞻诗句妙一世,乃云效庭坚体……》结尾云:"小儿未可知,客或许敦庞;诚堪婿阿巽,买红缠酒缸。"说自己的儿子或许可与苏轼的孙女相配,言外之意是说自己的诗同苏轼相比差着一个等级,既生动,又诙谐。

黄诗也不乏清新流畅之作,如《雨中登岳阳楼望君山二首》之一:

> 投荒万死鬓毛斑,生出瞿塘滟滪关。未到江南先一笑,岳阳楼上对君山。

黄庭坚的词亦有豪放之作如《念奴娇·断虹霁雨》,黄曾自称此词"或以为可继东坡赤壁之歌"。词中有句云:"老子平生,江南江北,最爱临风曲。孙郎微笑,坐来声喷霜竹。"气魄诚为豪放,被

评词家视为同苏轼"如雷大使舞"的词一样："词固高妙,然不是当行家语,乃著腔子唱好诗耳。"(《潭南诗话》引晁补之语)

清旷之作如《鹧鸪天》：

> 黄菊枝头生晚寒,人生莫放酒杯干。风前横笛斜吹雨,醉里簪花倒著冠。　身健在,且加餐。舞裙歌板尽清欢。黄花白发相牵挽,付与时人冷眼看。

在继承苏词旷达超脱的同时,更多一层兀傲奇峻的色彩,也颇具个性。

婉丽之作如《清平乐·春归何处》,流丽之中也蕴藏着一股奇特的联想与生新的命意。评词家把这种包含在各类词中的共同特点称之为"奇横"(《白雨斋词话》),这正是黄词的总特色。

北宋末期以诗名家的还有陈师道、张耒、晁补之等人。张耒与晁补之都是苏门弟子,陈师道虽自守为曾巩门人,但和苏轼交往也很密切。他们和黄庭坚一起,都面临着同一问题,即如何在苏轼之后继续发展宋诗;而他们所取得的成绩也大抵和黄庭坚相似,即在苏轼广阔开辟的途径中只能各有偏至。

大体说来陈师道走的是和黄庭坚同一条路,他论诗和黄庭坚很相近,亦重工力和诗法,讲究"无字无来处"(陈长方《步里客谈》卷下),强调"学诗之要,在乎立格、命意、用字而已"(张表臣《珊瑚钩诗话》卷二)。对苏轼的怨刺之诗亦不满,曾云"苏诗始学刘禹锡,故多怨刺,学不可不慎也"(《后山诗话》)。又如也以脱俗为美学追求,曾云："宁拙毋巧,宁朴毋华,宁粗毋弱,宁僻毋俗。"(同上)因此作起诗来亦追求一种刻意生新的风格,如《春怀示邻里》：

> 断墙着雨蜗成字,老屋无僧燕作家。剩欲出门追笑语,却嫌归鬓着尘沙。风翻蛛网开三面,雷动蜂窠趁两衙。屡失南邻春事约,只今容有未开花。

不管是形象的选择还是语言的运用,都显得生新奇峭,正像纪昀所

评:"刻意镵削,脱尽甜熟之气。"(《瀛奎律髓》卷一〇批语)

张耒和黄、陈走得却不是同一条创作之路,他论诗一重明理,二重平畅,反对刻意求奇,曾云:"文章之于人,有满心而发,肆口而成,不待思虑而工,不待雕琢而丽者,皆天理之自然,而性情之至道也。"(《东山词序》)其诗的创作亦以平易质朴见长,不管叙事或写景纯用白描,绝少使事用典,风格与白居易、张籍相类。同样是写春天,他所选择的形象是:"春郊草未明,秀色如可揽。雨余尘埃少,信马不知远。黄乱高柳轻,绿铺新麦短。南山逼人来,涨洛清漫漫。"与陈师道的《春怀示邻里》的风格迥然有别。但过犹不及,陈师道的很多诗因过于追求新奇而归于晦涩,张耒的很多诗因过于追求平畅而流于浅薄,说明他们在苏轼对宋诗开创的基础上只能偏至而未能通达。

晁补之文学创作总成就虽然不很高,但各体平衡,且都以风格雄豪见长。苏轼称其文"博辩俊伟",胡仔称其诗"风骨高骞,一往隽迈"。特别是他的词,豪放雄健,颇能踵武苏轼,对扩大苏词的影响起到了重要的作用。如《迷神引·贬玉溪对江山作》上阕曰:"黯黯青山红日暮,浩浩大江东注。馀霞散绮,向烟波路。使人愁,长安远,在何处?几点渔灯小,迷近坞。一片客帆低,傍前浦。"比起苏词虽少了一些超旷,但更多了一些沉咽。

二 秦观、周邦彦

秦观与周邦彦是北宋末年最重要的词人。他们的词在思想内容上远不及苏轼,在艺术风格上也未能继承苏轼新开创的豪放清旷之风,但在某些艺术形式及表现手法上仍有独到的成就。

秦观(1049~1100),字少游,一字太虚,扬州高邮(今属江苏)人。年轻时即得到苏轼的荐举。入仕后,受苏轼牵连累遭贬谪。

秦观为人多愁善感,对贬谪自然"不能无悒悒尔"_(秦观《与苏先生》),这直接影响了他的创作风格:"少游钟情,故其诗酸楚。"《冷斋夜话》卷一三)

秦观词最擅长的题材是那些"悲愁凄婉郁塞无聊之言也"_(张耒《送秦观从苏杭州为学序》)。其中一是那些表现恋情、离别、伤时的作品。在这类作品中他多写细致的心理和对真挚爱情的向往,所以"虽作艳语,终有品格"_(王国维《人间词话》)。二是那些表现自己漂泊失意的作品,这类词或借刻骨的相思,或借羁旅行役加以表现,感情极为深挚。

秦观词在艺术风格上可被视为婉约之正宗,只不过在婉约之中带有更多幽伤的调子,和其词的内容极为相谐,达到了情辞相称、意韵兼胜的效果。

秦词善于将外在幽迷之景与内在感伤之情作微妙的结合,如:

> 雾失楼台,月迷津渡,桃源望断无寻处。可堪孤馆闭春寒,杜鹃声里斜阳暮。　　驿寄梅花,鱼传尺素,砌成此恨无重数。郴江幸自绕郴山,为谁流下潇湘去?

(《踏莎行》)

全词用一系列凄迷的景色传达出被贬郴州后的哀怨心情,特别是最后两句痴语更深得含蓄之妙。

秦词还善于捕捉细节,对心绪物象作微妙而细腻的刻画,并借此来抒发深悠的哀伤。如《画堂春·落红铺径水平池》有这样的细节刻画:"柳外画楼独上,凭阑手捻花枝。放花无语对斜晖,此恨谁知?"

秦词还善于运用精美而平易的语言及各种修辞手法来表达敏锐细腻的感受和丰富生动的联想。如写愁曰:"春去也,飞红万点愁如海。"(《千秋岁》)"自在飞花轻似梦,无边丝雨细如愁。"(《浣溪沙》)又如《满庭芳·山抹微云》上阕:

　　山抹微云,天连衰草,画角声断谯门。暂停征棹,聊共引离尊。多少蓬莱旧事。空回首,烟霭纷纷。斜阳外,寒鸦万点,流水绕孤村。

"寒鸦"二句虽是点化隋炀帝诗,但精美而本色;"抹"、"连"字虽平易但很传神,难怪苏轼要戏称他为"山抹微云秦学士"了。

　　秦观的诗文,风格多样,既有同其词缠绵凄婉者,也有明丽流畅者,在宋代诗文中也有较高的地位。

　　周邦彦(1057～1121),字美成,号清真居士,钱塘(今浙江杭州)人,年轻时因献《汴都赋》而被破格由太学诸生提拔为太学正,并长期任学官。哲宗亲政后(1093)直至徽宗即位后,仕途较为顺利,并出任过专管音乐的大晟府提举之职。

　　周邦彦词雅俗共赏,在当时颇有影响,"贵人、学士、市侩、妓女,皆知其词为可爱"(陈郁《藏一话腴》),他能广泛地吸取温庭筠的浓艳,韦庄的清丽,冯延巳的缠绵,李后主的深婉,晏殊的蕴藉,欧阳修的秀逸,特别是柳永的绵密和冶艳,最终形成了"富艳精工"(《艺概·词曲概》)的一家之风,堪称婉约词之集大成者。他不但善于继承,而且善于创新,这主要体现在他更注重人工的布置与思力的安排上,因而他的词较之上述那些人显得更为凝重厚实,书卷气更浓。周词也以慢词为主,但较之柳永词,在经过他一番思索安排后,更多一种回环往复、一唱三叹之美;但在一定程度上又丧失了词原有的质朴清新的直感力量。这些成就主要体现在以下几方面。

　　一是善于铺叙而结构深曲,经常用逆笔、侧笔、甚或以时空交错的线索来结构篇章,使词更加曲折变化。二是极尽人力,刻意描摹,使言情体物更穷极工巧。三是在抒情时更注重凝炼含蓄,从而产生一种顿挫沉郁的厚味。四是追求句法的奇警,讲究征辞引类,字有来历,善于点化前人诗句诗意,语言显得更高华精美。如《兰陵王》:

> 柳阴直,烟里丝丝弄碧。隋堤上,曾见几番,拂水飘绵送行色。登临望故国,谁识京华倦客?长亭路,年去岁来,应折柔条过千尺。　　闲寻旧踪迹,又酒趁哀弦,灯照离席。梨花榆火催寒食。愁一箭风快,半篙波暖,回头迢递便数驿,望人在天北。　　凄恻,恨堆积,渐别浦萦回,津堠岑寂,斜阳冉冉春无极。念月榭携手,露桥闻笛。沉思前事,似梦里,泪暗滴。

该词写身在异地送客,一曲折,闲寻旧迹,感慨离别时,又逢送别,又一曲折;"愁"字以下代离人设想,再一曲折;"渐"字下又回写孤帆远去后送者的心情,又一曲折;"念"字下追忆彼此间昔日的欢乐,再一曲折。时空交错,主客变换,层层曲折,语语吞吐,但又十分注重遣词用语的上下勾连及回环照应,注重锤炼修饰语及领字,深得人工安排的特点。又如《玉楼春》:

> 桃溪不作从容住,秋藕绝来无续处。当时相候赤栏桥,今日独寻黄叶路。　　烟中列岫青无数,雁背夕阳红欲暮。人如风后入江云,情似雨余粘地絮。

全词八句全用对偶,且多处点化《幽明录》典故及钱起、温庭筠、参寥等人的诗意,又能"别饶姿态,不病其板"(《白雨斋词话》),深得含蓄典雅之美。

周邦彦也不乏清新自然的作品,如《苏幕遮》"叶上初阳干宿雨,水面清圆,一一风荷举"的描写,深得本色与神韵之美,仍不失北宋词的传统风格。

与秦、周同时的贺铸,也是知名的词人。贺铸(1052~1125),字方回,有《东山乐府》传世。贺铸词风格多样:"盛丽如游金张之堂,而妖冶如揽嫱施之祛,幽洁如屈宋,悲壮如苏李。"(张耒《东山词序》)其名作《青玉案》结句云:"若问闲情都几许?一川烟草,满城风絮,梅子黄时雨。"历来被人传诵。而《六州歌头·少年侠气》又大有金戈铁马之气,对南宋的爱国词有一定的开启意义。

第七章 宋辽金文学(下)

第六节 南宋初期文学

　　靖康之难和北宋亡国,极大地震惊了南宋初期的政坛和文坛,促进了文学进一步与现实结合。应运而生的是爱国文学的繁荣。文学风格也发生了一些变化。诗歌创作深受黄庭坚、陈师道一派的影响,逐渐形成了江西诗派。他们一方面继承了黄、陈的特点,一方面又在社会巨变的大背景下,更注重诗歌言志抒情的功能,不但写出一些内容深刻的作品,而且风格也向平易通畅方面转变,某些作品还写得相当慷慨激越。但总的说来成就不甚高。词的变化最大,不再像北宋末年那样,一味讲究含蓄浑厚、圆柔婉约,在新的社会环境下亦成为言志抒情,以至干预国事的有力武器,如张元幹为胡铨上书乞斩秦桧而遭贬事作《贺新郎》,自己亦因此而得罪。词的风格亦随之丰富,雄壮慷慨、苍凉悲沉者皆有。散文创作也出现了新气象,特别是一些政治上的风云人物,写了很多以文言政、论战之作,具有高度的战斗性,文风也多激越之气。

　　就人而论,绝大多数作家都可以靖康之难为界,划成前后两期,两期之间都有所变化。有的变化更剧烈些,如张元幹、陈与义;有的变化相对温和些,如吕本中、曾幾;有的变化更复杂些,如朱敦儒、李清照。总之,这是一个巨大变革的时期。

一 吕本中、曾幾、陈与义等江西诗派

南宋之交的诗坛以效法黄庭坚的江西诗派(亦称西江诗派)最为流行。吕本中曾列《宗派图》,自黄庭坚以下列陈师道、徐俯、韩驹等 25 人,"以为法嗣,谓其源流皆出豫章也"(《苕溪渔隐丛话》前集卷四八)。黄庭坚乃江西人,故尔史称这一派为江西派。

吕本中虽未把自己列入江西诗派,但自称传衣江西,当是这一派的中坚人物。此外曾幾、陈与义的创作倾向亦同此派,成就又较高,故后人也将他们视为江西诗派的重要作家。如方回《瀛奎律髓》曾评曰:"……以老杜为祖,……宋以后山谷一也,后山二也,简斋(陈与义)为三,吕居仁为四,曾茶山为五,……此诗之正派也。"所以后人又有江西诗派一祖三宗——杜甫,黄庭坚、陈师道、陈与义之说。

吕本中(1084~1145),字居仁。南宋高宗时曾官至起居舍人兼权中书舍人。有《东莱集》。

曾幾(1085~1166),字吉甫,是个"一饭不忘君,殆与杜甫忠爱等"(《四库全书总目提要·茶山集》)的爱国者,他的学生陆游曾回忆道:"见必闻忧国之言,先生时年过七十,聚族百口,未尝以为忧,忧国而已。"(《跋曾文清公奏议稿》)有《茶山集》。

陈与义(1090~1138),字去非,号简斋。靖康之难后,他经过数年的流亡,才逃至建康,官拜参知政事,文学成就更高于吕、曾,有《简斋集》。

以吕、曾、陈为代表的江西诗派在文学主张上与黄庭坚、陈师道的旨趣有相似之处,都讲工力,重淹博,注意安排锤炼篇章句字和用韵使事的精工新奇。但对黄陈过于注重书本,过于求新求奇有一定的矫正,惜仍未能面向社会生活去寻找创作的源

泉,而是从禅宗那里乞灵于内心的领悟。例如徐俯论诗主"中的",韩驹论诗主"饱参",潘大临论诗主"贵响","入处虽不同,然其实皆一关捩,要知非悟入不可"(曾季狸《艇斋诗话》)。其中吕本中更讲"活法",所谓的活法是指"规矩备具,而能出于规矩之外,变化不测,而亦不背于规矩也。是道也,盖有定法而无定法,无定法而有定法"(《夏均父集序》)。曾几更强调清新平易,主张"律令合时方帖妥,工夫深处却平夷"(陆游《追怀曾文清公呈赵教授》)。陈与义还对江西诸子过于注重句律学问不以为然,曾云:"忽有好诗生眼底,安排句法已难寻"(《春日》)。在一定程度上又恢复了苏轼重才情灵感的主张。

　　由于吕、曾、陈等人取法不高,所以创作成就亦不很高。吕本中的诗大体以锤炼之中不失平易圆活为主要特征,清驶可爱,曲折多致,尤以写景诗韵味最浓,如"风声入树翻归鸟,月影浮江到客帆。"(《晚步至江上》)"云深不见千岩秀,水涨初闻万壑流。"(《柳州开元寺夏雨》)曾几的诗以白描为主,其风格以清淡平易,细腻工稳见长,"清于月出初三夜,淡似汤烹第一泉"(赵庚夫《题曾文清公诗集》)。如:

　　　　一夕骄阳转作霖,梦回凉冷润衣襟。不愁屋漏床床湿,且喜溪流岸岸深。千里稻花应秀色,五更桐叶最佳音。无田似我犹欣舞,何况田间望岁心。

　　　　　　　　　　　　　　　　(《苏秀道中……》)

陈与义诗善于用平畅流丽而又工于锤炼的文学语言,细腻而明净地描绘一些片段和细节,并在其中寄寓着深挚的感情,使其诗呈现出一种既生新幽峭,又闲中取神的格调,平谈中见功力,被严羽列为"陈简斋体"。如其写雨道:"一凉恩到骨,四壁事多违。"(《雨》)"墙头语鹊衣犹湿,楼外残雷气未平。"(《雨晴》)"客子光阴诗卷里,杏花消息雨声中。"(《怀天经智老因访之》)

　　他们在靖康之难后都写了一些伤时感事,关心现实的作品。

如吕本中有《兵乱后杂诗》，其中有句曰："欲逐范仔辈，同盟起义师。"（原注：近闻河北布衣范仔起义师。）曾几有《雪中陆务观数来问讯》："江湖迥不见飞禽，陆子殷勤有使临。问我居家谁暖眼，为言忧国只寒心。官军渡口战复战，贼垒淮壖深又深。坐看天威扫除了，一壶相贺小丛林。"深刻地表现了"未尝以己为忧，忧国而已"的爱国精神。陈与义还有过类似杜甫的避贼湖峤，行万里路的动荡经历，更使他"慷慨赋诗还自恨，徘徊舒啸却生哀（《雨中再赋海山楼诗》），"但使平生意，轻了少陵诗"（《正月十二日自房州城遇房至》）。其诗如《伤春》，咏叹建炎三年冬金人陷常州后，高宗"航海避兵"，四年二月，金人攻长沙，向子諲"率军民死守"诸事：

> 庙堂无策可平戎，坐使甘泉照夕烽。初怪上都闻战马，岂知穷海看飞龙。孤臣霜发三千丈，每岁烟花一万重。稍喜长沙向延阁，疲兵敢犯犬羊锋。

二　李清照及朱敦儒、张元幹、张孝祥的词

朱敦儒（1081～1159），字希真，洛阳人。靖康前隐居不仕。入南后始为官。有《樵歌》三卷。

张元幹（1091～?），字仲宗，福建人。南渡后不屑与秦桧同朝，辞官，自号芦川老隐。胡铨上书乞斩秦桧，被罢官后，亲友避之惟恐不及，张元幹却慷慨赋词相送，被秦桧追赴大理寺削籍。有《芦川词》。

张孝祥（1132～1169），字安国，历阳乌江（今安徽省和县）人。他没有经历过靖康之变，宦途也较顺利，中过状元，官至中书舍人，有《于湖词》。

朱、张二人在北宋末年即有不少词作。此时朱作多秾妍，多写表现自己批风抹月的名士生活，如云："我是清都山水郎，天教

懒慢带疏狂。曾批给露支风敕,累奏留云借月章。 诗万首,
酒千觞,几曾着眼看侯王。玉楼金阙慵归去,且插梅花醉洛阳。"
(《鹧鸪天》)张作多清丽,多写传统的言情题材。

入南后,朱、张二人的作品都发生了明显的变化,都写下了不
少忧国伤世之作,境界开始变大,感情变得更真挚饱满,风格变得
更慷慨悲凉。但朱、张二人同中有异,朱更多一些沉咽伤感的情
绪,而张在悲凉之外不乏高亢激昂、苍劲深沉的格调。加之风格上
基本同于张元幹的张孝祥,在南宋初期的词坛上出现了一些以爱
国思想为主题的词,而且也为下一代词人——辛弃疾等人大量的
爱国词的出现奠定了基础。

朱敦儒的词之所以多沉咽伤感情绪,主要因为多写个人感慨。
如《相见欢》云:"中原乱,簪缨散,几时收。试倩悲风,吹泪过扬
州。"《采桑子》云:"愁损辞乡去国人"等等。张元幹和张孝祥则多
从感慨国家社稷的角度出发,境界更为开阔。张元幹的代表作当
属绍兴十二年(1142)写给胡铨的《贺新郎》:

> 梦绕神州路。怅秋风,连营画角,故宫《离黍》。底事昆仑
> 倾砥柱,九地黄流乱注?聚万落千村孤兔。天意从来高难问,
> 况人情老易悲难诉,更南浦,送君去。 凉生岸柳催残暑。
> 耿斜河,疏星淡月,断云微度。万里江山知何处?回首对床夜
> 语。雁不到,书成谁与?目尽青天怀今古,肯儿曹恩怨相尔
> 汝!举大白,听《金缕》。

真使人"数百年后,尚想其抑塞磊落之气"(《四库全书总目提要·芦川词》)。
张孝祥的代表作当属《六州歌头·长淮望断》,词的上阕"追想当年
事",感慨靖康之变,下阕曰:

> 念腰间箭,匣中剑,空埃蠹,竟何成!时易失,心徒壮,岁
> 将零,渺神京。干羽方怀远,静烽燧,且休兵。冠盖使,纷驰
> 鹜,若为情!闻道中原遗老,常南望,翠葆霓旌。使行人到此,

忠愤气填膺,有泪如倾!

据说此词作于建康留守席上,张浚读罢,为之感慨罢席。张孝祥词还有风格清旷者,深得苏词之神,如《念奴娇》云:"洞庭青草,近中秋,更无一点风色……尽吸西江,细斟北斗,万象为宾客。扣舷独啸,不知今夕何夕!""读之泠然洒然,真非烟火食人辞语"(陈应行《于湖词序》),对扩大苏轼旷达词的影响起了很大作用。

李清照(1084～?),号易安居士,济南(今属山东)人。中国古代最伟大的女词人。有《漱玉集》。李清照的生平以靖康之难为界,形成了鲜明的对照。前期生活富足而美满,虽然婚后由于丈夫赵明诚不时出外为官,不免寂寞孤独,写些伤感的思念之作,但词里充满愉悦的气氛;后期国破家亡,丈夫死后更过着"漂零遂与流人伍"(李清照《上枢密韩公工部尚书胡公》)的生活,在大动荡的社会中,饱尝了人世间的种种辛酸,感情变得越来越沉挚、悲凉以至凄切。她在《金石录后序》一文中详细地记叙并剖析了这种变化,而这种深刻的变化又在其全部作品中打上了深深的烙印。

但李清照对词体有自己系统的认识。她著有《词论》一篇,较详细地论述了词的发展史和词的特点,提出了词"别是一家"的观点,认为词当和诗不同,应以高雅、含蓄、典重、合律为主。这种诗词分畛、词别是一家的理论,使她在词中几无像诗中那样直露鲜明的"欲将血泪寄山河,去洒青州一抔土"(《上枢密韩公工部尚书胡公》)的感慨。这当然限制了她的词思想内容的深度。但人品总要在作品中反映出来,李清照内心中固有的忧国伤时的深切意识必然要在词中隐约曲折地表现出来。这种表现可用一个"愁"字来概括。

前期的愁不离自己的闺阁生活,虽无重大的社会价值,却打破了以男子代妇女言情的局限,在客观上也是对封建礼教的一种冲击。如:

　　薄雾浓云愁永昼，瑞脑消金兽。佳节又重阳，玉枕纱厨，
半夜凉初透。　　东篱把酒黄昏后，有暗香盈袖。莫道不消
魂，帘卷西风，人比黄花瘦。

（《醉花阴》）

据说赵明诚将这首词杂在自己所和的五十首中以示友人，友人曰
只有该词最后三句绝佳，可见其个性化之情是任何人所不能掩盖
和取代的。

　　后期写愁，虽多针对亡夫后的悲伤，与流民为伍的漂泊，以及
对美好往昔的痛心追恋，但其中包含了对于国势的忧伤，对于亡国
的悲愤，对于故国的思念等等更深广的感情，产生了更深广的社会
意义和思想价值。这正是她在坚持词"别是一家"的前提下，内心
深处爱国思想的一种隐约曲折而又难以掩盖的自然流露。如她一
再感叹道："故乡何处是？忘了除非醉。"（《菩萨蛮》）"伤心枕上三更
雨，点滴霖霪，点滴霖霪，愁损北人不惯起来听。"（《添字采桑子》）

　　李清照词在艺术上能自成一家，被后人誉为"易安体"，"婉约
正宗"。

　　她善于将个性化的抒情和完美的意境结合起来。李词不但善
于言情，且尤善于塑造多愁善感、缠绵凄婉的自我形象，于"短幅中
藏无数曲折"（《蓼园词选》），含蓄深曲、生动细腻地来抒情；既善于直
接写闺阁之愁，又善于借助写景咏物来抒情，因而其词极具个性化
的意境。如：

　　昨夜雨疏风骤，浓睡不消残酒。试问卷帘人，却道海棠依
旧。知否、知否？应是绿肥红瘦。

（《如梦令》）

这首词化用孟浩然和韩偓的诗句、诗意，又发挥词特有的轻灵要眇
的特长，借助问答，在淡淡的闲愁中抒发出对美质难久的深切叹
惋。

李清照还善于将清新朴素与精美雅洁的风格及手法结合在一起。她善于运用朴素的、甚至是口语化的,但又不失精美的语言;善于调动各种修辞手法,但又运用得非常自然,达到了"极炼而不炼,出色而本色"(《艺概·词曲概》)的最佳效果。因而能将白描化的外在形式与精美化的内在特质完美地结合起来。如:

> 风住尘香花已尽,日晚倦梳头。物是人非事事休,欲语泪先流。　　闻说双溪春尚好,也拟泛轻舟。只恐双溪舴艋舟,载不动,许多愁。

(《武陵春》)

全词口语连篇,无一持重语,但表达的感情却悠长不尽,毫无浅率之感。"载不动,许多愁"既是极朴质的白描,又是精妙绝伦的比拟,天成与人工得到了和谐的统一。

李清照的很多佳作都能将以上两种特色融合在一起。如《声声慢》一开头即连用"寻寻觅觅,冷冷清清,凄凄惨惨戚戚"十四个叠字,结尾又呼应以"点点滴滴"四个叠字,真如"大珠小珠落玉盘",且能把主人公的心绪表达得既深刻而富有层次。词中的"乍"、"黑"、"了得"、"怎"等字都是口语,但用得极巧妙;"守着窗儿"虽是细节,但很本色地反映了李清照的内心世界。又如《永遇乐》:

> 落日熔金,暮云合璧,人在何处?染柳烟浓,吹梅笛怨,春意知几许?元宵佳节,融和天气,次第岂无风雨?来相召,香车宝马.谢他酒朋诗侣。　　中州盛日,闺门多暇,记得偏重三五。铺翠冠儿,捻金雪柳,簇带争济楚。如今憔悴,风鬟霜鬓,怕见夜间出去。不如向帘儿底下,听人笑语。

在咏叹个人不幸际遇和悲苦内心的同时,流露出乡关之思和家国之恨,既含蓄,又悠长。上阕四层,每三句一层,每层都用乐景抒哀情,极具沉郁顿挫之美;下阕两大层的对比更以盛景反衬衰景,寄寓了无限的感慨。全词语言明白如洗又精美无暇,"帘儿底下"的细节又包含了无限辛酸,凡此种种都和谐地组合到一起。

正因为此,李清照词在文学史上有着深远的影响。她被推为"当行本色"的婉约正宗和最高代表:"婉约以易安为宗,豪放惟幼安称首"(王士禛《花草蒙拾》)。

李清照的诗文因为脱开了"别是一家"的限制,故尔可以尽情、甚至直露地抒发自己在中原坂荡中所感受的悲痛、忧虑和愤怒。散文《金石录后序》将个人的遭遇与国家的兴亡紧密地结合在一起,具有深广的社会意义。加之选材新颖、多从侧处着笔;感情真挚,富于浓郁的人情味;描写细腻,善于作细节处理;文笔优美,叙述与抒情都很流畅传神,堪称是南宋第一流的文艺性散文。

李清照存诗不多;其风格与词截然不同,苍劲古朴,沉郁悲凉,更有"压倒须眉"之气,而且多从大处着笔,多以议论入诗,和当时盛行一时、笼罩诗坛的江西派作品迥然有别,很有不为风气所左右的个性,如南渡前作的《浯溪中兴颂诗和张文潜》,借咏安史之乱以讽今之奸雄,颇得杜髓苏笔之趣:

> 五十年功如电扫,华清花柳咸阳草。五坊供奉斗鸡儿,酒肉堆中不知老。胡兵忽自天上来,逆胡亦是奸雄才。勤政楼前走胡马,珠翠踏尽香尘埃。何为出战辄披靡?传置荔枝多马死。

南渡后她更是一再发出"南来尚怯吴江冷,北狩应知易水寒","南渡衣冠少王导,北来消息欠刘琨"(《诗说隽永》引)的感慨。最为著名的千古绝唱,乃是意在讽刺南宋小朝廷苟且偷安的《夏日绝句》:

> 生当作人杰,死亦为鬼雄,至今思项羽,不肯过江东。

虽纯为议论,但石破天惊,足以震聋发聩。

第七节　南宋中期文学(上)
——陆游、杨万里、范成大

南宋中期,宋金处于对峙,边陲相对稳定。但南宋内部政治斗争的焦点仍是和战之争。许多有正义感的文人的爱国热情仍方兴未艾;但苟和势力也在滋长并始终占据着上风,这使进步文人在心理上受到极大的压抑和摧残。因而他们在唱着慷慨激烈的爱国壮歌的同时,又咏叹着悲怆的失落感。这一时期爱国文学得到了最充分的发展。

南宋中期阶级矛盾也异常尖锐。南宋农民负担着沉重的徭役,但土地量却只有北宋时的一半,而统治阶级则更加腐化。

南宋中期出现了尤袤(后因作品流传太少而地位下降)、杨万里、范成大、陆游四大中兴诗人。此时江西诗派尚有些余响,四大诗人几乎全以师法江西诗派入手,但最终又冲破江西诗派的藩篱,使诗坛出现了风格各异的局面。

一　杨万里

杨万里(1127~1206),字廷秀,号诚斋,吉州吉水(今属江西)人。入仕后得到张浚、虞允文等人举荐,出任过知漳州、常州等职。光宗时,作过伴金使。后因得罪权臣韩侂胄,居家15年,最后留下"吾头颅如许,报国无路,惟有孤愤"(《宋史》本传)的绝命书,忧愤而卒。

杨万里在思想上受理学濡染较深,"(张)浚勉以正心诚意之学,万里服其终身,乃名读书之室曰'诚斋'"。(同上)

杨万里的创作道路主要经历过尊奉江西——学习晚唐——辞

谢诸人而师法自然三个过程。他的诗论也多围绕这三方面而发。他虽先以江西诗派入，而最终形成自己独特诗风，但他始终服膺江西诗派讲究法度、注重悟入的理论。他更强调灵活运用前人的创作经验，要"深得其意味"(《诚斋诗话》)。经过"取镕"，"乃可因袭尔"(《答卢谊柏书》)。他对"晚唐异味"和半山风格，也十分推崇，曾作诗云："船中活计只诗篇，读了唐诗读半山"(《读诗》)。但他最有意义的主张是跳出前人窠臼，师法自然。他自称在50岁以后"忽若有寤，于是辞谢唐人及王、陈、江西诸子，皆不敢学"(《荆溪集序》)，主张"只是征行自有诗"(《下横山滩头》)，"不听陈言只听天"(《读张文潜诗》)。这种师法自然的主张使他更富有创新精神，更提倡以才气为诗。他说：

> 传派传宗我替羞，作家各自一风流。黄陈篱下休安脚，陶谢行前更出头。
>
> (《跋徐恭仲省干近诗》之三)

> 学诗需透脱，信手自孤高。
>
> (《和李天麟》)

从内容和题材上看，杨万里最擅扬的是描写山川风光、自然景色，以至姜夔有"处处山川怕见君"(《送朝天续集归诚斋》)的戏言。其次是描写日常生活的片刻感受，这也是对诗歌题材的一种开拓，也有一些咏叹国事的作品，如：

> 船离洪泽岸头沙，人到淮河意不佳。何必桑乾方是远，中流以北即天涯。
>
> (《初入淮河四绝句》之一)

杨万里的诗有独到的艺术成就，被后人称为"诚斋体"。"活"，又是后人对"诚斋体"的公认评价之一。

"活"，首先体现在细腻小巧，机智敏锐上。杨万里善于捕捉瞬

间的、或别人容易忽略的诗情进行创作,且能使之富有情趣,如:

> 泉眼无声惜细流,树阴照水爱晴柔。小荷才露尖尖角,早有蜻蜓立上头。

(《小池》)

"活",还体现在想象奇特,立意新巧上。杨万里善于别出心裁,在别人意想不到处落笔。为了达到这样的艺术效果,他的诗尤善于使用拟人的手法,如:

> 细草摇头忽报侬,披襟拦得一西风。荷花入暮犹愁热,低面深藏碧伞中。

(《暮热游荷池上》)

"活",还体现在层次曲折,深婉多致,变化无穷上。正像陈衍所评,杨诗"大抵浅意深一层说,直意曲一层说,正意反一层、侧一层说"(《石遗室诗话》)。如古诗《重九后二日同徐克章登万花川谷月下传觞》:

> 老夫渴急月更急,酒落杯中月先入。领取青天并入来,和月和天都蘸湿。天既爱酒自古传,月不解饮真浪言。举杯将月一口吞,举头见月犹在天!老夫大笑问客道:月是一团还两团?

杨万里常于客前自诵此诗,且曰:"老夫此作,自谓仿佛李太白。"(《鹤林玉露》卷十)确实,调子是李白的,但比李白诗似乎更多一些故意的曲折。

"活",还体现在调侃谐谑、幽默风趣上。正像《宋诗钞》所评:"不笑,不足以为诚斋之诗。"但这些诗又不给人以油滑之感,相反,能在似不经意中隐约地体现出一定的理趣,有些诗还充满了哲理和禅悦或深刻的讽刺性。如:

> 莫言下岭便无难,赚得行人错喜欢。正入万山圈子里,一

山放出一山拦。

(《过松源晨炊漆公店》)

为了与活法相谐,诚斋体的语言非常平易通俗,有时索性直接用民间俚语入诗。如《插秧歌》云:"田夫抛秧田妇接,小儿拔秧大儿插。笠是兜鍪蓑是甲,雨从头上湿到胛。唤渠朝餐歇半霎,低头折腰只不答:'秧根未牢莳未匝,照管鹅儿与雏鸭。'"比传统的《竹枝词》更接近民歌。

二　范成大

范成大(1126～1193),字致能,号石湖,吴郡(今江苏苏州)人。1169年曾以资政殿大学士身份出使过金国,在朝见金主时,不但慷慨陈词,还敢冒死私自上书,为南宋利益抗争,表现了大无畏的民族气节。后任过四川制置使。四川属抗金前线,成大在此"教阅将兵,外修堡砦",颇有作为。并将陆游罗致幕下,与其建立了深厚友谊。东归后仕过参知政事,老年居于石湖,有《石湖集》传世。

范成大诗内容充实,尤值得称述者是反映民生及爱国思想的诗。

范成大能把中唐以来表现农民悲惨生活的新乐府诗的精神移植到传统的田园诗中,全面而深刻地反映农家的景物、岁时、风俗、劳作、苦难、煎迫、奋斗等各种内容,特别能写出大小统治者对百姓的压榨。"直从长庆成编日,便到先生晚岁诗"(敖陶孙《上闽帅范石湖五首》),便道出了范诗的这种继承关系。如著名的《田园四时杂兴》60首,便曲尽了田家况味,其中如:

　　昼出耘田夜绩麻,村庄儿女各当家。童孙未解供耕织,也傍桑阴学种瓜。采菱辛苦废犁锄,血指流丹鬼质枯。无力买田聊种水,近来湖面亦收租。

前、后《催租行》充满了苦涩的幽默。《后催租行》写一农家老父无钱交租,只好卖掉了两个女儿,悲痛的情感溢于诗中,但诗的结尾又在故作宽慰中写出更无奈、更悲惨的结局:"室中更有第三女,明年不怕催租苦!"《前催租行》所刻画出的地保形象更是前人少有:

> 输租得钞官更催,跟蹄里正敲门来。手持文书杂嗔喜,我亦来营醉归耳。床头惺囊大如拳,扑破正有三百钱。不堪供君成一醉,聊复偿君草鞋费。

范成大还进一步开拓了反映民生的社会面,这是对北宋欧阳修、苏舜钦等人优良传统的继承和发展。他不但写到一般农民之苦,而且写到了卖歌者、算卜者、卖药者等市民阶层。他不但善写民生,而且善写民俗,他所写的《腊月村田乐府十首》,"于腊月风景渲染无遗,吴中习俗,至今可想见也。"(《柳亭诗话》卷二二)

范成大还从多方面深入而生动地反映爱国思想。特别是使金时所作的72首绝句,如日记般真实地记录了在沦陷区的所见所闻,抒发了收复山河的豪情,批判了南宋王朝丧权辱国的罪行,寄托了对沦陷区的怀念,反映了中原人民眷恋故国的感情。如:

> 州桥南北是天街,父老年年等驾回。忍泪失声询使者:几时真有六军来?

(《州桥》)

此诗可谓"沉痛不可多读,此则七绝至高之境,超大苏而配老杜者矣"潘德舆《养一斋诗话》)。

范成大诗的特色是全面发展,奄有众长,风格多样,工稳适度。前人从不同的角度称其诗"隽伟"、"赡丽清逸"、"温润"、"宏丽"、"婉秀"、"清新"、"凄婉"、"工致"、"悲壮"、"精细",正说明他的诗有多种风格,而主要的风格是像杨万里所说的"清新妩丽"与"奔逸隽伟"(《石湖先生大资参政范公文集序》)两种,这两者的结合便是精工稳健,规矩适度,既不像黄、陈等江西派那样艰涩,也不像杨万里那样俚俗;既不像吕本中、曾几那样偏于流转温柔,也不像陆游那样偏于慷慨激昂。如:

> 天险东南重,兵雄百二尊。拂云千雉绕,截水万崖奔。赤日吴波动,苍烟楚树昏。向无形胜地,何以控乾坤。

(《赏心亭再题》)

写景既明快,又沉稳。明快又与吕、曾的圆柔和杨万里的轻盈不同;沉稳又与黄、陈的瘦硬奇崛不同,恰好控制在适中的程度上,深挚、含蓄,和陆游也不尽相同。

但范诗在兼善的同时,工稳有余而神韵不足,在突出个性、自成一家方面也有所欠缺。

三　陆游的生平、创作道路及文学主张

陆游(1125~1210),字务观,号放翁,越州山阴(今浙江绍兴)人。陆游的生平可分五期。1153年以前是他读书学诗期。他出生于靖康之难前夕,孩提时代饱经战乱。青少年时期结识了著名抗战人物李光及著名诗人曾几,从他们身上受到了强烈的爱国思想的感染,"人人自期以杀身翊戴王室,虽丑虏方张,视之蔑如也"(《跋傅给事帖》)。1153~1170年为应试与为官初期。陆游科考成绩极好,但因压倒了秦桧的孙子秦埙,遭到秦桧嫉恨而被黜免。桧死后,陆游才出仕,通判镇江,积极参与张浚主持的北伐事宜。隆兴和议之后,以"交结台谏,鼓唱是非,力说张浚用兵"而被罢官,闲居山阴。1170~1178年为入蜀时期,这是陆游一生最光辉,也是他创作成就最繁荣的时期。他先于王炎幕下干办公事,亲临南郑前线,渡过了一段难忘的军中生活,后在范成大幕下任参议官,又摄知嘉州。陆游在范成大幕下,不拘礼法,与范以文字交,人多讥其颓放,因自号

曰"放翁"。为了纪念这段难忘的生活,他把诗文集分别命名为《剑南诗稿》和《渭南文集》。1178~1190年为东归后为官期。先后在福建、江西一带任过地方要员,此时他虽为政清廉,却于1181年及1189年两次遭物议而罢职。1190年以后为退居山阴期。这期间除1202~1203年一度被起用为国史编修官外,他一直在家乡过着闲适的生活。除写下大量相应的闲适之作外,仍创作出很多关心国计民生的杰作,风格也更加多样。1210年,在北伐再度失败后,含愤死去。

陆游的创作道路与生活经历密切相关,大约经历了三个时期。

初期学诗,主要师从曾几,从江西派入手,比较注重词采句律与写作技巧,曾作诗曰:"忆在茶山听说诗,亲从夜半得玄机……律令合时方帖妥,工夫深处却平夷。"(《追怀曾文清公呈赵教授》)

中期,即入蜀后,火热的生活使他一扫江西书卷气的羁绊,真正体会到"诗家三昧"的真谛乃在于"诗外",即在于生活。诗歌创作发生了本质的变化,爱国主义的创作基调和雄浑苍劲、壮浪恣肆的创作风格也于此时正式形成。这就是他在《示子遹》诗中所说的:"我初学诗日,但欲工藻绘。中年始少悟,渐若窥宏大。"在《九月一日夜读诗稿有感走笔作歌》诗中,他具体而生动地形容了自己的这一发现与变化:"四十从戎驻南郑,酣宴军中夜连日。打球筑场一千步,阅马列厩三万匹。华灯纵博声满楼,宝钗艳舞光照席。琵琶弦急冰雹乱,羯鼓手匀风雨疾。诗家三昧忽见前,屈贾在眼元历历。……"

后期,特别是晚年归隐后,诗风变得更平淡质朴,清新自然,但中期形成的本色仍然保存。

陆游的文学主张也恰恰是围绕这三方面展开的。

首先是继承发展江西诗派。陆游在晚年虽对江西派的态度有所改变,但始终赞赏江西诗派注重严肃的写作态度,力求经锤炼而归于平淡的写作方法。

其次,是彻底突破江西,悟彻诗在生活的创作思想,这也是他对文学理论的巨大建树。他提出了"汝果欲学诗,工夫在诗外"(《示子遹》)的主张。他认为像司马迁一类的大文豪都来自生活:"饱以五车读,劳以万里行。险艰外备尝,愤郁中不平"(《感兴》)。为此,他一再指出只要走出书屋,接触广泛的社会生活,就能获得取之不尽、用之不竭的创作源泉:"村村有画本,处处有诗材"(《舟中作》),"纸上得来终觉浅,绝知此事要躬行"(《冬夜读书示子聿》)。

再次,是提倡平淡自然、清新古朴的文风。特别是到晚年,"身闲诗简淡"(《秋夜》),他更倡导此风。他认为诗虽应求工致,但工致并非诗之极致。最美的诗应如"太羹玄酒",以平淡、自然、天成为最高原则。他说:"文章本天成,妙手偶得之"(《文章》),"诗情随处有,信笔自成章"(《即事》)。

四　陆游诗的内容与题材

陆游曾自谓"六十年间万首诗"(《小饮梅花下作》原注),题材之广到了"一草一木,一鱼一鸟,无不裁剪入诗"(《瓯北诗话》)的地步。

陆游诗最有价值、最有特色的部分是那些表现爱国思想的诗。这些诗内容博大,思想精深,感情真挚,反映了陆游的爱国思想。

首先是思想的明确性。陆游是以一个爱国志士的身份写爱国诗的,他所处之世,外有强虏,内有奸佞,小人得势,志士蒙冤,自己平生之志又不得施展,于是将这些愤郁不平之气,恢复故国之志,都借诗而发之。杨大鹤《剑南诗钞序》说:"知放翁之不为诗人,乃可以论放翁之诗。"陆游也曾云:"后人但作诗人看,使我抚几空咨嗟!"(杨大鹤《剑南诗钞序》引)

其次是题材的广泛性。一般爱国诗人笔下的种种内容在陆游诗中无不包含毕尽。

他热情讴歌北伐战争,处处"寄意恢复"失去的山河,据赵翼

《瓯北诗话》统计,在蜀中王炎幕下,"其诗之言恢复者十之五六;出蜀以后,犹十之三、四。"梁启超更称赞曰:"集中什九从军乐,亘古男儿一放翁。"(《读陆放翁集》)在这些诗中,他深切地思念沦陷区的领土和人民,批判金国统治者的罪行。他用饱蘸血泪的诗笔写到:"三万里河东入海,五千仞岳上摩天。遗民泪尽胡尘里,南望王师又一年。"

他还大胆地批判南宋统治集团妥协偷安的政策。此时和议已成,屈辱苟和已成现实,但陆游仍义无反顾地批判这种"公卿有党排宗泽,帷幄无人用岳飞"(《夜读范致能揽辔录》)的偷安政策,以至后人惊呼:"本朝人敢作此等诗!"(吴焯《批校剑南诗稿》卷二五)

他更塑造了自己的爱国形象。首先是抒发了对恢复事业的高度热情和不断追求以及理想破灭后的沉痛悲愤和矛盾心情。如:

> 腰间羽箭久凋零,太息燕然未勒铭。老子犹堪绝大漠,诸君何至泣新亭。一身报国有万死,双鬓向人无再青。记取江湖泊船处,卧闻新雁落寒汀。

(《夜泊水村》)

其次是信念的坚定性和一贯性。不论境况如何,他都"未敢随人说弭兵"(《书愤》),都"但应坚此念,宁假用他谋"?(《纵笔》)他20岁时就立下了"上马击狂胡,下马草军书"(《观大散关图有感》)的大志,直到老年仍"壮心未与年俱老,死去犹能作鬼雄"(《书愤》)。直到弥留之际惟一关心的仍是恢复大业:

> 死去元知万事空,但悲不见九州同。王师北定中原日,家祭无忘告乃翁。

真"可谓没齿不忘朝廷者矣,较之宗泽三跃渡河之心,何以异哉"!(《徐伯龄《蟫精隽》卷一三)

再次是表现的随意性。陆游的爱国思想渗透到各种题材之

中。"渔舟樵径,茶碗炉熏,或雨或晴,一草一木,莫不著为歌咏,以寄其意。"（《唐宋诗醇》）

除爱国诗外,他的农村诗也有很高的思想性。他把村林茅舍、农田渔耕一一摄入笔端,"山居景况,一一写尽"（梁清远《雕丘杂录》）。有些诗还能深刻地反映当时的阶级状况,表现出对劳动人民的同情。如云:"有司或苛取,兼并亦豪夺。正如横江网,一举孰能脱?"（《书叹》）"身为野老已无责,路有流民终动心。"（《春日杂兴》其四)有些诗还能生动地描写农民简朴勤劳的劳动生活,表现了对田园生活的热爱。如"老农爱犊行泥缓,幼妇忧蚕采叶忙"（《春晚即事》)。有些诗还广泛地记录了当时的乡土节物,民风民俗,具有很强烈的乡土气息和一定的民俗学价值。如《社日》之写社戏,《赛神曲》之写祭神,《秋日邻居》之写教冬学的先生,《阿姥》之写赶集的老妪等等。还有些诗生动地描绘了农村的优美风光,如《游山西村》:

> 莫笑农家腊酒浑,丰年留客足鸡豚。山重水复疑无路,柳暗花明又一村。箫鼓追随春社近,衣冠简朴古风存。从今若许闲乘月,拄杖无时夜叩门。

陆游的诗,除爱国题材及农村题材外,"其闲适之诗尤多"（《瀛奎律髓》卷二十三)。诸如游赏、读书、作诗、课儿、饮酒、赋闲、咏物、纪行、赏吟光景、歌咏节序等。在这些诗中他深深体味日常生活的情趣,刻画出日常生活的细腻感受,"亦足见其安贫守分,不慕乎外,有昔人衡门泌水之风"（《瓯北诗话》)。如"小楼一夜听春雨,深巷明朝卖杏花"（《临安春雨初霁》),就是这类作品中出现的名句。

爱情诗也是陆游诗作中很有价值的一部分。陆游与唐婉本伉俪相得,但因妻不得母欢而被迫离异,唐婉不久抑郁而死。为此,陆游先后写下《钗头凤》及多首怀念唐婉的诗词,如75岁时所写的《沈园二首》之一:

> 城上斜阳画角哀,沈园非复旧亭台。伤心桥下春波绿,曾
> 是惊鸿照影来。

正如《宋诗精华录》所评:"无此绝等伤心之事,亦无此绝等伤心之
诗。就百年论,谁愿有此事? 就千秋论,不可无此诗。"

五 陆游诗的艺术风格和艺术成就

陆游在李白、杜甫、白居易、苏轼等之后成为又一位善于集前
人之大成的诗人。他不但能兼采古代优秀诗人的成就,而且善于
向当代诗人学习。举凡《诗经》之风雅,屈原之浪漫,陶渊明之淳
朴,王维之静穆,岑参之恣肆,李白之壮浪,杜甫之沉郁,梅尧臣之
古淡,苏轼之飘逸,黄庭坚之学力,曾几之规矩,吕本中之流转,都
能在陆诗中找到痕迹。所以人们常用"风致"、"敷腴"、"俊逸"、"浑
厚"、"悲壮"、"天成"、"遒劲"、"豪迈"、"沉郁"等词来形容他的多种
风格。在集大成的同时,陆游也善于创新,最终形成自己的风格。

陆游的爱国诗具有高度的抒情性,这主要和在感情的酝酿与
艺术的表现上成功地吸取了杜甫的沉郁与李白的浪漫分不开。他
善于把这两种风格融为一体,即以杜甫的深沉、雄厚、郁结为体,作
为抒发爱国之情的基调;以李白富于激情、富于想象、富于自我色
彩,善于夸张、跳跃,善于高度概括等艺术手法为用,作为抒情的表
现手段;最终形成自己既沉郁悲壮、又踔厉风发的一家之风。

陆游的经历、抱负与杜甫都有相似之处,这使他学杜能"得其
骨"、"得其心"(《宋诗钞》)。如:

> 早岁那知世事艰,中原北望气如山。楼船夜雪瓜洲渡,铁
> 马秋风大散关,塞上长城空自许,镜中衰鬓已先斑。出师一表
> 真名世,千载谁堪伯仲间。

《书愤》

但陆游的性格与气质又与李白有相似之处,因而在表现手法上更多有李白浪漫奔放的特点。

如富于想象,特别是善于借助梦境来抒发北伐复国的激情,变沉郁为高昂。据《瓯北诗话》统计,全集中记梦者有99首之多。如《九月十六日夜梦驻军河外遗使招降诸城觉而有作》,写梦中大捷景象:"杀气昏昏横塞上,东并黄河开玉帐。昼飞羽檄下列城,夜脱貂裘抚降将。……腥臊窟穴一洗空,太行北岳元无恙。更呼斗酒作长歌,要遣天山健儿唱。"

又如很少局限于某一细微之情,而是高度概括地抒发那些带有社会普遍性的情感,语言凝炼,感情跨度大,富于跳跃性。篇幅也较短。如《关山月》:

> 和戎诏下十五年,将军不战空临边。朱门沉沉按歌舞,厩马肥死弓断弦。戍楼刁斗催落月,三十从军今白发。笛里谁知壮士心,沙头空照征人骨。中原干戈古亦闻,岂有逆胡传子孙! 遗民忍死望恢复,几处今宵垂泪痕!

四句一层,极为凝炼,感情宕荡起伏。

再如语言宏丽恣肆,在语言修辞方面也类似李白,多豪壮语、感慨语、反问语、夸张语。如《长歌行》:

> 人生不作安期生,醉入东海骑长鲸;犹当出作李西平,手枭逆贼清旧京。……岂其马上破贼手,哦诗长作寒螀鸣。兴来买进市桥酒,大车磊落堆长瓶。哀丝豪竹助剧饮,如钜野受黄河倾。平时一滴不入口,意气顿使千人惊。……

总之,陆游将杜甫与李白的长处兼收并蓄,并在所处的社会环境下融进了强烈的自我情感,因而"其声情气象自是放翁,正不必摹仿李杜"(李兆元《十二笔舫杂录》)。

陆游的农村诗既善于吸收陶渊明的平淡真纯、王维的静谧幽雅、梅尧臣的古朴自然,又能继承学习中晚唐、北宋以来白居易、张籍、王建、欧阳修、以至范成大等人关切现实的精神,形成既幽美纯静,又富有生活气息的一家之风。陆游的闲适诗也能集白居易的和平粹美,苏轼的才情横溢,江西诗派的注重工力、流转圆活的各种特点,构成自己精工绵密的风格。

各体皆工,七言犹工,是陆游诗集大成的另一重要体现。

陆游的律诗善于属对,几乎每首都有一联佳对,既流利,又奇健;既出人意表,又绝无生涩造作之感,以致有"古人好对偶被放翁用尽"(《后村诗话》)之赞,比起那些"杂博者堆队仗,空疏者窘材料,出奇者费搜索,缚律者少变化"(赵翼《瓯北诗话》)的诗人在记问、力量、才思各方面都高出一筹。如云:"青山是处可埋骨,白发向人羞折腰","云归时带雨数点,木落又添山一峰","重帘不卷留香久,古观微凹聚墨多"(《瓯北诗话》引)等,不一而足。

陆游的绝句尤其是七绝,标志着宋代最高水平。有的继承唐人之风致,如《剑门道中遇微雨》:

> 衣上征尘杂酒痕,远游无处不消魂。此身合是诗人未?细雨骑驴入剑门。

有的不沿袭唐人旧调,如《追感往事》:

> 诸公可叹善谋身,误国当时岂一秦。不望夷吾出江左,新亭对泣亦无人!

这类绝句"纯以劲直激昂为主,然忠义之色,使人起敬,未尝非诗之正声矣"(《养一斋诗话》)。

陆游的古诗"工丽更深于近体",更适合表达陆游深沉而奔放的感情,所以写起来"浑灏流转,更觉沛然有余"(《瓯北诗话》)。

讲究工力,注重锤炼,是陆游诗集大成的又一表现。

陆游诗不以数典为能事,但一旦使用则驱使如意、妥帖通畅。陆游诗的语言能使题材内容和思想感情得到和谐地表现。讴歌北伐多雄豪语,描写自然多平淡语,吟咏闲适多精美语。总之,"名章俊句,层见叠出,令人应接不暇。使事必切,属对必工。无意不搜,而不落纤巧;无语不新,而不事涂择"(《瓯北诗话》)。

陆游诗也有诗意重复,草率成篇,有句无篇的缺点。

六　陆游的词与文

陆游只以作诗的余力作词。造成这种情况的主要原因是陆游对词的认识较为矛盾。最初,他对词的评价较低,认为词体的形成是"其变愈薄"(《长短集序》)的结果。后来,他对词的评价有所提高,认为晚唐五代时"诗愈卑而倚声者辄简古可爱"(《跋花间集》二)。但作为一个大诗人,即使"流于既溢之余,而发于持满之末",也足有可观的成就。

陆游的词和其诗一样,将写实与抒情高度结合,既有书写国事,表现爱国思想的;也有塑造自我形象,表现自己理想与现实矛盾的;还有表现退居农村生活及咏物写景、歌咏爱情的。

陆游词的风格也很多样,其中尤以纤丽婉约、清雄旷达、直爽豪放著称。正如毛晋所评:"杨用修云:'放翁词纤丽处似淮海,雄慨处似东坡。'予谓超爽处似稼轩耳。"(《放翁词跋》)

超爽豪放风格常出现在爱国词中。这些词感情强烈、跨度极大,带有明显的放翁本色,但表达起来又举重若轻。如《汉宫春》上阕:

> 羽箭雕弓,忆呼鹰古垒,截虎平川。吹笳暮归野帐,雪压青毡。淋漓醉墨,看龙蛇飞落蛮笺。人误许,诗情将略,一时才气超然。

一派豪迈风发之气。

清雄旷达之作如《卜算子·咏梅》直堪与苏轼咏鸿的同调相比:

驿外断桥边，寂寞开无主。已是黄昏独自愁，更著风和
雨。　　　无意苦争春，一任群芳妒。零落成泥碾作尘，只有香
如故。

纤丽婉约之作如描写与唐婉爱情的《钗头凤》，和陆游的爱情
诗一样，都是以伤痛之怀写伤心之事。又如《夜游宫·宫词》，以温
柔的形式讽刺孝宗抗战信心的动摇不定，和辛弃疾《摸鱼儿·更能
消几番风雨》有异曲同工之妙。

陆游的散文也有广集前人的特点，陆游的儿子陆子遹在《渭南
文集跋》中说："先太史之文，于古则《诗》、《书》、《左传》、《庄》、
《骚》、《史》、《汉》；于唐则韩昌黎；于本朝则曾南丰，是所取法。然
禀赋宏大，造诣深远，故落笔成文，则卓然自为一家，人莫测其涯
矣。"除《渭南文集》中的一部分文章，如序、跋、记、传等有较高的文
学性外，较著名的散文著作还有《老学庵笔记》和《入蜀记》。

《老学庵笔记》是一部笔记散文，内容包括所见所闻的时事人
物及其评论，以及读书写作时的心得体会。《入蜀记》生动地记录
了作者入蜀时的所见所闻，包括自然风光、地理环境、风物古迹、风
土人情，是一部兼有学术价值的游记文学。

第八节　南宋中期文学(下)
——辛弃疾及其他作家

南宋中期也是词的繁荣昌盛期，和诗一样，受时代的影响，爱
国词成为创作的主要内容，代表作家当推辛弃疾。

一　辛弃疾其人

辛弃疾(1140～1207)，字幼安，历城(今山东济南)人。他一生
可分为四期。1162年以前为沦陷及起义期。辛弃疾幼年跟随祖父

辛赞生活。辛赞在靖康之难时未能南渡，但爱国之心不泯，常向辛弃疾灌输"纾君父所不共戴天之愤"（辛弃疾《美芹十论》）的爱国思想。1160年，年仅20岁的辛弃疾聚众2000人参加了以耿京为首的反金义军，诛杀过叛徒义端、张安国，"壮声英概，懦士为之兴起，圣天子一见三叹息"（洪迈《稼轩记》）。1162～1181年为南渡初时期。1162年辛弃疾回到南宋，最初并未受到真正重用，只是任些闲职。面临苟和势力不断上涨的局面，辛弃疾于1165年及1170年，先后写下了著名的《美芹十论》及《九议》，向朝廷全面陈述自己抗敌救国的大策。《美芹十论》前三篇论述了宋金形势、战争性质、民心向背，后七篇就南宋应如何充实实力，做好北伐准备，完成恢复大计，作了具体的论述与规划。在《九议》中，辛弃疾再次斥责了投降派的谬论，并指出应作好打持久战的战略准备。1172年以后官职虽有升迁，在长江中下游一带任地方要员，但"二年历遍楚山川"式的频繁调任，使他的爱国抱负始终难以施展。1181～1203年为闲居带湖、瓢泉时期，其间除1192～1194年一度被起用为福建安抚使外，一直赋闲在家。此时他心情十分矛盾，"平生塞北江南，归来华发苍颜"，这并非他的愿望，他依然惦念着北伐事业。由于感情抑郁不平，时间又悠闲有余，故而这一期是他创作的鼎盛时期。1203～1207年为晚年再起，参与北伐时期。这时韩侂胄主持北伐事宜，任命辛弃疾为镇江知府。辛弃疾一方面积极备战，一方面又反对草率从事。但他并未得到韩的真正重用，不久又被罢职，北伐亦失败，辛弃疾赍志以殁，临终前"大呼杀贼数声"（《济南府志》）。有《稼轩词》。

辛弃疾是"一世之豪，以气节自负，以功业自许"（范开《稼轩词序》）。和陆游一样，是南渡后坚决主张北伐恢复的代表人物。他还能用以民为本的思想看待北伐事业，他说："恢复之事，为祖宗，为社稷，为生民而已，此亦明主所与天下智勇之士所共也，顾岂吾君吾相之私哉！"（《九议》）他还能用战略家的眼光，根据敌我双方的实

际情况,提出抗敌救国的三原则:"一曰无欲速,二曰宜审先后,三曰能任败。"(《九议》)

辛弃疾虽没留下系统明确的文学主张,但从一些词句中也能看出他的一些文学倾向。他说:"今古恨,几千般,只应离合是悲欢? 江头未是风波恶,别有人间行路难。"(《鹧鸪天》)说明他不但重视文学作品的感情作用,而且强调文学应反映重大的社会内容。又说:"诗在经营惨淡中"(《鹧鸪天》),"诗句得活法,日月有新工。"(《水调歌头》)说明他提倡严肃的写作态度。又说:"有意雄华泰,无意巧玲珑。"(《临江仙》)说明他特别推崇豪放风格。他还对陶渊明在静穆恬淡之中带有一股兀傲不平之气深表推崇。这种审美情趣也直接影响了他的词风。

二 辛弃疾词的思想内容

辛词的内容比苏词更为广阔,真正达到了"无意不可入,无事不可言"(刘熙载《艺概·词曲概》)的地步。

辛词中思想内容最集中、最进步的当属爱国词。辛弃疾具有一般作家所不具备的戎马生涯,他首先是一个爱国斗士,然后才是一个词人,因而他的爱国词最自然真切,"悲歌慷慨,抑郁无聊之气,一寄之于其词。"(徐釚《词苑丛谈》卷四)

因此,在爱国词中尤值得重视的是那些表现自我经历、自我形象、自我感触的作品。

那些记录自己战斗生涯,或借助追念自己战斗生活而抒发感慨的词,当属词史上独一无二的作品,如:

> 壮岁旌旗拥万夫,锦襜突骑渡江初。燕兵夜娖银胡䩮,汉箭朝飞金仆姑。　　追往事,叹今吾,春风不染白髭须,却将万字平戎策,换得东家种树书。

> (《鹧鸪天》)

这首词上阕所描写的正是"粤辛巳岁,逆亮南寇,中原之民屯聚蜂起,臣尝鸠众二千,隶耿京,为掌书记,与图恢复,共籍兵二十五万,纳款于朝"(《美芹十论·序》)的经历。下阕写因追念往事而引发的理想落空的悲哀与感慨。但辛弃疾痛苦悲愤,却不消沉,在苦闷时依然能保有昂扬奋进的精神,如在与另一爱国志士陈亮的酬唱中,他既道出了自己不被重用的悲愤心情,又道出了他的坚定信念:

> 事无两样人心别,问渠侬,神州毕竟,几番离合? 汗血盐车无人顾,千里空收骏骨。正目断,关河路绝。我最怜君中宵舞,道男儿到死心如铁。看试手,补天裂。

(《贺新郎》)

辛弃疾还有很多评议时局,议论世事,关心国家命运,陈述恢复大业,批判投降苟和势力的词。在这些词中,他不是空泛地去议论、陈诉,而是用全身心的感情去倾诉、哭泣、呼号、鼓动。如《菩萨蛮》:

> 郁孤台下清江水,中间多少行人泪。西北望长安,可怜无数山。　青山遮不住,毕竟东流去。江晚正愁余,山深闻鹧鸪。

以"无数山"比兴抗金事业的重重阻力,以江水东流比兴抗敌救国力量是阻挡不住的,真可谓忠愤之气,拂拂指端。

辛弃疾的爱国词是通过各种题材加以表现的,最主要的一是酬唱词。辛在酬唱词中很少写尔汝相思的陈词,而多以北伐恢复大业共勉,使酬唱词内容为之一新。仅以祝寿词为例,他写道:"算平戎万里,功名本是,真儒事,公知否?""待他年,整顿乾坤事了,为先生寿。"(《水龙吟·甲辰岁寿韩南涧尚书》)

二是登临写景词。辛词中许多爱国名著,如《念奴娇·我来吊古》、《水龙吟·楚天千里清秋》、《菩萨蛮·郁孤台下清江水》、《丑奴儿·少年不识愁滋味》、《永遇乐·千古江山》、《南乡子·何处望神州》都是这类作品。如《水龙吟》曰:

> 楚天千里清秋,水随天去秋无际。遥岑远目,献愁共恨,玉簪螺髻。落日楼头,断鸿声里,江南游子。把吴钩看了,栏干拍遍,无人会,登临意。

三是怀古词。如被杨慎评为辛词第一的《永遇乐·京口北固亭怀古》词,上阕"意在恢复,故追述孙刘"(宋翔凤《乐府余论》);追述孙刘,即是批判"三国两晋形势与今日不同","吴楚之脆弱不足以争衡中原","天下无事,须南自南,北自北"的苟和派论调。下阕意在慎兵,故感慨宋文帝;感慨宋文帝即是提醒当局不要重蹈草率用兵而失败的覆辙。最后感伤廉颇;感伤廉颇即是感伤自己生不逢时,不得重用。由于借助了咏古,使讽今具有了更深沉的内含。

除爱国词外,辛弃疾还有许多其他题材的词。直接或间接描写农村的约有三四十首。如《清平乐·茅檐低小》、《西江月·明月别枝惊鹊》等都是词史上难得的农村词。辛弃疾曾赋闲家居近20年,因此又写有很多闲适词,但闲适非其所愿,故而这类词又常包含着怨艾的感情,成为表现其爱国思想的一种变调。辛弃疾也偶作情词,但"绝不作妮子态"(毛晋《稼轩词跋》),更有一种他人难以企及的高远之怀,如:

> 东风夜放花千树,更吹落,星如雨。宝马雕车香满路,凤箫声动,玉壶光转,一夜鱼龙舞。　　蛾儿雪柳黄金缕,笑语盈盈暗香去。众里寻他千百度,蓦然回首,那人却在,灯火阑珊处。

(《青玉案》)

与其说是写对情人的追求,不如说是"自怜幽独,伤心人别有怀抱"(《艺衡馆词选》引梁启超语)的自白。

三　辛弃疾词的艺术成就

辛弃疾词最显著的艺术成就在于充实、巩固、发展了苏轼所开创的豪放词风。辛弃疾创作了大量的"英雄语"、"豪杰词",至此豪放风格才蔚为大国,正式成派,辛弃疾的创作也成为这一派的代表。正像刘克庄、王士禛所评,"公所作大声镗鞳,小声铿鍧,横绝六合,扫空万古,自有苍生以来所无。"(《辛稼轩集序》)"婉约以易安为宗,豪放惟幼安称首。"(《花草蒙拾》)

为了创建豪放词风,辛弃疾使用了一系列相应的艺术手段。

他善于塑造鲜明、生动、虎虎有生气的艺术形象。他笔下的人物常是慷慨悲歌、雄姿英发的形象。他写自己的远大抱负是"袖里珍奇光五色,他年要补天西北。"(《满江红》)他写自己的矫健身手是:"马作的卢飞快,弓如霹雳弦惊。"(《破阵子》)他写自己的狂态是"回首叫,云飞风起,不恨古人吾不见,恨古人不见吾狂耳。"(《贺新郎》)他写他人、古人也多是"气吞万里如虎"。(《永遇乐》)他笔下的景物也多是飞动壮观的景色。仅如山,他写道:"叠嶂西驰,万马回旋,众山欲东"(《沁园春》),"青山欲共高人语,联翩万马来无数"(《菩萨蛮》),把静态的山势写成奔腾的动态,极为豪放。

他善于运用浪漫主义的想象及象征手法来加强豪放色彩。如《水调歌头》云:"我志在寥阔,畴昔梦登天。摩挲素月,人世俯仰已千年。"其浪漫恣肆的风格直逼诗仙李白。又如《太常引》云:"乘风好去,长空万里,直下看山河。斫去桂婆娑,人道是,清光更多。""乘风"三句所表现的思想感情,与屈原"陟陞皇之赫戏兮,忽临睨夫旧乡"实同,而"斫去桂婆娑","所指甚多,不止秦桧一人而已。"(周济《宋四家词选》)

他善于运用跳跃、顿挫之法,增强时空的跨度和感情的起伏,尤善于将最凝重的感情熔铸于开头、结尾之中。如《摸鱼儿》(见后引)开头"'更能消'三字,是从千回万转后倒折出来,真是有力如虎"(《白雨斋词话》)。而结尾又将一腔怨悱之情化入"斜阳正在,烟柳断肠处"的衰败景色中,使全词的意境更加深邃。又如《破阵子·为陈同甫赋壮语以寄》,列举了"醉里挑灯看剑"等几件壮事,但最后一句"可怜白发生",又将无限感慨蕴含其中,令人不忍卒读。

辛词的豪放风格往往是通过各种形式加以表现的,它"正而能变,变而能化,化而不失本调,不失本调而兼得众调"(胡应麟《诗薮》)。这种豪放的变调"(借用评词家的用语,评词家往往以婉约为正宗,以非婉约为变调)往往更能表现出辛词的内在气质和本色风格。

辛词善于寓刚健于温柔之中。如《摸鱼儿》:

> 更能消几番风雨,匆匆春又归去。惜春常怕花开早,何况落红无数。春且住,见说到,天涯芳草无归路。怨春不语,算只有殷勤、画檐蛛网,尽日惹飞絮。　　长门事,准拟佳期又误。蛾眉曾有人妒。千金纵买相如赋,脉脉此情谁诉?君莫舞,君不见、玉环飞燕皆尘土?闲愁最苦,休去倚危栏,斜阳正在,烟柳断肠处。

表面上完全是一首宫怨之词,但实际上是抒发自己忧伤国事,忠而见谤的怨怒心情,正是那类"肝肠如火,色笑如花"的代表作。

辛词还善于寓悲愤于闲适之中。这类词以淡笔写浓愁,轻笔写重压,闲笔写大志,如:

> 少年不识愁滋味,爱上层楼。爱上层楼,为赋新词强说愁。　　而今识尽愁滋味,欲说还休,欲说还休,却道天凉好个秋!

> （《丑奴儿》）

全词围绕同一个愁字写少年与暮年的不同心志,笔触似乎漫不经心,但内心的感慨却是十分沉重深邃的。

辛词还善于寓庄严于谐谑之中。如写醉中"只疑松动要来扶,以手推松曰去!"(《西江月》)在诙谐俏皮之中,将自己兀傲坚强的性格和人生哲学表现得淋漓尽至。

除了豪放,辛词也不乏婉约、平淡、清丽等多种风格。正像范开、刘克庄在稼轩词序中所评:"其间固有清而丽,婉而妩媚"之作,"其秾纤绵密者,亦不在小晏、秦郎之下"。

除了对豪放风格的建树外,对表现手法的发展也是辛词的重要成就。

辛词不但以诗为词,还进一步以文为词,更进一步有意识地把其他文学样式的手段都调集到词中。

如喜用典、善用典。辛词用典杂而广,且能作到形式多样,花样翻新。他善于连用典故,如《永遇乐·京口北固亭怀古》一连用了孙权、刘裕、刘义隆、佛狸、廉颇等人之典,而这些人除廉颇外都与京口有关。而"元嘉草草,封狼居胥,赢得仓皇北顾"三句,在用刘义隆典时又套用了霍去病之典,典中套典,极尽能事。在连用典故时,还能层层深入,如《水龙吟·登建康赏心亭》下阕:"休说鲈鱼堪脍,尽西风,季鹰归未?求田问舍,怕应羞见,刘郎才气。可惜流年,忧愁风雨,树犹如此。"连用三典,第一典用张翰事,表示自己不愿归隐的事实;第二典用陈登事,表示自己不愿归隐的原因;第三典用桓温事,表示自己不愿归隐的结局,组织在一起,表达得十分深刻。

又如喜议论。议论性强是南宋初中期词的共同倾向。辛词的议论有的融化于生动的形象中,如"青山遮不住,毕竟东流去";有的借助了怀古,如"君莫舞,君不见玉环飞燕皆尘土";有的是径直的议论,如"江头未是风波恶,别有人间行路难"。

又如善用比兴、比拟、比喻等修辞手段。比兴,如前引的《太常引》之写月,比拟如《贺新郎》之写山:"我见青山多妩媚,料青山,见我应如是。情与貌,略相似。"辛词的比喻有如苏诗的比喻,形式多样,精彩纷呈。如《沁园春·叠嶂西驰》下阕云:

争先见面重重,看爽气朝来三数峰,似谢家子弟,衣冠磊落;相如庭户,车骑雍容。我觉其间,雄深雅健,如对文章太史公。

连用三喻来形容山的风度、威仪、气质，而且都是倒喻，想象新奇而句律严整，极见工力。

再如善用精美的文学语言，又善用通俗的口语；善用散文句式入词，又善于点化前人诗句成语入词，在语言表达上也取得了集优汇萃的成就。精美的文学语言如《沁园春·叠嶂西驰》，笔笔都堪称是"雄深雅健"的描写；口语如《清平乐·茅檐低小》中的"大儿"、"中儿"、"小儿"，《西江月·明月别枝惊鹊》中的"七八个星"、"两三点雨"等。用散文句式入词如《西江月·醉里且贪欢笑》、《沁园春·杯汝来前》等都好像是巧妙地把一篇小品散文按词牌的句律点断而已，读起来格外幽默。点化前人诗句用语的，如《南乡子·何处望神州》中的"不尽长江滚滚流"，"生子当如孙仲谋"等，就是直接点化或引用杜甫诗和曹操语的。

当然，辛词中过于逞才使气，炫耀学问；过于追求以议论入词，至使议论变得直露或陈腐；过于追求以文入词，至使词失去了应有的韵味，也时或有之，但这都不足掩盖他在表现手法上所取得的空前成就。

四　辛派词人

辛弃疾的词在当时就产生深远影响。同时的陈亮、刘过，和稍后的刘克庄、刘辰翁，都有很多内容与风格与辛词相似的作品，可视为辛派词人。

陈亮（1143～1194）字同甫，婺州永康（今浙江省永康）人。是当时著名的爱国志士和反理学家，曾斥责当时的理学派曰："自以为得正心诚意之学者，皆风痹不知痛痒之人也。举一世安于君父之仇，而方低头拱手以谈性命，不知何者谓之性命！"（《上孝宗皇帝第一书》）他还是一个感情奔放不羁的人："或推案大呼，或悲泪填臆，或发上冲冠，或拊掌大笑。"（《与吕伯恭正字》）除词之外，散文的成就亦较高，如著名的《中兴五论》，既议论英发，又能切中时弊。

刘过（1154～1206），字改之，号龙洲道人，江西太和（今泰和县）人。终身以布衣游历天下，客食诸侯，尝自称"四举无成，十年不第，大宋神州刘秀才"（《沁园春》）。他也是个感情狂放的人，"坐则高谈风月，醉则恣眠芳草"（《水调歌头》）。

他们与辛词的相同之处主要在于多写爱国词、豪放词，惯作壮语，多用长调，讲格律而不拘于格律，喜用散文句式并大量吸收经史诗文语言入词。但反映社会的深度与广度不如辛词，风格粗豪有余，清逸不足，正像陈亮所称："粗块大脔，饱有余而文不足。"（《与朱熹甲辰秋书》）有的甚至专以粗犷滑稽为能事。

如陈亮的《水调歌头·送章德茂大卿使虏》下阕曰：

> 尧之都，舜之壤，禹之封。于中应有，一个半个耻臣戎。万里腥膻如许，千古英灵安在，磅礴几时通？胡运何须问，赫日自当中。

正像陈廷焯所评："就词论，则非高调"，但"精警奇肆，几乎握拳透爪，可作中兴露布读。"（《白雨斋词话》）这类词也正属于陈亮自己形容的那样"每一章就，辄自叹曰'平生经济之怀，略已陈矣'"（叶适《书龙川词集后》）的词。又如刘过的《沁园春》曰：

> 斗酒彘肩，风雨渡江，岂不快哉！被香山居士，约林和靖，与坡仙老，驾勒吾回。坡谓西湖正如西子，浓抹淡妆临照台。二公者，皆掉头不顾，只管传杯。　　白言天竺去来，图画里峥嵘楼阁开。爱纵横二涧，东西水绕，两峰南北，高下云堆。逋曰不然，暗香浮动，不若孤山先访梅。须晴去，访稼轩未晚，且此徘徊。

此词明显仿效辛词《水调歌头·我志在寥阔》，但全用散文笔法为之，虽然风趣有余，但终有些矫柔造作、"白日见鬼"（岳柯《桯史》）之嫌。

五 朱熹的诗论及诗作

朱熹(1130~1200年),字元晦,徽州婺源(今属江西)人,是宋代理学的集大成者。

理学家和文学家的不同突出表现在文学观上。理学家不但重道轻文,而且还重道废文。早在北宋,周敦颐就提出"文以贯道"说,至二程更把此说发展为文能"害道",甚至将优美的杜诗斥为"闲言语"。朱熹当然也跳不出这一体系,不但重复着"有德者必有言"的老调,而且提出"文章皆从此心写出,文便是道"(《朱子语类》八),这样就完全取消了文学独立的美学价值。但他有时也能突破自己的理论局限,他说:"作诗间以数句适怀亦不妨,但不用多作。……至其真味发溢,又却与寻常好吟者不同。"(《语类》一四〇)朱熹还能比较正视感情的作用,这与二程的"不近人情"亦不相同。他说:"既有可怨之事,亦须还他有怨的意思。终不成只如平时,却与土木相似。"(《语类》一三九)在风格论上,朱熹强调平淡,又说:"其中却自有美丽,有好处,有不可及处,却不是阒茸无意思。"(《语类》一三九)这就默认了文学的美学价值。这些都是朱熹高于其他理学家的地方。

由于认识高出一筹,所以朱熹的创作成就亦比其他理学家高。其最佳者,乃是那些"寓物说理而不腐"(《宋诗精华录》)的说理诗。这些诗能借助生动的形象,阐发深刻警策、发人深省的哲理。如:

半亩方塘一鉴开,天光云影共徘徊。问渠那得清如许?惟有源头活水来。

昨夜江边春水生,艨艟巨舰一毛轻。向来枉费推移力,此日中流自在行。

《观书有感》二首

前首论日新之功,后首论力到之效。如果结合朱熹的有关论述,就更能看出它们的生动性。朱熹曾说:"识得道理源头,便是地盘。""须就源头看,教大底道理透,阔开基、广开址。""(不会读书的人)如一个船阁在浅水上,转动未得,无那活水泛将去,更将外面的事物搭载放上面,越见动不得。"(《语类》八、一一四)这两首诗就是这些道理的艺术再现。

第九节　南宋末期文学

陆游、辛弃疾之后的南宋,国力不断衰弱,无可奈何的叹喟和抚今追昔的哀伤,逐渐代替了北伐、恢复的呼声,曾是南宋文学的主流——爱国主义的色彩也随之黯淡。这时期的作家没有了陆辛集诗词创作大成的客观条件和主观魄力。只有沿袭陆辛已有的成绩,抒发一些自己的感慨,发挥一些自己的特点。

但是南宋后期的文坛上也出现了一些著名文人和作品。不但有辛派的后继刘克庄、刘辰翁等,而且出现了以姜夔为代表的,包括吴文英、张炎、王沂孙等人的骚雅派。在诗歌创作上,则出现了包括戴复古、刘克庄、"四灵"等一批江湖诗人。在南宋灭亡之时,又出现了以文天祥、汪元量等人代表的爱国作家以及具有强烈纪实性的作品,为宋代文学作了光辉的总结。

一　姜夔等骚雅派词人

所谓骚雅派,是指以骚与雅为自觉追求的词派。其代表作家为姜夔、吴文英、史达祖、高观国、张炎、王沂孙、周密等。他们在文学主张上大力倡雅。如姜夔的《白石道人诗说》,吴文英的论词四法则(见沈义父《乐府指迷》),张炎的《词源》以及作词四诀(见陆辅之《词旨》)等,立论角度虽不同,但都以反俚俗、反浅薄、反直露、反柔媚、反浮艳、反狂怪、反豪放为指归,最终落实到一个"雅"字上。所谓"骚",

是指要善于以诗人笔法入词。而这种诗人笔法又主要继承了《离骚》开创和代表的传统,侧重表现自我和主观性描写。换言之,注重心境的描写是这一派词人的重要特征,也是这一派词人对词的发展与贡献。为此,他们在构思与表现上多以主观的心理感受为线索,很少对社会背景、事件经过、人物活动、景物特征作客观的描写。这一方面丰富了词的表现手法,另一方面又容易走上隐晦朦胧的道路。

姜夔(约1155~约1221),字尧章,号白石道人,江西鄱阳人。终生不第,只好以布衣游士的身份依附于萧德藻、范成大、张鉴等达官名臣。这一方面造就了他的名士风度,"气貌若不胜衣,而笔力足以扛百斛之鼎……襟期洒落,如晋宋间人"(《藏一话腴》)。另一方面又使他对社会现实不免有些隔膜。今传《白石道人歌曲》。

姜夔崇尚的美学情趣,主要集中在骚雅空灵、格高意远、含蓄自然等方面。他认为"大凡诗自有气象、体面、血脉、韵度"(《白石道人诗说》)。又说:"诗有四种高妙:一曰理高妙,二曰意高妙,三曰想高妙,四曰自然高妙。碍而实通,曰理高妙;出自意外,曰意高妙;写出幽微,如清潭见底,曰想高妙;非奇非怪,剥落文采,知其妙而不知其所以妙,曰自然高妙。"(同上)

姜夔的词当以感时、抒怀、咏物、恋情等题材成就较高。有些词抒发了自己虽落魄江湖,但仍不忘国事的感情,有一定的爱国意义,但情调低沉伤感,隐约含蓄,如《扬州慢》,前有小序曰:"淳熙丙申至日,予过维扬。夜雪初霁,荠麦弥望。入其城则四顾萧条,寒水自碧。暮色渐起,戍角悲吟。予怀怆然,感慨今昔,因自度此曲。千岩老人以为有《黍离》之悲也。"

淮左名都,竹西佳处,解鞍少驻初程。过春风十里,尽荠麦青青。自胡马窥江去后,废池乔木,犹厌言兵。渐黄昏,清角吹寒,都在空城。 杜郎俊赏,算而今重到须惊。纵豆蔻词工,青楼梦好,难赋深情。二十四桥仍在,波心荡、冷月无声。念桥边红药,年年知为谁生?

上阕于叙事写景之中自带一片抒怀深情,尤其是"犹厌言兵"四字,"包括无限伤乱语,他人累千百言,亦无此韵味"(《白雨斋词话》)。下阕之抒情又多从侧面、虚处入笔,很具骚雅派特色。

美夔词的艺术风格可以张炎所评的"清空"二字来概括。他说:"词要清空,不要质实。清空则古雅峭拔,质实则凝涩晦昧。姜白石词如野云孤飞,去留无迹。吴梦窗词如七宝楼台,眩人眼目,碎拆下来,不成片段。此清空质实之说⋯⋯白石词如《疏影》、《暗香》、《扬州慢》⋯⋯等曲,不惟清空,又且骚雅,读之使人神观飞越。"(《词源》)其具体手法又有多种:

一是善于提空描写。不论何种题材,姜词都不作过多的质实描写,而是从空际中摄取其神理,点染其情韵,并将自己的感受融合进去。如写梅的《疏影》,基本上不对梅花作质实的描写,只是设想它是王昭君的幽魂所化,遗貌取神,可和苏轼的《水龙吟·似花还似非花》将杨花比作妇人之梦相媲美。

二是善于将各种题材,各种情感,聚拢于统一的风格之中。如善于用清笔写浓愁,用健笔写柔情,用空笔写实情。如写恋情的《长亭怨慢》下阕:"日暮,望高城不见,只见乱山无数。韦郎去也,怎忘得玉环分付:第一是早早归来,怕红萼无人为主。算空有并刀,难剪离愁千缕!"虽是传统的离愁别怨题材,但写得颇为健朗。

三是善于用诗人笔法,特别是江西诗派瘦硬健劲的语言风格。如善用"冷"字来写通感。除《扬州慢》中"冷月无声"外,又如:"淮南浩月冷千山,冥冥归去无人管。"(《踏莎行》)"竹外疏花,香冷入瑶席。"(《暗香》)"嫣然摇动,冷香飞上诗句。"(《念奴娇》)这个"冷"字正可以代表姜词清空的语言特色。

但白石的清空,有时过于朦胧,有时加之并不充实的内容和感情,容易造成"生硬"、"隔"与"无情"的毛病。

吴文英(生卒年不详),字君特,号梦窗,四明(浙江省宁波市)人。长期以词客身份流寓各地,最后困踬而死。有《梦窗词》。

吴文英有论词四法则:"词之作难于诗;盖音律欲其协,不协则成长短之诗;下字欲其雅,不雅则近乎缠令之体;用字不可太露,露则直突而无深长之味;发意不可太高,高则狂怪而失柔婉之意。因此则知所以为难。"(沈义父《乐府指迷》引)可见他亦以骚雅为宗旨。

但诚如张炎所评,他的骚雅又以浓挚质实为特色,与姜夔的清空又不同。吴文英的词以浓艳凝涩的语言,绵密曲折的结构,奇丽凄迷的境界,缠绵沉挚的情感著称。

在语言上,吴词喜欢用一些怪字、艳字、代字。如"箭径酸风射眼,腻水染花腥"(《八声甘州》),"红情密,腻云低护秦树"(《宴清都》),"半掩长蛾翠妩"(《扫花游》)。这种语汇句法有时"能令无数丽字——生动飞舞"(《蕙风词话》),有时"太晦处,人不可晓"(《乐府指迷》),读起来使人产生"隔"的感觉。

在结构与立意上,吴词太注重抒发自己深微窈冥的心绪,而不太注重读者的可接受性,因而不按客观时空的自然顺序,只以自己心理变化和感情逻辑为构思线索,以心理时空来安排篇章。这样就使他的词深曲难测、朦胧凄迷,甚而使读者如坠于"娇尘软雾"之中;但他的词仍不失深邃缜密、沉挚灏翰的特色。如《高阳台》下阕云:

> 伤春不在高楼上,在灯前倚枕,雨外熏炉。怕舣游船,临流可奈清臞,飞红若到西湖底,搅翠澜,总是愁鱼。莫重来,吹尽香绵,泪满平芜。

时而在"高楼上",时而在"灯前倚枕",时而在"游船临流",时而又随"飞红"潜到"西湖底",既感慨现在已"吹尽香绵",又预感着未来会"泪满平芜",结构与立意极为深曲。

王沂孙(生卒年不详)字圣与,号碧山,会稽(今浙江省绍兴市)人。

张炎(1248?~1330?),字叔夏,号玉田,著有《词源》二卷。

王、张二人的词以宋亡后的作品著称。特别擅长通过咏物来寄托"都是凄凉意"(张炎评王沂孙语)的亡国之哀。其风格亦以清虚骚雅为主,多通过曲折含蓄之笔,来表达内心的怨慕幽思。比起姜夔来,他们更少一些刚健而过于凄幽。如王沂孙的《齐天乐·蝉》云:"病翼惊秋,枯形阅世,消得斜阳几度?"显然是以秋蝉自比,感慨自己在国破家亡后,尚要目睹这人间世事。又如张炎的《解连环·孤雁》云:"自顾影欲下寒塘,正沙净草枯,水平天远。写不成书,只寄得相思一点。"通过咏雁感慨自己"离群索居",又带有一些隐微的家国之恨。又如王沂孙的《眉妩》咏新月云:

> 渐新痕悬柳,淡彩穿花,依约破初暝。便有团圆意,深深拜,相逢谁在香径?画眉未稳,料素娥犹带离恨。最堪爱,一曲银钩小,宝帘挂秋冷。 千古盈亏休问,叹漫磨玉斧,难补金镜。太液池犹在,凄凉处,何人重赋清景?故山夜永,试待他窥户端正。看云外山河,还老桂花旧影。

显然,"难补金镜",是咏叹国土破碎,金瓯难整;"太液池犹在",是将北宋全盛时期和亡国惨状作对比;"试待他窥户端正",又寄寓了对光复的向往。

二 江湖诗人

南宋末年,杭州书商陈起将当时一大批诗人的诗集陆续以《江湖集》的名义刊行,因而出现了所谓"江湖诗人"。不久陈起与若干诗人以作诗讥讽朝政而获罪,诏禁作诗,《江湖集》也被劈版。诗禁解后，又陆续出版过一些，但"真赝错杂，莫详孰为原本"（《四库全书总目提要·江湖后集》）。今存《江湖小集》、《江湖后集》等书，作者约百人。这百人左右的江湖诗人十分庞杂：他们身份不一，有高官显贵，有布衣平民；有热衷功名的狂简者，有笑傲江湖的狷介者，也有趋炎附势的乡愿；在诗歌创作上有学杜者，有学晚唐者，有学江西者，有学陆者，有学杨（万里）者，也有无所师法者。所以从总体上很难称他们为江湖"派"。

（一）四灵派

这群江湖诗人虽不能统称为一大派，但内部终有一些诗风颇为相近的诗人，组成了若干小派别，"四灵"就是其中辈分较高，影响较大，风格较鲜明的一派。"四灵"是指浙江永嘉四位名、字或号中都带有一"灵"字的四位诗人。他们是徐照（？～1211），字灵晖，号山民；徐玑（1162～1214），字文渊，号灵渊；赵师秀（？～1220），字紫芝，又字灵芝，号灵秀；翁卷（生卒年不详），字灵舒。他们都属于狷介一派，以潇洒脱俗的"东晋时人物"（戴复古《哭赵紫芝》）相标榜。他们论诗贬斥江西而取法晚唐，尤其崇尚贾岛、姚合。为此，他们在创作上也从江西派的"资书以为诗"，一变而为"捐书以为诗"；从江西派讲究"无一字无来处"，一变而为较注重从自己的生活和自然景物中取材。在诗歌体裁上多作体现工巧特征的律诗，尤其是五律，很少作古体。

但"四灵"从一个极端又走入另一个极端。他们以清苦、幽深、枯健、纤巧取胜，一味地"敛情约性，因狭出奇"（叶适《题刘潜夫南岳诗稿》），门径太狭，取法太卑，致使诗风变得破碎小气。又过于讲究苦吟，如翁卷云："传来五字好，吟了半年馀。"（《寄葛天民》）过于注重律诗中间两联的对仗，以"有时千载事，只在一联中"（刘春庄《赠翁卷》）炫耀。过于追求野逸清瘦、冰清玉洁的境界，如赵紫芝云："但能饱吃梅花数斗，胸次玲珑，自能作诗"（《梅磵诗话》），甚至到了"得句无'僧'字不清"的地步，而刻意追求空灵感。他们的诗很少反映现实社会,多以抒发个人情感、吟咏田园为主,甚至宣称"有口不须谈世事,无机唯合卧山林"(翁卷《行药作》)。

(二)　刘克庄

刘克庄(1187～1269),字潜夫,福建莆田人。曾因作梅花诗及歌咏黄巢的诗而获罪,成为江湖诗案中最著名的案例。

刘克庄可谓江湖诗人中的领袖人物。他的创作道路和师法渊源比"江西"和"四灵"较多变化,他曾说:"初余由放翁入,后喜诚斋,又兼取东都南渡江西诸老,上及于唐人大小家数。"(《刻楮集序》)因此刘克庄的诗不管内容上还是风格上都较为开阔。在诗歌取材上,他能跳出个人的狭窄天地,多写反映国计民生的作品,如《军中乐》,在极写将军饮酒作乐之后,突然以"谁知营中血战人,无钱合得金疮药"结尾,深刻地写出军中军官与士兵的不同遭遇。风格上,他能广泛吸取白居易之深刻,梅尧臣之古淡,陆游之悲慨,晚唐及半山、诚斋之流转,特别是能较好地融合"四灵"与"江西"的不同风格,既保留了"四灵"多用白描、绝少用典的特色,又继承了江西"涉历老练,布置阔远"(《宋诗钞》)的传统。如《沧浪亭夜归》:

> 万匹沙场似电奔,轰天笳吹簇辕门。(按:刘克庄曾经历过一段军中生活)而今出借东家马,烟雨孤行小麦村。

刘克庄诗的数量虽相当可观,但草率成篇者太多,风格也不够鲜明。

相比之下,刘克庄的词成就较高。他认为词实际上就是"变风",因而肯于继陆辛之后用词写爱国忧民的内容,正像冯煦所评:"拳拳君国,似放翁;志在有为,不欲以词人自域,似稼轩。"(《宋六十一家词选》)风格也多豪迈激越,如云"男儿西北有神州,莫滴水西桥畔泪。"(《玉楼春》)"帐下健儿休尽锐,草间赤子俱求活。"(《满江红》)在具体手法上也以辛派喜议论、喜散文化著称,如云:"天下英雄,使君与操,馀子谁堪共酒杯? ……使李将军遇高皇帝,万户侯何足道哉!"(《沁园春》)凡此种种,都堪称辛派之后继。

(三) 戴复古

戴复古(1167~?),号石屏,天台人,终生布衣。他论诗推崇杜甫、陆游,并从陆游学过诗,因此其诗"多闵时忧国之作"(马金汝《书石屏诗集后》),他自己也以"诗谈天下事"(《秋怀》),"夫诗者,皆吾侪平日,愁叹之声"(《沁园春》)相标榜。诗风也颇似杜甫、陆游,感情深沉,语言古朴,其作如:

> 有客游濠梁,频酌淮河水,东南水多咸,不如此水美。春风吹绿波,郁郁中原气。莫向北岸汲,中有英雄泪。

> (《频酌淮河水》)

三　文天祥等人的抒情纪实性爱国作品

在宋亡之际出现了文天祥、汪元量、刘辰翁、林景熙、谢翱、郑思肖、谢枋得等一批爱国诗文家。他们的最大特点是将高度的纪实性与高度的抒情性相结合,既忠实地记录了宋亡前后的历史,有较高的史料价值;又将纪实融于抒情,以抒情融贯史实。和江湖诗人相比,由于他们经历了亡国的巨变,所以爱国之作更多,感情更加真实激切,史料价值更强;与亲身经历过亡国之变的骚雅派词人相比,他们不像王沂孙、张炎诸人那样,只知一味隐晦、曲折地抒情,而更重纪实与直抒情怀。总之,这派作家主要继承了陆游、辛弃疾以至杜甫的传统,为宋代文学作了一个光辉的总结。

文天祥(1236~1283),字宋瑞,又字履善,江西吉水人,进士出身。1275年南宋危亡,文天祥以家资充军饷,聚万人起兵勤王。1276年奉命入元营议和,被拘,经过千难万险的转折,逃至福建,拥立端宗。1278

年兵败被俘。元兵将其携至崖山，令其诱降宋朝的抗元残部，文天祥以"人生自古谁无死，留取丹心照汗青"（《过零丁洋》）的诗句严正拒绝。后被解至元大都，度过三年的囚禁生活后，于1283年从容就义。

在激烈的转战、九死一生的逃亡和苦难的囚禁中，文天祥创作了大量富于纪实特色和传奇色彩的诗、文、词作品，这些作品是其他作家不能相比的。它们都收录在《吟啸集》及《指南录》中。所谓《指南录》是取其《扬子江》一诗中"臣心一片磁针石，不指南方不肯休"之意，表现他对祖国的一片忠心。

文天祥的诗、词、文都有很高的成就。其诗可算陆游的后劲，且能远绍杜甫，成就最高；其词极具辛派的风采，其文也是南宋末年成就最高者。

文天祥论诗及作诗都以"以歌咏之辞，寓纪载之实"（《集杜诗自序》）为宗旨，把抒情与纪实结合起来，为此他特别推崇杜甫诗史般的作品。他在狱中曾集杜甫诗句作了200首绝句，并在自序中说："予所集杜诗，自余颠沛以来，世变人事，概见于此矣，是非有意于为诗者也。后之良史，尚庶几有考焉。"因此，他的诗同杜诗一样，自然奔涌着爱国激情，如《过零丁洋》：

> 辛苦遭逢起一经，干戈寥落四周星。山河破碎风飘絮，身世浮沉雨打萍。惶恐滩头说惶恐，零丁洋里叹零丁。人生自古谁无死，留取丹心照汗青！

诗有自注曰："上巳日，张元帅令李元帅过船，请作书诏谕张少保（世杰）投拜，遂与之言：'我自救父母不得，乃教人背父母可乎？'书此诗遗之。李不得强，持诗以达张，但称好人好诗，竟不能逼。"这首千古名诗熔铸了诗人悲怆的感情，但又真实地写出了山河破碎的国事。又如被囚时所作的《正气歌》，诗前小序记录自己在狱中受七种污浊之气的困扰，但自己以孟子的"我善养吾浩然之气"来鼓舞自己："彼气有七，吾气有一，以一敌七，吾何患焉！"诗中前半部分以古之英雄人物鼓励自己,是抒情;后半部分记录自己在狱中的艰苦生活,是纪实,最后再以抒情作结。又如《集杜诗》,纪实部分主要通过每首诗的小序加以体现"一一详志其实,颠末粲然,不愧诗史之目。"(《四库全书总目提要》)抒情部分主要通过所集杜诗诗句体现,在创作手法上也是一种创新。

文天祥的词具有比诗更浓厚的抒情性,而且多是直抒胸臆,不假雕饰,和骚雅派词风明显不同,如和邓剡的同调《驿中言别》的《酹江月》:

> 乾坤能大,算蛟龙元不是池中物。风雨牢愁无著处,那更寒虫四壁。横槊题诗,登楼作赋,万事空中雪。江流如此,方来还有英杰。 堪笑一叶漂零,重来淮水,正凉风新发。镜里朱颜都变尽,只有丹心难灭。去去龙沙,江山回首,一线青如发。故人应念,杜鹃枝上残月。

其忠愤感激之情与"从今别却江南路,化作啼鹃带血归"的《金陵驿》诗有异曲同工之妙。

文天祥的散文"亦极雄赡,如长江大河,浩瀚无际"(《四库全书总目提要·文山集》)。尤其是后期作品,更以纪实性与抒情性相结合著称,不管是简单的几笔小序或长篇的系统纪实,都能达到惊天地、泣鬼神的效果。如著名的《指南录后序》,先记录了自己出使金营议和、被拘以及逃脱的经过,然后以极精炼的语言历数了自己18次必死的传奇经历,如:"行城子河,出入乱尸中,舟与哨相后先,几邂逅死",最后又以"鞠躬尽力,死而后已,亦义也","复何憾哉,复何憾哉!"的深沉感叹结尾。

汪元量(1241~?),字大有,号水云,钱塘(今浙江杭州)人。宋亡前以善鼓琴及词章供奉宫掖,宋亡后随三宫赴燕京,后以黄冠归老江南。

汪元量的诗也具有纪实与抒情相合的特点。这些诗以悲愤沉痛的感情记载了南宋"一代之颠末"（《续资治通鉴》）。特别是《湖州歌》、《越州歌》、《醉歌》等代表作，一事一咏，且所"咏宋幼主降元后事，皆得之目击，多史传所未载"（潘耒《书汪水云集后》）。他自己也以"走笔成诗聊纪实"（《凤州》）为创作目的，成为继杜甫之后荣膺作"诗史"的又一诗人。为此，他也特别推崇杜甫，曾云"斯时熟读之，始知句句好"（《草地寒甚毡帐读杜诗》）。所以他的诗歌风格也颇似杜甫，抑塞沉郁、悲愤凄楚，但他多作短诗，缺乏杜甫那种宏大的气魄。如：

> 乱点连声杀六更，荧荧庭燎待天明。侍臣已写归降表，臣妾签名谢道清。

（《醉歌》）

> 暮雨潇潇酒力微，江头杨柳正依依。宫娥抱膝船窗坐，红泪千行湿绣衣。

（《湖州歌》）

亡国之际的诗文家还有林景熙（1241～1310）、郑思肖（1241～1318）、谢翱（1249～1295）等。他们都以南宋遗民身份自居，如郑思肖之"思肖"，即思已逝之"赵"也，他还著有《大宋铁函经》，又名《心史》，称"大宋孤臣郑思肖百拜封"。他们的诗文也都具有纪实与抒情相结合的特色。如郑思肖《中兴集序》云："今八荒翻沸，山枯海竭，身于是时，能无动乎？……我之所谓诗者，非空寄于言也。"《心史》总后序云："所谓诗，所谓文，实国事、世事、家事、心事系焉。"其诗如《陷虏歌》："德祐初年二月二，元兵陷我苏州地。城外荡荡为丘墟，积骸漂血弥田里。……"他们还有一些歌颂民族英雄文天祥并借以抒发自己爱国热情的作品，尤感人至深。如谢翱的《登西台恸哭记》，且文且诗，不仅对文天祥，而且对南宋沦亡充满深切悼念。又如《书文山卷后》：

> 魂飞万里路，天地隔幽明。死不从公死，生如无此生。丹心浑未化，碧血已先成。无处堪挥泪，吾今变姓名。

语虽平实但又含蓄,感情深沉凝炼,说出了无限的亡国之恨。

第十节　宋代其他文学样式

一　话　本

话本即说书艺人——在宋代称为说话人,演出的底本。说书人只能用当时流行的口语来说,故话本即当时的白话小说。这是一种不同于志怪、传奇的新兴小说,正如鲁迅在《中国小说史略·宋之话本》中所评那样:

> 宋一代文人之为志怪,既平实而乏文彩;其传奇,又多托往事而避近闻,拟古且远不逮,更无独创之可言矣。然在市井间,则别有艺文兴起,即以俚俗著书,叙述故事,谓之"平话"(按:讲史的话本一般称平话),即今所谓"白话小说"者是也。

宋代说话艺术发达的原因;一是"说话"本身有着悠久的历史。隋唐之际即将"说话"作为一个专有名词著录下来,中唐时,高力士就经常给唐玄宗"说话",中晚唐时就有"说《一枝花》话"的记载。至于敦煌写卷中的"变文"和"俗讲",实际上就是说唱文学的话本,虽然和以说为主的说话话本稍有不同,但其间自有着血缘性的联系。二是宋代城市经济的繁荣必然促进市民文艺,包括说话文艺的空前发达。在大城市里都设有专供表演用的瓦舍、勾栏。例如在东京的东南角即有三处瓦舍及五十余座勾栏,勾栏中最大的表演棚可容数千人。说话是勾栏内相当受欢迎的一种表演,据《东京梦华录》载,当时东京即有孙宽等人的讲史、李慥等人的小说等。说话人中还有以专说某一部书著称的,如说《三分》(即"三国")的霍四究,讲《五代史》的尹常卖等。还有不能固定设场,只能走村下乡临时设场的,如陆游《小舟近村三首》中所描写的那样:"斜阳古柳赵家庄,负鼓盲翁正作场。死后是非谁管得,满村听说蔡中郎。"

据有关资料记载,说话共分四种,大致可分为(因为记载较含混)小说、讲史、说经、合生与商谜。其中以小说与讲史最为发达,从话本文学的角度来看,也以这两种最有价值。"说话"有比较通行的形式;这也自然反映到话本之中。如在正文之前,往往先附一个小故事,称"入话"或"得胜头回";故事常以诗词开头、结尾,中间也常穿插一些诗词赋赞,这都遗留着讲唱文学的痕迹。

小说又称"银字儿",据罗烨《醉翁谈录·小说开辟》分为灵怪、烟粉、传奇、公案、朴刀、杆棒、神仙、妖术等八大类107种。小说及小说话本的主要特色是篇幅比较短小,形式比较灵活,题材比较广泛,文学色彩、文学感染力也比较强。现存可考的宋代小说话本主要见于《京本通俗小说》、《清平山堂话本》以及《三言》等书。

从流传下来的作品看,小说话本主要分爱情和公案两大类。爱情小说"多采闾巷新事"(凌濛初《拍案惊奇·自序》),以市民为主角,特别是以妇女为主角,渗透了很强的市民意识,表现了他们对生活、爱情、婚姻的态度。公案小说则揭露了官场的腐败、贪官的昏愦,"意存劝讽,时著良规"(同上)。

小说话本在人物塑造及情节处理上都有相当高的成就。在塑造人物时,不但长于动作、语言描写,还长于心理描写。在展开情节时,不但曲折生动,而且善于制造悬念和进行细节描写。如《错斩崔宁》,写刘贵从丈人家借得十五贯钱,回到家后,他的妾陈二姐问他钱是从哪里来的,刘贵和她开玩笑,说是将陈二姐典给了他人换来的。"那小娘子听了,欲待不信,又见十五贯钱堆在面前;欲待信来,'他平白与我没半句言语,大娘子又过得好,怎么便下得这等狠心辣手?'只得再问道:'虽然如此,也须通知我爹娘一声。'"等刘贵睡去之后,"那小娘子好生摆脱不下,'不知他卖我与甚色人家?我欲先去爹娘家里说知。就是他明日有人来要我,寻到家里,也须有个下落。'"通过这一系列细节的动作、对话、心理描写,把陈二姐不满刘贵,但又无可奈何的温顺性格和口中虽不明言,但又颇有心机的性格刻画得十分生动细致。之后写刘贵被杀,而偏巧小娘子又在路上遇到一个身带很多铜钱,但又颇为斯文的年青人,又为后文的"错斩"设下了悬念。

小说话本的语言成就更不容忽视。它基本上用白话写成,这不但为小说开辟了新语言样式,也为白话文学开辟了新纪元。可以说白话真正步入文学殿堂当自话本始。而宋代的小说话本在语言上有独到的成就,如善于吸取生动的民间俗语、俏皮语,十分生动幽默,如:

> 这员外有件毛病:要去那虱子背上抽筋,鹭鸶腿上割股,古佛脸上剥金,黑豆皮上刮漆,痰唾留着点灯,捋松将来炒菜……地上拾得一文钱,把来磨做镜儿,捍作磬儿,掐作锯儿,叫声"我儿",做个嘴儿,放入筐儿。

> (《宋四公大闹禁魂张》)

讲史,亦称平话,篇幅较长,专讲历代兴亡,历史故事。现存比较重要的有《五代史平话》、《大宋宣和遗事》。讲史话本比起史书来更多一些民间传说,带有更多民主性和反抗性,且能在尊重史实的基础上进行加工创作。为了表达鲜明的爱憎,往往把一些历史人物理想化、类型化,但在刻画人物形象上不如小说话本,语言也较粗糙。这些话本在文学史上有重要地位,后代许多古典长篇小说,如《水浒传》、《三国演义》、《封神演义》等,即是从它们发展而来。

二 民间歌谣

宋代的民歌民谣亦很发达,现实性和讽刺性极强,尤以那些揭露、批判统治阶级、贪官污吏、奸吏败将,以及由此而造成的丑恶社会现象的歌谣最为生动活泼、幽默辛辣。它们往往只是三言两语，但却能像匕首般直刺要害。毫无疑问，是宋代腐败的社会政治和昏庸的官僚制度给人民大众提供了大量值得鞭挞和嘲讽的素材。其中有讽刺北宋统治阶级苟且偷安，兵临城下才知开言路的，如：

> 城门闭，言路开，城门开，言路闭。

> (《靖康民谣》)

也有讽刺南宋统治者醉生梦死，不思雪耻的行径的，如：

> 张家寨里没来由，使它花腿抬石头。二圣犹自救不得，行在盖起太平楼。

> (《行在军中谣》)

三　诗话与词话

诗话与词话是一种独特的、富于中国民族特色的诗词批评形式。它将古已有之的文学批评专著与笔记文学结合起来，形成一种既有理论又活泼生动的诗词评论。唐代已有这类著作，但尚未用"诗话"的名称来命名。欧阳修始将自己的这类著作取名为《诗话》——后人称为《六一诗话》，在这之后，诗话之作大盛，终两宋之世约有一百三、四十部之多。

这些诗话大体上不外乎以下几方面内容：有的立意于诗法，注意总结、研究诗歌的字法、句法、格调等；有的着眼于奇闻轶事，注意记录作家作品的有关材料；有的重考证，专门分析、论证作品中的讹误；有的重鉴赏，专门评价作品的源流、工拙。在写作上大都采取有闻必录，有得即书，三言两语，各成片段的方法，不注重严密的体系和缜密的结构，即使需要论证，也多以形象的譬喻或画龙点睛式的意会出之，因而富于较强的趣味性、可读性，对形成中国特有的美学传统有深远的影响。

宋诗话的发展大约经历了三个阶段。第一阶段为初起阶段，主要有欧阳修的《六一诗话》、司马光的《温公诗话》、刘攽的《中山诗话》等。在北宋初中期的背景下，它们都提倡平易自然、意新语工的风格，但学术性较差，太偏重于记事和摘评佳句。第二阶段为发展期。如何评价自苏黄以后至南宋中兴诗人的宋诗创作，成了这一时期诗话探讨的中心，因而论辩性和理论性都较第一期为强。代表作有陈师道的《后山诗话》、葛立方的《韵语阳秋》、魏泰的《临汉隐居诗话》、叶梦得的《石林诗话》、张戒的《岁寒堂诗话》等。前两种推崇江西派，后三种对江西派多所批评。第三阶段为成熟期。代表著作是姜夔的《白石道人诗说》和严羽的《沧浪诗话》。它们能以美学的观点来论诗，因而更能抓住诗的艺术本质。尤其是《沧浪诗话》，以禅论诗，别开蹊径，学术价值较高。

宋诗话中还有若干部总辑性质的著作，如《苕溪渔隐丛话》。

词话的兴起与发展更晚于诗话。最早一部具有词话性质的专著是杨绘的《时贤本事曲子集》，多以记事为主。之后有李清照的《词论》，理论性较强，惜乎只见于《苕溪渔隐丛话》所引。南宋之后词话渐兴，较有影响的有王灼的《碧鸡漫志》、沈义父的《乐府指迷》、张炎的《词源》等。尤其是《词源》，可谓集骚雅词派理论之大成，是一部有较高学术价值的论词专著。

四 笔 记

笔记是指作家随手记录，不受结构、体例约束，生动活泼、富于知识性、可读性的杂记式文体。这种文体古已有之，宋时尤为发达，北宋宋祁又首先将他的三卷著作命名为"笔记"，故尔笔记成为宋代一种重要的文学样式。宋代的笔记名著有欧阳修的《归田录》、沈括的《梦溪笔谈》、苏轼的《志林》、孟元老的《东京梦华录》、陆游的《老学庵笔记》、吴曾的《能改斋漫录》、洪迈的《容斋随笔》、罗大经的《鹤林玉露》、周密的《武林旧事》等。

笔记作为一种随笔记录的文体,最主要的特征是"杂",但又以故事、史料、考索三大类为主。因为杂,所以在写作上可以随意不拘,富于趣味性。这对后代的小品文以至短篇小说影响至深。如:

> 真西山论菜云:"百姓不可一日有此色,士大夫不可一日不知此味。"余谓百姓之有此色,正缘士大夫不知此味。若自一命以上至于公卿,皆得咬菜根之人,则必知职分之所在矣,百姓何愁无饭吃?
>
> (《鹤林玉露·论菜》)

第十一节　辽金文学

一　辽代文学概述

辽自太祖耶律阿保机即位后,学习汉族文化,祭孔子,制文字,加速了文明化的进程。其后,景宗、圣宗、道宗几代,都尚文雅,对于汉文著作,多有翻译。文学亦随之得到了一些发展。辽代文学的总特点是既受汉族文化的影响,又具有本民族刚健质朴的特色。

辽代文学受唐宋文学影响至深,最初受白居易影响较深,后来受苏轼影响更深。如宗室耶律倍"有文才,博古今,习举子。每通名刺云:'乡贡进士黄居难,字乐地',以拟白居易字乐天也"(厉鹗《辽史拾遗》)。辽圣宗又亲以契丹文字译白居易讽谏集,辽兴宗又尝作诗云:"乐天诗集是吾师。"(《辽文汇》)后来"苏学盛于北"(翁方纲《石洲诗话》),《眉山集》盛行于辽,以至出现"谁将家集过幽都,识底人人问大苏"(苏辙《使辽诗·神水馆寄子瞻兄四绝》)的盛况。

辽代能文之士多出于皇室后妃,其中以道宗及道宗皇后萧观音水平较高。如据《辽史·耶律倍传》记载:"倍谓左右曰:'我以天下让主上(指太宗),今反见疑,不如适他国,以成吴泰伯之名。'立木海上,刻诗曰:'小山压大山,大山全无力。羞见故乡人,从此投外国。'"可谓"情词凄婉,言短意长,已深有合于风人之旨宗"(赵翼《廿二史札记》)。耶律倍这样的诗还比较质朴,此后道宗及萧后的诗词就颇具唐宋风韵了。如道宗诗云:

> 昨日得卿黄菊赋,碎剪金英填作句。袖中犹觉有余香,冷落西风吹不去。

(《老学庵笔记》卷四引)

又如萧后《怀古》诗云:

> 宫中只数赵家妆,败雨残云误汉王。惟有知情一片月,曾窥飞燕入昭阳。

(载王鼎《焚椒录》)

另据《辽史·文学传》记载,当时能文之士尚有萧幹家奴、李瀚、王鼎、耶律昭等,或擅古文,或工四六。公私文翰,颇重文采。

辽代文学对汉族文学也有一定影响。如北宋宣和时期,"街巷鄙人多歌番曲……一时士大夫亦皆歌之。"(曾敏行《独醒杂志》)这对宋词的发展无疑会产生一些影响。后来的北曲更来自"辽金鄙杀之首","流入中原,遂为民间之用"(徐渭《南词叙录》)。

二 金代文学概述

金国建国(1115)之初,文教未兴。太祖、太宗始用辽、宋旧人,"借才异代"(庄仲方《金文雅序》)。熙宗、世宗、章宗(1136~1208)更大力提倡文化建设,文学也开始发展。这一发展过程,大约可分为三期。

初期,文学尚不很发达,文坛上活跃的人物多是辽宋被迫入金的文士,主要作家有宇文虚中、吴激、蔡松年等。其中吴、蔡二人尤善作词,时称"吴蔡体"。他们的某些作品抒发了对旧朝的眷恋,如吴激在宴会上遇到宣和殿小宫姬,赋《人月圆》词曰:

> 南朝千古伤心事,犹唱后庭花。旧时王谢,堂前燕子,飞向谁家。　　恍然一梦,仙肌胜雪,宫髻堆鸦。江州司马,青衫泪湿,同是天涯。

海陵王完颜亮亦有佳作,如《南征至维阳诗》写得颇有气魄:

> 万里车书尽会同,江南岂有别疆封。提兵百万西湖上,立马吴山第一峰。

中期,金国进入"投戈息马,治化休明"期,文学也相对繁荣,出现了一批俨然以中华正统自居的作家,文风也出现了追求尖巧凿琢的倾向。代表作家如蔡珪,被时人称为"煎胶续弦复一韩,高古近欲摩欧苏"(郝经《书蔡正甫集后》)之人。又如与辛弃疾少时同学的党怀英,"文似欧公,不为尖新奇险之语;诗似陶谢,奄有晋魏"(赵秉文《党公神道碑》)。词亦清丽生新,与苏辛词有同工之妙:

> 云步凌波小凤钩,年年星汉踏清秋。只缘巧极稀相见,底用人间乞巧楼。　　天外事,两悠悠,不应也作可怜愁。开帘放入窥窗月,且尽新凉睡美休。

> (《鹧鸪天》)

后期,金"纪纲大坏,亡征已见"。或者面对现实,描写战乱及亡国;或者逃避现实,描写隐逸与享乐,便成了这时作家的主要内容。前者风格激越悲凉,后者风格旷达闲易。总的说来以前者成就较高。主要作家有赵秉文、王若虚、元好问等。

赵秉文(1159~1232),字周臣,号闲闲道人,磁州滏阳(今河北磁县)人。贞祐中官至侍读学士,知集贤院事,著有《滏水文集》。秉文仕历世宗、章宗、宣宗、哀宗数朝,史称"金室巨擘","有才藻,工书翰"。是个诗文书画兼擅的作者。王若虚(1174～1243),字从之,号慵夫,藁城(今属河北)人。正大年间历任内外官职。金亡之后,微服北归,闲居乡里,著有《滹南遗老集》。若虚为人,"狂放不羁",为文"颇好议论",其《杂辨》、《文辨》等篇,对后代影响较大。

当金亡之际,成就最高、影响最大者是元好问。

三　元好问

元好问(1190～1257),字裕之,号遗山,太原秀容(今山西省忻县)人,金代最伟大的作家,曾官至尚书省左司员外郎,金亡后不仕,筑"野史"亭于家,从事著述,有《遗山集》。

元好问诗文兼擅,其论诗诸作,尤为世所称。他论诗主"正"与"本",这主要表现在"近风雅","中和平正","美教化","见真淳";重视生活,反对模拟,主张天成,反对傍摩;提倡高雅,反对险怪,推崇豪壮,反对纤弱等方面。他所著的《论诗绝句三十首》,被"金元两代谈艺者奉为大宗"(《四库全书总目提要》)。

元好问的诗歌创作与其诗歌理论相符,"上薄风雅,中规李杜,粹然一出于正,直配苏黄氏"(郝经《遗山先生墓志铭》)。特别是那些表现金亡前后的丧乱诗,内容充实,现实性强,感情饱满,风格沉郁,颇具老杜之风,正像赵翼《题遗山集》所云:"国家不幸诗家幸,赋到沧桑句便工。"其诗如:

> 百二关河草不横,十年戎马暗秦京。岐阳西望无来信,陇水东流闻哭声。野蔓有情萦战骨,残阳何意照空城?从谁细向苍生问,争遣蚩尤作五兵?
>
> (《岐阳三首》之二)

元好问的词亦有同其诗之处,内容广泛,风格多样,但终以内容上描写国事,风格上豪放雄劲的词成就为高,并使这类词在苏辛之后再放异彩。但亦有别于其诗：直接纪实的成分减少了，主观抒情的成分增多了，常借写景咏物及比兴手法出之。如咏亡国之痛云："百年来，神州万里，望浮云，西北泪沾襟"（《八声甘州》），"南渡崩奔，东屯留滞，世事悠悠白发边"（《沁园春》）。又如写景词云：

> 黄河九天上，人鬼瞰重关。长风怒卷高浪，飞洒日光寒。峻似吕梁千仞，壮似钱塘八月，直下洗尘寰。万象入横溃，依旧一峰闲。
>
> 　　　　　　　　　　　　　　　（《水调歌头·赋三门津》）

元好问的散文也有很高的成就。李慈铭《越缦堂读书记·遗山集》说："遗山诗格固高，文亦屹为金元间一大家。"纡徐委备，条达舒畅，有欧、曾之风。即使表现亡国之痛的，也写得不疾不徐、深沉含蓄，与其诗词呈现出不同风格。

四　《西厢记诸宫调》

诸宫调是一种有说有唱，以唱为主的文艺形式，因唱的部分用多种宫调的曲子联套演唱，故名。它属于说唱文艺，正像王国维所评，是"小说之支流，而被之以乐曲者"（《宋元戏曲史考》）。它比抒情的短曲，或用十个八个同样曲调反复咏唱一个故事的"大曲"，或用同一宫调中几个不同的曲调组成的有引子、有尾声的"唱赚"都要进步，它是用若干套不同宫调的套数连接起来歌咏一个故事。现存金人完整的诸宫调作品有董解元的《西厢记诸宫调》（简称《董西厢》），所用不同宫调的套数达 192 套之多。董解元约为金章宗（1190～1208）时人。"解元"是对读书人的敬称，董解元真名已佚，生平亦无考。

《西厢记》的故事来源于唐代元稹的《莺莺传》。《莺莺传》的主题是称赞张生于莺莺始乱终弃为"善补过"。思想较为陈腐。之后,不断有人吟咏此事,态度也有所转变,较有影响的是赵令畤的《商调蝶恋花》十章,且歌且叙,将张生与莺莺的故事移入演唱文学之中,对莺莺的遭遇也赋予了更多的同情。

《西厢记诸宫调》在思想内容上较前代有很大突破,它把莺莺和张生都描写成忠于爱情,至死不渝的形象。张生是"大丈夫死又何悲,到黄泉做个风流鬼"。莺莺是"譬如往日害相思,争如今夜悬梁自尽,也胜他时憔悴死"。这是对封建礼教的大胆叛逆。同时也加强了把老夫人作为封建势力的代表,把红娘和法聪作为善良热诚的代表的描写,使故事的思想内容和矛盾冲突更有意义。

《董西厢》的结构宏伟而严密,情节合理而曲折,避免了《莺莺传》中存在的某些过于突兀,缺乏衔接的毛病。

《董西厢》在刻画人物时手法细腻,它能通过人物的神色表情、举止行动、景色描写、内心独白等多种手法,来表现人物复杂的思想感情。如"拷红"一段,写红娘一方面赞美张生与莺莺的爱情,一方面警告老夫人"休出口,怕旁人知道,到头赢得自家羞"。一方面又反过来把责任推在老夫人身上:"夫人罪妾,夫人安得无咎?"这样就把红娘的机敏表现得十分生动。

《董西厢》还善于用"吴道子手段"(汤显祖评语)——清新质朴而富有神韵的白描手法,将叙事、抒情和写景有机地结合在一起,组成优美的画面,洋溢着恬静的美感。又善于将古典诗词与民间口语熔铸在一起,形成优美的语言风格。

《董西厢》的成功,为后来王实甫的《西厢记》奠定了坚实的基础。

第八章 元代文学

第一节 元代文学概述

在中华民族历史上,元代既是一个空前统一的朝代,又是一个充满苦难的朝代。元代文学,在传统诗文方面,虽逊于唐宋,但在戏剧文学方面,则取得了伟大的成就。

一 元代社会

公元1206年(宋宁宗开禧二年,金章宗泰和六年),蒙古孛儿只斤部贵族铁木真统一了长期分裂的蒙古,建立了蒙古汗国,他本人被尊称为成吉思汗。1234年(宋理宗端平元年,金哀宗天兴三年),成吉思汗之子窝阔台率军灭金,占领了淮河以北地区,形成了与南宋对峙长达45年之久的局面。而这45年间,对南宋来说,实际上不过是以妥协求和维持的半壁江山。1271年(宋度宗咸淳七年,元世祖至元八年)成吉思汗之孙忽必烈(世祖)"取《易经》'乾元'之义""建国号曰大元"。(《元史·世祖本纪》)1276年(元世祖至元十三年)元军攻陷临安,1279年(元世祖至元十六年)宋亡。于是,以蒙古贵族为核心的元代政权,统治了全国,直至1368年朱元璋建立明朝为止。

元代社会最突出的特点,是由一个在经济文化各方面都比汉族落后的少数民族(蒙古族)的贵族统治着全国汉族与其他少数民族的广大人民——这在中国的历史上,是前所未有的。由此也就形成了元代的一些特殊的社会状态。

第一,由于蒙古族具有强大的武力,依靠武力征服了东西方广大的地域,因此形成极其辽阔的疆域:"北逾阴山,西极流沙,东尽辽左,南越海表。……东南所至不下汉唐,而西北则过之,有难以里数限者矣。"(《元史·地理志序》)在这个极其辽阔的国家里,生活着汉、蒙、回、藏、维、朝鲜等各族人民。在各民族之间,虽然存在着由统治阶级制造的民族矛盾,但是,民族交流与融合所产生的巨大力量,恰恰是推动历史发展的积极因素。藏族人民居住的西藏地区,正是在元代正式成为中国行政区划的一部分,由"掌释教僧徒及吐蕃之境而隶治之"(《元史·百官志》)的宣政院直接统辖。

第二,由于蒙古族是以游牧为主要生产活动的民族,因此,在进入长城后的一段时间里,对中原地区的农业生产有过极大的破坏,甚至以为"汉人无补于国,可悉空其人以为牧地"。(《元史·耶律楚材传》)后来,以忽必烈为代表的有远见的蒙古贵族,逐步认识到农业生产的重要性和先进性,采取了一系列措施,促进了农业生产的恢复和发展。特别值得一提的是棉花的种植和棉织品的生产,正是在元代传入中土,这是元代农业发展的一件大事。(参见赵翼《陔余丛考》卷三〇)元代也特别注重水利事业,"内立都水监,外设各处河渠司,以举兴水利、修理河堤为务"。从世祖至元二十八年都水监郭守敬疏凿"通惠"开始,有元一代水利工程接连不断,而且,"役兴之日,命丞相以下皆亲操畚锸为之倡"。(《元史·河渠志》)水利事业的发展,不仅有利于农业,而且有利于交通,漕运,促进了整个经济的发展。

第三,在汉族高度发展的物质文明的刺激下,蒙古贵族为追求生活享乐,而大力提倡手工业。从中央到地方,都专设工艺官府、局,管理各种匠人;在大都等地,拘聚着数万工匠。这就形成了元代手工业生产特别兴盛的局面。手工业的兴盛,也促进了城市的繁荣,这可以从《马可孛罗行记》对大都的记载和关汉卿散曲《杭州景》的描述中看出。同时,以城市为基地的海外贸易也十分发达起来。

第四,蒙古族统治者,从主观愿望来说,是严禁蒙古人汉化的,但实际上,有见识的帝王(如元世祖)、臣子和广大蒙古族人民,都在迅速汉化的过程中,在当时,这无疑是历史进步的必然趋势。从政治上说,任用了一批汉人知识分子,特别是理学家,就是突出的表现。姚枢、许衡等理学家,向元世祖提出的很多建议,发表的很多议论,大都是汉族传统文化中的君臣之道、治国之策。对此,元世祖都表示"嘉许"并采纳实行。这种深层的统治思想的汉化,比一般的生活习俗的汉化,更为重要。元朝统治者,十分注重教育事业,"世祖至元二十四年,立国子学而定其制"。(《元史·选举志》)各路府均设有各类学校,私人讲学风气亦盛,学院林立。

第五,终元一代无法摆脱的困扰,是民族关系问题。蒙古贵族为维护统治,对广大汉族人民和各少数民族人民实行严酷的民族压迫,人为地把全国人民分为蒙古人、色目人、汉人、南人四个等级,以种种法律的形式确立了对四种人的不同对待。例如,法律明文规定,蒙古人打死汉人,只受罚而不偿命。(见《元史·刑法志》)在官府中,亦规定"长则蒙古人为之;而汉人南人贰焉"。(《元史·百官志序》)"故一代之制,未有汉人、南人为正官者。"(赵翼《二十二史札记》卷三〇)在受压迫的广大人民之中,文人的处境更为不幸。隋唐以来,文人的出路主要是通过科举考试步入仕途,而元代的科举,废立无常;即使实行科举,对四种人也有不同的对待。因此,广大汉族文人的地位极为卑贱,有所谓"九儒十丐"之说。于是有不少文人转为"书会才人",走上戏剧创作和演出的道路。

第六,在文人普遍境遇不佳的情况下,宗教僧侣却成为享有特权的阶层。元统治者大力提倡宗教,佛教(特别是禅宗)、道教(北方的全真教,南方的正一教)都很兴盛。僧侣在社会上有一定地位,而且"率多强占民业","贪利无厌",给元代社会造成危害。

元代文学,就是在这样的社会现实的土壤上发展形成的。

二 元代文学

按照历史朝代的纪年,元代一般指从 1271 年建国号大元至 1368 年元朝灭亡这 97 年;但以杂剧、散曲的突出成就为主要标志的元代文学,实际上在 1271 年以前就已经形成。关汉卿等一大批戏剧家,都是所谓"金之遗民",在金亡以后,1271 年以前,都已在杂剧、散曲的创作中显示了辉煌的成就。所以,元代文学的上限,至晚亦应定为金亡的 1234 年。这虽然与南宋文学有四十余年的交叉重叠,但元代文学有 130 多年的历史,则是客观存在的事实。

(一)元杂剧和南戏

元末罗宗信在《中原音韵·序》中说:"世之共称唐诗、宋词、大元乐府,诚哉!"这表明元朝人自己已看到并确认了"大元乐府"是足以同唐诗、宋词并列的一代文学。所谓"大元乐府",就是"元曲",包括了元杂剧和散曲两个门类,因为元杂剧唱段所用曲牌与散曲曲牌是相通的,所以旧时统称元曲。

元杂剧的兴盛,标志着中国戏剧艺术已发展到了成熟的阶段。在元以前,中国戏剧从萌芽到雏型,经历了漫长的发展过程。到宋金时代,在民间歌舞、说唱、滑稽戏的综合基础上,形成了中国最早的戏剧,即宋杂剧和金院本。所谓"杂剧",作为一个名词,最早见于唐代,但当时是泛指各类伎艺,近似"百戏"的意思。北宋时,"杂剧"虽已形成一独立艺术,但因情节简单,演出时间短暂,故仍然只能与歌舞杂伎同场献演。而南宋时的杂剧,则出现了明显的变化,不仅有了固定的演出形式和角色,而且显示了"全用故事,务在滑稽"的特点。记载南宋都城临安(今杭州)社会状况的《都城纪胜·瓦舍众伎》中说:

> 杂剧中,末泥为长,每四人或五人为一场,先做寻常熟事一段,名曰艳段;次做正杂剧,通名为两段。末泥色主张,引戏色分副,副净色发乔,副末色打诨,又或添一人装孤。其吹曲破断送者,谓之把色。大抵全以故事世务为滑稽,本是鉴戒,或隐为谏诤也。

这虽然还不是成熟的杂剧,但已可视为杂剧的雏型。南宋人周密的《武林旧事·官本杂剧段数》中,记载了当时流行的杂剧名目281种。所谓"官本",并非仅指官方教坊所用者,而是泛指包括当时在民间勾栏通用的杂剧本子。另外,元人陶宗仪的《南村辍耕录·院本名目》中记载了近700种金院本名目。所谓金院本,指北方金朝地区勾栏妓院中演出的剧本;院,即"行院",泛指勾栏妓院。陶氏说:

> 院本则五人:一曰副净,古谓之参军;一曰副末,古谓之苍鹘;……一曰引戏;一曰末泥;一曰孤装。

可见金院本与南宋的官本杂剧是基本相同的,正如陶氏所说:"院本、杂剧,其实一也。"宋杂剧、金院本所积累的艺术经验,特别是表演经验,对后世有很大的影响,是元杂剧得以兴盛的重要原因之一。可以说,没有宋杂剧、金院本,也就没有元杂剧。

元杂剧繁荣兴盛的社会原因主要有:(一)广大人民群众经历了长期战乱,对社会生活的感受异常深切。如果说赋诗著文可使文人的情怀得以抒发,那么,具有群众性、通俗性特点的戏剧,则成为表达人民大众喜怒哀乐的艺术实体。因此,从根本上说,正是元代人民大众表达自身观念和情感的愿望和实践,造成了元杂剧的兴盛。(二)元代文人的处境十分艰难,这就促使他们与人民大众有了共同的语言,其中有些人就走上了创作甚至搬演杂剧的道路,"以其有用之才,而一寓之乎声歌之末,以舒其怫郁感慨之怀。"(胡侍《真珠船》)由于文人的参与,使原来流传于民间的较为粗糙的戏曲,得到了加工润色的机会;人民大众丰富的生活和情感,使文人获得了艺术营养,从而创作了大量优秀作品。(三)农村经济的恢复,手工业的发展,促进了城乡经济的繁荣。当时的大都、临安、扬州等地,都成为聚集大量人口的都市。统治阶级享乐的需要,手工业者及其他城市居民、乡镇居民娱乐的需要,都刺激了杂剧的发展。(四)元代是一个各民族大融合的时代,各民族艺术的交流,特别是民族音乐、舞蹈的交流,也为杂剧的发展注入了新鲜的血液。这种种原因,使杂剧艺术迅速发展,使元代成为中国戏剧史上的黄金时代。

元杂剧是以当时在北方流行的曲调来演唱的,因此又称为北曲杂剧或北杂剧。剧本的结构,一般是由四折组成一本戏;也有少数是五折(如《赵氏孤儿》),多本(如《西厢记》)。有的还有"楔子",即在四折之外增加的场次,如放在第一折之前,其作用犹如一本戏的序幕;如放在折与折之间,其作用如同过场戏。剧本的末尾,标有"题目正名",即以两句或四句对子,概括全剧内容。

杂剧剧本中有曲词和宾白(现在所能看到的元刊本中无宾白),每一折由同属一个宫调的一套曲子组成,"楔子"只用一个宫调中的一两支曲子。杂剧所用宫调主要是"五宫"(仙吕宫、南吕宫、黄钟宫、正宫、中吕宫)"四调"(大石调、双调、商调、越调)。一本戏一般都由一个主角独唱,由正末独唱的,称末本;正旦独唱的,称旦本。

元杂剧的角色分若干种,男女主角,分别为正末、正旦,次要角色,有副末、贴旦、净、孤、卜儿、孛老、细酸、徕儿等。

元杂剧最兴盛的时期是蒙古灭金以后的至元、元贞、大德年间,在中国文学史和戏剧史上,把这一时期称作元杂剧的前期。据元人钟嗣成《录鬼簿》的记载,前期作家有56人,作品有300余种,最著名的杂剧作家如关汉卿、王实甫、马致远、白朴等都生活在这一时期。元武宗以后至元末,是元杂剧的后期,《录鬼簿》、《录鬼簿续编》中记载的后期作家有50多人,作品近80种。这个时期,虽然也出现了郑光祖、秦简夫等著名杂剧作家,但从总体上来说,后期作品的数量和质量都远不及前期。

流传至今的元代杂剧作品约150余种,其作者约40余人。

元杂剧发展到后期,日渐衰微;而南曲戏文复又兴盛起来。南曲戏文(或称南戏、戏文)是在地方戏"温州杂剧"基础上发展起来的以南曲演唱的剧种。其产生的确切时间,一说在宋室南渡之际(祝允明《猥谈》:"南戏出于宣和之后,南渡之际。");一说在南宋光宗朝(徐渭《南词叙录》:"南戏始于宋光宗朝,永嘉人所作《赵贞女》、《王魁》二种实首之。")到元代初期,南戏曾一度衰微,正如《南词叙录》所说:"北方杂剧流入南徼,一时靡然向风,宋词遂绝,而南戏亦衰。"但到元末,杂剧衰微,而南戏在吸取了北杂剧的某些艺术经验之后,又得到复兴,产生了如高明《琵琶记》这样的优秀作家作品。南戏篇幅较大,演唱灵活,为明清传奇的兴盛奠定了基础。

(二)元代散曲

元代散曲,是继宋词之后在中国文学史上出现的又一种新体诗歌。由于多种原因,宋词发展到南宋末年,走上了内容贫乏而片面追求绮丽的道路,于是也就日益丧失了艺术生命力。而此时的北方,少数民族却带来了新鲜的马上弹奏之曲(包括乐器),这种歌曲与北方原有的慷慨悲壮的曲调相融合,就产生了取代宋词的新兴的诗歌,即散曲。散曲的体裁,有小令与套数之分。据《全元散曲》所录,有姓名可考的散曲作家凡212家,作品4310余首。许多著名的杂剧作家,如关汉卿、马致远等,同时也是优秀的散曲作家。

(三)元代诗文

元代诗文,无论是内容的广泛深刻,还是风格的创新多样,都远逊唐宋。但元代诗文也有自己的特色，特别是出现了一批少数民族的诗文作家，更是前代少有的。

元代前期以许衡、刘因、吴澄、王恽、姚燧、卢挚等为代表的创作，明显的表现出元代前期文章的特点；延祐（1314 年～1320年）以后，是元代诗文的"盛世"，出现了虞集、杨载、范梈、揭傒斯"四大家"，对当时和后代都有较大的影响，其中尤以虞集最著名。此外，欧阳玄、萨都剌、王冕、杨维桢等，也是元代有成就的诗文作家。

第二节　伟大的戏剧家关汉卿

关汉卿是元杂剧的奠基人，是中国文学史、戏剧史上最有影响的戏剧家之一。

一　关汉卿的生平

关于关汉卿生平事迹的资料，所存甚少。仅就《录鬼簿》等书的记载，可知他号已斋叟，大都人，或"祁之伍仁村（今属河北安国）人"，或"解州（今山西运城西南）人"，在太医院任职。朱经《青楼集》称他与杜散人、白兰谷等皆为"金之遗民"。白兰谷生于 1226 年（金哀宗正大三年）；关汉卿当早于兰谷，但亦相去不远。元成宗大德年间，关汉卿还有创作活动，其卒年大抵在大德年间或其后。

关汉卿的交游十分广泛，与杂剧作家、演员（包括青楼女子）、官员都有交往。《录鬼簿》中就记载着他与杂剧作家杨显之、费君祥、梁进之等人的密切关系（"莫逆之交"），其中有的杂剧作家本身也是官员，例如梁进之就是和州知州。关汉卿与"当今独步"的杂剧演员珠帘秀（姓朱氏，行第四）的交往，堪称戏剧史上的佳话。《青楼集》及关汉卿本人创作的散曲《赠珠帘秀》不仅记载了他们交往的事实,而且反映出关汉卿对青楼女子的尊重和赞美。

关汉卿长期生活在大都,宋亡后,他到过杭州等地。他的散曲《杭州景》写下了他亲眼看到的杭州的繁荣和美丽。

关汉卿"生而倜傥,博学能文,滑稽多智,蕴藉风流。"(熊自得《析津志·名宦传》)他多才多艺,"会吟诗,会篆籀;会弹丝,会品竹";"会唱鹧鸪,舞垂手;会打围,会蹴踘;会围棋,会双陆";"分茶、撷竹、打马、藏阄,通五音六律滑熟。"他自谓"普天下郎君领袖,盖世界浪子班头"。(散曲《不伏老》)但关汉卿并非名士风流,更不是浪荡子弟,他的《不伏老》所显示的真正意义,是表明他的不受世俗约束的个性,而且以"铜豌豆"自喻,更表明了这种个性的顽强。正是这种可贵的个性和才能,使他成为"驱梨园领袖,总编修帅首,捻杂剧班头。"(见《录鬼簿》贾仲名吊曲)。他一生不仅创作了60余种杂剧,而且"躬践排场,面敷粉墨……偶倡优而不辞"。(臧晋叔《元曲选·序》)他既是一位伟大的戏剧文学作家,又是一位影响深远的戏剧活动家。

在关汉卿创作的60余种杂剧作品中,流传下来的仅有18种:《窦娥冤》、《救风尘》、《蝴蝶梦》、《鲁斋郎》、《拜月亭》、《调风月》、《望江亭》、《金线池》、《谢天香》、《玉镜台》、《绯衣梦》、《单刀会》、《西蜀梦》、《哭存孝》、《陈母教子》、《裴度还带》、《五侯宴》、《单鞭夺槊》。其中有个别作品(如《鲁斋郎》)是否确为关作尚有异说。

对现存这18种杂剧,从不同角度可有不同的分类:从内容上来说,大抵可分三类,即反映社会黑暗和人民反抗的,如《窦娥冤》;热情歌颂妇女机智勇敢的,如《望江亭》;以历史故事、人物为题材的,如《单刀会》。从悲、喜剧的角度来分类,自然亦可分为悲剧、喜剧、正剧等几类。在这些作品中,《窦娥冤》无论从思想意义或艺术成就上来说，都是最优秀的作品，足称关汉卿的代表作。

关汉卿还是著名的散曲作家，现存有 57 首小令和 14 套套数。

二 《窦娥冤》

《窦娥冤》全名《感天动地窦娥冤》，是元杂剧中最著名的悲剧。通过一系列戏剧冲突的发展，塑造了一个富有中华民族传统美德的伟大的女性形象——窦娥；这个形象的灵魂，就是一个弱者的抗争精神。通过这个形象，作品控诉了元代社会的黑暗与残暴，歌颂了人民的反抗精神。

窦娥的故事，有着深厚的民间传说的基础，这就是剧本第三折中提到的"做甚么三年不见甘霖降，也只为东海曾经孝妇冤"。东海孝妇的故事，最早见于刘向《说苑》，《汉书·于定国传》、干宝《搜神记》也都有记述，而且情节又有所丰富。对婆母极尽孝道的东海孝妇(周青)，竟被诬称杀死婆母；将处斩时，孝妇当众立誓："青若有罪，愿杀，血当顺下；青若枉死，血当逆流。"行刑后，其血果然"缘旛竹而上标"(《搜神记》)。《说苑》中亦载此事谓"太守竟杀孝妇。郡中枯旱三年"。

这个传说，显然给关汉卿以极大的启示；但关汉卿创作《窦娥冤》的最根本的原因，自然还在于他所生活的元代社会的现实。官府的腐败，高利贷的盘剥，社会"泼皮"的危害，正是《窦娥冤》的社会背景；而自古以来中华民族所具有的反抗社会黑暗的传统精神及其在元代社会的表现，则更是这一社会背景的主流。

窦娥原名端云，高利贷的盘剥使她沦为蔡婆婆家的童养媳，13 年后，又成了寡妇。她对自己悲惨的命运，无法解释。她自问："莫不是八字儿该载着一世忧？""莫不是前世里烧香不到头？"她只好安于命运的安排，按照封建社会的"妇道"，做一个侍奉婆母的守节孝妇。但是，她万万没有料到，婆婆外出讨债不成，竟引来了张驴儿父子两个泼皮。他们父子一心要分别强占蔡婆婆和窦娥。窦娥坚决抵抗，而蔡婆婆的态度却十分暧昧，居然表示"事已至此，不若连你也招了女婿罢"。于是戏剧冲突的发展形成了两条线索：一是窦娥与张驴儿父子的冲突；二是窦娥与婆婆之间的冲突。窦娥一面抵抗着张驴儿，一面对婆婆的行为予以沉痛的劝阻乃至斥责。戏剧冲突发展的结果，导致张驴儿欲毒死蔡婆婆而误戕自己的父亲。这虽然有极大的偶然性，但正是全剧发展的关键：由此而发生了窦娥被诬告，展开了窦娥与官府的冲突。

窦娥对官府本来是信任的，她如实陈述事情的过程，希望"大人你明如镜，清似水，照妾身肝胆虚实……"这是很重要的一笔，写出了她安于命运，遵从妇道的性格特点。

然而她所得到的却是贪官"人是贱虫，不打不招"的吼叫。于是窦娥与官府的冲突尖锐地展开了：窦娥受刑不屈，据实辩诬；太守桃杌贪赃枉法，惟期屈打成招。随着剧情的发展，一个出人意料的情节出现了：

孤云："既然不是你，与我打那婆子。"正旦忙云："住住住，休打我婆婆，情愿我招了吧，是我药死公公来。"

这一"突转"，无疑表现了窦娥作为孝妇的善良性格，但更重要的是表明窦娥已看清了官府的黑暗；在根本无法辩诬的情况下，不是自己，就是婆婆，必定要有一个人屈死。在她作出最后抉择的同时，终于深刻的认识了"官吏每（们）无心正法，使百姓有口难言"的黑暗社会的本质：这是一个不讲天理，不辨清浊，不分好歹，错勘贤愚的世界。于是，她终于对"天""地"发出了控诉和斥责：

有日月朝暮悬，有鬼神掌着生死权。天地也，只合把清浊分辨,可怎么糊涂了盗跖、颜渊!为善的,受贫穷、更命短;造恶的,享富贵、又寿延。天地也做得个怕硬欺软,却原来也这般顺水推船。地也,你不分好歹何为地!天也,你错勘贤愚枉做天!

(第三折[滚绣球])

窦娥这一番话说得痛快淋漓。其中揭示了中国封建社会一个历久不变的不平的现象:"为善的,受贫穷,更命短;为恶的,享富贵,又寿延。"对于这种现象,最早抒发愤慨的是司马迁。他在《史记·伯夷列传》中曾说:"七十子之徒,仲尼独荐颜渊为好学,然回也屡空,糟糠不厌,而卒早夭。天之报施善人,其何如哉?盗跖日杀不辜,肝人之肉,暴戾恣睢,聚党数千人,横行天下,竟以寿终,是遵何德哉?"这也是说,为善不得好报,为恶反而富贵寿考。从汉代到元代,历时1000多年,朝代变迁,而社会依然,且更有甚者。这是关汉卿不胜其愤的。

窦娥临刑前又曾发下三誓,表现了至死不屈的抗争精神。而三誓的"兑现"(一腔热血飞上白练,伏天降下三尺瑞雪,楚州大旱三年),则不仅表现了这个善良女子的冲天冤气,而且更表明人民群众坚信宇宙间还有正气存焉,这是对人民群众进行反抗斗争的极大鼓舞。当然,三誓的"兑现"以及窦娥屈死三年之后得到昭雪,在当时的社会,自然只是人民群众的一种幻想和愿望。

如果说窦娥在与张驴儿父子的冲突中所表现的反抗性,是以做一个正派女子的观念为精神支柱的,那么,她在与官府的冲突中所表现的反抗性,则是在认清了社会黑暗之后激发出来的富有政治意义和历史意义的斗争精神。正因为如此,窦娥作为一个典型形象,才具有深刻的悲剧意义。

关汉卿以他"一空依傍"之笔,创作了"列于世界大悲剧中亦无愧色"的《窦娥冤》。《窦娥冤》的审美价值,也就集中体现在它的悲剧美之中。窦娥是一个对生活没有任何非分之想、过分之求的女性，是一个恪守封建妇道的女性，是一个安于命运摆布的女性。然而，就是这样一个女性，居然也不容于封建社会而含冤被杀。每一个读者和观众，正是在这个意义上，为之震动，引发思考，从而感受到了悲剧之美。在中国长期的封建社会的现实生活中，无声无息而屈死者成千上万。而窦娥，作为一个艺术形象，是在发出了悲愤壮烈的三誓之后而死的，这里显示了中华民族的妇女虽然遭受了千百年的压抑，而依然敢于抗争的精神，因此，这已不是仅仅令人悲悯的命运悲剧，而是充满着悲壮意义的社会悲剧。

剧中主人公窦娥形象的塑造，极有特色。一方面，她自始至终都是一个善良的女性，另一方面，其性格又具有明显的发展节奏，由一个善良的弱女子，一步步发展为以生命控诉封建社会的壮烈的女性。真实感人，成为不朽的舞台形象。

三 关汉卿的其他杂剧作品

关汉卿的《救风尘》、《望江亭》等作品，同样是以反映社会黑暗，歌颂人民反抗斗争精神为主题的，而特别值得注意的是，反抗斗争的主角，都是机智勇敢的女性，其表现形式，都是充分典型的喜剧。

《救风尘》中的富商周舍，是郑州同知之子，官商合一，无恶不作。他骗娶了在品格上有嫌贫爱富弱点的幼稚的宋引章之后，百般虐待，而且不"休弃"，不准引章出走。对此早有预料的赵盼儿，作为宋引章的朋友，见义勇为，机智勇敢地出面拯救宋引章，表现了济困扶危的高尚品格。关汉卿是以极大的热情来塑造赵盼儿这一下层女子的形象的，对她的正义感，机智勇敢的品格，济困扶危的精神，美丽动人的外貌，都予以热情的歌颂。相形之下，富家子弟周舍，是那样的残暴、贪婪、愚蠢。全剧正是在正义获胜，邪恶受惩的喜剧气氛中结束。

《救风尘》最突出的艺术特色,是戏剧情节引人入胜。王国维说:"武汉臣之《老生儿》,关汉卿之《救风尘》,其布置结构,亦极意匠惨淡之致,宁较后世之传奇,有优无劣也。"(《宋元戏曲考》)这里所说的"布置结构",即指戏剧情节的艺术构思。

正是由于戏剧情节引人入胜,喜剧色彩也特别强烈。全剧的喜剧性,集中表现在一贯欺人骗人的周舍,终于中计受惩;地位卑贱的赵盼儿,抓住周舍弱点,胆大心细,在一系列戏剧性的动作中,连连取得胜利,终于惩治了恶棍,使善良和正义的读者和观众,获得了胜利的喜悦。

《望江亭》有如《救风尘》的姊妹篇,也以喜剧的形式塑造了一个敢于反抗强暴的机智、勇敢的女性——谭记儿。当她获知杨衙内取得"势剑金牌",要来杀害丈夫白士中时,毫无畏惧地果断决定亲自去"发付他赖骨顽皮"。她凭着自己的沉着机智,巧妙地赚取到"势剑金牌",使杨衙内失去了作恶的保护伞。谭记儿终于彻底地制裁了这个得到皇权庇护的恶棍。谭记儿在战胜杨衙内的过程中,确实利用了杨衙内好色的特点,但谭记儿并不是一个放荡的女子,这可以从她当初嫁给白士中时的慎重自尊中得到明确的证实。这一点,对于理解谭记儿的形象是十分重要的。

全剧通过一系列戏剧冲突的展开,一方面热情歌颂谭记儿的果断、机智和勇敢;一方面尖锐讽刺了杨衙内的邪恶、愚蠢和执迷不悟。这一切都在喜剧性情节中得到了完美表现。

《望江亭》的戏剧语言一向受到推崇,吴梅曾称赞它"俊语颇多",并列举[村里迓鼓]、[柳枝儿]两曲,说它"字字芳逸"。

在关汉卿杂剧中,还有相当数量的作品是以历史事件、历史人物为题材的历史剧,如《单刀会》、《西蜀梦》等。其中以《单刀会》成就最高,影响最大。

《单刀会》的戏剧冲突,集中表现为就荆州归属问题,在鲁肃与关羽、乔公、司马德操之间展开的矛盾:鲁肃,作为东吴的大夫,根据当初刘备借荆州时的约定,设下三计,向关羽索还;关羽,作为镇守荆州的主将,则以"俺哥哥合情受汉家基业"为理由,拒绝归还,并以其英勇威武的气势,挫败了鲁肃三计。全剧戏剧冲突的安排极有特色:在前两折中,关羽虽未出场,但从鲁肃和乔公、司马德操的对话中,已经预示了关羽勇不可当。第三折戏,写关羽一方面十分清醒地认识到鲁肃之"筵",实是"杀人的战场","他安排着巴豆、砒霜";另一方面,他又坚信自己"一人拼命,万夫难当"。于是,毅然决定单刀赴会。当鲁肃预伏的"甲士"一拥而上时,关羽以剑击案:

> [搅筝琶]却怎生闹炒炒军兵列,休把我当拦者!(云:)当着我的,呵呵!(唱:)我着他剑下身亡,目前流血。便有那张仪口,蒯通舌,休那里躲闪藏遮。好生的送我到船上者,我和你慢慢的相别。

这种豪迈的情怀和势不可当的英勇气概,在金元时代,或许正是民族感情的曲折的流露。剧中还运用了不少直抒胸臆的艺术手法,如第四折之[驻马听]:"年少周郎何处也","二十年流不尽的英雄血!"这感慨是深沉的,其吊古伤今,不言而喻。

第三节 王实甫和《西厢记》

《西厢记》是我国古典戏曲中的典范作品之一,是元杂剧的"压卷"之作。关于它的作者,虽有王实甫、关汉卿、王作关续、关作王续诸说,但根据《录鬼簿》等记载,一般还是确认为王实甫。

王实甫,名德信,大都人,生卒年不详。近人推断,他创作杂剧的时期大约在元成宗元贞、大德年间。他一生中可能也经历过官场沉浮,最后退隐,活了60岁以上(参阅隋树森编《全元散曲》上册[商调·集贤

宾]《退隐》)。他是一位文采风流、才华横溢的剧作家,而且与勾栏歌妓有着密切的交往。贾仲名为王实甫写的吊曲《凌波仙》说:

> 风月营,密匝匝,列旌旗。莺花寨,明飙飙,排剑戟。翠红乡,雄纠纠,施谋智。作词章,风韵美。士林中,等辈伏低。新杂剧,旧传奇,《西厢记》,天下夺魁。

王实甫的生活经历和性格,与他创作杂剧,特别是创作《西厢记》,显然是有密切关系的。他一生创作了13种杂剧(天一阁本《录鬼簿》著录12种;《太和正音谱》著录13种,多《破窑记》一种;曹栋亭本《录鬼簿》著录14种,又多《娇红记》一种,一般认为不是王实甫手笔)完整流传至今的,只有《西厢记》、《丽春堂》、《破窑记》三种,《芙蓉亭》、《贩茶记》今仅各存一折,其他已佚。《西厢记》,成就最高,影响最大,是王实甫的代表作。

一 《西厢记》的面貌

《西厢记》以5本20折(每本都有"楔子")的规模,敷演了流传已久的书生张珙与相国小姐崔莺莺的恋爱故事,表现了对封建礼教,特别是封建婚姻制度、门阀观念的批判,富有强烈的反封建思想。

张生与崔莺莺的恋爱故事,一般认为源于唐人元稹《会真记》传奇。宋代已有以此为题材的文学作品,如赵德麟的《商调·蝶恋花》,秦观、毛滂各自编写的《调笑转踏》,民间流传则更为广泛。金人董解元,以诸宫调的形式,编写了长达5万言的《弦索西厢记》,使这一古老的爱情故事,以新的思想和艺术,确定了新的格局,成为元代王实甫创作杂剧《西厢记》的基础。

《西厢记》元代刊本,现已不可见,现在能看到的最早的版本,是明弘治十一年(1498)刊本,即所谓弘治本。其全名为"奇妙全相注释西厢记"，明清两代《西厢记》刻本甚多，其中流传最广，影响最大的是金圣叹批评本，即《贯华堂第六才子书西厢记》，俗称"金批西厢"，此本除有随文评点，两篇序文，"读法"81则，还对原文多有改动。

元杂剧的通例是1本4折，由一个主角主唱，而《西厢记》则不仅为5本20折，而且第二、四、五本中，也突破了一人主唱的通例，即一本之中有几个角色分唱、接唱或对唱。《西厢记》全剧使用了三宫三调，即仙吕宫、中吕宫、正宫，越调、双调、商调。《西厢记》用韵较宽，以周德清《中原音韵》归纳的19韵部计，除"恒欢"外，其他18个韵部，都使用过。

二　《西厢记》的戏剧冲突

《西厢记》的戏剧冲突有两条发展线索：一是以老夫人为一方同以崔莺莺、张生、红娘为另一方之间的冲突线；二是崔莺莺、张生、红娘之间的冲突线。这两条冲突线，互相制约，交错展开，形成《西厢记》特有的戏剧性。

莺莺、张生同老夫人之间的冲突的实质，是反对封建礼教、藐视门阀观念、追求婚姻自主的封建制度叛逆者，同维护封建礼教、维护门第利益的封建制度代表人物之间的矛盾斗争。这一冲突，贯穿全剧，有时表面化，造成强烈的戏剧动作；有时又以潜在的状态，制约着戏剧情节的发展。

全剧最先与读者或观众见面的人物，就是老夫人，而且是在"相国归西"、门前冷落的气氛中出场的，因此，她为世态炎凉而感叹不已。莺莺也是在感伤的气氛中出场的。但她的感伤，是由残春、萧寺、流水、落花引发出来的一种潜在的爱情的要求。而这种要求，又正遭到老夫人的威严的约束：这与老夫人的世态炎凉的感叹完全不同，而且正预示着两个人物之间的矛盾冲突。

在第一本戏里,写张生与莺莺在佛殿一见钟情之后,张生的全部戏剧动作(包括"借厢"、"闹斋"等),目的就是接近莺莺。而作为冲突的一方的老夫人,虽然几乎没有什么动作,但她的存在,她所代表的势力,已经与莺莺、张生构成了冲突。特别是通过红娘、法本的叙述,突出表现的老夫人"有冰霜之操"的性格特点,正是张生、莺莺一见钟情之后大胆追求幸福的最大障碍。

第二本戏,首先描写了莺莺思念张生而又无法与之交流的痛苦:"谁肯把针儿将线引,向东邻通个殷勤。"在莺莺看来,身边的丫环红娘,是奉老夫人之命对自己"行监坐守"的,因此,痛苦的根源,依然是老夫人的管束。

在这种情况下,突然发生了孙飞虎率领 5000 人马索取莺莺的灾难。这一突发性事件,使戏剧冲突急遽发展,顿时激化起来。为解孙飞虎之围,老夫人不得不接受莺莺的主意,宣布"但有退兵之策的,倒赔房奁,断送莺莺与他为妻"。张生藉故友白马将军之力,解除了这一灾难,张生理应得到莺莺,莺莺对张生的爱情也应得到实现。但是,"寺警"之后,老夫人公然食言赖婚,让张生与莺莺以兄妹之礼相待,于是戏剧冲突骤然激化。

老夫人食言赖婚的实质,是坚持"门当户对"的婚姻观念。对此,张生当然不能接受,双方发生了正面冲突。在老夫人赖婚的过程中,地位卑贱而富有正义感的红娘,清楚地看到了事情的是非曲直,于是坚定地站在张生、莺莺一边,认为"张君瑞合当钦敬!"张生、莺莺本应合理实现的爱情理想,被老夫人的"变卦"破坏了。于是,正当的爱情要求,被迫转为"非法"的秘密行动。

由于采取了"非法"的形式,所以,对他们(特别是作为相国小姐的崔莺莺)来说,就有一个自身摆脱封建礼教束缚的过程,有一种谨慎小心,提防别人告密的心理状态。这样一来,在本是同一营垒的三个人物(莺莺、张生、红娘)之间,展开了另一种性质的极富戏剧性的戏剧冲突。

在第三本戏中,分明是莺莺思念张生,让红娘前去探望;但当红娘把张生写给莺莺的书简带回时,莺莺却假意发作:"我是相国小姐,谁敢将这简帖来戏弄我? 我几曾惯看这种东西? 告过夫人,打下你这个小贱人下截来!"红娘据理辩驳后,莺莺自然吐露真情。但是,她立即又欺骗红娘:让红娘送给张生的小简,本是约张生相会的情诗,却骗红娘说,写的是"着他下次休是这般"。莺莺的这些做法,自然使红娘十分委屈:"别人行甜言美语三冬暖,我跟前恶语伤人六月寒。"在红娘与莺莺之间的冲突,是前者的真诚帮助与后者的作假、提防的冲突。

同样的,在莺莺与张生之间,也展开了冲突。莺莺一心爱慕张生,但她毕竟是相国小姐,因此在爱情的表达上充满了矛盾。明明是她约张生来相会,但当张生真正出现在她面前时,她又反悔了:"张生,你是何等之人! 我在这里烧香,你无故至此;若夫人闻知,有何理说!"这使张生十分惊讶:"呀! 变了卦也!"当然,莺莺的"变卦",除了自身的原因,还有惟恐老夫人知道的因素。她以老夫人来恫吓张生,实际上正反映了她自己对老夫人的恐惧。

经过一番周折,在红娘的帮助下,莺莺与张生终于结合了。

第四本,首先写莺莺与张生的结合。这标志着莺莺、张生、红娘之间的冲突得到了解决。然而,全剧的基本冲突,即老夫人与莺莺、张生、红娘之间的冲突,并未解决,因此,发生了"拷红"等剧情。

"拷红"是老夫人与红娘之间的正面冲突。红娘抓住老夫人一心维护相国门风声誉的心理,从被审者转而成为审判者,历数老夫人的不是,迫使老夫人认可了莺莺与张生的关系。

有了老夫人的认可,似乎冲突得到了解决。但老夫人立即提出"俺三辈儿不招白衣女婿",要张生"明日便上朝取应去"。这实际上就是立即拆散了莺莺与张生,致使他们在"西风紧,北雁南飞"

的凄凉气氛中分别了。

张生此行能否得官还是未知数。如未能得官,老夫人已早有明示:"休来见我";而莺莺则要求张生"此一行得官不得官,疾便回来"。因此,全剧冲突并未结束。

最后,在第五本戏中,张生得官,全剧在"大团圆"中结束。

《西厢记》的戏剧冲突,实际上是在妥协中得到解决的:老夫人方面,维护门第利益,不招白衣女婿的要求,得到了满足;张生、莺莺方面,在执著相爱的基础上,终于结为夫妻,也得到了满足。其所以如此,是因为《西厢记》所提出的问题——冲破封建礼教的束缚,追求在爱情基础上的自主婚姻——在王实甫的时代是不可能得到合理的解决的。王实甫提出的"愿天下有情的都成了眷属",这只能是一个美好的理想;他要以他的《西厢记》歌颂这个理想,祝愿这个理想得以实现,就只能以妥协来结束《西厢记》的冲突。当然,这对于生活在14世纪的王实甫来说,已经无愧于伟大戏剧家的称号了。

三 《西厢记》的艺术特色

《西厢记》的艺术成就,突出表现在丰满的人物形象和优美的戏曲语言两个方面。

《西厢记》的人物并不多,每一个人物形象都十分丰满。这主要是因为每一个人物既有鲜明突出的个性特征,同时又具有多重性,就是说每一个人物的性格都得到了多侧面的刻画。张生的戏剧动作,主要是执著地追求与崔莺莺的爱情。他"往常时见傅粉的委实羞,画眉的敢是慌",只是见到了莺莺,就再也无法摆脱了。这样,张生就与一般的寻花问柳的风流才子严格区别开来,而突出了"志诚种"甚至是"傻角"的个性特征。同时,在张生出场时,作品还强调了他的"才高难入俗人机,时乖不遂男儿志"的情志;通过他的眼睛,对九曲黄河壮观景色的描写,也表现了他的胸襟。这样,张生就不是某一概念的化身,而是一个有血有肉的人物形象。崔莺莺的形象也是如此,她的主要性格特征是作为一个相国小姐而能够冲破封建礼教的束缚追求自主婚姻的叛逆性,同时,作品也十分真实地表现了这位相国小姐在反抗封建礼教过程中的动摇和矛盾,这也就是她的"假意儿"的实质。正因为作品充分、细致地表现了莺莺性格的复杂性,这一形象才具有了真实感人的艺术魅力。红娘的全部活动,概括起来有两个方面:一是全心全意(甚至忍辱负屈)帮助张生与崔莺莺实现爱情理想;二是同老夫人以及郑恒进行斗争。她的最突出的性格特性——正义感和聪明机智——也就是在这两个方面的活动中得到了充分的表现。红娘本是一个地位卑贱的丫环,但她却在崔、张实现爱情理想的过程中发挥极大的作用,并在与老夫人斗争中取得胜利。这不寻常的结果,都是红娘性格光辉的表现。作品细腻地写出了她的坚定、勇敢以及胜利的喜悦,同时也写出了她的恐惧、气愤以及蒙受委屈时的痛苦。于是也就写出了一个成功的文学形象。

《西厢记》的语言,一向受到称赞。明人朱权在《太和正音谱》中说"王实甫之词如花间美人","铺叙委婉,深得骚人之体,极有佳句,若玉环之出浴华清,绿珠之采莲洛浦。"王世贞说《西厢记》是北曲"压卷"之作,也主要是指《西厢记》的优美的语言。综观《西厢记》全剧语言的艺术成就,最突出的是把典雅的文学语言与白描性的白话口语巧妙地结合在一起,形成了一种既文采华丽,又朴实淡雅的风格。如果说"晓来谁染霜林醉? 总是离人泪"富有浓郁的文学语言色彩,那么,同是第四本第三折中,"见安排着车儿、马儿,不由人熬熬煎煎的气……""霎时间杯盘狼藉,车儿投东,马儿向西……"则显然又是充分的白话口语,二者自然熔为一炉,正是《西厢记》的风格。

王实甫的《西厢记》对后世产生了深远的影响。明清时代,多有人以南曲翻作。其中流传较广的有陆采(1497～1537)的"南西厢"和李日华(明人,生卒年不详)的"南调西厢记",但其成就皆不及"王西厢"。后世很多剧种,都有《西厢记》的全部或部分改编本,在戏曲舞台上历久不衰。

《西厢记》的反封建的主题,对后世社会生活和文学发展都产生了积极的影响。在很多富有反封建意识的文学形象中,都可以看到崔莺莺的影子,最明显的是《牡丹亭》中的杜丽娘和《红楼梦》中的林黛玉。

第四节　其他杂剧作家及南戏

元杂剧作家,群星灿烂。关汉卿、王实甫之外,还有马致远、白朴、康进之、尚仲贤、高文秀、纪君祥、杨显之、石君宝、郑廷玉、武汉臣、郑光祖、宫大挺、乔吉、秦简夫等著名剧作家,创作了一大批优秀作品。

一　元前期杂剧作家

元前期是杂剧创作最兴盛的时期,这个时期的作家都是北方人,杂剧活动的中心在大都。

(一) 马致远

马致远,号东篱,大都人。其生年不可考,卒年一般认为在公元 1321 年至 1324 年间。早年生活在大都,成宗元贞年间曾参加"元贞书会",后到南方,任江浙省务提举,中年以后,归隐林泉。他在散曲[南吕·四块玉]《恬退》中写道:

> 两鬓皤,中年过,图甚区区苦张罗。人间宠辱都参破。种春风二亩田,远红尘千丈波,倒大来闲快活。

归隐后的马致远,思想感情是复杂的,有时还表现出对"九重天,二十年,龙楼凤阁都曾见"的留恋和追怀;但其主要倾向无疑是日趋消极。这种消极,既包涵了对个人命运的幻灭感,又有对现实社会的否定。

马致远是"元曲四大家"之一,他的杂剧以文采见长,在中国文学史、戏剧史上都有很大的影响。贾仲名为马致远写的吊曲《凌波仙》说:

> 万花丛里马神仙,百世集中说致远,四方海内皆谈羡。战文场,曲状元。姓名香,贯满梨园。《汉宫秋》、《青衫泪》、《戚夫人》、《孟浩然》,共庾白关老齐肩。

马致远与同时代的杂剧作家交往密切,他与王伯成是"忘年交",与李时中、花李郎、红字李二等,曾共同进行杂剧创作,同是"元贞书会"的成员。

马致远一生创作了15种杂剧,今存7种:《汉宫秋》、《岳阳楼》、《陈抟高卧》、《青衫泪》、《荐福碑》、《任风子》、《黄粱梦》。《误入桃源》残存佚文,其余皆不存。《汉宫秋》是马致远的代表作,臧晋叔《元曲选》列于卷首。

马致远还是元代著名散曲作家。《东篱乐府》收小令104首,套曲17套,附录残缺套曲5套。

在这些作品中,《汉宫秋》、《岳阳楼》为早年之作;《荐福碑》的写作年代也可能较早;《青衫泪》可能是失意时所作;其他大多为归隐后的作品。从内容上来看,《荐福碑》、《青衫泪》二剧,主要是写文人官场沉浮的故事,从作者生活的时代来说,"得官"、"复职",只能是当时文人的一种向往,而现实生活本身,是难以实现的。《岳阳楼》、《任风子》、《黄粱梦》,主要写神仙度脱故事;《陈抟高卧》是写隐居乐道,甘老山林的情趣。这两类作品,都反映了作者在现实生活中失意后,追求精神上的一种寄托。作品充斥仙道说教,情节平淡无奇,又消极怪诞。但从总体上来说,这些作品还是反映了作者对现实社会的否定,不和统治者合作的态度。

马致远的代表作《汉宫秋》是一部优秀的作品。其本事在《汉书》、《后汉书》中均有记载。《汉书·元帝纪》载:"竟宁元年正月,匈奴虖韩邪单于来朝。诏曰:'……虖韩邪单于不忘恩德,多慕礼义,复修朝贺之礼,愿保塞传之无穷,边陲长无兵革之事。其改元为竟宁,赐单于待诏掖庭王嫱为阏氏。'"《后汉书·南匈奴传》又增加了"昭君入宫数载,不得见御,积悲怨,乃请掖庭令求行"的记载。汉以后,此事在民间广为流传,文人笔记、诗赋亦多提及,晋人葛洪《西京杂记》说:

> 元帝后宫既多,不得常见,乃使画工图形,按图召幸之。宫人皆赂画工,……独王嫱不肯。遂不得见,匈奴入朝,求美人为阏氏,于是上案图,以昭君行。及行,召见,貌为后宫第一,……帝悔之,而名籍已定,帝重信于外国,故不复更人……

这些情节,显然有民间传说的成分,明显表示了对王昭君的同情,对皇帝昏庸的讽刺。

《汉宫秋》,是在民族矛盾十分尖锐的元代社会现实基础上创作而成的,虽吸取史料与传说,但在剧情处理上,则突破了史料记载,多有创意。首先,正史所记,昭君出塞是在匈奴与汉朝关系较为和好的情况下发生的;而剧中则为匈奴强迫汉朝答应许以公主,否则率众南侵,因此,昭君和亲带有明显的被迫性。其次,正史上并无毛延寿涉及此事的记载,而剧中毛氏成为"中大夫",是个"叛国投敌",贪赃枉法的奸臣。还有,正史记昭君到匈奴后,生儿育女,又"从胡俗",成为两代单于的阏氏;而剧中昭君并未到胡地,行至黑水,即投水而死。这些创新之笔,充分表现了《汉宫秋》反抗民族压迫,歌颂民族气节,批判帝王昏庸,揭露佞臣罪行的主题。至于剧中对汉元帝寄寓了极大的同情(集中在第三、四折),虽然意在揭露嘲讽臣子的无能,但毕竟反映出作为封建社会剧作家马致远的思想局限性。

《汉宫秋》最突出的艺术成就,是写景写情的语言都具有强烈的艺术感染力。王国维曾举出该剧第三折〔梅花酒〕、〔收江南〕等曲词,指出"以上数曲,真所谓写情则沁人心脾,写景则在人耳目,述事则如其口出者"(《宋元戏曲考·元剧之文章》)。而浓郁的抒情性,更是最显著的特点,如第四折〔白鹤子〕、〔工小楼〕等曲,都淋漓尽致地表达了汉元帝的离愁别绪和孤独心境。

（二）白朴

白朴,字仁甫,一字太素,号兰谷,祖籍陕州(今山西省河曲县),生于1226年(宋理宗宝庆二年)。祖、父辈皆有文名,父亲白华与元好问为同窗密友。白朴幼年,适逢金朝覆灭,战乱频仍,一度与父亲离散,曾得元好问的照顾和教育。他一生从事文学创作和为人处世,都与元好问的教育有关。二、三十岁时,曾先后漫游燕京、顺天、寿春、襄阳等地。50岁以后,随元军南下,先后在九江、扬州、南京等地漫游,与散曲家胡祗遹、王恽、卢疏斋等都有唱和之作。最后即殁于江南,卒年不详。

白朴的创作,有词、散曲和杂剧。词作有《天籁集》,清初始有刊本流传,今存105首,多感叹身世之作。杂剧15种(一说16种),今仅存《梧桐雨》、《墙头马上》、《东墙记》三种。《梧桐雨》成就最高,是他的代表作。

《梧桐雨》全名《唐明皇秋夜梧桐雨》,以广泛流传的唐明皇与杨贵妃的故事为题材。

自唐以来,很多作家都写过唐明皇与杨贵妃的故事,其中最有影响的作品是白居易的《长恨歌》和陈鸿的《长恨歌传》。此外,《明皇杂录》、《开天传信记》、《高力士外传》、《梅妃记》、《杨太真外传》等都记载了这个故事。宋元南戏、金院本、元杂剧中也有敷衍这个故事的作品。除《梧桐雨》外,白朴还有一种已佚杂剧《唐明皇游月宫》，就题材而论，二者应是姊妹篇。这些著作，对唐明皇与杨贵妃以及他们之间的爱情关系，褒贬不一，白朴的《梧桐雨》，基本上接受了白居易《长恨歌》的基调：既写出了唐明皇与杨贵妃真挚的爱情，又批判了唐明皇重色误国，最后对唐明皇的悲剧又表现了同情。

《梧桐雨》的爱情主题，有两个值得注意的特点：一是爱情主人公是帝王与妃子，从一般的意义上来说，帝王与妃子之间是不存在真挚的爱情的，但《梧桐雨》继承《长恨歌》的基调，却充分写出了这一个"特例"：唐明皇与杨贵妃确实有诚挚的爱情，而且作品对此是予以赞美的。二是由于唐明皇沉湎于这样的爱情之中，终于导致"安史之乱"，不仅给国家带来灾难，他们自身的爱情也成为一场悲剧。因此，《梧桐雨》所表现的爱情主题，就有了历史性与政治性的内涵。《梧桐雨》虽不是历史剧，却具有历史教训的意义。

《梧桐雨》的艺术成就主要表现在两个方面：一是对比手法的运用，即以对比的手法写出唐明皇与杨贵妃在安史之乱前后的不同处境和生活内容，构成强烈的反差，以感染读者和观众；二是写景写情融为一体，情景交汇，以表现人物深沉的心理状态，这集中体现在第四折中，如［黄钟煞］，"雨和人紧厮熬，伴铜壶，点点敲，雨更多，泪不少，雨湿寒梢，泪染龙袍，不肯相饶，共隔着一树梧桐直滴到晓"。把梧桐夜雨的自然景象与人物（唐明皇）的凄苦心情紧密而自然地结合在一起了。

（三）高文秀、康进之

高文秀和康进之，是两位著名的以李逵为主人公的水浒戏作者。

高文秀生平事迹不可考，《录鬼簿》称他"东平人，府学，早卒"。一生创作杂剧 30 余种，是一位高产作家。现存杂剧作品只有 4 种：《黑旋风双献功》、《好酒赵元遇上皇》、《刘玄德独赴襄阳会》、《须贾大夫谇范叔》。另有《周瑜谒鲁肃》残曲流传。《黑旋风双献功》是高文秀的代表作。

《双献功》深刻反映了元代社会黑暗、法制混乱的现实,同时也讴歌了在这黑暗混乱的现实生活中,济困扶危、除暴安良的英雄人物。作品写白衙内拐骗郭念儿,反映了社会道德的沦丧;但更为重要的是,写白衙内作为一个官员,居然可以"借用"大衙门坐三日,专等孙孔目来告状,再把孙孔目打下死牢——这就极其充分地反映了社会黑暗达到了何等程度。正是如此黑暗的社会现实,激起了梁山好汉黑旋风李逵的义愤。他首先扮作孙孔目义弟,救出孔目,再扮成祗候,杀死白衙内和郭念儿。作品写李逵这两次巧扮,不仅形貌改变了,而且言谈举止也各不相同。成功地刻画了李逵勇敢机智的性格,形象十分感人。

康进之,棣州(今山东惠明)人,生平事迹不详。朱权《太和正音谱》把他列为150名"词林英杰"之一。所作杂剧2种,今仅存《梁山泊李逵负荆》一种。

《李逵负荆》成功地塑造了李逵嫉恶如仇,知错即改的性格。而这种性格,正是李逵热爱百姓,热爱梁山事业的反映。当他听说"宋江"与"鲁智深"抢走王林之女时,怒不可遏,气得他"抖擞着黑精神,扎煞开黄髭鬃","按不住莽撞心头气"。与此同时,对王林予以无限的同情,一曲[叨叨令],且唱且念,把李逵对王林的同情表现得淋漓尽致。但当李逵弄清真相时,又立即负荆请罪。

康进之笔下的李逵形象,十分丰满,很多细腻的描写,写出了李逵的内心世界。例如写李逵下山,一路欣赏桃花、流水的美景,就写出了李逵性格的另一个侧面。

(四)纪君祥

纪君祥,亦作纪天祥,大都人,生平事迹不可考。所作杂剧6种,今仅存《赵氏孤儿》一种及《松阴梦》残曲。

《赵氏孤儿》全名《冤报冤赵氏孤儿》。元刊本为四折,明刊《元曲选》本将第四折分为两折,共五折(有楔子)。本事载于《左传》、

《说苑》、《史记》等。《赵氏孤儿》剧情,主要依据《史记·赵世家》。

剧写春秋时晋国大将军屠岸贾为满足自己的权势欲,残杀上卿赵盾一家三百口;而韩厥、程婴、公孙杵臼等激于正义,不顾个人安危,拯救赵氏孤儿;在"救孤"、"抚孤"过程中,他们做出了巨大的牺牲(韩厥、公孙杵臼献出生命,程婴献出亲生儿子)。

程婴是全剧的主角,他的戏剧动作主要有:从驸马府中救出赵氏孤儿;把孤儿带到公孙杵臼家中;献出自己的儿子,以极大的"自制"力目睹自己的儿子和公孙杵臼被屠岸贾杀害;抚养孤儿20年;向孤儿陈诉真情;教育孤儿为父母报仇。另一个重要人物公孙杵臼本已归隐山庄,"斜倚柴门数雁行",但为伸张正义,拯救赵氏孤儿,他受尽屠岸贾拷打,最后撞阶而死。全剧最后,赵氏孤儿长大成人,报仇雪恨。

全剧的思想倾向,显然是歌颂为正义事业而献身的人们。贯穿全剧的复仇主题,虽然以"报家仇"为基调,但自始至终都融合了对奸佞权臣的刻骨仇恨,因此,复仇之中就有着惩治邪恶的意义。全剧巧设"悬念",形成紧张的剧情。具有引人入胜的艺术特点。

(五)尚仲贤、杨显之、石君宝

尚仲贤,真定(今河北正定)人,作杂剧10种,今存《尉迟恭三夺槊》、《洞庭湖柳毅传书》、《汉高祖濯足气英布》3种,《柳毅传书》是他的代表作。

杨显之,大都人。《录鬼簿》说他号称"杨补丁"(指他善于为别人的杂剧作品提出修改补充的意见),关汉卿"凡有文辞,与公较之",关、杨为"莫逆之交"。他创作杂剧8种,今存《临江驿潇湘秋夜雨》、《郑孔目风雨酷寒亭》2种。敷衍男子(崔通)负心故事的《潇湘夜雨》是他的代表作。

石君宝,平阳(今山西临汾)人,创作杂剧10种,今存《鲁大夫秋胡戏妻》、《李亚仙花酒曲江池》、《诸宫调风月紫云亭》3种。其作品以语言泼辣著称。构思巧妙、极富戏剧性的《秋胡戏妻》是石君宝的代表作。

二　元后期杂剧作家

自元武宗至大年间至元末,元杂剧的发展进入后期阶段。这一时期杂剧活动中心已由北方的大都移至南方的杭州,著名作家主要有郑光祖、宫天挺、乔吉、秦简夫等。

(一) 郑光祖

"光祖,字德辉,平阳襄陵人。以儒补杭州路吏。为人方直,不妄与人交。故诸公多鄙之,久则见其情厚,而他人莫之及也。病卒,火葬于西湖之灵芝寺。诸吊送各有诗文。公之所作,不待备述。名香天下,声振闺阁,伶伦辈称'郑老先生',皆知其为德辉也。惜乎所作贪于俳谐,未免多于斧凿,此又别论焉。"（曹栋亭刊本《录鬼簿》）他创作杂剧 18 种,今存《倩女离魂》、《王粲登楼》、《㑇梅香》等 8 种。

《迷青琐倩女离魂》简称《倩女离魂》,是郑光祖的代表作,也是元后期杂剧中最优秀的作品。本事出于唐人传奇《离魂记》,宋金时代,说唱文学诸宫调也有敷衍这个故事的作品。杂剧《倩女离魂》正是在这个基础上写的。主要情节是,书生王文举与少女张倩女本"指腹为亲",但倩女之母嫌文举未得功名,故不准成婚。文举赴京应试后,倩女思念成疾,灵魂离开躯体,追赶文举,同赴京城。躯体仍卧病家中。文举得官后,倩女又魂体相合,与文举成亲,阖家欢宴。作品成功地塑造了一个大胆追求爱情婚姻,无视功名利禄的少女形象。魂体分离的艺术构思,显示了作者大胆的想象。如果说追赶文举的倩女之魂,象征着冲破封建礼教获得的自由,那么,卧病在家的倩女之体,则正体现着妇女在封建礼教、世俗恶习压迫下蒙受的苦难。作品文辞华美,感情细腻,富有浓厚的抒情性。

《王粲登楼》在元后期杂剧中也是较好的作品。王粲是著名的"建安七子"之一,《三国志·魏书》有传。但杂剧中的情节,全系虚构。剧中第三折,"摹写羁怀壮志,语多慷慨,而气亦爽烈。"(何良俊《四友斋丛说》)一向受到称赞。而全剧整体构思,并非上乘。

(二) 宫天挺、乔吉、秦简夫

宫天挺,"字大用,大名开州人。历学官,除钓台书院山长。为权豪所中,事获辨明,亦不见用。卒于常州。……文章笔力,人莫能敌。乐章歌曲,特余事耳"(曹栋亭刊本《录鬼簿》)。他创作杂剧6种,今仅存《死生交范张鸡黍》、《严子陵钓鱼台》二种。前者写后汉范式、张劭故事,表现二人真挚的友谊,并讽刺官场名利丑行。范式事见《后汉书·独行列传》。后者取材后汉严光(字子陵)故事,见《后汉书·逸民列传》。

乔吉,"字梦符,太原人,号笙鹤翁,又号惺惺道人。美容仪,能辞章。以威严自饬,人敬畏之。居杭州太乙宫前,……至正五年(1345年)二月,病卒于家"(曹栋亭刊本《录鬼簿》)。所作杂剧11种,今存《两世姻缘》、《扬州梦》、《金钱记》3种。其《两世姻缘》与郑光祖的《㑇梅香》、《王粲登楼》,宫天挺的《范张鸡黍》被明人称为"四段锦",可见对明代剧坛的影响。

秦简夫,大都人,天一阁本《录鬼簿》说他"近岁在杭"。作杂剧5种,今存《东堂老》、《赵礼让肥》、《剪发待宾》3种。《东堂老》是他的代表作。

元后期杂剧,从总体上来看,结构较为严谨,语言也较细腻,仍保持着本色的传统;但内容日趋空泛,而且多有封建道德说教。于是,元杂剧也就走向衰微。造成这种发展趋向的原因是多方面的,统治阶级的干预,作者队伍的变化,整个时代文风的影响以及元杂剧艺术形式本身固有的缺欠等等,都是重要的原因。此外,南戏的复兴,更是杂剧衰微的不可忽视的因素。

三 南 戏

徐渭《南词叙录》说:"南戏始于宋光宗朝,永嘉人所作《赵贞女》、《王魁》二种实首之。"《赵贞女》、《王魁》以及《乐昌分镜》、《王焕》等都是宋代的南戏,但剧本都未留传下来。《永乐大典》中的《张协状元》、《宦门子弟错立身》、《小孙屠》三种,则是现在可以看到的早期的宋元南戏剧本。

南戏的篇幅较长,不像元杂剧那样受一本四折的限制,多数作品都有几十出。一般南戏的第一出,都由副末开场,说明本剧宗旨,介绍剧情大意,从第二出开始,各角色陆续登场,正式展开剧情。每出中不限用一个宫调的曲牌,也可换韵,各个角色都可唱,也可对唱、合唱、接唱。曲词的结构,一般有引子、过曲和尾声。伴奏以管乐为主。

元末至明初,最重要的南戏作品,有高明的《琵琶记》和号称"四大南戏"的《荆钗记》、《白兔记》、《拜月亭》、《杀狗记》。

高明(1305?~1359?),字则诚,号菜根道人,温州瑞安(今浙江瑞安)人,人称东嘉先生。至正年间中进士,后在浙江处州、杭州等地做过录事、都事等小官。元末战乱时期,归隐在宁波南乡的栎社,以词曲自娱。《琵琶记》大概就写于此时。

《琵琶记》是在长期流传于民间的南戏《赵贞女》基础上改编而成的。两剧中的蔡伯喈,皆指东汉蔡邕;但戏中情节,皆与历史人物蔡邕无涉。《赵贞女》敷衍的是蔡伯喈背亲弃妇,其妻赵五娘历尽艰辛的故事:伯喈进京求取功名,长期不归;赵五娘独撑门户侍奉公婆;在公婆相继谢世,五娘罗裙包土安葬二老之后,到京师找到伯喈,而伯喈竟不相认,并纵马踏死五娘;最后,伯喈遭雷轰而死,全剧结束。这个故事,显然表现了人民大众对负义者的批判。但这些情节都未见诸有关蔡邕的史料,因此,徐渭说《赵贞女》是

"里俗妄作"。而高明则"惜伯喈之被谤,乃作《琵琶记》雪之,用清丽之辞,一洗作者之陋"（徐渭《南词叙录》）。

《琵琶记》中的蔡伯喈,是一个孝子,而且与妻子赵五娘恩爱情深,他本不想离开父母妻子去应考,但父亲"不从",于是不得 离家赴京;中状元之后,当朝牛丞相欲招为婿,伯喈力辞,而丞相"不从",于是又不得已而入赘牛府;伯喈欲辞官归里,而朝廷"不从":这个"三不从",就是《琵琶记》对《赵贞女》的最根本的"改造"。当赵五娘安葬了饿死的公婆,一路弹唱乞食到京师与蔡伯喈相见后,牛氏表现得极为贤慧,五娘与伯喈得到团圆,一起还乡祭祀父母。"有贞有烈赵贞女,全忠全孝蔡伯喈"。得到了朝廷的旌表。这是由"三不从"发展而来的对《赵贞女》的最大的"改造"。这样,《琵琶记》的思想倾向,显然是在宣扬封建道德,正如全剧开场所说:"少甚佳人才子,也有神仙幽怪,琐碎不堪观。正是不关风化体,纵好也徒然。"但《琵琶记》是一部思想内容极为丰富复杂的作品,上述思想倾向,是作者的主观的创作意图。而作品本身,在表现"三不从"以及赵五娘的艰辛经历中,对封建制度、社会现实都有明显的揭露和批判,特别是对广大灾区人民痛苦生活的描绘,具有十分感人的艺术力量。另外,赵五娘的形象,虽然充满贞、孝意识,但在《糟糠自厌》、《代尝汤药》、《描容上路》几出戏中表现出的忍辱负重、坚韧不拔的品格,还是感人的。

《琵琶记》的艺术成就主要表现在:一是全剧结构布局十分巧妙,"苦乐相错,具见体裁"（吕天成《曲品》）,将五娘的凄苦与牛府的风光,穿插对比,颇具匠心。二是语言本色而典雅,很多曲词,如《糟糠自厌》等出中的曲子,成为长久留传的佳作。

元末明初的"荆、刘、拜、杀""四大南戏"之中,《拜月亭》影响较大。关于此剧作者,向有异说,一般认为是元人施惠(字君美,杭州人)。此剧通过蒋世隆兄妹的遭遇,反映了金、元战乱时代的社会面貌。背景极其广阔,对战乱时期人与人之间的关系,描写得细腻、深刻、感人。

元末明初的南戏,在中国文学史、戏剧史上都具有里程碑的意义,它标志着辉煌的元杂剧时代已经结束,以传奇为主流的明清戏剧史新阶段已经开始。

第五节　元代散曲

元代散曲的发展,大致可以分为前期与后期。元前期的散曲作家中,以关汉卿、马致远、白朴和卢挚成就最高。

关汉卿的散曲,流传下来的有小令 75 首,套数 13 套及残曲。贯云石在《阳春白雪·序》中说关汉卿的散曲"造语妖娇,却如小女临杯,使人不忍对殢"。[南吕一枝花]《不伏老》是关汉卿的代表作。全套由"南吕宫"的"一枝花"、"梁州第七"、"隔尾"、"尾"四支曲组成。以自述的形式,表现了作者的性格、意志和才能。作品中描述自己在勾栏妓院中的生活,在很大的程度上,是表现了对现实社会的压抑和束缚的反抗,显示着一种叛逆精神,而且是那样的倔强和坚定,有如"蒸不烂煮不熟捶不扁炒不爆响当当一粒铜豌豆","你便是落了我牙,歪了我口,瘸了我腿,折了我手,天赐与我这几般儿歹症候,尚兀自不肯休,则除是阎王亲自唤,神鬼自来勾,三魂归地府,七魄丧冥幽,天哪,那其间才不向烟花路儿上走!"关汉卿的《杭州景》、《赠珠帘秀》也是著名的套数。他的小令,多写男女恋情,离愁别绪,亦十分真切动人,如[双调·沉醉东风]《别情》:

> 咫尺的天南地北,霎时间月缺花飞。手执着饯行杯,眼阁着别离泪。刚道得声"保重将息",痛煞煞教人舍不得! 好去者望前程万里。

马致远的散曲流传下来的有小令 104 首,套数 17 套,收在辑本《东篱乐府》。马致远是保存作品最多的前期散曲作家。作品中,有愤世疾俗之作,如著名的[双调·夜行船]《秋思》;有描写自然景物之作,如[越调·天净沙]《秋思》。都直接或曲折地表现了一个知识分子在黑暗社会怀才不遇、厌弃世事、消极隐居的情绪。他的套数以[般涉调·耍孩儿]《借马》最有名,作品塑造了一个爱马如命的吝啬者的形象,特别是对这一形象的心理刻画,非常细腻深刻,富有讽刺意义。马致远的散曲,题材广泛,语言本色,形象性强,艺术成就一向受到赞许。例如[天净沙]《秋思》,把"枯藤"、"老树"、"昏鸦"、"小桥"、"流水"、"人家"、"古道"、"西风"、"瘦马"九种景物集中在一起,未加描述,已把秋日傍晚的苍凉意境表现无遗,语言是本色的,意境是深远的。此作被称为"秋思之祖","纯是天籁"、"万中无一"、"一时绝唱"。王国维《人间词话》云:"寥寥数语,深得唐人绝句妙境。"良非虚誉。

白朴的散曲,现存小令37首,套数4套。描写男女恋情和自然景物的作品,清丽婉约,时有佳作。如[中吕·喜春来]《题情》:

> 从来好事天生俭,自古瓜儿苦后甜。奶娘催逼紧拘钳,甚是严,越是间阻越情欢。

用生动通俗的语言写出了一个要求冲破封建束缚的少女的形象和心态,"越是间阻越情欢"一句,表现了对生活、情感的独特的感受,很有韵味。白朴还有一些抒写抑郁不平的作品,如[喜春来]《知机》云:"知荣知辱牢缄口,谁是谁非暗点头。"对于世路艰难,亦多感慨。

卢挚(1242?～1314?),字处道,号疏斋。祖籍涿郡(今河北涿县),颍阳(今河南登封)人。大德中官至集贤学士承旨。在前期散曲作家中,他的小令保存下来的最多,《全元散曲》中录存120首。他的作品多怀古之作,如《洛阳怀古》、《吴门怀古》等,吊古伤今,颇有盛衰兴亡之慨。其写景抒情之作,亦多"天然丽语",写景尤为突出,如[双调·沉醉东风]《秋景》:

挂绝壁枯松倒倚，落残霞孤鹜齐飞，四周不尽山，一望无穷水。散西风满天秋意，夜静云帆月影低，载我在潇湘画里。

元后期的著名散曲作家主要有贯云石、张养浩、睢景臣、刘时中、张可久、乔吉等，其中以张可久、乔吉影响最大。

贯云石(1268~1324)，本名小云石海涯，自号酸斋，维吾尔族人。仁宗时官至翰林侍读学士、中奉大夫、知制诰，同修国史。后辞官南下，隐居杭州。他的散曲构思新奇，豪放清逸，近似马致远。有时故为放达之辞，实亦愤世之作，例如[双调·清江引]《抒怀》："竟功名有如车下坡，惊险谁参破？昨日玉堂臣，今日遭残祸。争如我避风波走在安乐窝！"

张养浩(1270~1329)，字希孟，号云庄，山东济南人。官至监察御史，后弃官归隐。著有《云庄休闲自适小乐府》。天历二年(1329年)关中大旱，他应诏为陕西行台中丞，致力于救灾工作，到官四月，勤劳公事，死于任所。在此期间，他写下了著名的[中吕·山坡羊]《潼关怀古》，表现了对人民的深切同情：

峰峦如聚，波涛如怒，山河表里潼关路。望西都，意踟蹰。伤心秦汉经行处，宫阙万间都做了土。兴，百姓苦！亡，百姓苦！

睢景臣，字景贤，扬州人。元刊《太平乐府》录有他的套数三首，其中以[般涉调·哨遍]《高祖还乡》最有名。作品通过与刘邦发迹前颇多交往的庄家汉的眼睛，揭露和讽刺了帝王的威严和华贵。语言生动幽默，与人物身份极为吻合。

你须身姓刘，您妻须姓吕，把你两家儿根脚从头数……只道刘三，谁肯把你揪捽住，白甚么改了姓更了名唤作汉高祖！

对古代帝王如此讽刺，也流露出对当时统治者的蔑视。《录鬼簿》

云:"维扬诸公,俱作《高祖还乡》套数,惟公《哨遍》制作新奇,皆出其下。"

刘时中,南昌人。他写了两个套数[正宫端正好]《上高监司》呈江西道廉访使高纳麟,一套陈述天历二年(1329年)江西旱灾的情况,一套揭露钞法的积弊,对吏役狼狈为奸的情形,有生动的描述。这两首散曲,都有很强的现实意义。其写旱灾情况有云:

> [叨叨令]有钱的贩米谷、置田庄、添生放,无钱的少过活、分骨肉、无承望;有钱的纳宠妾、买人口、偏兴旺,无钱的受饥馁、填沟壑、遭灾障。小民好苦也么哥!

这是元代散曲中反映现实比较深刻的作品。

张可久(1270? ~1348?),字小山,庆元(今浙江宁波)人。仕途不得志,曾漫游江南,晚年居杭州。创作大量散曲,《全元散曲》中录有他的小令855首,套数9套。近人辑有《小山乐府》六卷。他的作品中,有的表现了愤懑不平的情绪,有的讽刺了社会的丑恶,有的更流露出对人民疾苦的同情,如[中吕·卖花声]《怀古》:

> 美人自刎乌江岸,战火曾烧赤壁山,将军空老玉门关。伤心秦汉,生民涂炭,读书人一声长叹。

此外,一些抒情写景之作,亦极清丽,华而不艳。

乔吉的散曲,在《全元散曲》中收有小令209首,套数11套。有《梦符散曲》行于世。他的作品风格接近张可久,但"风流调笑,种种出奇"之处,又与可久不同,如"事间关,景阑珊,黄金不富英雄汉。一片世情天地间。白,也是眼;青,也是眼。"([山坡羊]《寓兴》),奇拔警策,为人称道。他的代表作[双调·水仙子]《寻梅》,写得清雅含蓄,颇有韵味:

> 冬前冬后几村庄,溪北溪南两履霜,树头树底孤山上。冷

风来何处香？忽相逢缟袂绡裳。酒醒寒惊梦，笛凄春断肠。淡月昏黄。

元代散曲中还有些无名氏的作品，很有特色。例如[中吕·朝天子]《志感》："不读书有权，不识字有钱，不晓事倒有人夸荐。老天只恁忒心偏，贤和愚无分辨。折挫英雄，消磨良善。"这样的作品，在当时是颇有现实意义的。

第六节　元代诗文

元代诗文出现了一些新的特点，和时代的变革很有关系，也和耶律楚材、元好问这两个人物有关。蒙古本来以武立国，不甚留心文治，而耶律楚材由辽入元，作为一代文臣，十分注意文事。他为元世祖出谋划策；网罗金、宋文人学士，尤其提倡儒学。当元军灭金侵宋之际，曾派专人寻访金、宋遗逸。姚枢随军获得宋儒赵复，赵复讲授程、朱理学，影响了此后许多作者。元好问由金入元，曾经致书耶律楚材，并向他推荐大批文人学士；又曾与张德辉北觐元世祖，请世祖为"儒教大宗师"，这对儒学在元代的传播也有极大的作用。

元代作者思想上多受宋代理学影响，诗文则多受元好问等金代文人的影响。王恽挽刘祁的诗云："道从伊洛传心事，文擅韩欧振古风。"刘祁是元好问的晚辈，思想文风都很接近。"道从伊洛"，指思想接受宋代理学影响，"文擅韩欧"，指文章接受韩愈、欧阳修等唐宋作家的影响。元代很多作家也都如此。

但元代诗文亦有变化，前期和后期不尽相同，南方和北方也有差异。以延祐年间（1314～1320）为界，前期作者主要有郝经、许衡、王恽、姚燧、刘因、戴表元、赵孟頫、吴澄等，后期作者主要有虞集、欧阳玄、揭傒斯、马祖常、萨都剌、王冕、杨维桢等。

一 前期作家作品

前期最有代表性的作家是姚燧和刘因。

姚燧(1239～1314),姚枢之侄,受学于许衡。至大年间,官至翰林学士承旨,知制诰,兼修国史。著有《牧庵文集》。《四库全书总目提要》说他"虽受学于许衡,而文章则过衡远甚"。且引张养浩所作《牧庵文集序》称"其才驱气驾,纵横开阖,纪律惟意。如古劲将率市人战,鼓行数合,无敌不北"。对姚燧的碑志文字尤为推崇。清代黄宗羲作《明文案序》也以姚燧与虞集并称,推崇备至。

今天看来,姚燧最有特色的文章,是序记一类。《别丁编修序》写得颇有情致。《序江汉先生事实》尤其曲折委婉。文章写元军攻陷德安,"其斩刈首馘,动以千亿计",而江汉先生赵复则以儒服得免于死。赵复始欲投水自尽,又为姚枢所救。对于元军残酷屠杀,只轻描淡写,不动声色;而对赵复为姚枢所救,则极口称道,不厌其详。意在表彰儒学,至为明显。

姚燧诗的成就不及文章。有一篇《宋陆秀夫抱惠王入海图》,称赞陆秀夫,其中有云:"极荡纯臣有如此,流芳千古更无前。"这是元代作家表彰宋代殉国之臣的较早作品。

刘因(1249～1293),字梦吉。初名骃,字梦骥。河北容城人。至元十九年应诏入朝,官至右赞善大夫,后以母病辞归,元世祖称为"不召之臣"。著有《静修先生集》。《四库全书总目提要》评论其文有云:"遒健排奡,迥在许衡之上,而醇正乃不减于衡。"这就是说,他的文章超过许衡,其醇儒思想也不在许衡之下,是个富有文采的儒者。这一特点,在元代文人中是有代表性的。其文为世所称者有《孝子田君墓表》和《辋川图记》。《四库全书总目提要》引张纶《林泉随笔》评这两篇作品说:"皆正大光明,较文士之笔,气象不侔。"两篇文章都讲到为人"大节",说王维"大节一亏,百事涂地",

引用程、朱理学家的看法,对王维的指责,是有些片面的。刘因的诗,《白沟》一篇最为人称道:

> 宝符藏山自可攻,儿孙谁是出群雄。幽燕不照中天月,丰沛空歌海内风。赵普元无四方志,澶渊堪笑百年功。白沟移向江淮去,止罪宣和恐未公。

此诗对于宋之衰亡,追溯了历史原因,"赵普元无四方志","止罪宣和恐未公",见解尤为深刻。

此外,刘因还有一些"和陶"诗、山水诗和题画诗,也写得有情致、有深度。

与姚燧、刘因同时,还有戴表元和赵孟頫。二人都是由宋入元的南方作者。

戴表元(1244～1311),字帅初,庆元奉化(今属浙江)人,宋咸淳进士,教授建康府。迁临安教授,以兵乱不就。元大德八年,被荐,除信州教授,再调婺州,以疾辞。再荐,不起。著有《剡源集》。世称其文"清深雅洁","至元大德间,东南之士,以文章大家名重一时者,帅初而已"(《元诗选》初集)。

戴表元和刘因相似,入元以后,虽一度做官,但辞宦较早,思想文章,亦有特色。文章为世所称者,有《敷山记》、《二歌者传》、《送张叔夏西游序》等。《送张叔夏西游序》有云:

> 玉田张叔夏与余初相逢钱塘西湖上,翩翩然飘阿锡之衣,乘纤离之马,于是风神散朗,自以为承平故家贵游少年不翅也。垂及壮仕,丧其行资,则既牢落偃蹇。尝以艺北游,不遇;失意,亟亟南归,愈不遇。犹家钱塘十年。久之,又去,东游山阴、四明、天台间。若少遇者,既又弃之而归。

这样的文章,在元人诸作中,是有特色的。清代卢文弨《剡源集跋》称其文"和易而不流,谨严而不局,质直而不俚,华腴而不淫",不为过誉。

戴表元的诗,前人以为"力变宋季余习","诗律雅秀"。(《元诗选》初集)诗中多写乱后所感,如《夜寒行》、《南山下行》等,也有反映民间疾苦之作,如《剡民饥》、《采藤行》等。偶有流露故园之思的作品,如《感旧歌者》有句云:"头白江南一樽酒,无人知是李龟年。"

赵孟頫(1254~1322),字子昂,号松雪道人。水晶宫道人等。湖州(今浙江吴兴)人。宋宗室秦王赵德芳之后。年十四,以父荫补官。宋亡家居,后应诏任兵部郎中,官终翰林学士承旨。至治二年卒。谥文敏。著有《松雪斋集》。

赵孟頫博学多才,书法、绘画,为世所称,戴表元为其文集作序称:"子昂才极高,气极爽,余跂之不能及。"集中诗文,题跋为多。《元史》本传称其诗文"清邃奇逸,读之使人有飘飘出尘之想。"但从现存的作品看来,不尽如此。

其诗为世所称者有《岳鄂王墓》一篇,其中有云:"英雄已死嗟何及,天下中分遂不支。莫向西湖歌此句,水光山色不胜悲。"这样的作品,显然流露出故国之思。此外,如《闻捣衣》、《钱塘怀古》等诗也有类似的情绪。

赵孟頫虽然出仕,但内心十分矛盾,诗文中也时时流露退隐的思想。其《海上即事》诗云:"何时归休理钓蓑",《和姚子静》诗云:"重嗟出处寸心违",都表达了这种心情。又在《五柳先生传论》中说:"纡青怀金与荷锄畎亩者殊途,抗志青云与徼幸一时者异趣……仲尼有言曰:'隐居以求其志,行义以达其道。吾闻其语,未见其人。'嗟乎,如先生,近之矣。"称赞陶潜之隐,亦即表白自己之心。赵孟頫这类诗文,是很有个性特点的。此外,如《送吴幼清南还序》、《缩轩记》等,也都有这样的特点。

二 后期作家作品

元自延祐(1314~1320)以后,诗文号称盛世,产生了"盛世之文"，或"治世之音"，实即出现了一些粉饰太平、歌颂升平的作品。这时的代表作者有虞集、欧阳玄、揭傒斯等。另外，还有萨都剌、杨维桢、王冕等，别有风格。

虞集（1272～1348），字伯生，蜀郡人，宋丞相虞允文五世孙。父侨寓临川（今属江西）。大德初，荐授大都路儒学教授，累迁秘书少监、翰林直学士兼国子祭酒，奎章阁侍书学士。至正八年卒。著有《道园学古录》、《道园遗稿》。《四库全书总目提要》称其《道园学古录》云："文章至南宋之末，道学一派，侈谈心性；江湖一派，矫语山林。庸沓猥琐，古法荡然。理极数穷，无往不复。有元一代，作者云兴，大德延祐以还，尤为极盛，而词坛宿老，要必以集为大宗。"这是说，虞集在延祐之后，为一代词宗。欧阳玄撰《雍虞公文集序》也说："至治天历，公仕显融，文亦优裕，一时宗庙朝廷之典册，公卿大夫之碑版，咸出公手，粹然自成一家之言。"

作为一代词宗，虞集写了许多典册、碑版之文，所谓"治世之音"，就是这类文字。但今天看来，虞集较有生气的文章，还是纵谈史事、涉及时事之作，例如《跋宋高宗亲札赐岳飞》、《陈弨小传》等，称赞岳飞，贬黜秦桧，对于南宋的忠奸之臣，持论不讳。

虞集身为元人，而表彰抗金、抗元的宋将，这同他所处的时代有些关系。当时元朝已经由盛转衰，表彰忠烈，也是现实的政治需要。

虞集的诗《挽文山丞相》悼念文天祥，也和表彰岳飞、陈弨相似。"徒把金戈挽落晖，南冠无奈北风吹"，所发感叹，也还真实。此外，《至正改元辛巳寒食日示弟及诸子侄》诗云："江山信美非吾土，漂泊栖迟近百年。山舍墓田同水曲，不堪梦觉听啼鹃。"故土之思，亦颇深挚。

当时以诗和虞集并称的作者，还有杨载、范梈、揭傒斯，人称虞、杨、范、揭。

揭傒斯（1274～1344），字曼硕，龙兴富州（今江西丰城）人。延祐初荐授翰林国史院编修,官至翰林侍讲学士,著有《秋宜集》,今本有《揭傒斯全集》。《元史》本传称他"为文章,叙事严整,语简而当;诗尤清婉丽密;善楷书、行、草。朝廷大典册及元勋茂德当得铭词者,必以命焉"。

揭傒斯的一些典册、碑铭,写得严整简当。其文长于叙事,也长于议论,黄溍撰《揭公神道碑》说他"持论一主于理。"有些记序文字,如《书王鼎翁文集后序》、《题昔刺使宋图后》等,都写得词达理畅。其诗有婉丽之作,如《女儿浦歌》;也有忧民之作,如《送吏部段尚书赴湖广行省参政二十韵》,其中有句云:"罢氓贫到骨,文吏细如毛。"这样的作品,还是反映了民间疾苦的。

和虞集同时的作者,还有欧阳玄。

欧阳玄(1273~1357),字原功,号圭斋,原籍庐陵,曾祖徙居浏阳,遂为浏阳(今属湖南)人。延祐初进士,累官国子博士、翰林待制、国史院编修官,官终翰林学士承旨。著作有《圭斋文集》。宋濂撰《圭斋文集序》说他"经史百家,靡不研究,伊洛诸儒原委,尤为淹贯"。"历官四十余年,在朝之日殆四之三。三任成均,而两为祭酒,六入翰林,而三拜承旨。盖当四海混一之时,文物方盛,……凡宗庙朝廷雄文大册,颁示万方制诰,多出公手。……文学德行,卓然名世,羽仪斯文,黼黻治具,公之功为最多。"由此可知,欧阳玄在这个时期,官位甚盛,文望甚多,也是个盛世之文、治世之音的代表作者。

作为"羽仪斯文,黼黻治具"的文章,如《文正许先生神道碑》可以为例。文章说"世祖皇帝,得帝王不传之学",接"伏羲、神农、黄帝、尧、舜不传之统,而为不世之君"。而许衡先生,"以纯正之学"接"周公、孔子、曾、思、孟轲以来不传之道,而为不世之臣"。称世祖为"不世之君"、许衡为"不世之臣",真可谓善歌善颂。其服膺道学、润色鸿业,写得十分得体。欧阳玄还有一些记序文字,如《逊斋记》、《芳林记》、《听雨堂考》等,虽写斋堂之记,却抒发纲常之理,这也是元代盛世之文的一个特点。

史称欧阳玄十岁能诗,但终其一生,以文名世,不以诗称。

元代由盛转衰之际,一方面产生了虞集等人的盛世之文、治世之音;另一方面也涌现了一些不满现实、风格特异的作者。其一是萨都剌。

萨都剌(1305?~1355?),字天锡,号直斋、回族,雁门(今山西代县)人。泰定四年进士。官至河北廉访司经历。著有《雁门集》、《天锡词》。

萨都剌以诗词名世,多怀古之作。如《台山怀古》云:"一时人物风尘外,千古英雄草莽间。"《百字令》云:"石头城上,望天低吴楚,眼空无物。指点六朝形胜地,唯有青山如壁。"诗多怀古,是基于对现实的感慨。萨都剌还有《纪事》一诗,"直言时事不讳"(见《元诗纪事》卷一五),由此可知,怀古诸作,或亦寓有伤今之意。

这时以诗名世、风格尤为特异的作者是杨维桢。

杨维桢(1296~1370),字廉夫,号铁崖,别号铁笛道人。会稽(今浙江诸暨)人。泰定四年进士,官至江西等处儒学提举。元末,避地富春山、钱塘等处。入明不仕。著有《铁崖古乐府》、《东维子文集》等。

杨维桢诗多学李贺,其《小游仙十二首》之一"麻姑今夜过青丘"云云,前人以为"其瑰崛长吉莫过"。(见《元诗纪事》卷一六)风格多样,而自成一体,号为"铁崖体"。其《庐山瀑布谣》、《鸿门会》等,都为人所称。《海乡竹枝歌》之一云:"颜面似墨双脚颓,当官脱袴受黄荆。生女当嫁盘瓠,誓莫近嫁东家亭。"其自记云:"海乡竹枝,非敢以继风人之鼓吹,于以达亭民之疾苦也,观民风者或有取焉。"由此看来,诗人当元、明易代之际,避地不仕;对于民间疾苦,还是颇为关注的。

这时诗风特异的作者还有王冕。

王冕(1300?~1359),字元章,号煮石山农。诸暨(今属浙江)

人。出自农家,父命放牛,而颇嗜读书。安阳韩性异而教之。曾一试进士举不第,即焚所为文,读古兵法。北游燕都,或荐以馆职,不就。隐于会稽之九里山,名所居曰"竹斋"。工于画梅,又题所居为"梅花屋",著有《竹斋集》。

王冕诗多咏梅之作,《梅花屋》、《梅花六首》、《墨梅》、《题画梅》、《红梅》、《题月下梅花》诸作往往有所寄托。如《墨梅》有云:"不要人夸好颜色,只留清气满乾坤。"《题墨梅图》云:"凡桃俗李争芬芳,只有老梅心自常。"显然有不同流俗、孤芳自赏之意。

王冕也有一些反映民间疾苦的诗,如《悲苦行》、《猛虎行》、《秋夜雨》、《苦寒作》、《伤亭户》、《冀州道中》、《江南妇》等,危苦之词,颇有深度。

王冕反映民间疾苦的诗是同他个人的身世之悲一致的。《痛哭行》有云:"京邦大官饫酒肉,村落饥民无粒粟。东鲁儒生徒步归,南州野老吞声哭。"这样的作品,已经不同于虞集等人的"治世之音"了。

第九章　明代文学

第一节　明代文学概述

一　时代特点

朱元璋当元末农民起义之际,驱走了蒙族统治者,建立了汉族新政权。建国之初,人心是振奋的。全国上下,久乱思治。在一个时期里,经济繁荣,社会安定。一些文人学者,歌功颂德,也是发自内心的。

但是,作为开国之君,朱元璋不同于唐宗宋祖,虽然于洪武元年一度诏征人才,不分种族,兼容并蓄,相当大度,但他却不像唐宋两代那样广开言路、广开才路,而且,开国不久,便推行了一系列的空前专制的方针和政策。大兴党狱、文字狱,肆行文化专制,任用宦官专政,实行特务政治。第二代的成祖朱棣,其凶残的程度,比朱元璋又有过之。有明一代,300年间,继世之主,几乎没有一个"明君"。

党狱之兴,是前所未有的。洪武十三年,丞相胡惟庸一案,株连15000余人,穷究而死者3000余人,并由此而废除了丞相制度,集权于皇帝一身。洪武十八年，户部侍郎郭桓一案，株连至数万人。洪武二十六年，兰玉一案，株连死者也至15000余人。建文四年，方孝孺被杀，灭及十族。同时练子宁、卓敬，也被杀族诛。另外，兵部尚书铁铉、御史大夫景清，也都被杀灭族，到了天启五六年间，魏忠贤再兴大狱，捕杀东林党人，与国初大狱一脉相承。

言路之塞，也是空前的。洪武四年，刘基致仕，宋濂被谪，都和进言犯上有关。其后，洪武九年，平遥县训导叶伯巨上书言"分封太多，用刑太繁，求治太急"，下狱而死。洪武十九年，监察御史王朴与太祖争是非，也被杀戮。此后，正统八年的刘球，成化二十一年的李俊、卢瑀，成化二十二年的王恕，正统元年的戴铣、王守仁，崇祯十五年的姜埰、熊开元等，都因直言，或诛，或贬，或杖，或被革职。

文字狱也是空前的。不仅直言犯忌，有时贺词也犯忌讳。洪武十九年，朝廷规定庆贺谢恩的表格程式，一律照式填写，这也是前所未有的。在这之前的十余年间，臣僚以贺表文字犯忌被杀者不少，如杭州府学教授徐一夔贺表有"光天之下，天生圣人，为世作则"等语，朱元璋认为："生"者，"僧"也。"光"指剃发。"作则"即"作贼"。朱元璋曾经削发为僧，也曾为贼，故以僧、光、贼等词语为讳。

禁令之多，也是前所未有的。洪武三年，禁小民取名用"天、国、君、臣、圣、神……"等字。洪武二十六年，禁百姓取名用"太祖、圣孙、龙孙……"等字；又禁民人穿靴以分贵贱，违者处斩，家属迁云南。永乐元年，禁"亵渎帝王之词曲"，"敢有收藏者，全家杀了"。永乐四年，严禁诽谤。成化十年，开列"妖书"名目，榜示天下，禁止传习，违者治罪。万历七年，诏毁天下书院，凡毁64所。学者何心隐以"妖道"之罪被捕，仍撰《原学原讲》言讲学之益，旋即遇害。

犯罪名目之新，亦前所未有。洪武十八年，朝廷颁布《大诰》，其中列官民过犯名目有"寰中士夫不为君用"一项。早在洪武七年,高启就曾因为辞官而被腰斩。后来贵溪夏伯起叔侄、苏州姚润、王谟均因不肯应征而被杀籍家。洪武十六年学者戴良因不肯做官而在京师自杀。

更为不可理解的罪名是沈万三流放一事。洪武六年,京师筑城,农户沈万三助筑京城三分之一,又请以私财犒军,引起太祖之怒,流放云南。

朝廷为了强化皇权,严行禁令,特设了特务机关,此亦前所未有。洪武十五年,置锦衣卫。永乐十八年,设置东厂,由宦官掌握。成化十六年,又设西厂,亦由宦官汪直主管。

宦官是代行皇权的。明朝一代,宦官的权威,几乎压倒一切。宦官不仅主管专政的特务机关,而且监军、出使、收税,总揽军事、外交和财政。明代宦官之祸,比汉唐都要酷烈。

科举考试,也和前代不同了。唐宋实行科举,曾经广开才路;而这时的科举规范,乃是桎梏人才。洪武三年,规定制义(八股)格式。洪武十七年,颁布科举考试限用《四书》朱注。永乐十五年,又颁布胡广、杨荣等纂修的《性理大全》等书。宋儒程朱的理学,本是为了维护皇权而制造的思想体系,到了明代,便成了进行思想统治的理论准则。这对一代文化、文学的影响极大。

在如此专制的政权统治之下,广大人民的生活是贫困的,农民无以聊生,转徙而为"流民",不断爆发起义。但这时的经济领域也出现了新的情况:农业衰退而商业繁荣。特别是嘉靖年间,江南市镇,如吴江之盛泽、黎里、同里、八坼,震泽之震泽、平望,嘉兴之王江泾、濮院,湖州之双林、南浔、乌镇等,人口大增,商品生产,尤其是丝织、棉织的生产,极为繁盛。《万历实录》记载说:"吴民生齿最烦,恒产绝少,家杼轴而户纂组。机户出资,机工出力,相依为命久矣。"所谓"机户出资,机工出力",说明了商品生产出现了新的性质。顾炎武《天下郡国利病书》卷三二引《歙县风土论》也说:这时

"商贾既多,土田不重",至嘉靖末、隆庆间,"末富居多,本富愈少"。万历间,"金令司天,钱神卓地"。商品经济之繁荣,商人势力之强大,由此可见。史家所谓"资本主义的萌芽",已甚明显。文学作品,尤其是小说戏曲中出现新的倾向,都有社会根源。

二 文学特征

在这样的时代,社会上最有权势的是宦官,最有财富的是商人,正直的士大夫生命不能自保,刘瑾专政之时,官员畏祸,往往自杀。正直的文人学者也多不得好死,一代诗文,几乎没有可与唐宋两代比肩的作者。

但文人学者对于朝政不满的情绪仍是有所流露的,有些作品也是很有时代特色的。

开国之初,刘基、宋濂,包括高启,都曾有过歌功颂德之作,其后杨士奇、杨溥、杨荣,也都写过"台阁"之文;但为时不久,便出现了前后"七子"的诗文复古。七子之提倡复古,曾受当时和后世的许多讥评,但他们在政治上反对宦官专政,文学上反对"台阁体",反对八股时文,其提倡复古,实为不满现实。稍后的归有光,以继承唐宋的古文传统自任,反对前后"七子"的诗文复古;但他也同样反对朝廷的弊政。他虽然擅于写作"八股",而实际上也是不赞成"八股"取士的。

还有,朝廷是一味提倡程朱理学的,但有些学者,尤其是李贽,攻击程朱理学,不遗余力。他虽被指为"妖僧",斥为离经叛道,但他的一些论著,特别是《童心说》之破传统观念,对于一代思想,例如公安派的文学思想,曾经产生极大的影响。

公安派的袁中郎兄弟,政治上称赞顾宪成,不满朝廷的弊政;思想上赞成李贽,不满程朱理学;文学上提倡"独抒性灵",不满前后"七子"。他们在当时是个最有新的时代特点的文学流派。他们的诗文反映了一些文人不满现实、无能为力、且自适世、以求解脱的倾向。

到了末代,文人的思想又有变革。有些作者直接参加了同权奸阉党的斗争,如张溥等复社一派人物,为了挽救国家的危亡,提倡兴复古学,反对个人闲适。从张溥到夏完淳,为文纪实论事,都有新的特征。虽复古学,却与前后"七子"不同。

在明代特殊的社会风气之下,另有一些文人学者从事于小说戏剧的编纂和著作,其所成就,超过了诗文。

小说方面:《三国演义》和《水浒传》都是明初的文人最后编定的。《西游记》亦明代中叶写定,一些神魔故事,正反映了当代的社会现实。

更值得注意的是《金瓶梅》的出现,最典型地反映了明代社会的特点。其中的世态人情,正是万历年间"金令司天,钱神卓地"的真实写照。

与此同时,描绘世态人情的短篇小说,又有《三言》、《二拍》等话本和拟话本的结集。这些作品的产生和流传,也都和当时的社会风气有关,更多地反映了市民阶层的思想意识和生活情趣。

戏剧方面,产生了徐渭的《四声猿》和汤显祖的《临川四梦》,都是上承元剧的杰出的作品。尤其是《牡丹亭》的出现,突破了旧的思想传统,更富有新的时代特征。

此外,还有民间歌谣,其数量之多,流传之广,感人之深,曾经引起文人骇叹。上承南北朝乐府民歌,在明代文学中,也是不可忽视的一个方面。

第二节 《三国演义》

以汉末三国时代的历史故事为题材的长篇历史小说《三国演义》,是中国文学史上第一部章回体小说。它在小说史上,具有无可置疑的开创性和典范性的重要价值。

一 《三国演义》的成书过程和作者

陈寿的《三国志》,是记载三国历史的正史。南北朝时的裴松之,引用当时他能见到的 200 余种有关三国的史料,为《三国志》作注,又极大的丰富了这部正史的内容。《三国志》及裴松之的注,就是创作《三国演义》的最主要的历史依据。

汉末三国时代,政治军事斗争异常复杂,人才辈出。所以三国故事及人物,两晋以来就在民间广泛流传。隋炀帝观看的水上杂戏表演中,已有民间传说的诸如刘备马跳檀溪等三国故事。唐人李商隐《娇儿诗》中有"或谑张飞胡,或笑邓艾吃"两句,描绘出儿童以三国人物相戏谑的情景,正说明三国故事在社会上流传之广。在宋代,随着"说话"伎艺的发展,"讲史"门类中已有专门"说三分"的科目和艺人,从《东坡志林》中的一段记载可以看出,听说三国故事,已是民间极普遍的事情,而且所说故事已有了明显的拥刘反曹的倾向:

> 王彭尝云:"涂巷中小儿薄劣,其家所厌苦,辄与钱,令聚坐听说古话。至说三国事,闻刘玄德败,频蹙有出涕者;闻曹操败,即喜唱快。"

在宋代初具规模的戏剧舞台上,已有敷衍三国故事的剧目,甚至有观众在看完演出后,头顶木桶,模仿刘先主形象,几乎"以叛逆蔽罪。"(见《宋史·范纯礼传》)在元代,以三国故事为题材的杂剧,多达数十种,还产生了像关汉卿《单刀会》这样的优秀作品。而至治年间刊印的平话五种之一《全相三国志平话》,则是一部三国故事的写定本,它的内容与后来的《三国演义》虽有很多不同,但它从"桃园结义"开始,写到诸葛亮病殁结束,则基本确定了三国故事的格局,在

《三国演义》成书过程中有重要的意义。

元末明初的罗贯中,正是在正史记载和民间传说(包括戏曲、平话)的基础上,创作了这部伟大的历史小说《三国志通俗演义》。明人高儒在《百川书志》中说,《三国志通俗演义》"据正史,采小说,征文辞,通好尚",这实际上正概括了这部小说的成书过程。

《三国志通俗演义》的作者是元末明初的大作家罗贯中。据《录鬼簿续编》记载:

> 罗贯中,太原人,号湖海散人。与人寡合。乐府、隐语、极为清新。与余为忘年交,遭时多故,各天一方。至正甲辰复会,别来又六十余年,竟不知其所终。

一般认为,《录鬼簿续编》为明人贾仲明明作。至正甲辰,为公元 1364 年,仲名时年 22 岁。作为与贾仲名为"忘年交"的罗贯中,是时年当五旬,由此可推测罗贯中生年可能在 1315 年左右。倘以享年七十计,则卒年当在 1385 年以后。他是一位伟大的小说戏曲作家,现存作品,小说除《三国志通俗演义》外,还有《隋唐志传》、《残唐五代史演义》、《平妖传》,戏曲有《宋太祖龙虎风云会》。

现在能见到的《三国演义》最早刊本是明嘉靖壬午(1522)刻本,即所谓嘉靖本,书名《三国志通俗演义》全书二十四卷,240 则,题"晋平阳侯陈寿史传,后学罗贯中编次",前有庸愚子(蒋大器)弘治甲寅的《序》和修髯子(张尚德)嘉靖壬午的《引》。

嘉靖本之后,出现多种刊本,或易书名,或改 240 则为一百二十回,文字亦有不同。清康熙年间,毛纶、毛宗岗父子,又对原书进行加工润色,使之文字更加通达,回目更为工整,逐回加批,卷首有《读三国志法》。于是,毛本成为流传最广的《三国演义》通行本。

二　《三国演义》的思想倾向

《三国演义》"陈叙百年,该括万事"(高儒《百川书志》),所叙故事起于184年黄巾起义,终于280年晋武帝灭吴,"三分归一统"。描写了汉末三国时期近百年间各个社会集团之间政治、军事、外交斗争的生动画面,表现了极其丰富复杂的思想。

(一)《三国演义》真实地再现了公元3世纪中国的社会面貌。东汉末年,政治黑暗,暴发了张角领导的黄巾起义。在镇压黄巾起义的过程中,无数封建政治集团,发展了自己的力量,彼此征战,形成了军阀混战的局面,给人民带来了深重的灾难。作品十分明显地流露出对军阀罪恶的痛恨,对人民苦难的同情。修髯子在《三国志通俗演义·引》中所说的"欲知三国苍生苦,请听通俗演义篇",就道出了全书的这一倾向。

(二)《三国演义》明确地表现了作者的政治理想和人民大众的愿望。书中虽然存在着"分久必合,合久必分"的历史循环论思想(毛本尤为突出),然而,反对分裂,拥护统一的倾向,则是显而易见的。而究竟应该由什么样的人或政治集团来统一天下,这却是全书思想内容的关键。历史上的曹操,为统一国家起过积极的作用;但《三国演义》赋予曹操的却是奸诈、残忍、骄横、多疑的品格,不仅写他"托名汉相,实为汉贼"的政治品格,而且还通过残杀吕伯奢一家等情节写出了他的道德品格,从而塑造了一个典型的以"宁使我负天下人","休使天下人负我"为信条的奸雄形象,使他集中了封建统治者种种恶劣的品格。与曹操相对立的另一个军阀刘备,在作者笔下,则具备了一切美好的品格,成为一个"宁死不为负义之事"的贤明君主,正与曹操形成鲜明的对比。这样,就形成全书自始至终的"拥刘反曹"的倾向性。作品中的刘备,爱民如子,忠厚仁义,礼贤下士,终生为复兴汉室而奋斗,整个蜀汉集团中,君臣如同手足,将领皆为忠义之士。故在军事、经济各方面的实力皆不及孙、曹的形势下,而终于能占有西蜀,与孙曹鼎足而立。对这一切,作品中充满了赞誉。很明显,刘备及整个蜀汉集团,实际上正寄托着作者及人民大众的政治理想,希望能有像刘备那样的明君,像孔明那样的贤相,并由他们统一天下。这也正是"拥刘反曹"倾向的实质。当然,这样的理想和愿望并没有实现,刘备、诸葛亮都没有完成统一大业,因此,全书又具有某种悲剧性色彩。作者生当元明易代之际,表达这样的理想和愿望,也是一种深沉的寄托。

(三)《三国演义》热情歌颂了忠义、勇敢和智慧。作品成功地塑造了一批活跃在政治军事舞台上的杰出人物。关羽,作为蜀汉名将,除了勇武,更重要的是他的忠义。他身陷曹营,不为金钱美色所动。为寻找刘备,他千里走单骑,过五关斩六将,这是对刘备的忠义。为了表现关羽的义,作品甚至写他华容道义释曹操,为义而不分敌我。诸葛亮,为辅佐刘备成就大业,一片忠诚,鞠躬尽瘁,死而后已。同时,他又是智慧的化身,在复杂纷繁的斗争中,表现了超人的预见性。对于这些,作品无不给予热情的歌颂。

(四)《三国演义》特别是毛本中存在着明显的历史循环论、正统观念等落后的封建主义历史观;作品中多处出现的封建迷信的描写,这些当然是应予否定的。

三　《三国演义》的艺术成就

在历史小说的创作中,首先需要解决的问题,就是"虚"与"实"的构思安排。《三国演义》在依据正史,博采传说的基础上加以创造,虚实结合,巧妙构思,取得了极大的成功。清人章学诚说《三国演义》"七实三虚",并对此加以指责;但如果不作机械的数量的理解,那么,或许正说明其全书主干、框架是史实,而具体的情节与人物性格是虚构:这倒正是《三国演义》的成功之处。例如三顾茅庐,正史上确有"先主遂诣亮,凡三往,乃见"(《三国志·诸葛亮传》)的记载,这是史实,但"三顾"的具体情节,则完全是根据传说虚构而成。

《三国演义》创造了一大批栩栩如生的人物形象,特别是一些主要人物,无不个性突出,形象鲜明,有血有肉。曹操、关羽、诸葛亮,之所以被称之为"三绝",从艺术上来说,也主要是因为他们的个性特征是非常突出的。通过才智相当的人物之间的较量来表现人物的个性,是《三国演义》重要的艺术手法。例如在赤壁之战中,诸葛亮的对手,既有老谋深算的曹操,又有才华四溢的周瑜,而诸葛亮的智慧、才干特别是预见性,恰恰是在战胜这样的强大对手的过程中得到了充分的表现。在空城计的情节中,诸葛亮的对手司马懿也是一个才智高超的强者,诸葛亮的智慧又一次在与强者的较量中得到展示。这正是毛宗岗在《读三国志法》中所说的"观才与不才敌,不奇;观才与才敌,则奇"的道理。

《三国演义》以大量的篇幅描写了无数的大大小小的战争,成为描写古代战例的典范作品。特别精彩的是对战前准备的描写:敌对双方如何确定战略战术,如何调兵遣将,如何刺探虚实,如何利用对方的弱点,都写得十分生动逼真。作品所追求的艺术效果,已远远不是描写战场的"热闹文字",而是表现战争中将帅的智慧和思想,因此,《三国演义》也往往被视为一部优秀的古代军事文学作品。作品中所描写的赤壁之战等著名战例,不仅成为后世很多戏曲的题材,而且也是研究中国古代军事思想的重要参考材料。

《三国演义》的语言是浅显的文言,既简洁明快,又通俗易懂。庸愚子(蒋大器)《序》中说:"文不甚深,言不甚俗,事记其实,亦庶几乎史。盖欲读诵者人人得而知之,若《诗》所谓里巷歌谣之义也。"高儒《百川书志》说:"非俗非虚,易观易入,非史氏苍古之文,去晋传诙谐之气……""文不甚深","非俗非虚",正是《三国演义》突出的语言特点。

当然,《三国演义》在艺术方面也有明显的败笔。这主要是在人物塑造中为突出某一性格特点而写得太"过",——过犹不及。正如鲁迅先生所说:"至于写人,亦颇有失,以致欲显刘备之长厚而似伪,状诸葛之多智而近妖。"(《中国小说史略》)另外,一些宣扬宗教迷信方面的情节,显然也是艺术上的重大缺憾。

第三节 《水浒传》

《水浒传》是一部描写中国封建社会农民起义的章回体长篇小说,产生于元末明初,其作者一般确认为施耐庵。

一 宋江起义及"水浒"成书

《水浒传》描写的宋江起义,在历史上发生于北宋宣和年间。《宋史》、《十朝纲要》、《泊宅编》、《东都事略》等很多历史文献都有涉及此事的记载,如《宋史·徽宗本纪》:"宣和三年二月……淮南盗宋江等犯淮阳军,遣将讨捕;又犯京东,江北,入楚、海州界;命知州张叔夜招降之。"《宋史·张叔夜传》:"宋江起河朔,转略十郡,官军莫敢撄其锋。"《宋史·侯蒙传》也记载了侯蒙上皇帝书说:"(宋)江以三十六人横行齐魏,官军数万,无敢抗者。"起义的活动范围大抵在北方。其结局如何,或投降,或被杀,记载不一。南宋时,宋江起义的故事,在民间广为流传,并成为"说话"的题材。罗烨《醉翁谈录》记载的说话目录中已有《石头孙立》、《戴嗣宗》、《青面兽》、《花和尚》、《武行者》等。南宋画家龚开(圣与)曾作《宋江三十六人》画,已不传,但所写小序及画赞,保存在周密《癸辛杂识续集》(卷上)中,不仅记叙了"宋江事见于街谈巷语",而且为36人逐一作评。元人陆友《题宋江三十六人画赞》亦确认"京东宋江三十六,白日横行大河北,官军追捕不敢前,悬赏招之使擒贼"。元初童天瓮《甕天脞语》中记载宋江曾潜至汴京名妓李师师家,请求招安,并题词壁上,有"借得山东烟水寨","六六雁行连八九,只待金鸡消息"等句(见《升庵词品拾遗》)。这似乎又表明宋江起义的根据地在山东,人数不是 36 人而是 108 人,与《水浒传》的内容更相符合。宋末元初有无名氏《大宋宣和遗事》一书出现。鲁迅说此书甚似讲史。书中收录不少史书、传说,其中元集、亨集已载有杨志卖刀等故事,初具《水浒》规模,成为《水浒》成书的重要基础。

在元代还出现了以水浒故事为内容的杂剧,如《燕青博鱼》、《黑旋风双献功》、《李逵负荆》等。

在有关宋江起义的史料、传说(包括话本、戏剧等艺术形式)的基础上,元末产生了长篇小说《水浒传》。是书作者向有歧议,或谓施耐庵,或谓罗贯中,或谓施作罗编。明人高儒《百川书志》:"《忠义水浒传》一百卷,钱塘施耐庵的本;罗贯中编次。宋寇宋江三十六人之事,并从副百有八人,当世尚之。"这部一百卷的《忠义水浒传》,现已不可见,可能是《水浒传》的祖本,其作者是施耐庵,而又经过罗贯中的编辑、加工、修订。

《水浒传》的版本十分复杂,既有繁本、简本之分,又有一百回、一百二十回、七十回之不同。现在我们能看到的嘉靖年间的刻本,已是残本,万历年间翻刻的有"天都外臣"(一般认为是嘉靖进士汪道昆)《叙》的一百回本,是一个重要的版本。一百回本,写梁山好汉排座次之后,又有受招安、征辽、征方腊等情节。一百二十回本,在征辽之后、征方腊之前,又有征田虎、征王庆的情节,万历年间的余象斗刻本,天启、崇祯年间的杨定见本,都是一百二十回本。明末又有金圣叹的七十回本,即把原第一回改为"楔子",原第二回为第一回,依次类推,原第七十一回为第七十回,而把原第七十一回之后半回又改写为"惊噩梦"(即卢俊义梦见一百单八将全体被擒)。自第七十二回以后全部被删去(即所谓"腰斩水浒")。此本流传最广。

二 《水浒传》的思想倾向

《水浒传》是一部伟大的长篇小说。它以磅礴的气势,描写了中国历史上一次农民起义,塑造了一大批起义中的英雄人物,它的成就是前所未有的。

第一,真实而生动的反映了农民起义。

《水浒传》通过梁山泊的故事,正确地揭示了中国封建社会农民起义的最根本的原因,这就是"逼上梁山"、"官逼民反"。书中形象地描写了从皇帝到大小官吏和土豪劣绅的种种罪恶,一百单八将正是在他们的压迫、迫害下,从不同的道路,最终走上梁山参加起义的。其中,林冲的故事最为典型:作为东京80万禁军教头的林冲,本来绝无反抗朝廷之意,但他一再遭到高俅的迫害,最后忍无可忍,杀仇上山,成为梁山的重要将领。

《水浒传》正确地反映了农民起义军由小到大、逐步发展的过程,和"占山为王"的斗争形式。梁山起义,不是由某一个人振臂一呼,骤然集合起千军万马;而是从"智取生辰纲"开始,由几个人组成了第一批上山的队伍,在铲除了原在梁山的心胸狭窄的王伦之后,树起了义旗;然后,又逐一描写各个人物上山的过程。这就真实地写出了由小到大的发展,而这个发展,又是在与官军的不断斗争中完成的。他们以梁山泊为根据地,一次次打败进攻的官军,同时,在具备一定条件的形势下,还主动出击,例如三打祝家庄等。

梁山义军有明确的口号:"替天行道。"这个口号表明,梁山起义是要以符合"天意"之道来反对现存社会的黑暗无道,因此,具有极大的感召力。

《水浒传》还写出了梁山义军最后受招安的结局。在封建社会里,农民起义的结局大抵有三种:一是被彻底镇压;二是头领做了皇帝,改朝换代;三是受招安。因此,梁山起义最后受招安,也是一个正常的结局。但值得深思的是,作品中写招安,是充满了悲剧气氛的,宋江在决定自杀后,先对李逵下毒,然后对李逵实情相告,再自杀。这悲怆的一幕,可以说是对接受招安的最彻底的否定。还有,在梁山义军内部,自始至终都存在着反对受招安的力量,而最突出的代表人物,正是作者倾注了无限喜爱赞美之情的黑旋风李逵。总之,对《水浒传》的招安问题,一方面要看到社会的、历史的制约;另一方面,也应看到作者通过艺术构思流露出来的对接受招安的否定。当然,《水浒传》毕竟通过宋江这个形象,不厌其烦的宣扬着招安的道路和只反贪官的倾向。而且,作为文学作品,毕竟没有梁山义军反抗到底的艺术构思,反而写下了征方腊的情节。这些,无疑反映了作者的历史局限性。

第二,热情歌颂农民起义英雄人物

《水浒传》在真实描写农民起义发展过程的同时,热情歌颂了义军中的英雄人物。在作者笔下,李逵、武松、鲁智深、吴用、三阮、晁盖等,都是顶天立地的英雄好汉,他们不仅勇武多智,而且在一次次济困扶危的义举中,显示出高尚的品格和纯朴可爱的个性。与此同时,作品中的贪官劣绅,无不受到无情的鞭挞。

第三,关于宋江的形象

《水浒传》中的人物性格,以宋江最为复杂,他既是梁山义军的组织者、领导者,又是一天也不忘接受招安的决策人;既仗义疏财、济困扶危,又满口忠孝,追求"建功立业"。宋江性格的矛盾,集中反映了《水浒传》及其作者思想的矛盾。宋江本人,经过一系列曲折的道路,终于被"逼上梁山",成为义军领袖,这是黑暗的社会现实和人民大众反抗黑暗社会的大潮所决定的。但是,传统的封建忠孝观念,又使宋江终不能抛弃有朝一日效忠朝廷,博得个"封妻荫子"的梦想。铁的现实,与梦的虚幻同时摆在宋江面前,由于他最终选择了虚幻的梦想,于是也就导致了最终的悲剧。

三 《水浒传》的艺术成就

　　《水浒传》的艺术成就突出表现在以下几个方面：

　　《水浒传》写了108位梁山好汉，其中的主要人物都有鲜明的个性，特别是像李逵、林冲、武松、鲁智深等等，更是呼之欲出的成功的典型。《水浒传》真实地写出了人物性格的发展变化。例如林冲，在东京时受到高衙内的污辱和高俅的陷害，但他都忍受了；发配沧州的路上，险些送了性命，也依然没有反抗。直到在沧州，发现仇人追来，火烧草料场，必欲置他于死地时，他忍无可忍，起而杀死仇人，毅然投奔梁山。作品生动而真实地写出了林冲从容忍到反抗的变化，把"逼上梁山"的"逼"字写得具体而有层次。

　　《水浒传》非常成功地运用了细节描写的手法，对刻画人物、叙述情节发挥了极大的艺术作用。例如鲁智深拳打镇关西、林冲进出草料场，都有精彩的细节描写，十分深刻地表现了人物的性格和思想感情。

　　《水浒传》的结构也很有特点，很多情节有如独立的故事，如武松的故事，林冲的故事，宋江的故事等。但这些独立的故事又自然地连结在一起，好像一个个完整的"环"衔接起来又成了一条"链"。这种结构显然与《水浒》成书之前就有很多独立故事流传有关。

　　由于《水浒传》是在"说话"的基础上形成的，因此，语言上还保持着很浓厚的"说话"的语言特色：既简练生动，又能引人入胜。这种语言特色，对小说来讲则极有助于创造环境气氛，表现人物性格。

　　《水浒传》在艺术方面也有明显的缺欠，就人物性格刻画而论，往往在人物上了梁山之后，其性格就凝滞了，远不如上山前生动逼真。

第四节 《西游记》

《西游记》是吴承恩在长期流传于民间的唐僧西天取经故事基础上创作的长篇神魔小说,书中塑造的孙悟空,作为一个艺术形象,集中体现着这部作品在思想和艺术上取得的成就。

一 《西游记》的成书过程和作者

公元629年(唐太宗贞观三年),僧玄奘(602~664)去天竺(印度)取经,跋涉数万里,历时17年,取回佛教经典600余部。这是一次具有重大历史意义的宗教活动,也是一次富有探险性质的国际交往。回到长安后,玄奘口授见闻,由弟子辨机写成《大唐西域记》,后又由其弟子慧立、彦琮撰成《大唐大慈恩寺三藏法师传》。

玄奘取经途中,历尽艰险,这本身已具有极强的传奇色彩,再加上《三藏法师传》中又穿插有神话故事,于是玄奘取经就成为在民间广泛流传的富有宗教神话色彩的传说故事。在宋代,“说话”伎艺盛行,有所谓“四家”之分,唐僧取经故事已成为“四家”之一“说经”的重要题材。保存至今的《大唐三藏取经诗话》就是“说经”的话本(一说是寺院“俗讲”的底本)。其内容已脱离了玄奘取经的历史事实,着重描写了神通广大的唐僧取经的保护者“孙行者”(化做白衣秀士),这是一部西游故事的最初的写定本。在元代,西天取经“一行四众”的形象已经定型。现存元代磁州窑烧制的有唐僧、孙悟空、猪八戒、沙和尚四个形象的“瓷枕”,就是最有力的证明。宋元南戏《陈光蕊江流和尚》,金院本《唐三藏》和元杂剧《唐三藏西天取经》(吴昌龄作)虽然作品已佚,但从剧目可知都是敷衍西游故事的。现存的还有元末明初人杨景贤的杂剧《西游记》。

《永乐大典》第一三一三九卷,收有一段《梦斩泾河龙》的故事,情节与吴承恩《西游记》第九回前半部分大致相同；另外，成书时间早于《永乐大典》的朝鲜的汉语教材《朴事通谚解》，作为汉语、朝鲜语的对照读本，也选用了讲述西游故事的文字，并注其出处为"西游记"。这两个材料可以说明，必然还有一部平话类的讲述西游故事的作品，而且其时间最迟当在明初。明中叶的吴承恩，就在上述史实、传说、话本、戏剧以及颇为完整的平话的基础上，经过再创造而写成了这部神魔小说《西游记》。

吴承恩(1510～1582?)，字汝忠，号射阳山人，山阳(今江苏淮安)人。所著除《西游记》外，还有后人辑录的《射阳先生存稿》行于世。其祖辈曾为学官，父辈已沦为小商人。其人虽"性敏多慧，博极群书，为诗文下笔立成"，(《天启淮安府志》)但科举失意，嘉靖二十三年，才补岁贡生，做过短期的长兴县丞。一生清苦的经历和"善谐谑"性格，与他创作《西游记》这样的作品，显然是有关系的。吴承恩还有志怪小说《禹鼎志》，已失传，而序文犹存。序云："虽然吾书名为志怪，盖不专明鬼，时记人间变异，亦微有鉴戒寓焉。"显然，这种创作旨趣，也充分体现在《西游记》之中。

二 《西游记》的思想倾向

《西游记》全书一百回，由三部分组成。前七回写孙悟空出世及大闹天宫，是全书最精彩的部分；八至十二回，写唐僧出世及取经缘起；第十三回到全书结束，写孙悟空保护唐僧到西天取经，一路上斩妖除怪，历尽磨难。这一部分是全书的主体。

孙悟空是一个破石而出的灵猴。他无父无母，无牵无挂，学得一身本领之后，入龙宫得到宝贝如意棒，打入幽冥界森罗殿，在生死簿上把自己和猴属之类"但有名者，一概勾之"，并摔下簿子道："了帐！了帐！今番不伏你管了！"这是很重要的一笔：世俗社会一向迷信人人都受阎王手中生死簿的约束，但孙悟空彻底摆脱了这一约束,成为无拘无束的超出三界外,不在五行中的"神仙"。随后大闹天宫,打得天兵天将束手无策。玉皇大帝只好采取安抚政策,招悟空到天宫,并封他为"弼马温"。当孙悟空明白了"弼马温"的意思之后,一怒之下重返花果山,树起"齐天大圣"的大旗。天兵来捕,又被他打得大败。玉帝被迫封他为"齐天大圣",企图以此"收他的邪心,便不生狂妄"。但这目的并未达到,孙悟空在天宫又大闹蟠桃会,重返花果山。最后,玉帝在如来佛的帮助下才收伏了孙悟空。这个大闹天宫的孙悟空,是一个充满着反叛精神的光辉形象。他神通广大,无所畏惧,藐视一切权威,追求绝对自由,极其强烈地反映了作者及广大人民对封建社会黑暗现实的愤激和反抗,同时,也表现了作者对我们民族的英雄主义的热情赞美。孙悟空被如来佛收伏,以及后来头上被套上紧箍,正形象地表现了封建势力的强大和中华民族智能被禁锢的历史事实,这正是中华民族的悲剧。

在保护唐僧西天取经的历程中,孙悟空斩妖除怪,济困扶危,力克九九八十一难,终于完成了取经大业。孙悟空的形象被赋予了新的意义。面对各种善于伪装的妖魔,孙悟空始终保持着清醒的头脑。他以自己的火眼金睛,一次次识破各种伪装和假象,"打"出妖魔的原形,并彻底铲除之。书中最典型的例子,就是三打白骨精。在除妖的过程中,孙悟空时时还须克服来自唐僧乃至八戒的阻力。为此,他蒙受过莫大的委屈,付出极大的牺牲。但是,这并没有动摇他除妖的决心。孙悟空铲除妖魔的目的,主要是为了保护唐僧到西天,但同时,也是为了解救黎民百姓,为人民除害。总之,一路上降妖除怪的孙悟空,表现出有恶必除,除恶务尽的可贵精神。人们对孙悟空形象的喜爱,也正是对这种可贵精神的赞赏。

在"西游"故事流传过程中,唐僧的形象和地位都发生了变化:由主要角色变为次要角色;由富有神奇性的正面形象,变为在一定程度上来说是被批判的对象。在《西游记》中,他表现出了仁爱、慈善的宗教道德,但同时也表现出了不分是非,不辨真伪的迂腐无能,而这种无能,也正构成了对宗教信条的讽刺。从某种意义上来看,唐僧的形象,与其说是一个僧侣,不如说是一个腐儒。八戒的身上,有着憨厚可爱的一面,但同时又有贪图眼前利益、好吃懒做的毛病。在很多方面与悟空形成鲜明的对照。在作品中,这是一个被作者善意嘲弄的形象。

鲁迅说《西游记》"讽刺揶揄则取当时世态"。明中叶,道流羽客颇受尊崇,以方术而得官荣华者甚众。而《西游记》既有道教故事,更敷衍佛家故事,皆多不恭,所以书中提倡的实际上是三教合流,正如鲁迅所说:"释迦与老君同流,真性与元神杂出,使三教之徒,皆得随宜附会。"如果我们把《西游记》中那无能的玉皇大帝以及整个天神群体,看作是人世间昏君和整个统治集团的象征,把群魔众怪看作是奸臣酷吏、地方豪绅的象征,那么,《西游记》的"讽刺揶揄"的笔锋,正指向整个封建社会的黑暗现实。

三　《西游记》的艺术成就

在中国文学史上,《西游记》无疑是一部艺术成就最高的神魔小说。

丰富的想象,大胆的夸张,使作品充满了浓郁的浪漫色彩。孙悟空的七十二变,一个筋斗十万八千里,火眼金睛,可变化的金箍棒,可扇灭火焰山大火的芭蕉扇等等,都表现出了作者惊人的想象力。

在艺术方面最值得称道的是悟空、八戒等几个艺术形象的塑造。他们既有人的思想性格,又有动物的外形和属性,同时又有神怪的神通,而这多重属性又完美地统一在一起。孙悟空是猴,是人,又是神。在他的身上,生物性、社会性与传奇性互相渗透、融合,形成这一独特的文学形象。而值得注意的是,"三性"的融合并非简单的并列关系,生物性与传奇性归根结底是为了突出显示其独特的社会性品格,使孙悟空成为一个具有特殊品性的社会的人,惟其如此,他才产生了无限的艺术感染力。

鲁迅说《西游记》"每杂解颐之言"。近世也有学者十分强调其"游戏笔墨"、"诙谐性"。作为《西游记》的艺术风格,这是十分突出的。作品中的主要角色如悟空、八戒,无论是精明或笨拙,都具有滑稽可笑的特点。作品的语言,无论是"人物"语言或叙述性语言,也都十分幽默。《西游记》的"讽刺揶揄"的效果,正是通过这种滑稽、幽默的艺术手法而实现的。

第五节 《金瓶梅》

万历年间出现了百回长篇小说《金瓶梅》。"因为这书中的潘金莲、李瓶儿、春梅都是重要人物,所以书名就叫《金瓶梅》"(鲁迅《中国小说的历史的变迁》)。

《金瓶梅》在中国文学史、小说史上有重要的意义:首先是为中国小说开拓了新的题材,它不再像"三国"、"水浒"、"西游"那样,描写古代政治军事斗争、英雄传奇或神话故事,而是写了现实社会(托言宋代、实写明代)中一个家庭的日常生活,以及平凡的人物;其次,在《金瓶梅》以前的长篇小说,几乎都是在话本、平话的基础上,由文人作家整理加工创作而成,而《金瓶梅》则是第一部主要由文人作家独立创作而成的长篇小说。这两点,都标志着中国小说史发展到了一个新的阶段。正因为如此,《金瓶梅》对后世产生了极大的影响。

《金瓶梅》的作者是兰陵笑笑生。但"笑笑生"究竟是谁? 至今众说纷纭,或谓王世贞,或谓屠隆,……仍无定论。而且就兰陵而言,亦有山东之北兰陵(峄县)和江苏之南兰陵(武进县),同样无法确指。

《金瓶梅》的写作时间,大约在隆庆万历年间。最初以抄本流传,万历三十八年(1610)始有吴中刻本。现在能看到的最早的版本,是万历四十五年(1617)刊刻的《金瓶梅词话》。其第一回从《水浒传》中武松的故事开始,写出主人公西门庆。有欣欣子《序》、廿公《跋》和东吴弄珠客《序》。此后的词话本,均以此本为祖本,构成词话本的版本系统。天启年间,又有所谓《原本金瓶梅》。此本与《词话》本相比较,回目标题较工整,没有欣欣子《序》,总的来说,文字较为通畅。此后的崇祯刻本,以及康熙年间张竹坡批评本,均属这个系统的版本。其中张竹坡批评本(《第一奇书〈金瓶梅〉》)影响较大。张竹坡(1670～1698),名道深,徐州铜山人,继承金圣叹评点《水浒》的方法,对《金瓶梅》加评,并写下了《读法》和专论。他的工作,不仅为研究《金瓶梅》的思想与艺术提供了可资借鉴的观点和材料,而且,为中国古代小说理论的发展做出了贡献。

《金瓶梅》非常生动逼真地描写了西门庆罪恶的一生和他的家庭从"发迹"到败落的过程。但全书绝非对某一人一家的笔伐,而是"著此一家,即骂尽诸色"(《中国小说史略》),即把明代社会的种种丑恶暴露无遗。西门庆原是清河县一个破落户财主,开着一家生药铺。但他凭着向官府行贿,结交官吏,拉拢无赖,巧取豪夺,逐渐成了地方一霸。不久,又投机与蔡京攀上了关系,得到了提刑千户的官职,更加炙手可热。这个恶棍,作为封建社会后期的产物,正反映了那个时代的黑暗。

西门庆是一个荒淫无度的淫棍。他原有一妻二妾,而后又以种种手段娶来了孟玉楼、潘金莲、李瓶儿,此外,对家中丫环仆妇,店中伙计的妻室,社会上其他女子,无不纵欲奸淫。他在霸占孟玉楼、李瓶儿等人的同时,还霸占了她们原有的财富,成了他发迹的资本。《金瓶梅》实际上也揭露了罪恶的封建婚姻家庭制度。书中女性,在社会恶劣风气的毒害下,或纵欲堕落,或卖身乞食,都成了西门庆的玩物而不自觉。当然,她们的命运和思想性格也是极其复杂的,例如来旺的妻子蕙莲,在来旺被陷害入牢、发配的过程中,她也经历了从不知被骗而得意到最终明白被骗而自缢的过程。她与西门庆的肮脏关系是可耻的;她受骗自缢是可怜的;而她虽与西门庆有染却不忘与来旺的夫妻之情,又是真实可信的。在这故事中,潘金莲的策划,孟玉楼的传话,都表现了这些女性十分复杂的性格。

作品还写了应伯爵等帮闲无赖。他们是社会的渣滓,过着寄生虫的生活,又助纣为虐,为西门庆出谋划策,干尽坏事。他们毫无正义良心可言,为了讨得残杯冷炙,不惜坑害别人,包括西门庆。这些形象充分反映出社会风气的庸俗堕落,世态炎凉。

《金瓶梅》深刻、彻底地暴露了明代社会的黑暗和丑恶,但是,由于在创作方法上有着浓厚的自然主义倾向,因此,这种暴露就只限于照实描写,客观叙述,而没有批判。翻开《金瓶梅》看到的只是一幕幕丑剧,全书充满丑恶,而绝无任何光明与诗意。特别是书中充斥着大量的性描写,完全排除了人类的美好情操——爱情,以至被视为淫书。当然,简单地把《金瓶梅》看作诲淫之书,也失之偏颇,但大量的性描写毕竟使全书陷于庸俗趣味之中,这显然是不可取的。

《金瓶梅》的艺术成就,主要表现在三个方面:

《金瓶梅》所写是一个家庭的日常生活。虽然也有一些大事件、大场面,但更多的是生活琐事,而《金瓶梅》恰恰在描写这些生活琐事中表现了高超的艺术水平。这原因主要在于真实,特别是细节描写的真实。无数的生活琐事,就像生活本身一样,有发生的原因,有发展的过程,有事情的结果。描写细腻,绘声绘色。

《金瓶梅》以高超的技巧,突出表现了每一个人物的个性特征。潘金莲、李瓶儿等都是西门庆之妾,都作为西门庆的玩物终日生活在那个罪恶的家庭之中。但是,她们都有各自的性格特点。潘金莲争强好胜、嘴尖舌快、心肠狠毒,而且是一个淫妇,一心只想笼络西门庆;而李瓶儿,却又显得较为和顺、多情,而且有些软弱。人物的性格特点,又十分符合人物的地位处境,如吴月娘,作为西门庆的妻子,却是一个几乎无情无欲的女子,她的全部生活兴趣都集中在求得子嗣的问题上。这正符合正室的地位;因为西门庆周围已经有了那么多的各色女子,吴月娘已不可能以色"固宠",她只能寄希望于得子,以巩固自己的"主母"地位。于是,她吃斋念佛,终日与尼姑在一起,形成了她特有的性格。

《金瓶梅》的语言特点,表现在两方面:一是方言的成功运用,每个人物都以方言色彩极浓的语言表情达意;二是人物语言的性格化,如潘金莲满口泼辣粗俗的语言,吴月娘尽是冷漠愚昧的语言,应伯爵口中,则充满了无耻、谄媚、下流的语言。

《金瓶梅》作为第一部主要由文人独立创作的以家庭生活为题材的长篇小说,对后世产生了极大的影响。正如鲁迅所说:"《金瓶梅》、《玉娇李》等既为世所艳称,学步者纷起。"

明末清初,又有大量"才子佳人"小说问世。此类作品,"大率才子佳人之事,而以文雅风流缀其间,功名遇合为之主,始或乖违,终多如意……"(《中国小说史略》)《玉娇李》、《平山冷燕》、《好逑传》是写得较好的作品。思想意义虽不高尚,但所写以情为主,在明代仍有一定文学价值。而且,在中国小说发展史上,就小说艺术的积累而言,也占有一定的地位。在《金瓶梅》问世近200年后的清代乾隆年间,伟大的古典小说《红楼梦》出现了。在《红楼梦》里,可以清楚的看到《金瓶梅》对它的影响,特别是在艺术手法方面。

第六节　明代其他长篇小说

明中叶至明末,产生了大量长篇通俗小说,特别是历史演义和神魔小说尤为繁盛,有些作品,在思想和艺术上也有一定的成就。

一 历史小说

在《三国演义》之后,特别是嘉靖以后,历史小说出现了一个极其繁盛的时期。

历史小说的繁盛,有着深刻的文化背景。中国有悠久的历史,历史上有过无数可歌可泣的人物和事件,而且史籍浩如烟海,正史、野史互相补充,形成了世界上其他任何国家无法比拟的完整记载,这正是历史小说繁盛的前提;再者,在漫长的中国封建社会中,儒家思想始终居于主导地位,入仕思想,以国家为己任的思想非常强烈,人们既然关注当前的政治、国事,就必然有探索昨天的政治与国事的浓厚兴趣,因此,学子有熟读史籍的传统,民众有"听说古话"、阅读历史小说的爱好,都想以古鉴今,于是历史小说有了大量的读者;历史小说往往都是数十万言的巨著,明中叶以后印刷事业的发展,技术水平的提高,也为长篇历史小说的印刷提供了物质条件。

明中叶以后,出现了以一朝一代的兴衰为内容的历史演义,从远古到明初,逐朝敷衍,几乎历代都有。正如吴门可观道人在《新列国志·序》中所说:

> 自罗贯中氏《三国志》一书,以国史演为通俗演义,洋洋百余回,为世所尚,嗣是效颦日众,因而有《夏书》、《商书》、《列国》、《两汉》、《唐书》、《残唐》、《南北宋》诸刻,其浩瀚几与正史分签并架。

这个创作趋势,发展到清代,甚至出现了《二十四史通俗演义》,"总揽全史"。从总体上来说,这些作品的艺术成就并不甚高,但以下几部作品,相对而言可谓成功之作,产生了广泛的影响,受到读者的欢迎。

冯梦龙的《新列国志》,一百零八回。在宋元平话中已有敷衍春秋战国历史故事的作品,如流传下来的元刊《平话五种》中就有《七国春秋平话》、《秦并六国平话》等。嘉靖、隆庆间,余邵鱼编写的《春秋列国志传》,在平话的基础上更全面地讲述了春秋战国故事,并保留了很多民间传说。冯梦龙根据《左传》、《国语》、《史记》和其他史料文献,对余著做了较大规模的改编,篇幅增加了一倍以上,写成了《新列国志》,成为最有影响的敷衍战国故事的长篇历史小说(清代蔡元放又对《新列国志》进行加工润色,并加评语,改名为《东周列国志》,乾隆年间刊行)。此外,甄伟的《西汉通俗演义》也是一部较有价值的历史小说。

署题"秦淮墨客校阅""烟波钓叟参订"的《杨家府演义》和熊大木的《北宋志传》,是两部描写北宋名将杨继业及其子杨延昭抗击契丹贵族入侵故事的作品。杨家将的故事,久在民间流传,南宋话本、元明杂剧中都有以此为题材的作品。《杨家府演义》和《北宋志传》生动地描写了杨家几代忠勇卫国的英雄行为,特别是对杨门女将的描写,颇有感人之处。同时也谴责了破坏抗战的奸佞。这两部小说,是明代历史小说中成就较为突出的作品,在民间广为流传,产生了极大的影响。另外,熊大木还著有《新刊大宋中兴通俗演义》(刊于嘉靖十一年),着重描写岳飞抗金故事,对后世影响也很大。

关于隋末唐初的历史故事,在宋话本、元杂剧中也多有表现。秦琼等历史人物故事在民间也广泛流传。明末袁于令(1592～1674,江苏吴县人)编写的《隋史遗文》(刊印于崇祯六年),在传说、话本、杂剧的基础上,较完整地描写了隋末到唐开国这段历史时期的人物、故事。是一部较有价值的历史小说。

这些历史小说,都歌颂了忠勇的贤臣良将,特别是他们在斗争中表现出的智慧和勇敢;同时也谴责了背叛国家,残害忠良的奸佞。但由于历史的局限性,大部分作品中都有浓厚的忠君甚至是愚忠的思想;在涉及到农民起义的问题时,也往往表现出错误的态度。在艺术方面,这些作品较好地处理了正史记载与民间传说的关系,有的作品甚至纯系依据传说,正史并无记载。所写人物、故事,都较生动,体现着"说话"艺术中注重情节的特点,人物形象也较充分地体现了英雄主义精神。这些作品共同的不足之处,就是无论整体艺术构思或是语言的表述,都比较粗糙。近年来,学术界把以历史故事、历史人物为题材的"历史小说"分为"历史演义"与"英雄传奇"两种类型。前者是指描写断代(或某一历史时期)历史故事的作品,这些作品多标榜依据"书史文传",如《三国演义》、《东周列国志》等。后者指以人物为核心、有大量虚构的作品,如《水浒传》及写杨家将、岳家军故事之作。这是很有道理的。但本书限于篇幅,仍以"历史小说"为目,仅作简略评介。

二 神魔小说

明中叶以后的神魔小说以《封神演义》最著名。全书一百回,大约作于隆庆、万历年间。现存明舒载阳刊本题"钟山逸叟许仲琳编辑"。许仲琳,南京应天府人。亦有论者认为此书并非许氏所著。

全书以武王伐纣的历史为情节线索。作者似乎志在撰写历史演义,但书中"侈谈神怪,什九虚造,实不过假商周之争,自写幻想。"(鲁迅《中国小说史略》)它并非历史小说,而是继《西游记》之后的一部著名的神魔小说。武王伐纣的故事,在民间早有流传。宋元时期已有平话《武王伐纣平话》。《封神演义》吸收了这些传说和平话的内容,但又增添了大量的神魔斗法的情节,并使之成为全书的主体。这些神魔化的内容,虽然亦偶有所本,如鲁迅在《中国小说史略》中举出的《史记·封禅书》、《六韬·金匮》,或来自民间传说,但全书的总体,显然是作者的虚构。武王伐纣,在历史上无疑是进步的,作者歌颂武王伐纣的行动,并通过塑造姜子牙等形象表现对周政权的赞美,同时又充分暴露纣王的残暴昏庸,这些都说明作者的基本观念是进步的。但在作者的创作思想中,明显地存在着局限性。例如,作品写纣王宠信妲己,言听计从,"妲己所贵者贵之,所憎者诛之"(《列女传》),这是符合实际的。但过于夸大妲己的责任,把她写成商亡的祸首,这显然是在鼓吹"女人亡国"论,是违反历史发展的客观事实的。《封神演义》中浓厚的神魔色彩,虽然宣扬了"三教合一"的思想,"然其根柢,则方士之见而已"。(鲁迅《中国小说史略》)书中所写的截教,是助殷的;但作为道教正宗的阐教是助周的,而文王、武王推行的政治,是典型的仁政,显然,武王的胜利,正是"三教合一"的胜利,更是道教的胜利,这正反映了明代道教最得势,方士亦多腾达的社会现实。

作品中有些神话故事,亦写得十分精彩,如哪吒的故事等。

除《封神演义》之外,从明中叶至明末的神魔小说中还出现了《西游记》的补、续之作。董说(1620~1686)的《西游补》,仍以孙悟空为主要角色,写他神奇变幻,在阴司当阎罗天子,拷打秦桧,"实于讥弹明季世风之意多"。(《中国小说史略》)此外,罗懋登的《西洋记》,是一部以明初郑和下西洋为线索的神魔小说,书中着重描写的是碧峰长老等超人降妖除邪的故事。《四游记》是指明代杨志和的《西游记传》、吴元泰《东游记》、余象斗《北游记》《南游记》四部神魔小说的合集。《平妖传》,罗贯中原著二十回,在万历年间又由冯梦龙增改为四十回。书中以北宋王则领导的农民起义为背景,写了大量的修道作法,兴妖作怪的故事。因为最后平定王则起义的官军头目诸葛遂智、马遂、李遂三人名字中都有"遂"字,所以书名亦作《三遂平妖传》。

第七节　明代短篇小说

明代短篇小说,包括通俗的话本小说和文言的短篇小说两个部分。前者在中国文学史上具有重大的影响;后者也取得了一定的成就。

一　话本及拟话本

宋元话本流传到明代,不仅依然受到群众的喜爱,广泛刊印传布,而且引起了文人的重视。他们一面对宋元话本加工润色,编辑成集,使之成为案头读物;一面模拟宋元话本的形式,进行大量创作。这种模拟话本而创作的短篇小说,就称为"拟话本"。

宋元话本,原多单篇流传。明代嘉靖年间洪楩编辑刊印的《六十家小说》是现在所知最早的话本集。全书分《雨窗》、《长灯》、《随航》、《欹枕》、《解闲》、《醒梦》等六集,每集分上、下卷,每卷5篇,共60篇。洪楩字子美,是嘉靖年间的藏书家兼出版家。他精校精刻图书多种,所刻书籍版心均有"清平山堂"四字。今《清平山堂话本》,即《六十家小说》的残存本,仅27篇。这27篇中有《雨窗集》(上)及《欹枕集》(上、下)的12篇,另外15篇,已不知原属何集。所收话本有白话,也有文言,多为宋元旧篇,也有少量为明代作品。从总体上看,虽然文字较为粗糙,但保留了宋元旧篇的面目,仅此一点,已确定了它在文学史上的地位。

天启年间,由冯梦龙整理出版的《喻世明言》(1621年)、《警世通言》(1624年)和《醒世恒言》(1627年),合称"三言",是影响最大的三部白话短篇小说集。崇祯年间,凌濛初编写的《初刻拍案惊奇》(1628年)和《二刻拍案惊奇》(1632年)是继"三言"之后最重要的拟话本集。

二 冯梦龙及"三言"

"三言"的编辑者冯梦龙,是我国文学史上最有成就的通俗文学作家、理论家和编辑。冯梦龙(1574～1646),字犹龙,别号墨憨子,长洲(今江苏苏州)人。为人放荡不羁,科举失意。崇祯年间,曾任福建寿宁知县。他毕生主要精力用于通俗文学的搜集、编辑、整理和创作。他的思想,深受李卓吾等人的影响,强调"情真"。他在《叙山歌》中说:"且今虽季世,而但有假诗文,无假山歌,则以山歌不与诗文争名,故不屑假。苟其不屑假,而吾借以存真,不亦可乎?"他认为,文艺创作并不一定要写真人真事,即"人不必有其事,事不必丽其人",但"情理"必须真切,"事真而理不赝,即事赝而理亦真"。他确认,通俗文艺是最"真"的,而"博雅之儒,文而丧质,所得而未知孰赝而孰真也"(均见《警世通言序》)。

冯梦龙为通俗文艺的发展作了大量工作。他曾鼓励书坊重价购刻《金瓶梅》,增补改编长篇小说《平妖传》、《新列国志》,他还创作过戏曲《双雄记》、《万事足》,并改编过别人的多种剧本,合而称为《墨憨斋定本传奇》。此外,他还编辑刊印过民间歌谣集《童痴一弄》(《挂枝儿》)和《童痴二弄》(《山歌》),编纂《太平广记钞》、《古今谭概》、《智囊》、《情史》等。

冯梦龙在文学史上最大的贡献则是编辑了"三言"。

"三言"共收小说120篇,每集40篇。其中有三分之一的作品,是经过润色的宋元旧篇,三分之二是明代的话本和拟话本,其中也有冯梦龙本人的作品。

《醒世恒言序》说:

> 此《醒世恒言》四十种所以继《明言》(指《喻世明言》)、《通言》(指《警世通言》)而刻也。"明"者,取其可以导愚也。"通"者,取其可以适俗也。"恒"则习之而不厌,传之而可久。三刻

殊名,其义一耳。

由此可见冯氏编辑"三言",有明确的警世劝戒的目的。这一方面充分表明冯梦龙对通俗小说的社会作用有深刻的认识;另一方面也应指出,作为一个封建文人,他所要发挥的"警世"作用,还是以封建道德观念为基础的。因此,"三言"的很多篇章,不同程度地存在着封建的世俗说教和低级趣味。但是,作为中国古代白话短篇小说的宝库,"三言"的思想意义和艺术价值都是不可低估的。

"三言"的很多作品,对封建社会政治制度的黑暗采取了大胆的揭露和批判的态度。《喻世明言》(《古今小说》)第四十卷《沈小霞相会出师表》就是一篇有代表性的作品。这篇小说,以明代嘉靖年间发生的真实事件为基础,写了沈炼一家和严嵩父子斗争的动人故事。《明史·沈炼传》和江盈科所撰《沈小霞妾》,对此历史事件和人物都有记载。这篇小说,通过严嵩父子专权造成冤案,以及经过斗争最后得到平反的故事,歌颂了忠臣贤士的崇高品格,鞭挞了权奸佞臣的卑劣行径,从而反映了明代的社会现实。沈炼以诸葛亮为楷模,高风亮节,敢于与严嵩父子斗争到底,是一个忠臣的典型;闻淑女,作为一个地位低下的妾而勇于牺牲,机智勇敢,是一个难得的贤者;贾石,本与此案无涉,但他明辨是非,为朋友两肋插刀,正气凛然,是一个令人敬佩的义士。作品正是通过这些人物形象而歌颂了正义。特别是对社会地位卑贱者的歌颂,尤为可贵。与此同时,从严世藩到杨顺、路楷、乃至张千、李万,又构成了专权骄横、趋炎附势者的形象系列,作品又通过这一系列人物而鞭挞了邪恶。这篇小说情节曲折,线索明晰,层次分明,充分体现着话本小说的特点。

"三言"中描写爱情的作品,也取得了新的成就。《卖油郎独占花魁》(《醒世恒言》)和《杜十娘怒沉百宝箱》(《警世通言》)是两篇最有代表性的作品。两个故事中的女主角,都是名妓,但她们在经历了王孙公子的追欢取乐之后,都真诚地追求真实的爱情,并为此不惜牺牲一切。但是,由于两个故事中的两个男主人公,秦重和李甲的观念和性格不同,故事的结局也相异:一个是喜剧,一个是悲剧。秦重是地位低下的卖油郎,但他诚实善良,对美娘一往情深,因此赢得了花魁娘子的敬重与信任,结成美满姻缘。对此,作品是予以赞美的。李甲是富家子弟,他虽然对杜十娘也曾真诚爱恋,但他屈服于社会、家庭的礼教观念,再加上孙富的破坏,终于背叛了爱情,造成了杜十娘投江的悲剧。作品对杜十娘寄予极大的同情与赞美,对李甲、孙富给予无情的揭露。这两篇作品的结局不同,但其中所表现的爱情观念,都是应予充分肯定的。

"三言"中还描写了商人的故事,表现了这一社会阶层的生活和观念,也反映了明代城市中手工业和商业的发展状况,如《施润泽滩阙遇友》(《醒世恒言》)、《沈小官一鸟害七命》(《喻世明言》)、《新桥市韩五卖春情》(《喻世明言》)、《蒋兴哥重会珍珠衫》(《喻世明言》)等篇。其中蒋兴哥的故事,相当深刻地表现了商人在爱情观念上与传统的贞操观念的巨大差异。蒋兴哥外出经商,新婚妻子王三巧虽然日夜盼望丈夫回来,但因陷于孤独寂寞之境,逐与客商陈某私通。当蒋兴哥知道后,尽管经过很多波折,而最后仍与王三巧生活在一起,传统的贞操观念,在这里已显得很淡漠了。

"三言"作为话本和拟话本,在艺术上都明显地保留了话本的特点,如情节曲折,故事性强;语言口语化,朴实自然;塑造人物,主要是在情节发展中完成,而且善恶十分分明,性格特点十分突出。

三　凌濛初及"二拍"

继"三言"之后,崇祯年间又有《初刻拍案惊奇》、《二刻拍案惊奇》两本拟话本小说集刊行。其编著者凌濛初(1580～1644)字玄房,号初成,别号即空观主人,乌程(今浙江吴兴)人。曾任上海县丞,徐州通判。著有《言诗异》、《诗逆》及戏曲《虬髯翁》等。48岁时,在南京编撰《拍案惊奇》,53 岁时,二编刻成。这两部拟话本集合称"二拍"。

崇祯元年(1628)尚友堂刊行的《拍案惊奇》共四十卷。《二刻拍案惊奇》,号称四十卷,但其中把尚友堂本《拍案惊奇》的第二十三卷(《大姊魂游完宿愿，小妹病起续前缘》)重印为本书第二十三卷;第四十卷是《宋公明闹元宵杂剧》,并非凌氏拟话本,所以实际上"二拍"共收白话短篇小说 78 篇。这些作品都是凌氏根据一定的资料敷衍撰写而成的。

从总体上说,"二拍"的思想和艺术成就都逊于"三言",很多作品都有因果报应、封建说教等陈腐内容和色情描写。但有些作品,则真实地反映了明代社会黑暗并揭露了官绅罪恶,如《进香客莽看金刚经》、《青楼市探人踪》等;有些作品也像"三言"一样,真实地描写了商人的思想和行为,表现出不同于传统的某些观念,特别是《转运汉巧遇洞庭红》更写出了海外经商的情景,对了解明代社会很有价值;有些爱情主题作品也写得较细腻感人,如《宣徽院仕女秋千会》、《满少卿饥附饱肠》,着力谴责了负心者,表现出对忠于爱情的女子的同情和赞美。在艺术上,"二拍"也和其他话本小说一样,故事情节十分曲折,引人入胜。

除"二拍"之外,明末乃至清初的"拟话本"还有《石点头》、《醉醒石》、《西湖二集》、《人中画》、《照世杯》、《三刻拍案惊奇》、《豆棚闲话》等 40 余部,但其成就不如"二拍"。

四　文言短篇小说

在唐人传奇之后,文言短篇小说的发展趋于衰落,宋元时期,作品数量不少,成就不高。但至明代,却又有发展,"传奇风韵,明末实弥漫天下"(鲁迅《中国小说史略》)。

明初产生了传奇小说集《剪灯新话》,作者瞿佑(1341～1427),

字宗吉,钱塘(或山阴)人。《新话》作于洪武年间,共四卷20篇。永乐年间又有仿效《新话》之作《剪灯余话》,也是四卷20篇,但篇幅较《新话》多出一倍。作者李昌祺(1376～1453),名祯,庐陵人,永乐二年进士,参与过《永乐大典》的编修工作,后升任礼部郎中,迁广西左布政使。万历年间的《觅灯因话》,虽亦仿效《新话》,但文思不及前二种。其作者为邵景瞻,生平不详。这些作品所写"率皆新奇希异之事,人多喜传而乐道之"(《剪灯余话·序》),很多故事成为明代拟话本和戏曲的素材。此外,值得一提的,有马中锡的《中山狼传》,所写东郭先生的故事,对后世影响也较大。

第八节　明代戏剧

明代戏剧文学的成就,主要表现在大量的传奇作品;但也仍有不少作家继续进行杂剧创作。

一　明杂剧

元代末年,杂剧衰微。明前期的杂剧作品,直承元末余绪,无论其思想或艺术,都没有较高成就。主要作家除皇室的朱有燉(1379～1439,朱元璋之孙,世称周宪王,别号诚斋,有杂剧31种,杂剧集称《诚斋乐府》)、朱权(1378～1449,朱元璋第十七子,封宁献王,目号臞仙,又号涵虚子、丹丘先生,有杂剧12种,现存3种),还有杂剧《西游记》的作者杨景贤,《娇红记》的作者刘东升以及《肖淑兰》的作者贾仲名。其中朱权与贾仲名,在中国戏曲史上占有重要的地位,但这并非因为他们的杂剧创作,而是因为他们分别编撰的《太和正音谱》和《录鬼簿续编》具有极其重要的戏剧史料的价值。

明中叶以后,杂剧作家约计80多人,(作品收入《盛明杂剧》初集、二集)主要有王九思(1468～1551,字敬夫,号渼陂,陕西人,主要杂剧作品为《曲江春》即《杜甫游春》)、康海(1475～1540,字德涵,陕西人,主要杂剧作品为《中山狼》等)、徐渭等。

徐渭在明代杂剧作家中成就最高。

徐渭(1521～1593),字文长,号青藤,又号天池。山阴(今浙江绍兴)人。他科举失意,曾在浙江总督胡宗宪幕下当书记。胡得罪被杀后,他终生潦倒。徐渭有很多方面的才华,诗文书画皆精,性格豪放,傲视权贵。他的杂剧《四声猿》,包括《渔阳弄》、《雌木兰》、《女状元》、《玉禅师》四种。《渔阳弄》写祢衡击鼓骂曹的故事,其中有祢衡在阴司击鼓痛骂曹操阴魂的情节,表现了对权奸佞臣的无比愤激之情:

> 曹操,这皮是你身上的躯壳,这槌是你肘儿下的肋巴;这钉孔儿是你心窝里的毛窍,这板杖儿是你嘴儿上的獠牙;两头蒙总打得你泼皮穿,一时间也酬不尽你亏心大。且从头数起,洗耳听咱。([混江龙])

此剧在祁彪佳《远山堂曲品》中被列入"妙品",认为是"千古快谈","觉纸上渊渊有金石声"。

《雌木兰》写花木兰女扮男装从军故事,《女状元》写黄崇嘏女扮男装中状元故事,都表现了反对歧视妇女的进步思想。花木兰唱的"立地撑天,说什么男子汉",正是大胆宣布女子也有立地撑天的大志。

徐渭还有一部重要著作《南词叙录》,记载了早期南戏和明初传奇的情况,并有重要见解,是研究南戏的最重要的史料之一。

此外,徐复祚的《一文钱》,王衡的《郁轮袍》、《真傀儡》,叶宪祖的《骂座记》,许潮的《兰亭会》、《赤壁游》,孟称舜的《人面桃花》等杂剧,或讽刺社会现实,或借古人而抒发愤慨,或描写爱情,都有一定的进步意义。

二　明传奇

宋元南戏发展到明代,而成传奇。传奇剧本的基本格局,与南戏没有什么差别。明前期的传奇,在思想内容方面,仍沿着高明《琵琶记》"不关风化体,纵好也徒然"的轨道在发展,封建道德说教倾向更加明显,如弘治年间文渊阁大学士丘濬(1421～1495)在其《五伦全备记》中就宣扬说:

> 这三纲五伦,人人皆有,家家都备。只是人在世间,被那物欲牵引,私意遮蔽了。所以为子有不孝的,为臣有不忠的……近日才子新编出这场戏文,叫《五伦全备》,发乎性情,生乎义理,盖因人所易晓者以感动之。搬演出来,使世上为子的看了便孝,为臣的看了便忠……虽是一场假托之言,实万世纲常之理。
>
> ——(《副末开场》)

把戏剧完全当作宣扬封建忠孝道德观念的工具,即所谓"若于伦理无关紧,纵是新奇不足传"。另外,这一时期的代圣人立言的八股时文,也充斥传奇作品之中。徐渭《南词叙录》认为"以时文为南戏,元末国初未有也,其弊起于《香囊记》"。《香囊记》的作者邵灿,字文明,号半江,江苏宜兴人。全剧宣扬的也是"忠臣孝子重纲常,慈母贞妻得允臧,兄弟爱慕朋友义,天书旌表有辉光"。(终场诗)

当然,与此同时,也出现了一些较好的作品,如《南西厢》、《幽闺记》等,虽然这些作品是对元杂剧的改编、翻作,但也促进了传奇的发展。还有以三国故事为题材的《连环记》、《古城记》、《草庐记》以及以水浒故事为题材的《木梳记》等,也都能长久流传于民间。

元明之际,传奇演唱的声腔,主要有海盐腔、余姚腔、昆山腔、弋阳腔。这些声腔在流传和发展中,互有消长。海盐腔、弋阳腔都曾盛极一时,特别是弋阳腔,以锣鼓等打击乐伴奏,极适合于在农村和城市的广场演出,流传最广。但随着时间的推移,由于昆山腔比其他声腔"清柔而婉折,一字之长,延至数息,士大夫禀心房之精,靡然从好",(顾启元《客座赘语》)于是昆腔不仅在士大夫中广为流传,而且吸引了文人对它进行研究和改造。嘉靖年间,杰出的戏曲革新家魏良辅,在原昆山腔的基础上,吸取了其他声腔的长处,并融合北曲,"转喉押调,度为新声",使昆山腔艺术有了很大的发展,"尽洗乖声,别开堂奥"。于是,改革后的昆山腔(昆曲),在剧坛上占有了重要的地位。文人剧作家,多以昆曲创作自己的作品。

梁辰鱼(1519? ~ 1591?,字伯龙,号少白,昆山人)的《浣纱记》就是最先用魏良辅改进后的昆山腔演唱的传奇。《浣纱记》原名《吴越春秋》共四十五出,内容以越王勾践败于吴王夫差之后,忍辱负重,重返越国为背景,描写了范蠡与浣纱女西施的故事。

无名氏的《鸣凤记》,大约写于隆庆年间。全剧四十一出,以历史事实为依据,塑造了夏言、杨继盛等一系列和奸相严嵩父子进行斗争的忠臣形象。同时也揭露了严嵩父子及其依附者祸国殃民的罪恶,从而反映了明代社会政治的黑暗。全剧着力表现了忠贞之士为反对奸相严嵩而前仆后继的斗争精神:杨继盛因上书痛陈严嵩五奸十大罪而惨遭杀戮之后,又有吴时中等联名弹劾严嵩,虽然也被拷打、充军,但其后又有邹应龙等继续斗争,终于除掉了严嵩父子。《鸣凤记》是一部反映当代重大政治斗争的作品,它对后来李玉创作《清忠谱》乃至孔尚任创作《桃花扇》都产生了一定的影响。

李开先的《宝剑记》也是明中叶较好的传奇,剧叙水浒人物林冲的故事,表现了忠奸斗争的主题。

传奇与其他文学艺术样式一样,发展到繁荣时期的一个标志,就是出现了不同的流派。

明代主要戏剧流派有吴江派和临川派。临川派的代表人物是汤显祖。吴江派的代表人物为沈璟。沈璟(1553~1610),字伯英,号宁庵,江苏吴江人。历任兵部、礼部、吏部主事、员外郎。37岁,辞官归乡,自号词隐,研究创作戏曲达20年之久。著有传奇17种,合称《属玉堂传奇》,今存《红蕖记》、《埋剑记》、《双鱼记》、《义侠记》、《桃符记》、《坠钗记》、《博笑记》等7种。沈璟还有戏曲理论著作若干种,其中《南九宫十三调曲谱》是最重要的一部。

《红蕖记》是沈璟第一部传奇作品。以唐人小说《郑德璘传》为依据,描写了一个错综复杂的爱情故事。《义侠记》是以《水浒传》中武松的故事为题材,作品表现了对西门庆、蒋门神等恶霸的贬斥,其中《打虎》、《杀嫂》等出,后世长期演出。《博笑记》是沈璟的最后一部创作。全剧二十八出,包括10个独立的喜剧故事。每剧二至四出,有的即以当时的事件为题材,甚至径写真人真事。其中《贼救人》、《假和尚》、《乜县丞》等写得比较出色。《乜县丞》写官吏昏聩无能,与乡绅同为终日昏昏欲睡的丑角,运用夸张的笔法,具有讽刺意义。

沈璟作为吴江派的代表,在理论上强调传奇创作必须讲求格律。他认为"名为乐诗,须教合律依腔,宁使时人不鉴赏,无使人挠喉捩嗓","宁协律而词不工,读之不成句,而讴之始协,是曲中之工巧"。另外,他大力提倡戏曲语言必须本色。

吴江派的主要作家,除沈璟外,还有王骥德、吕天成、叶宪祖、冯梦龙、袁晋、范文若、卜世臣、沈自晋等。沈自晋在《望湖亭传奇》的[临江仙]中说:

> 词隐(沈璟)登坛标赤帜,休将玉茗(汤显祖)称尊。郁蓝(吕天成)继有榭园(叶宪祖)人,方诸(王骥德)能作律。龙子(冯梦龙)在多闻,香令(范文若)风流成绝调,幔亭(袁于令)彩

笔生春,大荒(卜世臣)巧构更超群。鲰生何所似,颦笑得其神。

当然,这同一流派中的作家,在有些问题上也并非完全一致。

明后期较有影响的传奇作家作品还有高濂及其《玉簪记》、周朝俊及其《红梅记》、孙钟龄及其《东郭记》、《醉乡记》等。

高濂,字深甫,号端南道人、湖上桃花渔,杭州钱塘(今浙江杭州)人。他的传奇有《玉簪记》、《节孝记》。《玉簪记》写女道士陈妙常与书生潘必正的爱情故事。因陈潘二人曾经父母指腹为婚,并以玉簪及扇坠为信物,经过很多波折之后,二人又以两件信物交换,才知道原是指腹为婚的夫妻,故剧名为《玉簪记》。著名的川剧《秋江》就是此剧中的一出。

周朝俊,字夷玉,鄞县(今浙江宁波)人。其代表作品为《红梅记》。此剧写李慧娘与裴禹的故事。李慧娘是南宋权奸贾似道的姬妾,由于她称赞了裴禹,被贾似道杀害,遂以鬼魂之体与裴禹结合,并痛斥贾似道,救护裴禹。其中还穿插了裴禹与美貌善良的女子卢昭的故事。

孙钟龄,字仁儒,号白雪楼主人。他的传奇《东郭记》,是一部别开生面的借古讽今之作。剧中把《孟子·离娄》篇、《滕文公》篇中写到的"齐人"与陈仲子联系在一起,并穿插了淳于髡、王驩等人物,敷衍出官场上的"百丑图"。通过揭露齐国"做官的便是圣人,有钱的便是贤者"的世风,鞭挞了明朝的现实。

随着明代戏剧创作的繁荣,戏剧理论方面也出现了很多专门的论著,除朱权的《太和正音谱》、徐渭的《南词叙录》以外,王骥德的《曲律》、吕天成的《曲品》以及祁彪佳的《远山堂剧品》,都对戏剧艺术的发展产生了积极的影响。在戏剧文学作品整理和出版方面,也成绩卓著,如臧懋循的《元曲选》、毛晋的《六十种曲》、沈泰的《盛明杂剧》,对元明杂剧和明传奇的保存和传播,具有重大的意义。

第九节 汤显祖

汤显祖是明代最杰出的戏剧家。他的代表作《牡丹亭》,是中国戏剧史上成就最高的作品之一。

一 汤显祖的生平

汤显祖(1550～1616),字义仍,号若士,又号清远道人,晚年自号茧翁,江西临川人。祖父汤懋昭,笃信道教;父汤尚贤,是一位端方的儒者,家中藏书颇富。

汤显祖14岁进学,21岁中举,颇有文名。首辅张居正欲招他与子侄交游,他断然拒绝,因此直到张居正死后第二年(1583),34岁的汤显祖才中进士。他先后任南京太常寺博士、南京詹事府主簿、南京礼部祠祭司主事。万历十九年(1591)上《论辅臣科臣疏》,抨击大臣,得罪首辅申时行,被贬雷州半岛徐闻县典史。三年后,迁任江西遂昌知县。在任期间,有政绩,受到百姓爱戴。这时期,他愈益看清朝廷上下的黑暗,于万历二十六年(1598)弃官归隐。也就是在这一年,他的代表作《牡丹亭》付刻。归隐后,于万历二十八年完成《南柯记》,二十九年完成《邯郸记》。早在南京任职期间,汤显祖写过一部未完成的传奇《紫箫记》,十余年后,改写成《紫钗记》。此剧与《牡丹亭》、《南柯记》、《邯郸记》合称《临川四梦》,或称《玉茗堂四梦》(汤显祖书斋名玉茗堂)。汤显祖还有诗文集《红泉逸草》、《问棘邮草》、《玉茗堂尺牍》等行于世,今合编为《汤显祖集》。

汤显祖少年时期受学于罗汝芳。罗汝芳是泰州学派创立者王艮的三传弟子,他对当时占统治地位的程朱理学采取的批判态度,对汤显祖产生了极大的影响。汤显祖与早期东林党重要人物及同情者如顾宪成、高攀龙、邹元标等都有交往，并与他们共同站在批判朝政的立场上。汤显祖还潜心研究佛学。与著名佛学大师达观交往密切。达观非议程朱，反对矿税，被捕死于狱中。他的思想，也给汤显祖极深的影响。著名思想家李贽对理学的批判，针对"存天理、灭人欲"提出的"穿衣吃饭，即是人伦物理"(《焚书》卷一《答邓石阳》)，以及"童心"说("夫童心者，真心也")"顺其性不拂其能"等，都为汤显祖所接受，并在自己的创作中表现出对个性解放的追求。

汤显祖十分强调文学创作中的灵性，他说：

> 谁谓文无体耶？观物之动者自龙至极微，莫不有体。文之大小类是。独有灵性者，自为龙耳。
>
> (《张元长嘘云轩文字序》)

这与李贽、公安派的观点是一致的，都主张文学应该表现情、真情、灵性，并认为"情有者理必无，理有者情必无"，(《寄达观》)这些都具有反对理学的意义。汤显祖还和公安派一样，反对明代出现的复古主义思潮。

在戏剧理论方面，汤显祖提出了一系列以表现性情为主的主张，与当时进步的文学思潮完全一致，他说：

> 凡文以意、趣、神、色为主，四者到时，或有丽词俊音可用，尔时能一一顾九宫四声否？如必按字摸声，即有窒、滞、迸、拽之苦，恐不能成句矣。
>
> (《答吕姜山》)

他在《答孙俟居》中又说：

> 弟在此自谓知曲意者，笔懒韵落，时时有之，正不妨拗折天下人嗓子。

他对不理解《牡丹亭》而又妄改的现象非常气愤，他指出：

不佞《牡丹亭记》大受吕玉绳改窜，云便吴歌。不佞哑然笑曰，昔有人嫌摩诘之冬景芭蕉，割蕉加梅，冬则冬矣。然非王摩诘冬景也。

（《答凌初成》）

这些观点显然都与沈璟严守格律的主张形成鲜明对立。这也就是吴江派与临川派的根本分歧。

二 《牡丹亭》

《牡丹亭》是明代最杰出的戏剧文学作品。全剧五十五出。第一出的[汉宫春]介绍了全剧的故事梗概：

杜宝黄堂，生丽娘小姐，爱踏春阳。感梦书生折柳，竟为情伤。写真留记，葬梅花道院凄凉。三年上，有梦梅柳子，于此赴高唐。果尔回生定配，赴临安取试，寇起淮阳。正把杜公围困，小姐惊惶。教柳郎行探，反遭疑激恼平章。风流况，施行正苦，报中状元郎。

这个故事的主要依据，是话本小说《杜丽娘慕色还魂记》(《重刻增补燕居笔记》)，其主要情节是，南宋光宗朝，南雄太守杜宝之女丽娘，一次游园归来，感梦而亡。柳太守之子梦梅，得到了丽娘生前自绘小像，遂日夜思念，并与丽娘之魂幽会。随后禀报双方父母，开丽娘之冢，得以复活，成亲。汤显祖在《牡丹亭题词》中说：

传杜太守者，仿佛晋武都守李仲文，广州守冯孝将女儿事。予稍为更而演之。至于杜守收拷柳生，亦如汉睢阳王收拷谈生也。

李仲文、冯孝将事均见《法苑珠林》：

晋时武都太守李仲文在郡丧女，年十八，权假葬郡城北。

后张世之代为郡,世之男(字子长),年二十,梦一女,自言前府君女,不幸而夭,今当更生,心相爱慕,故来相就。其魂忽然昼现,遂共枕席。后发棺视之,女尸已生肉,颜姿如故。梦女曰:"我将得生,今为君发,事遂不成。"垂泪而别。

东晋冯孝将,广州太守。儿名马子,年二十余。夜梦见一女子,年十八九,言:"我是北海太守徐元方女,不幸为鬼所杀,许我更生,应为君妻。"马子至其坟祭之,祭讫发棺开视,女尸完好如故,乃抱置帐中,以青羊乳汁沥其口,始开口咽粥;既一期,肌肤气力,悉复常,遂聘为夫妇,生二男一女。

这些笔记小说,都为《牡丹亭》的创作提供了素材。而《牡丹亭》所表达的思想,则显然是作为明代进步作家汤显祖的人生观。

汤显祖在《牡丹亭·题词》中写道:

情不知所起,一往而深。生者可以死,死可以生。生而不可与死,死而不可复生者,皆非情之至也。

由此可见全剧写杜丽娘死而复生,就是表现和赞美"一往而深"的"情"。汤显祖在这里如此强调的"情",已不仅仅是青年男女的爱情,而是具有与"理"相对抗的更为深刻的意义。人死不能复活,但汤显祖却以自己的创作,大声疾呼,"情"可以使人死而复活。这种对"情"的赞美,在杜丽娘的身上,更体现为强烈的个性解放的追求。

杜丽娘长在深闺,得到的是腐儒陈最良的"教育"和父母的管束,从某些方面而言,她比《西厢记》里的崔莺莺受到的管束更加严酷,她生活在寂寞与苦闷之中。

但是,杜丽娘终于从深闺走向无限春光的园林。《游园》一出所描绘的美好的春光,正象征着人的美好的青春。在她走出深闺之前,她不知道"春色如许",当她来到园中,领略了"姹紫嫣红"的

春色,正象征着她的青春的觉醒:

> [皂罗袍]原来姹紫嫣红开遍,似这般都付与断井颓垣。良辰美景奈何天,赏心乐事谁家院!(白)恁般景致,我老爷和奶奶再不提起。(合)朝飞暮卷,云霞翠轩;雨丝风片,烟波画船。锦屏人忒看的这韶光贱!

青春的觉醒,意味着对爱情的追求。然而,杜丽娘的爱情,只能在梦中获得。在游园之后,杜丽娘在梦中与柳梦梅相会。作者运用各种艺术手段,极写梦境中的美好。但是,一旦醒来,出现在杜丽娘面前的却是恪守封建礼教的母亲。这种梦境与现实的矛盾,也就是理想与现实的矛盾。

为了追求理想,杜丽娘与封建礼教进行了艰苦的斗争,甚至付出了生命。然而,这并非斗争的结束,相反,恰恰是一个新阶段的开始:她的魂灵与柳梦梅终于结成姻缘。于是,杜丽娘又死而复生,战胜了封建礼教,取得了最后的胜利。

青春的觉醒,爱的追求,因情而死,死而复生,——杜丽娘的一系列戏剧动作,都深刻地蕴含着个性解放的追求,都反映着"情"与"理"的斗争。这一切,正是对明代已经出现的反对封建传统,呼唤社会变革的新思潮的热情赞颂。

《牡丹亭》是一部赞美理想的诗剧,它充满了浪漫主义的想象,构思新颖,富有诗意;语言优美,富有浓郁的抒情性。《惊梦》、《拾画》等出都是流传广泛的折子戏。第七出《闺塾》即《春香闹学》,更是著名的一出 。通过春香的语言和动作,对腐儒陈最良进行了辛辣的讽刺,人物性格突出,戏剧性极强,是一出脍炙人口的折子戏。

三 汤显祖的其他作品

《临川四梦》中,《牡丹亭》、《紫钗记》的主题是青年男女爱情,而《邯郸记》与《南柯记》的主题,则是宦海沉浮,人生感叹。《紫钗记》大约写成于万历十五年(1587),其前身是前此十年之作《紫箫记》。《紫箫记》以唐人小说《霍小玉传》为蓝本,是汤显祖与几个朋友的共同创作,但未写完就付刻了。汤显祖在《紫钗记题词》中说:

> 往余所游谢九紫、吴拾芝、曾粤祥诸君,度新词与戏,未成,而是非蜂起,讹言四方。诸君子有危心,略取所草具词梓之,明无所与于时也。记初名《紫箫》,实未成,亦不意其行如是。帅惟审云:"此案头之书,非台上之曲也。"

此剧改变了《霍小玉传》的悲剧性,而主要写了霍小玉与才子李益的爱情生活。《紫钗记》虽以《紫箫记》为基础,但做了较大的改动。更加细腻地表现了霍小玉对李益的痴情。而过分突出了黄衫客的作用,显然是不适当的。

《南柯记》与《邯郸记》都是汤显祖弃官之后的作品,分别取材于唐人小说《南柯太守传》和《枕中记》。两剧共同的特点,一是所写皆为梦境,这个总体上的构思,反映了作者的宦海沉浮如梦的思想和消极出世的情绪。二是所写虽为梦境,却仍表现了作者的某种理想:《南柯记》中对槐安国、南柯郡的描写,就是仁政思想的流露;三是对梦境中官场的描写,具有揭露和批判明代社会现实的积极意义。一般认为,《邯郸记》的成就似高于《南柯记》。卢生和淳于棼,分别是两部作品的主人公,比较起来,对卢生的刻画更具艺术的真实性。另外,两部作品都有宗教色彩,而《南柯记》则更为突出,宣扬佛教教义的情节和文字,占了相当大的比重。

第十节　明代诗文

黄宗羲在《明文案序(上)》中有一段著名的论述:

> 有明之文,莫盛于国初,再盛于嘉靖,三盛于崇祯……然

较之唐之韩、杜,宋之欧、苏,金之遗山,元之牧庵、道园,尚有所未逮,盖以一章一体论之,则有明未尝无韩、杜、欧、苏、遗山、牧庵、道园之文;若成就以名一家,则如韩、杜、欧、苏、遗山、牧庵、道园之家,有明固未尝有其一人也。

这是说明代诗文没有出现过大家。究其原因,黄宗羲又说了下面这一段话:

> 议者以震川为明文第一,似矣。试除去其叙事之合作,时文境界,间或阑入,求之韩、欧集中,无是也。此无他,三百年人士之精神,专注于场屋之业,割其余以为古文,其不能尽如前代之盛者,无足怪也。

黄宗羲看到了"场屋之业"的危害,当然难能可贵,但不全面。

明代诗文虽无大家,但流派繁多。在不同的时期,不同的流派,各有不同的特点。

一 明初诗文和"台阁体"、"茶陵派"

黄宗羲说,明代诗文"莫盛于国初"。这话不很确切,但明初几个作家如宋濂、刘基、高启等,大都经历了元明易代的社会变革,对社会生活有较深切的认识,曾经写出较为真切的作品,则是事实。

宋濂(1310~1381),字景濂,号潜溪,浙江金华人。他的大半生是在元朝度过的。元末征为翰林院编修,以亲老固辞。入明,累官至翰林学士承旨,任元史总裁。朱元璋称之为"开国文臣之首"。后因胡惟庸案,徙茂州,死于途中。有《宋学士全集》。

他以散文见长,尤以传记文写得最为生动形象,如《秦士录》、《王冕传》、《记李歌》等都是著名的篇章;其写景文如《环翠亭记》等,文笔亦极简洁清秀;其议论文可以《文原》为代表。他的《送东阳马生序》,是一篇广为传诵的文章。

刘基(1311～1375),字伯温,浙江青田人,元末进士,官至浙东行省郎中,后弃官还里。他曾辅佐朱元璋建立明朝,官至御史中丞。后为胡惟庸所构,忧愤而死,一说为胡惟庸遣医致死。有《诚意伯文集》。

刘基诗、文兼长。《明史》本传云:"所为文章,气昌而奇,与宋濂并为一代之宗。"他的《郁离子》撰于元末,是一部寓言。既讲寓言故事,又有议论,不仅反映了元末的社会生活,而且寓有批评。例如"楚有养狙以为生者"篇,写狙公役使剥削群狙,终于激起群狙的反抗,其中小狙觉醒得最早,它提出了"然则吾何假于彼而为之役乎?"于是群狙"相与伺狙公之寝,破栅毁柙,取其积,相携而入于林中,不复归"。使"狙公卒馁而死"。最后,"郁离子曰:'世有以术使民而无道揆者,其如狙公乎!惟其昏而未觉也。一旦有开之,其术穷矣。'"这虽是站在提醒封建统治者的立场,但毕竟写出了"一旦有开之",则狙公之流就必然灭亡的道理。

另外,刘基的《卖柑者言》,是一篇揭露和谴责统治者"金玉其外,败絮其中"的著名文章。

刘基的诗歌也有成就,特别是他的乐府诗《筑城词》、《畦桑词》、《卖马词》等篇,更明显地表现了同情人民的感情。他的《二鬼》诗,长达1200多字,表现了极其复杂的思想,亦有深度。

高启(1336～1374),字季迪,号青丘子,长洲(今江苏苏州)人。元末隐居青丘,洪武二年,召修元史,授翰林院国史编修。后因坚辞户部侍郎,所作诗文又有所讽刺,触怒皇帝,被腰斩于市。他的文学创作,以诗歌成就为最高。有《高太史大全集》。

他的诗以歌行体和七律最有成就,风格豪迈而有寄托。《登金陵雨花台望大江》是这方面的代表作:

> 大江来从万山中,山势尽与江流东。钟山如龙独西上,欲破巨浪乘东风。江山相雄不相让,形势争夺天下壮。秦皇空此瘗黄金,佳气葱葱至今王。我怀郁塞何由开,酒酣走上城南

台;坐觉苍茫万古意,远自荒烟落日之中来。石头城下涛声
怒,武骑千群谁敢渡?黄旗入洛竟何祥,铁锁横江未为固。前
三国,后六朝,草生宫阙何萧萧。英雄来时务割据,几度战血
流寒潮。我生幸逢圣人起南国,祸乱初平事休息;从今四海永
为家,不用长江限南北。

《四库提要》评价高诗说:

> 其于诗,拟汉魏似汉魏,拟六朝似六朝,拟唐似唐,拟宋似
> 宋。凡古人之所长,无不兼之。振元末纤秾缛丽之习,而返之
> 于古,启实为有力。然行世太早,殒折太速,未能镕铸变化,自
> 为一家。故备有古人之格,而反不能名启为何格……特其摹
> 仿古调之中,自有精神意象存乎其间。

这是很符合实际情况的。他的乐府诗中,亦多佳作,特别是《田家
行》、《打麦词》、《养蚕词》等描写农村生活的作品,都较清新而富有
生活气息。散文《书搏鸡者事》,写于元时,也是传诵的作品。

在永乐、弘治年间,文坛上出现了"台阁体",体现着"台阁重
臣"的文风和诗风。代表人物是杨士奇(1365~1444)、杨荣(1371~
1440)、杨溥(1372~1446),号称"三杨"。三人都是"台阁重臣",地
位甚高。他们虽然不满宦官擅权,痛责王振;而其作品却多是歌功
颂德,粉饰太平的酬答唱和之作。杨溥的一篇《承恩堂记》是有代
表性的作品。张相评此文云:"此所谓台阁文字也。"

在"三杨"之后,还有个跨越景泰、天顺、成化、弘治、正德五朝
的李东阳(1447~1516),此人虽未尽脱"台阁"习气,但已提出了新
的主张,并形成了一个新的流派——茶陵派。东阳字宾之,号西
涯,湖南茶陵人。官至文渊阁大学士。有《怀麓堂集》及《怀麓堂诗
话》。他强调作诗要"宗唐法杜",艺术上强调诗歌的音调。由于他
立朝多年,又主持诗坛,门生众多,故形成一派。茶陵派是明代诗
歌从台阁体走向诗文复古的过渡。王世贞说:"长沙(指李东阳)之

于何李(指"前七子"何景明、李梦阳)也,其陈涉之启汉高乎?"(《艺苑卮言》)这说法是很有根据的。

二 前后"七子"与"唐宋派"

弘治、正德年间出现了"前七子"诗文复古的创作和理论。前七子,即指李梦阳、何景明、徐祯卿、边贡、王廷相、康海、王九思等七人。他们主张"文必秦汉,诗必盛唐",即著文要仿秦汉,作诗要摹盛唐。这在理学独尊,八股取试,台阁体弥漫文坛的形势下,曾有一定的积极意义;但是他们片面强调摹拟古人,把文学创作引上复古的歧途,危害亦大。嘉靖、万历年间又有李攀龙、王世贞、谢榛、宗臣、梁有誉、徐中行、吴国伦等七人,被称作"后七子",继续倡导诗文复古。李攀龙认为"文自西京,诗自天宝而下,俱无足观"(《明史·李攀龙传》)。甚至主张写文章要"无一语作汉以后,亦无一字不出汉以前"(王世贞《艺苑卮言》)。由于李攀龙,特别是王世贞在当时文坛享有盛名,因此他们的复古主张影响甚大。

"前七子"中的代表人物李梦阳(1473~1530),字献吉,又号天赐,自号空同子,甘肃庆阳人。有《李空同全集》;何景明(1483~1521),字仲默,号大复山人,河南信阳人,有《何大复全集》。"后七子"的代表人物是李攀龙和王世贞。李攀龙(1514~1570),字于鳞,自号沧溟,历城(今山东济南)人。有《李沧溟全集》;王世贞(1526~1590),字元美,自号凤洲,又号弇州山人,江苏太仓人,有《弇州山人四部稿》、《弇山堂别集》。这4位作家,《明史》皆有传。王世贞是最著名的文学家,公认的文坛领袖,著作甚多,除诗文外,相传他还是《鸣凤记》传奇的作者,甚至有人认为《金瓶梅》也是出自他或他的门人的手笔。他的《艺苑卮言》是一部重要的文艺学论著。

前后七子推行的复古,从总体上来看,是一种摹拟古人的形式主义;他们的创作,也缺少生气。但是,在他们中间,个别作者,或个别作品,亦不尽如此。以何景明而论,当李梦阳被逮入狱之时,他的《上杨邃庵书》,写得激昂慷慨,既有胆识,亦富辞采。当"八股"盛行之日,这样的文章是不可多得的。

再以王世贞而论,所为文章,虽"摹秦仿汉,与七子门径相同",而"博综典籍,谙习掌故,则后七子不及,前七子亦不及"(《四库全书总目·弇州山人四部稿提要》)。这样的文章,不仅当"八股"盛行之日,使人知道"四书之外,尚有古书;八股之外,尚有古文"而已。

嘉靖年间,王慎中、唐顺之、茅坤、归有光等作家,反对前后七子的复古,而主张继承唐宋八家的传统,文学史上称他们为"唐宋派"。其中,归有光成就最高。归有光(1506~1571),字熙甫,江苏昆山人,有《震川先生集》。《明史》有传。他批评前后七子,称王世贞为"妄庸巨子"。同时以自己的创作实绩,显示了唐宋派文学的成就。他的文章写得简洁朴素,感情真挚。王锡爵在《归公墓志铭》中称赞他的文章"无意于感人,而欢愉惨恻之思,溢于言语之外,嗟叹之,淫佚之,自不能已"。连那受到他严厉批评的王世贞亦称赞他的散文"不事雕饰而自有风味"(《归太仆赞序》)。在他的散文中,最受人称道的有《项脊轩志》、《寒花葬志》、《先妣事略》诸篇。特别是《项脊轩志》,全文以项脊轩的今昔变化为线索,细腻而真挚地写出了亲人的音容笑貌,表现了深切的怀念之情:

> 家有老妪,尝居于此。妪,先大母婢也,乳二世,先妣抚之甚厚。室西连于中闺,先妣尝一至。妪每谓予曰:"某所而母立于兹。"妪又曰:"汝姊在吾怀,呱呱而泣。娘以指叩门扉曰:'儿寒乎?欲食乎?'吾从板外相为应答……"语未毕,余泣,妪亦泣。余自束发,读书轩中。一日,大母过余曰:"吾儿,久不见若影,何竟日默默在此,大类女郎也?"比去,以手阖门,自语曰:"吾家读书久不效,儿之成,则可待乎!"顷之,持一象笏至,曰:"此吾祖太常公宣德间执此以朝,他日汝当用之!"瞻顾遗

迹,如在昨日,令人长号不自禁。

> 余既为此志,后五年,吾妻来归。时至轩中,从余问古事,或凭几学书。吾妻归宁,述诸小妹语曰:"闻姊家有阁子,且何谓阁子也?"其后六年,吾妻死,室坏不修。其后二年,余久卧病无聊,乃使人复葺南阁子,其制稍异于前。然自后余多在外,不常居。

> 庭有枇杷树,吾妻死之年所手植也,今已亭亭如盖矣。

通过一些身边琐事,抒发亲情,是归有光为文的一个特点。

但归有光文章的成就又不仅在于叙述身边琐事,他对于国计民生,也写过很有见地的文章。例如《送县大夫杨侯序》,谴责朝廷,为民请命,写得词严义正,而且颇带感情。在他的全部作品中,这类文章也是不少的。

三 "公安派"和"竟陵派"

对前后七子复古主义批评较为深刻的,是万历年间的"公安派"。由于其代表人物袁氏三兄弟系湖北公安人,故得此名。

公安派的主将袁宏道(1568～1610),字中郎,号石公,著有《袁中郎全集》;其兄袁宗道(1560～1600),字伯修,著有《白苏斋集》;其弟袁中道(1570～1623),字小修,著有《珂雪斋集》。《明史》皆有传。

公安派对七子复古有较深刻的批判。袁宏道指出:"文之不能不古而今也,时使之也……夫古有古之时,今有今之时,袭古人语言之迹,而冒以为古,是处严冬而袭夏之葛也。"(《雪涛阁集序》)他还说:

> 盖诗文至近代而卑极矣。文则必欲准于秦汉,诗则必欲

准于盛唐，剿袭模拟影响步趋，见人有一语不相肖者，则共指以为野狐外道。曾不知文准秦汉矣，秦汉人曷尝字字学六经欤？诗准盛唐矣，盛唐人曷尝字字学汉魏欤？秦汉而学六经，岂复有秦汉之文？盛唐而学汉魏，岂复有盛唐之诗？唯夫代有升降，而法不相沿，各极其变，各穷其趣，所以可贵，原不可以优劣论也。

（《叙小修诗》）

这些议论都是很深刻的。在批判拟古的同时，三袁还曾提出诗文应以表现"性灵"为主的主张。在上面这段文字之前，还有这样的话：

独抒性灵，不拘格套，非从自己胸臆流出，不肯下笔。有时情与境会，顷刻千言，如水东注，令人夺魄。其间有极佳处，亦有疵处，佳处自不必言，即疵处亦多本色独造语。然余则极喜其疵处，而所谓佳者，尚不能不以粉饰蹈袭为恨，以为未能尽脱近代文人气习故也。

这些议论，也是很有见地的。

公安派的代表作品是袁中郎的尺牍、游记等杂文小品。这类作品最能表现他们的闲情逸致。例如中郎的《孤山》一文有云：

孤山处士，妻梅子鹤，是世间第一种便宜人。我辈只为有了妻子，便惹许多闲事。撇之不得，傍之可厌，如衣败絮行荆棘中，步步牵挂。

又如《与何湘潭书》有云：

作令如啖瓜，渐入苦境。此犹语令之常，若夫吴令，直如吞熊胆，通身是苦矣。

有妻室，作县令，在作者看来，都有苦处。只有作孤山处士，"妻梅子鹤"，才得自由闲适。作者有些山水游记如《雨后游六桥记》、《满井游记》等，都是追求闲适的作品。

但袁氏兄弟的文章也不尽如此，例如中郎有《监司周公实政录序》、《送江陵薛侹入觐序》诸作，便是关心天下治乱、而且反对宦官专政的。

与公安派同时稍后的竟陵派，也是反对诗文拟古的。其主要人物有钟惺（1574～1624），字伯敬，号退谷；谭元春（1586～1637），字友夏。因为他们都是竟陵（今湖北天门）人，故被称为竟陵派。他们的文学主张，大体同于公安派。

四　明末的两派作者

明末，一些文人，当国家危亡之际，纷起组织文社，从事政治活动。张溥、陈子龙、夏完淳等人，作为一些文社的代表人物，写了不少优秀的诗文。

张溥（1602～1641），字天如，江苏太仓人。以"世教衰，此其复起"的意义创建"复社"，在政治上自认为东林党的继承者，继续与阉党进行斗争。在文学上，倡导"兴复古学，务为有用"，写了大量抨击时弊的作品，文风激越而质朴。最有名的篇章是歌颂苏州市民与阉党斗争的《五人墓碑记》。另外，他辑有《诗经注疏大全合纂》、《汉魏六朝百三名家集》。陈子龙（1608～1647），字卧子，号大樽，今上海松江人。与夏允彝等结为"几社"，在政治上与复社相呼应，并曾起兵抗清。在文学方面，则赞赏前后七子，反对"公安"、"竟陵"，面对明末"国破家亡"的现实，他的诗文慷慨悲壮。《小车行》、《卖儿行》、《辽事杂诗》、《秋日杂感》等作品，都写得极有特色。他还参与过《明诗选》的编选工作。有《陈忠裕公全集》行于世。陈子龙的学生夏完淳（1631～1647），原名复，字存古，号小隐，今上海松江人。14岁随父亲夏允彝、老师陈子龙起兵抗清，16岁兵败被捕，英勇就义。所作诗文慷慨激昂。

《狱中上母书》、《土室余论》等文章及《细林野哭》等诗篇,都能深深感染读者。

在明末清初的作家中,还有张煌言,也是陈子龙一流作者。张煌言(1620～1664),字玄著,号苍水,鄞县(今浙江宁波)人,著有《张苍水集》,诗文苍劲悲壮,亦与陈子龙同风。

与此同时,还有另一派文人,仍然沿袭公安派的余风,代表作者是张岱。张岱(1597～1676?),字宗子,又字石公,号陶庵,山阴(今浙江绍兴)人。他的文章取法"公安"、"竟陵",颇多抚今思昔、感时伤事之作。著作有《陶庵梦忆》、《琅嬛文集》、《西湖梦寻》、《石匮书后集》等,《西湖七月半》、《湖心亭看雪》、《柳敬亭说书》等篇,也都很有时代特点。

第十一节　明代散曲与民歌

明代散曲创作低落,而民歌创作出现高潮。这也是明代文学的一个新的现象。

一　明代散曲

明代散曲处于辉煌的元代散曲之后,无论是思想深度或艺术成就都远不及元代;而且,就在明代文学的整体结构中,也远不及戏曲、小说、乃至诗文的成就。明初的散曲作家,大多是皇室招致的由元入明的人物。作品内容以歌功颂德为主。皇室周宪王朱有燉本人的散曲,多是追仙求道之作。弘治、正德以后,情况有些变化。这时散曲创作成就较高的作家有王磐、陈铎、冯惟敏、薛论道等。

王磐(1470?～1530?),字鸿渐,号西楼,高邮人。著有《王西楼乐府》。他的最著名的作品是[朝天子]《咏喇叭》:

> 喇叭,锁哪,曲儿小腔儿大;官船来往乱如麻,全仗你抬声
> 价。军听了军愁,民听了民怕。哪里去辨甚么真共假?眼见
> 的吹翻了这家,吹伤了那家,只吹的水尽鹅飞罢。

蒋一葵《尧山堂外记》云:"正德时,阉寺当权,往来河下者无虚日,每到辄吹号头,齐丁夫,民不堪命。"这篇作品,字里行间正表现了对这种人物故作声势的蔑视,同时也揭露了他们扰民害民的本质。王磐的套数[南吕·一枝花]《久雪》也是写得十分深刻。江盈科《雪涛诗话》说,王磐的散曲"材料取诸眼前,句调得诸口头。朗诵一过,殊足解颐。其视匠心学古,艰难苦涩者,真不啻唉哀家梨也"。这是对王磐散曲风格的中肯评价。

陈铎(1488?~1521?),字大声,号秋碧,下邳(今江苏邳县)人。他精通音律,教坊子弟称之为"乐王"。著有《陈大声乐府全集》。他的《滑稽余韵》收小令136首,描写了各行各业的人物,反映了他们的劳动和生活,其中如《机匠》、《瓦匠》、《铁匠》、《毡匠》等,写得很有特色。例如[雁儿落带得胜令]《机匠》:

> 双臀坐不安,双脚登不办。半身入地牢。间口味荤饭。
> 逢节暂松闲,折耗要赔还。络纬常通夜,抛梭直到晚。将一样
> 花板,出一阵馊酸汗;熬一盏油干,闭一回瞌睡眼。

另外,[朝天子]《搭材》、[水仙子]《葬土》等也都是有名的作品。

冯惟敏(1511~1580?),字汝行,号海浮山人,山东临朐人,著有《海浮山堂词稿》。他的散曲中,有一部分描写农村生活的作品,如[玉江引]《农家苦》、[胡十八]《刈麦有感》等,都反映了作者对农民的同情。风格刚劲,语言流畅。

薛论道(1531~1600?),字谈德,别号莲溪居士,河北定兴县人。所著《林石逸兴》收小令千首。他的作品对世态颇有揭露,且文笔犀利,如[水仙子]《愤世》:"翻云复雨太炎凉,博利逐名恶战场,是非海边波千丈。笑藏着剑与枪,假慈悲论短说长。一个个蛇

吞象,一个个兔赶獐,一个个卖狗悬羊。"这样的作品,对明代社会现实的揭露也是相当深刻的。

二　明代民歌

明代后期,民歌繁盛。沈德符《野获编》说:

> 自宣、正至化、治后,中原又兴[锁南枝]、[傍妆台]、[山坡羊]之属……自兹以后,又有[耍孩儿]、[驻云飞]、[醉太平]诸曲,然不如三曲之盛。嘉、隆间、乃兴[闹五更]、[寄生草]、[罗江怨]、[哭皇天]、[乾荷叶]、[粉红莲]、[桐城歌]、[银绞丝]之属……比年以来,又有[打枣竿]、[桂枝儿]二曲,其腔调约略相似,则不问南北,不问男女,不问老幼良贱,人人习之,人人喜听之,以至刊布成帙,举世传诵,沁人心腑。其谱不知从何而来,真可骇叹!

卓人月《古今词统序》说:

> 我明诗让唐、词让宋、曲又让元,庶几吴歌[桂枝儿]、[罗江怨]、[打枣竿]、[银绞丝]之类,为我明一绝耳。

从沈德符和卓人月对于当代民歌的评论来看,明代文人学者对于民歌的评价之高,超过了历朝历代。这在文学史上是前所未有的。

明代民歌之所以受到当代文人学者如此重视,是因为这些作品的思想和艺术都有新的特征。和文人的诗、词、散曲相比,确有新的时代气息。袁宏道《叙小修诗》说:"吾谓今之诗文不传矣;其万一传者,或今闾阎妇人孺子所唱[擘破玉]、[打枣竿]之类。"这话虽不免片面,但也指出了这些妇人孺子之歌的一个主要特点——比某些文人的诗文更多真情实感。

从现存的明代民歌来看,最多的是情歌。男欢女爱的内容,颇似上继南朝民歌的某些传统。但市民的情趣更为明显。有的作品更大胆地突破了传统的道德观念。

例如《桂枝儿·分离》：

> 要分离，除非天做了地！要分离，除非东做了西！要分
> 离，除非官做了吏！你要分时分不得我，我要离时离不得你。
> 就死在黄泉也做不得分离鬼。

这样坚贞不移的意志和情感，在汉代乐府民歌中曾经有过类似的
表露。但这篇作品显然更为强烈。

又如《山歌·偷》：

> 结识私情弗要慌，捉着子奸情奴自去当。拼得到官双膝
> 馒头跪子从实说，咬钉嚼铁我偷郎。

这样大胆无忌的坦露真情，在前代的民歌里是罕见的。这类作品
更充分地体现了明代民歌的新特点。

此外，还有一些猥亵的情歌，反映着市民阶层的低级趣味，也
反映了明代社会的某些侧面。

明代民歌的表现艺术，也突破了前代的传统手法。例如《锁南
枝·汴省时曲》：

> 傻俊角，我的哥！和块黄泥捏咱两个。捏一个儿你，捏一
> 个儿我，捏的来一似活托，捏的来同床上歇卧。将泥人儿摔
> 碎，着水儿重和过，再捏一个你，再捏一个我，哥哥身上也有妹
> 妹，妹妹身上也有哥哥。

设想之奇、比喻之新，在前代民歌中似亦不曾有过。这也是明代民
歌新的艺术特征。

明代民歌数量之多，思想新颖，艺术独特，时代特点突出；但情
歌居多，而反映广阔的社会生活者少。前人或以为这与文人搜集
民歌有所偏爱有关。但从明代产生了大量的描写男女之情的话本
拟话本以及《金瓶梅》这样的巨著来看，则情歌之大量出现，也是社

会风气使然。

较多反映社会现实的作品是一些民谣。例如《京师人为严嵩语》：

> 可笑严介溪，金银如山积，刀锯信手施。尝将冷眼观螃蟹，看你横行得几时！

这里对权奸严嵩的诅咒，反映了广大士庶的情绪。这样的民谣，是同历代民谣的传统一脉相承的。

第十章　清代文学

第一节　清代文学概述

　　明神宗万历四十四年(1616)，居住在中国东北部的女真族的统治者努尔哈赤建立了大金(史称后金)王朝，定都兴京(今辽宁新宾县境内)，建元天命。他就是清太祖。明崇祯九年(1636)，努尔哈赤的第四子皇太极，改国号为"清"，改年号天聪为崇德。他积极向南发展，多次攻入关内，骚扰北京。明崇祯十七年(1644)，李自成率领农民起义军于三月攻进北京，推翻明王朝。时皇太极已死，其子福临即位，年号顺治，由睿亲王多尔衮摄政，率兵攻打山海关。在降清明将吴三桂引导下于六月进入北京，镇压了农民起义，建立了中央政权。但从全国来看，还远未统一，民族矛盾和阶级矛盾都十分尖锐。为此，清廷一方面采取了一些缓和的措施，如厚葬崇祯帝后，擢用汉族归臣降将，减免粮饷，赦免罪犯；另一方面，继续采取强大的军事行动，镇压广大汉族人民的抗清斗争。"扬州十日"、"嘉定三屠"就是血腥镇压的历史记录。经过40余年，到康熙二十二年(1683)，郑成功在台湾坚持的抗清斗争失败，清王朝才完成了统一全国的大业。

　　经过康熙、雍正时期的恢复，农业、手工业、商业都发展起来，乾隆时期达到了鼎盛。清王朝积累了巨大的财富,保证了封建经济的稳固发展。与此同时,封建地主阶级,包括皇室、贵族、官僚、商贾,也聚集了巨额财富,社会矛盾日益尖锐。乾嘉时期,全国多处爆发起义,特别是白莲教起义、苗民起义、天理教起义,时间长,地域广,给清廷以沉重的打击。

清朝统治者在武力镇压农民起义的同时,在思想文化领域也实行了严酷的统治。明末清初,是中国思想史上最活跃的历史时期之一,以顾炎武、黄宗羲、王夫之为代表的思想家,都曾从事抗清活动,并对封建统治有所抨击。指出:“为天下之大害者,君而已矣。”(《明夷待访录·原君》)唐甄更大胆指出:“自秦汉以后,凡帝王者皆贼也。”(《潜书·室语》)为了加强文化专制,清廷大兴文字狱,康、雍、乾三朝大狱达七、八十起之多,著名的“明史案”株连近 200 人,戴名世《南山集》案,死者百余人,流放者多达数百人。康熙、雍正都亲自倡导程朱理学,编纂《性理精义》以束缚人们的思想。此外,还沿明制以八股取士,并开设“博学鸿词科”罗致名士;开“四库全书馆”,征求遗书,抽毁删改部分著作。在这种形势下,很多文人学者钻入故纸堆中,潜心考据,形成了对中国学术发展产生了巨大影响的乾嘉学派。《四库全书》的编辑,乾嘉学派的出现,对中国文化学术的发展虽有贡献,但更重要的是加强了文化统治。

当然,思想统治虽严,文学还是要发展的。清代文学不仅持续发展了传统文学,而且出现了集大成的作家作品。在小说领域里出现的《聊斋志异》、《儒林外史》和《红楼梦》等作品,对封建社会做了深刻的揭露和批判,无愧为传统的文言小说和通俗小说的集大成者;清代戏曲,产生了“南洪北孔”的《长生殿》、《桃花扇》,作为传奇,它们是继明代《牡丹亭》之后在中国戏曲史上最有成就、最有影响的作品;在诗文方面,也取得了相当的成就,理论和创作实践,都有新的时代特点,都在中国文学史上占有重要的地位;人民群众自己(包括民间艺人)所创作的弹词、鼓词、山歌俗曲、传奇(如《雷峰塔》)等等也为清代文学带来了清新的空气。

当 1840 年帝国主义以兵船大炮打开古老的中国大门之后,历史进入了一个新的阶段,中国文学也随之发展到了新的时期——近代文学。这时社会发生了大的变革,文学也产生了新的特点。

第二节 《聊斋志异》

传统的文言短篇小说发展到清初,出现了集大成之作:蒲松龄的《聊斋志异》。

一 《聊斋志异》的作者蒲松龄

蒲松龄(1640～1715),字留仙,别号柳泉,淄川(今山东淄博)人。远祖蒲鲁浑为元代般阳路总管,其后代于元亡时易姓,明初又复姓蒲,故有蒲松龄为蒙古族之说。松龄之父名槃,学识渊博,但困于童生,终因家贫而弃儒经商。松龄自幼聪敏,博览经史,有文才。作为中国封建社会的知识分子,他亦热衷科举,19 岁(顺治十五年,1658)考取秀才,他的文章受到主考施闰章的称赞;但此后则屡试不第。31 岁时,应聘为同乡进士宝应县知县孙蕙的"幕宾",代为书札、告示及应酬文字。这与他的性格和志向是相违的,因此仅一年即北归故里。此后,便开始了他的长达 40 年之久的设帐教书生涯,其间有很长一段时间在同县乡宦毕氏家中做塾师。毕家藏书万卷,与四方名士多有交往,这为蒲松龄读书写作和交游提供了条件。这 40 年间,蒲松龄多次应举,但终不第。他每每顾影自悲,"数卷残书,半窗寒烛,冷落荒斋里",耗尽了他的生命。直到71 岁,才援例出贡。辞馆归家后,生活凄苦,76 岁去世。

贫寒的境遇,使蒲松龄接触了下层社会,特别是农村生活;长期的设帐生涯,又使他观察到社会的各个层面,接触到各种人物;

屡试不第的经历,更使他对社会生活,对文人的处境有了深切的体验。这一切,正是他能够创作出不朽的《聊斋志异》的根本原因。

蒲松龄一生著述甚多,除《聊斋志异》外,还有诗、文、词、戏曲、杂著、俚曲等多种样式的著作,并结集传世。《聊斋志异》是他的代表作。他在《聊斋自志》中说:

> 才非干宝,雅爱搜神;情类黄州,喜人谈鬼。闻则命笔,遂以成篇。久之,四方同人又以邮筒相寄,因而物以好聚,所积益伙。

这充分说明,《聊斋志异》是在广泛搜集民间故事、传说的基础上创作而成的。全书共 490 余篇,在作者生前即以抄本传世。近年中华书局的会校会注会评本,采录较为完备,共 491 篇。

二　《聊斋志异》的思想倾向

蒲松龄对黑暗的封建社会有深切的体验,他在《与韩刺史樾依书》中说:"仕途黑暗,公道不彰,非袖金输璧不能自达于圣明,真令人愤气填胸,欲望望然哭向南山而去!"《聊斋志异》正是作者借鬼狐花妖故事寄托"孤愤"的作品。

王士禛曾为《聊斋志异》题辞:"姑妄言之姑听之,豆棚瓜架雨如丝,料应厌作人间语,爱听秋坟鬼唱时。"王士禛与毕际有关系密切,通过毕际有,蒲松龄与王士禛亦有交往,王士禛对蒲松龄有很高的评价,《淄川县志》云:"新城王渔洋先生素奇其才,谓非寻常流辈所及。"因此,王士禛的这首题辞,应看作是对蒲松龄和《聊斋志异》不仅十分器重而且十分理解的知音者的评析。蒲松林之所以"厌作人间语","爱听秋坟鬼唱时",就因为"人间"的丑恶太多,由人类组成的这个社会太黑暗;而被人类视为"异类"的狐妖鬼蜮却比满口仁义道德的"人类"善良得多,美好得多。乾隆年间曾帮助赵起杲整理刊行《聊斋志异》的进士余集(字蓉裳,号秋宝)在《聊斋志异序》中说:"世固有服声被色,俨然人类;叩其所藏,有鬼蜮之不足比,而豺虎之难与方者,下堂见虿,出门触蜂,纷纷沓沓,莫可穷诘。惜无禹鼎铸其情状,镯镂决其阴霾,不得已而涉想于杳冥荒怪之域:以为异类有情,或者尚堪晤对;鬼谋虽远,庶其警彼贪淫。呜呼! 先生之志荒,而先生之心苦矣!"这恰恰是渔洋题辞的注脚。既然人世间的"服声被色"者比"鬼蜮"、"豺虎"还不如,而"异类"却又"有情"、"尚堪晤对",那么,《聊斋志异》对鬼狐花妖的赞美,正是对世间丑恶的厌弃和鞭挞!

蒲松龄笔下的很多狐女形象,不仅容貌美丽,而且纯真、善良、有才干。《婴宁》中的婴宁,天真憨直,爽朗任性,时时都会毫无顾忌地放声大笑,甚至在婚礼时,也因"笑极,不能俯仰"而作罢。她真诚对待自己的丈夫,如实告诉他"妾本狐产";她对抚养过自己的"鬼母",也极尽子女之道;与此同时,她也无情地惩罚了那个淫邪的"西邻子"。《娇娜》中的娇娜,是个绝世美丽的狐女。孔生重病时,娇娜以自己的高超的医术竭力医治,而且作者还特别强调,在治病时,她的美丽就足以使孔生减轻病痛。后来,当孔生为救助娇娜一家而被雷击致死时,娇娜表现了极其真挚的情义:"孔郎为我而死,我何生矣!"于是又一次救活孔生。这些美丽、纯正、善良而有才干的狐女,都是作者倾注了极大的爱而塑造成功的形象。作者赞美她们,歌颂她们,正表达了对人世丑恶的大胆的否定。这个否定,就是对明末清初乃至整个封建社会的深刻的批判。这是贯穿于《聊斋志异》全书的主题。

《聊斋志异》还以一些生动的鬼狐故事,曲折地甚至是直接地揭露、嘲讽了封建政治,特别是帝王官绅的罪恶。最著名的《促织》、《席方平》等篇就是这方面的代表作。

吕毖《明朝小史》载:"宣宗酷好促织之戏,遣使取之江南,价贵至数十金。"《促织》虽非记实,但显然有极其具体的背景。故事本

身具有十分深刻的典型意义,一方面写出了为满足一个帝王的毫
无意义的"玩意儿",就可以害得百姓家败人亡:

> 儿惧,啼告母。母闻之,面色灰死,大骂曰:"业根! 死期
> 至矣! 而翁归,自与汝覆算耳!"儿涕而出。未几成归,闻妻
> 言,如被冰雪。怒索儿,儿渺然不知所往;既得其尸于井。因
> 而化怒为悲,抢呼欲绝。夫妻向隅,茅舍无烟,相对默然,不复
> 聊赖。

另一方面,也写出了一旦满足了帝王的某种欲望,就可以立刻"裘
马过世家"。这显然是对整个统治集团的揭露!

《席方平》以阴间的冤狱揭露了封建社会暗无天日的现实,而
席方平的报仇行动,也正是受压迫者起而反抗的写照。

席方平之父席廉"与里中富室羊姓有隙"。羊氏先死,在阴间
贿通冥吏,使席廉亦死,并在阴间受尽酷刑,"胫股摧残甚矣"。席
方平知父"朴讷",于是到阴间代父伸冤。而羊氏则继续贿赂,买通
了城隍、郡司、冥王,使席方平不仅无法伸冤,而且惨遭"火床""锯
解"等酷刑折磨。作品对此作了细致的描写,产生了足以震撼人心
的效果:

> 冥王益怒,命置火床。两鬼捽席下,见东墀有铁床,炽火
> 其下,床面通赤。鬼脱席衣,掬置其上,反复揉捺之,痛极,骨
> 肉焦黑,苦不得死。约一时许,鬼曰:"可矣。"遂扶起,促使下
> 床着衣,犹幸跌而能行。复至堂上,冥王问:"敢再讼乎?"席
> 曰:"大冤未伸,寸心不死,若言不讼,是欺王也,必讼!"又问:
> "讼何词?"席曰:"身所受者,皆言之耳。"

受贿冥吏的淫威,反映了人世间富豪与官府勾结残害百姓
的现实。席方平在酷刑面前毫不屈服,而且正是在磨难中逐步
成熟起来,开始讲求斗争的策略,最后,借助二郎神的力量终于
成功。

　　小说的后半部分,以占全篇字数四分之一的篇幅写了二郎神对冥王等的判词。这篇判词,虽然是以某种善良的幻想为基础的,而且文字亦非上乘,但毕竟反映了人民大众对官府倒行逆施的控诉和作者的满腔激愤:

> 勘得冥王者:职膺王爵,身受帝恩。自应贞洁以率臣僚,不当贪墨以速官谤。而乃繁缨棨戟,徒夸品秩之尊;羊狼狼贪,竟玷人臣之节。斧敲斫,斫入木,妇子之皮骨皆空;鲸吞鱼,鱼食虾,蝼蚁之微生可悯。当掬西江之水,为尔涮肠;即烧东壁之床,请君入瓮。城隍、郡司,……惟受赃而枉法,真人面而兽心!是宜剔髓伐毛,暂罚冥死;……隶役者:……飞扬跋扈,狗脸生六月之霜;隳突号叫,虎威断九衢之路。……当于法场之内,剁其四肢,更向汤镬之中,捞其筋骨。……

　　蒲松龄本人是一位深受科举制度折磨的封建文人,对科举的弊端,他有着深切的体验。因此,他笔下的《司文郎》、《王子安》、《叶生》、《贾奉雉》等篇,都淋漓尽致地揭露了科举制度本身的腐朽和对封建社会知识分子的毒害。

　　《司文郎》是一篇讽刺科举制度的绝妙佳作。作品写一瞽僧,凭嗅觉而知文章好坏。有平阳王平子及宋某前来请他鉴别自己的文章:

> 偶与涉历殿阁,见一瞽僧坐廊下,设药卖医。宋讶曰:"此奇人也,最能知文,不可不一请教。"因命归寓取文。……僧疑其问医者,便诘症候。王具白请教之意。僧笑曰:"是谁多口?无目何以论文?"王请以耳代目。僧曰:"三作两千余言,谁耐久听!不如焚之,我视以鼻可也。"王从之,每焚一作,僧嗅而颔之曰:"君初法大家,虽未逼真,亦近似矣。我适受之以脾。"问:"可中否?"曰:"亦中得。"

又有一余杭生亦焚文试僧:

> 余杭生未深信,先以古大家文烧试之,僧再嗅曰:"妙哉!
> 此文我心受之矣,非归、胡何解办此!"生大骇,始焚己作。僧
> 曰:"适领一艺,未窥全豹,何忽另易一人来也?"生托言:"朋友
> 之作,止此一首;此乃小生作也。"僧嗅其余灰,咳逆数声,曰:
> "勿再投也! 格格而不能下,强受之以膈;再焚,则作恶矣。"生
> 惭而退。

但是,数日后发榜,王子平落第,余杭生却高中。瞽僧知道这个结
果后叹曰:

> 仆虽盲于目,而不盲于鼻;帘中人并鼻盲矣。

这不仅辛辣地讽刺了考官们有眼无珠,不辨优劣,而且对整个科举
制度也是一个大胆的否定。

《王子安》是从另一个方面讽刺科举制度的佳作;它写出了醉
心科举者的变态心理:

> 王子安,东昌名士,困于场屋。入围后,期望甚切。近放
> 榜时,痛饮大醉,归卧内室。忽有人曰:"报马来。"王踉跄起
> 曰:"赏钱十千!"家人因其醉,诳而安之曰:"但请睡,已赏矣。"
> 王乃眠。俄又有入者曰:"汝中进士矣!"王自言:"尚未赴都,
> 何得及第?"其人曰:"汝忘之耶? 三场毕矣。"王大喜,起而呼
> 曰:"赏钱十千!"家人又诳之如前。又移时,一人急入曰:"汝
> 殿试翰林,长班在此。"果见二人拜床下,衣冠修洁。王呼赐酒
> 食,家人又绐之,暗笑其醉而已。久之,王自念不可不出耀乡
> 里,大呼长班,凡数十呼,无应者。家人笑曰:"暂卧候,寻他
> 去。"又久之,长班果复来。王捶床顿足,大骂:"钝奴焉往!"长
> 班怒曰:"措大无赖! 向与尔戏耳,而真骂耶?"王怒,骤起扑
> 之,落其帽。王亦倾跌。妻入,扶之曰:"何醉至此!"王曰:"长
> 班可恶,我故惩之,何醉也?"妻笑曰:"家中只有一媪,昼为汝
> 炊,夜为汝温足耳。何处长班,伺汝穷骨?"子女皆笑。王醉亦

稍解，忽如梦醒，始知前此之妄。然犹记长班帽落；寻至门后，得一缨帽如盏大，共疑之。自笑曰："昔人为鬼揶揄，吾今为狐奚落矣。"

《聊斋》中还有很多作品表现了反对封建婚姻，歌颂纯真爱情的主题。《香玉》、《婴宁》、《莲香》等篇，主要写花妖鬼狐与人相恋的故事，歌颂执著追求理想爱情的品德。《香玉》写劳山下清宫里，黄生与白牡丹花妖香玉相爱，当此花被人移至家中，"日就萎悴"时，黄生"恨极，作哭花诗五十首，日日临穴，涕洟"，后来"花神感君至情，俾香玉复降宫中"，黄生日日精心护理，一年后，"花大如盘"，香玉复至。十余年后，黄生病殁，亦魂寄牡丹，与香玉相守。另外，《鸦头》、《细侯》、《连城》诸篇，则以曲折的情节反映了封建社会青年男女追求自由恋爱而承受的种种压迫及他们的反抗斗争。《鸦头》中的妓女鸦头与王文相识，认为他"敦笃"、"可托"，遂不计其"囊涩"，以身相许，双双出走：

> 鸦头谓王曰："妾烟花下流，不堪匹敌；既蒙缱绻，义即至重。君倾囊博此一宵欢，明日如何？"王泫然悲哽。女曰："勿悲。妾委风尘，实非所愿。顾未有敦笃如君可托者。请以宵遁。"王喜，遽起；女亦起。听谯鼓已三下矣。女急易男装，草草偕出，叩主人扉。王故从双卫，托以急务，命仆便发。女以符系仆股并驴耳上，纵辔极驰，目不容启；耳后但闻风鸣；平明至汉口，税屋而止。王惊其异。女曰："言之，得无惧乎？妾非人，狐耳。母贪淫，日遭虐遇，心所积懑。今幸脱苦海。百里外，即非所知，可幸无恙。"王略无疑贰，从容曰："室对芙蓉，家徒四壁，实难自慰，恐终见弃置。"女曰："何必此虑。今市货皆可居，三数口，淡薄亦可自给。可鬻驴子作资本。"王如言，即门前设小肆，王与仆人躬同操作，卖酒贩浆其中。

《聊斋》中还有一些作品，揭示了某些生活中的现象以引起人们的警觉,极富有教育意义。如《画皮》即告诫世人不可被美丽的画皮所迷惑。《劳山道士》则教育人们不可像王生那样投机取巧,好逸恶劳;希图侥幸成功者,必将在现实生活中碰得头破血流。《口技》、《偷桃》等篇,有如笔记,生动描绘了艺人的高超技艺,丰富了人们的知识。

三 《聊斋志异》的艺术成就

《聊斋志异》在艺术上集志怪与传奇之大成,"用传奇法,而以志怪"。

《聊斋志异》所写,虽"不外记神仙狐鬼精魅故事",近于传统的志怪,但"描写委曲、叙次井然",全是传奇笔法,因此,"聊斋故事"不仅异常曲折动人,而且有极强的艺术真实感。人狐虽为异类,但在蒲松龄的笔下,他们的交往,都构成一个个感人的传奇故事,"变幻之状,如在目前","出于幻域,顿入人间"。

在《聊斋志异》490余篇作品中,塑造了大量的艺术形象,或人或仙,或鬼或狐,无不在极其简洁的描述中表现出鲜明而生动的个性。例如《青凤》中的青凤,《婴宁》中的婴宁等等,虽然都是年轻的女性形象,但是前者感情缠绵,行为谨慎,后者天真爽朗,无拘无束;个性突出,绝不雷同。

《聊斋志异》的文章,典雅而明快。无论是叙述故事或写人物对话,都极简洁而富于表现力。

鲁迅在《中国小说史略》中对《聊斋志异》的艺术成就作了这样的分析:

> 《聊斋志异》虽亦如当时同类之书,不外记神仙狐鬼精魅故事,然描写委曲,叙次井然,用传奇法,而以志怪;变幻之状,如在目前;又或易调改弦,别叙畸人异行,出于幻域,顿入人间;偶叙琐闻,亦多简洁,故读者耳目,为之一新。

《聊斋志异》之后，颇多模仿之作，但成就不高。

乾隆年间纪昀(1724～1805)的《阅微草堂笔记》则是一部按传统志怪手法创作的文言小说集。昀字晓岚，河北献县人。乾隆十九年进士，官至礼部尚书、协办大学士。博览群书，曾任《四库全书》总纂。《笔记》由《滦阳消夏录》(六卷)、《如是我闻》(四卷)、《槐西杂志》(四卷)、《姑妄言之》(四卷)、《滦阳续录》(六卷)合刊而成。"隽思妙语，时足解颐，间杂考辨，亦有灼见。"(《中国小说史略》)对后世影响甚大。

第三节 《儒林外史》

吴敬梓的《儒林外史》，是中国小说史上成就最高的长篇讽刺小说。鲁迅认为，至《儒林外史》问世，"说部中乃始有足称讽刺之书"。而且，"是后亦鲜有以公心讽世之书如《儒林外史》者"(《中国小说史略》)。

一 《儒林外史》的作者吴敬梓

吴敬梓(1701～1754)，字敏轩，一字文木，自称秦淮寓客。安徽全椒人。世代多显达，金和《儒林外史跋》云："吴氏固全椒望族，明季以来，累叶科甲，族姓子弟声势之盛，俨然王谢。"至父辈始凋败。吴敬梓经历了家族由盛至衰的变化过程。

敬梓少年聪敏，勤奋好学，"熔经铸史"的同时，亦学八股制艺，早年即中秀才。23岁时父亲去世，家难顿起。他生性放达，不通庶务，遭到族人指斥。29岁应滁州试(乡试预考)不中。妻子死后，生活更加困顿。33岁时离故乡到南京。

敬梓到南京后，积习不改，对功名十分淡漠。安徽巡抚赵国麟曾荐举他应乾隆元年"博学鸿词"考试，但他托病谢绝。他以卖文为生,十分清苦,常常陷于"囊无一钱守,腹作干雷鸣"的境地;冬夜为御寒,常与朋友"绕城堞行数十里",谓之"暖足"。(程晋芳《文木先生传》)他定居南京,亦常往来于扬州。54岁时,即病逝于扬州。

家世的败落,生活的清苦,使吴敬梓饱尝世态炎凉;在交游中,他又受到具有进步思想的学者程廷祚、樊圣谟等人的影响,深刻认识了现实社会的种种弊端,特别是科举制度的腐败。大约在40至50岁期间,他创作完成了《儒林外史》。此外,还有《文木山房集》传世。

《儒林外史》初以抄本(五十卷本)流传;现在我们能见到的最早刻本是嘉庆八年(1803)的卧闲草堂本,五十六回;此后的印本,多以此本为据;由于学术界对第五十六回是否出自敬梓有歧议,故有的通行本正文五十五回,第五十六回为附录。

二 《儒林外史》的思想和人物

《儒林外史》所写内容,假托明季,实为清朝,而且十之八九的人物都实有其人。它真实地描绘了康雍乾时期知识分子生活的沉浮,境遇的顺逆,功名的得失,仕途的升降,情操的高尚与卑劣,理想的倡导与破灭,出路的探索与追寻,从而揭露和讽刺了科举制度的腐朽和整个封建道德的虚伪。

兴于隋唐的科举制度,到明清已腐朽不堪,八股制艺毒害着士子,危害着民族,有识之士,无不痛陈其弊。顾炎武在《日知录》卷十六中对于明代以来的"经义论策"、"拟题"、"试文格式"、"程文"等等科举考试的弊端,言之甚详。但清代统治者为了进行文化专制,相沿不改,甚且变本加厉。

吴敬梓作为一位敏感的文学家,在《儒林外史》里描绘了在科举制度的毒害下,封建文人的品格、心理以及举止言行都丑恶到了何种地步。鲁迅说,是书"机锋所向,尤在士林",即指对此类人的讽刺。但《儒林外史》对士子的讽刺，并非对个人的攻击，而是写出了他们的丑恶乃源于科举制度的腐败。因此，鲁迅也特别强调此书"秉持公心，指摘时弊"的可贵。

《儒林外史》写了一个马二先生。这是一个为举业而耗尽终生的受害者，但是，他却始终把举业视为"神圣不可侵犯"的事业，他说：

> "举业"二字，是从古及今，人人必要做的。就如孔子在春秋时候，那时用"言扬行举"做官，故孔子只讲得个"言寡尤，行寡悔，禄在其中"，这便是孔子的举业。讲到战国时，以游说做官，所以孟子历说齐梁，这便是孟子的举业。到汉朝，用"贤良方正"开科，所以公孙弘、董仲舒举贤良方正，这便是汉人的举业。到唐朝，用诗赋取士，他们若讲孔、孟的话，就没有官做了，所以唐人都会做几句诗，这便是唐人的举业。到宋朝，又好了，都用的是些理学的人做官，所以程、朱就讲理学，这便是宋人的举业。到本朝，用文章取士，这是极好的法则。就是夫子在而今，也要念文章、做举业，断不讲那"言寡尤，行寡悔"的话。何也？就日日讲究"言寡尤，行寡悔"，那个给你官做？孔子的道也就不行了。

（第十三回）

这不仅写出了马二先生之流受害而不自觉，而且也点出了他们不自觉的原因，正在于举业是他们能做官的惟一途径，这就触及了封建社会的根本弊端：以腐朽的科举制度选拔人才的不合理性。

正因为举业是士子做官的惟一途径，于是无数的封建文人，就在这条路上以生命做赌注孜孜以求。吴敬梓笔下的范进，就是一个从20岁考到54岁才中举，而心理惨遭巨大摧残的典型人物：

> 那邻居飞奔到集上，一地里寻不见；直寻到集东头，见范进抱着鸡，手里插个草标，一步一踱的东张西望，在那里寻人

买。邻居道:"范相公,快些回去!你恭喜中了举人,报喜人挤了一屋里。"范进道是哄他,只装不听见,低着头往前走。邻居见他不理,走上来,就要夺他手里的鸡。范进道:"你夺我的鸡怎的? 你又不买。"邻居道:"你中了举了,叫你家去打发报子哩。"范进道:"高邻,你晓得我今日没有米,要卖这鸡去救命,为甚么拿这话来混我? 我又不同你顽,你自回去吧,莫误了我卖鸡。"邻居见他不信,劈手把鸡夺了,掼在地下,一把拉了回来。报录人见了道:"好了,新贵人回来了。"正要拥着他说话,范进三两步走进屋里来,见中间报帖已经升挂起来,上写道:"捷报贵府老爷范讳进高中广东乡试第七名亚元。京报连登黄甲。"

范进不看便罢,看过一遍,又念一遍,自己把两手拍了一下,笑了一声,道:"噫! 好了! 我中了!"说着,往后一交跌倒,牙关咬紧,不省人事。老太太慌了,慌将几口开水灌了过来。他爬将起来,又拍着手大笑,道:"噫! 好! 我中了!"笑着,不由分说,就往门外飞跑,把报录人和邻居都唬了一跳。走出大门不多路,一脚踹在塘里,挣起来,头发都跌散了,两手黄泥,淋淋漓漓一身的水,众人拉他不住,拍着、笑着,一直走到集上去了。众人大眼望小眼,一齐道:"原来新贵人欢喜疯了。"老太太哭道:"怎生这样苦命的事! 中了一个甚么举人,就得了这个拙病!"

(第三回)

这入木三分的刻画,正是对"科举杀人"的控诉! 然而,就是这个范进,做了举人老爷之后,也同样表现出了可憎的虚伪:因"先母见背,遵制丁忧",在酒席上故作孝子状,既不用"银镶杯箸",也不用磁杯、象牙箸,必换了"白颜色竹子的筷子"。但吃起来,他却"在燕窝碗里,拣了一个大虾元子送在嘴里"。

还有一个周进,也因屡试不第,而神经失常。当他看到号房

时,竟然大哭起来:

> 话说周进在省城要看贡院,金有余见他真切,只得用几个小钱同他去看。不想才到天字号,就撞死在地下。众人多慌了,只道一时中了恶。行主人道:"想是这贡院里久没有人到,阴气重了,故此周客人中了恶。"金有余道:"贤东,我扶着他,你且去到做工的那里借口开水来,灌他一灌。"行主人应诺,取了水来。三四个客人一齐扶着,灌了下去,喉咙里咯咯的响了一声,吐出一口稠涎来。众人道:"好了!"扶着立了起来。周进看着号板,又是一头撞将去。这回不死了,放声大哭起来;众人劝着不住。金有余道:"你看,这不是疯了么? 好好到贡院来耍,你家又不死了人,为甚么这号啕痛哭是的?"周进也不听见,只管伏着号板哭个不住。一号哭过,又哭到二号、三号,满地打滚,哭了又哭,哭的众人心里都凄惨起来。金有余见不是事,同行主人一左一右架着他的膀子。他那里肯起来,哭了一阵又是一阵,直哭到口里吐出鲜血来。

(第三回)

在《儒林外史》里,那些通过科举而步入仕途的人物,往往都成为酷吏,这也正是从另一个方面揭露了科举制度的罪恶,例如汤知县:

> 次日早堂,头一起带进来是一个偷鸡的积贼,知县怒道:"你这奴才,在我手里犯过几次,总不改业,打也不怕,今日如何是好?"因取过朱笔来,在他脸上写了"偷鸡贼"三个字;取一面枷枷了,把他偷的鸡,头向后,尾向前,捆在他头上,枷了出去。才出得县门,那鸡屁股里哵喇的一声,屙出一抛稀屎来,从额颅上淌到鼻子上,胡子沾成一片,滴到枷上。两边看的人多笑。第二起叫将老师夫上来,大骂一顿"大胆狗奴",重责三十板,取一面大枷,把那五十斤牛肉都堆在枷上,脸和颈子箍

得紧紧的,只剩得两个眼睛,在县前示众。天气又热,枷到第二日,牛肉生蛆,第三日,呜呼死了。

(第四回)

在虚伪的封建道德和举业的毒害下,封建文人的人的本性被扭曲了。他们或者丧失了人类固有的情感,或者表现了难以理喻的怪癖,或者道德沦丧而不知廉耻。《儒林外史》对这些现象做了惟妙惟肖的描绘,并予以尖锐的讽刺。那个做了30年秀才的王玉辉,居然鼓励和赞赏自己的女儿自杀殉节,丧失了作为一个父亲的最起码的人性:

> 王玉辉道:"亲家,我仔细想来,我这小女要殉节的真切,倒也由着他行罢。自古'心去意难留。'"因向女儿道:"我儿,你既如此,这是青史上留名的事,我难道反拦阻你?你竟是这样做罢。我今日就回家去,叫你母亲来和你作别。"
>
> 亲家再三不肯。王玉辉执意,一径来到家里,把这话向老孺人说了。老孺人道:"你怎的越老越呆了! 一个女儿要死,你该劝他,怎么倒叫他死? 这是甚么话说!"王玉辉道:"这样事,你们是不晓得的。"老孺人听见,痛哭流涕,连忙叫了轿子,去劝女儿,到亲家家去了。王玉辉在家,依旧看书、写字,候女儿的信息。
>
> 又过了三日,二更天气,几把火把,几个人来打门,报道:"三姑娘饿了八日,在今日午时去世了!"老孺人听见,哭死了过去,灌醒回来,大哭不止。王玉辉走到床面前,说道,"三女儿他而今已是成了仙了,你哭他怎的? 他这死的好,只怕我将来不能像他这一个好题目死哩!"因仰天大笑道:"死的好! 死得好!"大笑着走出房门去了。

(第四十八回)

然而,礼教毕竟是虚伪的。当"制主入祠,门首建坊",众人祭祀时,

王玉辉却"转觉伤心,辞了不肯来",显然还存在着"良心与礼教之冲突"。(《中国小说史略》)

《儒林外史》中还写了一些性格"反常"的文人,或贪婪悭吝,或残暴狡诈,这些形象,都反映了在封建社会后期,"人心不古"、"世风日下"的社会面貌,其实质就是封建道德规范日趋崩溃。第六回对严监生悭吝成性的描写是书中最精彩的片断之一:

> 话说严监生临死之时,伸着两个指头,总不肯断气。几个侄儿和些家人都来讧乱着问,有说为两个人的,有说为两件事的,有说为两处田地的,纷纷不一;只管摇头不是。赵氏分开众人,走上前道:"爷,只有我能知道你的心事。你是为那灯盏里点的是两茎灯草,不放心,恐费了油。我如今挑掉一茎就是了。"说罢,忙走去挑掉一茎。众人看严监生时,点一点头,把手垂下,登时就没了气。

然而,这绝非仅仅是对"悭吝"这一性格的讽刺,而是反映出此类文人的心态、品格是如何的猥琐、反常。

此外,作品还塑造了一大批形形色色的士林中人,如匡超人、季苇萧、景兰江、赵雪斋、王惠、严致和、张敬斋、权勿用、牛蒲郎等等,他们或利欲熏心,或趋炎附势,或贪婪残暴,或招摇撞骗,对此,《儒林外史》无不给予尖锐的讽刺。

吴敬梓作为18世纪的作家,他在作品中也塑造了他心目中的正面形象,并寄托了他的理想。

书中第一个出场的重要人物王冕,就是作者寄托理想的正面形象。王冕是元末的真实人物,但在吴敬梓笔下,王冕作为一个文学形象,主要表现他有学问,有操守,不追求功名富贵,安心以放牛卖画为生,孝敬母亲,恬淡和平。这一形象与书中所描绘的那些追名逐利、道德沦丧的文人,形成鲜明的对比。此外,庄绍光、迟衡山以及杜少卿等几个人物,也是作者塑造的正面形象,其中,杜少卿的个性尤为突出。

作品第三十二回,借娄太爷之口说杜少卿:"品行、文章,是当今第一人。"这显然是作者的表白。杜少卿本是"一门三鼎甲、四代六尚书"的高门子弟,但他蔑视功名,不求闻达。"眼里没有长官,又没有本家",一味"做慷慨仗义的事"。例如,有一日臧蓼斋来告诉他,县里的父母官王公出了事,罢了官,而且新官来了就要把他赶出去,正无处安身。杜少卿立即表示:"请来我家花园里住。"势利小人臧蓼斋对此举大不解,问道:

> 你从前会也不肯会他,今日为什么自己借房子与他住?况且他这事有拖累,将来百姓要闹他,不把你花园都拆了!

杜少卿回答说:

> ……我前日若去拜他,便是奉承本知县;而今他官已坏了,又没有房子住,我就该照应他。他听见这话,一定就来,……
>
> (第三十二回)

王某闻讯果然来拜谢。受到杜少卿资助、扶植的人还有很多,自然也有一些骗子。但杜少卿却不过问,只是一味"慷慨"。杜少卿对封建礼教也表现了一定的叛逆性。例如,"夫妇游山"一回写道:

> ……少卿大醉了,竟携着娘子的手,出了园门,一手拿着金杯,大笑着,在清凉山冈子上走了一里多路。背后三四个妇女嘻嘻笑笑跟着,两边看的人目眩神摇,不敢仰视。杜少卿夫妇两个上了轿子去了。
>
> (第三十三回)

这种行为,显然是有违礼教的,但杜少卿却表现得极为自然。杜少卿是一个既不追逐功名,也不归隐山林逃避现实的人物。这一形象表现着一定程度的离经叛道,尊重个性的精神。一向有论者认为，杜少卿为"作者自况"，这看法也许不够全面，但杜少卿的身上，反映着吴敬梓的影子，则是确实的。

迟衡山也是一个表现了作者进步思想的人物形象。他曾教训那位高翰林说："讲学问的只讲学问，不必问功名；讲功名的只讲功名，不必问学问。"认为"功名"和"学问"是两回事。他提倡学习礼乐兵农的真本领，反对骗取功名的八股时文，表现出正统的儒家思想。

《儒林外史》里所描绘的那些丑恶的文人，自然不堪救药；作者寄寓了理想的人物，也风流云散。当作者在士林中再也找不到希望时，他却看到了"市井小人"中的"奇人"，于是，书中有了"添四客"的情节，写了"会写字的"季遐年，"卖纸筒子"的王太，"开茶馆的"盖宽，"做裁缝的"荆元四个人物。在这里，吴敬梓的思想实际上是陷于矛盾之中的，他一方面大胆地赞扬市井小民，另一方面他笔下的市井小民又附着文人儒者的某些属性，这自然表现出吴敬梓作为封建社会作家的局限。但是，他的眼光毕竟从士林转向市井，赞美着自食其力的小民，这对于一个 18 世纪中叶的作家来说，显然是应予充分肯定的进步思想。

三 《儒林外史》的艺术成就

《儒林外史》的艺术成就，突出表现在它的风格独特的讽刺。鲁迅所说，"其文又戚而能谐，婉而多讽"，就是对这种独特风格的概括。

"讽刺的生命是真实"，《儒林外史》最真实地描绘了一代儒林的真相，在冷静、如实的叙述中，使人物形象自身的言行构成讽刺。对哭贡院的周进，中举发疯的范进，宣扬举业的马二先生，悭吝成性的严监生等等，作者均未显出任何褒贬，作出任何评价，但这些形象本身，无不产生了讽刺效果。当然，在真实的基础上，《儒林外史》也并不排除夸张,但这夸张,也是委婉而含蓄的。另外,《儒林外史》也通过人物性格发展变化所构成的前后对比形成讽刺。例如梅玖对周进中举前后态度的变化,胡屠户在范进中举前后的变化,匡超人自身的变化,都构成对比,在对比中取得了讽刺的效果。

《儒林外史》作为一部长篇小说,其结构也很有特色。鲁迅说它"虽云长篇,颇同短制",即指整个作品是由很多个可以独立的短篇连缀而成。全书没有贯穿始终的主要人物和中心事件,而是以一回或几回写一个或几个人物的故事,自成一环;然后,这些人物退居次要地位,新的人物又登场成为主要人物,于是,又构成新的一环。环环相扣,连成长篇。这种结构形式,使作品兼具短篇与长篇的特点,既显示着传奇与话本的传统,又体现着作者的整体构思的创新。当然,文木先生是大手笔,大作家,他的艺术造诣使他能够驾驭这种结构形式,而对于别人而言,也许这并不是一种值得提倡的结构。

第四节 《红楼梦》

《红楼梦》是中国古代文学史上成就最高的长篇小说,其作者是生活在清代乾隆年间的伟大作家曹雪芹,续作者为高鹗。

一 关于《红楼梦》的作者和版本

《红楼梦》作者曹雪芹(1715? ~ 1763?),名霑,字梦阮,号雪芹,又号芹圃、芹溪。其先世在清朝皇室进关以前已归附,成为"包衣"人,也就是皇室的"家奴"。这就确定了曹家特殊的社会地位:一方面是家奴;另一方面,因为是皇室的家奴,所以"呼吸通帝座"。清室进关以后,曹家成了"从龙归勋",与皇室关系十分密切。雪芹曾祖母(孙氏)曾做过康熙的乳母,康熙对曹家有特殊的信任。1663

年置"江宁织造",这是一个负责为皇家提供纺织物的衙门。曹雪芹的曾祖父曹玺始任江宁织造,自此曹家三代四人连任不断。由于康熙对曹家的信任,曹家几代江宁织造除负责织造工作之外,还有特殊的使命,即作为皇帝的心腹和耳目,密切监视着江南的情况,大则官吏、人民的动向,小则物价、气候的变化,一律直接奏闻皇帝(参阅《关于江宁织造曹家档案史料》)。雪芹祖父曹寅,做江宁织造时间最长,最受康熙信任。由于曹寅本人有很高的文化修养,能诗文、喜藏书、刻书,在江南文人中有很高的声望,也为康熙做了许多安抚文人的工作。康熙六次南巡,有四次驻跸江宁织造府,使曹家门庭生辉,炙手可热。这一切事实表明:南京时代的曹家不仅繁华显赫,而且有浓郁的文化氛围。伟大的文学家曹雪芹就出生在这样一个家庭。

康熙五十一年(1712)曹寅病故,由其子侄颙、頫接任江宁织造。1722 年康熙皇帝死。由于曹家不可避免地参与了统治集团内部乃至皇室内部的矛盾斗争,以及其他一些原因(如江宁织造出现的大量亏空),雍正上台后不久,即开始查办曹家。雍正六年(1728),曹家被抄后返回北京,家势衰败。乾隆年间,又遭打击,彻底败落。雪芹经历了家势盛衰巨变,备尝人间冷暖。成年后生活在北京,晚年住在西郊,穷愁潦倒,"举家食粥",1763 年(或 1764年)除夕,在困顿中去世。

雪芹的朋友敦诚在《题芹圃画石》诗中说:

傲骨如君世已奇,嶙峋更见此支离,
醉余奋扫如椽笔,写出胸中块垒时!

这是赞美雪芹之画,更是赞美雪芹其人。曹雪芹"素性放达","傲骨嶙峋","风雅游戏","触景生春",能诗善画,多才多艺。他以"披阅十载,增删五次"的艰辛创作,写出了不朽的《红楼梦》。

《红楼梦》原名《石头记》。雪芹在世时,即以抄本流传。由于八十回以后的文稿,在流传、"借阅"中"迷失",所以在很长一段时间里,仅以八十回抄本流传。乾隆五十六年(1791),程伟元、高鹗说他们找到了八十回以后的雪芹原稿四十回,于是与前八十回合在一起,印行了一百二十回的《红楼梦》。1792年,在对文字作了不少改动之后,又印一次。这两种印本,被分别称作"程甲本"和"程乙本"。

程本问世以后,又出现了多种百二十回的印本,如王希廉的《新评绣像红楼梦全传》,张新之的《妙复轩评石头记》,姚燮的《增评补图石头记》等等,这些印本多以程本为依据。

上世纪20年代以来,陆续发现了十余种《石头记》早期抄本。由于这些本子中的大部分都保留有"脂砚斋"的评语,所以形成了一个《脂砚斋重评石头记》的抄本系统,其中,较为完整的是"庚辰本"(八十回本,缺两回),其他如"甲戌本","己卯本"等都是残本。据胡适等红学家认定,程本的后四十回,不是雪芹原稿,是高鹗的续作,其思想与艺术皆不能与前八十回相比。于是,后四十回的真伪、优劣,始成红学一大公案,争论至今。

二 《红楼梦》的思想倾向

曹雪芹的《红楼梦》,有如一幅精美的长卷,全面展示了18世纪中国封建社会的面貌,并且以作者对生活的独特感受,艺术地表现了对社会,对人生的见解。它不是历史教科书,但却对古老的封建社会做了总结性的描写;它不是"预言家",但它在无情揭露现实黑暗的同时又形象的预示了依稀可见的光明。它没有说教和论辩,但却鞭挞了丑恶和虚伪,赞美了真情和诗意。

《红楼梦》产生在乾隆"盛世",而书中集中描写的却是赫赫贾府不可挽救的衰败趋势。生在"盛世"的作者,能写出衰败的家族,这显然是作者对时代特点的一种深层的把握。

书中的贾府已赫赫扬扬历经百年,它已开始走向败落。这主要表现在以下四个方面:

第一,后继无人。在荣宁两府的男性主子中,无论是"文"字辈、"玉"字辈或"草"字辈的,实已无一人可撑持贾府大厦将倾的危局。即使有祖父遗风的贾政,实际上也不过是一个伪善的腐儒,珍、琏之流则更是声色狗马的败家子,确实是"一代不如一代"了。惟一与众不同的是贾宝玉,他虽然不是"败家子",但作为一个封建礼教的叛逆者,不仅不能成为"中兴之主",而且恰恰相反,他的思想言行,正猛烈冲击着这个贾府,他是这个"世家"的叛逆。在书中受到称赞的贾珠,也许是一个可以继承家业的人物,然而在作品开卷之前他已死去了,这或许正是作者有意的一笔。在这种形势下,荣府大权落在王夫人、王熙凤的手中,而王熙凤作为一个以追求金钱、权势为人生目的的典型人物,她的倒行逆施,实际上正在加速着贾府的崩溃。总之,贾府已经没有希望了。

第二,道德沦丧。贾府号称"钟鸣鼎食"之家,"诗礼簪缨"之地,但是这一切都是假的。柳湘莲说得好:"除了两个石头狮子干净罢了!"道德在这个家庭里,不过是一块伪善的面纱,遮掩着形形色色的丑恶行为:敲诈勒索、仗势欺人、图财害命、高利盘剥、荒淫乱伦,无所不有。封建道德固有的约束、维系的力量,已经被贾府的主子们自己彻底摧毁了。这自然也证明了封建道德本身的虚伪性。

第三,矛盾重重。贾府中从主子到奴婢,几乎都生活在利害冲突之中。主子之间,勾心斗角,尔虞我诈,演出了无数的丑剧。一场嫡庶之争,就几乎置贾宝玉于死地。邢王二夫人的妯娌斗法,更为激烈而复杂:贾府中淫乱之事可谓比比皆是,但一个小小的绣春囊何以会掀起抄捡大观园的轩然大波? 这实际上正是邢夫人与王夫人的一次"斗法"。在邢夫人看来,绣春囊的发现,正是攻击主持家政的王夫人的最好机会,而王夫人与凤姐都在沉着应战之中伺机反攻。然而主子斗法的结果却使司棋、晴雯等奴婢成了牺牲品。

第四,经济拮据。在关于元妃省亲和秦可卿之死的描写中,作品极力表现了贾府的富有和奢侈。他们通过种种手段聚敛财富,但同时又穷奢极欲、挥霍无度,结果正如冷子兴所说:"外面的架子虽未尽倒,内囊却也尽上来了。"到后来,这样一个贾府,居然在配药时找不到二两可用的人参,贾母食用的红稻米饭,竟然只能"可着头做帽子",老祖宗想让尤氏一起用饭都不可能。这些细节,都非常生动地表现了贾府已经一步步走上入不敷出的道路。而经济的拮据,也正是贾府必然败落的一个重要原因。

《红楼梦》第七十七回写王夫人找不出二两可用的人参,最后在贾母处找到一包"手指头粗细"的,但医生看了之后说:

> 那一包人参固然是上好的,就连三十换也不能得这样的了,但年代太陈了,这东西比别的不同,凭他是怎样好的,只过一百年后,便自己就成了灰了。如今这个虽未成灰,已成了朽糟烂木,也无性力的了,……
>
> (第七十七回)

这包人参就是贾府的象征,它已经没有"性力"了,它只是一截"朽糟烂木"。贾府不再是盛世,而是走向了崩溃。

贾府衰败的各种表现,是18世纪中国封建社会的缩影,而贾府衰败的趋势,也正揭示了封建社会必然崩溃的历史发展的必然性。

旧时代的结束,意味着新时代的到来。《红楼梦》以它塑造的封建礼教、道德的叛逆者的形象,预示了新的思想、新的社会,尽管她还十分脆弱、朦胧,但毕竟出现了。

《红楼梦》的主人公是封建阶级的叛逆者贾宝玉。在他出场之前,作者就通过冷子兴之口对他的独特个性作了介绍。在第三回出场时,作者又有一首《西江月》概括了他的叛逆性格:"潦倒不通庶务,愚顽怕读文章,行为偏僻性乖张,哪管世人诽谤。"

宝玉在贾府里,既是宠儿又是囚徒。他衔玉而生,来历奇特,这使以贾母为首的贾府上下都对他另眼相看,而且把这块"宝玉"视为"命根子";再加上他"神采飘逸"、"秀色夺人",更得到了老祖宗的特殊的宠爱。因此,他在贾府中的地位和物质生活,是十足的"安富尊荣"、"富贵闲人",特别是他得到了可在"内帏厮混"的许可,与姊妹们共同生活在大观园里。但另一方面,由于贾母、贾政以及王夫人对他寄予极大的希望,要他读圣贤之书,走"为官做宦"之路,因此,对他又严加管教,甚至痛斥和毒打,这就使贾宝玉深感失去自由的痛苦。他没有读书的自由,没有交游的自由,没有帮助弱者的自由,更没有爱情的自由。而且,就在这既是宠儿又是囚徒的境遇中,他亲眼看到了发生在身边的一幕幕丑剧和悲剧,使他对生活有了特殊而深切的感受,正如鲁迅所说:"悲凉之雾,遍被华林,然呼吸而领会之者,独宝玉而已。"于是,宝玉的思想和行为,完全走上了别一种道路。

贾宝玉最憎恶读书应试、追逐功名如贾雨村之流。他把这种人通称为"国贼禄鬼",还给他们起了一个外号叫"禄蠹"。这种认识远不是对贾雨村等个人的厌恶,而是公开表示对封建社会规定的人生道路最高准则的否定。由此决定了宝玉在读书问题上表现为喜好"杂学旁搜",厌恶八股时文;在交游方面宁愿与"戏子"为友,不愿与官宦往来;无论是谁,包括与他感情深厚的史湘云,一旦劝他留心"仕途经济",就立刻被他斥为"混帐话",并与之"生分"。

中国封建社会的一个重要支柱就是严格的等级制度,即所谓"尊卑有序"。贾宝玉恰恰在这个重大问题上表现出强烈的叛逆精神。在日常生活中,他从不摆主子的架子,与丫环小厮"没上没下",甚至甘心为丫环"充役"。很多丫环都想谋得怡红院的差事,其原因之一,就是这里的主人是不讲"尊卑贵贱"的贾宝玉。宝玉

在晴雯死后,曾与袭人有一段对话,他说海棠枯萎正是晴雯之死兆:

> (宝玉)道:"你们那里知道,不但草木,凡天下之物,皆是有情有理的,也和人一样,得了知己,便极有灵验的。若用大题目比,就有孔子庙前之桧、坟前之蓍,诸葛祠前之柏,岳武穆坟前之松。这都是堂堂正大随人之正气,千古不磨之物。世乱则萎,世治则荣,几千百年了,枯而复生者几次。这岂不是兆应?小题目比,就有杨太真沉香亭之木芍药,端正楼之相思树,王昭君冢上之草,岂不也有灵验。所以这海棠亦应其人欲亡,故先就死了半边。"袭人听了这篇痴话,又可笑,又可叹,因笑道:"真真的这话越发说上我的气来了。那晴雯是个什么东西,就费这样心思,比出这些正经人来!"

> (第七十七回)

贾宝玉居然把丫环晴雯与古圣先贤相提并论,这种大胆的平等思想,确实是难能可贵的。

贾宝玉具有彻底的反对"男尊女卑"的进步思想。他认为"女儿是水做的骨肉,男人是泥作的骨肉","凡山川日月之精,只钟于女儿,须眉男子不过是些渣浊沫而已"。这话听起来似乎有些"矫枉过正",但却充分显示出反对男尊女卑的彻底性。在大观园里,每一个不幸的女子,不论是他的姊妹或丫环,都引起他的极大的关怀和同情。他痛惜平儿周旋于"贾琏之俗、凤姐之威"的境遇之中,以为平儿之薄命比黛玉犹甚。他为此而"感伤"、"泪下",一旦有机会能为她做一点事情,他会感到由衷的欣喜(如"喜出望外平儿理妆")。同样的,宝玉也深深同情香菱的命运:"可惜这么一个人,没父母,连自己本姓都忘了,被人拐出来,偏又卖与了这个霸王(指薛蟠)。"因此,他也为自己能给香菱一些帮助而喜悦(如"情解石榴裙")。但值得注意的是,宝玉尊重的是"女儿",而不是一般的普通女性。他对一些"沾了男子气味"的女人,倒是深恶痛绝的,因为她们已经成为男性的附庸,和男子一样可恶。惟有"女儿"才是最纯洁的,她们蒙受着宗法制社会的压迫,唤起了宝玉无限的同情。

宝玉的叛逆思想,更集中的表现在婚姻爱情上,宝玉与黛玉的爱情悲剧,是《红楼梦》的中心情节。贾府的统治者,按照封建礼教和家族利益的原则,为宝玉选择的妻室必然是"薛宝钗",而且确认这是"金玉良缘"。但是贾宝玉的心目中却只有林黛玉。宝黛二人从小生活在一起,他们之间的爱情,既不是"父母之命,媒妁之言","门当户对",也不是"一见钟情"和一般的"郎才女貌",而是在共同的思想和情趣的基础上建立起来的真挚的爱情。而他们的共同的思想和情趣,正包含了强烈的反对封建礼教和习俗,追求个性解放和平等自由的民主性精华。因此,他们的爱情的本身就是叛逆,并且,其结局也注定是悲剧性的。正如第五回中所写的《终身误》预示的那样:

> 都道是金玉良缘,俺只念木石前盟。空对着,山中高士晶莹雪;终不忘,世外仙姝寂寞林。叹人间,美中不足今方信。纵然是齐眉举案,到底意难平。

然而,残酷的悲剧,并没有改变宝玉的执著的追求。因为他确知在大观园里,惟有黛玉是他的知己:林黛玉从不说"仕途经济"之类的"混帐话"。

林黛玉无父无母,寄人篱下,甲戌本《石头记》的第三回回目是:"荣国府收养林黛玉",脂评说,"收养"二字"触目凄凉之至",这正点明了黛玉与贾府的关系和黛玉在贾府的地位。正是这种地位使黛玉有了所谓"小性儿"的性格特点。她多愁善感,多病好哭,甚至有时过分敏感和"不饶人"。但是,只要认识到她的处境,就不难理解这种"小性儿"的实质正是在"风刀霜剑严相逼"的境遇中的自尊和自卫。而且,她对人也绝非一味"小性儿";她热情帮助香菱学诗,她与紫鹃坦诚相处,她甚至对宝钗也完全信任了。在贾府里,黛玉是最纯洁、脱俗的女子。她没有丝毫的趋炎附势,搬弄是非等世俗习气。"葬花"的行动,正象征着她追求纯洁的品格。

黛玉才华四溢,聪敏过人,她有丰富的内心世界,她能写出感人肺腑的诗篇。她与宝玉一样,蔑视封建道德、功名利禄,对贾府中种种丑恶的人与事,她不仅绝不同流,而且时时予以嘲弄讥讽。她对宝玉的爱情是深沉而执著的,她虽然早已看到了这爱情的艰难,特别是"金玉良缘"的巨大压力,但是,她依旧在追求,最终不惜献出生命。她既是脆弱的,又是坚强的。

宝玉与黛玉作为古老而腐朽的封建社会的两个青年,他们的思想、情操及爱情,都充分表现了人类社会生活中进步和美好的一面;而且在那新旧交替的特定历史时期,也显示着依稀可见的光明。这正是《红楼梦》远远高出《金瓶梅》等人情小说的根本原因。

被认为是高鹗续作的后四十回,无论思想深度或艺术成就,都不如前八十回雪芹原著。虽然写出了宝黛爱情和主要人物命运的悲剧结局,但全书终于没有摆脱大团圆结尾的旧套,高鹗笔下的贾府,又"兰桂齐芳"、"家道复初"了。这不仅完全违背了曹雪芹的原意,而且改变了《红楼梦》的主旨:作为中国封建社会缩影的贾府,在18世纪的历史条件下,已走向无可挽救的衰败。此外,后四十回中的宝玉黛玉的性格、思想也发生了很大的变化,贾宝玉居然为贾政升了郎中而"喜的无话可说,忙给贾母道了喜……";黛玉也规劝宝玉习八股时文,并认为"你要取功名,这个也清贵些":都成了重功名利禄的人物。这些显然都反映出续作者高鹗的局限。

在艺术方面,后四十回也不及前八十回。

但后四十回毕竟使《红楼梦》成为一部完整的作品,为其广泛流传起了积极的作用,而且有些地方也写得颇为精彩,如第一百零四回中对贾芸的刻画等。

三 《红楼梦》的艺术成就

《红楼梦》的主线是贾府由盛至衰的演变过程,全书的中心,则是贾宝玉、林黛玉及其爱情悲剧。书中对大量日常生活和人物内心世界的描写,虽然是由生活素材中提炼概括出来的,但却像生活本身一样真实、丰富,天然浑成,不露人工痕迹。这就是《红楼梦》的艺术风格。

由于《红楼梦》描写的是一个贵族世家中的故事,因此,既有声势浩大、轩然大波之大事,更有如涓涓细流的小事。大事中,有的表现为"场面"和"声势",如元妃省亲、可卿之死;有的表现为激烈冲突,涉及众多人物,如宝玉挨打、抄检大观园等。这些大事,作为艺术情节,不仅其具体的写作手法不同,而且所具有的审美情趣也不相同。如第三十三回宝玉挨打的情节,是把人物和人物之间的冲突都集中在一个空间里,使情节很快发展到高潮,就像舞台上的戏剧一样。而第七十四回抄检大观园的情节,则是随着时间的推移,不断变换着空间,把一处处被抄的情景逐次写出;而且,在抄检之前写了时隐时现的"伏线",抄检之后又有延伸到第七十七回的"余波"。前者集中强烈,后者摇曳多姿:各尽其妙。

对日常生活小事的成功描写,更是《红楼梦》独具的成就。一颦一笑,一段对话,两块手帕,三首小诗,生辰节日,观花赏月,无不写得含蓄隽永,清幽别致。有的以小见大,寓意深远;有的穿插迂回,无限烟波。特别是一些事体相同的情节,也写得异采纷呈。比如写过生日,虽然不外是摆酒看戏,但是宝钗、凤姐、宝玉、贾母四人的生日(见第二十二、四十三、六十三、七十一回)不仅写得各有独特的韵味,而且恰恰标示出贾府由盛至衰的不同阶段,正如脂评所说:"起用宝钗,盛用阿凤,终用贾母,各有妙文,各有妙景。"

《红楼梦》总共写了400多个人物,其中有很多是个性鲜明、呼之欲出的典型人物。《红楼梦》塑造人物形象非常讲究人物的出场艺术。第三回集中写了几个主要人物的出场,最著名的是王熙凤的出场:未见其人,先闻其声,在短短的篇幅里,就把她在贾府的地位,她的乖巧、机变的性格绝妙地表现出来了:

> 一语未了,只听后院中有笑语声,说:"我来迟了,没得迎接远客!"黛玉思忖道:"这些人个个皆敛声屏气如此,这来者是谁,这样放诞无礼?"心下想时,只见一群媳妇丫环环拥着一个丽人,从后房进来。……

在描绘了她的衣着容貌之后,马上写她的动作和语言:

> 这凤姐携着黛玉的手,上下细细打量一回,便仍送至贾母身边坐下,因笑道:"天下真有这样标致人儿!我今日才真看见了!况且这通身的气派竟不像老祖宗的外孙女儿,竟是嫡亲的孙女儿似的。怨不得老祖宗天天嘴里心里放不下。——只可怜我这妹妹这么命苦,怎么姑妈偏就去世了呢!"说着便用手帕拭泪,贾母笑道:"我才好了,你又来招我。你妹妹远道才来,身子又弱,也才劝住了,快别再提了。"凤姐听了,忙转悲为喜道:"正是呢!我一见了妹妹,一心都在她身上,又是喜欢,又是伤心,竟忘了老祖宗。该打,该打!"

表面上是在称赞黛玉,实际上是在称颂贾母,因为"标致人儿"林黛玉的"通身的气派"正如贾母的"嫡亲的孙女儿",言外之意,就是正如贾母本人。她时而"拭泪",时而"转悲为喜",接着又嘱咐黛玉,又指派下人,在王夫人提醒她为黛玉找衣料时,她居然说"我倒先料着了,知道妹妹这两日必到,我已经预备下了……"王夫人听说后,"一笑,点头不语"。

宝玉也是在这个场合出场的,通过他对黛玉的对话以及摔玉的行动,也把他的与众不同的思想性格极其简捷地表现了出来。

人物出场之后,随着情节的发展,他们的性格越来越丰满、鲜明。通过"协理宁国府"、"弄权铁槛寺",王熙凤威重令行、杀伐决断、为所欲为、追逐金钱权势的性格,得到不断的深化。在正面描写的同时,还运用了侧面描写的手法,例如通过别人的叙述,描绘人物生活的环境等等,都表现了人物的性格特点。特别是第六十五至六十六回中兴儿在与尤氏姐妹对话中对王熙凤的描绘:"嘴甜心苦,两面三刀,上头一脸笑,脚下使绊子,明是一盆火,暗是一把刀。"可谓入木三分。另外,对大观园中各人居室的描绘,也充分显示了人物的气质、性格。探春的秋爽斋里,大理石案上"笔如树林","宝砚数方",墙上是"大"幅字画,案上是"大"鼎、架上是"大"盘,盘里是数十个"大"佛手。这正表现了大方爽朗,有男子气概的探春的性格。

《红楼梦》十分注重表现人物的内心世界。往往以写意式的点染,通过一句话、一个动作,写出人物的丰富复杂的心理活动。例如宝玉对黛玉说:"你死了,我做和尚。"这种曲折的爱情表达,引起黛玉极大的震动:

> 黛玉登时将脸放下,……直瞪瞪的瞅了他半天,气得一声儿也说不出来。见宝玉憋得脸上紫胀,便咬着牙,用手指头狠命的在他的额颅上戳了一下,哼了一声,咬牙说道,"你这……",刚说了两个字,便又叹了一口气,仍拿起手帕子来擦眼泪。……

(第三十回)

这里只写了林黛玉的一个动作,半句话,但却十分深刻地表现了她此刻激烈的心理活动和丰富复杂的内心世界。《红楼梦》中也有以较细致的叙述来表现人物心理活动的,如第三十二回林黛玉听到宝玉背后对别人称赞她时,第三十四回黛玉得到宝玉送给她的两块家常旧手帕时,作品都叙述了黛玉的心理活动的过程,写得深切感人。

《红楼梦》是中国古典小说中语言艺术成就最高的作品。它成功地继承了古代的文学语言,又大量吸收和提炼了民间口语,形成了既典雅又通俗的语言风格。作品中的叙述性语言,不仅准确、流畅、细腻、生动,而且贵在传神,即脂砚斋所谓的"追魂摄魄"之笔。第六回写刘姥姥一进荣国府,在她将要见到凤姐时,作品对凤姐做了这样的描述:

> 只见……那凤姐……端端正正坐在那里,手内拿着小铜火柱儿,拨手炉内的灰。平儿站在炕沿边,捧着小小的一个填漆茶盘,盘内一个小盖钟儿。凤姐也不接茶,也不抬头,只管拨手炉内的灰。慢慢的问道:"怎么还不请进来!"一面说一面抬身要茶时,只见周瑞家的已带了两个人在地下站着呢。这才忙欲起身,犹未起身时,满面春风的问好,又嗔着周瑞家的怎么不早说。刘姥姥在地下已是拜了数拜,问姑奶奶安。

把凤姐那种高傲、矜持、虚伪和令人捉摸不定的神情活活画出。脂砚斋说:"此等笔墨,真可谓追魂摄魄。"

《红楼梦》中人物的语言也写得非常成功,正如鲁迅所说"能使读者由说话看出人来"(《花边文学·看书琐记》),即人物语言是充分性格化的。这个特点,不仅体现在王熙凤、贾宝玉等主要人物的语言之中,而且在一些次要的甚至是小厮、丫环的语言中也是如此。例如宝玉的小厮茗烟,聪明伶俐而且十分风趣,他本来谈不到文化修养,但因为长期跟随宝玉,受到熏染,所以有时也会说出宝玉常说的话。

> 宝玉掏出香来焚上,含泪施了半礼,回身命收了去。茗烟答应,且不收,忙爬下磕了几个头,口内祝道:"我茗烟跟二爷这几年,二爷的心事我没有不知道的。只有今儿这一祭祀,没有告诉我,我也不敢问。只是这受祭的阴魂,虽不知名姓,想来自然是那人间有一,天上无双,极聪明极俊雅的一位姐姐妹

妹了。二爷心事不能出口,让我代祝:若芳魂有感,香魄多情,虽然阴阳间隔,既是知己之间,时常来望候二爷,未尝不可,你在阴间保佑二爷来生也变个女孩儿,和你们一处相伴,再不可托生这须眉浊物了。"说毕,又磕了几个头,才爬起来。

(第四十三回)

这是一个小厮的语言,但更重要的,是一个宝玉身边的小厮的语言。

《红楼梦》的结构十分复杂,仅就全书几大段落的划分亦众说纷纭。清朝人就有以春夏秋冬"四时气象"来划分的,也有分为11大段或"三大支"的。从作品的实际出发,似应分为五大段落:一至五回,有如全书的"序幕",有提纲挈领的作用;六至十八回,通过刘姥姥的观察,正面展开贾府的生活画卷,以元妃省亲和秦可卿之死为中心,极写贾府"烈火烹油,鲜花着锦"之盛;十九至五十四回,深入细致地描述贾府的生活,一方面表现主子们的奢侈挥霍,另一方面也表现了隐伏的冲突和奴婢们的反抗,宝玉黛玉的叛逆思想和他们之间的爱情,也集中在这一段落中;五十五至七十八回,写贾府的种种矛盾逐渐表面化,日益尖锐起来,显示出大厦将倾的趋势;七十九至一百二十回,主要写出了整个贾府以及主要人物的结局。由于《红楼梦》的结构非常细密,前后联系错综复杂。所以段落的划分只能是相对的。

200多年来,《红楼梦》不仅在国内外广泛流传,而且吸引着很多学者对它进行了极其深入的研究,以至于形成了一个专门的学术领域,即"红学"。随着人们对《红楼梦》的理解不断深入和提高,"红学"也在发展,并且走向世界。

第五节 清代其他长篇小说

清初至中叶,长篇白话小说,除《红楼梦》、《儒林外史》之外,还有一些作品,或直承明代的历史演义、英雄传奇和世情小说,或独辟新径,描写新的生活领域,都取得了一定的成就。如《水浒后传》、《说岳全传》、《醒世姻缘传》、《镜花缘》、《歧路灯》等。

一　《水浒后传》、《说岳全传》

　　四十回的《水浒后传》产生于清初。它是《水浒传》的续作,但也是一部独立的作品。作者陈忱,字遐心,号雁荡山樵,浙江吴兴人。与顾炎武、归庄等组织过具有反清色彩的"惊隐诗社"。据《乌程县志》载:陈忱"居贫,卖卜自给。究心经史,稗编野乘,无不贯串。好作诗文,驱策典故,若数家珍。而无聊不平之气,时复盘旋于褚墨之上,乡荐绅咸推重之。身名俱隐,穷饿以终,诗文杂著,多散佚不传"。据《水浒后传》序诗"千秋万世恨无极,白发孤灯续旧编"句看来,此书应是他的晚年之作。

　　作品写梁山义军中未死的 32 人,重举义旗,抵抗金兵,最后到海外再创基业。原水泊梁山中的水军首领混江龙李俊成为这支队伍的领袖,铁叫子乐和,是出谋划策的智囊,有如当年的吴用。他们经历了受招安的苦难之后,看清了那是一条错误的道路,正如阮小七所说:"当日不受招安,弟兄们同心合胆,打破东京,杀尽了那些蔽贤嫉能这班奸贼,与天下百姓伸冤,岂不畅快!"作品写抗击金兵的情节,蕴含着抗清的抱负。对蔡京、高俅、童贯等奸臣的斥责,也曲折地反映了对明代亡国君臣的谴责。书中樊瑞痛斥奸党时说:"这四个奸贼,不要说把我一百单八个兄弟弄得五星四散,你只看那锦绣般江山都被他弄坏,遍地豺虎,满地尸骸,二百年相传的大宋瓦败冰消,是甚么世界!"这显然是在抒发对明代君昏臣佞导致灭亡的愤激。总之,产生于清初的这部作品,所写虽为宋事,实则表现的是明末清初抗清者的情怀。

　　此书艺术成就不高,特别是一些明显的模仿《水浒》的文字,更不足取。但从总体上来看,作为一部独立的续作,却能在人物性格方面既与《水浒》原著相关合,又能有所发展,这是值得称赞的。

书中的有些情节流传极广,如著名的戏曲《打渔杀家》就是书中所写李俊在太湖打渔与官绅斗争的故事。

康、雍年间,钱采、金丰的《说岳全传》问世。岳飞的故事,在明代就已成为几部历史小说的题材,如熊大木的《大宋中兴通俗演义》、邹元标的《岳武穆精忠传》等。钱采、金丰在前人的基础上(包括有关岳飞的说唱文艺),本着"不宜尽出于虚,而亦不必尽出于实"的原则创作了这部八十回的长篇小说。这部作品通过很多精彩的描写,热情歌颂了岳飞抗击金兵、忠君报国的精神。在当时的历史条件下,金人的军事行动,给广大人民带来了极大的危害,岳飞率领岳家军进行顽强的反击,制止金人的骚扰,无疑是正义的行为。作品对此热情歌颂是完全正确的。但作品对岳飞不辨是非的忠君,亦予赞美,今天看来当然是不妥的。此书还以很多笔墨揭露了以秦桧为代表的奸臣的罪恶,使全书贯串着严格的忠奸之辨,可以看出作者以此悼念明朝志士,谴责误国奸佞的寓意。

《全传》中的人物形象,虽有很多属于"将相"之流,但也塑造了不少富有生活气息的民间英雄。而且作者有意识地使自己的作品与《水浒传》相呼应,书中某些将领是梁山英雄的后代,特别是牛皋的形象,显然就是李逵的延续。他们有着共同的性格特征:忠实、坦诚、勇敢、鲁莽,但各自的表现又并不雷同。

《全传》在乾隆年间曾被查禁,但这并没有影响它的流传。它为戏剧艺术提供了丰富的题材。

以隋末唐初的英雄故事为题材的作品,在明代已有《隋史遗文》《隋唐志传》等。清人褚人获在此基础上,吸收民间传说,又写成一百回的《隋唐演义》。流传很广。另外还有《说唐演义全传》一书,流传亦广,作者不详。

二 《醒世姻缘传》

《醒世姻缘传》是《金瓶梅》之后又一部描写家庭生活的长篇小说。原书题"西周生辑著,然藜子校定"。但作者是谁,至今仍无定论。或说为蒲松龄。

书中所写故事的历史背景,大抵是明英宗正统年间至明宪宗成化年间(约1440～1495),但实际上反映的却是17世纪中叶以后清代初年的现实生活。全书主要写两世姻缘冤仇相报。前二十二回,写前世姻缘。山东武城县的晁思孝,行贿得官,其子晁源仗势横行乡里。他曾射死一只仙狐,又娶娼女珍哥为妾,继而纵妾虐妻,使嫡妻计氏被逼自杀。第二十三回以后,则为今世姻缘。晁源因奸被杀,托生到绣江县狄宗明家为子,名狄希陈。被晁源射死之仙狐,今世转为薛素姐,与狄希陈结为夫妻。计氏托生为童寄姐,为狄希陈之妾。其婢珍珠,乃前世珍哥托生。这样,前世的冤家,今世又相聚在一起,并展开了残酷的复仇。珍珠被童寄姐逼死,然后,妻妾二人又虐待狄希陈,特别是薛素姐悍妒无比,对狄希陈棒打、针刺、火烧、囚禁,乃至以箭相射,无所不用其极。狄希陈虽钻营到官位,远走北京、四川,但仍无法摆脱妻妾的折磨。最后,经高僧点化、虔诚持诵《金刚经》一万卷,才"福至祸消,冤除恨解"。全书极其明显地宣扬了因果报应观念。作者主观上欲借此警世,以维护封建道德。

现实生活使作者体验到了传统的家庭生活正在崩溃。他想以因果报应来解释这种社会现象,对世人发出警告:今生不检,来世必报!但这种警告,显然是无力的。事实上,就在作者笔下的故事中,已经可以看出,封建礼教、男尊女卑、一夫多妻、奴婢制度等等,才是造成家庭崩溃、疯狂仇视的原因;也就是说,正是封建统治阶级、地主阶级的特殊的地位、条件,培养了晁源这样的人,于是才发生了这样的事。当然这是作者不可能认识到的。

随着情节的发展,作品极其广阔地描绘了那个时代的社会生活,从声势煊赫的当权太监、京官、州县官吏、地主、僧道、商人到农夫、奴婢等人的言行、心理,无不被作者冷静地表现出来。尤其是书中描写了晁氏父子行贿逼妻,仍可逍遥法外;珍哥虽被判死刑入狱,但贿赂典史之后,居然可以在死牢里大摆寿筵;对珍哥垂涎的张瑞凤,竟然胆大包天,在监狱里放火烧死另一妇人而把珍哥换回家中为妾。这些行为都充分暴露了封建社会暗无天日的现实。总之,《醒世姻缘传》提供了一幅真实可信的社会生活画卷。

全书写人物语言亦生动逼真,而且全用山东方言,极富乡土气息。

三 《镜花缘》

自雍正年间"大开洋禁"以后,与海外交往日增,人们的眼界也随之扩大。一些作家受此影响,亦根据记载,借助想象,开始描写海外异国。嘉庆年间问世的《镜花缘》就是这样一部作品。全书一百回。

《镜花缘》作者李汝珍(约 1763～约 1830),字松石,号松石道人,人称北平子。直隶大兴(今北京市大兴县)人,长期寓居海州(今江苏省连云港市)。他学识渊博,精通音韵,著有《李氏音鉴》。《镜花缘》是他用了 20 年时间,于嘉庆二十年(1815)完成的作品。

书中故事发生在唐武则天时期。尤袤《全唐诗话》云:"天授二年腊,卿相欲诈称花发,幸上苑,许可,寻复疑之。先遣使宣诏曰:'明朝游上苑,火速报春知,花须连夜发,莫待晓风吹。'凌晨百花齐放,咸服其异。"《镜花缘》即以此为背景,写百花遵武则天之命于冬天开放,结果众花神皆受天谴,被谪下凡。总司天下名花的"百花仙子",是众花神的领袖,亦被贬入凡尘,托生为唐敖之女小山。唐敖在小山12岁时赴京赶考,中探花,但因与反对武则天的徐敬业曾结拜为兄弟,被革去探花,仍为秀才。唐敖受此打击看破红尘,与经商之妻弟林之洋出海漫游,历经君子国、大人国、劳民国、两面国、女儿国等20余国,见识许多奇风异俗,奇人异事,最后到小蓬莱,留诗谢世,入山不返。其女小山,又随林之洋出海寻父,途中历尽艰险,到达小蓬莱,得父亲留下的书信。信中命小山改名为"闺臣"。小山回国后,与众花神参加女科考试,百人皆中。闺臣再赴蓬莱寻父。与此同时,武则天病中被迫归政于唐中宗,而中宗复辟后,仍尊武则天为"则天大圣皇帝",并诏令来年仍开女试,前科众才女重赴"红文宴"。

书中最有价值的内容,集中在第八回至四十四回,即描写海外诸国的文字。有些国度的风俗,显然寄托着作者的理想,如君子国的好让不争,大人国的淳厚宽松;而有一些国家,如两面国,国人嫌贫爱富,欺诈成风,迎面是笑脸,藏在浩然巾后的本相却狰狞可怖,这显然又是作者对封建社会充满虚伪狡诈的写照。书中情节最精彩,思想最深刻的是关于女儿国的描写。这里"男子反穿衣裙作为妇人以治内事,女子反穿靴帽以治外事",鲜明地表现了反对男尊女卑,尊重女权,男女平等的民主主义思想。作者还以巧妙的构思把封建社会中女子身受的苦难,全部转嫁到男子身上,表现了对妇女的同情,如林之洋被女儿国国王选为贵妃后,被迫穿耳缠足的情景:

几个中年宫娥走来,都是身高体壮,满嘴胡须。内中一个白须宫娥,手拿针线,走到床前跪下道:"禀娘娘:奉命穿耳。"早有四个宫娥上来,紧紧扶住。那白须宫娥上前,先把右耳用指将那穿针之处碾了几碾,登时一针穿过,林之洋大叫一声:

"疼杀俺了!"望后一仰,幸亏宫娥扶住。又把左耳用手碾了几碾,也是一针穿过。林之洋只疼的喊叫连声。两耳穿过,用些铅粉涂上,揉了几揉,戴了一付八宝金环。白须宫娥把事办毕退去。接着有黑须宫人,手拿一匹白绫,也向床前跪下道:"禀娘娘:奉命缠足。"又上来两个宫娥,都跪在地下,扶住"金莲",把绫袜脱去。那黑须宫娥取了一个短凳,坐在下面,将白绫从中撕开,先把林之洋右足放在自己膝盖上,用些白矾洒在脚缝内,将五个脚指紧紧靠在一起,又将脚面用力曲作弯弓一般,即用白绫缠裹,才缠了两层,就有宫娥拿着针线上来密密缝口:一面狠缠,一面密缝。林之洋身旁既有四个宫娥紧紧靠定,又被两个宫娥扶住,丝毫不能转动。及至缠完,只觉脚下如炭火烧的一般。阵阵疼痛。不觉一阵心酸,放声大哭道:"坑死俺了!"

作者在敷演情节的过程中,对很多社会问题都表示了自己的见解,其中不乏民主进步的思想,但作者终于不能摆脱封建思想的桎梏,他的理想中的国度,也依然是"君君臣臣"。

《镜花缘》的艺术成就主要表现在对20余个海外异国的各有特色的构思和描写。这反映出作者丰富的艺术想象力。在艺术上的欠缺,主要是人物形象不够丰满,且有卖弄才学之嫌。

第六节 清代前期的戏曲

从清初到中叶,是中国戏剧发展史上的一个重要阶段,就昆山腔传奇而言,是继明代之后的又一个繁盛时期。这个时期不仅产生了"南洪北孔"这样的大家,而且还有从李玉到蒋士铨一大批作者,并形成了不同的流派。但清代戏曲的发展变化,有如诗文,早期的作品,颇有生气;到了乾嘉盛世,文化专制加强,戏曲演出难免要歌颂升平,宣扬礼教,于是戏剧便走向衰落。

一 李玉及苏州剧作家

明末至清中叶,东南地区商品经济发展,城市人口激增,政治斗争以及诸种社会矛盾都十分尖锐。这里的戏剧艺术本来就十分兴旺,在这一时期又产生了一批著名作家,在苏州地区形成了一个十分活跃的戏剧作家群,他们创作了很多具有较强现实性的作品。这个作家群,除李玉外,还有朱嶟、朱佐朝、丘园、毕魏、叶时章等。

李玉(1591?~1671?),字玄玉,又作元玉,自号苏门啸侣、一笠庵主人,江苏吴县人。吴梅村《北词广正谱序》中说:

> 李子元玉,好奇学古士也。其才足以上下千载,其学足以囊括艺林,而连厄于有司,晚几得之,仍中副车。甲申以后,绝意仕进。以十郎(李益)之才调,效耆卿(柳永)之填词。所著传奇数十种,即当场之歌呼笑骂,以寓显微阐幽之旨。

李玉是明清之际承前启后的剧作家。他的创作多达 40 部左右,今存 18 种。他在明亡前创作的剧本中,以"一笠庵四种曲"(即《一捧雪》、《人兽关》、《永团圆》、《占花魁》,合称"一人永占")最著名。"一捧雪"是一只玉杯的名称。此剧写严世蕃为谋取这只玉杯而迫害莫怀古的故事,剧中成功地塑造了为巴结权贵而忘恩负义的人物汤勤;《人兽关》写桂薪"负德背恩",最后以其妻变狗的故事,谴责了封建社会的"兽心人面"者;《永团圆》写江纳嫌贫爱富的故事;《占花魁》即写话本《卖油郎独占花魁》的故事。这四个剧本中,《一捧雪》、《占花魁》成就较高。这些作品在反映明末社会现实,歌颂爱情等方面,都有进步意义。但作品充满封建说教和生死轮回、因果报应的描述,则使作品大为减色。入清以后,李玉又写成《万里圆》、《千钟禄》、《清忠谱》等剧,反映了当时社会的动荡,揭露了明王朝的腐败和清军的暴行。《千钟禄》即《千忠会》又名《千忠戮》,

写明燕王朱棣与建文帝争夺帝位的故事。在写建文帝乔装和尚逃跑时，有[倾杯玉芙蓉]曲，苍凉凄楚，传诵一时。

> 收拾起大地山河一担装，四大皆空相。历尽了渺渺程途，漠漠平林，叠叠高山，滚滚长江。但见那寒云惨雾和愁织，受不尽苦风凄雨带怨长！雄城壮，看江山无恙，谁识我一瓢一笠到襄阳。

由于其中反映了明末清初战乱中流亡者的心态，故流传甚广，时有"家家'收拾起'，户户'不提防'"之谚（"不提防"为《长生殿·弹词》中曲文"不提防余年值乱离"）。

《清忠谱》是李玉与朱𪂫、毕魏、叶时章合作的剧本。它以天启年间东林党人和苏州人民反对阉党的斗争为题材，暴露了魏忠贤等专横残暴、祸国殃民的罪行，歌颂了"一忠五义"（东林党人周顺昌和苏州平民颜佩韦等五人）和苏州人民不畏权势，勇于斗争，大义凛然的高尚品质。例如写周顺昌：

> [啄木儿]（生）我清霜操，白雪篇，坐此彻骨冰壶聊自遣。助高人闭户安眠，济忠臣餐毡饥喘。怕只怕弥漫白占江山遍，何日里雪消见日冰山变？少不得有脚阳春遍九天。

又如写颜佩韦：

> [北小桃红]（净）义侠吴门遍九垓，千古应无赛。今日里公愤冲天难宁耐，怎容得片时捱？任官旗狼虎威风大，俺这里呼冤叫枉，喧天动地，管教您一霎扫尘霾。

周顺昌的耿介无私和颜佩韦的斗争意志都表达得淋漓尽致。作品还成功地表现了城市平民在政治斗争中的巨大力量，把一场轰轰烈烈的人民群众的正义斗争再现于舞台，这是以往戏剧创作中极为罕见的。

稍后于李玉的朱𪂫，字素臣，又字笙庵，江苏吴县人。创作传奇20余种，以《双熊梦》、《十五贯》最著名。此剧通过熊友蕙、熊友兰兄弟的冤案，塑造了善于调查研究的况钟和临事武断的过于执两个生动的形象。

朱佐朝，字良卿，创作传奇30余种，以《渔家乐》较著名。剧中《藏舟》、《刺梁》都是流传很广的折子戏。

毕魏，字万后，一字晋卿，著有传奇《竹叶舟》、《三报恩》两种。

叶时章，字雉斐，号牧拙，现存作品有《琥珀匙》、《英雄概》等。

丘园（1617～1689），字屿雪，江苏常熟人，寄居苏州。他的现存作品有《虎囊弹》等四种和《四大庆》的第二本。《虎囊弹》写鲁智深的故事，虽取自《水浒》，而别出细节，亦颇具匠心。

二　李渔及尤侗等其他剧作家

李渔（1611～1679），字笠翁、原籍浙江兰谿人。生于江苏如皋。曾遍游苏、皖、赣、闽、鄂、鲁、豫、陕、甘、晋及京师，晚年移家杭州西湖，自号湖上笠翁。他既是剧作家、戏曲理论家，也是有实践经验的戏剧活动家（自蓄家妓，各处献艺）。创作传奇十余种，流传至今可以确认的有十种，即《笠翁十种曲》。其中以《风筝误》最著名。其作品的特点，是戏剧性强，关目新奇，结构细密，追求巧合。李渔是中国戏曲批评史上重要的戏曲理论家，所著《闲情偶寄》中的"词曲"部，从结构、词采、音律、宾白、科诨、格局六个方面论述戏剧文学问题："演习"部则从选剧、变调、授曲、教白、脱套五个方面论述了排练、演出，即表演问题。他的理论有较强的系统性和实践性。

尤侗（1618～1704），字展成，号晦庵、江苏长州（今苏州）人。康熙十年（1671）举博学鸿词科，授翰林院检讨，曾参与修《明史》，后以年老辞官回乡。著有传奇《钧天乐》及杂剧五种（《读离骚》、《吊琵琶》、《桃花源》、《黑白卫》、《清平调》)。《钧天乐》分上下两本，上本写颇有文才的沈子虚应试落第，不学无术的贾斯文却高中。沈上书揭发时弊被乱棒打出,后哭诉于霸王庙。下本写天界试真才,沈遂中状元,并得夫妻团圆。全剧深寓作者的牢骚与幻想。杂剧五种则分别写有关屈原、王昭君、陶渊明、聂隐娘和李白的故事。这些作品,都是借古人以抒发自己的怨愤和感慨。清初的吴伟业,著有传奇《秣陵春》与杂剧《通天台》。他以诗文著称,剧作乃其余事。

第七节　《长生殿》

在清代剧作家中,成就最高的是"南洪北孔",他们的代表作分别是《长生殿》和《桃花扇》。

一　《长生殿》的作者洪昇

洪昇(1645~1704),字昉思,号稗畦,浙江钱塘(今杭州市)人。青年时代曾在北京国子监肄业。返家后,"遭天伦之变,怫郁坎壈缠其身",于是漫游河南等地。30岁又到京师,虽有文名,但生活贫困。44岁(1688)写成《长生殿》,风靡京师,"朱门绮席,酒社歌楼,非此曲不奏,缠头为之增价"。(查为仁《莲波诗话》)第二年八月,招伶人于宅中演《长生殿》,都下名士多往观,而前一月孝懿皇后死,犹未"除服",为"国孝"张乐,革去国子监学籍,返回杭州。51岁(1695),《长生殿》付梓,吴中扮演成风。60岁(1704)赴南京,名流盛会,演《长生殿》三昼夜。返杭州舟中,酒后堕水而死。

洪昇剧作除《长生殿》,还有《四婵娟》,由四个单折戏组成,分别写谢道韫、卫茂漪、李清照、管仲姬四个才女的故事。流传至今的诗集有《稗畦集》、《稗畦续集》等。

《长生殿》写唐明皇与杨贵妃的故事。这个题材,自唐以来,为很多作家选取,写成各种文学作品,如唐白居易《长恨歌》、陈鸿《长恨歌传》、宋乐史《杨太真外传》、元白仁甫《梧桐雨》、明吴世美《惊鸿记》等。洪昇则"荟萃唐人诸说部中故事及李杜元白温李诸家诗句,又刺取古今剧部中繁丽色段以润色之,遂为近代曲家第一。"(焦循《剧说》)但洪昇亦非简单地选用前人之作,而是以新的创作,表现新的命意。他在《自序》中说:

> 余览白乐天《长恨歌》及元人《秋雨梧桐》剧,辄作数日恶。南曲《惊鸿》一记,未免涉秽。从来传奇家非言情之文,不能擅场;而近乃子虚乌有,动写情词赠答,数见不鲜,兼乖典则。因断章取义,借天宝遗事,缀成此剧。凡史家秽语,概削不书,非曰匿瑕,亦要诸诗人忠厚之旨云尔。然而乐极哀来,垂戒来世,意即寓焉。

《长生殿》"三易稿而始成"。在这之前,洪昇已先后写了《沉香亭》、《舞霓裳》。他在《长生殿·例言》中记述了创作的过程:

> 忆与严十定隅坐皋园,谈及开元、天宝间事,偶感李白之遇,作《沉香亭》传奇。寻客燕台,亡友毛玉斯谓排场近熟,因去李白,入李泌辅肃宗中兴,更名《舞霓裳》,优伶皆久习之。后又念情之所钟,在帝王家罕有,马嵬之变,已违凤誓,而唐人有玉妃归蓬莱仙院、明皇游月宫之说,因合用之,专写钗合情缘,以《长生殿》题名,诸同人颇赏之。乐人请是本演习,遂传于时。盖经十余年,三易稿而始成,予可谓乐此不疲矣。

二　《长生殿》的思想和艺术

《长生殿》共五十出。前二十五出主要写唐明皇与杨贵妃的爱情生活和安禄山的反叛;后半部主要写杨贵妃死后唐明皇的悲哀以及月宫仙界的故事。全剧主要是赞美男女主人公执著的爱情,同时,也写出了唐明皇失政误国,导致唐朝由盛而衰,人民蒙受战

乱之苦,以"垂戒来世"。剧中第一出《传概》写道:

> 今古情场,问谁个真心到底?但果有精诚不散,终成连理。万里何愁南共北,两心那论生和死。笑人间儿女怅缘悭,无情耳。　　感金石,回天地。昭白日,垂青史。看臣忠子孝,总由情至。先圣不曾删郑、卫,吾侪取义翻宫、徵。借太真外传谱新词,情而已。

这样的思想,自然是直接继承了白居易《长恨歌》的命意。尽管帝王与妃子之间是很少有真正的爱情的,但作者在《长生殿》中却写出了这一对帝妃之间的真情,而且特别表现了这爱情的挚著,如第二十一出《密誓》写杨贵妃唱出的最真实的心声:"愿钗盒情缘长久订",以及《埋玉》之后唐明皇对贵妃的刻骨铭心的思念。《冥追》、《闻铃》、《雨梦》以至最后的《团圆》则是以浪漫的手法,进一步表现他们之间"世世生生,共为夫妇,永不相离"的愿望。杨贵妃登仙后在对天哀祷时,也乞求能"还杨玉环旧日的匹聘"。这一切表明作者借李杨故事以表现爱情理想,是此剧不可忽视的思想倾向。

但作者又说,"缀成此剧",是要"垂戒来世"的。说是"意即寓焉",而所"寓"何事,却未明言。从此剧写作的时代背景以及演出之时作者曾遭弹劾且被国子监除名的后果看,则此剧似又不是"爱情主题"所能概括。

李、杨的爱情悲剧是同"安史之乱"紧相联系的。作品之"垂戒来世",显然不在"女人亡国",剧中说得明白:"哪里是西子送吴亡,错冤做宗周为褒丧!"这里为杨妃申冤,相当明确。

剧中写得更为明确的,是帝王穷奢极欲,奸相弄权误国,以致"渔阳鼙鼓"起于朔方。《弹词》中写道:"休只埋怨贵妃娘娘,当日只为误任边将,委政权奸,以致庙谟颠倒,四海动摇。"这"误任边将,委政权奸"云云,说是指责唐朝,固可;说是归罪明末,也未尝不可。作者所谓"意即寓焉",或即"寓"在这里。

也正因此,《长生殿》在写出了李、杨爱情悲剧的同时,也写出了朝政的腐败和人民的苦难。这在《献饭》和《弹词》等出中有相当充分的表现。其中隐然寄寓了作者的国家兴亡之叹。

作者感叹兴亡,也就自然要缅怀历史上的忠贞之士。因此,剧中也塑造了几个忠贞人物如郭子仪、雷海青等。尤其值得注意的是作者还通过雷海青之口痛斥了那些"贪富贵"、"爱新衔"的"伪官"。例如:

[上马娇]平日价张着口将忠孝谈,到临危翻着脸把富贵贪。早一齐儿摇尾受新衔,把一个君亲仇敌当作恩人感。咱,只问你蒙面可羞惭?

[胜葫芦]眼见的去做忠臣没个敢。雷海青呵,若不把一肩担,可不枉了戴发含牙人是俺。但得纲常无缺,须眉无愧,便九死也心甘。

……

[扑灯娥]怪伊忒负恩,兽心假人面,怒发上冲冠。我虽是伶工微贱也,不似他朝臣觍觍。安禄山,你窃神器,上逆皇天,少不得顷刻间横尸血溅。我掷琵琶,将贼臣碎首报开元,(军夺琵琶介)……(净)孤家心上不快,众卿且退。(四伪官)领旨。臣等恭送主上回宫。(跪送介)(净)酒逢知己千钟少,话不投机半句多。(怒下)(四伪官起介)杀得好,杀得好。一个乐工,思量做起忠臣来,难道我每吃太平宴的,倒差了不成!

[尾声]大家都是花花面,一个忠臣值甚钱。(笑介)雷海青,雷海青,毕竟你未戴乌纱识见浅。

(第二十八出)

称赞忠贞,痛骂伪官,这在作者生活的时代环境里,决非偶然。剧作的深层意义,或即在此。这是作者不曾明言、也不能明言的。

《长生殿》是一部杰出的诗剧,富有浓厚的抒情性,这集中表现在曲词的清丽典雅、真切流畅。如《闻铃》中的一曲：

> [前腔]浙浙零零，一片凄然心暗惊。遥听隔山隔树，战合风雨，高响低鸣。一点一滴又一声，一点一滴又一声，和愁人血泪交相迸。对这伤情处，转自忆荒茔。白杨萧瑟雨纵横，此际孤魂凄冷。鬼火光寒，草间湿乱萤。只悔仓皇负了卿，负了卿！我独在人间，委实的不愿生。语婷婷、相将早晚伴幽冥。一恸空山寂，铃声相应，阁道峻嶒，似我回肠恨怎平！

（第二十九出）

洪昇通晓音律，作品音乐性很强，正如吴舒凫在《长生殿·序》中说："昉思句精字研，罔不谐叶，爱文者喜其词，知音者赏其律，以是传闻益远，蓄家乐者，攒笔竞写，转相教习；优伶能是，升价什佰。"

另外，全剧结构安排也十分考究：场次衔接，前后对照，交错发展，缓急相间。王季烈在《螾庐曲谈》中说："其选择宫调，分配角色，布置剧情，务令离合悲欢，错综参伍，搬演无虑劳逸不均，观听者觉层出不穷之妙，自来传奇排场之胜，无过于此。"

第八节 《桃花扇》

如果说洪昇的《长生殿》是以一个产生了重大影响的历史事件（安史之乱）为背景，突出表现了"垂戒来世"和爱情理想，那么，孔尚任的《桃花扇》则是以一个爱情故事为线索，表现了兴亡感慨的历史主题。《桃花扇》是一部政治色彩十分鲜明的历史剧。

一 《桃花扇》的作者孔尚任

孔尚任（1648～1718），字聘之，又字季重，号东塘，别号岸堂，自号云亭山人,山东曲阜人,孔子 64 代孙。青年时代读书于曲阜县北石门山中,考订乐律,博采遗闻。康熙南巡返京经曲阜祭孔。尚任曾在御前讲经,受到褒奖,被任为国子监博士。36 岁(1686)随工部侍郎孙在丰到淮阳治理黄河海口,工程无成,黄河泛滥成灾,他亲眼看到人民的疾苦。42 岁(1690)回到京师国子监。47 岁与顾彩合撰传奇《小忽雷》。次年迁户部主事。1699 年 6 月,《桃花扇》脱稿,王公荐绅,莫不借抄,时有纸贵之誉。53 岁任户部广东司员外郎,不久罢官。55 岁返曲阜。71 岁卒。其著述除《桃花扇》、《小忽雷》,还有诗文集《湖海集》、《岸堂集》、《长留集》等。《桃花扇》经过长期酝酿,"凡三易其稿而书成"。他在《桃花扇本末》中说:

> 予未仕时,每拟作此传奇,恐闻见未广,有乖信史;寤歌之余,仅画其轮郭,实未饰其藻采也。然独好夸于密友曰:"吾有《桃花扇》传奇,尚秘之枕中。"及索米长安,与傺辈饮宴,亦往往及之。又十余年,兴已阑矣。少司农田纶霞先生来京,每见必握手索览。予不得已,乃挑灯填词,以塞其求;凡三易稿而书成,盖己卯之六月也。

这就是这部历史剧的成书过程。

二　《桃花扇》的思想和艺术

1644 年,李自成的农民起义军攻占北京,明崇祯帝自缢。清军入关,占领黄河以北各省。是年 5 月,凤阳总督马士英等拥立福王在南京建立南明王朝。就实力而言,南明王朝有可能与刚入关的清兵抗衡,甚至收复失地,至少也可稳住江南半壁江山。这是当时广大人民的愿望。但是,福王政权却仅仅支持了一年。如何解释这一历史现象,史家、学者各有议论。孔尚任则以传奇《桃花扇》回

答了这个问题,并寄托了无限的兴亡之感。他在《桃花扇小引》中说:

> 《桃花扇》一剧,皆南朝新事,父老犹有存者。场上歌舞,局外指点,知三百年之基业,隳于何人? 败于何事? 消于何年? 歇于何地? 不独令观者感慨涕零,亦可惩创人心,为末世之一救矣。

《桃花扇》是历史剧,不是历史教科书。它通过复社文人侯方域与秦淮名妓李香君的爱情故事,全面展示了南明王朝的腐败政治和兴亡盛衰的历史过程。作品开卷就点出的"借离合之情,写兴亡之感",正是此剧的主题。

《桃花扇》一开始就写出了复社文人(如陈定生、吴次尾等)与阉党余孽阮大铖的斗争。这场斗争是万历、天启年间东林党人与阉党斗争的继续。复社文人坚持东林党人的政治主张,猛烈抨击马士英、阮大铖等人。阮大铖为了洗刷自己"阉党余孽"的名声,设法通过杨龙友(文聪)拉拢侯方域。当时,侯、李正相爱恋,于是,阮大铖出资"帮助"侯方域与李香君结合。当香君知此真情之后,则严词拒绝。福王称帝后,阮大铖实权在握,开始迫害复社成员,以致于"传缇骑,重兴狱囚"。扼杀了在当时具有进步性的政治力量。

与此同时,福王及马、阮等人则一味追逐享乐。他们选优歌舞,荒淫无度,甚至在濒临灭亡的前夕,阮大铖还念念不忘他们的"一队娇娆,十车细软"。(见第二十五、三十六等出)

在作品的《争位》、《移防》、《赚将》各出中还表现了马、阮等排斥异己,挑起内讧的罪恶,致使史可法困守扬州,最终惨败。短暂的南明王朝,也随之覆灭。对史可法等抗战将领,作品予以高度的赞扬;对他们的失败,表达了深切的同情。

《桃花扇》主人公是侯方域和李香君。他们的相爱,虽有才貌

的互相倾慕,但更重要的是他们有共同的人生态度,而且,李香君
比侯方域表现得更为坚定。在《却奁》一出中,当杨龙友实告侯方
域"这些妆奁酒席,约费二百余金,皆出怀宁(阮大铖)之手",其用
意"不过欲纳交足下"时,侯方域已有动摇,而李香君却表现了极其
坚定的态度:

> (旦怒介)官人(指侯方域)是何话说,阮大铖趋附权奸,廉
> 耻丧尽;妇人女子,无不唾骂。他人攻之,官人救之,官人自处
> 于何地也?
>
> [川拨棹]不思想,把话儿轻易讲。要与他消释灾殃,要与
> 他消释灾殃,也提防旁人短长。官人之意,不过因他助俺妆
> 奁,便要徇私废公;那知道这几件钗钏衣裙,原放不到我香君
> 眼里。(拔簪脱衣介)脱裙衫,穷不妨;布荆人,名自香。
>
> ……
>
> [前腔](生)平康巷,他能将名节讲。偏是咱学校朝堂,偏
> 是咱学校朝堂,混贤奸不问青黄。那些社友平日重俺侯生者,
> 也只为这点义气;我若依附奸邪,那时群起来攻,自救不暇,焉
> 能救人乎。节和名,非泛常;重和轻,须审详。
>
> (第七出)

奸党得势后,逼香君嫁田仰为妾,香君守楼不从,以致愤然撞头,
"血喷满地",鲜血溅在侯方域给她的定情信物诗扇上。从此她孤
身守志,"恨在心苗,愁在眉梢,洗了胭脂,浣了鲛绡"。杨龙友就诗
扇上的血痕,画为桃花,而成"桃花扇"。作者在《桃花扇传奇小识》
中说:

> 桃花扇何奇乎? 其不奇而奇者,扇面之桃花也;桃花者,
> 美人之血痕也;血痕者,守贞待字,碎首淋漓不肯辱于权奸者
> 也;权奸者,魏阉之余孽也;余孽者,进声色,罗货利,结党复
> 仇,骤三百年之帝基者也。帝基不存,权奸安在? 惟美人之血

痕,扇面之桃花,啧啧在口,历历在目,此则事之不奇而奇,不必传而可传者也。

当香君被捉去充歌妓时,她勇敢地在筵席上痛骂马、阮奸党,表明了她的态度:

> [五供养]堂堂列公,半边南朝,望你峥嵘。出身希贵宠,创业选声容,后庭花又添几种。把俺胡撮弄,对寒风雪海冰山,苦陪觞咏。
>
> [玉交枝]东林伯仲,俺青楼皆知敬重。干儿义子从新用,绝不了魏家种。冰肌雪肠原自同,铁心石腹何愁冻。吐不尽鹃血满胸。吐不尽鹃血满胸。

(第二十四出)

最后,她与侯方域在栖霞重逢,为法师"喝破"俗念,共同修真学道。

作品还写了柳敬亭和苏昆生等艺人,他们身处社会下层却性格刚烈,宁肯归隐渔樵,也不做新朝顺民。通过这些形象,反映出作者赞美下层人民的倾向性。

剧中的侯方域,作为复社文人的领袖,他继承了东林党人的传统,与"阉党余孽"阮大铖之流进行了一系列的斗争。历史上的侯方域,入清以后,参加乡试,中顺治八年副榜。但在《桃花扇》的结尾,作者却写他与李香君一起,听到张道士的"当头棒喝":

> 呵呸!两个痴虫,你看国在哪里,家在哪里,君在哪里,父在哪里,偏是这点花月情根,割他不断么?

(第四十出)

于是抛却红尘欲念,入道修真。这样,从作者的观点来说,就基本上保持了这位复社领袖的品格,并借以抒发兴亡之感。作品中也表现了侯方域在国难当头尚留连风月和对阮大铖的看法有过动摇的一面,这恰恰表明以侯方域为代表的某些复社文人自身的弱点和不可能担当历史重任的事实。

《桃花扇》作为历史剧在艺术上取得了很高的成就。它极其尊重历史事实,孔尚任说:"朝政得失,文人聚散,皆确考时地,全无假借。至于儿女钟情,宾客解嘲,虽稍有点染,亦非乌有子虚之比。"(《桃花扇·凡例》)并附有《考据》一篇,列举所依据的史料。但是,《桃花扇》毕竟不是史籍,它通过巧妙的艺术构思以侯李爱情故事为剧情发展的线索,使作品具有很强的传奇性、戏剧性。另外,作品的结构摆脱了大团圆的俗套,而以一出"余韵"结尾,进一步表现兴亡之感,使主题得到深化。全剧语言或"明亮"或"整练",皆见功力。作者在《凡例》中说:曲文必须"一首成一首之文章,一句成一句之文章。列之案头,歌之场上,可感可兴。"说白必须"抑扬铿锵,语句整练,设科打诨,俱有别趣。"他的这些主张,在作品中都得到了充分的体现。

第九节　清代中期的戏曲

清代剧坛,在"南洪北孔"之后,再没有产生大家。整个昆山腔传奇的发展,在乾隆中叶以后,由于上层统治者政治的需要和娱乐的追求,出现了宫廷化倾向,很快衰落下去。这个时期较有成就的剧作家主要有唐英、蒋士铨等。

唐英(1682~1755),字隽公,号蜗寄居士,官九江关监督。著有《古柏堂传奇》17种。其《十字坡》、《面缸笑》较好。其他作品大都宣扬封建思想。在《古柏堂传奇》中有很多作品是对民间戏曲的改编,客观上保留了一些民间戏曲的面貌。

蒋士铨(1725~1784),字心余,号藏园,江西铅山人。今存杂剧、传奇共16种。他是昆山腔传奇的最后一个较著名的作家。他的《冬青树》以南宋灭亡为背景,歌颂了文天祥的气节,写得较好。《临川梦》敷演了汤显祖的故事,并把"临川四梦"中的人物都安排在剧中,构思较有特色。汤显祖的形象得到了较充分的表现。蒋士铨作品的语言,明显地继承了汤显祖的风格。

经过作家和艺人反复加工创作的《雷峰塔》是这一时期的优秀剧目。所写白蛇故事,早在南宋时已见诸记载。明话本《白娘子永镇雷峰塔》,已把白蛇与许仙的恋爱故事写得较为完备。清乾隆初黄图珌写成《雷峰塔》传奇,又经艺人陈嘉言父女改编,始成流传极广的戏曲演出本。剧中的白娘子,已由早期传说中的蛇精变为忠于爱情、勇于斗争、不惜牺牲的艺术形象。许仙则是一个虽亦深爱白娘子,但又为法海控制,对爱情时有动摇的人物。法海象征着残暴的封建势力。白娘子与许仙的爱情经历了许多曲折、艰难,最后虽然失败,但唤起了人民的同情。剧中的白娘子与小青,虽然仍是白蛇、青蛇变化的美女,但她们在追求爱情幸福和反抗黑暗势力的斗争中表现出的优秀品质,得到了广大人民群众的喜爱。此剧在艺术上取得了很大的成功,除形象感人、情节生动之外,全剧笼罩在优美的神话氛围之中,也是一大特点。

无名氏的《孽海记》也是这一时期的优秀剧目,其中的《思凡》,作为单折戏,长期在舞台上演出。剧中尼姑赵法空,追求自由生活,反对宗教束缚的故事,十分感人,是一部具有近代启蒙思想意义的作品。

清中叶的杂剧作家中,以《吟风阁杂剧》的作者杨潮观(1710～1788)最著名。潮观字宏度,号笠湖,江苏无锡人,长期任知县、知州等地方官。《吟风阁杂剧》是他在四川邛州任所作的 32 种短剧。每剧一折。仿白居易《新乐府》体例,每剧前有一小序,说明主旨。作品多含讽谏,如较著名的《罢宴》即写寇准设寿宴时,听刘婆婆哭诉往事(寇母以手工供寇准读书的苦难情景)而罢宴的故事,以此戒侈。《发仓》写灾区人民的苦难及官差的凶残,同时也表彰矫诏发仓的汲长孺,有揭露现实的意义。

此外,桂馥(1736～1805)的杂剧《后四声猿》,舒位(1755～

1815)的杂剧《瓶笙馆修萧谱》在当时也有一定影响。自宋元以来的杂剧艺术,至此已成尾声。

第十节 清代诗文

清代诗文,在三个不同的历史阶段,各有不同的特点。在鸦片战争之前,主要为明清易代之际和"太平盛世"两个历史阶段的诗文。

一 易代之际的诗文

明清易代之际,产生了几个重要的作者,他们的诗文,承前启后,都有新的特征。其中最有影响的作者是黄宗羲、顾炎武、王夫之等。

黄宗羲(1610～1695),字太冲,号梨洲,余姚(今属浙江)人。明亡前夕,曾参加抗清活动。明亡之后,著书讲学。康熙年间,以博学鸿词征,不应;征修《明史》,亦不至。著述甚富,有《宋元学案》、《明儒学案》、《明夷待访录》、《南雷文定》等。散文名篇有《原君》,其中有云:

> 有生之初,人各自私也,人各自利也。天下有公利而莫或兴之,有公害而莫或除之。人君者出,不以一己之利为利,而使天下受其利;不以一己之害为害,而使天下释其害:此其人之勤劳必千万于天下之人。……后之为人君者不然。以为天下利害之权,皆出于我;我以天下之利,尽归于己;以天下之害,尽归于人,亦无不可。使天下之人不敢自私,不敢自利,以我之大私为天下之公。……然则为天下之大害者,君而已矣!

这是继承《吕氏春秋》的《贵公》、《去私》以及魏晋的"无君论"的思想而又有所发挥。稍后的唐甄《室语》也说："自秦以来,凡为帝王者,皆贼也。"这类文章,思想比较解放,具有易代之际的新的时代特征。

顾炎武(1613~1682),初名绛,字宁人,号亭林,江苏昆山人。早年参加过复社,明清之际,也曾从事抗清活动。明亡之后,亦不应征诏。跋涉山川,载书自随。他《与戴耘野书》云:"九州历其七,五岳登其四。""百家之说,粗有窥于古人,一卷之文,思有裨于后代。"他主张为人不作无用之文,说过:"文须有益于天下。"反对"文辞欺人"。又说过:"无体国经野之心,不足以登山临水;无济世安民之略,不足以考古证今。"主要著作有《日知录》、《天下郡国利病书》、《亭林文集》等。

亭林之文,为世传诵者有《广宋遗民录序》、《与友人论学书》、《书潘吴二子事》以及《日知录·廉耻》等。《广宋遗民录序》有感于"沧海横流,风雨如晦",而士人之"自好"者,亦或"改行于中道,失身于暮年",于是难于求友,而不得不上友古人。文章挥斥自如,极有深度,不同于一般应酬的序言文字。《日知录·廉耻》引《五代史·冯道传论》,申论"无耻之耻",感愤亦深。

亭林又是诗人。他曾说"诗不必人人皆作",但作诗就要"为时"、"为事",要直言不隐,不得"文辞欺人"(均见《日知录》)。

亭林之诗,感时抒愤者不少。如《秋山》之写"一朝长平败,伏尸遍冈峦",《五十初度》之写"路远不须愁日暮,老年终自望河清";又《酬王处士九月见怀之作》有云:"天地存肝胆,江山阅鬓华。多蒙千里讯,逐客已无家。"家国之痛,身世之悲,都流露于字里行间。

王夫之(1619~1692),字而农,号薑斋,衡阳(今属湖南)人。晚居衡阳石船山,世称船山先生。夫之早年也曾从事抗清活动。明亡之后,隐居不出,入山著述。著作有《船山遗书》等。其《自题墓石》有云:"抱刘越石之孤愤,希张横渠之正学。"学兼经史百家,不作游戏文字。有《船山记》一文,不同于前人的模山范水之作。

所著《黄书》、《噩梦》,颇多幽愤。《读通鉴论》一书,亦多佳篇。

夫之于诗亦自有主张。所著《薑斋诗话》,讲究亲身经历,强调"以意为主"。所作之诗,虽咏古事,亦指现实。如《读〈指南录〉》有句云:"沧波淮海东流水,风雨扬州北固山。鹃血春啼悲蜀鸟,鸡鸣夜乱度秦关。"盖其"身之所历,目之所见",多所愤激,故发而为诗,凄怆如此。

与顾炎武等人同时而又同志的作者还有归庄。归庄与顾炎武齐名,曾有"归奇顾怪"之称。

归庄(1613～1673),一名祚明,字玄恭,归有光之曾孙,昆山(今属江苏)人。早年曾与顾炎武同入复社。明亡之际,曾在昆山从事抗清活动。其后逃亡,玩世不恭。结庐于墟墓之间,尝自题草堂云:"两口寄安乐之窝,妻太聪明夫太拙;四邻接幽明之宅,人何寥落鬼何多。"著作今有《归庄集》。

归庄诗文兼擅。诗有《读〈心史〉七十韵》、《悲昆山》、《断发》等,都是反映丧乱的作品。其《万古愁》一曲,尤为世所称。文章有特色者有《送顾宁人北游序》、《历代遗民录序》、《自寿文》等。

清初诗文为世所称者,还有侯方域、魏禧、汪琬等。三人曾号称"国初三大家"。但今天看来,三人之文,并不同调。

侯方域(1618～1654),字朝宗,商丘(今属河南)人。其父、祖皆东林党人,本人早时亦曾参加复社,与方以智等齐名。又从史可法于扬州,与阮大铖斗争坚决不屈,甚有时誉。入清以后,应河南乡试,遂为人所轻。但其早年之文,颇有佳作。《去金陵日与阮光录书》、《李姬传》等,都曾为世传诵。《去金陵日与阮光录书》一文有云:

> 仆今已遭乱无家,扁舟短棹,措此身甚易,独惜执事忮机一动,长伏草莽则已,万一复得志,必至杀尽天下士,以酬其夙所不快,则是使天下士终不复至执事之门,而后世操简书以议执事者,不能如仆之词微而义婉也。

这是全文的几句结语,笔墨淋漓,痛快之至,作者早年的书生意气,于此可见一斑。

魏禧(1624～1681),字冰叔,一字叔子。宁都(今属江西)人。明末诸生,明亡隐居,结交遗民,不肯应举。著作有《魏叔子集》。禧与兄弟三人合称"宁都三魏",而禧最负文名。其传诵的名篇有《大铁椎传》,传末论曰:

> 子房得力士,椎秦皇帝博浪沙中,大铁椎其人与? 天生异人,必有所用之。予读陈同甫《中兴遗传》,豪俊侠烈魁奇之士,泯泯然不见功名于世者,又何多也? 岂天之生才不必为人用与? 抑用之自有时与?

由大铁椎的事迹,想到张良为韩复仇、使力士椎击秦始皇的故事,作者的寄托所在,是很明显的。文章貌似传奇志异,实亦借题发挥。大铁椎其人,也未必实有,全出臆造,亦未可知。

汪琬(1624～1691),字苕文,号钝庵,晚号尧峰。长州(今江苏苏州)人。顺治进士,官至翰林院编修,预修《明史》,著有《尧峰文钞》等。

汪琬论文,主张"雅驯",反对"俗学",故其所作,文从字顺,而不尚驰骋,与侯方域、魏禧不同。所作《江天一传》,有唐宋古文传记余风。

明清之际,以诗著称,而趋向与顾炎武等人殊途者,还有钱谦益、吴伟业等。

钱谦益(1582～1664),字受之,号牧斋,常熟(今属江苏)人。明天启、崇祯年间,历任朝官。南明弘光朝,为礼部尚书。顺治二年,清兵下江南,谦益"率先投顺",仕为礼部侍郎,兼修《明史》。著述甚富,有《初学集》、《有学集》等。

谦益仕于两朝,晚年辞官,又一度入狱,所为诗文,颇多身世之感,沧桑之叹。其《狱中杂诗三十首》、《哭稼轩一百十韵》、《金陵秋兴八首》等篇,皆痛心之作。《金陵秋兴》有云"杂虏横戈倒载斜,依然南斗是中华。""九州一失算残棋,幅裂区分信可悲。"抚今思昔,不胜故国之思。

吴伟业(1609~1672),字骏公,号梅村,太仓(今属江苏)人。早为张溥所知,崇祯年间历任官职。南明福王时,任少詹事。清初被荐应征,为国子监祭酒。后居丧辞官,不再出仕。有"误尽平生是一官"之叹。著作有《梅村家藏稿》。

伟业之诗,多叙史实,长于歌行。传世之作《永和宫词》、《圆圆曲》等,都涉及时事。在古今歌行中,自为一体。另有《捉船行》、《马草行》等,都是反映民间疾苦的作品。其抒怀诸作,亦多沧桑之感、身世之悲。例如《过淮阴有感》之一有云:"浮生所欠只一死,尘世无由识九还。我本淮王旧鸡犬,不随仙去落人间。"其内心之凄苦,可以概见。

二 太平盛世的诗文

清朝统治进入"太平盛世",诗文又有新的时代特点。早期的诗人有王士禛、查慎行、赵执信等,词人有朱彝尊、陈维崧、纳兰性德等。其中最有影响的作者是王士禛。晚期的诗人有沈德潜、郑燮、袁枚等,而散文则有桐城派的方苞、刘大櫆、姚鼐等。

这时的诗,从王士禛提倡"神韵"到沈德潜提倡"格调";这时的文,从方苞讲究"义法",到姚鼐讲究"格律声色",都体现了盛世诗文的艺术特征。

王士禛(1634~1711),字贻上,号阮亭,又号渔洋山人,新城(今山东桓台)人。顺治进士,官至刑部尚书。著作甚富,有《带经堂集》和《池北偶谈》等笔记多种。

士禛早以诗名,标榜"神韵",提倡"隽永","以清远为尚"。但他自己所作,也并非都能做到。例如《雨中度故关》云:"危栈飞流万仞山,戍楼遥指暮云间。西风忽送潇潇雨,满路槐花出故关。"这样的作品,似有唐人遗韵,但有些作品如《秦中凯歌十二首》、《滇南凯旋歌六首》等,或颂武功,或赋升平,都是讴歌盛世。《精华录》注云:"余作《平凉凯歌》,曾经御览。"像这类提供"御览"的作品,就没有"神韵"可言了。

生于盛世后期,与王士禛趋向不同的作者有郑燮。

郑燮(1693~1765),字克柔,号板桥。兴化(今属江苏)人。康熙秀才、雍正举人、乾隆进士。历任州县之吏,熟知民间疾苦。乾隆十八年,潍县大饥,板桥开仓赈贷,因忤大吏,辞官而归。平生善书画,工诗文,以画擅名,为"扬州八怪"之一。著作有今本《郑板桥集》。

板桥论诗,不讲"神韵",感时书事,直吐胸臆。其《潍县署中画竹呈年伯包大中丞括》云:"衙斋卧听萧萧竹,疑是民间疾苦声。些小吾曹州县吏,一枝一叶总关情。"其《逃荒行》、《还家行》、《思归行》、《孤儿行》、《后孤儿行》诸作,直继唐人新乐府。《逃荒行》有云:

> 十日卖一儿,五日卖一妇,来日剩一身,茫茫即长路。

正当大清盛世,而板桥却写出了这样的民间疾苦。

板桥别有《道情》10首,曲终有云:"扯碎状元袍,脱却乌纱帽,俺唱这道情儿归山去了!"这也是盛世诗文的别调。

这时期词人之抒民间疾苦者有陈维崧。

陈维崧(1625~1682),字其年,号迦陵。宜兴(今属江苏)人。清初举博学鸿词,官至翰林院检讨。但他早年奔波各地,颇知民间疾苦。著作有《湖海楼诗文词全集》。

维崧之词,尚有清初作者风格,较能反映现实。如《贺新郎·纤夫词》有云:

> 真王拜印,蛟螭蟠钮,征发櫂船郎十万,列郡风驰雨骤。

叹闾左,骚然鸡狗!

像这样的作品,不同于此后的"盛世之音"。

这时能够代表"盛世之音"的词人是朱彝尊。

朱彝尊(1629~1709),字锡鬯,号竹垞。秀水(今浙江嘉兴)人。康熙十八年举博学鸿词,授翰林院检讨,入直南书房。平生著述甚富,有《词综》、《曝书亭集》等。

彝尊不但以词名家,且对一代词风甚有影响。他论词主张"醇雅","歌咏太平"。这样的主张,颇能适合当时的政治需要。其抒情之作,亦颇多闲情逸致,可谓"盛世之音"。例如《桂殿秋》有云:

> 思往事,渡江干,青蛾低映越山看。共眠一舸听秋雨,小簟轻衾各自寒。

这样的作品,和此后的纳兰性德所作,似属同调。

纳兰性德(1655~1685),原名成德,字容若。满洲正黄旗人。康熙十五年进士,官至一等侍卫。著作今有《通志堂集》。

纳兰出身贵族,而厌居官府,仕于盛时,而多愁善感。故所作之词,"凄惋处令人不忍卒读"(顾贞观语)。如《长相思》:

> 山一程,水一程,身向榆关那畔行。夜深千帐灯。 风一更,雪一更,聒碎乡心梦不成。故园无此声。

此词即景生情,自然真切。此外有些篇章,也都有此特点。王国维说:"纳兰容若以自然之眼观物,以自然之舌言情,此初入中原未染汉人风气,故能真切如此。"现在看来,纳兰词之真切自然,恐与其人鄙薄侍卫之职、追求个人闲适有些关系。女真旧俗,未必如此。

最能代表盛世之文的作者,是桐城派的方苞等。

方苞(1668~1749),字凤九,号灵皋,又号望溪。桐城(今属安徽)人。康熙进士。因戴名世《南山集》案牵连入狱,出狱后曾编入汉军旗籍为奴,入值南书房。历康、雍、乾三朝,官至礼部右侍郎。

著作今有《方苞集》等。

方苞被释出狱之后,曾"惊怖感动",撰《两朝圣恩恭记》,表示"愿效涓埃之极"。为文"助流政教",并提倡"义法",主张"言有物"和"言有序","阐道翼教","质而不芜","清真雅正"。

方苞文章之传诵者有《狱中杂记》、《左忠毅公逸事》等篇。

《狱中杂记》所记者有如人间地狱。这对首善之区不免"白珪之玷"。但文章所揭露者,止于胥吏,所涉及者,止于老监。而且记事的同时,还讲到"圣上好生之德",不曾忘记"颂圣"。这样的文章,还是无所违碍的。

方苞之后,桐城的重要作者是刘大櫆。

刘大櫆(1693~1779),字才甫,一字耕南,号海峰。曾为黟县教谕。著作今有《刘大櫆集》。

刘大櫆论文,对于方苞所倡的"义法",有所补充。他说:"行文之道,神为主,气辅之。"又说:"不得其神,而徒守其法,则死法而已。"他提倡"神气",而谓神气不假外求,即在音节字句之间。故其为文,工夫多用于音节字句。有的文章,音节字句颇与古人相似。例如《送张闲中序》,姚鼐便以为"雄直似昌黎"。又如《章大家行略》一文,姚鼐又认为"真气淋漓,《史记》之文"。(均见《古文辞类纂》)

在方苞、刘大櫆之后,进一步发展桐城派的理论,而且影响更大者,是姚鼐。

姚鼐(1732~1815),字姬传,一字梦谷,室名惜抱轩。桐城人。乾隆进士。官至刑部郎中。晚年曾主讲江南、紫阳、钟山等书院40余年,很有影响。著作有《惜抱轩全集》。编选有《古文辞类纂》、《今体诗选》等。

姚鼐论文,主张"明道义,维风俗",与方苞、刘大櫆同一宗旨。他于方苞的"义法"之外,又提出"义理、考证、文章"三者并重。他在《述庵文钞序》中说:"鼐尝论学问之事,有三端焉,曰:义理也,考证也,文章也。是三者,苟善用之,则足以相济;苟不善用之,则或至于相害。……以能兼长者为贵。"他于刘大櫆所提的"神气"之外,又提出"神理气味","格律声色";且讲"阴阳刚柔"。他说:"文者,天地之精英,而阴阳刚柔之发也。"(《复鲁絜非书》)

姚鼐论文于乾嘉考证之学盛行之日,故以义理、考证、文章三者并举,以示自己并非疏于考证。他的一些文章也确曾注意征实。例如《登泰山记》就很典型。姚鼐另有一篇《泰山道里记序》,可与此文参证。凡所记叙,如"汶水东流","济水西流",以及"阳谷皆入汶","阴谷皆入济"云云,都是有根据的,不是"记今时山川道里方向,率与时舛"的文章。

在桐城派之外,乾嘉时期,还有一些作者如恽敬(1757~1817)、张惠言(1761~1802)等,号称"阳湖派"。其为文蹊径,与桐城派接近,而有所不同。

又有一些不立宗派的作者如彭端叔(乾隆年间在世)、袁枚(1716~1798)等,文章都有成就,袁枚为文主张,上承公安派,与桐城旨趣尤其不同,他的文章也另有特点。

还有,当考证之学盛行之日,有的学者不以文名,而文章亦有成就。如全祖望(1705~1755),上承清初作者,与桐城之文异调。又如汪中(1745~1794)、洪亮吉(1746~1809)、孙星衍(1753~1818)等,都是骈文作者,也都与桐城派的趋向不同。由此看来,同是盛世作者,也有不同的文风。

到了盛世的末期,时代将有大的变动,文章也将有大的变革,鸦片战争前后,便产生了新的一代文章。

第十一节 清代说唱文学

说唱文学在我国有悠久历史,唐之变文,宋之陶真、诸宫调,元之词话,明清之弹词、鼓词、子弟书,虽名称不同,但都以"说""唱"为表现形式,在民间广泛流传。

清代的弹词、鼓词,更为兴盛。不仅产生了长篇巨制,而且流派众多。弹词主要流行于南方(从明至清初,南北方皆有,乾隆年间,逐渐局限在江苏、浙江一带)。以三弦、琵琶伴奏,敷演才子佳人爱情故事。一般均由"说"(说白)、"噱"(穿插)、"弹"(伴奏)、"唱"(唱词)四个部分组成。说白部分为散文,唱词部分以七言韵文为主,有的加上三言的衬字。弹词篇幅很长,往往需要连续演出多次。其"开篇"本来是只有几句定场诗式的韵文,而后逐渐发展成为独立的艺术形式。嘉庆道光年间,马如飞善著开篇,唱腔被称为马调,颇有影响。弹词的语言有"国音"(普通话)、"土音"(方言)之分,后者主要是吴语。流传至今的清代弹词作品约270多种,影响较大,成就较高的作品有以下几种:

《天雨花》90余万言,作者陶贞怀。成书于顺治八年以前。叙述明末左维明与郑国泰、魏忠贤的斗争,谴责了阉党屠杀东林党人的罪行,对明末社会现实有所暴露和批判。但作品中以大量说教,宣扬封建道德。描述人物的日常家庭生活虽很细致,但颇琐碎,而且,在表现左维明与郑、魏的斗争时,也苍白无力。

《再生缘》二十卷,八十回,前十七卷陈端生作,后三卷梁德绳续,成书于乾隆年间。以元代女子孟丽君为主人公,敷演她与皇甫少华经父母订婚,被奸人破坏,最后团圆的故事。作品中,表现孟丽君才华出众,女扮男装,位列三台,与男子一起出入朝廷,干预朝政,赞美了妇女的聪明才智。但作品也宣扬了封建伦理观念,赞美封建婚姻制度。《再生缘》情节生动曲折,引人入胜。

《珍珠塔》叙述书生方卿因家贫蒙受姑母羞辱,却得到表姐陈翠娥的同情,并私下赠其珍珠塔。方卿中状元后,装做乞人到陈家,以唱道情的方式讽刺其姑母。整个作品以才子佳人的爱情为主线,深刻地揭露了封建社会世态炎凉、嫌贫欺弱的现实,是一部深受人民欢迎的弹词作品。其中不少片断至今仍在舞台上演出。

此外,弹词中还有一些作品是根据民间传说故事改编而成的,如《义妖传》，即敷演有关白蛇与许仙的传说。其情节与《雷峰塔传奇》基本相同。

鼓词主要流行于北方。以鼓和三弦等乐器伴奏，韵、散相间，唱词为七言或十言，形式灵活。习惯上说的鼓词，一般指成套大书，而且演出时又说又唱，也叫"蔓子活"；另一种只唱不说的"小段"，而且往往是"摘唱"鼓词中的精彩段子，习惯上称它为"大鼓"。

鼓词内容，有说唱历史演义、忠臣良将、英雄传奇的，如《呼家将》、《杨家将》、《隋唐演义》、《包公案》等，其间有些历史依据，但主要是虚构而成；有写才子佳人爱情故事的，一般都比较短小；还有改编历代文学名著的，如依据《三国演义》、《水浒传》、《聊斋志异》、《红楼梦》以及《西厢记》、《红梅记》、《窦娥冤》、《白兔记》等原著，适当加工渲染而成，此类作品颇受欢迎。

乾隆年间，鼓词中产生了一大支流：子弟书。它流行于八旗子弟间。震钧在《天咫偶闻》中说："旧日鼓词有所谓子弟书者，始创于八旗子弟。其词雅驯，其声和缓，有东城调、西城调之分。""东城调"亦称"东韵"，"西城调"亦称"西韵"，前者慷慨，后者缠绵。内容大抵可分两类：一是直接反映现实生活的，如《烟花叹》、《厨子叹》、《逛护国寺》等，二是改编文学名著的，如《黛玉悲秋》、《草桥惊梦》、《闹江州》、《鹊桥密誓》等。此外，还有根据民间故事改写的，如《孟姜女寻夫》等。子弟书的作者，有较高的文学修养。作品在音律、词藻等各方面都较"雅驯"。其代表作家有罗松窗（《鹊桥密誓》编者），韩小窗（《宝玉探病》编者）等。子弟书的乐曲今已失传，而不少作品现在仍以各种曲艺形式进行演唱。

清人搜集民歌俗曲的风习胜于明人，单刊小册在万种以上。这些民歌俗曲，多数为表现男女爱情、相思之作，虽不免庸俗色情，但真挚、直率，真实地反映了人民的生活、愿望和情感，特别是一些边远地区的民歌，更有重要的价值，如李调元的《粤风》、无名氏的《四川山歌》等：

妹相思,妹有真心弟也知。蜘蛛结网三江口,水推不断是真丝。

(《粤风》)

高高山上一树槐,手攀槐枝望郎来,娘问女儿"望什么?""我望槐花几时开。"

(《四川山歌》)

十八女儿九岁郎,晚上抱郎上牙床,不是公婆双双在,你做儿来我做娘!

(同上)

在《粤风》中还有《瑶歌》、《苗歌》和《僮歌》等,都是少数民族的民歌,也是以情歌为主。另外,清代还刊行了儿歌专集,如郑旭旦的《天籁集》和悟痴生的《广天籁集》等。

附 篇

近 代 文 学

　　清代由盛转衰,乾隆末年已见征兆。而真正进入衰世,则从鸦片战争前后开始。大清王朝进入衰世,中国历史也进入近代。历史发生了划阶段的变革,文学也发生了空前的变化。

　　对于这样的衰世,龚自珍曾经有过描述,他说:"衰世者,文类治世,名类治世,声音笑貌类治世。黑白杂而五色可废也,似治世之太素;宫羽溷而五声可铄也,似治世之希声;道路荒而畔岸隳也,似治世之荡荡便便;人心混混而无口过也,似治世之不议。"(《乙丙之际著议第九》)

　　对于这样的衰世,龚自珍还有如下的形容:"日之将夕,悲风骤至,人思灯烛。""灯烛无光,不闻余言,但闻鼾声。夜之漫漫,鹍旦不鸣。"(《尊隐》)

　　面临这样的衰世,龚自珍认为必须有所变革,他在《乙丙之际著议第七》中说:"一祖之法无不敝,千夫之议无不靡,与其赠来者以劲改革,孰若自改革?"

　　但是,作为专制王朝的统治者,没有外力强制,是不肯"自改革"的。尽管当时国势垂危,内外交困,还要强自挣扎,苟延残喘。

　　1840年鸦片战争开始,英帝国主义者发动了蓄谋已久的掠夺性的侵略。这对中国社会的改革,起了"不自觉的工具"(马克思语)的作用。从此以后,晚清的社会便发生了本质的变革。从太平天国革命、戊戌变法,到辛亥革命,都与历朝历代的朝政改革不同。历史的阶段进入了旧民主主义革命的时代,社会思潮和文化结构都和过去不同了,这个时期的文学也就开始了新的进程。

一　诗文的发展变化

这个时期诗文的变化,是从龚自珍、魏源等人开始的。

龚自珍(1792～1841),字尔玉,又字璱人;曾更名易简,字伯定;又更名巩祚,号定庵。仁和(今浙江杭州)人。自珍生于仕宦之家,父、祖皆有著述。他自幼受家学影响,既长又受当代学者的熏陶。嘉庆二十三年乡试中举,二十五年仕为内阁中书。其后参加六次会试,于道光九年始中进士。官至补主客司主事。道光十九年辞官。二十一年暴卒于丹阳。著作有今本《龚自珍全集》。

定庵之学,倾向于今文学派,曾受《公羊》之学于刘逢禄。不满现实,主张变革。

定庵散文多政治评论,如《乙丙之际著议》、《平均篇》、《西域置行省议》、《东南罢番舶议》等。记序杂文亦多涉及现实问题,如《送钦差大臣侯官林公序》、《己亥六月重过扬州记》、《病梅馆记》等,都不同于一般的记序文字。与桐城派之作比较,特点十分突出。

定庵之诗,多"伤时之语,骂坐之言"(《定庵年谱外纪》)。叙事抒情之中,也往往涉及时事。如《咏史》云:

> 金粉东南十五州,万重恩怨属名流。牢盆狎客操全算,团扇才人踞上游。避席畏闻文字狱,著书都为稻粱谋。田横五百人安在,难道归来尽列侯?

又如《己亥杂诗》"九州生气恃风雷"一篇,尤有激情。这样的作品,是前所未有的。

魏源（1794～1857），字默深，湖南邵阳人。道光二年，顺天乡试中举。九年，应礼部试不第。以内阁中书舍人候补。与林则徐、龚自珍都有交往。鸦片战争之后，发愤著书，批评时政。50岁时始中进士，曾任知县知州之职。晚年辞官，不问政事。著作甚富，有《圣武记》、《海国图志》、《古微堂诗文集》等。

魏源思想亦倾向改革，与龚自珍相似。他说过："变古愈尽，便民愈甚。"（《默觚下·治篇五》）又说过："执古以绳今，是为诬今；执今以律古，是为诬古。"（同上）更有甚者，他不但主张"变古"，而且主张"师夷"，即学习外国。他说"师夷之长技以制夷"（《海国图志序》）。这样的思想，突破了传统观念，比龚自珍又进了一步。

魏源之文，斩截劲悍，力求简古，自为一体。其《定庵文录序》，可以为例。

魏源之诗，时代特色亦甚明显。其《江南吟》、《都中吟》、《江南引》、《都中引》以及《寰海后》等篇，也多涉及时事。例如《寰海后》十首之一云：

> 争战争和各党魁，忽盟忽叛若棋枚。浪攻浪款何如守，筹饷筹兵贵用才。惊笑天公频闪电，群飞海水怒闻雷。漫言孤注投壶易，万古澶渊几寇莱！

诗中对于朝廷决策之庸懦无能，极为愤慨。这样的作品，在鸦片战争之后，是反映了许多爱国志士的情绪的。

与龚自珍、魏源同时，还有几个作者如张维屏（1780～1859）、张际亮（1799～1843）、鲁一同（1804～1865）、朱琦（1803～1861）、姚燮（1805～1864）、贝青乔（1810～1863）、林昌彝（1803～?）等，也都有反映现实、涉及时事之作。其中张维屏的《三元里》，尤有重要影响。

此外还有坚持抗战的林则徐，太平天国的洪秀全、石达开等，也都有诗文作品，富有时代特色。

在这个时期里,诗文再一次大的变化是从黄遵宪开始的。在变法维新的改良运动中,发生了"诗界革命"。在"诗界革命"中,黄遵宪最有实绩。

黄遵宪(1848～1905),字公度,别号人境庐主人。嘉应州(今广东梅州)人。光绪二年顺天乡试举人,光绪三年任驻日本使馆参赞。此后又历任驻美国旧金山总领事、驻英国使馆参赞等职。回国后曾在上海参加"强学会",办《时务报》。又曾协助湖南巡抚陈宝箴推行新政。光绪二十年被任为出使日本大臣。行抵上海,值戊戌政变,被参为"奸恶",且将"拿办",由于英、日驻上海领事干预,得免。此后便不再出仕。著作有《日本国志》、《人境庐诗草》等。

遵宪生当大乱之年,志在经世。其发而为诗,旨在书事纪实。故其所作,多涉时事。例如《冯将军歌》、《哀旅顺》等一系列的诗篇,几乎可称一代"诗史"。还有一些组诗如《己亥杂诗》,历数毕生经历,也可以看作"诗人一生历史之小影"(《饮冰室诗话》)。直到晚年抱病家居之时,感愤抒怀,仍然关切时局,不忘世事。例如《夜起》一诗云:

> 千声檐铁百淋铃,雨横风狂暂一停。正望鸡鸣天下白,又惊鹅击海东青。沉阴噎噎何多日,残月晖晖尚几星。斗室苍茫吾独立,万家酣梦几人醒!

诗人之忧时忧国,始终如一,于此可见。

遵宪之诗的最大成就,在于及时地记述了一代之史,以艺术的真实,写出历史的真实。至于题材之新颖,语言之通俗,犹其余事。

与黄遵宪同时或年辈稍晚的作者,还有严复(1853～1921)、谭嗣同(1865～1898)、康有为(1858～1927)、梁启超(1873～1929)、丘逢甲(1864～1912)等。所为诗文,也都有这个历史时期的时代特征。其中影响于文学最大者是梁启超。

梁启超,字卓如,号任公,别号饮冰室主人。广东新会人。康
有为的弟子。戊戌政变之前,他曾与康有为联合各省举人上书朝
廷,要求变法,主张"废科举,兴学校",办报刊,倡言"民权"。戊戌
政变后,流亡日本,办《清议报》《新民丛报》《新小说》等等,宣传
改良主义思想。在文学方面,提倡"诗界革命""文界革命""小说
界革命"。所为散文,一反"桐城义法","务为平易畅达","纵笔所
至不检束","笔锋常带情感"。号称"新文体"。对于当时的报刊文
章,影响极大。对于200年来的桐城文派冲击不小。

梁启超的文章,和同时作家相比,最具新的特点。例如传诵一
时的《少年中国说》云:

> 故今日之责任,不在他人,而全在我少年。少年智则国
> 智,少年富则国富,少年强则国强,少年独立则国独立,少年自
> 由则国自由,少年进步则国进步,少年胜于欧洲,则国胜于欧
> 洲;少年雄于地球,则国雄于地球,……美哉我少年中国,与天
> 不老;壮哉我少年中国,与国无疆。

这样的文章,确实做到了"纵笔所至不检束",而且颇带情感。其缺
点是立意甚浅,而用语太繁。当然,作为过渡的启蒙文学,也是难
免的。

到了辛亥革命前夕,诗文的代表作者有章炳麟、秋瑾等。

章炳麟(1867~1936),字枚叔,一名绛,字太炎。浙江余杭人。
少时受学于俞樾、孙诒让,于清儒经史小学皆有素养。当民族危难
之际,不肯应举,而倾向革命。早年参加强学会。从事民主革命运
动。因"苏报案"入狱。出狱后东渡日本。主持《民报》,反对保皇,
鼓吹革命。辛亥革命后,又曾反对袁世凯,参加孙中山的军政府。
综其一生,曾"七被追捕,三入牢狱,而革命之志,终不屈挠",但到
晚年,乃"退居于宁静的学者"。(鲁迅:《关于太炎先生二三事》)

章炳麟文学方面的主要成就,在于政论杂文。所著《驳康有为

论革命书》、《革命军序》，都是很有思想特点的文章。例如《革命军序》有云：

> 同族相代，谓之革命；异族攘窃，谓之灭亡；改制同族，谓之革命；驱除异族，谓之光复。今中国既灭亡于逆胡，所当谋者，光复也，非革命云尔。容之署斯名，何哉？

章氏之志，在于光复；异族既除，便不再革命。这样的文章反映了当时一部分文人学者的思想特征。其他作者如邹容（1885～1905）之写《革命军》、陈天华（1875～1905）之写《警世钟》以及"南社"柳亚子（1887～1958）等诗人之言民族民主革命，大抵都有这样的特点。

在民族民主革命过程中、献身革命而以诗称者，还有秋瑾。

秋瑾（1879～1907），字璇卿，又字竞雄，自号鉴湖女侠。浙江绍兴人。1904年赴日本留学，次年参加同盟会，同年回国。在上海创办中国公学，又办《中国女报》，鼓吹民主革命，男女平权。在江浙两省组织光复军。1907年徐锡麟起兵失败，她在绍兴被捕殉难。著作今有《秋瑾集》。

秋瑾诗《宝刀歌》、《剑歌》曾为时人称道，其《黄海舟中日人索句并见日俄战争地图》一首及《感时》二首，也都是悲歌慷慨之作。其《感时》之二云：

> 忍把光阴付逝波，这般身世奈愁何！楚囚相对无聊极，樽酒悲歌泪涕多。祖国河山频入梦，中原名士孰挥戈？雄心壮志销难尽，惹得旁人笑热魔。

这样的作品，出自女性作者，也是很有时代特色的。

以上所述诗文之变，侧重在具有新的时代特色的作家和作品。与此同时，还有一些诗文，如"桐城派"后裔梅曾亮、姚莹、吴敏树、曾国藩、张裕钊、吴汝纶之文，"宋诗派"何绍基、祁寯藻、郑珍及"同光体"陈三立、沈曾植、陈衍、范当世或"中晚唐诗派"樊增祥、易顺鼎、杨圻诸人之诗,王鹏运、郑文焯、朱祖谋、况周颐"四大词人"及文廷式之词等,也曾与世推移,代称作手,因非主流,且限于篇幅,此不多论。

二 小说戏剧的变化

这个时期的小说,也有较大的变化。由于时代的变动,社会思潮复杂,小说的思想倾向亦多种多样。

但小说的变化,与诗文不同。早期的小说作者,不曾产生龚自珍、魏源那样的启蒙人物,也没有产生对社会改革有重大影响的作品。这时的小说,可分两类。一为侠义小说,一为狭邪小说。前者为《水浒传》之末流,后者为《金瓶梅》之苗裔。晚清之世态,不同于前朝;末流之作者,也不同于前辈。就侠义小说而言,鲁迅曾谓:"明季以来,世目《三国》、《水浒》、《西游》、《金瓶梅》为'四大奇书',居说部上首。比清乾隆中,《红楼梦》盛行,遂夺《三国》之席,而尤见称于文人。惟细民所嗜,仍在《三国》、《水浒》。时势屡更,人情日异于昔,久亦称厌,渐生别流,虽故发源于前数书,而精神或至正反。大旨在揄扬勇侠,赞美粗豪,然又必不背于忠义。其所以然者,即一缘文人或有憾于《红楼》,其代表为《儿女英雄传》,一缘民心已不通于《水浒》,其代表为《三侠五义》。"(《中国小说史略》第二十七篇)现在看来,《儿女英雄传》虽写儿女,确与《红楼梦》之写儿女大不相同。《红楼梦》之写贾宝玉,为礼教之叛逆;而《儿女英雄传》之写何玉凤,乃家庭之孝女。《水浒》人物之仗义行侠,敢于触犯王法,所谓"替天行道";而《三侠五义》之所谓侠义,却是王臣之奴仆,朝廷之爪牙。至于《荡寇志》之与《水浒》相敌对,其为腐朽的封建政权服务,尤为显然。

当然,这类作品之得以流行,也因平民百姓尚有所好。龚自珍、魏源等人虽有启蒙的诗文问世,而下层社会尚处于蒙昧状态之中。鲁迅说:"《三侠五义》为市井细民写心",或即此书得以流行之故。但鲁迅又说:"然亦仅其外貌,而非精神",这一点却又不是市井细民所能理解。

狭邪小说之《品花宝鉴》、《花月痕》以及《海上花列传》之类的产生,也有当时的社会原因。这时期的都市生活比前代更多"艳迹",狭邪人物所在多有。文人落魄,比于优伶,虽写他人,亦或自况。这类作品在社会上得以流行,一是因为当时的一些文人墨客对此共鸣同感,再则因为书中故事可喜可愕,所谓"写照传神,属词比事,点缀渲染,跃跃如生"(《海上花列传》第一回),有足观者。

晚清小说之更有时代特点的,是产生于改良运动期间的谴责小说。

鲁迅说:"光绪庚子(1900)后,谴责小说之出特盛。盖嘉庆以来,虽屡平内乱(白莲教,太平天国,捻,回),亦屡挫于外敌(英、法、日本),细民暗昧,尚啜茗听平逆武功,有识者则已翻然思改革,凭敌忾之心,呼维新与爱国,而于'富强'尤致意焉。戊戌政变既不成,越二年即庚子岁而有义和团之变,群乃知政府不足与图治,顿有掊击之意矣。其在小说,则揭发伏藏,显其弊恶,而于时政,严加纠弹,或更扩充,并及风俗。虽命意在于匡世,似与讽刺小说同伦,而辞气浮露,笔无藏锋,甚且过甚其辞,以合时人嗜好,则其度量技术之相去亦远矣。故别谓之谴责小说。其作者,则南亭亭长与我佛山人名最著。"

谴责小说产生的社会背景和写作特点,鲁迅在这里已备言之。

梁启超此时创办《新小说》杂志,提倡"小说界革命",又有《绣像小说》、《新新小说》、《月月小说》、《小说林》等刊物相继出世,于是小说作品日渐其多。南亭亭长即李宝嘉(1867～1906),著有《官场现形记》、《文明小史》、《活地狱》等。我佛山人即吴趼人(1866～1910),著有《九命奇冤》、《二十年目睹之怪现状》等。

《官场现形记》前有1903年作者自序,说自己"熟知夫官之龌龊卑鄙之要凡,昏聩糊涂之大旨"。于是"殚精竭诚,成书一帙"。
"凡神禹所不能铸之于鼎,温峤所不能烛之以犀者,无不毕备也"。
现在看来,作者对于官场,确曾有些见闻,但说"无不毕备",则未必
然。鲁迅曾经指出,凡所叙述,"皆迎合、钻营、蒙混、罗掘、倾轧等
故事,兼及士人之热心于作吏,及官吏闺中之隐情"。在写法上,
"头绪既繁,脚色复多,其记事遂率与一人俱起,亦即与其人俱讫,
若断若续,与《儒林外史》略同。然臆说颇多,难云实录。……况所
搜罗,又仅'话柄',联缀此等,以成类书;官场伎俩,本小异大同,汇
为长编,即千篇一律"。对于此书之内容与特点,鲁迅言之甚详。
"千篇一律",也确是主要缺欠。但中国官场,虽大同小异,而著为
一书,搜罗如此之广,尚属首创,对于阅历不多者,仍有可观。

　　《二十年目睹之怪现状》曾连载于《新小说》中,全书写"九死一
生"其人20年间所闻所见,鲁迅说此书也是"杂集'话柄',与《官场
现形记》同。而作者经历较多,故所叙之族类亦较多,官师士商,皆
著于录。……相传吴沃尧性较强毅,不欲下于人,遂坎坷没世,故
其言殊慨然。惜描写失之张皇,时或伤于溢恶。言违真实,则感人
之力顿微。"(《中国小说史略》第二十八篇)

　　从吴沃尧和李宝嘉二人的身世阅历看,对于中国官场,虽有若
干体验,而所闻所见,则不过其中的一般现象。虽然写得"慷慨激
昂",却未免少见多怪。其实中国官场的传统特点,更有甚于此者。
而且作者笔下的人物,多属中下层的官僚;大奸巨猾,权豪势要,涉
及尚少。故其书虽名为《官场现形记》,实则不过官场之一隅;名为
《目睹之怪现状》,所见者亦甚有限。由于所见者浅,发掘也就不
深。

　　当然,作者生当易代之际,较之太平盛世,能够放言无惮,其揭
发"隐微",很少顾忌,这样的作品,尽管不免"张皇",基本上仍是写
得真实的。

　　这个时期属于谴责小说的作品,还有刘鹗(1857～1909)的《老

残游记》和曾朴(1871～1935)的《孽海花》。

《老残游记》一书,也是假借书中人物老残来描述所闻所见,对于清末的官府残局揭发批判。书中第一回隐喻大清王朝处境之险,有如海上波涛汹涌中的一条帆船。其中揭露水手,批判乘客,矛头所向,也在官府下层。而且指责乱党,倾向保皇,显然站在洋务派的立场。这一点与《官场现形记》、《二十年目睹之怪现状》微有不同。而且书中批判"清官",亦前所未有。作者认为,"赃官可恨,人人知之,清官尤可恨,人多不知",从书中所写的玉贤和刚弼两个"清官"看来,其所谓"清官",实为"酷吏"。汉代的酷吏如张汤之流,无不如此。但平民百姓之所谓"清官",是并不如此的。

刘鹗的文采,似较李宝嘉、吴沃尧为胜,"写景状物,时有可观"(鲁迅语)。例如第二回写大明湖一段,颇有特色。

《孽海花》的作者曾朴,是受西方资产阶级文化思想影响较深的人物。早年倾向革命,晚年流为政客。对于上层官场,比较熟悉,对于海上情场,涉足亦久,故书中揭露上层统治者的凶残横暴、描述上海名妓赛金花的风闻逸事,笔墨淋漓,穷形尽态。此外,对于一代闻人名士如李莼客的形容描绘,亦能"近实"。当然,"形容时复过度,亦失自然,盖尚增饰而贱白描"(鲁迅语),也是当时此类文章的风气。

此书问世之后,又曾经过修改。作者在《修改后要说的几句话》中写道:

> 这书主干的意义,只为我看看这三十年,是我中国由旧到新的一个大转关,一方面,文化的大转移,一方面,政治的变动,可惊可喜的现象,都在这时期内飞也似地进行。我就想把这些现象合拢了他的侧影或远景和相连系的一些细事,收摄在我笔头的摄影机上,叫他自然地一幕一幕地展现,印象上不啻目击了大事的全景一般。

这一段话说得比较客观,写作目的在于收摄全景,不在揭露批评。因此,此书行文,和《官场现形记》《二十年目睹之怪现状》相比,也就不复"慷慨激昂",而往往津津乐道。虽亦有所谴责,而程度则颇不同。

在上述诸书之外,鲁迅说:"以抉摘社会弊恶自命、撰作此类小说者尚多,顾什九学步前数书,而甚不逮,徒作谯呵之文,转无感人之力,旋生旋灭,亦多不完。……又或有嫚骂之志而无抒写之才,则遂堕落而为'黑幕小说'。""黑幕小说"之外,还有所谓"鸳鸯蝴蝶派"小说,大抵迎合下流社会之低级趣味,无足称者。

在小说发展变化的同时,晚清的戏剧也有新的变化。旧的传奇杂剧和地方戏,在改良运动和革命运动中都有所发展。光绪三十年(1904),柳亚子、陈去病等创办了《二十世纪大舞台》这一戏剧专刊,其发刊词云:"今所组织,实于全国社会思想之根据地,崛起异军",要"建独立之门,撞自由之钟,以演光复旧物、推翻虏朝之壮剧、快剧。"这样的剧作思想在当时是有代表性的。当时产生的许多传奇、杂剧和乱弹剧本,都有鲜明的思想倾向,其中写秋瑾和徐锡麟的传奇杂剧就在10种以上。

此外,京剧的革新和话剧的出现,也都是这个时期新的现象。其影响虽不及小说,却也反映着新的时代特点。

还有民间歌谣,在时代大动荡中涌现了不少。其中反映太平天国和义和团运动者尤有新的内容、同历代的民歌民谣对比,也很有新的时代特征。